Alexander Richter

Zuchthaus Brandenburg

Roman

Alexander Richter

ZUCHTHAUS BRANDENBURG

Roman

*Gefördert durch die
Brandenburgische Landeszentrale
für politische Bildung
im Ministerium
für Bildung, Jugend und Sport*

*first minute
Taschenbuchverlag*

Die Deutsche Bibliothek - CIP - Einheitsaufnahme

Richter, Alexander:
Zuchthaus Brandenburg :
Roman / Alexander Richter.
– 1.Aufl. - Emsdetten :
First-Minute-Taschenbuch-Verl., 2002
ISBN 3-932805-41-0

Erste Auflage 2002
Alle Rechte vorbehalten
Copyright © by
Alexander Richter
first minute Taschenbuchverlag
Emsdetten
ISBN 3-932805-41-0
eMail: First Minute@t-online.de
Internetadresse:
www.Buchverlag-First-Minute.de

Dieses Buch handelt weniger vom heroi-
schen, aufrührerischen Widerstand. Es be-
schreibt keine Hungerstreiks, keine politische Agitation und kein Märtyrertum. Es
schildert in Romanform den Zuchthausalltag, wie er in der DDR bis zuletzt gewesen ist: elend und widerlich. Alle, die,
als kriminell oder politisch Verurteilte,
das Zuchthaus Brandenburg-Görden
durchlaufen haben, haben dort ein Stück
Menschenwürde eingebüßt, ein Stück Leben verloren.

An diesem 3. August des Jahres 1983 war es kalt und regnerisch. Doch das Frösteln, das Frieren, das mich immer wieder packte, hatte weniger mit dem Wetter zu tun. Ich lief zwischen den beiden in Zivil gekleideten Stasi-Hauptmännern über einen Betonweg. Die Mauern, Wände und Sperren, die sich rechts und links befanden, nahm ich nur unbewusst wahr. Mein Gang war eiernd und steif, und meine Augen mussten sich erst wieder an das Tageslicht gewöhnen. Mehr als eine Stunde hatte ich in der kleinen, dunklen Kabine des Kleintransporters B 1000 gehockt. Rücken und Knie krumm, die mit Handschellen gefesselten Gelenke zwischen den Beinen, totale Finsternis und kaum Luft zum Atmen.

Brandenburg, das Zuchthaus.

Irgendwo öffnete sich eine große eiserne Tür, ein Leutnant in schwarzer Uniform begrüßte meine Begleiter von der Stasi mit einem stummen Nicken, und gleich darauf befanden wir uns im Innern eines Gebäudes, von dem ich später erfuhr, dass man es *Zugang* nannte. Ein Stasi-Mann und der Leutnant verschwanden, um die Formalitäten für meine Übergabe zu erledigen. Ich blieb mit diesem hochschultrigen Kerl in einem kahlen Flur zurück. Wir warteten schweigend - wie auch sonst. Als Stasi-Offizier unterhielt man sich nicht mit Verbrechern. Und wenn man als Verbrecher in einer ebensolchen Situation eine Frage stellte, wurde dieselbe glatt überhört oder mit einer schroffen Bemerkung als unerlaubt bezeichnet. Lediglich jener Vernehmer, mit dem ich es in der U-Haft fast ein Jahr zu tun gehabt hatte, war an diesem Morgen vor der Abfahrt gekommen, um sich von mir zu verabschieden. Braun gebrannt und erholt sah er aus. Er schüttelte mir die Hand und wünschte mir, dass ich den harten Weg, den ich vor mir hätte, gut überstünde.

Welchen Weg? Den durchs Zuchthaus? Oder den Weg in den Westen? Ich hatte ihn nicht gefragt. Fast ein Jahr lang hatte er versucht, mir die Übersiedlung auszureden. Nicht nur er. Auch sein Vorgesetzter und mein Rechtsanwalt. Ich wurde, was ja ein Leichtes war, ausgebremst und ausgekontert, wo es nur ging.

Abgeschnitten von der Umwelt und allen Informationsmöglichkeiten, hingehalten, belogen. Ich hatte dem Mann auf seine
Wünsche nichts erwidert. Egal, dass sich hinter ihnen so etwas
wie Ehrlichkeit verbarg. Ich hatte keine Gefühle für ihn. Keine
freundschaftlichen, aber auch keine feindseligen. Und ich hatte
am Ende keiner Vernehmung jemals das Bedürfnis gehabt, mit
ihm, seinem Vorgesetzten oder einem der Schließer zu tauschen.
Sie in meine Zelle, ich in ihre kleine Freiheit.

Der Leutnant und der zweite Stasi-Mann kamen wieder. Der
Hochschultrige, der bei mir geblieben war, trat einen Schritt
zurück, damit der Leutnant, zum Zeichen der vollzogenen Über-
nahme, seinen Platz an meiner Seite einnehmen konnte. Gespro-
chener Worte bedurfte es nicht. Erst als die beiden Stasi-Leute
die Eisentür fast erreicht hatten und ich meine immer noch zu-
sammengeschlossenen Unterarme demonstrativ anhob, rief der
Leutnant den beiden hinterher: „Was ist mit der Acht?" Beide
blieben ruckartig stehen. „Das wär' was geworden", murmelte
der Hochschultrige, „kommen zurück und lassen die Handschellen da." Er zog ohne Eile das Schlüsselbund, das mit einer
Kette irgendwo im Jackenfutter verhakt war, hervor und suchte
den zu den Handschellen gehörenden Schlüssel heraus. Dann
steckte er den Schlüsselbart in die Schlossöffnung, die sich zwischen den beiden Edelstahlreifen befand und drehte ihn herum.
Es knackte ein bisschen, und die Acht öffnete ihre beiden Kreise. Ich bemühte mich, die Erleichterung, die ich empfand, nicht
zu zeigen. Nur verstohlen besah ich die geröteten Gelenke. So
fest wie an diesem Tag hatten die Handschellen noch nie gesessen. Und ich hatte sie in den elf Monaten U-Haft weiß Gott nicht
selten tragen müssen.

Der Knast begann. Das Zuchthaus. Oder wie hätte man es ausdrücken sollen? Die Stasi-Offiziere hatten das Gebäude verlassen, und es war vielleicht das einzige Mal in meinem Leben,
dass ich wünschte, von ihnen mitgenommen zu werden, der einzige Augenblick in meiner gesamten, auch der späteren Haftzeit,
dass ich dieses oft unterbreitete Angebot, in die Ost-Freiheit

zurückkehren zu können, angenommen hätte. Als Zuchthäusler war man nichts, nicht mal ein Stück Dreck, zumal als politisch Verurteilter. Ich fühlte mich so einsam und schwindelig, so beschissen wie nie zuvor im Leben. Ich sehnte mich auf einmal nach der unüberwindbaren Isolation des Stasi-Knastes. An den ereignislosen Tagesablauf, die qualvollen Nächte in stickiger Luft und unter ständiger Beobachtung. Warum ließen sie mich diese verdammten restlichen fünf Jahre bis zur Abschiebung in den Westen nicht auch in der U-Haft zubringen? In den paar Quadratmetern Zelle? Unselbständig und in unterwürfiger Abhängigkeit wie ein Tier im Zoo?

„So", sagte der Leutnant in Schwarz, und es war seinerseits die einzige verbale Wahrnehmung meiner Person an diesem und allen anderen Tagen. Ein Kopfnicken, mit dem er mich in Richtung Gebäudeinneres wies. Eine stabile Gittertür. Aufgeschlossen und wieder verriegelt. Ich war also endgültig drin, *eingefahren*, wie es im Knasterjargon hieß. Ich stand im Keller vor der nächsten volleisernen Tür. Neben mir dieser Leutnant, der ohne mich zu beachten die Tür öffnete und dahinter verschwand. Für die wenigen Augenblicke, da die Tür offen gestanden hatte, sah ich, was mich erwartete, wer. Eine Horde Häftlinge, offenbar gerade erst eingetroffen, war zum Einkleiden angetreten. Und ich sollte nun ebenfalls eingekleidet werden. Erst noch stand ich aber in diesem Kellerflur, allein, und ich dachte, dass es das gibt, wo sie einen in der Stasi-U-Haft keine Zehntelsekunde aus den Augen gelassen hatten. Wenn ich jetzt zu fliehen versuchte, was dann? Fliehen, wie und wohin? Diese Mauern und Gittertüren wären nicht mal zu überwinden gewesen, wenn man mir eine Feile und ein Seil in die Hände gedrückt und gesagt hätte: „Los, hau ab!"

Irgendwann wurde die Tür aufgerissen, und die Horde stürmte ins Freie. Laut und wild, in lausige Klamotten gekleidet. Gleich der Erste von den vielleicht Zwölfen wurde auf mich aufmerksam. „Biste Selbststeller?", johlte er. Die anderen umringten mich neugierig. „Oder kommste mit Nachschlach?"

Ich schüttelte den Kopf: „Von der Stasi-U-Haft. Aus Potsdam." Ich fühlte, wie es in meinem Hals trocken wurde und meine Knie zitterten. Was für eine Perspektive, unter und mit diesen Leuten leben zu müssen.

„Der, der eben noch gekommen ist, rein hier!", rief es aus dem Kellerraum. Ich teilte taumelnd die Horde und stand kurz darauf in der Effektenkammer. Ein Tisch, hinter dem der Kalfaktor saß. Ruhig und selbstsicher und auch nicht unzufrieden. Vor allem gepflegt. Ordentlicher Haarschnitt, passend sitzende Klamotten. Allerdings: Die gelben Streifen trug auch er. Neben dem Kalfaktor an einem Seitentisch der Leutnant. Vor ihm lag eine Illustrierte, in der er interessiert las. „Morgen", sagte ich vorsichtig. Der Kalfaktor musterte mich kurz und nickte. Doch im selben Moment schon wandte er sich einem Burschen zu, der eigentlich mit den anderen den Raum hätte verlassen sollen. „Ablaufen, Schiller!", bellte er ihn an. „Ich hab noch mehr zu tun, als mir dein Gesülze anzuhören!" Aber der andere protestierte: „Mit diesen Schuhen nicht! Du hast garantiert noch andere hier als die Auschwitzer!" Mein Blick fiel mechanisch auf seine Füße. Er trug schwere, steinharte Treter, die ihr Gewicht haben mochten. Ich dachte, solche kriegst du also auch gleich, da wirst du nicht viel laufen können. „Sind keine andern in deiner Größe da, Schiller! Zweiundvierzig haben eben zu viele", höhnte der Kalfaktor. „Und für deine drei Jährchen lohnen sich gar keine besseren." Schiller wollte nochmals widersprechen, aber der Leutnant raschelte demonstrativ mit der Illustrierten, und so *lief* er grollend *ab*. Sein Fluch „Ulrich, du verfluchte Mistsau!" verhallte unbeachtet im Flur.

Dann war ich dran. Ich dachte, mit dir wird er noch ganz anders umspringen. Aber er erwies sich als umgänglich. Fragte: „Wie viel haste mitgebracht?"

Ich verstand das nicht und fragte zurück: „Wie viel was?"

„Jahre."

„Sechs", erwiderte ich mit einem Seitenblick auf den Leutnant, „sechs minus eins. U-Haft."

Er gab keine Wertung, machte sich an einem Pappkarton zu schaffen. Meinem Pappkarton. Die Stasi-Leute hatten ihn vorhin dem Leutnant übergeben. „Irgendwelche Sachen, die du hier draus brauchst?" Ich überlegte kurz: „Vielleicht den Rasierapparat. Oder kann man hier mit Bart -?" Er schüttelte den Kopf. „Hier wird geschabt, traditionell nass. Rasierzeug gibt's von der Anstalt. Kannst du nachher gleich ausprobieren." Ich strich mir instinktiv über den Bart. Während der U-Haft hatte es geheißen, der Häftling muss im Gesicht so bleiben, wie er eingeliefert wurde. Die mit Bart gekommen sind, müssen diesen behalten, die ohne dürfen sich keinen wachsen lassen.

„Was hast'n in der Tüte da?" Er zeigte auf den Plastikbeutel, den ich in der Hand hielt.

„Bisschen was zu naschen und Trinkpulver."

„Trinkpulver? Aus'm Westen? Gab's das bei euch in der U-Haft zu kaufen?"

Ich verneinte rasch. „Haben mir meine Eltern zum Sprecher mitgebracht. Aus'm Deli."

„Deli?"

Ich ahnte, dass er vielleicht schon sieben oder acht Jahre hier war und daher die inzwischen eingerichteten Exquisit- und Delikatläden, in denen es Westwaren für teures Ostgeld gab, gar nicht kennen konnte. Ich erklärte es kurz. Aber es stellte sich heraus, dass ihm diverse andere Häftlinge davon erzählt hatten.

„Verkaufst mir eine Tüte?"

Ich überlegte nicht lange und griff in den Beutel. „Hier", sagte ich, „Geschenk." Dann fasste ich nochmals hinein und holte zwei von den holländischen Bonbons hervor. Gelbe Lutschlinge, die mit einer Art Apfelschnaps gefüllt waren und ganz passabel schmeckten. „Einer für dich und einer für ihn." Ich deutete mit dem Kopf auf den Leutnant.

„Nicht übel", sagte der Kalfaktor und lutschte auf dem Bonbon herum. Das zweite schob er zum Leutnant rüber. Der nahm es ohne Hast und wickelte es aus.

„Sonst hab ich nur noch Zigaretten und Kekse in dem Beutel. Willst du nachsehen?" Ich hielt ihm entschlossen die Tasche hin und hoffte, dass er verneinte. Wo ich doch mindestens 100 Gramm Pulverkaffee, den ich mir ebenfalls beim letzten Sprecher hatte mitbringen lassen, schmuggelte. Pulverkaffee war in der U-Haft, nachdem ich irgendwann angefangen hatte, alle Vernehmungsprotokolle zu unterschreiben, für mich erlaubt. Ich konnte ihn in der Zelle mit dem lauwarmen Leitungswasser und ein paar Würfeln Zucker aufgießen. Ich hatte den Teil, den ich nicht verbraucht hatte, mehrfach in Plastiktüten gewickelt und sorgsam zwischen die Kekse und Saftpulverpäckchen geschichtet. Da sah und roch man ihn nicht. Dass der Besitz von Kaffee im Knast verboten war, hatte mir kürzlich in der U-Haft ein vorbestrafter Mitinsasse gesteckt.

Der Kalfaktor winkte ab. Ich atmete auf und zog mich auf sein Geheiß hin aus. Er gab mir die Knastklamotten. Langbeinige und langärmlige bläuliche Unterwäsche, Jacke, Hose und ein Kragenhemd. Sachen, Lumpen, die sämtlich aus alten Armeebeständen stammten. An Ärmeln und Beinlingen sowie auf dem Rücken waren jeweils die gelben Streifen eingenäht. Dafür war, wie ich alsbald erfuhr, die knasteigene Schneiderei zuständig. Ich zog die Sachen an und bekam noch Kunstlederpantoletten, Socken und bequeme halbhohe Lederturnschuhe. Und das, wo ich Größe 42 hatte. Und die anderen Sachen. Blauweiß karierte Bettwäsche, einen Armeepullover, den Schlafanzug, Zahnpasta, Seife, Rasierzeug und ein graues Handtuch. Ich warf alles in eine der drei Decken, die ich zum Schluss erhielt, fasste die vier Zipfel mit beiden Händen und wusste, dass ich gar nicht so schlecht weggekommen war.

Die Horde hatte draußen wegen mir warten müssen. Da das laute Gerede im Augenblick meines Erscheinens verstummte, stand fest, dass sich die Unterhaltung um mich gedreht hatte. Doch die Ruhe währte nur kurz, und schon wurde ich direkt gefragt, ob ich bei der Stasi auch geschlagen worden wäre. Ich verneinte und wollte erklären, dass es Foltermethoden gab, die viel zermürbender sein konnten als ein paar Schläge auf die Fresse oder beständige Einzelhaft. Etwa die Zelle mit jemandem teilen zu müssen, der nicht spricht oder einen durch fieses Benehmen kaputtzuspielen versucht. Doch ich kam nicht mehr zu Wort. Einem der Knaster fiel es ein, dass man jetzt schon eine Ewigkeit im Flur stand. Er schrie nach dem Schließer. Doch es passierte mindestens fünf Minuten nichts. Die Knaster redeten wieder wild durcheinander. Die letzten Eindrücke und Erlebnisse vor dem Ende der Freiheit wurden lauthals und sichtlich übertrieben ausgebreitet. Mädchennamen, Bett-, Wald- und Wiesenszenen wechselten mit Tat- und Verhaftungshergängen, Unschuldsbeteuerungen aus aller Munde und Klagen über die Höhe der Bestrafungen. Zwischendurch stand die bevorstehende Eliminierung meines Bartes kurz in der Diskussion, wobei jemand meinte: „Wenn mal wieder kein Wasser läuft, muss er sich die Wolle trocken mit 'nem Nassrasierer runterscheuern." Dann schrie erneut einer nach dem Schließer, und diesmal kam der Gerufene augenblicklich hinter der Ecke hervorgeschossen. Vielleicht, dass er bereits gelauert hatte. Ein schmächtiger junger Bursche mit einem Pickel auf der Gurkenschale: Hauptwachtmeister. Die buschigen Augenbrauen strebten über den vor Wut zusammengekniffenen Augen gegeneinander. „Wer schreit hier Schließer?", keifte er. Hastig tauchte der große Schlüssel in die Verriegelung der Gittertür, und schon stand er den Häftlingen vis-a-vis. „Wer?" Die Augenschlitze wurden noch schmaler, die Brauen schienen ineinander verflossen. Und ob er es ahnte oder hatte erlauschen können, er machte zwei Schritte und befand sich direkt vor dem Schreihals. „Du?!" Der Ertappte wich mit dem Oberkörper zurück, Angst zeichnete seine Miene, und er stotterte: „Nee, nee, ick war't nich!" Bums, krachte dumpf dröhnend der Faustschlag gegen die Brust, danach noch einer. „Von wegen!", bölkte der wütende Schließer, und man sah ihm an, wie sehr es ihn erleichterte, seine Aggressionen abbauen zu können. „Und beim nächsten Mal kommste mit hinter, Freundchen!" Sein Blick kreiste triumphierend über die Gesichter der anderen, dann drehte er sich um und schritt betont lässig durch die Gittertür. Er verriegelte das Schloss und verschwand.

Die rund zehn Minuten bis zur seiner Rückkehr vergingen bei gedämpften Gesprächen. Der Geschlagene rieb sich demonstrativ die Vorderseite und bestätigte vorwurfsvoll, was aber schon alle wussten: „Die Brusthugos ham voll jesessen." Und er klagte: „Die Mistsau, zu Hause führt ihn die Alte vor, und hier spielt er den Macker!"

Wir wurden in Zelle drei des Zugangs gebracht. Ich trat als Letzter ein, und so war schon mal sicher, dass ich bei der Belegung eines Bettes keine große Auswahl mehr haben würde. Ohnehin musste ich mich erst in dem Raum orientieren. Ich stand gegen die schwere Zellentür gelehnt und starrte irgendwie fassungslos auf diese ganz neue Welt. Eine Nichtwelt. Ich fühlte stärker denn je dieses innere Frösteln. Eine drückende Apathie hatte sich auf meinen Bewegungsmechanismus und die Gedanken gelegt. Öffnete denn nicht gleich jemand die Tür und gab mir meine Zivilsachen zurück? Stand denn draußen vor dem Tor des Zuchthauses nicht dieser Rechtsanwalt Vogel mit seinem Mercedes, um mich noch an diesem Vormittag zur Grenze, in den Westen zu chauffieren? Nein, ein paar wüste Schreie gellten durch den Flur, Kommandos, ein Poltern, Klappern, das sich schubweise näherte. Einer der Knaster sagte: „Mittagessen kommt", und ich wusste, dass ich alsbald den Eingang räumen musste. Aber ich konnte mich nicht bewegen. Gerade dass es dazu gereicht hätte, auf die Knie zu sacken und mit zugehaltenen Ohren auf meinem Packen zu liegen. Oder?

Zwei Knaster begannen sich zu prügeln. Sofort brach Gejohle los, ein Hocker fiel um, der Tisch rutschte ein paar Meter über den Boden, und ein Kunstlederlatschen landete auf meinem Packen. Hilfe, dachte ich, wenn du das jetzt jeden Tag, Stunde um Stunde erleben sollst. Ich bückte mich, hob den Latschen auf und legte ihn auf die Seite. Unwillkürlich hatte sich die Blockade in meinem Bewegungsmechanismus gelöst. Ich packte mein Deckenbehältnis bei den Zipfeln und schleifte es von der Tür weg. Vielleicht wird alles etwas leichter, wenn der Mensch, der Häftling, sein Quartier hat, dachte ich. Ich peilte die einzig noch freie Liegestatt an, die sich in der obersten Lage von einem der vier Dreistockbetten befand. Obwohl mir bei dem Gedanken, ganz oben zu schlafen, ziemlich mulmig wurde. Na ja, ich kam ohnedies jetzt nicht dorthin. Die Zelle war voll belegt, dazu die Schlägerei, der verschobene Tisch. Ich blieb nach ein paar kurzen Schritten wieder stehen.

„Wart man, bis die fertig sind mit ihrer Prügelei. Hast noch Zeit genug. Heute, morgen ...", sagte einer, der mir bisher gar nicht aufgefallen war. Er sah ganz vernünftig aus, gar nicht wie ein Knaster, und sprach norddeutschen Dialekt. Und irgendwie tat er, als ginge ihn das Knastgeschehen überhaupt nichts an. „Räum doch erst mal deine Sachen in den Spind." Er hatte Recht, der Platz vor den beiden Spinden war frei, während der Weg zu den Betten verstellt blieb. Ich zerrte mein Deckenbehätltnis zu den Spinden und öffnete den einen. Es waren noch zwei Fächer frei, aber ich hatte keine Ahnung, ob sie mir zustehen würden. „Kannst du beide nehmen", versicherte mir der Norddeutsche. Ich legte zuerst den Plastikbeutel in eines der Fächer und stapelte dann die Kleidungsstücke, die ich bekommen hatte, davor.

Den Spind hatten schon Generationen vor mir benutzt. Er atmete einen fürchterlich muffigen Dunst aus. An der Innenseite einer Tür klebte das Zeitungsfoto einer abgetakelten Ostschauspielerin. Daneben befanden sich fragwürdige Inschriften wie *Ich gehe in Beruffung* oder *Karin und Dieter* nebst einem unförmigen Herzen und einem Datum aus dem vorigen Jahrzehnt. Obwohl ich ja nur ein paar Sachen besaß, war ich doch im Vergleich zu den andern Knastern reich. Ein Handtuch, billige Seife und Zahnpasta, viel mehr lag in den übrigen Fächern nicht. „Wie lange seid ihr denn schon hier?", fragte ich den Norddeutschen. Er lachte. „In Brandenburg sind wir gestern Vormittag angekommen. Unsere Sachen haben wir eben erst gekriegt. Na ja, wir waren von den dreieinhalb Wochen, die wir im Grotewohl unterwegs waren, so kaputt, dass uns das nich gestört hat."

„Grotewohl?"

„Der Gefangenentransport. Der fährt aufs *Geratewohl* kreuz und quer durchs Land. Da haben sie Grotewohl draus gemacht." Er lachte dünn. „Sei froh, wenn du nicht mit dieser fahrenden Folterkammer hergekommen bist. Wir haben gestanden wie die Heringe. Eingeschlossen. Und das bei der Hitze, die vor drei Tagen noch war. Nichts zu saufen, nichts zu beißen, keine Fenster. Kein Wasser zum Waschen, keine Gelegenheit zum Pissen, nichts. Die reinste Tortur. Ich bin in Stralsund zugestiegen. Als einer der ersten. Dann ging's über Prenzlau, Neustrelitz, Stendal und noch zwei, drei Nester nach Berlin-Rummelsburg. Da haben wir drei Tage Station gemacht. Dann über Königswusterhausen nach Cottbus in die Katakomben. Dann Potsdam, in diese drekkige U-Haft. Auch drei Tage Station. Von da aus nach Magdeburg rüber, dann noch mal Rummeline, also Rummelsburg, von da aus nach Schwedt und endlich hierher. Und an allen möglichen Stellen Zwischenstation gemacht, teilweise ausgelagert, um in diesen Ställen von U-Haft zu übernachten, oder die Nacht im Grotewohl gehockt. Und jedes Mal neue Leute aufgenommen. Knaster. Immer enger und stickiger sind die vergitterten Kombüsen geworden. Und dann", er senkte seine Stimme spürbar, „dann immer mit diesen Chaoten zusammen. Asoziale und Geistesgestörte. Bin richtig froh, hier zu sein."

„Wie viel hast du denn vor dir?"

„Wie viel? Nicht viel. Offiziell noch zweieinhalb. Aber bald kommt ja die Amme. Und wenn nicht, rechne ich, dass ich nach einem Jahr zu Hause bin."

„Und was hast du angestellt?" Die Frage kam mir nicht ganz leicht über die Lippen.

Er lachte. „Es ging um Kleingärten. In diesen Anlagen, weißt schon. Ich war im Vorstand von einer Sparte. Wir haben Schmiergelder genommen, von Leuten, die unbedingt eine Par-

16

zelle haben wollten. Na ja, die Anlage ist direkt am See, hat mehrere Badestellen, und an so was kommt man nicht ohne weiteres ran. Genau genommen hab ich selbst noch nicht mal viel davon profitiert. Nur einmal hab ich mir von einem, der eine Parzelle gekriegt hat, zu einer vorzeitigen Autoanmeldung verhelfen lassen. Weißt schon, statt zwölf Jahre halt nur acht gewartet. Das, was echt an Schmiergeldern gekommen ist, haben sich die andern aus dem Vorstand eingesteckt. Ich war nur derjenige, der das vermittelt und verwaltet hat. Also haben sie mich drangekriegt, und die andern sind so davongekommen." Er lachte wieder. „Das heißt, sie haben mir bei den Vernehmungen gesagt, wenn ich die Schuld allein auf mich nehme, komme ich eher raus. Hab ich dann so gemacht."

„Und du meinst, der Staatsanwalt hält sich dran?"

Er nickte zuversichtlich. „Bin ich sicher! Und wenn nicht, dann kommt ja bald die Amme. Und wenn keine Amme kommt, reiß ich meine paar Monate eben so runter und lass mir das Ganze eine Lehre fürs Leben sein. Noch mal passiert mir diese Scheiße jedenfalls nicht!"

„Warst du denn schon mal hier?"

„Nicht hier und auch nicht in einem andern Knast. Aber solche wirst du hier nicht viele finden. Höchstens die EllEller, die sind meistens zum ersten Mal hier. Aber die haben dafür ihre Dauerkarte."

„Was sind EllEller?"

„Hier unter denen ist keiner. Das sind bis auf diesen Alten, der sich ziemlich absondert, alles Kurzstrafer von drei bis sechs Jahren. Aber in den andern Zellen sitzen die mit den zwei Buchstaben: LL. Lebenslänglich. Die meisten wegen Mord."

Mich schauderte bei der Vorstellung, Lebenslänglich hinter diesen dicken Mauern und Gitterstäben verbüßen zu müssen. „Wie lange dauert denn so ein Lebenslänglich?", fragte ich flüsternd, so wie jemand fragt, den dieselbe Strafe erwartet.

„Ach", er hob abwehrend die Hände, „ich weiß auch nicht viel mehr, als ich in den letzten Wochen von den andern gehört habe.

Siebzehn bis achtzehn Jahre wohl. Manchmal mehr, aber wohl selten über zwanzig. Ein paar Ausgesuchte werden ja im Lauf der Zeit auf eine Feststrafe runtergesetzt. Fünfzehn ist das, die höchste Feststrafe. Na, ich möchte nicht mal die haben. Aber wenn du vorher EllEll hattest, dann ist das wie das rettende Ufer. Obwohl", sein Gesicht verriet Entrüstung, „für so manchen von diesen Mördern wär's am besten, der bliebe für immer hier." Er stieß mich an und tuschelte: „Hast du mal was von Löwenvater gehört?" Ich verneinte. „So ein bescheuerte Kerl aus Berlin. Hat seine Familie abgemurkst, in einzelne Teile zerlegt und irgendwie eingefroren. Und dann ist er jeden Sonntagvormittag mit zwei Eimern los und hat die Fleischportionen im Tierpark an die Löwen verteilt. Die Wärter haben schon immer auf ihn gewartet. Die Löwen wohl auch. Aber irgendwie soll mal ein Ehering in der Feinfrostware gewesen sein, und mit dem konnten die guten Tierchen nicht viel anfangen. Die MOK dafür umso mehr."

„Die wer?"

„MOK. Mordkommission!" Er lachte vorsichtig. „Damit hat unsereins zum Glück nichts zu tun. Zum Glück." Er sah mich eindringlich an. „Bist ja so blass -?"

Es stimmte. Mir war das Blut in die Füße gesackt. Weniger wegen der eben gehörten Gräueltat als durch diese Dimension an Jahren. Fünfzehn, siebzehn, zwanzig. Was brauchte da einer hinterher noch leben.

Der Norddeutsche zog einen Hocker heran und bedeutete mir, mich hinzusetzen. Dadurch wurde die Horde der anderen Knaster aufmerksam. „Wat is los mit emm?", fragte einer, und im Nu hatten sich aller Blicke auf mich gerichtet. Selbst die beiden Streithähne hielten inne und ließen voneinander ab.

„Hab ihm die Geschichte von Löwenvater erzählt!"

„Mensch, Mutter, davon kommst du wohl nicht los. Löwenvater!" Die Horde johlte durcheinander, sofort wurde die Story des besagten Psychopathen zur allgemeinen Belustigung passagenweise oder in gedrängten Schlagworten im vielstimmigen Kanon aufgebracht und anhaltend belacht. Bis der Lärm abflaute und jener Vorlaute, der kürzlich noch den Brusthugo hatte wegstekken müssen, lauthals frohlockte: „Det jibt dir Kraft, wat Mutta? Det wird dein nächstet Delikt. Zu Hause alle abschlachten und ab mit dem Futter in Rostocker Zoo!" Die Horde raste vor Ergötzen. Und erst als sie sich einigermaßen beruhigt hatte, widersprach der Verspottete: „Bei mir gibt's ganz bestimmt kein Delikt mehr. Im Gegensatz zu euch werd' ich auch nicht mehr hierherkommen."

Ich erhob mich, fasste meinen Deckensack. „Wat is los?", feixte Brusthugo. „Willste schon 'nen Abflug machen?" Die andern grienten.

„Nee", erwiderte ich, „nur mein Bett beziehen."

„Mensch, hier haste Zeit. Bis et Abend wird, sind noch unerhört ville Stunden. Außerdem kann det Mutta für dir machen."

Der Norddeutsche winkte ab. „Sie nennen mich Mutter, von Anfang an. Weil ich mich immer so'n bisschen um alles gekümmert hab. Aber Betten mach ich nicht für andere."

Ich drängte mich mit dem Packsack durch die Horde, stieg auf die untere Kante des Bettgestells mit dem freien Bett und wuchtete das Gesack nach oben. Dann kletterte ich hinterher und begann mit dem Beziehen der Decken. Es war eine Höhe von mindestens zwei Metern, in der ich schlafen sollte. Na ja, drei andere traf das gleiche Schicksal. Und die verloren deswegen kein Wort der Klage. Andererseits schuf die Höhe Distanz. Das Getümmel, das sich unten abspielte, rückte von mir ab. Ich faltete die dritte Decke zusammen und schob sie in meinen Kopfkissenbezug. Wozu der Bezug, wenn es kein Kopfkissen gab. Danach streckte ich mich auf der Pritsche aus. Neben meinem Bett befand sich die Oberkante des Fensters. Oben fehlte ein Glasbaustein. Wenn ich mit dem Kopf nahe an die Wand rückte, konnte ich in den Freihof blicken. Viel zu sehen war nicht. Die gegenüberliegende Hausfront mit vergitterten oder zugemauerten Fenstern, ein bisschen Rasen, den mit Schotter aufgefüllten Boden und ein paar dünne Sträucher. Mehr, viel mehr indessen als in der U-Haft, wo es diese zellenartigen Tigerkäfige gab. Ich versuchte meinen Körper zu lockern und mich zu entspannen. An nichts zu denken, zu vergessen, wo ich mich befand. Ich spürte, wie Schlaf kam, Halbschlaf. Ein dünner Traum durchdrang die Kulisse der trostlosen Wirklichkeit und deckte schließlich alles zu. Der Zeltplatz hinter Neuruppin tauchte auf. Das Gesicht von Tiffi, ihre Figur im Bikini. Sie sagte etwas, das ich nicht verstehen konnte. Wir schwammen im See, das Wasser war fürchterlich kalt. Ich fror, und Tiffi warf mir ein Handtuch zu, nachdem wir das Ufer erreicht hatten. Doch es half nicht, dass ich mich abrubbelte, dass Tiffi mir Decken brachte und -.

Jemand schrie: „Halt die Schnauze, du Idiot! Und sag nicht immer Zopp zu mir!" Ich schlug die Augen auf. Das Zuchthaus, der Zugang, die Zelle, diese Horde. Sie hatten den Älteren auf der Schippe. Aber was hieß älter, knapp vierzig mochte er sein.

Ich fror. Jetzt nicht nur von innen. Durch die Öffnung im Fenster strömte kalte Luft in die Zelle. Eine Kälte, wie es sie im August selten gab. Und vor wenigen Tagen noch die Hitze. Der Stau in den dicken Mauern der engen Untersuchungshaftanstalt war so brutal gewesen, dass man wie ein Fisch auf dem Trockenen nach Feuchtigkeit gelechzt hatte. Man hatte das Gefühl gehabt, sich die synthetischen Trainingsanzüge und sogar die eigene Haut vom Körper reißen zu müssen. Die Schließer hatten vormittags manchmal Becher mit lauwarmem Tee durch die Luken gereicht. Ein ekliges Gesöff, das dennoch für eine Weile diese fad trockene Zungen- und Gaumentaubheit neutralisierte. Und abends hatten sie in Ausnahmefällen die Luken in den Türen aufgestellt. Es sollte Durchzug bringen. Doch es brachte keinen. Durch den schmalen Lüftungsschacht zwischen den Glasbausteinen kam nur wenig Sauerstoff, kam schon gar keine Abkühlung. Ich schloss noch mal die Augen. Dieser Traum. Der Zeltplatz, wann war das denn gewesen? Es war noch gar nicht lange her. Zwei Monate. Nein, ein Jahr und zwei Monate. Bebie und ich hatten Tiffi und ihre Familie übers Wochenende in deren Urlaub besucht. Sie konnten wegen des Kleinkinds nicht weiter weg. Mir hatte das Wochenende gefallen. Aber länger hätte ich auf dem Platz nicht bleiben mögen. Eine Art Urlaubsghetto mit Platzkontrolleuren und Hilfssheriffs. Einer konnte dem anderen auf den Teller und noch ein Stück weiter gucken. Von der Eintönigkeit und dem Abhängigsein vom Wetter ganz abgesehen. Tiffi hatte sich sichtlich gelangweilt und uns um die Rückfahrt beneidet. Aber es war das Familienurlaubsdomizil, dem konnte sie nicht entrinnen. Und Bebie hatte aufgeatmet, als wir am Sonntag abfuhren. „Diese schrecklichen Sozialisten überall. Das Wochenende hat genervt wie lange keins." Ich hatte während der Untersuchungsaft schon öfter von Tiffi geträumt. Von ihr und von vielen anderen, Frauen wie Männern. Von manchen hatte ich die Namen, Gesichter und die Zeit der Begegnung lange vergessen gehabt. Wahrscheinlich hing es mit der totalen Isolation und der räumlichen Enge zusammen. Plötzlich stürmten partielle Rückblenden auf mich ein. Aus den unterschiedlichsten Lebensabschnitten. Ein maß- und relationsloser Erinnerungsdruck, wie man ihn kurz vor dem Tod oder als Alterslangzeitgedächtnis erlebt. Tiffi gehörte weniger in diese Palette. Unsere Bekanntschaft hatte erst ein oder zwei Jahre vor der Haftzeit begonnen. Wir waren hin und wieder zu viert zusammen gewesen, sogar noch als sie und ihr Freund das Kind hatten. Tiffi war ausgeglichen und geduldig, ganz im Gegensatz zu Bebie, meiner Gefährtin, die ihre Probleme immer bei mir abzuladen suchte. Bis zum jetzigen Tag, bis in die Haft. Immer wieder kamen Briefe von ihr, in denen sie sich über die Misslichkeit ihrer Lage beklagte und von mir Trost und Ratschläge erwartete. Als ob nicht ich, sondern sie im Gefängnis saß. Vielleicht hatte Bebies Drängelei überhaupt erst dazu geführt, dass ich von Tiffi zu träumen anfing. Ein unbewusster Befreiungsschlag.

Die Zellentür wurde aufgerissen, der Wagen mit dem Essen stand draußen. Ein Kalfaktor begann, die Portionen zu verteilen. Keine Portionen. Ein Häuflein matschiger Pellkartoffeln und etwas Heringsstippe. Die Knaster schrien unwillig durcheinander. Nur Mutter und der, den sie Zopp genannt hatten, gingen, um das Essen für alle in Empfang zu nehmen.

Benommen kletterte ich aus der Höhe des dritten Bettenstockes herunter.

„Die Kartoffeln sind grade noch lauwarm", nörgelte Mutter. Die Feststellung galt eigentlich nur für ihn selbst. Trotzdem fing sie der Kalfaktor auf. „Bist hier nicht auf der Völkerfreundschaft!" Der Schließer, der gewichtig im Hintergrund stand, nickte bei einem Grienen. Mutter wendete sich ab, aber der Kalfaktor beorderte ihn zu sich. „Hier, die Kalte geht auch gleich mit rein!" Er drückte Mutter drei Brote, einen halben Batzen Wurst und einen Klumpen Margarine in die Arme. Mutter schaffte die Sachen zu dem kleinen Tisch in der Ecke.

„Was is mit dem Tee? Will nich mal einer den Tee abnehmen?", schimpfte der Kalfaktor. Er schwenkte eine schäbige Blechkanne. „Von wegen Tee", maulte Brusthugo. „Das is Pisse." Der Kalfaktor verzog ärgerlich das Gesicht. Noch ein, zwei Sekunden und er hätte die Zellentür zugeknallt und die Kanne wieder mitgenommen. Ich fasste sofort zu. Tee oder nicht Tee. Gleich darauf krachte die Tür. Riegel vor. Der Wagen rollte klappernd weiter.

„In der nächsten Zelle muss er vorsichtiger sein", sagte Mutter. „Da liegt einer, der is nich ganz dicht. Sie nennen ihn Klinge, weil er 'ner jungen Frau mit 'ner Rasierklinge das Gesicht aufgeschnitten hat. Zwölf Jahre hat er abgefasst." Mutter seufzte. „Das is kriminelles Urgestein. Der versucht alle Tricks. Er is schon ein paar Monate in der Vollzugsabteilung gewesen. Auf Isolierstation, versteht sich. Eines Tages hat er 'ne Rasierklinge gefressen. Sorgsam in Brotteig geknetet, damit er sie gefahrlos schlucken konnte und sie erst im Magen aufging. Nach 'ner Stunde hat er angefangen zu brüllen und zu randalieren und dem Schließer gesagt, was er gemacht hatte. Aber die Operation und die Verlegung ins Krankenrevier kamen erst 'nen halben Tag später. ‚Wenn einer wie du krepiert, ist das nicht so schlimm', hat's geheißen. Jetzt liegt er wieder auf'm Zugang, weil er wahrscheinlich Nachschlag kriegen soll. Wegen Selbstverstümmelung. Oder er kommt in die Klapper."

Mutter setzte sich an den Tisch und begann mit einem stumpfen Messer die Kartoffeln zu pellen. Nach und nach verteilte er sie an die mürrischen Knaster. „Schweinpellis", hieß es, „der letzte Fraß." Aber Mutter hatte eine pragmatische Einstellung. „Irgendwas muss der Mensch ja essen. Auch wenn er nur ein Knaster ist. Zu Hause gibt's dann wieder Rouladen und Rotkohl." Er grinste mir wie einem Mitverschworenen zu. „Halt dich ran, außer der Kaltverpflegung gibt's heute nix mehr." Während ich mich auf dem letzten freien Hocker niederließ, murrte einer von den anderen Knastern: „Die Kalte kannst du doch vergessen. Sachsenspeck, ein ekliges Zeug."

„Was is Sachsenspeck?", fragte ich spontan.

„Was soll das schon sein", antworteten ein paar Knaster fast gleichzeitig. „So 'ne Art Sülze, ziemlich grob. Die heißt so, weil die Sachsen gern so was Billiges fressen." Einer feixte: „Oder weil die Sachsen den ganzen Tag bloß rumsülzen."

„So, so", sagte ich, „hoffentlich ist hier kein Sachse dabei."

„Sachsen sind überall", entgegnete der andere, „hier auch. Aber sie störn keinen. Nur vorn in der ersten Zelle is 'n Bekloppter aus Sachsen. Maschke heißt er, richtiger Vollidiot."

„Na ja, kann uns doch egal sein", beschwichtigte Mutter. „Wir sind hier, und der ist da. Außer zur Freistunde sehn wir den nich."

„Machen wir denn alle zugleich Freistunde?", platzte es aus mir raus.

Die andern lachten, sogar Mutter. Ich erzählte kurz, wie es bei der Stasi zugegangen war. Paarweise oder einzeln in die engen Mauerzellen im Hof und nach zwanzig Minuten zurück. All das in Latschen und im Trainingsanzug. Sie staunten und rückten bereitwillig zur Seite, um mir am Tisch mehr Platz zu machen. Mutter schob mir zwei gepellte Kartoffeln rüber und tat mir ein Stück Fisch samt der grauen Tunke dazu. Ich würgte mir den ersten Happen rein und schob den Teller weg. „Gibt's hier jeden Tag so 'n Zeug?" Ein paar Knaster lachten. Einer sagte: „Hast doch gehört. Wir sind hier nicht auf dem Luxusschiff *Völkerfreundschaft* und auch nicht auf der *Fritz Heckert*!"

„Ob's da so ganz luxusmäßig zugeht, weiß auch keiner", zweifelte ich.

Die Knaster sahen mich entgeistert an. „Völkerfreundschaft ist das Beste, was es weit und breit gibt."

„Ja, im Ostblock. Im Vergleich mit Westschiffen geht's da doch eher armselig zu!"

„Na, du musst's ja wissen, kommst wohl aus 'm Westen?"

Ich winkte ab. „Das nich. Aber ich will hin!"

Sofort herrschte eine gespannte Stille. Bis einer sagte: „Schon wieder so einer. Sitzt wohl wegen Republikflucht?"

„Wegen Hetze. Staatsfeindlich. Paragraph hundertsechs."

„Und was haste gemacht?"

„Was geschrieben. Ein Buch."

„Und wie viel haste gekriegt?"

„Sechs", erwiderte ich und erntete forschende Blicke. „Und da bin ich gut mit bedient."

„Haste denen was unterschlagen?" Es war eine lauernde Frage. Und so beeilte ich mich, glaubhaft abzuwiegeln: „Der Stasi kannst du nichts unterschlagen. Da geh mal von aus. Ich hatte Glück, weil ich nich vorbestraft bin und weil ich das Buch noch nicht veröffentlicht hatte."

„Hattest det aber vorjehabt?" Die Frage kam im selben Moment, da ich aufgehört hatte zu reden. Brusthugo hatte sie gestellt. Wieder setzte diese gespannte Stille ein. Alle starrten mich an, sogar Mutter. Und der, den sie Zopp nannten, hatte aufgehört, an den Pellkartoffeln zu kratzen. Ganz klar, wenn ich jetzt auch nur angedeutet hätte, dass ich mit Geschick und viel, viel Angstschweiß die Vernehmer dazu gebracht hatte, sich auf ein einziges Manuskript zu konzentrieren und dafür etliche andere Sachen nicht zu beachten und dass ich tatsächlich schon versucht hatte, im Westen einen Verlag für das Buch zu interessieren und die Stasi auch das noch nicht aus mir herausgebracht hatte, dann wäre bei der nächsten Gelegenheit mindestens die Hälfte dieser Banditen losgerannt, um mich bei den Leuten vom Vollzug anzuscheißen. „Quatsch!", zischte ich also. „Du hast anscheinend überhaupt keinen Dunst, was die Stasi für Möglichkeiten hat. Denen entgeht nichts!" Ich kniff die Augen zusammen. „Und kannst mir glauben, ich bin froh, dass ich da raus bin. Und ich werd' ganz bestimmt nichts mehr unternehmen, um noch mal mit denen in Konflikt zu kommen. Nich solange ich hier bin und nich im Westen!" Es war das, was ich bei jeder Vernehmung und vor Gericht beteuert hatte: Aufzuhören, Sachen zu schreiben, die sich gegen die DDR richteten – auch im Westen nicht. Was ich wirklich vorhatte, darüber würde in meiner DDR-Zeit niemand ein Wort erfahren.

Brusthugo murrte ein bisschen, bis ein anderer fragte: „Wie machst'n det, in' Westen zu komm'?"

Ich tat belanglos. Auch das konnte einem gefährlich werden: Anderen Häftlingen zu erklären, wie man Ausreiseanträge stellte. „So genau weiß ich's selber nicht. Weiß nur, dass mein Anwalt das regelt. Vogel aus Berlin."

„Vogel, da haste Glück!" Ich merkte, dass die Stimmung kurz davor war, sich gegen mich zu kehren. Ein gewisser Neid, den ich sogar verstehen konnte, baute sich auf. Ich war kein richtiger Knaster, ich gehörte nicht zu denen in der Zelle. Für mich sollte das Zuchthaus nur als Sprungbrett in den Westen dienen. Der Häftlingsfreikauf funktionierte nur, wenn man einsaß. Dass man auf diese Weise kriminelle Langstrafer, Kurzstrafer ebenso, demoralisierte und neidisch machte, ergab sich zwangsläufig. Die Abneigung der Kriminellen gegen die anderen gleichfalls. Ich sagte also: „Kann ja auch sein, dass ich Pech habe und das mit dem Freikauf nich klappt. Dann kann ich meine sechs Jahre voll abdrücken." Dazu lachte ich absichtlich verunsichert.

„Kann schon sein", bestätigte Brusthugo. „Et sind jedenfalls jede Menge Leute hier, denen et so jegangen is. Manche sind sogar erst een Tach vor Ablauf von ihre Strafe abjeschoben worden." Eine gewisse Genugtuung klang in seinen Worten.

Die Stimmung in der Zelle blieb erträglich, und ich beschloss, sie weiter zu meinen Gunsten zu formen und kramte aus einem meiner zwei Spindfächer eine Schachtel „Karo". Ich hatte in der U-Haft, als der Einkaufsoffizier alle zwei Wochen von Luke zu Luke ging und auf seiner Liste die Einkaufswünsche der Häftlinge innerhalb eines Limits von fünfzig Mark ankreuzte, zwei Schachteln bestellt und nachher aufgehoben. Eigens für diese Situation. Jetzt packte ich eine Schachtel auf den Tisch. „Hier!" Die Knaster sahen mich mit großen Augen an. „Nach dem Essen soll man rauchen. Ich geb 'ne Runde." Brusthugo fasste sofort zu und reichte die Schachtel herum. Außer Mutter und Zopp rauchten alle. Zum Schluss landete die Schachtel, in der sich noch ein paar einzelne Zigaretten befanden, wieder bei mir. „Ich rauch' gar nicht", sagte ich und erntete ungläubige Blicke. „Da hast du's hier um einiges leichter", versicherte mir Mutter. Ich nickte, obwohl ich das längst wusste. Als Raucher war man immer abhängig, von irgendwas und von irgendwem.

Die Zelle war nur kurze Zeit vom Qualm der Zigaretten erfüllt. Durch das Loch im Fenster floss die kalte Luft wie ein Strudel ins Innere und drängte den Rauch und das bisschen Wärme hinaus. Ich fror wieder und kletterte auf meine Liege im dritten Bettenstock. Ich rollte mich in eine Decke. Mir wurde ein bisschen warm, aber zugleich spürte ich, wie mich neue Müdigkeit befiel und meine Augen zuklappten. Ich wollte aber nicht schlafen. Wer am Tag schlief, der blieb nachts munter. Und es gab keine durchwachten Nächte, die schlimmer waren als jene in der Gefangenschaft. In der U-Haft hatte ich das immer wieder erfahren. Ich riss also in einem Moment, da ich schon in den Halbschlaf gestürzt war, gewaltsam die Augen auf und schwang mich auf die Bettkante. Es herrschte jetzt Ruhe in der Zelle. Die Knaster lagen auf ihren Betten. Manche schliefen, manche dösten. Nur Mutter saß am Tisch. Er hatte das Geschirr und die Essenreste aufgeräumt und machte sich gerade an Wurst und

Brot zu schaffen. Ich kletterte nach unten und setzte mich ebenfalls an den Tisch. „Na", sagte er, „keinen Mittagsschlaf?" Ich schüttelte den Kopf.

„Nachts schläft sich's allemal besser. Vor allem kriegt man nicht mit, was hier so passiert." Er lachte dünn.

„Was passiert denn?"

Mutter schielte zu Brusthugo hinüber, der wach lag und uns vermutlich zuhörte. „Ich mach' schon mal die Kalte fertig. Ist besser, das macht einer, der einigermaßen satt ist. Sonst verschwindet gleich die Hälfte der Wurst in seinem Mund. Ist so schon schwer genug, aus dem kleinen Stück zwölf Portionen zu schneiden."

Von einer der mittleren Bettetagen erhob sich der Ältere, den sie Zopp nannten. Er ging zur Toilettenkabine. Als er die Tür hinter sich zugezogen hatte, stieß mich Mutter an: „Mit dem da bin ich seit Stralsund zusammen. Ein absoluter Psychopath, im Grunde gutmütig, aber unglaublich reizbar und unkontrolliert. Der geborene Außenseiter. Hatte sein Leben lang Probleme mit Frauen. Und mit der Sauferei. Dazu kommt seine Kraft. Der Kerl ist stark wie ein Bär. Das is ihm vollends zum Verhängnis geworden. Sie haben in seinem Heimatkaff beim Tanz so getan, als wollten sie ihm die Freundin, die sowieso zehn Jahre älter ist, ausspannen. Ein paar, die sich Freunde nannten. Sie wollten ihn eigentlich nur juckig machen. Aber er hat Rot gesehen und die ganze Bande aufgemischt. Zwei von denen sollen jetzt noch im Krankenhaus liegen. Und da es nicht sein erstes Gewaltdelikt ist, haben sie ihm bei der Verhandlung neun Jahre aufgebrummt." Mutter seufzte wieder, als habe er Mitleid. Dann begann er, die Wurst einzuteilen. Beiläufig sagte er: „Na ja, solche Sachen hörst du hier in einer Tour. Es ist Quatsch, jeden Einzelnen zu bedauern. Für manch einen isses vielleicht ganz gut, hier zu sein. Dadurch überleben draußen ein paar Leute mehr."

Ich sah ihm eine Weile schweigend zu und fragte schließlich: „Aus Rostock bist du?"

Er nickte, ohne von seiner Arbeit zu lassen oder aufzuschauen. „Bin ich ziemlich oft gewesen. Kenn' ich verschiedene Leute und hab' auch mal 'ne Freundin dort gehabt."

„Sag mal 'n paar Namen und Adressen!" Er hielt mit dem Schneiden inne, sah mich aber nicht an, sondern prüfte per Blick, ob die Wurstportionen gleich groß waren.

Ich nannte ihm die Namen und Adressen von zwei früheren Studienkollegen, und es stellte sich heraus, dass einer von ihnen unmittelbar in seiner Nachbarschaft wohnte. Den Namen hatte er allerdings noch nicht gehört. War aber egal, denn dafür kannte er den von meiner Ex-Freundin. Deren Familie gehörte in Rostock eine Werkstatt. „Das ist 'ne Goldgrube", sagte Mutter anerkennend. „Warum haste da nicht eingeheiratet? Wärst du jetzt bestimmt nicht hier."

Warum? Ich wusste es nicht mehr. Es lag alles lange zurück. Immerhin hatten wir ein strapazierfähiges Gesprächsthema, das außerhalb der Zuchthauswelt lag. Rostock, Potsdam, Freundinnen und Verdienstmöglichkeiten. Es war, als würden wir in der bescheidenen Freiheit dieser DDR in einer Kantine oder irgendwo in der Kneipe sitzen. Eine Tasse Kaffee oder ein Glas Bier, schon hätte man in der Auflösung des Gesprächs die Umgebung einfach vergessen.

Nun denn, nachdem ich meinte, eine Unendlichkeit sei vergangen und wir müssten uns dem Abend nähern, wurde die Zellentür aufgeschlossen und Kalfaktor Ulrich erschien. Ein Bursche in Knastkleidung mit Kamm und Schere an seiner Seite. Haare schneiden. Ulrichs Blick flog prüfend über die Köpfe der Zelleninsassen, und kurz darauf entschied er: „Bis auf euch beide kommt bei allen der Pelz runter!" Die Knaster murrten. „Grade jetzt", stöhnte Brusthugo, „wo ick mir mal 'n bisschen ausruhn will." Der Kalfaktor traktierte ihn prompt. „Was heißt hier jetzt? Ist man grade zwölf Uhr. Außerdem musste dich auch gar nich den ganzen Tag auf'm Bett rumwälzen, du faule Sau!" Er ging an das Bett und verpasste dem Murrenden einen leichten Stoß

mit der Faust. „Na ja, lange bleibste sowieso nich auf'm Zugang. Die Schließer haben dich schon für was ausgeguckt."
Brusthugo sprang sofort aus dem Bett. „Wieso?" Die Fäuste ballten sich, er starrte den Kalfaktor wütend an. Der jedoch warnte gelassen: „Halt die Schnauze, sonst biste heute Abend noch auf Absonderung!"

Ich schluckte und fuhr mir durch die Haare, die ich mir vor ein paar Tagen aus reiner Langeweile noch bei der Stasi hatte schneiden lassen. Ich kam also heute für den Friseur nicht in Frage, ebenso wie Mutter. „Ach so", Ulrich wandte sich doch noch zu mir, „bei dir muss der Bart runter. Sonst gibt's Ärger mit dem Wachpersonal. Und überhaupt, Bart ist nicht erlaubt. Weißte ja."

Wusste ich das? Woher denn? Ich hatte keine „Hausordnung" oder dergleichen bekommen. Ulrich verschwand, und der Knaster mit dem Kamm und der Schere versicherte mir sofort, dass er jedenfalls keinen Bart abschneiden und rasieren könne. „Schöne Scheiße", schimpfte ich halblaut und kramte mein Rasierzeug aus dem Spind. Ich stellte mich vor das Waschbecken und drehte den Wasserhahn auf. Ein dünner Strahl kalten Wassers ergoss sich müde über meine Hände. Vergeblich spähte ich nach einem Stöpsel, mit dem ich das Wasser im Becken hätte stauen können. Ich blickte in den halbblinden Spiegel, der sich auf Gesichtshöhe befand und dachte: Eigentlich hast du im Moment nichts weiter zu verlieren als dein Leben. Ich feuchtete den Bart an und rieb die Seife hinein. Danach spannte ich eine Klinge in den kleinen Rasierapparat und schabte vorsichtig über das Gemisch aus schwarzen und grauen Gesichtshaaren. Es zuckte und ziepte, schmerzte und stach. Egal. Nach rund zehn Minuten hatte ich den Bart von Normallänge auf den Status eines Einwochenwachstums gebracht. Ich konnte ihn jetzt besser einseifen und mit der Klinge Stück für Stück abschaben. Das Ganze mehrfach wiederholt, blickte ich schließlich in ein Gesicht, das im Bereich des extrahierten Bartes mit Schnitt- und Platzwunden nur so übersät war. Ein total verändertes Gesicht. Schmal, blass und traurig, allerdings erheblich jünger aussehend. Weil die rasierte Fläche fürchterlich juckte und brannte, wusch ich sie mehrmals mit dem kalten Wasser ab. Es half nicht. Es fehlte Rasierwasser oder eine Creme. Aber woher sollte man die bekommen? Also leiden und Zähne zusammenbeißen, wie gehabt. Ich kroch auf mein Bett und versuchte mein Gesicht so nah wie möglich an die kalte Luft, die durch das Loch im Fenster in die Zelle strömte, zu bringen. Nebenher verfolgte ich das Gespräch, das die Knaster mit dem Friseur führten. Es ging um dessen Berufungsverfahren, das demnächst stattfinden sollte. Der Bursche war ein EllEller, der erste, den ich aus unmittelbarer Nähe sah. Man hatte ihn wegen des Mordes an seiner Freundin verurteilt. In einer Nacht vom Sonnabend zum Sonntag sollte er sie nach dem Tanz getötet haben. Dabei war er unschuldig, seiner Meinung nach. Zum Zeitpunkt des Mordes habe er sich gut zwanzig Kilometer vom Tatort entfernt befunden. Er beteuerte es nachhaltig. Und als Brusthugo ihn fragte, ob er von seinem EllEll runter und wenigstens auf eine Feststrafe kommen wolle, warf er sich in Positur. Aufgrund seiner Unschuld käme nur ein Freispruch in Frage, beschwor er. Ich hörte, wie Mutter respektlos auflachte. „Wenn du bei der Verhandlung so überzeugend auftrittst wie hier, wirst du ja heute zum letzten Mal bei uns die Haare geschnitten haben." Für einige Augenblicke herrschte gespannte Stille. Ich wagte nicht, mich in meinem dritten Bettenstock zu rühren, geschweige denn mich dem Geschehen zuzuwenden. Dann hörte ich, wie der EllEller ziemlich laut Luft holte. „Kann das vielleicht sein, dass du irgendwann mitgekriegt hast, wo du dich befindest: Nämlich nicht in der Klosterschule, sondern im Knast. Und zwar nicht in irgendeinem Knast, sondern im schärfsten Knast, den es weit und breit gibt. In dem Knast, in dem so schwere Verbrecher sitzen, denen es nicht mehr drauf ankommt, wenn sie hier ein zweites EllEll abfassen. Wenn du also noch mal solche blöden Sprüche loslässt, kann's passieren, dass mir beim nächsten Haareschneiden die Schere bisschen tiefer rutscht." Ein paar Sekunden herrschte Schweigen, dann kicherte auf einem der unteren Betten ein Tätowierter: „Murks ihn ab, Schorsch!" Ein paar andere lachten ebenfalls. Und Mutter erwiderte schnippisch: „Mach's mal! Vielleicht kannst du dann dem Gericht besser weismachen, dass du wieder zwanzig Kilometer vom Tatort entfernt warst! Vor allem musst du hier solche Sprüche durch die Gegend posaunen. Wo jede Menge Leute nur drauf warten, einen anderen anscheißen zu können!"

Ich drehte mich um. Die Gesichter der Knaster sahen schadenfroh aus. Nur der EllEller war kleinlaut geworden. Mutter hatte seine Drohung leichtens verlächerlicht. „Luftpumpe, du!", schimpfte der Friseur und fuchtelte hilflos mit der Schere.

Etwa die Hälfte der Zellenbelegschaft trug nachher Glatzen. Das heißt, Glatzen im Sinne blank geschorener Köpfe waren nicht erlaubt. Warum nicht, war weder nachzulesen, noch gab es jemanden, der es den Strafgefangenen offiziell erklärte. Wie alles, was in diesem Zuchthaus an Verboten und Vorschriften existierte. Ein paar Stoppeln von einem halben Millimeter Länge blieben als Alibi stehen. Die Köpfe wirkten dennoch kahl, glatt, sie wirkten, als gehörten sie zu riesengroßen Babys. Andern Orts hätte das komplett veränderte Aussehen sicherlich zu einem maßlosen Gelächter geführt. Glatzkopf, Schädel oder so. Hier nicht. Es gehörte zu den Normalitäten, dass man sich den Kopf scheren ließ. Nicht nur aus hygienischen Gründen, sondern auch weil man beim allmählichen Nachwachsen der Haare sah, wie die Zeit verging: Langsam, aber unaufhaltsam.

Als wir nach etwa einer Stunde zum Fotografieren und Abnehmen der Fingerabdrücke losmarschierten, hatte das Jucken auf meinem Gesicht etwas nachgelassen. Auch die Schnitt- und Platzwunden trockneten langsam ab. Wir mussten über den Freihof in das gegenüberliegende Gebäude. Haus oder Vollzugsabteilung eins. Ein unendlich lang scheinender Flur, eine Zellentür neben der anderen. Riegel, Gitter, hallende Schritte und Stimmen. Neben den Zellentüren diese Klappen, die aussahen wie Briefkastenschlitzdeckel. Mitnichten befanden sich Briefkästen darunter, sondern Guckschlitze. Nach oben hin war der Flur offen. Gänge, die vor den Zellen verliefen und zur Mitte des Raumes nur durch hüfthohe Geländer abgeteilt waren. Ein Sprung nach unten wäre ohne weiteres möglich gewesen. Doch wozu ein solcher Sprung? Er hätte weder zum Selbstmord noch zur Flucht dienen können. Man hätte sich die Beine oder das Becken gebrochen und wäre im Krankentrakt gelandet. Ob das erstrebenswert war? An den Gängen entlang zogen sich auch im ersten Stock die Zellentüren, die Riegel, Gitter, Deckel. Eine eigene abgeschlossene Welt, die mich, obwohl sie um ein Vielfaches weitläufiger war als die U-Haft-Anstalt, erdrückte, einschüchterte, einschnürte. Man war begraben, egal dass man umherlaufen und mit anderen Häftlingen sprechen konnte. Man lief wie mit Fesseln und Eisenkugeln an den Füßen, auch wenn es realiter keine Fesseln und Kugeln gab. Und ich sprach, wenn ich sprach, zu anderen wie durch eine dicke Glasscheibe. Ich hatte das Empfinden, als würden meine Worte den Mund nicht verlassen, als würde ich sie tonlos verpressen.

„Los, los!", feuerte uns der Schließer an. Ich legte einen Schritt zu, obschon ich wusste, dass sein Gemaule nicht mir galt. Ich blieb immer im Pulk, immer darauf bedacht, nicht zurück- oder irgendwie aufzufallen. Hier in diesem dröhnenden Flur. Ein Verhalten, das ich bis zum letzten Tag in diesem Zuchthaus beibehalten würde. Ganz bestimmt. Immer zügig laufen, geduckt, niemals auffallen, immer die Angst im Nacken. Welche Angst? Ich weiß nicht, welche Angst, bis heute nicht. Einfach Angst. Vielleicht dieselbe Angst, die ein Tier bekommt, wenn es aus seinem natürlichen Umfeld in einen Käfig, von mir aus auch in ein Freigehege, gesteckt wird. Das Tier weiß, dass es in Gefangenschaft ist, dass diese Gefangenschaft nicht sein angestammter Platz ist. Genauso wie ein Haustier, so es in die Freiheit kommt, mit der Freiheit nichts anfangen kann und zugrunde geht.

Im ersten Stock lehnte sich jemand auf das Geländer. Ein Bursche mit vollem Haar, das gefettet und nach hinten gekämmt war, und dunkelglasener Brille. Er hatte gute Klamotten an, ganz offensichtlich eine ehemalige Offiziersuniform, gereinigt, sogar gebügelt, an der die gelben Streifen wie eine gekonnt eingenähte Verzierung wirkten; und die Schuhe, gepflegte schwarze Lederhalbschuhe, hätten gut und gern noch im zivilen Leben ihren Zweck erfüllt. „Endlich kommt meine Ablösung!", rief der Kerl zu uns hinunter. „Noch vier Wochen, dann schmeckt das Bier wieder und die Weiber auch! Und ihr könnt hier schmoren." Ein paar von den Knastern aus meiner Gruppen verzogen neidisch das Gesicht. Nur Brusthugo antwortete: „Du und Weiber. Du bist doch so wat von stockschwul!" Er lachte gemein. „Und spätestens in vier Wochen fährste wieder ein. Alter Be-Vauer!" Der Neid der anderen verflog, sie lachten wissend und erleichtert. Dass der da oben wieder einfahren würde, wirkte wie ein Trost. Und dass dieses BV als Abkürzung für Berufsverbrecher stand, lernte ich schon noch.

Irgendwo in der Mitte des Ganges wurden wir in eine Zelle gesperrt und dann einer nach dem anderen zum Fotografieren und zur Abnahme der Fingerabdrücke gebracht. Eine Prozedur, die erniedrigend war und den Angstpegel erneut sprunghaft in die Höhe trieb. Wie vor einer Hinrichtung. Dieser Stuhl, diese monströse Kamera. Diese Anweisungen. „Den Kopp grade halten! Nich lachen!" Als ob mir zum Lachen zumute ist, du dummer Arsch. Ich versuchte die Mundwinkel nach unten zu ziehen, damit sich der schiefe Mund etwas streckte. Dabei spannte sich das Gesicht, die Wunden vom Rasieren rissen und juckten. Unwillkürlich fasste ich mit der Hand hin, um mich zu kratzen. „Halt die Pfoten stille, du Idiot!" Der Offizier in der schwarzen Uniform kam bedrohlich nahe. Schlag doch zu!, dachte ich. Als ob's noch darauf ankommt. Und in ein paar Jahren kann ich mit gutem Gewissen behaupten: Verprügelt haben sie mich auch! Für nichts! Doch er wich zurück. Vielleicht kam er sich selbst lächerlich vor. Vielleicht war's die Angst seinerseits. Salzgitter oder ZDF-Magazin, Gerhard Löwenthal. Diese Knastwächter und Knastoffiziere hatten mindestens das gleiche Gespür wie die Knaster, wenn da ein politischer Häftling in den einfarbigen Brei an Kriminellen und Psychopathen geworfen wurde. Von den Transporten in das Abgangslager der U-Haft-Anstalt Karl-Marx-Stadt wussten diese Leute noch viel mehr als unsereins. Von Karl-Marx-Stadt ging's nach Gießen. Dort konnte man auspacken.

Wir warteten, als alles erledigt war. In dieser Zelle, in der es keinen Hocker und keinen Tisch gab. Nur uns. Stehen. Mal mit dem Rücken gegen die Wand, mal vorgebeugt, mal mit Gewichtsverlagerung auf das rechte, mal auf das linke Bein. Halbe Stunde und noch eine halbe. Oder waren das ganze Stunden? Vielleicht auch nur fünf Minuten? Die Knaster fluchten.

„Machen hier mit uns, wat die wolln, die Schließer!"

„Is aber allet unsere Zeit, die verjeht."

„Bloß von den beschissenen Zujang runter. Bloß inne Schicht und Jeld verdien. Einkoofen könn, roochen."

„Und Miezen, wa? Nischt wie rummiezen!"

„Na und! Klar, ooch rummiezen! Du woll nich!"

„Nee, ick nich. Ick bin nich schwul!"

„Meinste icke? In Knast is nu mal allet anders. Da jibt et keene richtjen Fraun. Weeßte ja woll selbst. Oder fährste zum ersten Ma ein?"

„Nee, aber nach dies Ma is Schluss. Det steht fest. Hab ick mia fest vorjenommen!"

„Nehm ick mir jedet Ma vor. Aber denn land ick doch wieda hia. Wenn de eenmal in Knast warst, kommste draußen nich mehr uff de Beene. Letztet Ma hab ick drei Jahre Kalte jekricht. In de Nähe von Guhm."

„Wo issn det?"

„Guben oder Willi-Pieck-Stadt. Kennste nich? Is anne polnischen Grenze. Der Sheriff, bei den ick mir jede Woche melden musste, war der reinste Stinkstiefel. Hat mir nur schikaniert.

Denn bin ick da abjehaun, hab zweemal in Jartenlauben übanachtet, und denn hatten se mir. Scheiße!"

„Is aba immer so. Ob de nach Guhm oda nach Prenzlau kommst. Det is überall een Anschiss. Die Sheriffs, die warten nur druff, det se dir schnappen könn."

„Weeßte wat? Ick stell ooch een Antrach. Ick jeh ooch in Westen rüber. So wie er da."

„Und wenn se dir nich lassen?"

„Denn hau ick über de Grenze ab, wenn ick hier wieda raus bin. Irjendwie klappt det schon."

„Mach doch mal eener det Fenster uff!"

„Is doch offen! Wenn so ville hier drin sind, kricht man eben keene Luft!"

„Klopp doch ma an de Tür, damit die uns hörn!"

„Kommt ja doch keener von die Schließer. Und wenn, jibt et bloß Kloppe."

Endlich rang sich der Knaster, der direkt an der Tür stand zu ein paar Schlägen gegen die Tür durch. In der Zelle trat sofort Schweigen ein. Atemzüge und das Rascheln von unvermeidbaren Bewegungen waren zu hören. Minuten vergingen, langsam setzten wieder Gespräche ein. Dann näherten sich laute Schritte. Der Schlüssel dremmelte laut durch das Schloss, der Riegel knallte. „Was is los?" Das finstere Gesicht eines Schließers.

„Wir wolln rüberjebracht werden, Herr Meister!"

Der Schließer schwieg. Aggressiv sah er nicht aus, aber auch nicht sehr entgegenkommend.

„Wir hocken hier schon mindestens 'ne Stunde. Wenn nich noch mehr."

„Is nich mein Bereich. Muss jemand vom Zugang komm!"

„Könn' Se nich ma anrufen? Ick muss dringend ma!"

„Ja, ick ooch!"

Ein Kopfschütteln, ein zweifelnder Blick. Krach, die Tür wurde wieder zugeknallt. Immerhin, eine Viertelstunde später erschien mit finsterem Blick jener Schließer, der uns hierher gebracht hatte. Es gelang mir, einen schnellen Blick auf seine

Armbanduhr zu werfen und festzustellen, dass wir insgesamt zweieinhalb Stunden unterwegs gewesen waren.

Egal. Es war völlig egal. In dieser Zelle im Zugang lungerte man ebenfalls nur herum. Man hatte die gleichen Gesichter um sich, hörte dasselbe Gequatsche und fror. Man wusste die Uhrzeit nicht, und es gab keine Beschäftigung. Nur dass man sitzen, liegen oder aufs Klo gehen konnte.

Ich lag auf meinem Bett im dritten Stock. Das Stehen hatte mich müde gemacht, richtig erschöpft. Himmelswillen, dachte ich, du verträgst nichts mehr. Früher konnte ich laufen, auf einer Stelle stehen, stundenlang. Die U-Haft, diese elf Monate in der engen Zelle, der stickigen Luft. Da war jede Kondition verschwunden. Trotz der mitunter dreihundert Liegestütz pro Tag. Den Knastern ging es aber genauso. Außer Mutter lagen sie alle schlaff auf ihren Betten. Die meisten hatten weder ihre Decken bezogen noch überhaupt die Bündel auf- und ausgepackt. Sie fläzten. Ich dachte, das hätten die Schließer aus der U-Haft-Anstalt sehen müssen. Die wären dazwischengegangen. Ich döste, dachte an den letzten Sprecher in diesem Stasi-Knast. Bebie hatte mich besucht, allein. Es war schon alles vorüber, die Verhandlung, die Vernehmungen, die Spannung. Bebie hatte Kaffee und Kuchen mitgebracht. Das ging bei der Stasi, es ging dann, wenn sie einen im Sack hatten, wie mich jetzt. Aber mir hatte der Kaffee und der Kuchen nichts bedeutet. Irgendwie auch der Besuch nicht. Ich hatte dieses Gefühl, dass mich Bebie betrügt. Nun gut, betrügen. Dass sie einen andern hatte. Einer, mit dem ich befreundet war. Aber sie gestand es nicht. Aus Feigheit und mit dem Ziel, trotz allem an mir kleben und in meinem Fahrwasser in den Westen kommen zu können. Eine Art Zusammenführung. Ich wusste längst, dass das nicht funktionieren würde. Ohne verheiratet zu sein. Und verheiratet waren wir nicht. Bebie hätte sich ebenso wie ich einsperren lassen müssen, um in den Westen zu gelangen. Aber wer brachte das schon fertig. Trotz allem hatte sie mich bei diesem letzten Sprecher geknutscht. Der

Vernehmer, der diesen Sprecher überwachte, hatte weggeschaut. Warum? Ich war verwirrt, die Knutscherei, das löste ein Gefühl von Peinlichkeit aus, von Abhängigkeit. Ich wollte nicht, dass diese Stasi-Leute, Leute überhaupt, noch tiefer in meine Intimsphäre drangen, dass sie jetzt gar visuelle Zeugen von Intimitäten wurden. Was die schon alles über mich wussten, ganze Ordner mit Briefen, in denen mein Innen- und Außenleben haarklein geschildert und kommentiert ausgebreitet lag, nicht nur meines. Über Jahre, in Briefen, die Woche um Woche, jeden zweiten Tag nebst meinen Romanfortsetzungen in den Westen flossen. Und nicht nur dass sie es lasen und sich vielleicht daran aufgeilten, wurden mir Briefe, Passagen oder einzelne Sätze in den Vernehmungen, später vor Gericht unter die Nase gerieben. Ich hatte mich dafür geschämt, obwohl das Schamgefühl eher dem Vernehmer, dem Staatsanwalt und diesen schmierigen Leuten aus dem Gerichtssenat angestanden hätte. Ganz zu schweigen von den vielen, die sich im Hintergrund befanden und für die ich ein pures politisches Objekt war, ein feindliches Objekt. Ich hatte aufgeatmet, als die Akten und Ordner jetzt geschlossen waren. Keine Vernehmungen, keine Verhandlung, keine sonstigen Vorführungen mehr. Ich war in meiner Zelle geblieben. Außer wenn ich zum Duschen oder zum Friseur ging. Ich wollte irgendwie nicht mehr raus. Aber wenn jemand kam, um mich zu sehen, zu sprechen oder zu knutschen, dann wurde ich nicht gefragt. Nummer sechsundvierzig, raustreten. Man durfte nicht fragen, warum, wohin, zu wem. Stehenbleiben, vorwärts, Gesicht zur Wand, bisschen schneller, los weiter. Gänge, Treppen, Gitter, Schlösser, Wartezelle, mal warten. Natürlich, auch dieser miese Anwalt belagerte mich noch nach der Verhandlung. „Wir müssen in Berufung gehen, unbedingt! Wir haben noch eine Chance!" Dieser widerliche Schleimer. „Ich bin gut weggekommen mit meinen sechs Jahren", log ich. Aber er kam wieder, einmal, zweimal und schließlich kurz bevor meine Berufungsfrist von vier Wochen nominell abgelaufen war. Ein unheimlicher Geselle, der zuletzt immer das Parteiabzeichen an der Jacke hatte. „Machen Sie nicht den Fehler, dass Sie in die BRD wollen!", redete er auf mich ein. „Nehmen Sie den Antrag zurück, und wir gehen in Berufung." Wenn ich antwortete, dann höchstens: „Sie kriegen Ihr Honorar schon, keine Bange!" Die Richtung, in die er zielte, war zu eindeutig, vor allem jene, *aus* der er zielte. Viel später erst erfuhr ich, dass er meine Sache nur noch als Untermandat von Dr. Vogel führen durfte. Notgedrungen. Denn ich hatte ohnehin nie eingesehen, dass ich in einer Verhandlung, mit einem „Delikt" wie dem meinen, überhaupt einen Anwalt haben sollte. Wozu denn? In den Protokollen standen ja alle meine Geständnisse. Und das Manuskript und die Briefe gehörten doch detailliert zur Anklageschrift. Es hätte ja bei der so genannten Verhandlung nicht einmal meiner Anwesenheit bedurft. Wozu also noch einen teuren Rechtsanwalt? Lediglich Vogel wollte ich, um in den Westen zu kommen, per Freikauf. Man war nichts, ein Spielball, den man hin und her schubste, auf den man trat, in dessen Intimsphäre man nach Belieben eindringen konnte. Oder zu dem man mit Kaffee und Kuchen kam, um mit ihm rumzuknutschen. O Bebie. Ich war froh, als dieser letzte Sprecher in der Stasi-Anstalt gelaufen war. Einige Tage später lief die Berufungsfrist ab, und ich ging auf Transport nach Brandenburg. Ich zweifelte kein bisschen daran, dass Bebie mich auch in diesem Zuchthaus aufsuchen würde. Besuchen. Und ich war mir nicht sicher, dass ich das wollte.

In den unteren Betten unterhielten sich zwei von den Knastern über ihre letzten Tage in der Freiheit. Zwei ganz junge Burschen, die das Leben noch vor sich hatten. Oder auch nicht. Mit ihren total kahl geschorenen Köpfen sahen sie aus wie riesengroße schlaksige Babys. Die beiden hatten in der zweiten Nacht nach ihrer Haftentlassunge in einem kleinen volkseigenen Betrieb einen Tresor leer gemacht. Knapp tausend Mark und zwei Flaschen Schnaps. Danach ein Auto geknackt und einen Laden mit Klamotten ausgeräumt, hatten sie eine Woche lang die vornehmen Lords gespielt. Die Scheine waren geflattert, und die Puppen hatten getanzt. Zwei Bereichsleiter von der Baustoffversorgung Leipzig, die sich auf Lehrgang befänden. Bis sie von einer Streife aufgegriffen wurden und jeder von den Zweien an die sechs Jahre bekam. Die eine Woche Nichthaft reichte ihnen aus, um so viel zu erzählen wie andere über ein ganzes Leben. Mutter lag jetzt auf seinem Bett im zweiten Stock. Er hatte die Arme unter dem Kopf verschränkt und die Augen offen. Er wirkte locker und entspannt, ein bisschen amüsiert, wie der Gast eines Sanatoriums, der seine Mittagsruhe hält. Er folgte dem Gespräch der Kahlköpfe. Einer von den beiden hatte darüber gefeixt, wie verzweifelt seine Freundin gewesen sei, als sie von seiner neuerlichen Verurteilung erfahren hatte. Wo sie vorher schon zwei Jahre auf ihn gewartet habe. Schreikrampf, misslungener Selbstmordversuch. Mutter drehte sich auf die Seite, sah zu ihm hinüber. „Entweder isses eine, die total blöd oder total treu ist." Der Kahlkopf griente, fühlte sich geschmeichelt. Seine Augen leuchteten. „Eene, die mich nimmd, is ne bleede." Mutter drehte sich wieder in die Rückenlage, setzte eine unverbindliche, desinteressierte Miene auf. „Außerdäm kann ich ooch andere hamm!" Der Kahlkopf hatte sich aufgerichtet. Unwirsch, unzufrieden sah er zu Mutter. „Oder gloobstes nich?" Mutter reagierte nicht. Er schien die Worte des Kahlen überhaupt nicht zu hören. „He, ich hab dich was gefraachd!" Mutter griente ein bisschen, aber er veränderte seine Haltung nicht. „Jeder kann eine andere haben, wenn du das so siehst. Allerdings darf er nicht im Knast sein." Seine Feststellung, so nahezu beiläufig er sie traf, klang zurechtweisend, einleuchtend. Der Kahlkopf brauchte erst Sekunden, um sie zu begreifen, um etwas zu erwidern. Er starrte ärgerlich zu Mutter, legte sich dann wieder auf den Rücken, richtete sich jedoch wieder auf und gab jetzt erst eine Antwort: „Weeßde, wenn ich draußne bin, bin ich fünfundzwanzsch. Da kann 'sch immer noch jäde kriegn!" Mutter antwortete, ohne seine Haltung zu verändern. „Das schon. Aber wenn du wieder bloß eine Woche draußen bist, musst du dich ziemlich ranhalten." Ein anderer hätte vielleicht gekichert, wenn er das gesagt hätte, oder er hätte etwas Lehrerhaftes in den Unterton gelegt. Mutter nicht. Was so war, war so. Den Kahlkopf schien für Augenblicke eine Aufwallung zu überkommen, doch er fasste sich, ließ sich zurückfallen und griente breit. „Ganz bestimmd nich, Wenn 'sch hier rausgomm, mach 'sch ne Mügge." Er zwinkerte seinem Kumpel, dem Mittäter zu. Doch was geheim bleiben sollte, wurde von Mutter prompt durchschaut. „Im Westen haben die schon genug Kriminelle, als dass sie solche wie euch zwei noch brauchen." Der zweite Kahlkopf protestierte: „Denkst wohl nich, dass mir beede arbeiden kenn? Wenn mir was Richt'sches kriegen, arbeiten mir ooch." Er richtete sich jetzt ebenfalls auf und drohte: „Außerdäm gähd dich das ähn Scheißdreck an!"

„Gott sei Dank", antwortete Mutter sofort. „Wenn ich für jemanden wie euch zwei die Verantwortung zu übernehmen hätte, würde ich's mir glatt überlegen, ob ich noch ein paar Jährchen länger hier bleibe." Und obwohl Mutter weder eine Geste noch eine Bewegung getan hatte, war das Gespräch beendet. Lediglich, dass einer der Kahlköpfe zu dem andern murmelte: „Idiot. Wenn isch mit däm off ähn Kommando gomm, dann kann där sich frisch machn."

Dieses Sächsisch in seiner tiefsten Urform konnte nerven. So langsam, so breit, so triefend. Aber egal. Ich spürte, wie meine Augenlider schwer wurden, wie sich die Gedanken in unrealen Gebilden verirrten. Schlaf kam. Ich versuchte mich zu wehren. Wenn du jetzt schläfst, bist du heute Abend nicht müde. Und wenn du nicht müde bist, gerätst du voll in den Schlamassel der Knaster. Ich gab mir einen Ruck und saß. Dann ließ ich mich am Fußende des Bettes nach unten. Bei der Landung stieß ich gegen einen Hocker, so dass dieser umfiel. Poltern. Aber außer Mutter beachtete mich niemand. Die Knaster schliefen oder dösten, und die beiden Kahlköpfe unterhielten sich leise über ihre kurze Zeit in der Freiheit. „Ja", sagte Mutter, „die Langeweile ist mit das Schlimmste hier. Der ist gut dran, der einen guten Schlaf hat. Der merkt von den leeren Stunden nicht allzu viel." Ich zuckte mit den Achseln: „Irgendwann ist das mit dem Schlafenkönnen vorbei. Nach der langen U-Haft. Der Körper stirbt irgendwie ab, wenn man immer nur die paar Schritte in seiner Zelle hat. Der Körper und der Kopf." Mutter seufzte. „Ein Vergnügen isses wahrlich nicht." Er hatte die Hände über der Brust gefaltet und sah auf die Unterseite der über ihm befindlichen Matratze. Schwieg. Vielleicht dass er betete, meditierte. Ich ging in die Toilettenkabine. Saß und betrachtete die Inschriften, die von lang verflossenen Knastergenerationen stammten. Die Themen unterschieden sich nicht von den aktuellen. *Bloß raus hier. Rummiezen, blasen* und und und. Ich wusste schon Bescheid. Das Schloss der Zellentür ging. Schritte. Ein Knall, die Tür war wieder zu. „War was?" fragte ich, als ich die Toilettenkabine verlassen hatte. „Nur die Zeitung", murmelte Mutter, „das ND."

Die Zeitung. Welch ein Lichtblick. „Und wo ist sie?"

Mutter deutete mit einer sparsamen Bewegung auf einen von den schlafenden Knastern. Tatsächlich, der Kerl hatte sich das ND in aller Schnelle geschnappt, unter den Kopf geschoben und gleich weitergeschlafen. „Hat der ein besonderes Anrecht auf das Käseblatt?", fragte ich gereizt. Mutter schüttelte den Kopf. „Ist für die ganze Zelle." Ich ging die paar Schritte zum Bett des Schlafenden. Doch als ich die Hand vorschob, um die Zeitung herauszuziehen, warnten mich die beiden Kahlköpfe: „Isch würd's nich machn!", kam es wie aus einem Mund.

„Doch", widersprach ich. „Erstens gehört die Zeitung allen, und zweitens kann er sie in dem Augenblick wiederhaben, in dem er sie braucht."

„Ähr will sich Tütchen draus drähn!"

Tütchen, das waren aufgebrochene Zigarettenkippen, deren versottete Tabakreste man in einen Papierstreifen wickelte, um sie dann wie eine Tabakspfeife zu rauchen. Nur die Heruntergekommensten, die absolut Nikotinabhängigen stillten auf diese Weise ihre Tabaksucht. Ich winkte ab: „Die Tütchen werden bestimmt nicht anders schmecken, wenn die Zeitung schon gelesen ist." Ich fasste die Zeitung und begann vorsichtig an ihr zu ziehen. Der Kerl hatte im selben Moment die Augen offen.

„Was soll das?" Sein Gesicht verfloss zur drohenden Miene, der Körper straffte sich. „Das ist meine Zeitung!" Und doch wirkte er keineswegs so, als wolle er handgreiflich werden.

„Zeitungen sind Allgemeingut", belehrte ich ihn kühl. „Du kriegst sie außerdem wieder, wenn ich sie gelesen hab."

Der Bursche richtete sich auf. „Kannst ja wohl wenigstens fragen, ob du sie nehmen darfst."

„Kann ich sie nehmen?" Und ohne auf eine Antwort zu warten, zog ich das ND endgültig hervor. Er richtete sich ein bisschen auf und ließ sich gleich wieder auf sein Bett fallen. „Du willst Ausweiser sein, und dann liest du das Neue Deutschland?"

„Der Mensch muss auch mal lachen dürfen. Oder hast vielleicht was von Simmel da?"

„Hä?"

Ich schnappte mir einen Hocker und ging zum Tisch. Faltete die Zeitung auseinander und überflog die Schlagzeilen.

Plötzlich rappelte sich der Kerl, dem ich das ND weggenommen hatte, auf. Kam mir nach. „Du!" Er tat geheimnisvoll. „Du! Hast du nich noch 'ne Fluppe?"

Ich wusste, was Fluppen waren. Zigaretten. Und ich wusste, dass ich in meinen Sachen noch eine ganze Schachtel hatte. Karo, diese Kultsorte, saustark und ohne Filter. Ich verfolgte keine bestimmte Absicht, indem ich die Schachtel aufhob. Höchstens, dass ich gelegentlich mal jemanden bestechen musste.

„Du hast doch bestimmt noch was zu rauchen. Du, mir pfeift der Ast wie nur was. Und immer nur Tütchen, du, da glaubst du, du krepierst bei lebendigem Leibe, so eklig schmecken drei Lungenzüge hintereinander." Er kam noch näher. Flüsterte: „Wenn du willst, tu ich dir dafür einen blasen."

Ich stand auf und kramte hastig die Zigarettenschachtel aus meinen Sachen. „Da steck weg, dass es keiner mitkriegt."

Er grapschte nach der schwarzweiß karierten Packung und ließ sie prompt verschwinden. „Und wann?", fragte er leise.

„Was wann?"

„Einen blasen."

Ich schluckte. Wagte nicht, ihm in die Augen zu gucken. Begann stattdessen die Schlagzeilen auf der Titelseite zu studieren. „Heute Abend. Soll ich zu dir hochkomm?"
Ich riss mich zusammen. Sah ihm in die Augen. Da war nichts zu lesen von Verschlagenheit oder Lüge. Auch nichts von Scham oder Peinlichkeit. Diese Miene suhlte sich in Selbstverständnis, vielleicht sogar ein bisschen in Lust. Auf jeden Fall: Das meinte der völlig ernst. „Du", sagte ich, „ich will keinen geblasen haben. Mir geht's auch so ganz gut."
Er rückte ab. Überlegte, was er hätte antworten können. Nichts fiel ihm ein, und so kroch er auf sein Bett zurück und nestelte in abgewandter Haltung eine Zigarette aus der Schachtel. Sekunden später stiegen die ersten Qualmwolken auf.

Ab fünf Uhr regte sich das Leben in der Zelle. Einer nach dem anderen kroch vom Bett. Mutter machte sich über die Kaltverpflegung, die er nach dem Mittag zerlegt hatte. Mit dem stumpfen Alu-Messer, das zur Grundausstattung des Knasters gehörte, stellte er zwölf Portionen aus je einem Klümpchen Margarine und den Wursträdchen zusammen. „Nehmen wir beide ein halbes Brot?", fragte er mich. „Man reicht damit bequem. Es gibt zweimal in der Woche Nachschub, und morgens kriegen wir ja Brötchen."
„Brötchen?"
„Aus der Gefängnisbäckerei. Ganz frisch."
Ich faltete die Zeitung zusammen und schob sie über den Tisch. Niemand interessierte sich dafür. Nicht mal mehr für den gegenständlichen Zweck des Kippenrauchens taugte sie. Käseblatt. Ich dachte an jenen Witz, den mir vor nicht mal langer Zeit ein keineswegs unbedeutender Betriebsdirektor hinter der so genannten vorgehaltenen Hand erzählt hatte: Drei Staatsmänner, einer davon ist Honecker, bestellen in einem Schweizer Hotel Abendbrot. *Wurstblattli, Salatblattli,* und zum Schluss ist Honecker dran und möchte ein *Käseblattli.* Daraufhin antwortet der Kellner: „Tut mir leid, das *Neue Deutschland* gibt's bei uns

nicht." Mittlerweile konnte ich über den Witz nicht mal mehr schmunzeln. Er war mir jedes Mal eingefallen, wenn ich das *Neue Deutschland* zur Hand nahm. Außer sonntags an jedem Tag. Und das seit elf Monaten. Es gab in der U-Haft keine andere Informationsmöglichkeit, nur diese eine beschissene Zeitung, die im Lande niemand mochte, die bis ins Politbüro hinauf verspottet und bewitzelt wurde. Und doch war ich zu Kreuze gekrochen und hatte gelernt, stundenlang darin zu lesen, mich über die politischen Kommentare, die verzerrt oder gekürzt aufgetischten Meldungen nicht zu ärgern. Einfach um die Zeit totzuschlagen.

Mutter war geschickt. Er hatte die Wurstrolle tatsächlich so eingeteilt, dass ein Stück dem anderen glich. „Komm", sagte er, „lass uns essen, bevor die hier anfangen, Karten zu spielen. Dann ist der Tisch nämlich belegt." Er schleppte seine und meine Ration herbei, und dann aßen wir von der blanken Tischplatte. „Stullenbrett und richtiges Besteck muss man sich nachher auf dem Kommando besorgen", tröstete er mich.

„Auf welchem Kommando?", fragte ich erschrocken.

„Die Abteilung, in die sie dir stecken!", posaunte von hinten Brusthugo. „IFA oder Elmo. Oder RAW. Det sind allet Betriebe, wo in Schicht jearbeitet wird. Kann aber ooch sein, damit du in 'nen Med-Punkt kommst. Da kannste dir zwar nischt basteln, hast aber 'nen ruhigen Lenz und kannst jegen Tabletten so gut wie allet eintauschen."

„Quatsch", mischte sich ein anderer ein. „In 'nen Med-Punkt kommen keine Ausweiser. Dafür ist dieser Oberarzt viel zu rot. Und er überwacht auch alle und alles. Totale Scheiße ist das da. Und die Ärzte sind alle samt Schleimer im Quadrat. Egal, dass sie auch bloß Knaster sind. Die meisten sind sogar noch Ausweiser. Behandeln einen großkotzig und tun, als wäre unsereins der letzte Dreck! Die, die sich vernünftig verhalten, kommen selbst gleich auf die Kommandos." Brusthugo nickte, und ein paar andere raunten ihre Zustimmung.

Weil plötzlich immer mehr Unruhe entstand, beeilten wir uns mit dem Essen. Die Knaster wurden mobil. Sie frequentierten nacheinander die Toilette oder schlangen ihre Kaltverpflegung im Stehen hinunter. Endlich lag ein abgegriffenes Kartenspiel auf der Tischplatte. Mutter sagte gelassen: „Na, dann wollen wir mal das Feld räumen." Ich klappte die Schnitte, die ich mir soeben gemacht hatte, zusammen und legte sie in mein Spindfach. Womöglich bekam ich im Laufe des Abends noch einmal Hunger. Im Moment war mir der Appetit ohnedies vergangen, denn von der Klokabine aus verbreitete sich ein übler Gestank in der Zelle. Die Knaster verzogen angewidert die Gesichter. „Welche Sau war das denn?", fluchte Brusthugo. Er hatte die Karten in der Hand und sah sich um.

„Det war Euter!", riefen mehrere zugleich.

Euter nannten sie diesen blassen Burschen mit dem schmalen Pickelgesicht und der spitzen Nase. „Kannste nich scheißen wie'n normaler Mensch? Du musst doch schon innerlich verwest sein!", brüllte Brusthugo. Aber dieser Euter reagierte nicht weiter, als dass sich sein Gesicht um eine Spur rötete. Er blieb an dem kleinen Tisch mit der Kaltverpflegung stehen und stopfte sich seinen Wurstanteil in den Rachen. „Nicht mal die Hände wäscht sich das alte Schwein!", schimpfte Brusthugo weiter. „Fressen, scheißen und wichsen, mehr kann der nich!" Euter reagierte erst jetzt. „Pppass mmma uff, dddammmit dddu nnnich mmmorjen frfrfrüh uffwwwachst und bibibist dododoot. Mit'n Memememesser in dedede Brust!" Das Stottern war ein Zeichen seiner Erregung. Er kam zwei Schritte auf die Zellenmitte zu, das Gesicht glühte jetzt, und die Hände hatten sich zu Fäusten verkrampft. Brusthugo sprang sofort auf, sprang auf ihn zu. „Watt is los, du alter Rochen? Du bedrohst mir?" Unversehens riss er die Arme hoch und versetzte Euter einen Puffer, so dass dieser das Gleichgewicht verlor und nach hinten fiel. Aber sofort war Euter wieder auf den Beinen, um sich in maßloser Wut auf Brusthugo zu stürzen. Er riss ihn nach unten und verwickelte ihn in einen Bodenkampf. In seiner blinden Verbissenheit arbeitete er sich schnell auf die Brust seines Herausforderers. Die gespreizten Hände schlossen sich in einem zähen Würgegriff um den Hals des unten Liegenden, des Unterliegenden. So schmal und schlaff, wie er eben noch gewirkt hatte, war es doch die wahnsinnige Wut, die ihm kolossale Kräfte verlieh. Brusthugos Gesicht färbte sich zuerst knallrot, dann begann es bleich zu werden, kreidebleich. Die Augen traten hervor, als würde sie das aufquellende Gehirn von innen herauspressen. Beine und Arme zappelten hilflos, und der Körper wand sich so verzweifelt wie ein eingeklemmter Wurm. „Dähr bringt dähn wirklisch um", staunte einer der beiden Kahlköpfe, ohne aber nur eine Geste des Einschreitens zu machen. „Mensch, hör uff!", riefen jetzt ein paar von den Knastern, die den Zweikampf im Kreis umstanden. „Oder willste dir EllEll einfangen?" Doch Euter hörte nicht. Hörte nichts. Vielleicht noch zwanzig oder dreißig Sekunden, und das Lebenslicht von Brusthugo wäre unweigerlich erloschen. Plötzlich sprang der Ältere, den sie Zopp nannten, dazwischen. Er riss Euter mit einem gewaltigen Ruck nach oben, wobei sich dessen Hände erst ein Stück über dem Fußboden von Brusthugos Hals lösten. Brusthugo sackte zurück auf das Linoleum, lag und röchelte.

„Das war knapp", sagte Mutter. Seine Stimme klang weder sensationslüstern noch besorgt, sachlich klang sie. Eine Feststellung, die er traf. Bei den Knastern herrschten eher Bedauern und Enttäuschung. So ein Kampf hatte etwas mit Abwechslung zu tun. Und dass es auf Leben und Tod ging und womöglich mit Mord enden würde, dass man das als unmittelbarer Zeuge miterlebte, das gab Gesprächsstoff für so manches Jährchen im sonstigen Knasteinerlei.

Nachher war Zählung. Wir mussten antreten, und der Verwahrraumälteste machte Meldung. Zwei Schließer in dunklen Uniformen gingen von Zelle zu Zelle. „Verwahrraum drei mit zwölf Strafgefangenen belegt." Mutter sagte das. Er trat als Verwahrraumältester auf, ohne als solcher gewählt oder von jemandem dazu bestimmt worden zu sein. Einer der Schließer blieb bei der Tür stehen, der andere überflog per Blick die Zelle samt der darin befindlichen Insassen. Er machte eine Notiz und hatte anscheinend nichts zu beanstanden. Sekunden später war er wieder draußen. Der Riegel krachte und das Schloss vermeldete dremmelnd die endgültige Herstellung der Sicherheit. Gefangen.

Die Knaster verteilten sich wieder. Einige aßen im Stehen ihre Kaltverpflegung, andere gruppierten sich um den zentralen Tisch. Hocker wurden herangerückt. Die Karten. Doppelkopf. Contra und Re, Hochzeit und Solo. Was es so an Varianten gab. Innerhalb von nur kurzer Zeit, heizte sich die Atmosphäre auf. „Du taube Sau, warum ziehst du keinen Trumpf?" oder „Du verfluchte Luftpumpe, kiek mir nich inne Karten!" Es ging rund, und ein Goldgräbercamp war bestenfalls ein Mädchenpensionat gegen das wüste Hin und Her. Selbst Brusthugo, der bis zur Zählung noch leblos auf seinem Bett gelegen hatte, mischte wieder voll mit. Karten waren das Elixier des Knastes und der Knaster. Egal, dass es um nichts ging als um jene Zahlen, die auf das Papier geschrieben wurden. Nicht um Geld, nicht um Kaffee oder Tee, nicht um Zigaretten. Das alles gab es nicht.

Wir standen eine Weile und kiebitzten. Mutter und ich, die Kahlköpfe. Zopp und Euter lagen auf ihren Betten. Einsam, isoliert, nicht nur hier im Knast, sondern im Leben, in der Gesellschaft überhaupt. Arme Schlucker, Psychopathen. Von Euter hatten sie erzählt, er habe eine alte Frau wegen einer Handtasche mit sechzig Mark abgemurkst. Er und sein Mittäter. Gleich nach der Tat hatten die Bullen sie geschnappt. Das EllEll gehörte bei solchen Delikten zum Standard. Obschon: Es gab auch noch die Todesstrafe. Doch die blieb, was aber offiziell keiner erfuhr, politischen Tätern vorbehalten. Spionen, Hochverrätern. Kriminell konnte nichts so schlimm sein, dass es einem das Schafott einbrachte. Aber so Verräter aus den eigenen Reihen, in der Stasi oder der Armee, wenn die sich was aufluden, da konnte das bitter enden. Was hieß bitter, es endete.

Es hatte auch in meiner Untersuchungshaft eine lange Phase gegeben, in der ich dachte: Werden sie dich vielleicht beiseite räumen? Diese Berge an Schreibereien, an Manuskripten. Ich hatte gezittert, Angstzustände gehabt. Wochenlang redeten die Vernehmer von Spionage, von Geheimnisverrat. Wo ich doch fast jeden Direktor und sonstigen Leiter in den kleinen und mittleren Betrieben weit und breit kannte. Aber ich blieb stur. Egal, wenn ich später bei der Auslegung des Romanmanuskripts nicht mehr die Kraft hatte, abzustreiten, zu leugnen, was mir mein Gegenüber hineininterpretierte. Wenn ich mir nachher manches unterjubeln ließ, auf das es dann freilich gar nicht mehr ankam. Dass sie das mit Spionagevorwürfen untermauern konnten, ließ ich nicht zu. Also mussten sie sich endlich mit „Staatsfeindlicher Hetze" *begnügen.* Und ich hatte aufgeatmet. Obschon ich dann auch geflucht hatte, als der Staatsanwalt die Strafe forderte: Sechs Jahre. Für ein unveröffentlichtes Buch, in dem nur erfundene Handlungen standen.

„Na ja", sagte Mutter, „hier haben wir jetzt nichts mehr zu bestellen." Es war wieder seine Art, unabwendbare Dinge nüchtern zu beurteilen. Er holte seinen Schlafanzug vom Bett und zog sich in einer Ecke um. Danach ging er zum Waschbecken, putzte die Zähne und wusch das Gesicht. Jeder konnte ihm zusehen. Doch kaum einer tat es. Ich gab mir einen Ruck und kletterte in mein Bett. Ich zog ich mich halb sitzend, halb liegend um. Dieser knallweiße Schlafanzug würde seine Reinheit ganz gewiss nicht lange behalten. Vorsichtig ließ ich mich am Fußende des Bettes wieder nach unten. Zwängte mich an den Kartenspielern vorbei und holte mein Waschzeug aus dem Spind. „Siehst ja aus, als willste morgen früh in der Bäckerei anfangen", sagte einer Knaster. Ich sah ihn nicht an, aber ich erwiderte: „Hast du vielleicht keinen weißen Schlafanzug?" Er lachte abfällig. „Klar, aber den ich zieh nich an, bin doch nich bescheuert. Der is doch nach zwee Tagen mistich." Seine Sache, dachte ich und drehte langsam den Wasserhahn über dem linken Becken auf. Ein ganz dünner Strahl, der wirkte, als würde er jeden Augenblick verenden, quälte sich aus dem fleckigen Metallrohr. Ich putzte mir ausgiebig die Zähne und zog dann die Schlafanzugjacke aus, um mich unter den Achseln zu waschen. Danach fuhr ich mit dem eingeseiften Waschlappen vorn und hinten in die Hose, um mir die Genitalien zu waschen. Es ging sehr umständlich, aber ich hatte nicht den Mut, mich vor der Kulisse der Knaster nackt auszuziehen. Die Bemerkungen, die so schon fielen, gaben mir Recht. „Na, willste heute noch zu een ins Bett, weil de dir'n Arsch wäschst?"

Ich schwieg. Räumte das Waschzeug in mein Spindfach und kletterte unauffällig in mein Bett im dritten Stock. Die Knaster waren weiter in ihr Kartenspiel vertieft. Eifer und Hektik zeichneten die Atmosphäre. Mutter lag ebenfalls auf seinem Bett. Die Arme waren hinter dem Kopf verschränkt, der Blick richtete sich wieder auf die Unterseite der über ihm befindlichen Matratze, wiewohl er in eine Welt schaute, die weit von dieser entfernt war. Euter und Zopp dösten. Sie fläzten in voller Knastmontur auf den Betten. Ich schloss die Augen. Die Müdigkeit lag auf mir wie ein Eisblock. Nicht nur die Müdigkeit, auch die Verzweiflung, die Hilflosigkeit. Vor allem die Einsamkeit. Wie schrecklich das alles war, wie trostlos. Auch aussichtslos? Mich überkam die Versuchung, alles rückgängig zu machen. Zu widerrufen. Den Ausreiseantrag, die Kritik an diesem Staat. Aber wann und bei wem? Und wozu? Es war gegessen. Und in ein, zwei Wochen, wenn mich der steinerne Moloch endgültig geschluckt hatte, würde ich mich mit meinem Schicksal abgefunden haben. Würde ich das? Nein, nicht mal nach ein, zwei Jahren. Ich konnte mich einrichten und mich an manches gewöhnen. Aber ich konnte mich nicht damit abfinden. Ich gehörte nicht hierher. Nicht unter Mörder, Vergewaltiger, Kinderschänder, Einbrecher und Arbeitsscheue. Egal, dass es das Strafgesetzbuch und jene, die es geschaffen hatten, total anders sahen. Und egal auch, dass sich jene Leute, die die Zelle mit mir teilten, meine Gesellschaft auch nicht hatten aussuchen können.

Ich fror und fand keinen Schlaf. Trotz der Müdigkeit. Alles drehte sich, alles tanzte vor meinen Augen. Gitterstäbe, Mauersteine und zahllose hässliche Fratzen. Ich öffnete die Augen wieder und starrte eine Weile auf die Decke. Eine nichtssagende, langweilende Fläche. Alles war hier nichtssagend und langweilte, aber auf eine grausame, erdrückende Art. Aus Mutters Richtung meldeten sich sanfte Schnarchtöne. Beneidenswert. Ich richtete mich auf und rollte die Decke, die ich als Kopfkissen benutzen wollte, auf. Es half etwas gegen die Kälte. Dann legte ich mich auf den Rücken und schloss erneut die Augen. Ich betete. Beten tat gut. Wenn man nichts mehr hatte, nichts mehr wusste und an nichts mehr glaubte, so half dies. Und sei es nur, dass man Ruhe fand, Entspannung, endlich auch Schlaf.

Als ich aufwachte, lag die Zelle im Schein des einfallenden Hoflichts. Durch das Loch im Fenster strömte kalte Luft, die durch die Ritzen unter der schweren Zellentür weiterzog. Irgendwo im Flur musste ein Fensterflügel offen stehen, durch das die Luft das Zugangsgebäude wieder verließ. Man konnte es auch schlicht mit der hinlänglich gebrauchten Redewendung umschreiben: Es zog. Und in diesem Zug lag ich und schlotterte. Ich versuchte meine Decken zu ziehen und zu richten, aber was einer nicht hat, kann ihn auch nicht wärmen. Ich kroch ein Stück in mir selbst zusammen. Zog die Beine an, winkelte die Arme und stellte mir vor, ich läge am Strand in der Sonne. Es half für den Moment, ich schlief wieder ein. Träumte. Tiffi begegnete mir. Es war bei einer Fete auf dem Land. Wir trafen uns zu vier oder fünf Paaren. Die Frauen kannten sich von der Arbeit und wir Männer uns mittlerweile von den Treffen. Ich fand die meisten nett, sympathisch. Ich küsste Tiffi und trat einen Schritt zurück. Sie zog sich ihr T-Shirt über den Kopf und stand im BH. Ich streckte die Arme aus und fasste ins Leere. Immer ins Leere. Es ging nicht anders. Ein Traum, den ich in dieser Art schon mehrmals geträumt hatte. Der Traum der Unerreichbarkeiten.

Ich wachte auf. Diesmal von den Gesprächen der beiden Kahl-köpfe. Es ging um die Zeit, die sie im Jugendknast verbracht hatten. Liebe unter Knaben. Oder schon unter Männern. „Ähn hadden mir dabei, där hat's Zeuch geschluggt." Die beiden ki-cherten eine ganze Weile. „Där war ganz verriggte danach." Sie kicherten wieder, lauter jetzt, beinahe ausgelassen. Ich fror und rollte mich fester in meine Decken. Die beiden verstummten sofort. Erst als ich still lag, fragte der eine: „Hä, bisde edwa wach da ohmne?"

Ich knurrte verschlafen.

„Hasde edwa zugehärd, was mir uns unterhaldne ham?"

Ich erwiderte nichts. Es wäre eine zu unrühmliche Zeugen-schaft gewesen, deren man mich überführt hätte. Ganz abgese-hen von dem unappetitlichen Inhalt des Gesprächs. „Där had nischde gehärd. Und wenn ooch." Trotzdem kam zwischen den beiden kein Gespräch mehr auf. Sie gähnten, redeten noch ein bisschen über Belanglosigkeiten. Schliefen.

Mir wurde etwas wärmer. Ich fühlte neue Müdigkeit und sank in einen so abgrundtiefen Schlaf, auf dass ich beim Erwachen zunächst nicht wusste, wo ich mich befand. Vom Hof her hörte ich Stimmen und Schritte, die ich nicht zu deuten vermochte. Dann sagte Mutter: „Es muss halb vier sein. Das Außenkom-mando rückt ab." Hatte Mutter gemerkt, dass jemand, ich, wach war? Oder sprach er mit sich selbst? „Woher Weißt'n das?", fragte ich. „Hat mir gestern der Kalf erzählt." Mutters Stimme klang kein bisschen nach Überraschung. Hatte er mich beob-achtet, oder hatte ich im Schlaf geredet?

„Wenn man bloß 'ne Uhr hätte", stöhnte ich. „Ohne Uhr ist der Mensch ein Nichts."

„So was kannst du dir nachher auf 'm Kommando besorgen. Wenn du Kohle hast."

„Schnauze, ihr Idioten!", brüllte jemand. „Hier is jetzt Nacht-ruhe!" Er wälzte sich auf seinem Bett, wodurch das gesamte dreistöckige Gestell schwankte.

„Recht hat er", seufzte Mutter leise. „Bloß, wenn einer nicht schlafen kann, nützt ihm die Nachtruhe nicht viel." Er kletterte aus seinem Bett und tapste im Halbdunkel zur Toilettenkabine.

Ich seufzte ebenfalls und drehte mich vorsichtig auf die Seite, um vielleicht die Männer sehen zu können, die über den Hof zur Arbeit auf das Außenkommando gingen. Vielleicht war einer von den vier Leuten dabei, mit denen ich nacheinander während der U-Haft zusammen war.

Nein, keiner. Das heißt, sicher sein konnte ich nicht. Ich sah nichts weiter als eine Kolonne von Schatten, die von ein paar Schemen begleitet wurden. Schlüssel wurden laut in Schlössern gedreht, und Riegel knallten krachend durch diese fast letzte Nachtstunde. „Dieser scheiß Regen!", schimpfte einer aus der Knasterbrigade, „wird man wieder nass, wenn man den ganzen Tag im Freien schindern muss. Bin sowieso schon erkältet."

„Halt dein Maul!", brüllte eine andere Stimme. Zweifellos gehörte sie einem Schließer. „Wenn du nicht dein Maul hältst, kriegst du was mit dem Schwarzen!"

Es trat sofort Stille ein, selbst der Tritt der Schritte schien leiser zu werden. Ein paar Schließgeräusche, das Krachen von Türen. Vorbei.

In der Zelle regten sich ein paar Knaster auf ihren Matratzen. „Dieses Schwein", fluchte eine leise Stimme, „dieses Schwein von einem Schlüsselknecht, diese ganzen Schlüsselknechte. Wenn das hier mal anders kommt, hängen wir die alle an den Laternen auf."

Ich legte mich auf den Rücken und schloss die Augen. Ein neuer Tag. Trostlos, kalt und einsam. Und doch auch ein Tag, mit dem ich einem neuen Leben ein Stück näher kam.

Es donnerte gegen die Tür. Vermutlich lief ein Wächter, vielleicht auch der Kalfaktor, über den Flur und schlug mit einem schweren Gegenstand gegen das massive Blatt. „Nachtruhe beenden!" Man musste in der Tat ein dickes Fell haben, um sich nicht zu Tode zu erschrecken. Ich zuckte fürchterlich zusammen und realisierte im selben Moment, dass ich vor etwa einer halben Stunde noch mal eingeschlafen war. Ich lag kurz, hielt die Augen noch geschlossen. Diese letzten Sekunden auskosten. Im Schutz der Decke, mit der Illusion der selbst verordneten Finsternis. Doch das Deckenlicht senkte sich grell und kalt von der blanken Neonröhre auf die Lider, es drang bis in mein Innerstes und ließ keine Flucht vor der Realität zu. Ich brach die Augen auf und setzte mich. Die Knaster lagen unbeeindruckt in ihren Kojen. Schliefen. Nur Mutter saß am Tisch. Er hatte die Haare ordentlich gekämmt, sah gewaschen und rasiert aus. Als müsse er nun gleich zur Frühschicht. Ich nickte ihm zu und kletterte nach unten. „Ja", sagte er, „man sollte selbst unter diesen Verhältnissen versuchen, nicht zu verschlampen." Irgendwo im dritten Stock drehte sich ein Knaster auf seinem Bett und murmelte verächtlich: „Arschkriecher, du. Für drei Wochen vorzeitige Entlassung machst du dich voll zur ..."

Ich ging zur Toilette, danach an das Waschbecken, um mir die Zähne zu putzen und das Gesicht zu waschen. Der Wasserdruck war noch lascher als am Vorabend. „In 'ner halben Stunde", sagte Mutter, „wenn sie in den andern Zellen auch alle aufstehen, kommt fast gar kein Wasser mehr." Ich sah im Spiegel, wie er ein bisschen grinste. „Und wenn sich hier alle waschen wollten, wär's ganz vorbei. Dann würden auch die Waschbecken nicht ausreichen"

Er hatte Recht, was das Waschen anging. Die Hygiene generell. Die Knaster kamen erst im letzten Augenblick von ihren Betten hoch. Längst hatte der Kalfaktor die Brötchen und die Kanne mit dem schwarzen Fegekaffee in die Zelle gegeben, da brüllte jemand über den Flur: „Zählung!" Mutter stand auf und wiederholte es: „Zählung! Hat das keiner gehört?" Erst jetzt kamen sie von ihren Lagern hoch. Verschlafen, aber hektisch. Sie trugen alle Unterzeug, diese hellblaue langärmlige und langbeinige Rippenwäsche. Rein in die Knastklamotten und zur Zellenmitte getaumelt. Antreten. Tür auf. „Verwahrraum drei mit zwölf Leuten belegt!", meldete Mutter zackig. Der Schließer blickte angriffslustig auf die verschlafene Knastermeute. Bei Brusthugo verhielt sein Blick. „Was iss'n das für 'ne Anzugsordnung?" Er kam zwei Schritte näher. Brusthugo sperrte das Maul auf. Wollte was sagen. „Kannste nich die Jacke zumachen?" Brusthugo sah an sich hinunter. Tatsächlich stand seine Jacke vorn offen. Aber anstatt sie sofort zuzuknöpfen, stotterte er: „Det war ... äh, ick bin ... det is so..."

„Jacke zu! Und keene Volksreden!", fuhr ihn der Schließer an. „Aber bisschen plötzlich!" Er war so dicht an Brusthugo herangekommen, dass dieser seinen Körper zurückbiegen musste, um noch auf derselben Stelle stehen zu können. Mit fahrigen Fingern drückte Brusthugo die Knöpfe durch die Löcher. Erst als er fertig war, wich der Schließer zurück. „Beim nächsten Mal kommste mia nich so billich davon!", drohte er. „Is det klar?" Brusthugo nuschelte so etwas wie ein Ja, worauf ihn der Uniformierte anherrschte: „Ob det klar is, habe ick jefragt?"

„Jawoll, Herr Meister, det is klar!", brüllte Brusthugo. Doch kaum hatte der Wachmann die Zelle verlassen, trat er mit dem Fuß gegen einen Hocker: „Eene Mistsau ist det, eene verfluchte!", schimpfte er mit unterdrückter Stimme und starrte wuttränenden Blickes in Richtung Tür.

„Ick würd noch lauta schrein!", warnte ihn ein anderer. „Der wartet doch da draußen bloß druff, damitta dir rausholn und watt uff de Fresse haun kann!"

Brusthugo ballte die Fäuste. „Denn solla doch komm. Denn jeh ick mia aba beschwern!" Er wirkte hilflos, lächerlich.

„Und wo? Vielleicht bei Honni persönlich?"

Brusthugo rang nach Luft. „Denn stell ick ooch een Antrach. Hia in Osten hat unsereens doch nischt mehr zu verliern. Kaum is man raus aus'n Knast, schon finden se'n Grund, dir wieda einzubunkern."

Zustimmendes Gemurmel ertönte. Einer zeigte auf mich und sagte: „Der hattet richtich jemacht."

„Hat aba ooch seine sechs Hirsche jekricht", kommentierte ein anderer.

„Aba die sitzt der nich ab! Den koofen se frei von Westen. Oder se schieben emm an letzten Tach ab."

Sie lagen alle wieder. Gleich nachdem sich die Aufregung gelegt hatte, flogen die Jacken und Hosen an die Bettenden. Brötchen, Butterwürfel und Marmeladenkleckse blieben unbeachtet auf dem Tisch, der sich in der Ecke befand. Nur Mutter und ich saßen am Mitteltisch. Wir aßen unsere Brötchen, tranken den lausigen Muckefuck. „Wenn man bisschen Ordnung hält, kommt man am besten über die Runden", stellte Mutter fest, und ich nickte und dachte, es würde vielleicht bald was passieren. So wie in der U-Haft, wo man morgens die Zellen auskehren musste. Wo man um eine kleine Schere bitten konnte, um unter Aufsicht seine Finger- und Fußnägel zu schneiden. Oder dass jemand durchkam und einen fragte, ob man eine so genannte Meldung habe. Arzt oder Beschwerde. Dass einfach Unruhe außerhalb der Zelle herrschte. Unruhe, die einen ansteckte und passiv am morgendlichen Treiben teilhaben ließ. Nichts. Man befand sich in einem tiefen, tiefen Loch. Geräusche hallten nur aus der Tiefe des Flures, undeutliche, unfreundliche Stimmen.
„Was macht man jetzt?", fragte ich.
„Warten", erwiderte Mutter.
„Auf was?", fragte ich wieder.
„Auf nichts. Höchstens auf den Abend. Auf die Entlassung. Oder auf eine Amme."
Ich wusste längst, dass Amme für Amnestie stand, dass sich unzählige Gespräche der Knaster um nichts anderes als um eine mögliche Amnestie drehten. „Du rechnest wohl auch mit 'ner Amme?"
Mutter machte ein bedeutungsvolles Gesicht. „In der U-Haft hat einer von den Schließern gesagt: ‚Noch einen Frühling erleben *Sie* nicht hinter Gittern. Da können Sie sicher sein!'"
Ich zweifelte: „Und? Bist du sicher?"
Mutter lächelte vielsagend. „Wenn das ein Schließer sagt, muss es ja stimmen."

„Und wenn nicht", wiederholte ich seine Worte vom Vortag, „dann reißen wir eben unsere paar Tage hier ab."

Durch das Loch in der Fensterscheibe sickerte das gleichmäßige Schlagen des Augustregens. *Listen to the rhythm of the falling rain.* Das Warten in der Eintönigkeit war schrecklich. Auch wenn ich seit mehr als elf Monaten kaum etwas anderes tat. Warten. Jemand hatte nach der Zählung gesagt, dass bei diesem Regen keine Freistunde stattfinden würde. Nicht mal das. Und diese Gespräche mit Mutter, die sich um Rostock oder um den Knast drehten, lähmten und ermüdeten immer mehr. Die Versuchung, ins Bett zu klettern und die Augen zuzumachen, wie sie es fast alle taten, überkam mich mit Macht. Der Kopf dröhnte, die Lider gingen nach unten, als wären sie mit bleiernen Gewichten beschwert. „Ja", sagte Mutter, „im Knast ist man eigentlich immer müde. Außer wenn man schlafen soll." Ich stand auf. Lief quer durch die Zelle. Warum nicht hinlegen? Jedes Lebewesen, das die Möglichkeit dazu hatte, legte sich hin, um zu schlafen. Mutter mit seiner Disziplin und seiner Vorbildwirkung sollte mir gestohlen bleiben. Und kalt war mir auch. Da oben lagen die Decken. Ich blieb an der Zellentür stehen und horchte in den Flur hinaus. Nichts. Ein paar dumpfe Töne, Stimmen. Das Einerlei.

Ich drehte mich um und ging zum Bettgestell. „Ich hau mich noch kurz hin", sagte ich flüchtig, und Mutter antwortete nicht. Mit ein paar Armzügen hatte ich mich hinaufgehangelt, danach in die beiden Decken eingehüllt. Ich lag auf der Seite und glotzte durch das Loch im Fenster in den Freihof. Ein bisschen Erde war zu sehen, eine Pfütze und die Backsteinmauer des gegenüberliegenden Gebäudes. Und der Regen und irgendwie auch die Kälte. Der Schlaf senkte sich sofort über meine Gedanken. Ein Gewirr von Bildern, Gesichtern und tonlosen Stimmen drohte sich zum qualvollen Alb auszubreiten. Irgendwo hatte das Durcheinander aber ein räumliches Ende. Dort brannte ein kleines helles Feuer, vor dem ein Mensch saß. Ich versuchte, das Gesicht dieses Menschen zu erkennen. Es gelang nicht. Alles verschwamm, ich selbst verschwamm, ich sackte plötzlich ins Bodenlose, in einen tiefen Schlaf.

Ich schlief lange, ohne zwischendurch aufzuwachen. Mindestens eine, wenn nicht eineinhalb oder gar zwei Stunden. Die Erschöpfung hatte mich in die Knie gezwungen. Die Spannung, die Kälte, die Angst, die mir seit Monaten im Nacken saßen, ließen sich im Vakuum der morgendlichen Tatenlosigkeit einfach nicht mehr aushalten, nicht mehr durch den Gegendruck meines kleinen Willens abwehren. Körper und Nerven lechzten nach dieser kurzen Phase absoluten Stillstands. Egal, dass ich mich nachher im Zustand totaler Schlaffheit befand und wieder fror. Das Knallen der vorderen Zellentüren war wie das stumpfe Schlagen von Metall auf Metall in meinen Tiefschlaf gedrungen. Natürlich würde auch unsere Zellentür gleich aufgerissen werden. Natürlich. Ich würde aufspringen müssen. Mutter würde dem Schließer Meldung über die Belegung der Zelle, des Verwahrraumes, erstatten, und irgendetwas, ob es mich betraf oder nicht, würde angeordnet und vielleicht sogar gleich vollzogen werden. Ein paar Sekunden zerrannen noch, die Tür flog auf. Der Schließer bellte: „Raus aus den Nestern, ihr faulen Säcke!" Ein Kommando, dem kein Schlaf mehr standhielt. Mit einem Satz befand ich mich am Fußende des Bettes und stand auf dem abgewetzten Linoleumboden. „Verwahrraum drei mit zwölf Strafgefangenen belegt!", meldete Mutter zackig. Er hatte sich nahe dem Schließer postiert. „Drei Meter Abstand bei der Meldung!", forderte der nachrückende Kalfaktor. „Oder kennst du die Verwahrraumordnung nicht?"

Mutter wirkte für einen Moment verdattert. Diese Verwahrraumordnung kannte kein Mensch, jedenfalls keiner von den Alltagsknastern. Ein Versäumnis, das der Kalfaktor zu verantworten gehabt hätte, und das, würde es sich als ein solches herausstellen, diesem auch angekreidet worden wäre. „Natürlich kenne ich die Verwahrraumordnung!", log Mutter geistesgegenwärtig. Er rückte in die kleine Nische zwischen Waschbecken und Bettpfosten. Der Kalfaktor tat einen Schritt nach vorn.

Emsig und aufgebracht schoss er auf Brusthugo zu, der sich im Halbschlaf auf dem Bett rekelte, und schlug ihm mit der flachen Hand ins Gesicht. Klatsch. „Ihr müsst doch alle denken, ihr seid hier auf der Völkerfreundschaft!", keuchte er. „Los, raus!"

Brusthugo schrie auf, wollte nach dem Kalfaktor treten. Aber der eilte schon zum nächsten Bett. Zog Euter, der in der zweiten Etage lag und sich gerade wie eine glitschige Pickelmade aus den Decken pellte, samt Bettzeug vom Lager. Krach. Der Gebeutelte landete derb zwischen Hocker, Tisch und einem der beiden Kahlköpfe. Alle drei schrien beim Prallen auf. Wütende Blicke auf den Kalfaktor. Unterdrückte Drohungen. Immerhin, die komplette Knasterschaft war im selben Augenblick aus den Betten. Man stand, taumelte, hatte den Schlaf noch nicht abgeschüttelt. „Was is das?", schrie der Kalfaktor. „Soll das die neue Anzugsordnung sein? Unterwäsche?" Er riss die auf Euters Bett liegende Hose, knüllte sie zusammen und drückte sie derart heftig gegen Euters Brust, dass dieser auf das hinter ihm befindliche Bett kippte. Chaos in der Zelle. Das Raffen nach den Klamotten, danach anziehen. Ich schlängelte mich heraus, wartete neben Mutter.

„Hört mal her!", bellte der Kalfaktor über das unversehens entstandene Durcheinander. „Ein Teil von euch packt jetzt seine Sachen und verlässt die Zelle. Äh, den Verwahrraum. Ich lese euch jetzt die Namen von denen vor, die hier bleiben." Er blickte kurz zum Schließer, der an der Tür stehengeblieben war und mit wenig interessierter Miene das Geschehen verfolgte. „In zehn Minuten bin ich wieder da und hol euch!"

Die Unruhe nahm zu. „Wohin?" Das war die am meisten gestellte Frage.

„Werdet ihr schon sehen." Er nahm einen Zettel aus der Tasche und las vier Namen vor. Meiner war der vorletzte. Ich sollte also in der Zelle bleiben. Oder? Nein, es wurde zunächst gestritten. Die Knaster, die nicht genannt worden waren, behaupteten, sie sollten bleiben, und die anderen hätten zu gehen. Streit, Geschrei, Geschubse. Bis der Kalfaktor die Anweisung wiederholte. Murrend fügten sich die Betroffenen. „Schon uff Schicht. Scheiße."

Aber die Sache lief anders. Es ging noch nicht „auf Schicht". Es handelte sich um einen Umzug innerhalb des Reviers. Die beiden vorderen Zellen wurden mit den Knastern aus unserer Zelle aufgefüllt. Abermals Geschrei, Streit, Flüche. „Vorne liejen die janzen EllEller." Das stimmte. Alle, die nichts mehr zu verlieren hatten, die gegen ihr *Lebenslänglich* Berufung eingelegt hatten, waren in den Zellen eins und zwei einquartiert worden. Als Dauergäste, teils länger als einen Monat. „Ooch noch det", stöhnte Brusthugo, „zu dieset Jesocks!" Und ein anderer feixte: „Det musste mal so laut saren, damit die EllEller det hörn. Denn biste prompt Mode."

Die acht Leute wälzten sich wie eine voluminöse Lärmwolke durch die Tür, über den Flur. Erst als die vorderen Räume sie geschluckt hatten, trat Stille ein. Ganz abrupt, ja beinahe schmerzhaft. „Mein Gott", wunderte sich Mutter, der ebenfalls zurückgeblieben war, „mein Gott, das tut direkt weh, wie ruhig das plötzlich ist." Seine Stimme klang laut, ausgerichtet noch auf das Geschrei, das bis eben in der Zelle geherrscht hatte. Langsam wurde sie leiser. „Jetzt ist das hier drin wirklich wie auf der Völkerfreundschaft." Außer ihm und mir waren noch Schiller und einer, der Strünzel hieß, geblieben. Zwei Berufsknaster, die sofort über Brusthugo herzogen. „Den mischen die vorne auf, wenn er nur ein' falschen Ton sagt." Und vor Schadenfreude schienen sie sich kaputtzulachen.

Ich kletterte auf mein Bett im dritten Stock und raffte meine Sachen zusammen. Solange die unteren Kojen frei waren, musste man sich ihrer bemächtigen. Strünzel und Schiller, die ihre Lager ebenfalls in den oberen Etagen hatten, zogen nach. „Eins ist noch frei", sagte ich zu Mutter. „Zieh doch auch nach unten." Er schüttelte den Kopf. „Mitte ist besser. Da unten sitzen dann immer welche drauf. Und wenn's so kühl bleibt, liegt man im Mittelfach wärmer."

Der Rest des Vormittags wurde trübe, trostlos. Ich lag auf meinem Bett, und immer wenn ich mich dem Einschlafen nahe wähnte, stand ich auf, lief oder fläzte mit den andern dreien am Tisch. Mutter sagte wenig. Er grübelte, verriet mitunter eine ganze Minute keine Regung. Schiller und Strünzel lagen auf den neu von ihnen belegten Betten und kästen rum. Sie kannten, wie sich zeigte, eine stattliche Zahl an Anstalten. Offenbar waren sie sich in dem einen oder anderen schon begegnet. Als das Mittagessen kam, erhoben sie sich. Sie warteten mit geduldiger Selbstverständlichkeit, dass Mutter ihnen ein paar *Pellis abrollte,* nahmen sich etwas vom Lungenhaschee, das sie beiläufig als Ventilgummis bezeichneten, stocherten ein bisschen auf dem Teller herum und rauchten. „Bloß erst Tee haben", schwärmte Strünzel, „richtig andocken." Und Schiller wusste: „Der Streuer soll sechs Mark kosten. Musst aber aufpassen, dass sie dir keinen untermixen, der schon mal aufgejuckt ist." Mutter unterbrach seine Grübelei und fragte neugierig: „Was soll das sein: andocken?" Die beiden johlten verhalten. Wie konnte einer nicht wissen, was *andocken* hieß. „Mensch, sich richtig 'ne Dröhnung verpassen. Das geht voll los." Mutter winkte ab. „Tee ist Scheiße. Kannst du nicht schlafen davon, und die Pumpe rast dir auch." Die beiden schlugen sich auf die Schenkel. „Genau darum geht's, Alter. Die Pumpe muss so rasen, dass du abhebst. Das muss dröhnen, bis du nich mehr weißt, wo du bist. Und wenn sie dich in die Krankenstation schaffen, umso besser."

„Ich dachte, es gibt im Knast gar keinen Tee", sagte ich. Die beiden bestarrten mich wie einen ausgemachten Volltrottel. „Von wegen es gibt kein' Tee. Kannst ja mal hingehen zu dein' Erzieher und fragen, ob er dir nicht 'nen Streuer gratis schickt." Strünzel gurgelte bei der Vorstellung, ich würde seinem Vorschlag folgen, vor Lachen.

Ich blickte Mutter an. „Mich kannste mit Tee auch nicht grade hinterm Ofen vorlocken", sagte ich kühl. „Tee ist was für alte Weiber." Strünzel nahm die Spitze an, die ich ihm verpasst hatte und erwiderte schnippisch: „Knast is aber auch nüscht für Tanten." Eine gewisse Spannung entstand. Strünzel beobachtete mich aus den Augenwinkeln, ich starrte ihn direkt an. Es roch nach Konfrontation, nach Kampf. Eine Situation, mit der ich keine Erfahrung hatte, nicht unter diesen Bedingungen. Ich hörte, wie Mutters Atem schneller ging, sah, dass Schiller aufstand, um nicht Zeuge einer möglichen Auseinandersetzung zu werden. Ich begriff sofort, dass ich, wie immer sich die Situation zuspitzte, den Kürzeren ziehen würde. Als politischer Häftling war man in diesem DDR-Knast noch viel, viel weniger als der allerletzte Dreck, viel weniger als der schlimmste Kriminelle. Ich leitete den Rückzug ein: „Und Kaffee, wie sieht's mit Kaffee aus? Kaffee trink ich eigentlich lieber." Strünzel stutzte. „Kaffee? Kaffee kannste genauso kaufen wie Tee. Streuer kost' aber mindestens sieben Mark. Und musst aufpassen, dass sie dich nich rollen. Bei Kaffee könnse dir noch leichter alten Satz reinrührn. Außerdem reicht bei Kaffee ein Streuer für höchstens zwei Tassen. Bei Tee reicht er für mehr." Die Spannung war wieder raus. Strünzel fühlte sich geschmeichelt, weil er mir ein paar Auskünfte hatte geben können. „Wennste Glück hast", redete er ungefragt weiter, „kriegste 'n Streuer Kaffee auch schon für sechs Mark. Aber denk dran, Tee kannste strecken. Der lässt sich mindestens zweimal aufjucken, wenn du ihn halbehalbe mit frischem mixt. Kaffee nich." Er sah mich gewichtig an, ich sah zurück, harmlos und sein Wissen nun mit anerkennendem Nikken hofierend. „Wie groß is'n so'n Streuer überhaupt?", fragte ich weiter. Strünzel warf sich in die Brust. „Mensch, weißte nich, wie'n Streuer für Salz oder Pfeffer aussieht? So'n kleines Plasteding. Die werden, glaub ich, in Haus drei hergestellt. Und alles, was in den Knastbetrieben hergestellt wird, kriegste nachgeschmissen." Es schien, als wolle er jetzt nicht mehr aufhören zu reden. Wenn nicht unvermittelt die Zellentür aufgerissen worden wäre, er hätte seine Ansprache in Sachen Kaffee und Tee sicher noch eine Weile ausgedehnt.

Aber das „Neue Deutschland" wurde gebracht. Ich stürzte mich drauf und dachte: Damit wirst du dich den ganzen Nachmittag beschäftigen, welcher Mist auch drinsteht, es ist eine Abwechslung. Mit mir las Schiller. Das heißt, nicht mit mir, sondern parallel zu mir. Wir teilten uns die Bögen und tauschten sie nach einiger Zeit aus. Strünzel flegelte sich auf sein Bett. „Diese Zeitung, das is doch ätzend!" Schiller sah nicht auf, dennoch erwiderte er: „Der ganze Knast ist ätzend." Ich brummte zustimmend, aber Mutter meldete sich wieder mit dem moralischen Argument: „Man sollte halt nicht hierher kommen." Strünzel richtete sich ein bisschen auf: „Blödes Gequatsche is das. Einer, der den Edelknaster spielt, kann so was leicht behaupten." Er blickte Mutter feindselig an.

„Ich komm' nich mehr hierher, da kannst du sicher sein!", versicherte Mutter.

Strünzel lachte abschätzig: „Erst musst du hier mal wieder heil rauskommen. Oder?"

Mutter winkte ab. „Komm' ich auch, keine Bange. Oder denkst du, mich wird jemand totschlagen?"

Strünzel sackte ein Stück zurück, lehnte auf den gebeugten Ellenbogen. „Hier sind welche, die haben zweimal EllEll, denen macht's nichts aus, wenn sie sich noch 'n drittes einhandeln. Und dann gibt's Leute, die setzen irgendwelche Fräsmaschinen außer Betrieb, damit die dann nich mehr produzieren können. Das nennt man Sabotage und bringt einem zwischen sechs und acht Jährchen ein. Nachschlag, falls du das Wort schon mal gehört hast. Die deichseln das so, dass nachher einer die Schuld kriegt, der's gar nich war."

Es war das erste Mal, dass Mutters Gesicht ein wenig an Farbe einbüßte.

„Ich hab das mal in Waldheim miterlebt", mischte sich Schiller ein. Er blickte dabei nicht von der Zeitung auf. „Im Krankenrevier hat einer irgendwie Essig oder so was in zwei Tropfflaschen getan, und um ein Haar wäre ein Kranker daran verreckt. War zwar bloß 'n BeVauer, aber wenn die Bullen riechen, dass sie einem Nachschlag verpassen können, sind sie wie die Hyänen.

Der, den's erwischt hat, hat jedenfalls Stein und Bein geschworen, dass er 's nich war."

„Und?" Strünzel richtete sich weiter auf. Er griente hämisch.

„Weiß nicht genau", entgegnete Schiller. „Ich hab nur erlebt,
wie er auf Transport nach Leipzig ging. In die U-Haft. Was er
gekriegt hat, weiß ich nicht. Bin verlegt worden, bevor er zurückkam."

Mutter schwieg. Lief ein paar mal quer durch die Zelle. Kletterte auf sein Bett. Lag, die Arme unter dem Kopf verschränkt,
und starrte auf die über ihm befindliche Matratze. Irgendwann
schlief er, was mich mit einiger Genugtuung erfüllte.

„Wie lange warst 'n in Waldheim?", fragte ich Schiller.

Er blickte auf, rechnete. „Zwei Jahre. Bis zum letzten Tag abgesessen. Als alter BeVauer kriegste keine Bewährung mehr."
Er lachte, aber in seiner Stimme schwang Bitterkeit.

„Und wofür?"

Er überlegte. „Damals, weil ich mit 'n paar andern in 'ner
Kaufhalle paar Pullen Schnaps und bisschen Konfekt an Land
gezogen hab. Nachts. Is auch 'ne etwas größere Scheibe bei
draufgegangen. Na ja." Er seufzte. „Bisschen Spaß hatten wir ja.
Paar schöne Puppen dabei und so. Aber nach 'ner Woche hatten
sie uns. Die Kohle war alle, und einer muss uns wohl verpfiffen
haben. Mich haben sie dann prompt zum Anführer abgestem-
pelt. Mit meinen Vorstrafen." Er gab einen müden Lacher von
sich. „Das war's."

„Und jetzt?"

„Jetzt? Fast das gleiche. Bloß dass wir diesmal nur zu zweit
waren, meine Mittäterin und ich. Wir sind in Gotha in eine
Kaufhalle, haben uns die Taschen vollgepackt, paar Mark auch
noch gefunden, und dann sind wir bis Stendal hoch. Zu 'nem
Kumpel. Vier Wochen, bis nix mehr ging. Nix zu beißen, zu
schlucken, zu rauchen. Sind dann zu dritt nach Halberstadt und
haben wieder 'ne Kaufhalle geknackt. Da stand so 'n Trabi direkt davor, den haben wir juckig gemacht und vollgeladen. Und
ab nach Magdeburg, wo wir auch einen kannten, bei dem wir

vier Wochen geblieben sind. Dann ging wieder nix mehr. Haben wir versucht, nachts in das Kaufhaus einzusteigen. Und da haben sie uns geschnappt." Er wirkte jetzt ein bisschen zufrieden. „Schöne acht Wochen waren das. Echt schön. Hab in der Zeit soviel erlebt wie mancher in zehn Jahren nich. Dafür kann ich jetzt allerdings dreieinhalb Hirsche abreißen. Scheiße."

„Und danach?"

Er verzog das Gesicht. Skepsis, aber auch Entschlossenheit. „Wenn's irgend geht, isses das letzte Mal. Diesmal wirklich."

Strünzel meldete sich. „Hör doch auf, Pepe. Weißt doch selbst, dass unsereins gar keine Chance hat, auf die Beine zu kommen. Wirst doch von kein geholfen. Wenn ich bloß dran denke, wie mir der blöde Sheriff in diesem Kaff schikaniert hat. Drei Jahre Kalte, und dann jeden zweiten Tag melden. Totaler Sackstand. Hat mir sogar paar Mal aufs Maul gehaun."

Schiller nickte. „Kalte Heimat, damit biste schon mit fast beiden Füßen wieder drin im Knast. Mich hatten sie zuletzt nach Teuchern verbannt. Ein Schweinekaff, das kein Mensch kennt, dazu eine Schweinearbeit, eine Schweinebude zur Untermiete und dieser Schweinesheriff von einem ABV. ‚Schiller, Sie kommen jeden Tag und melden sich bei mir! Um sechs Uhr abends. Und keine Minute später!' Und weil ich nich gleich geantwortet hab auf seine Unverschämtheit, nimmt er mich bei der Binde und verpasst mir 'ne saftige Knechtung. Diese Mistsau! Und dann dieses Wohnen. Ein Loch von Untermietszimmer. Das Klo für mich auf'm Hof, das von der Vermieterin durfte ich ja nich benutzen. Bad sowieso nich, und in die Küche nur unter der Aufsicht von dieser alten Ziege. ‚Schiller, ich weiß genau, woher du kommst. Ausm Knast. Aber merk dir das eine, bei mir ist nichts mit Klauen. Und dass du das auch gleich weißt: Mein Schlafzimmer ist fest verriegelt, und unterm Kopfkissen hab ich ein scharfes Messer!' Als ob ich zu so 'nem alten Mob kriechen würde. Als ob ich dieses Vieh hätte massakrieren wollen. Vielleicht hatte sie sich das gewünscht. Irgendwann fing sie dann an zu behaupten, ich hätte Geld geklaut. Sie hätte es in der Küche rumliegen lassen, und nu wäre es weg. Als ob ich mit der alten Krähe hätte Scherereien haben wollen. Hatte ja außerdem noch zweihundert Piepen Rücklage vom letzten Knastaufenthalt. In diesem Teuchern war keine Möglichkeit, das Geld auszugeben. Und nach außerhalb durfte ich nich. Na ja, für den Abschnittsbevollmächtigten war das gleich das gefundene Fressen. Kaum bringt die Alte ihn angeschleppt, kriege ich auch schon paar aufs Maul. Ob ich wohl gleich wieder in 'nen Knast will, fragt mich der Sheriff und ob das vielleicht krankhaft bei mir ist, das mit der Klauerei. Ich hab nix gesagt, kein Wort. Hab mich auch nich entschuldigt. Oder? Noch Geld zurückgeben, das ich nich geklaut hab? Morgens zwischen drei und vier bin ich weg. Mit 'nem geklauten Fahrrad über die Felder. Erst dachte ich: Haust ab in 'nen Westen. Aber man muss ja erst mal rankommen an die Grenze. Bin ich zu 'ner Freundin von ganz früher, und wir haben dann zusammen die Kaufhalle geknackt."

Mutter wirkte dann etwas verstört. Er musste wohl, obwohl er wach war, einige Zeit mit geschlossenen Augen gelegen haben. „Na", sagte ich, als der dann wieder gegen die Matratze des Oberbettes starrte, „wirst du nach dieser Mittagsruhe heute Abend schlafen können?" Aber die Frage schien an ihm vorbeizufliegen. Ich überlegte, wie spät es sein mochte. Zwei, drei oder schon vier?

Schiller hatte sich mittlerweile ebenfalls auf sein Bett gelegt. Sein Bettenblock und der von Strünzel standen im Winkel von neunzig Grad. Ihre Kopfenden stießen somit über Eck aneinander, und die beiden konnten tuscheln und kichern. Es ging um Knasterlebnisse, um frühere Mitknaster. Von der Einsichtigkeit, dem Besserungswillen, von denen Schiller eben noch erfüllt schien, war jetzt nichts mehr übrig. Zwei Knaster in ihrem Element. Mich beschlichen Zweifel an der Wahrheit der gehörten Schilderung. Vor allem: Ich grenzte mich ab, das Bedauern und das Zureden, das ich eben noch im Sinne von Schillers Besserungsbereitschaft parat hatte, schmolz. Der tat sich in erster Linie leid, und der rechtfertigte die Kontinuität seiner kriminellen Laufbahn, indem er sich in die scheinbar unabwendbare Rolle des Gesellschaftsopfers begab. Und das kam noch nicht mal einer masochistischen, das kam am ehesten einer selbstentlastenden, einer selbstbemitleidenden Attitüde gleich. Eine einfache, weil keinen Widerstand erfordernde Lösung.

Mutter sprang wortlos aus dem Bett. Blockierte für mindestens eine halbe Stunde das Klo. Die beiden Knaster schimpften schließlich. „Der denkt, der hat das Scheißhaus gemietet!" Strünzel grinste, aber der Tonfall seiner Worte hatte mit Verärgerung zu tun. „Entweder isser so hartleibig, oder er kloppt sich einen", feixte Schiller. „Soll er nachts machen", forderte Strünzel, „jetzt muss ich nämlich scheißen." Er stand auf und ging in Richtung Toilettenkabine. Man sah, wie er beim Laufen die Arschbacken zusammendrückte. „Eh, wie lange brauchst'n noch?" Und da Mutter von drinnen nicht antwortete, drosch er mit den Fäusten gegen die Tür der Kabine. Es kam keine Reaktion. „Ob er eingeschlafen is?", fragte Schiller und setzte sich auf. Strünzel klopfte abermals gegen die Tür. Wieder keine Antwort. „Guck doch mal drüber!", empfahl Schiller. Er saß jetzt auf dem Rand seines Bettes. Neugier und eine gewisse Sensationslüsternheit leuchteten über sein Gesicht. Strünzel sprang empor und krallte sich mit den Händen an der Oberkante der Kabinenwand fest. Dann zog er sich mit einem an Mühseligkeit kaum zu überbietenden Klimmzug an der knapp zwei Meter hohen Wand empor. Bis er den Kopf über die obere Kante schieben konnte. „Und?", fragte mit aufgerissenen Augen Schiller. Strünzel erwiderte zunächst nichts. Als müsse er sich das Bild in der Klokabine sehr genau einprägen, verharrte er in der Pose. Sekunde um Sekunde. Dann schien ihn die Kraft der Arme zu verlassen, er plumpste zu Boden. Einen Augenblick verharrte er in der Hocke, und obwohl er noch schwieg, verriet doch sein starr, ein bisschen faszinierter Blick, dass etwas nicht stimmte. „Der schwimmt im Blut." Schiller und ich rissen trotz der Vorahnungen die Mäuler auf. „Wie?", fragte Schiller dann.

„Sieht aus wie Pulsadern." Strünzels Stimme stockte ein bisschen. Ich schnappte meinen Hocker und sagte hastig: „Meistens
kann man noch was retten! Los, ruf den Arzt. Ich klettere rein
und mach das Klo von innen auf." Strünzel überwand ohne Eile
die kurze Distanz zur Zellentür. Doch anstatt dagegen zu trommeln, sagte er lakonisch: „An Pulsadern sterben die wenigsten.
Meistens schneiden sie quer und kappen die Sehnen. Das Blut
gerinnt nach 'ner Weile, und sie überleben." Schiller sprang
ebenfalls auf. „Quatsch nich soviel, ruf den Schließer! Oder
willst du nachher wegen unterlassener Hilfe noch einen an die
Backe kriegen?" Er rannte zu Tür. Schlug mit den Fäusten dagegen. Ich stellte den Hocker gegen die Wand der Klokabine
und kletterte in das Innere. Mutter lag neben dem Klobecken. In
der Blutpfütze, die rotdunkel wie ein dickflüssiger See aus Jo-
hannisbeersirup neben seinem gekrümmten Körper stand,
glänzte ein kleines Taschenmesser. Ich dachte: Wenn sie den
finden, der ihm das verkauft hat, der kann sich warm anziehen.
Die Handgelenke zeigten mit den Innenseiten gegen das schäbige Linoleum. Trotzdem wurde mir übel. Ich drehte den Riegel
weg und stieß die Tür auf. Raus. Zu dem Bettenblock, der vor
dem eingeschlagenen Fenster stand. Ich saugte mit tiefen Atemzügen die kühle Luft in meine Lungen und wünschte, für den
Rest des Tages in dem Regen, der draußen gleichmäßig nieder-
ging, stehen zu können.

Es war, als wäre nichts geschehen. Schiller und Strünzel lagen
auf ihren Betten, ich saß am Tisch. Ich starrte auf die Zeitung,
aber ich konnte kein Wort, keinen Buchstaben entziffern. Mutter
war längst weg. Der Kalfaktor und zwei Schließer hatten nicht
länger als zwei Minuten gebraucht, um auf das Trommeln und
Schreien der beiden Knaster zu reagieren. Sie hatten, als sie
Mutter liegen sahen, schnell gehandelt. Verbände angelegt und
den Verletzten weggeschafft. Ich war nicht in der Lage gewesen,
das anzusehen. Blut, regloser Körper, diese trostlose Knastsze-
ne. Ich hatte mit geschlossenen Augen vor dem kaputten Fenster

gestanden und tief geatmet. Das Krachen der Tür hatte mich aus der Starre gerissen. Ich war auf den Hocker gesunken.

Jetzt hörte man Stimmen. Die Knaster aus den Nachbarzellen. „Was is los bei euch?" Der Schall sammelte sich im Hof und gab dann einen kleinen Teil seines Volumens durch das Loch in der Scheibe an uns ab. Strünzel schwang sich auf das obere Bett und hielt seinen Mund an das Loch. „Totaler Sackstand. Der Fischkopp hat die Pulsadern kurz gemacht."

„Und?", kam es zurück. „Isser krachen?"

„Scheiße", Strünzel lachte laut in den Hof hinaus. „Der is jetzt im Krankenrevier. Macht Fettlebe."

Von der anderen Zelle kam nichts mehr. Anscheinend diskutierten die Knaster den Fall unter sich. Erst als Strünzel den Rückzug antreten wollte, rief einer: „He Strunz? Biste noch da?" Strünzel bejahte.

„Womit hatter geschnitten, der Fischkopp?"

„Hat 'n Taschenmesser gehabt. Billiges Ding."

Wieder diskutierten sie in der Zelle. Man hörte die aufgeregten Stimmen sogar durch die Wand. Strünzel saß noch eine Weile vor dem zerschlagenen Fenster. Er wirkte ein bisschen enttäuscht, weil keine weiteren Fragen an ihn kamen. An ihn, den unmittelbaren Tatzeugen. Etwas anderes geschah. Nichts, das außergewöhnlich, dennoch nicht unerfreulich war. „Fertig machen zur Zählung!", dröhnte es aus der Tiefe des Flures. Strünzel war mit einem Satz vom Bett gesprungen. „Na bitte", feixte er, „jeden Tag so 'ne Vorstellung und unsere paar Jährchen sind im Fluge vorbei. Schiller rollte sich umständlich vom Bett. „Wenn du der nächste sein willst", sagte er zu Strünzel, „hab ich nichts dagegen."

Wir stellten uns im vorgeschriebenen Abstand vor der Zellentür auf, rückten unsere Jacken zurecht, überprüften den Sitz der Knöpfe. „Wer macht eigentlich Meldung?", fragte Schiller. Er sah mich mit wissenden Augen an. Grinste. Für Strünzel schien die Sache ebenfalls klar. „Brauchst nur sagen: ‚Verwahrraum drei mit drei Leuten.' Wirst du ja wohl können!?"

Na ja, dass ich das konnte, war nicht die Frage. Aber war nicht der Häftling, der die Meldung abgab, zugleich Verwahrraumältester? Und durfte diese wenn auch noch so lächerliche Position von einem Politischen ausgeübt werden? Meine Frage blieb ungestellt. Stattdessen kam kurz darauf die des Schließers. Nachdem ich die Meldung abgegeben und er dieselbe mit flüchtigem Nicken registriert hatte: „Wie is das gekommen, das mit dem Selbstmordversuch? Isser bedroht worden?" Schiller und Strünzel befleißigten sich bei heftigem Gemaule der Dementierung. Aber der Schließer hatte es auf mich abgesehen. Nicht abgesehen, er wollte die Darstellung aus meiner Sicht. Einer wie ich bedrohte keinen wie Mutter, wohl auch keinen anderen Knaster. Und einer wie ich log und schwindelte nicht nach BeVauer-Art durch die Gegend. Hätte ich mich ob der fragwürdigen Ehrung geschmeichelt fühlen oder dieselbe in überstolzer Unnahbarkeit parieren sollen? Weder noch. Wir konnten beide nichts dafür, dass der andere hier war. Dieser Schließer nicht für mich und ich nicht für ihn. Und wenn ich demnächst den scheußlichen Zugang, eines Tages dieses Zuchthaus und die ganze DDR verlassen hatte, so würde er mich und ich ihn im Leben vermutlich nicht wiedersehen. „Der Mann hat sich schon seit heute früh so komisch benommen. Kaum gesprochen, hat auch nicht die Kaltverpflegung eingeteilt, wie er das gestern gemacht hat. Hat dann sogar über 'n Mittag geschlafen, was gar nicht seine Art ist. Als er aufwacht, starrt er ewig wie ein Stummer durch die Gegend. Hört und sieht keinen von uns. Und plötzlich springt er ausm Bett und verschwindet im Klo, und keiner weiß, was los is." Kaum hatte ich ausgeredet, pflichteten mir die beiden Knaster bei. „Genau so war's, Herr Wachtmeister!" Aber dieser Zusicherungen bedurfte es nicht. Die Züge des Schließers füllten sich mit dem Ausdruck von Unwillen. Finster gewordenen Blickes verließ er die Zelle. „Der kriegt bestimmt auch eins auf 'n Dekkel", orakelte Strünzel. „Kann uns nich kratzen!", sagte Schiller. Beide schmissen sich wieder auf ihre Betten. Sie dösten, während ich am Tisch saß und mich über meinen Teil an der Kaltverpflegung hermachte. Ein Stück Jagdwurst, Margarine und Brot. „Ob sie das Essen von Mutter wieder abholen?", fragte ich, und es hatte zunächst den Anschein, als hätten die anderen meine Frage überhört. „Quatsch!", sagte Schiller dann doch noch. „Der Kalfaktor da vorne hat soviel zu fressen, den kratzt so 'n Stück Wurst nich die Bohne!" Er richtete sich auf. „Schneid die Wurst in drei Teile. Mit der Margarine kannste von mir aus den Fußboden bohnern." Ich zögerte. Es war Angst. Wenn nun doch jemand kam und das Essen zurückforderte? Was würde passieren? Konnte man dafür nicht bestraft werden oder einfach ein paar aufs Maul kriegen? Ich teilte die Wurstration von Mutter in zwei Hälften. Mein eigenes Stück trennte ich so auf, dass es für drei Scheiben Brot reichte. Ich aß langsam, damit das Essen besser sättigte und ich der Verlockung der restlichen Jagdwurst besser widerstehen und auch mit Recht behaupten konnte: „Hab schon genug."

Die beiden Knaster aßen viel später. Ich lag längst im Bett. Gewaschen, die Zähne geputzt, im Schlafanzug. Sie verschlangen die Wurst am Stück und gingen den Resthunger mit Brot und selbstgedrehten *Fluppen* an. Strünzel hatte ein Päckchen Billigtabak und Zigarettenpapier. Es was erstaunlich, mit welcher Fingerfertigkeit die weißen Stäbchen entstanden. „Wo hast 'n das gelernt?", fragte ich. Es ging mir weniger darum, eine Auskunft zu bekommen als um die Wahrung des Kontakts. Strünzel schien das sogar zu begreifen. Er lachte müde, um mir mitzuteilen, wie müßig meine Frage war. Wo, wenn nicht im Knast, sollte er das gelernt haben? „Willste mal eine?"

Ich verneinte. „Eine geraucht und ich bin wieder süchtig."

Er beachtete mich nicht weiter. „In manchen Abteilungen sollen sie hier Wein machen. Bisschen Obst, bisschen Brot und Zucker, dann hat die Brühe nach 'ner Woche schon tierische Umdrehungen." Schiller leckte mit der Zunge über die Lippen. „Dann noch 'ne scharfe Alte, und ab auf Einzelzelle." Strünzel schlug sich vor Wonne auf die Schenkel. „Du", sagte er, als er sich etwas beruhigt hatte, „die Vera, diese Käthe von dem einen Schlagersänger, die Fernsehansagerin, die is jetzt frei."

Schiller überlegte kurz, fragte: „Wie, frei? Meinste, dass sie nich mehr mit dem Macker zusammen is?"

Strünzel gluckste. „Genau. Stell dir vor, dieser Blödmann hat der den Laufpass gegeben. So 'ner Klassefrau."

Ich sperrte das Maul auf. „Klassefrau? Haste dir den Besen mal genau beguckt? Wie alt die schon is? Und was die für Schrammen im Lack hat?"

„Nun tu mal so, als ob du Ahnung von Weibern hast! Diese Vera, das is 'ne Traumfrau. Da hätte einer wie du keine Chance." Obwohl in Strünzels Stimme kein bisschen Spott geklungen hatte, musste ich spontan auflachen. „Wenn du meinst, das wär was für dich, dann hau rein. Ich kenn' bessere Frauen."

„Spinner!", sagte Strünzel. „Du und Frauen. Guck dich doch mal an." Unbewusst straffte er seinen Körper.

Ich verzichtete auf eine Erwiderung. Wo es um nichts ging, um überhaupt nichts. Höchstens um die Verletzung von Strünzels Eitelkeit, um die Diffamierung seiner heimlichen Träume.

Schiller sah das nicht so verbissen. „Er hat schon Recht, Heini. So ganz taufrisch is diese Liese ja nich mehr."

„Nenn mich nich Heini! Ich heiß Heinz, ja!", fauchte Strünzel. „Und nenn Vera nich Liese! Verstanden?" Er ruckte auf seinem Hocker. „Weißt wohl nich, weswegen ich hier bin?"

Schiller amüsierte sich eher. „Wenn ich mich nich täusche wegen Asozialität und irgendwelchen Klauereien."

„Und deswegen!" Er stieß die rechte Faust geräuschvoll in die geöffnete linke Hand. „Lass gut sein", wiegelte Schiller ab. „Wir sind alle wegen irgendwas hier. Und deine Vera, ob du's glaubst oder nich, die kannste dir sauer kochen. Die is mir genauso scheiß egal wie ihm." Er zeigte mit dem Kopf auf mich, und wir grienten uns an. Strünzel antwortete nicht mehr. Ohne dass er seine Essenreste vom Tisch räumte, sich wusch oder die Zähne putzte, schmiss er sich kurze Zeit später auf sein Bett.

Das Licht wurde ausgeschaltet, ich schlief. Die Müdigkeit drückte fest und betäubend auf Gehirn und Körper. Ich spürte und träumte fast nichts. Nur manchmal dumpfe Geräusche oder Stimmen aus dem Flur, im Hintergrund das anhaltend gleichmäßige Prasseln des Regens. Es musste schon auf den Morgen zugehen, als ich wach wurde. Stimmen und Schritte im Innenhof. Das Außenkommando rückte ab. Ich hielt die Augen geschlossen und dachte: Hast du mindestens noch eine Stunde Schlaf. Aber ich fror wieder, und ich fühlte mich elend. Diese riesigen Mauern, die schweren Eisentüren, das Bewusstsein einer sechsjährigen Zuchthausstrafe. Ich empfand die räumliche Enge ebenso wie die zeitliche Fessel, die sie mir auferlegt hatten. Sechs Jahre. Was, wenn das mit dem Freikauf nicht klappte? Ein Würgen packte meinen Hals, Druck auf der Brust. Sechs Jahre in diesem Sarg aus Steinen und Eisen. Zusammen mit Chaoten, Wahnsinnigen, kleinen und großen Ganoven. Ich öffnete die Augen und setzte mich mit einem Ruck auf. Schmerzen am Kopf. Ich hatte die Matratze des über mir befindlichen Bettes vergessen. Genauer: Die gespannten Metallfedern der Auflage waren wie ein Netz ineinander verhakt. Etliche Haken hatten sich nach außen gedreht, und ich war nun über den scharfen Grat eines dieser Haken geschrammt. Blut floss. Ich spürte die wärmelnde Feuchtigkeit auf der Kopfhaut. Ein widerliches Gefühl. Ich dachte: Steh auf und wasch dir das Blut aus den Haaren, es wird sonst verkrusten. Aber ich hatte nicht die Kraft. Ich fiel zurück auf das Bett. Lediglich, dass ich mit dem Arm zur Seite langte und aus der Hose, die neben mir auf dem Hocker lag, das Taschentuch herauszog. Talisman und Haftbegleiter, einziges Stück aus der Zeit vor der Verhaftung. Ich drückte das gefaltete Tuch gegen die Wunde und schloss die Augen wieder. Trotz des Schmerzes, des Schreckens fühlte ich mich etwas besser, leichter. Auch sechs Jahre würden vergehen. Ich klammerte mich an die Hoffnung, die Gewissheit, nach dieser Zeit ein neues Leben anzufangen. Ich würde in den Westen gehen, durch Freikauf oder durch formale Ausreiseanträge. Ich würde dort das tun, was ich mir lange vorgenommen hatte, was ich bislang heimlich getan hatte. Schreiben. Die Erleichterung schritt fort. Müdigkeit kam. Oder war es Schwäche, Bewusstlosigkeit? Verblutete ich? Der Zweite, den binnen weniger Stunden dasselbe Schicksal in dieser Zelle ereilte.

Nein, ich verblutete nicht. Das Licht an der Decke erglühte kalt und hart, jemand schlug gnadenlos mit einem Gegenstand gegen die Zellentür. Kein Ruf, kein Pfiff, kein sonstiges Signal. Fast im selben Moment rollte ich mich aus dem Bett. Rein in die Latschen. Zähne putzen, waschen. Das Wasser kam wieder kraftlos und dünn, wie der Urinstrahl eines alten Mannes. Irgendwie unappetitlich. Anziehen. Schon ging die Tür auf. Der Wagen mit dem Frühstück. Semmeln, Quaderchen Butter, Klecks Marmelade. Blechkanne mit dem Muckefuck. Insgesamt für vier Leute, vier Knaster. „Wir sind nur noch drei", sagte ich. „Oder kommt unser vierter Mann wieder?" Der Kalfaktor machte keine Anstalten, die überzählig gewordene Semmel zurückzunehmen. „Wohl kaum", erwiderte er stoisch. „Der Kumpel liegt im Med-Punkt." Die Tür wurde geschlossen, und ich blieb mit der überzähligen Ration zurück. Und wenn nachher doch jemand kam und die Semmel zurückholen wollte? Kriegte dann der, der sie verschlungen hatte, eine Bestrafung? *Wohl kaum.* Trotzdem, ich wollte nicht mal die vage Möglichkeit einer Bestrafung innerhalb der Bestrafung eingehen. So groß war meine Angst.

2. Teil

Die Kopfschmerzen, die ich zuletzt gehabt hatte, ließen nach. Kopfschmerzen, die stundenweise wie eine schwere Migräne auf Kopf und Magen drückten und mir fürchterlich zu schaffen machten. Ich lag auf dem Bett und war froh, dass es die beiden anderen auch so hielten. Ruhe, Stille halfen am besten. Ich hatte diese Schmerzen manchmal schon vor der Inhaftierung gehabt. Sie rührten aus unzureichend oder gar nicht ausgelegenen Gehirnerschütterungen. Autounfälle, Stürze, was der Mensch halt so mitmachte. Aber sie waren nie so schlimm geworden wie jetzt. Die Untersuchungsaft hatte sie zu quälenden Attacken werden lassen. Die enge Zelle, die totale Bewegungseinschränkung und die miserable Kost, dazu der ständige Sauerstoffmangel, das grelle Neonlicht, die Angst. Immerhin, die Kopfschmerzen hatten eine positive Seite: Das Erreichen ihres Höhepunktes signalisierte mir, dass in ein, zwei Tagen das Wetter umschlagen und ich mich gut fühlen würde.

Zwei Tage, dachte ich, dann ist Sonntag. Trostlose, leere Stimmung. Aber auch zwei Tage weniger Knast. Am Montag, vielleicht Dienstag oder Mittwoch würden sicherlich neue Knaster in die Zelle kommen. Vielleicht welche, die auch nach dem Westen wollten. Mit denen ich mich zusammenschließen, austauschen konnte. Strünzel und Schiller würden verschwinden. Oder ich? Ein Schauer erfasste mich. Der Gedanke, den Zugang zu verlassen und in eine der Vollzugsabteilungen zu kommen, schreckte mich. Der Moloch würde mich verschlingen, und ich würde nur mit Leuten wie Strünzel und Brusthugo zusammen sein. Auch mit Mördern? Und doch: Keiner, der hierher kam, verbrachte seine komplette Strafe im Zugang.

Am Nachmittag wurde die Zellentür aufgerissen. Drei Neue standen plötzlich mitten im Raum. Ich wich mechanisch ein Stück zurück. Diese Drei sahen aus, als kämen sie aus mehrjähriger sibirischer Kriegsgefangenschaft. Der Kalfaktor hatte ihnen einen Schund an Klamotten zugeteilt. Strünzel und Schiller,

die auf ihren Betten lagen, hoben desinteressiert die Köpfe, ließen sie dann gelangweilt zurückfallen. Kein Wort, keine Geste
der Begrüßung. Aber auch die Neuen sagten nichts. Sie standen
wie angewurzelt. Einer von ihnen, ein breitschultriger Bursche
mit glattem Gesicht, war damit beschäftigt, seinen Hosenbund,
an dem der Frontknopf fehlte, mit einem Stück Draht zusam-
menzuknoten. Der in der Mitte, ein Bursche mit braunem Zigeunergesicht und Haaren, die von Fett strotzten, zog eben seine
Jacke aus. Sie war ihm sichtlich an den Schultern zu eng. Die
Ärmel endeten weit über den Handgelenken. Ich dachte, die
sehen nicht wie Politische aus. Eher wie Asoziale. Man braucht
also nicht allzu viel mit ihnen herzumachen. Trotzdem redete
ich sie an, „Ihr habt Glück", es ist noch ein Bett im untersten
Stock frei. Und alle andern auch." Sie glotzten, und der mit dem
Draht hörte kurz auf, an seiner Hose zu fummeln. „Ich geh in
das mittlere, da an der Seite", sagte er und knotete gleich darauf
weiter. „Dieses Schwein von einem Kalfaktor", schimpfte er
noch, „der soll mir später nicht irgendwo auf der Straße begegnen!"

„Ja", sagte der Dritte, „mir auch nicht. Dem dreh ich den Hals
um." Er war ein mittelgroßer Enddreißiger, der kein bisschen
gewalttätig aussah. In vernünftiger Kleidung wäre er sicherlich
als ganz normaler Familienvater durchgegangen. Allein die Jak-
ke, die er jetzt trug, machte ihn zur Vogelscheuche. Sie stand
um mindestes zwei Nummern über. Ich dachte: Warum tauscht
er nicht mit dem Zigeuner? Oder: Warum hat der Kalfaktor die
Jacken nicht anders verteilt? Na ja, es war nicht mein Problem.
Das Zigeunergesicht ging zum freien Bett im unteren Stock und
warf seine Jacke über die Metallverstrebung am Fußende. Danach griff er sich die Bettwäsche und bezog eine Decke. Der,
der wie ein Familienvater aussah, tat es ihm nach. Er hatte sich
das Bett ausgesucht, in dem vormals Mutter gelegen hatte.
Strünzel beäugte die Geschäftigkeit mit Unverständnis. Er miss-
billigte die Eile, vor allem die Unruhe, die durch das Ausfächern
von Wäsche und Decken entstand. „Totaler Sackstand, den diese

Luftpumpen hier aufziehen", knurrte er in Schillers Richtung. Schiller schwieg grinsend, und die zwei Neuen legten etwas an Tempo zu. Unsicherheit und eine gewisse Furcht. „Wenn sie Pech haben, werden sie morgen gleich aufs Kommando verlegt, und die ganze Arie war umsonst." Der Familienvater hielt inne. „Kann bei mir nicht sein. Ich bin noch in Berufung."

Strünzel schwieg zunächst, und so machte sich der andere wieder mit dem Bettzeug zu schaffen. „Biste wegen hundertzwölf hier?", fragte er schließlich. In den Augenblicken der Stille, die jetzt wieder entstand, überlegte ich, ob hundertzwölf womöglich ein politischer Paragraph war. Ich selbst hatte hundertsechs, staatsfeindliche Hetze. Hundertzwölf befand sich zahlenmäßig nur sechs Paragraphen weiter. Falls das Strafgesetzbuch wie viele andere Fach- und Sachbücher in Kapitel und Kausalbereiche aufgegliedert sein sollte, konnten da nicht sein Paragraph und meiner im selben Abschnitt liegen?

Der Familienvater hielt wieder inne: „Du wohl auch?"

Strünzel richtete sich spontan auf, lachte erleichtert und empört zugleich. „Von wegen. Hundertzwölf. Ich. Bin ich bescheuert?"

Ich konnte mich für diesen Moment nicht der eigentlich verständlichsten aller Fragen enthalten: „Was is 'n hundertzwölf?"

Sofort richteten sich aller Augen auf mich. Als hätte ich eine Art Aussatz. „Mord", sagte schließlich Schiller. Seine Stimme klang ein bisschen sanft, fast bedauernd. Einer der nach Brandenburg kam und nichts vom *Hundertzwölfer* wusste, was hatte der hier zu bestellen? Oder legte ich das falsch aus? Schwang in seiner Stimme nicht Bedauern, sondern Verachtung?

„Und? Wen haste plattgemacht?" Die lüsterne Neugier, mit der Strünzel, Schiller ebenfalls, per Blick und Wort den Hundertzwölfer bedrängten, lenkte von der Lächerlichkeit meiner Naivität, meines Unbedarftseins ab. Der Familienvater sah sich unversehens in Bedrängnis, und ich war aus der Schusslinie. Mit hastiger gewordenen Bewegungen setzte er den Bettenbau fort. Aber die beiden Knaster blieben unerbittlich. „Nu sag schon! Vertuschen kannste hier sowieso nix." Und da der Hundertzwölfer schwieg, erhob sich Strünzel, stand neben ihm. „Haste deine Olle verschwinden lassen oder deine Oma?"

Schiller kicherte im Hintergrund.

Der Familienvater verneinte brummend.

„Oder euern ABeVau?"

Schillers Kichern wurde immer lauter.

„Nu sag schon!", forderte Strünzel.

„Eine Frau", antwortete der andere dann kleinlaut, ohne das Bettbeziehen, das inzwischen eigentlich abgeschlossen war, zu stoppen.

„Wie, 'ne Frau?" Strünzel kostete die Peinlichkeit des anderen genauso aus, wie er die Erleichterung, selbst nur Kurzstrafer zu sein, vor dem Familienvater präsentierte. „Eine alte, eine junge? Da wird doch kein Mensch draus schlau!" Seine letzten Worte kamen in gewähltem Hochdeutsch. Sie wurden von gurgelnder Genüsslichkeit untermalt.

„Mittel", beschied ihn der Familienvater. Er hörte plötzlich auf, am fertig gemachten Bett zu zupfen, stand und starrte auf das blauweiß karierte Muster.

„Haste sie aber vorher ordentlich gebrettert!? Haste doch?" Strünzel rückte ein kleines Stück an ihn heran. Wie ein krankhafter Vernehmer, ein Staatsanwalt, der nicht anders konnte, als die Würde des Verbrechers um jeden Preis zu verletzen. Eifer und Erregung ließen ihn wieder in den üblichen Sprachstil zurückfallen.

Der Hundertzwölfer drückte plötzlich den Kopf in den Bettbezug und heulte laut. Undeutlich hörte man, wie er immer wieder schrie: „Ich weiß nicht mehr, wie das gekommen ist. Ich kann's mir einfach nicht erklären!"

Strünzel wich einen Schritt zurück. Aber nicht aus Mitleid oder aus inzwischen befriedigter Neugier. Nein, aus der Distanz ließ es sich besser warten, wirkungsvoller nachfassen. Und richtig, als der Hundertzwölfer aus dem Krampf fiel und schlaff vor dem Bett stand, fing er abermals an zu bohren: „Aber du warst es doch?! Oder willst du sagen, dass du's gar nicht warst?"

Der Gefragte nickte mechanisch. „Natürlich. Ich weiß ja noch, wie ich losgegangen bin zu Hause. Auch noch, wie sie auf einmal vor mir stand. Und wie ich -. Es ist, als ob ich ein anderer -. Ich war doch noch nie so -." Er starrte wie abwesend auf die kleinen Karos der Bettwäsche, als würde er dort eine Antwort finden können.

Strünzel hatte immer noch nicht genug. „Aber du weißt doch noch alles! Was du mit ihr gemacht hast und wie. Los, erzähl 's mal. Los!"

Der Kopf des Bedrängten sackte wieder auf das Bett. Er heulte, stieß unverständliche Laute aus.

Strünzel verzog das Gesicht, enttäuscht, ärgerlich. „Mensch! Als ob das jetzt was nützt. Passiert ist passiert. Kannst doch mal erzählen, wie's war, wie du die Alte gepelzt hast."

Es wurde zuviel. Unerträglich. „Hör auf jetzt", sagte ich und war mir erst Sekunden später der Bedeutung dieser Worte bewusst. Meiner Einmischung. Ich, der Fremdkörper.

Strünzel starrte mich empört an. Sein Gesicht. Ich sah, dass die Enttäuschung, die Wut, die sich wegen der entgangenen Schilderung in ihm gesammelt hatte, auf mich fixierte. Er riss das Maul auf. Straffte sich. Ich drehte mich weg. Egal, dass ich irgendwie zitterte. Wenn einer einen anderen von hinten erschlug, so er es tat, konnte man dem Geschlagenen schlecht nachsagen, er habe den ersten Schlag getan. Oder? Wenn die anderen Knaster das Gegenteil behaupteten? Wenn die Vernehmer nachher auch nur das Gegenteil hören wollten?

„Er hat Recht", hörte ich plötzlich den Breitschultrigen sagen. Er hatte inzwischen seine Hose zusammengebunden. „Du lässt ihn jetzt in Ruhe! Klar? Und ihn auch!"

Während ich den Kopf zurückwandte, sah ich an der Geste gerade noch, dass der zweite Teil seiner Aufforderung mit mir zu tun hatte. Strünzel wurde eine Spur blasser. Er wusste, dass er gegen den Breitschultrigen keine Chance hatte. Langsam ging er zu seinem Bett und fläzte sich wieder darauf.

Es mochte eine Stunde vor der Zählung sein, als sich die Zelle weiter füllte. Fünf neue Leute, die auf einen Schlag kamen. Sie standen wie Schiffbrüchige in der Mitte des Raumes, vielleicht auch wie Flüchtlinge oder Vertriebene. Zu ihren Füßen die zusammengeknoteten Decken, in denen sich das just verabreichte Hab und Gut befand. Mit den Neuen war neue Enge, neues Chaos gekommen. Fremdheit. Hatte ich mich in den letzten Tagen an Strünzel und Schiller gewöhnt, seit ein paar Stunden auch an die anderen drei, so brachten die Neuen meine komplette gedankliche und sonstige Ordnung durcheinander. Aber es half nichts, es ging nur in eine Richtung. Vorwärts. Und dann: Ich hatte, so banal das anmutete, Heimvorteil in dieser Zelle.

Ich zog mich zurück, auf mein Bett. Ich wollte der Enge ausweichen, wollte aber auch, obwohl es eigentlich unnötig war, meinen Besitzanspruch auf dieses Unterstockbett ausdrücken. Ich hatte sitzend den Rücken gegen die Wand gelehnt und die Beine angezogen. Das über mir befindliche Bett schattete mein Gesicht etwas ab. Es gab auch einen anderen Ausdruck für diese Haltung: Ich kauerte. Immerhin, eine günstige Position, um die Neuankömmlinge unauffällig beobachten zu können.

Ein Älterer war unter den Neuen. Vielleicht fünfzig. Der Kalfaktor hatte ihn nicht ganz so übel ausgestattet wie die anderen. Obschon, die Uniformjacke, die er trug spannte im Nacken und wippte am unteren Rücken vom Körper weg. Zu eng. Er räusperte sich hörbar, um sich auf diese Weise Gehör zu verschaffen. Dann sagte er mit gehobener Stimme: „Ich heiße Franz Bolzmann und komme aus Gera. Ich habe neun Jahre wegen Unterschlagung mitgebracht und fahre zum ersten Mal ein." Die Worte *mitgebracht* und *einfahren* balancierte er mit einem gewissen Widerwillen über seine Zunge. Bewusst oder nicht kennzeichnete er sie als Fremdkörper, die nicht zu seinem Wortschatz gehörten. Als er fertig geredet hatte, schaute er sich um. Aber es reagierte niemand. Nur Strünzel. Er griente und fragte hämisch: „Wo hast 'n was unterschlagen? Bei der Bank?" Bolzmann war verwirrt, verunsichert. Blickte zu Boden. Sich in einer Zelle voller Knaster den anderen vorzustellen, das gehörte, soviel wusste selbst ich, nicht zur Tagesordnung. Wir befanden uns in keiner Versammlung, in keinem Seminar. Jetzt wusste das auch Bolzmann. „Ich bin beim Rat des Bezirkes Hauptbuchhalter gewesen. Für mich selbst hab ich eigentlich gar nichts unterschlagen. Hab nur an andere Leiter Gelder ausgereicht. Unerlaubte Kredite. Für Datschen und Dienstreisen, auch für Schnaps und Feten. Aber der Staatsanwalt hat nur einen Schuldigen gebraucht. Ansonsten hätten mindestens zehn Leute dran glauben müssen. Und das hätte den Staatsapparat zu sehr geschwächt. Also kam ich denen gerade recht." Er blickte irgendwie hoffnungsvoll auf Strünzel. Ließ sich das Gespräch nun doch fortführen? Aber Strünzel wälzte sich auf seinem Bett und verdrehte die Augen. „Hohes Tier gewesen. Scheiße." Bolzmann sperrte den Mund auf. „Sieh lieber zu, dass du dir ein vernünftiges Bett schnappst!", sagte Schiller. „In deinem Alter noch in 'nen dritten Stock kriechen, ist doch voll der Anschiss!" Bolzmann begriff. Er stieß auf eines der noch freien mittleren Betten zu und kam dabei einem kleinen Burschen mit wulstigen Lippen um Sekundenbruchteile zuvor. „He, alter Mann! Hier wollte ich eigentlich hin!", erboste sich der Kleine. Aber Bolzmann verteidigte seinen Besitz. „Ich war zuerst. Und du hast ja selbst gesagt: Alter Mann."

Schiller lachte von seinem Bett aus. „Ja, Hitchcock, daran hat sich nichts geändert, dass du immer und überall den Max machst." Der mit den wulstigen Lippen starrte in Schillers Richtung, verzog schließlich den Mund. „Schiller, du asoziale Sau, dich trifft man ja wohl in jedem Knast. So richtig der Be-Vauer. Haste nich mal was zu rauchen für mich?" Schiller richtete sich ein Stück auf. „Ich dreh auch bloß." Schwerfällig zog er sein Tabakpäckchen und die Papierblättchen aus der Hosentasche. „Immer noch besser als Tütchen", erwiderte der andere. Strünzel wandte sich dem mit den wulstigen Lippen ebenfalls zu. „Bist du dieser Hitchcock, der diesen Rekord in der kürzesten Entlassungszeit hält?" Hitchcock blickte zu Boden. Die

Peinlichkeit war ihm anzusehen. „Halbe Stunde entlassen und dann wieder eingefahren!", sagte Strünzel und gluckste vor Schadenfreude. Hitchcock hob den Kopf. Er blickte empört: „Was heißt hier 'ne halbe Stunde? Genau dreiundzwanzig Minuten waren das. Ich bin vom Knast aus zum Bahnhof gefahren, hab zwei Bier getrunken. Dann kamen die Trapo-Bullen. ‚Du bezahlst jetzt mal und kommst gleich mal mit. Personenkontrolle!‘, sagt so ein Kleiderschrank. ‚Warum denn?‘, frag ich. ‚Was soll ich denn gemacht haben?‘ Da fasst mich die blöde Sau schon am Schlafittchen. ‚Halt die Schnauze und komm! Sonst kriegste hier vor allen Leuten was auf dein freches Maul!‘ Und wie das so geht, merk ich, dass ich auf dem Weg vom Knast zum Bahnhof auch noch meine Brieftasche verloren hab. Geld weg, Papiere weg. Na ja, und nach paar Tagen die Bewährung auch." Er lachte. „Nu bin ich also in Brandenburg. Endstation. Drei Jahre und von davor auch noch eins. Wieder zu Hause." Er blickte nach oben. „Das Bett dort is ja wohl noch frei." Doch statt sich hinaufzuhangeln und es zu beziehen, ließ er sich auf einen Hocker plumpsen, drehte sich eine Zigarette und rauchte in vollen Zügen.

Als aus der Tiefe des Flures die Zählung angekündigt wurde, hatte sich die Unordnung in der Zelle nicht andeutungsweise gelegt. Außer Bolzmann hatten noch drei andere ihre Packen geräumt und die Betten fertig gemacht. Die Decken der restlichen Ankömmlinge befanden sich noch genau an den Plätzen, an denen sie die dazugehörigen Knaster bei ihrer Ankunft fallengelassen hatten. Inzwischen waren die Knoten gelöst und die Inhalte durchwühlt worden. Der Boden sah aus wie ein Schlachtfeld. Ich kroch aus meiner Deckung hervor und zog mich an. „Gleich is Zählung, los, Jacken anziehn!", sagte ich und überflog noch mal die Zahl der Anwesenden. Es gab ja wohl kein Ausweichen, ich würde wieder die Zellenstärke melden müssen. Krach, die Tür wurde aufgerissen, der schmächtige Schließer tauchte auf. „Verwahrraum drei mit elf Mann belegt", sagte ich halblaut. Der Schließer überblickte die angetretenen Knaster, machte eine Notiz auf seinem Zettel. Und als ich dachte, er wird nun gleich verschwinden, schaute er abermals auf. „Was is das denn da hinten?" Seine Stimme klang drohend. Ich drehte den Kopf. Die Knaster aus der hinteren Reihe hatten sich schon wieder aus der Antrittsformation entfernt. Bolzmann, das Zigeunergesicht und der Breitschultrige. „Was da los ist, hab ich gefragt!" Jetzt erst hielten sie inne. „Euch geht's wohl zu gut?!" Die drei starrten betreten zu Boden. „Los, herkommen!" Langsam bahnten sie sich einen Weg durch die am Boden liegenden Decken. Sie wirkten, als hätten sie sich die Hosen vollgeschissen. „Warum wird hier nicht angetreten?" Der Schließer hatte sich dicht vor Zigeunergesicht aufgebaut. Seine Augen schossen wütend Blitze ab. Die drei schwiegen ängstlich. „Ich hab dich was gefragt, he!?" Zigeunergesicht räusperte sich, nuschelte dann angstvoll in finsterstem Bergsächsisch, es handle sich um ein Versehen. „Wer soll das denn verstehen?", brüllte der Schließer. Seine Stimme lag hoch, wirkte fast schrill.

„Bei dem hilft nur 'n Brustpuffer, Herr Meister", feixte Strünzel von hinten halblaut.

„Schleimer", flüsterte Hitchcock verächtlich, „so ein Schleimer."

Der Schließer schien das ebenso zu werten. „Hat dich jemand gefragt?" Strünzel wurde eine Spur blasser. „Ob dich jemand gefragt hat?"

„Nö, keiner", gestand Strünzel kleinlaut.

„Los, vorkommen. Bisschen plötzlich!"

Strünzel zögerte ganz kurz, gab sich dann einen Ruck. „Ich wollte doch bloß –." Sein Gestotter wurde durch einen Stoß gegen die Brust beendet. Brusthugo oder Brustpuffer, wie immer sie das nannten. „Die beiden", der Schließer zeigte auf Strünzel und das Zigeunergesicht, „machen morgen den Flur. Gleich nach der Zählung! Aufschreiben das!"

„Kann ich mir so merken", entgegnete der Kalfaktor. Er grinste. Dann fiel die Tür zu, und die Knaster lösten die Antrittsordnung auf. Strünzel fluchte. „Bloß wegen dir." Er gab Zigeunergesicht einen Stoß gegen den Oberarm. Der taumelte ein Stück zur Seite, stolperte über die ausgebreiteten Decken und fiel zu Boden. „Eh, du Rochen!", brüllte Hitchcock, „da sind meine Sachen drin!" Zigeunergesicht rappelte sich langsam auf. Stand dann wieder da, als hätte er die Hosen voll. „Na los, nu bring das wieder in Ordnung!", herrschte ihn Hitchcock an. Er genoss das Gefühl der Überlegenheit, das ihm ganz gewiss nicht allzu oft im Leben beschieden gewesen war, sichtlich aus. Zigeunergesicht nuschelte wieder, dass das nicht seine Sache sei, die Unordnung habe vorher schon bestanden. Er wollte zu seinem Bett. Hitchcock vertrat ihm den Weg. Stand wie ein giftiger Spitz vor einem ungelenken Kalb. Zigeunergesicht verdrehte ängstlich die Augen. Aber in seinem Blick war auch etwas Teuflisches. Gereiztheit, Panik. Vielleicht dass er sich den Kleinen gleich griff, ihn beutelte und -. Man musste auf manches gefasst sein.

Die Knaster witterten den Kampf. Kampf bedeutete Abwechslung.

„Mensch, lass doch die Scheiße." Der Familienvater schritt ein. Er stellte sich zwischen die zwei. „Wenn ihr euch jetzt vielleicht noch prügelt, was soll das!"

„Halt du dich mal schön raus, du Kinderficker!", geiferte Strünzel. „Wenn Hitchcock dieser schmierigen Sau was auf die Schnauze haut, geht das in Ordnung. Wegen dem muss ich morgen früh -." Weiter kam Strünzel nicht. Der Familienvater hatte sich wie elektrisiert umgedreht, war zu Strünzel gestürzt. „Wie hast du mich eben genannt?" Strünzel rutschte spontan in die hinterste Ecke seines Bettes. „Wie ich dich genannt hab? Hab ich doch glatt schon wieder vergessen." Seine Stimme hatte höhnisch geklungen. Er befand sich fast in der Rückenlage und hatte die Knie angewinkelt. Wenn sich der Wütende auf ihn gestürzt hätte, wäre es ein Leichtes gewesen, ihn mit Fußtritten abzuwehren. Nun gut, der Familienvater kam auch so zur Besinnung. Dieses Lebenslänglich, das noch vor ihm lag, würde ganz bestimmt nicht einfacher zu überstehen sein, wenn er sich gleich in den ersten Tagen aus Unbeherrschtheit auf eine Schlägerei mit einem kleinen Ganoven einließ. Und Ausdrücke, wie er soeben einen zu hören bekommen hatte, würde er immer wieder einstecken müssen. Er trat zurück, und Strünzel rutschte langsam auf die Vorderkante seines Bettes. Dabei fiel ihm ein zusammengefalteter Zeitungsausschnitt aus der Hosentasche. Ehe er es bemerkte, hatte es einer von den Neuen aufgehoben und kurz betrachtet. „Ach du Scheiße!", schon schwenkte er es triumphierend durch die Luft. „Das ist die Krautzig, dieser Fickschlitten von Fernsehansagerin." Sofort richteten sich die Blicke auf Strünzel. Ungläubige, hämische Blicke. Gejohle, Spott und Schadenfreude. „Wer die noch nicht gevögelt hat, darf nich im Fernsehen auftreten!", grölte einer, und ein anderer feixte: „Die besteht doch nur aus Wimperntusche, Schminke und Sperma! Die ist doch so abjebürschtet, det se an der Pflaume schon keene Haare mehr hat!"

Es kochte. Der Chor der Knaster goss ungezügelt einen Kessel an gewissenlosen Gehässigkeiten über den total Wehrlosen. Drei oder vier, die sich nicht beteiligten, die nicht mal grinsten. Strünzel hatte keine Chance. Trotzdem suchte er sich zu rechtfertigen, diese Ansagerin durch Beteuerungen zu verteidigen, lief dabei Amok und trat doch immer wieder neue Hohnlawinen los. Bis er sich schließlich nicht anders zu helfen wusste, als im Klo zu verschwinden. Mindestens eine Viertelstunde sperrte er sich dort ein. So wie Mutter vor ein paar Tagen. Und ich schloss es nicht aus, dass auch er versuchen würde, sich etwas anzutun. Doch ich sagte nichts. Was ging mich Strünzel an. Dieser Egoist, Ganove. Der hatte doch mit anderen auch kein Mitleid.

Trotzdem war ich erleichtert, als er endlich aus dem Klo kam. Er sah verheult aus, beleidigt. Ging stracks und wortlos zu seinem Bett. Hob den Zeitungsausschnitt, den sie ihm dort hingelegt hatten, auf und legte sich auf die Seite. Das Gesicht zur Wand. Hin und wieder wurde sein Körper von einer Erschütterung geworfen. Er heulte immer noch.

Am nächsten Morgen kam noch ein Neuer. Die Zelle war nun endgültig belegt. Da vom Vortag noch immer einige Decken über den Boden gebreitet waren und nun ein neuer Packen dazukam, herrschte ein völliges Durcheinander. Selbst auf dem Platz, auf dem wir morgens und abends zur Zählung antraten, lagen jetzt Sachen. Wenn man zum Klo oder zum Waschbecken wollte, trat man unversehens auf oder in eine der Decken.

Nun gut, ich hatte all diese Gänge, das Waschen und das Klo, erledigt. Ich saß jetzt am Tisch und frühstückte. Einige andere ebenfalls. Bolzmann, Schiller, der Breitschultrige. Auch Zigeunergesicht. Zigeunergesicht wartete im Gegensatz zu Strünzel seit dem Wecken auf seinen Abruf zur Flurreinigung. Strünzel lag noch auf dem Bett. Seine Atemzüge gingen tief und langsam. Er hatte sich zur Zählung nur eben seine Klamotten über die Unterwäsche gezogen und war danach wieder in sein Bett gesackt. Wort- und irgendwie gesichtslos.

Dass Schiller heute so früh mit am Tisch saß, hatte einen Grund. Es fehlten Brötchen. Auch Butter, Margarine, Marmelade. Offensichtlich waren die letzten Ankömmlinge bei der Essenzuteilung nicht berücksichtigt worden. Einer wie Schiller bemerkte das natürlich. Der sah zu, dass er seinen Anteil wegschlang. Was man im Bauch hatte, konnte einem keiner nehmen. Ich aß eine Hälfte von meiner Semmel, steckte die andere unter das Kopfkissen. Für später.

Nachher drosch der Kalfaktor von außen gegen die Zellentür. „Die zwei Mann zum Flurreinigen fertigmachen!" Es mochte inzwischen halb neun sein. Zigeunergesicht sprang sofort auf und bahnte sich auf Zehenspitzen einen Weg zur Tür. Wartete. „Los, Strünzel!", rief Schiller, „raus aus der Seeche!" Strünzel reagierte nicht. Ich sah Schiller fragend an. „Wenn der nicht aufsteht, kriegt er neuen Ärger." Schiller zuckte mit den Achseln, lächelte mitleidig. „Hatter Pech." Ein paar von den anderen Knastern wälzten sich aus den Betten. Gingen nacheinander zum Klo. Dann kam das Problem mit dem Essen. „Wo ist mein Frühstück?" Die Frage fiel mehrfach. Und weil sie laut und aggressiv gestellt wurde, schreckten die restlichen Schläfer auf. Der Tumult war unvermeidbar.

Der Kalfaktor kam. „Wo sind die zwei zum Flurreinigen?" Zigeunergesicht hob den Arm.

„Und der andere?"

„Hier fehlt Frühstück!", empörte sich statt einer Antwort jemand.

„Auf der Meldung stand, dass die Letzten, die gekommen sind, Unterwegsverpflegung bis heute früh hatten. Erledigt!"

Aufbegehren. Proteste, Beschimpfungen. „Hauptsache, du fette Sau kannst dir den Ranzen vollschlagen! Gib doch zu, dass du die Sachen selber gefressen oder an deine Miezen verteilt hast!" Aber: Machtlosigkeit. Und die Retourkutsche kam ja auch. „Noch ein Wort und ihr kommt in 'nen Bunker!" Der bestätigende Blick des Schließers erhob die Ankündigung in den Rang einer Drohung. „Oder hat sogar jemand Interesse an Nachschlag?" Kleinlautes Murren, Einlenken, Rückzug. Nachschlag, welch ein Gedanke. „Sind wir wenigstens fürs Mittag eingeplant?", fragte jemand schüchtern. Der Kalfaktor nickte kurz. „Und was is nu mit dem Zweiten?" Keiner antwortete. Lediglich, dass sich eine Gasse bildete, die dem Kalfaktor und dem Schließer den Blick auf Strünzel freigab. Auf sein Bett. Die beiden sperrten mechanisch die Mäuler auf. „Sind wir hier auf der Völkerfreundschaft oder auf der Fritz Heckert?" Der Kalfaktor wollte zu Strünzel, stürzte aber nach zwei Schritten über die Sachen, die auf dem Boden lagen. „Scheiße!", brüllte er voller Wut und rieb sich, während er sich aufrappelte, den rechten Unterarm. „Wenn die Klamotten nich in einer halben Stunde vom Boden verschwunden sind, passiert hier was!" Er glotzte mich an. „Du bist Verwahrraumältester, also sorg schleunigst für Ordnung!" Dann stand er bei Strünzel am Bett. Er sackte ihn an, und Sekunden später war Strünzel auf den Beinen.

Ich unternahm nichts, um das Chaos zu beseitigen. Beseitigen zu lassen. Von wegen, dass ich Verwahrraumältester war. Ein Schmarren. Davon abgesehen gingen die Neuankömmlinge jetzt selbst daran, ihre Sachen vom Boden zu entfernen. Sie schlangen die Decken an den Zipfeln zusammen und zerrten sie auf die freien Betten im Obergeschoss. Bis auf zwei, von denen der eine, ein Altblonder, seine Sachen in den Spind sortierte und der andere, der an diesem Morgen erst gekommen war, keine Anstalten machte, sie überhaupt jemals wegräumen zu wollen. Ein Rentner mit kantigem Schädel und grauen Bartstoppeln. Er gluckte vorgebeugt auf einem Hocker und rieb die vorgestreckten knochigen Hände ineinander, als würde er sie über einem Lagerfeuer wärmen. Sein Blick lag glasig in einer Ferne, die sich weit weg vom Brandenburger Zuchthaus befand. „Sollen wir dir helfen, die Sachen nach oben zu schaffen?", fragte Bolzmann, dem der Alte offenbar leid tat. Doch der Angesprochene reagierte nicht. „Geht's dir nicht gut?" Bolzmann schien besorgt. Der Alte reagierte immer noch nicht. Seine Haltung blieb unverändert, der Blick starr. Nur die Hände rieben sich unermüdlich ineinander. „Ob er schwerhörig ist?", fragte Bolzmann.

Schiller kicherte. „Keine Bange, der hört mehr als du. Solange wie der in Prärie war."

Bolzmanns Blick pendelte ungläubig zwischen Schiller und dem Alten. Schließlich mischte sich Hitchcock ein: „Falls du's nich wissen solltest, das ist der Kopfgeldjäger Matt Dillon."

Die anderen Knaster sperrten unversehens die Mäuler auf. Kopfgeldjäger?

„Klar", sagte Schiller. „Er war Sheriff in Dodge City. Aber weil er nicht alle Banditen stellen konnte, isser nachher auf Kopfgeldjäger umgesattelt. Is doch so, Matt?" Der Familienvater lachte, aber als ihn der Alte mit einem drohenden Blick bedachte, verstummte er. „Ein harter Bursche", beteuerte Schiller bei gespielter Bewunderung. „Wenn sie irgendwo einen Banditen nich schnappen konnten, haben sie zu guter Letzt den alten Dillon geholt. Dem ist keiner durch die Lappen gegangen. Stimmt doch, Matt?" Der Alte nickte gedankenverloren.

„Und warum isser nu selber drin?", fragte ein junger Bursche, der im dritten Stock lag. „Hatter vielleicht mal den Falschen weggepustet?" Matt Dillon drehte mit einer sparsamen Bewegung den Kopf in die Richtung des Fragers, wandte sich danach bei verächtlicher Miene wieder dem imaginären Lagerfeuer zu. „Das nich", erklärte Schiller und konnte gerade noch einen Lacher unterdrücken. „Aber es ist so, dass sie ihn mitunter um seinen Lohn betrogen haben. Entweder ein anderer hat sich das Kopfgeld schon abgeholt, oder das Geld ist beim Marshall gar nich angekommen. Da musste er sich halt auf illegale Weise was zum Beißen besorgen. Oder etwa nich, Matt?" Der Alte kniff die Augen zusammen und bleckte sein Gebiss. Voller, festsitzender, wenn auch total vergilbter Zahnbestand. Gleich darauf schloss er das Maul wieder und spuckte in der Manier eines Westernhelden auf den Boden.

Eine Weile herrschte verwundertes Schweigen. Schließlich fing Bolzmann erneut an: „Aber es wär jetzt wirklich besser, wenn er seine Sachen vom Boden wegräumt. Sonst kriegen wir nachher alle Ärger." Er blickte sich um. Sah etwas verstört, fast ängstlich aus. Und erhielt keine Antwort. Nur Hitchcock entgegnete gelangweilt: „Wenn der Verwahrraumälteste das nicht anordnet, dass Matt seine Sachen aufräumt, kann uns das ziemlich egal sein. Da musst du dir keine Platte machen, Chef." Das letzte Wort sprang voller Verachtung von Hitchcocks Lippen. Es segelte zu Bolzmann, sodass sich dieser prompt auf einen Hokker setzte. Aller Augen schauten jetzt auf mich. Idiot, dieser Bolzmann. Ich räusperte mich, wollte bekunden, ich sei im Grunde kein Verwahrraumältester. Aber wer wusste, ob sie mir nicht dumme Fragen gestellt hätten. Ich drückte mich anderweitig um eine konkrete Auskunft, um eine Anordnung. „Weiß nich, ob man jemand in seinem Alter noch in 'nen dritten Stock verfrachten kann." Jetzt hielt der Alte erstmals seine Hände still. Sein Blick richtete sich auf mich, und es war weiß Gott nichts darin, das auf die Cleverness, die Abgebrühtheit eines Kopfgeldjägers á la Fernsehwestern hindeutete. Bequemlichkeit, das

war's. „Matt Dillon hat noch nie im dritten Stock gepennt!",
verkündete Schiller. „Eher haut er sich auf'n blanken Boden!"
Na ja, das Heldenhafte blieb weiter auf der Strecke. Die Aussicht auf ein bequem erreichbares Bett galt dem Alten mehr als
sein fadenscheiniges Westernimage. Er hob die knochigen Hände und zeigte auf mein Bett. Wieso denn auf meines? „Nee!",
entfuhr es mir klar und deutlich. „Ich hab kaputte Knochen. Für
mich kommt der dritte Stock nich in Frage." Aber ich bot an:
„Sind ja noch drei andere."

„Zwei!", verbesserte mich Schiller und lümmelte sich in be-
sitzanzeigender Breitigkeit auf sein Lager. „Und ich würde sagen, er soll das Bett von diesem Zigeuner nehmen. Das gibt die
wenigsten Schwierigkeiten."

Es dauerte nicht lange, bis der Tausch vollzogen war.
Hitchcock und ein weiterer Knaster schienen ihren Spaß zu haben, das Bett von Zigeunergesicht zu fleddern. Und Matt Dillon
hatte es innerhalb einer halben Minute in seinen Besitz genommen. Er hatte die Bettwäsche lose über die Matratze und über
die Bettwäsche eine Decke gebreitet. Den Rest von seinem
Bündel wuchtete er wie den Sattel eines Pferdes auf das Kopfende, und endlich kam er auch selbst zum Liegen. Ganz der alte
Trapper, der nach seinem harten Tagesritt die Füße hochlegt.

Er behielt diese Pose dann bei. Egal, dass zwischendurch das
Mittagessen kam und endlich auch die beiden Flurreiniger zu-
rückkehrten. Lag stumm, die knochigen Hände ineinander rei-
bend, starrte in die Ferne seiner Scheinprärie. Von Zigeunergesicht ließ er sich nicht beeindrucken. Von dessen Fassungslosig-
keit. So wie der eine, irgendwie verständlich, schwieg, redete
der andere in seinem urwüchsigen Dialekt drauflos, und man
verstand ihn eigentlich nicht. Aber er blieb hilflos, machtlos,
eine eher komische als tragische Figur, der die anderen Knaster
mit leicht verhaltener Schadenfreude erklärten, dass man dem
alten Matt Dillon nun mal keinen Aufstieg in den dritten Stock
zumuten könne.

Schließlich stand er vor mir. Verwahrraumältester. Aber auch mir war das Hemd näher als die Hose. „Wird schon gehen, dass du die paar Tage da oben campierst. Is ja nur vorübergehend." Und: „Dauert nich lange, dann gehen die Ersten auf ein Kommando. Dann ziehst du halt als Erster um."

Er hatte Tränen in den Augen. Trat bockig böse mit dem Fuß gegen einen Hocker. Nuschelte von Rache. Der Familienvater ermahnte ihn: „Reiß dich zusammen. Siehst doch, wo du mit deinem Rachenehmen gelandet bist. Für zwölf Jahre." Sofort spitzten sich aller Ohren. Selbst Matt Dillon hielt kurz seine Hände still. Zigeunergesicht nuschelte, dass er das gar nicht gewesen sei, der die große Lagerhalle in Brand gesteckt habe. „Aber du hast die Vernehmungsprotokolle unterschrieben!", erinnerte ihn der Familienvater. „Hast du doch kürzlich in der U-Haft noch erzählt!" Zigeunergesicht schüttelte heftig den Kopf. Er habe nur unterschrieben, weil er fix und fertig gewesen sei. Um seine Ruhe zu haben. Eingeschlafen sei er, so kaputt hätten sie ihn gespielt. „Sonst nix?", mischte sich Hitchcock feixend ein. „Nich mal was auf die Fresse? Und dann unterschreiben, ohne dass ich's war. Macht doch nur einer, der Wasser hat." Zigeunergesicht fuhr herum. Seine Augen kullerten funkelnd wie die eines gereizten Pferdes. Dass sie auf der Arbeit schon so gemein zu ihm gewesen wären, jammerte er, und in seinem Dorf hätten sie ihm nicht erlaubt, am Haus des Vaters zwei Zimmer anzubauen. Ganz recht sei es denen geschehen, dass die Halle gelodert habe. „Ha!", rief Hitchcock spontan. „Warst du's also!" Er genoss für diesen Augenblick die Rolle, die ihm im Leben nicht vergönnt gewesen war, die ihm nie vergönnt sein würde: Polizist, Vernehmer zu sein. Zigeunergesicht hob abwehrend die Hände. Aber statt zu leugnen, beklagte er sich, dass seine Strafe zu hoch sei. Zwölf Jahre. Und die Kostenschulden. Er schluckte, und wiewohl er nicht eben mit überragender Weisheit gesegnet war, erkannte er im selben Moment, welche schier unfassbare Zeitspanne da vor ihm lag. Erkannte auch, dass ihm die Staatsanwaltschaft vermutlich nur wenige

Tage von seiner Strafzeit durch eine vorzeitige Haftentlassung schenken würde. „In zwölf Jahren kommt bestimmt mal 'ne Amme!", tröstete der Familienvater. Und ein bisschen, nicht nur ein bisschen, richtete er den Trost auch an sich. Und er blickte deprimiert und sagte: „Im Vergleich zu mir bist du zig Mal besser dran. Ich wär überhaupt froh, wenn ich 'ne Feststrafe hätte. Glaub mal, wenn meine Familie nicht so zu mir halten würde, ich hätt mich schon längst -." Er zog mit dem rechten Daumen eine imaginäre Linie vor seinem Kehlkopf.

„Deine Familie hält noch zu dir?", fragte Strünzel überrascht. „Deine Frau etwa auch noch?" Seine Ungläubigkeit verlief in ein leises Kichern. „Gibt's doch nich, das."

„Und ob!" Der Familienvater zog sofort ein paar Fotos aus der Tasche. „Hier. Unsere Jüngste. Hat grad Jugendweihe gehabt." Die Fotos machten unter neugierigen Gaffern die Runde. Auch ich war so ein Gaffer. Bilder von Frauen und herangereiften Töchtern hatte ich in den letzten elf Monaten nicht zu Gesicht bekommen. Ich sah eine ordentliche Familie. Bieder herausgeputzt, wenngleich nicht übermäßig schön. Fotos von einer Feier, wie sie millionenfach vorkam. Aber ohne Vater, denn der hatte eine andere Frau zu Tode gebracht, vorher vergewaltigt. Unvorstellbar.

Ich wollte die Fotos zurückgeben, aber Matt Dillon meldete sich mit dem Schnipsen der rechten Hand. Er wollte die Bilder sehen. Er auch. Klar. „Warum sprichst du eigentlich nicht?", fragte ich verwundert. „Hat dir vielleicht mal eine Squaw die Zunge abgebissen?"

Matt Dillon zog die Fotos zu sich rüber und setzte eine warnende Miene auf.

„Mein lieber Mann", erklärte Hitchcock. „Das hat sonst noch keiner ungestraft zu ihm gesagt. Wenn sich's der alte Matt in den Kopf gesetzt hat, eine Woche keinen Ton zu sagen, dann soll ihm da keiner in die Quere kommen."

Ich wusste nicht, was ich davon halten sollte. Ob fürchten oder lachen. Ich entschuldigte mich dünn. „Kann man ja nich wissen als Fremder." Und ich setzte noch einen drauf: „Dabei wär's mal ganz interessant, was über Amerika zu hören. Schließlich will ich da auch mal hin."

„Nach Amerika willst du?" Das war der Altblonde, der sich erstmals in ein Gespräch mischte. „Du auch?"

„Ja", entgegnete ich entschlossen. „Spätestens in fünf Jahren und einem Monat."

„Und Freikauf?"

Ich zuckte mit den Achseln und sagte gespielt gleichgültig: „Weiß nicht, ob das für mich in Frage kommt."

Der Altblonde sah das anders. „Bei mir ist schon alles klar." Er holte ein Blatt Papier aus der Brusttasche und entfaltete es. „Hier, lies." Ich las den Briefkopf: Rechtsanwalt Vogel, Berlin. Dann den Namen Alfred Paulsen. *Ihre Sache wird bearbeitet.* Was immer das bedeutete. Er faltete den Brief zusammen und verstaute ihn sorgfältig. „Ich geh vielleicht schon vom Zugang aus auf Transport." In der Zelle trat sofort Stille ein. Spannung. Die Äußerung war riskant. Egal, dass sie nur spekulativen Ursprungs sein konnte. Man redete sich zum einzigen Gesunden unter vielen Todkranken. Da konnte man unversehens draufgehen. „Ich hab noch nicht gesehen, dass einer vom Zugang aus auf West-Transport gegangen ist!", versicherte Hitchcock. „Und ich kenn jede Menge Knäster." Seine Stimme hob leicht ab. Zeichen von Gereiztheit. Die anderen murrten Zustimmung. Schiller sagte: „In Bitterfeld, wo ich zuletzt war, hatten wir einen, der das auch gemeint hat. Und was passierte: Er hat seine drei Jahre voll abgedrückt und is dann in die DDR entlassen worden." Die Knaster lachten schadenfroh. Die Schadenfreude galt Paulsen.

Zum Mittag gab es Weißkohleintopf. Eine verwässerte Suppe, in der ein paar Knorpel, Kartoffelstücke und Kohlstrünke schwammen. Dafür jede Menge Kümmel. Der Kommentar der Knaster stimmte: „Da kieken mehr Oogen rin wie raus!" Trotzdem, mit einer Scheibe Brot dazu wurden die meisten zumindest so satt, dass sie sich anschließend zu einem Schläfchen niederlegten. Die meisten, das waren eigentlich alle. Nur Paulsen und ich blieben am Tisch sitzen. Matt Dillon lag auf seinem Bett. Er rieb seine Hände wieder ineinander und starrte in die nur für ihn sichtbare Prärie. Trapper und Kopfgeldjäger, die man ansonsten in Fernsehwestern sah, schliefen schließlich auch nie.

„Weswegen biste eigentlich hier?", fragte mich Paulsen.

Ich erzählte ihm ein bisschen was von der Schreiberei.

„Is dein Buch drüben wenigstens veröffentlicht worden?"

Was für eine brisante Frage. „Ich hab nur so für mich geschrieben."

„Und dann sechs Jahre? Glaub ich nicht. Entweder du hast dein Buch schon im Westen angeboten, oder du hast noch was anderes auf dem Kerbholz."

„Was heißt hier Kerbholz?", knurrte ich und kehrte mich ab. Dann schon lieber schlafen als sinnlose Diskussionen zu führen.

„Ich bin wegen Bandengründung hier."

„Bandengründung?" Ich sperrte das Maul auf.

„Wir wollten von der Tschechei aus in den Westen abhaun. Ich, meine Frau und ihre beiden Kinder. Ab zwei Mann ist man laut Strafgesetzbuch nämlich Gruppe. Und ab drei Bande. Und ich war der Älteste und der Anführer." Er lachte wie über einen schlechten Witz. „Hat mir dreieinhalb Jahre eingebracht. Und meiner Frau ein Jahr weniger. Die Kinder sind in ein Heim gekommen -." Er lachte kurz auf, wischte dann mit einer fahrigen Geste jeden Kummer vom Tisch.

„In ein Heim? Das muss ja schrecklich sein."

Er schüttelte den Kopf. „Die Kinder sind schon so groß, dass ihnen das nichts ausmacht. Vierzehn und Sechzehn. Außerdem is ja alles nur vorübergehend." Er blickte siegessicher auf die Zellentür. „Deutschland, wir kommen!", rief er ungehemmt und klopfte mit der flachen Hand auf die Brusttasche, in der sich das Schreiben vom Rechtsanwalt befand. „Zurück kann ich jedenfalls nich mehr. Sie haben mir alles weggeholt. Und das Haus is auch untern Hammer gekommen. Dafür hat der Anwalt gesorgt. Schönes Ding, direkt am See." Und er wischte auch diesen

Verlust per Geste aus dem Kummerbereich seiner Gedanken. Er hatte den Trost umgehend parat. „Im Westen gibt's Lastenausgleich. Für alles. Das Haus is schon mal hunderttausend Mark wert. Ich lass mir das auszahlen, sobald ich drüben bin, und mach in die Staaten rüber." Er bleckte die Zähne. „Ich zieh mir vielleicht 'ne kleine Ranch an Land und setz mich zur Ruhe."

„Meinst du, mit hunderttausend hast du ausgesorgt?" Im selben Moment, da ich die Frage stellte, wandte ihm Matt Dillon ein überrascht aussehendes Gesicht zu. Es schien, als wolle er etwas sagen. Etwas Abschätziges. Aber er sagte nichts.

„Mein Gott, wenn du als politischer Häftling rüberkommst, kriegst du erst mal Knete in einer Tour. Haftentschädigung, soziales Geld, und die Kirchen sollen auch tüchtig was rüberreichen. Und bei uns blechen sie ja alles mal vier. Vier Leute. Versteh!" Ich verstand, aber ich glaubte nicht. Obschon. Ein paar Mark Haftentschädigung als Starthilfe, das hörte sich nicht schlecht an.

„Die einzelnen Bundesländer zahlen unterschiedlich. Am besten zahlt Bayern und am schlechtesten Hamburg und Hessen."

„Und Berlin?"

„Berlin liegt in der Mitte. Die zahlen zwanzig. Bayern zahlt dreißig und Hamburg zehn."

„Pro Woche oder pro Monat?"

Er lachte. Lachte wie über die Frage eines Trottels. „Pro Tag, Mensch!"

Ich schwieg. Und ich überrechnete kurz meine Aussichten. Wenn ich nach Berlin ging, ergaben sich rund siebentausend Mark pro Jahr. Das Ganze mal sechs. Oder mal wie viel? Eine gute Startbasis. Na ja, Luftschlösser.

Am späten Nachmittag rollten sich die Knaster nach und nach von ihren Betten. Nur Matt Dillon und Strünzel blieben liegen. Bis auf Bolzmann, dessen Gesicht zerknauscht wirkte, sahen alle ausgeruht, entspannt aus. Schiller schimpfte: „Wieder keine Freistunde heute. Jetzt sitzen wir fast 'ne Woche hier drin, ohne dass das scheiß Brett für uns aufgegangen ist!" Ein paar von den Knastern murrten Zustimmung, den anderen schien es egal zu sein, ob sie ihre Tage, Jahre ununterbrochen in der Zelle abrissen oder ob sie mal frische Luft bekamen. „Am Wetter kann's jedenfalls nicht liegen", sagte der Familienvater. „Der Regen ist lange vorbei." Doch es kam keine Wut auf. Lediglich dass Schiller sarkastisch anmerkte: „Es liegt daran, dass die Schließer keine Lust haben, uns rauszulassen. Müssten sie ja auf uns aufpassen, und das würde Arbeit bedeuten." Jemand verkündete, dass er Hunger habe und fragte, wie das mit der Kalten sei. Schiller zeigte auf mich. „Die Kalte teilt der Verwahrraumälteste selbst ein. Da wird wenigstens keiner benachteiligt."

Welches Lob. Ich wollte es entkräften und sagen, bei der kargen Zuteilung sei Beschiss schlechterdings möglich, doch beim Zwölfteln von Wurst und Margarine kam ich zur gegenteiligen Ansicht. Man konnte dicke oder dünne Scheiben schneiden, oder man konnte es einrichten, dass für einen selbst am Ende ein zusätzliches Stück übrig blieb. Tatsächlich. Man hätte es nur irgendwie verschwinden lassen oder gleich vertilgen müssen.

Lieber nicht. Obwohl: Es gab Mettwurst, die war mit Senfkörnern und ein bisschen Majoran gewürzt und schmeckte nicht mal übel. Nicht nur ich fand das. Ein Bursche, der bislang noch nicht weiter aufgefallen war, bot Hitchcock fünf filterlose Zigaretten für dessen Wurstration. Hitchcock kämpfte eine Weile mit sich, dann handelte er drei Zigaretten gegen die Hälfte seiner Ration aus. Beide schienen zufrieden, und der mit den Zigaretten bot Hitchcock, uns anderen auch, als Zugabe einen Blick auf seine entblößte Brust an. „Haste dir 'ne nackte Alte draufhacken lassen?", fragte Schiller. Aber wir bekamen keine Tätowierung zu sehen, sondern eine lange Narbe, die sich in Winkelform von der Brust bis zum Bauch zog. „Der Schlangenschnitt!", staunten die Knaster, und selbst Matt Dillon und Strünzel reckten die Hälse. „Wolltest du Schluss machen?" Der Gefragte nickte. „Einer aus der Zelle hat's verpfiffen. Ich hatte vorher mal gesagt, dass ich irgendwann freiwillig den Löffel abgeben will. Seitdem hat er mich wohl ununterbrochen belauert. Na ja, jetzt bin ich ganz froh drüber. Obwohl ich diese zwölf Hirsche nicht grad auf einer Backe absitzen werde."

„Hast ein' über die Klinge springen lassen?", fragte Strünzel. Er hatte sich ganz aufgesetzt. Seine Augen leuchteten von Neugier und Häme. *Schlange* schüttelte den Kopf. „Nur 'n bisschen durch die Gegend gemaust. Baumaterial und solche Sachen."

„Dafür kriegst du keine zwölf Jahre!", zweifelte Bolzmann.

„In meinem Fall schon. Wir haben nicht bloß Kleinigkeiten mitgehen lassen. Ganze Zementpaletten, Fliesen und sogar Mischmaschinen und anderes Baugerät. Mit dem LKW auf die Baustelle und dann eingesackt. Das meiste haben wir verscheuert. Die Leute haben's uns regelrecht aus den Händen gerissen. Gibt ja nichts im Handel."

„Trotzdem", nörgelte Bolzmann weiter, „gleich zwölf Jahre. Kommt mir komisch vor."

„Wir hatten 'nen Musterprozess. Alles öffentlich. Mit Betriebsbelegschaft, Presse und geladenen Gästen. Höchststrafe plus noch mal die Hälfte drauf."

„War das im Kreis Görlitz?", fragte der Familienvater.

„Genau da. Hastes in der Zeitung gelesen?"

„Hab ich. Muss ja 'n ganz schräges Ding gewesen sein. So richtig nach Mafia-Art."

„Ganz so krass war's auch nich. Aber gelohnt hat sich's."

„Und haste dir wenigstens was beiseite geschafft? Für später. Wenn du hier mal raus bist?" Strünzels Augen traten ein Stück hervor, als er die Frage stellte. Eine bejahende Antwort, wenn er die bekommen und später bei der Zuchthausleitung hätte melden können, wäre ihm sicher nützlich gewesen.

Schlange maß ihn mit einem vernichtenden Blick. „Dafür dass du OKI-Spanner bist, hast du noch ziemlich heile Knochen."

Strünzel sprang empor. „Du spinnst doch wohl! Pass ja auf, dass du nich was auf die Fresse kriegst!"

Schlange winkte lässig ab. „Dann frag nicht nach Sachen, die dich nix angehn! Verstanden?" Strünzel sackte auf sein Bett zurück. Schwieg. OKI-Spanner - eine äußerst vielsagende Titulierung. Jemand, der im Ruf stand, ein solcher zu sein, hatte in diesem Knast nur noch Überlebenschancen, wenn er in einer Einzelzelle untergebracht wurde und diese möglichst nicht verließ. OKI galt als Abkürzung für Offizier für Kontrolle und Information. Der Stasi-Verbindungsmann innerhalb des Zuchthauses. Und Spanner stand weniger für einen, der auf Informationen spannte, sondern für Spannemann.

Die Gespräche gingen weiter. Schlange erzählte ziemlich ausführlich, wie er was an welchen Orten *eingeladen und abtransportiert* hatte. Immer forsch, immer mit dem Anschein, er und sein Kumpan seien von einem anderen Betrieb gekommen, um dies und das fortzuschaffen. Ganz legal. Er erzählte von Leuten, die ihm Westgeld und allerlei Engpassartikel angeboten hätten, damit er ihnen das geklaute Baumaterial überlasse. Er erzählte mit Spannung, mit Humor, mit einem gewissen Knistern. Wie er zwei Mal ganz knapp den Bullen entkommen war, wie er noch und noch einfältige Lagerverwalter oder wichtig auftretende Bereichs- und Abteilungsleiter übertölpelt hatte, wie er sich – natürlich – statt materieller Güter der willfährig gebotenen Liebesdienste mancher schönen Frau zu bedienen vermochte. Es fehlte nichts in seinen Schilderungen, seiner Ausdrucksweise, seiner Betonung. Kein noch so guter Hollywood-Klassiker, kein vielhändig gestikulierender Louis Trenker hätten ihn heuer übertreffen können. Was Wunder, dass die Knaster wie gebannt an seinen Lippen hingen, seine Abenteuer geradezu aufsaugten. Geprellte Bullen, gevögelte Superschönheiten, schnelles Geld, davon träumten sie alle, und es war doch kaum einem von ihnen vergönnt gewesen, etwas davon in die Wirklichkeit umzusetzen. Um so willfähriger ließen sie ihre Phantasien in die maßgeschneiderten Geschichten des Baustellen-Spezis gleiten. Da lebten sie als Helden mit. Sie ließen die Bullen im Abseits stehen und staubten die Klassefrauen ab. Die imaginäre Genugtuung für die in wehrloser Ohnmacht ertragenen sozialen und juristischen Fußtritte einer Gesellschaft, die den meisten von ihnen vor die Rückkehrmöglichkeit schier unüberwindbare Schranken gesetzt hatte.

Die Faszination des Erzählten hinterließ einen Rausch. Keine Zählung und später kein Verlöschen der Deckenlampe vermochten ihn zu stoppen, aufzulösen. Die Knaster drängten sich um den Tisch, an dem *Schlange* mit aufgestützten Armen saß. Sein glühendes Gesicht, die vielfach atmende Stimme. Außer Matt Dillon lag nur ich auf dem Bett. Aber auch ich lauschte. Ich hatte nicht das Bedürfnis, mich den kolportierten Erlebnissen zu entziehen. Das Zuhören war angenehm. Es schaukelte mich. So wie man auf der Luftmatratze geschaukelt wird, die auf einem leicht wellenden Gewässer treibt. Ich hatte die Augen geschlossen und setzte Schlanges Erzählung in innere Bilder um. „... sind wir doch an einem Freitagabend um acht Uhr kurz vor Horka in einem Materiallager und laden Zaunpfähle auf, nicht diese schweren Klopper aus Beton, sondern die aus Metall, sogar solche, die an den Spitzen Verzierungen haben, und wir haben schon die halbe Ladefläche voll gepackt, als auf einmal so ein Dorf-Sheriff mit seinem Moped auf den Platz geknattert kommt. ‚Scheiße‘, sag ich zu meinem Mittäter, ‚jetzt is alles vorbei. Wir können höchstens wegrennen!‘ Aber der lässt sich nich aus der Ruhe bringen. Arbeitet weiter, als wär das die selbstverständlichste Sache der Welt. Ich zittre und geb drei Stoßgebete ab. Aus den Augenwinkeln seh ich, wie der Sheriff sein Moped so abstellt, dass es uns genau den Fluchtweg verbaut. Er tastet über seine Pistolentasche und zieht dann einen Schreibblock hervor. ‚Deutsche Volkspolizei, Oberleutnant sowieso!‘ Er grüßt mit Hand an der Mütze. ‚Darf man wissen, was Sie hier treiben?‘ Ich fange an zu schwitzen, denke, ob ich nich rasch noch wegrenne. Aber mein Kumpel packt noch ohne jede Eile so einen Zaunpfahl auf die Ladefläche, dann geht er zu dem Sheriff und macht ebenfalls diese affige Grußerweisung. Flache Hand gegen Stirn. ‚Klar, Genosse Oberleutnant, na klar. Wir haben ‘nen Spezialauftrag.‘ Er kneift geheimnisvoll ein Auge zu. ‚Sie wissen doch für wen!‘ Der Bulle weiß natürlich, dass er auf die Stasi anspielt. Ihm wird bisschen blümerant, er kratzt sich unsicher am Kopf, rückt an seinem Koppel, fühlt nochmals nach seinem Schießeisen. Aber irgendwie siegt sein Pflichtbewusstsein über die Angst vor der Stasi, und er sagt: ,Also so ganz ohne Bescheinigung oder Ausweis geht's ja nun doch nich!' Au Scheiße, denk ich, jetzt ist's aus, endgültig. Wir haben doch nix, keinen Schein, keinen Ausweis. Ich plinkere zum Ausgang und überlege, ob ich mir nich einfach das Moped von dem Bullen schnappen und abhauen soll. Bis zur Neiße, nach Polen rüber und von da irgendwie durch die Ostsee nach Dänemark. Aber hättest du mal meinen Kumpel erleben sollen. ,Natürlich, Genosse Oberleutnant, natürlich. Pflicht is Pflicht. Wär ja auch nich das erste Mal, dass sich irgendwelche Ganoven einfach was zusammenklauen und behaupten, sie kämen vom VEB Daunddort.' Er legt ihm freundschaftlich die Hand auf die Schulter, und ich denk, wenn er ihm mal jetzt nich den Scheitel bisschen breiter zieht. Aber weißte, was er macht?" Schlange legte zwecks Steigerung der Spannung eine Pause ein. Er atmete langsam durch und reagierte nicht auf das erwartete „Nee, was denn?" und „Mensch, spann uns doch nich so auf die Folter!", sondern nachdem er sich eine Zigarette angezündet hat, erzählt er leise: „Holt doch dieser Teufelskerl so eine knallrote Klappkarte aus seiner Jackentasche. Vorn is in Goldlinien das Emblem der DDR drauf, innen drin ein Passbild von dem Kumpel, irgendwelche Stempel und Unterschriften. ,Oberstleutnant Schirmbeck!', flüstert er so geheimnisvoll wie der eine aus der Sesamstraße. Und der Sheriff schlägt vor lauter Schiss die Hakken zusammen. ,Sag das doch gleich, Genosse!', stottert er. ,Das muss ja einer erst mal wissen.' Und noch so'n paar Sprüche lässt er los. Bis er endlich seine Uniformjacke auszieht und uns hilft, die restlichen Pfosten auf den Lastwagen zu hucken!"

Mehrere Lachsalven durchkreuzen die Zelle. Begeisterung, Klatschen auf Oberschenkel. Die Wiederholungen: „Sag das doch gleich, Genosse!" Und endlich, nachdem sich alle wieder beruhigt haben, folgt die von den wenigsten erwartete eigentliche Pointe: „Soll ich dir sagen, was das überhaupt für'n Ausweis war?!" Gespanntes Schweigen. Dann: „Das war ein Ausweis vom Handballbund, wo mein Kumpel eine Weile als Schiedsrichter rumgemimt hat."

Mich überkam kurz die Versuchung, Schlange zu erklären, dass die Ausweise vom Handballbund nicht in rotes, sondern in braunes Kunstleder gebunden waren. Oder dass diese Dorf-Sheriffs, die es im ganzen Land gab, zwar echt blöd waren, doch dass dies nicht hinsichtlich ihrer Dienstauffassung galt. Weit und breit würde es keinen geben, der sich einen Sportausweis für die Legitimation eines Stasi-Mannes unterjubeln ließ. Aber was spielten Wahrheit und Zweifel für eine Rolle. Es ging um Wunschdenken, Wunscherleben. Um Entspannung. Im übrigen mischte sich nun Bolzmann, der wirtschaftliche Vorgänge hinreichend kannte, mit diesen hölzernen Konterargumenten ein. „Das muss mir erst mal einer zeigen, wo man aus einem Lager teures Material fortschaffen kann, ohne dass man einen Materialentnahmeschein vorweist. Im Beisein eines Volkspolizisten."

„Schnauze!", brüllten sofort mehrere Knaster wie mit einer Stimme. „Setzt gleich 'ne Backenplatte!" Eine keineswegs hohle Drohung. Und Bolzmann tat gut daran, dieselbe zu beherzigen und sich auf sein Bett zurückzuziehen. Denn Schlanges nächst folgende Episode würde die just gehörte um diverse Spannungsgrade übertreffen. Ein erotisches Erlebnis, das sich als solches allein durch ein süffisantes Kichern ankündigte. „Mit so 'ner Elli von etwa fünfundzwanzig Jahren is mir mal 'n Ding passiert. Ich kann dir sagen!" Obwohl er ins Flüstern gekommen war, hallte doch jedes seiner Worte auf dem Polster gierigster Erwartung von Ohr zu Ohr. „Ich hab doch diese Datsche am Baggersee. Ziemlich großes Ding, mit Veranda und Dusche und mehreren Zimmern. So was haben die meisten ja nicht mal als Wohnung. Und der Garten. Riesig, mit Bootssteg und Badestelle. Aber zum Glück alles zugewachsen, so dass einen die Nachbarn nicht sehen, wenn man mal *ohne* reingeht. Na, und an so 'nem Freitagabend, ich sitz grad mit 'ner Flasche Radeberger auf der Terrasse und denk an nix Schlechtes, da seh ich, wie vor meiner Zufahrt ein Topschlitten von Lada vorfährt. Mensch, wenn da mal nicht die Stasi oder die Bullen kommen, denk ich. Aber was passiert? Steigt doch da eine Alte aus, du, ich musste mir erst mal die Augen reiben. Lange blonde Haare, Sonnenbrille, dünnes Blüschen, knallenger Minirock. ‚Wollen Sie zu mir?‘ frag ich, nachdem ich zur Gartentür gegangen bin. ‚Wenn Sie das sind, der mit den Fliesen, dann will ich zu Ihnen‘, antwortet sie frech. Ich erschrecke. ‚Nich so laut, Mensch!‘, sag ich rasch. ‚Muss ja nich jeder hören.‘ Ich mach die Tür auf und lass sie rein. Und wie sie neben mir übern Gartenweg läuft, verströmt sie ein Parfum, Mensch, ich kann dir sagen, mir werden richtig die Knie weich. Und weil sie gleich wieder davon anfängt, dass sie gehört hätte, ich würde mit Fliesen und dem Zeug schubbern, schieb ich sie schnell in den Flur und dann weiter ins Wohnzimmer. ‚Ich brauch mindestens neunhundert Stück‘, fängt sie an, kaum dass ich die Tür zugemacht hab. ‚Und zwar welche, die rosa geflammt sind.‘ Dabei steht sie genau so vor mir, dass ich ihr von oben in die Bluse kucken kann. Mein lieber Mann, ein paar Titten sind das, da legst du dich hin. So richtig stramme Dinger, wo du mit dem Fingernagel ‘ne Erdnuss drauf knacken kannst. Ich muss direkt meine Hände festhalten, damit ich ihr nicht unwillkürlich in den Ausschnitt greife. ‚Am Geld soll's nich liegen‘, sagt sie und dreht sich dabei so, dass ich ihr noch ein Stück tiefer reinkucken kann. ‚Hm‘, antworte ich erst mal, weil ich im Moment an alles andere denke, nur nicht an diese scheiß Fliesen. Ich frag mich vielmehr, ob sie das mit Absicht macht, dass sie mich hier so aufgeilt. Und dann fällt mir ein, dass in spätestens zwei Stunden meine Frau von ihrem Lehrgang zurück sein muss. Wenn die mich erwischt, wenn ich womöglich mit dieser scharfen Puppe einen abzieh, dann kann ich mich auf was gefasst machen. Aber ich komme nich dazu, noch weiter nachzudenken. ‚Oder ist Ihnen was anderes als Geld lieber?‘, fragt dieses Superweib plötzlich. Und so wie sie mich ankuckt, Mensch, da könntest du glauben, die will was. Aber mir fällt wieder meine Alte ein. Und außerdem weiß ich auch nich so genau, wie ich's wohl mit ihr anfangen soll. Einfach an die Titten fassen oder Hand untern Rock? Mensch, eine heiße Kiste ist das. ‚Na, was is?‘, fragt sie so irgendwie ungeduldig. ‚Hm‘, sag ich wieder, ‚Geld muss nich unbedingt sein. Echt nich.‘ Sie lächelt plötzlich so'n bisschen. So mit dem Mund halb offen, so dass du automatisch drüber nachdenkst, wie das ist, wenn sie dir einen blasen würde. ‚Na, is doch schon mal eine Basis. Aber Sie sind auch ganz sicher, dass Sie rosa geflammte Fliesen besorgen können?‘, fragt sie und sieht mich wieder so an, so wie, na, das kann man gar nicht beschreiben, so mit großen blauen Augen. Ich nicke prompt. Ich denke gar nich drüber nach, wo ich denn im Moment geflammte Fliesen rumliegen habe. Aber ich weiß: Wenn es sein muss, besorg ich sogar welche, die 'nen goldenen Rand haben. Echt golden. ‚Prima‘, sagt sie und lacht geheimnisvoll. Dann geht sie zum hinteren Fenster, von wo man den See sieht. ‚Is ja richtig idyllisch hier‘, sagt sie und lässt dann den Mund wieder so halb offen. ‚Klar‘, antworte ich und habe plötzlich eine Idee im Hinterkopf. So eine ganz heiße Variante, wie ich sie rumkriegen könnte. ‚Idyllisch isses, und baden kann man auch.‘ ‚Baden?‘, fragt sie, und sieht überrascht aus. ‚Ja‘, antworte ich, ‚baden. Is tolles Wasser hier.‘ Sie kommt mir näher. Ich rieche wieder ihr Parfüm. ‚Is denn bloß das Wasser toll?‘, fragt sie jetzt und lacht. Ich sag dir, die blanke Herausforderung spricht aus ihren Augen. Und ich denk, jetzt hau rein, Alter, jetzt gehst du zum Generalangriff über. ‚Wovon ich nich überzeugt bin, das probiere ich einfach aus‘, sag ich. Und sie antwortet: ‚Das ist bei mir nich anders. Also, auf ein kleines Bad im See hätt ich schon Lust.‘ Und im selben Atemzug fügt sie hinzu: ‚Aber ich hab keinen Badeanzug mit. Logisch, nich wahr?!‘ Ich nicke und denke dran, dass ich ja noch mindestens zehn Stück von meiner Alten im Schrank liegen hätte. Aber bin ich so blöd, ihr das auf die Nase zu binden? Also sag ich: ‚Badezeug is bei uns nich üblich. Wir gehen immer ohne. Das macht mehr Spaß.‘ Sie lächelt vielsagend und fragt: ‚Also, was is? Gehen wir zusammen rein?' Dabei hat sie schon den Finger am Blusenknopf. Ich nicke rasch und fange an, mir mein Trikot übern Kopf zu ziehen. Ich versuche, ganz ruhig zu bleiben. Aber frag nich, wie's innen drin aussieht in mir. Nich in meinem Kopf, nee, in meiner Hose. Das heißt, wie ich gleich darauf mit freiem Oberkörper dastehe, da is sie auch schon oben ohne, und ich bin plötzlich ganz ruhig. Das sind vielleicht Titten, die sie hat, Himmel, solche schönen Dinger hab ich noch nich gesehen. Und das will was heißen. So richtig rund und voll, aber keine, die irgendwie hängen oder schlabbrig sind. Aber sie lässt mir keine Zeit zum Staunen. Ein, zwei Handgriffe und schon hat sie den Rock offen, liegt der Fetzen auch schon auf dem Boden. Donnerwetter, denk ich sofort, das is 'ne Figur. So richtig tadellos. Und dieser knappe Slip, den sie trägt, so'n blitzeblankes weißes Höschen, wo vorn vor der Muschi eine Blume draufgestickt is. Und weil sie sieht, dass ich für den Moment baff bin und zögere, sagt sie: ‚Na, was is los? Traust du dich jetzt doch nich?' Na, und ob ich mich traue. Ich raus aus meinen Shorts, und dabei reiß ich mir im Eifer des Gefechts die Unterbuchse gleich mit vom Körper. Sie sieht das und lacht. ‚Bist ja wohl 'n ganz Stürmischer', sagt sie und steigt so richtig elegant aus ihrem Höschen. Mein lieber Mann, wir beide so total nackt. Ich und diese Superfrau, wo du so schnell keine zweite auf diesem Planeten finden wirst. Erst steht sie noch so, dass ich ihre Muschi nich sehen kann. Nur den Popo. Aber mein lieber Mann, so was von einem strammen Arsch, das findst du so schnell in keinem ‚Magazin'. So richtig knackig und wie aus Marzipan. Aber dann, plötzlich dreht sie sich um, und ich seh sie so ganz von vorn. Junge, das haut dich um. Kein bisschen Bauch, total glatte Haut und Schenkel wie aus 'nem Bilderbuch. Und dann ihre Muschi. Das hast du noch nich gesehen. Glänzend weiche Haare, die aussehen wie eine kleine Pelzkappe, so'n bisschen mit 'nem Stich ins Rötliche, wie ich das ja besonders liebe und wie mich das immer besonders geil macht. Ich hab augenblicklich das Bedürfnis, mich zu kneifen, damit ich sicher bin, nicht zu träumen. Aber sie fragt schon: ‚Was is jetzt?‘ Ich stottere so’n bisschen: ‚Was soll sein?‘ Dann geh ich auf sie zu, umarme und küsse sie. Mein Gott, mein Pimmel wird sofort steif, und sie spürt das natürlich. Jetzt aber los, denke ich, jetzt ihr einen verbraten, dass die Sofapolster nur so ächzen. Aber sie schiebt mich vorsichtig von sich und sagt so richtig spitzbübisch: ‚Wir wollten doch erst mal baden. Oder hast du das vergessen?‘ Tatsächlich, sie will baden. Egal. ‚Na, dann komm hier lang‘, sag ich und schieb sie durch die Tür vom Wintergarten, damit wir den Weg gehen, der durch die Sträucher zum Wasser führt. Sie geht vor mir her, zuerst langsam, dann, als sie die Badestelle sieht, fängt sie plötzlich an zu rennen und stürzt sich mit einem Aufschrei in die Fluten. Mensch, denk ich, hoffentlich haben das die Nachbarn nich gehört, und springe ihr hinterher. Wir schwimmen ein Stück raus, und so kann ich vom Wasser aus die Nachbargrundstücke ableuchten. Zum Glück, es is nirgends jemand zu sehen. Kann ich mich also voll auf das Wesentliche konzentrieren. Ich spüre schon irgendwie, dass es nicht mehr lange dauern wird, bis ich sie endlich gedengelt habe. Und richtig, kaum bin ich ganz dicht an sie rangeschwommen, stöhnt sie regelrecht, wie toll sie das fände, so ganz ohne zu baden. So richtig heiß mache sie das. Ich gleite also von hinten auf sie drauf und fasse über ihren Bauch an die Muschi. Sie dreht sich um, spreizt die Beine und fasst nach meinem Pimmel. Aber genau in dem Moment, in dem ich ihn ihr reinschieben will, sakken wir beide unter Wasser, und uns bleibt die Luft weg. Wir strampeln uns wieder hoch und prusten erst mal beide. Als wir wieder ausreichend bei Luft sind, dreht sie sich um und krault zum Bootssteg. Ihr Körper liegt im Wasser wie eine Nixe. Allerdings is das Unterteil bei ihr in Ordnung. Ich kraule ihr hinterher und bin sicher, dass es jetzt endgültig passieren wird. Und wirklich. Sie ist kurz vor mir am Steg und erwartet mich, indem sie sich mit den Händen oben festhält. ‚Hast du irgendwelche Schwierigkeiten?‘, fragt sie schelmisch. Aber ich gebe gar keine Antwort. Ich knutsche sie einfach und spüre schon, wie sie die

Beine breit macht. Mit einer Hand halte auch ich mich am Steg fest, mit der anderen schiebe ich ihr meinen Steifen rein. Endlich. Sie gibt so richtig ein tiefes Stöhnen von sich, und je mehr und stärker ich sie ficke, um so mächtiger stöhnt sie auch. Ich merke zuerst gar nicht, wie sie nachher ihre Hände vom Steg nimmt und sich statt an den Balken an mir festhält, wie sich ihre Hände regelrecht an mir festkrallen. Mein Gott, das ist eine Nummer, wie sie so schnell kein anderer schiebt. Zehn, fünfzehn Minuten, so lange geht das mindestens. Ich bin total auf Hochtouren, und sie zieht auch voll mit. Bis sie leiser wird und keucht, dass sie kaum noch kann. Im selben Moment kommt bei mir schon die Brühe. Ich lade das Zeug bei ihr ab, und dann geht kurze Zeit nichts mehr. Schließlich atmet sie wieder gleichmäßiger und sagt, dass sie gern noch eine Runde schwimmen würde. Sie stößt sich ab und schwimmt ein Stück raus. Ich warte am Steg, und nachdem sie zurück ist, gehen wir zusammen ins Haus. Wir trinken was und dabei gesteht sie mir, dass sie so was wie eben noch nie erlebt hat. So gerammelt hat sie noch keiner. So ausgiebig, aber auch mit so viel Gefühl. So richtig männlich. Ja, das mit dem *männlich,* das hat sie in echt gesagt. Und wahrscheinlich hat sie gedacht, ich werde jetzt so was Ähnliches über sie sagen. Von wegen. Ich hab nur gegrinst. Und ich hab gedacht, wenn du wüsstest, wen ich hier schon alles flachgelegt habe. Und wie. Dann fiel mir plötzlich wieder meine Alte ein. Noch eine Stunde, dann musste sie zurück sein. Und ich stand mit diesem splitternackten Superweib mitten in unserem Bungalow. Na ja, eine Stunde konnte lang sein, sehr lang. Sie muss ja irgendwie das Gleiche gedacht haben. Plötzlich fragt sie nämlich: ‚Hast du nich Lust, mich bisschen abzutrocknen? Ich frier sonst.‘ Klar hatte ich Lust. Wo ja auch noch eine Stunde Zeit war. Ich schnappe mir also ein Handtuch und tupfe sie vorsichtig ab. Zuerst die Schultern, den Nacken, dann den Rücken runter. Und wie ich beim Popo ankomme, merke ich, wie mein kleiner Bursche da unten schon wieder wie eine Eins zu stehen anfängt. Eine Stunde noch. Und dieser Arsch, wo keine Falte und keine Runzel drin ist. Ich schiebe das Handtuch von hinten zwischen ihre Schenkel, und sie macht sofort die Beine auseinander. Dann dreht sie sich um. Und ich hab das Bärenauge genau vor mir. Vor meinem Gesicht. Na ja, es gab nur eins: Ich drücke sie vorsichtig in den Sessel, der hinter ihr steht und lecke sie voll. So richtig, dass sie gleich wieder auf Hochtouren schnurrt. Sie stöhnt und keucht, und wie ich meine, jetzt musst du ihr aber noch einen verpassen, und sie von vorn bespringen will, dreht sie sich um und hält mir ihre Kiste hin. ,Mach's doch mal von hinten!', fleht sie regelrecht. Also gut, mach ich's ihr von hinten. Sie kniet mit dem Oberkörper auf dem Sessel und ich hocke hinter ihr und verpasse ihr Pfeffer. Aber so richtig, dass sie stöhnt und keucht, nachher sogar schreit. Bloß gut, dass die Fenster zu sind, denke ich, sonst wären sie gleich von sonstwo gekommen. Bei der Lautstärke. Das Ganze geht so rund zwanzig Minuten. Dann kann sie nicht mehr, und ich bin auch grad wieder so weit, dass ich abladen kann. Wir liegen eine Weile flach auf dem Boden. Sie ist total geschafft und sagt erst nach 'ner Weile: ,Das war was, mein lieber Alter. Jeden Tag könnt ich das nich so haben.' Ich grinse sie voll an: ,Ich schon.' Und fast sag ich: von mir aus sogar nachher noch mal. Da fällt mein Blick auf die Armbanduhr. Noch 'ne Viertelstunde. Zum Glück scheint sie auch keine Zeit zu haben. ,Mensch, ich muss ja los', jammert sie plötzlich. ,Ich werd erwartet.' Von wem sie erwartet wird, verrät sie nicht. Is auch egal. Ich bin ja froh, dass sie 'nen Abflug macht. Muss ja noch aufräumen und die nassen Handtücher wegschaffen. Trotzdem nehm' ich noch 'n Auge voll, wie sie dann in ihrem Slip und der offenen Bluse mitten im Zimmer steht. Ich zieh mich auch an und lass sie vorn raus. Dann braust sie los, und es vergehen keine fünf Minuten, bis meine Alte da ist. Sie ist völlig aufgekratzt. ,Stell dir vor', schimpft sie, ,ich hätte eben um ein Haar 'nen Unfall gebaut. So 'ne aufgetakelte Fregatte mit 'nem dunkelblauen Schlitten nimmt mir vorn an der Abbiegung die Vorfahrt. Ob die hier jemanden besucht hat?' Ich tue völlig harmlos und antworte, ich hätte keine Ahnung. Na ja, sie beruhigt sich gleich wieder, kuckt überall rum. ‚Sieht ja so sauber und aufgeräumt hier aus', staunt sie. ‚Alles wegen dir', antworte ich. ‚Wo du doch so lange weg warst.' Sie kuckt mich fragend an. ‚Sag bloß, du hältst es nich mal eine Woche aus ohne mich?' Dann lässt sie da, wo sie steht, ihre Jeans vom Körper fallen und steht gleich darauf splitternackt vor mir. Genau auf dem Fleck, wo eben noch die andere stand. Ich muss mich zusammenreißen, dass ich mir nich die Augen reibe. ‚Na, was is?', fragt sie, ‚ich denk, du bist so heiß?' Sie kommt auf mich zu und pellt mir nach und nach die Klamotten runter. Als ich nix mehr anhab, fasst sie mir ganz sanft unten rein. Und irgendwie krieg ich im selben Moment wieder 'nen Steifen. ‚Wusst ich doch, dass du keine Versager bist', schnurrt sie und dreht sich so, dass ich plötzlich ihren runden Popo vor meiner Flinte hab. ‚Ich hab die ganze Woche davon geträumt, dass du mich von hinten drannimmst', sagt sie mit 'ner Stimme, die mir so richtig durch und durch geht. Und hast du nich gesehen, kniet sie auch schon über demselben Sessel, auf dem ich eben diese Märchenfee geballert hab. Mein Gott, denk ich kurz, Liebe kann ja doch ganz schön anstrengend sein. Aber dann hock' ich mich hinter sie und bin sofort wieder im Geschäft."

Die Nacht wurde anstrengend. Ich wachte irgendwann auf, weil das Bett wackelte wie nur was. Der Kerl über mir wichste wie ein Affe. Oder war's der im dritten Stock? Auch das Bett, das auf der anderen Seite des Tisches stand, schaukelte. Die Geschichte vom Vorabend hatte die Kerle so richtig aufgeheizt. In einem Bettenblock wurde geflüstert. Es schmatzte, als würden sich zwei von diesen armen Hunden abknutschen. Ich warf mich auf die Seite und hielt die Augen ganz fest geschlossen. Mein Körper war starr. Dabei hätte ich mich vor Ekel schütteln können. Jemand stöhnte. Und schließlich vernahm ich die Stimme von Bolzmann: „Seid ihr nicht bald mal fertig? Ihr liegt doch mindestens schon zwei Stunden zusammen im Bett!" Er schimpfte in die Richtung, aus der ich das Schmatzen vernommen hatte. Es kam keine Antwort. Lediglich dass für mehrere Minuten Stille eintrat. Dann ächzten die Metallfedern und gleich darauf waren leise Schritte zu hören. Vermutlich ging einer von den Schmatzern in sein Bett zurück.

Auch ich blieb nicht verschont. Ich hatte, nachdem ich wieder eingeschlafen war, einen nassen Traum. Meine Hose, als ich irgendwann erwachte, klebte total. Ich schlug die Bettdecke zurück und angelte die lange Unterhose. Mit vorsichtigen Bewegungen streifte ich die eine Hose ab und zog die andere an. Dann lag ich und versuchte mit geschlossenen Augen zu rekonstruieren, um was es in meinem Traum gegangen war. Um wen. Doch irgendwie hatte sich alles schon wieder aufgelöst. Wie ein dünner Nebel in der Morgensonne. Lediglich dass ich mich an die Gesichter von Tiffi und Bebie erinnerte. An ihre nackten Körper. Tiffis Schamhaar war mir auf einmal entgegengewachsen. Bis es plötzlich zur Penetration mit ihr kam. Kurz nur, aber heftig. So und nicht anders. Ganz zum Schluss war noch mal das Gesicht von Bebie aufgetaucht, vorwurfsvoll, heulend, voller Wut. Die Schlussbilder erleichterten mich. Ich hatte mich, wenn auch nur im Traum, über Bebies Drangsalierungen, ihre Vorwürfe und ihren naiven Egoismus hinweggesetzt.

Der neue Schlaf hatte nach der psychischen und der substanziellen Erleichterung eine solide Basis. Egal dass jemand fürchterlich schnarchte, schwebte ich ganz sanft mit geschlossenen Augen dem neuen Morgen entgegen. Der Weckschlag gegen die schwere Zellentür traf mich auf dem tiefsten Grund neuer Träume an. Keine Träume, sondern Unträume. Ein Gewirr aus Gesichtern, Fassaden und unhörbaren Stimmen. Ich ruderte wie in einem reißenden Wasser, ohne zu wissen, was vor sich ging. Erst als diese gnadenlose Stimme durch den Flur jagte, rappelte ich mich aus dem Bett. „Zählung!" Es war der erste Morgen, an dem ich mich nicht schon nach dem ersten Kommando herausgewälzt hatte. Ich taumelte zwischen den anderen verschlafenen Gestalten zum Antreten. Schon flog die Tür auf, und ich quetschte mit unfertiger Stimme die Meldung hervor. „Verwahrraum drei mit zwölf Strafgefangenen!" Der Uniformierte überflog kurz den Haufen müder Knaster und wollte sich abwenden. Doch ruckartig wandte er sich wieder zu uns. Er starrte. „Zwölf?!" Ich rieb mir unwillkürlich die Augen, zählte dann die Angetretenen. Keine zwölf, sondern elf. „Wolln Se mich verarschen?" Er kam einen Schritt auf mich zu, und ich, weil ich wegen der Knaster, die hinter mir standen, nicht zurückweichen konnte, bog meinen Körper zur Seite. Kriegte ich jetzt was auf die Fresse?

Ausgerechnet Strünzel wurde zu meinem Retter. „Matt Dillon fehlt!" Alle starrten auf das Bett des Alten. Leer. Alle sperrten die Mäuler auf. Konnte hier einer abgehauen sein? Wohl kaum. Dann ging die Klospülung, und Matt Dillon trat, als wäre nichts gewesen, zu uns. Ein ganz dünnes Grinsen zeichnete seine Mundwinkel. Der Schließer war sofort bei ihm. Klatsch, bekam der Alte mit der flachen Hand eine saftige Schelle. „Mach das noch mal du, du ... Los, antreten!" Matt Dillon tat, als hätte er den Schlag nicht gespürt, als wäre gar nichts gewesen. Lässig wie ein abgebrühter Trapper fügte er sich in die Formation. „Und jetzt Meldung, aber so wie's die Vorschrift erfordert. Sonst -!" Der Uniformierte funkelte mich an, so dass ich mich mechanisch straffte. „Herr Wachtmeister, Zimmer drei mit zwölf Strafgefangenen belegt. Äh, nich Zimmer, Verwahrraum. Zwölf Strafgefangene zur Zählung angetreten. Verwahrraum wurde gereinigt. Es meldet Strafgefangener Feder." Der Uniformierte starrte mich zweifelnd an. „Was is das denn für 'ne Meldung?" Ich zuckte ängstlich die Achseln. „Wie bei der Armee", stammelte ich. „Kenn keine andere." Von hinten mischte sich vorsichtig der Kalfaktor ein. „Er is das erste Mal drin. Ausweiser." Der Schließer lockerte sich etwas. Vielleicht dass er tatsächlich gemeint hatte, ich wollte ihn provozieren. „Beim nächsten Mal klappt das alles besser!", knurrte er irgendwie verunsichert. „Aber original! Klar?!" Die Knaster, also auch ich, murmelten Zustimmung, und die Szene löste sich binnen weniger Augenblicke auf. Gerade, dass ich dem Kalfaktor noch einen dankbaren Blick zuwerfen konnte, krachte die schwere Tür gegen den Anschlag. Riegel und Schloss dremmelten, Ruhe. „Na, Matt, jetzt hätte er wegen dir beinahe auch 'ne Backenplatte abgefasst", stichelte Hitchcock und zeigte auf mich. Aber der Alte blieb ungerührt und zog lediglich eine Selbstgedrehte aus der Brusttasche. Langsam steckte er sie in den Mund und zündete sie an. Mistig stinkender Qualm verbreitete sich in der Zelle. „Das stinkt ja wie verbrannte Lumpen!", schimpfte der Breitschultrige und wedelte sich mit der flachen Hand frische Luft zu. Matt Dillon ließ sich nicht locken, aber er war dem Kreuzfeuer morgendlichen Spotts längst noch nicht entkommen. So wie sich der größte der Teil der Knaster an diesem Morgen brummig gab, drehte Hitchcock auf. „Wenn wir schon wegen dir einen Anschiss gekriegt haben, Alter, dann erzähl uns wenigstens, wie das war, als du dir eben einen gekeult hast. Ob du vielleicht 'ne geile Indianerfee mit im Scheißhaus hattest!" Hitchcock griente und sah sich um. Aber außer Strünzel fand keiner Spass an der Bemerkung. Eben deshalb versuchte er noch einen draufzusetzen. „In deinem Alter kann doch wohl nur noch heiße Luft kommen." Ein paar andere kicherten, nun doch. Hitchcock fühlte sich bestätigt und legte noch mal zu: „Sowieso haben sie in Waldheim erzählt, dir hätte mal ein Pferd in die Eier gebissen. So ein Präriegaul von Knastmieze. Wär jetzt nich mehr viel übrig als paar Hautlappen!" Die Lacher mehrten sich. Aber jetzt reagierte der Alte. Unerwartet schnell wandte er sich dem Spötter zu und verpasste ihm mit der Faust einen Schlag gegen die Schläfe. Hitchcock taumelte, und bevor er zu Boden fiel, senkte sich die Faust auch noch in seine Magengrube.

„Schnell is der Alte noch", sagte Schiller anerkennend. Aber Matt Dillon beachtete ihn nicht. Ging zu seinem Bett und fläzte sich in der gekannten Trapperart darauf.

„Was ist mit dem Kleinen?", fragte Bolzmann besorgt. Er beugte sich über Hitchcock, der bewusstlos am Boden lag. „Sieht ja aus, als wär' er -?" Bolzmann blickte sich hilfesuchend um. Aber es rührte sich niemand. Lediglich Strünzel wusste: „Einer wie Hitchcock geht nich so schnell krachen. Und wenn doch haben sie nachher in der Elmo 'ne Mieze weniger. Sonst nichts." Er kicherte gehässig.

Es wurde ein trostloser Tag. Nichts passierte, und niemand rührte sich. Die Knaster wälzten sich auf ihren Betten, rauchten stinkenden Tabak und ödeten sich an. Es gab keine Freistunde, obwohl das Wetter völlig umgeschlagen war und sich die Zelle innerhalb kurzer Zeit mit Wärme, mit stickiger Luft füllte. Trägheit und Langeweile dominierten alles. Schlange versuchte einige Male, ein weiteres Liebesabenteuer preiszugeben, aber es interessierte niemanden. Die Knaster waren gesättigt und träge wie abgefütterte Löwen.

Hitchcock ging es wieder besser. Höchstens eine Minute hatte er am Boden gelegen. Als er sich danach maulend und kleinlaut auf sein Bett verkroch, beklagte er sich, dass man nicht mal einen Scherz machen könne. Matt Dillon wehrte sein Gemaule mit einer Wolke stinkenden Tabakqualms ab. Vielleicht dass er gern noch auf den Boden gespuckt hätte. Aber gut, dieses Spiel namens Indianer und Cowboy hatte auch seine Grenzen.

Und diese Grenzen hatten noch nicht mal nur was mit dem Mut zu tun, irgendwelche Wahnvorstellungen ausleben zu wollen. Sie bestanden primär im unüberwindlichen Verhältnis von Realität und Schein. Oder wie sollte das gehen, wenn einer in der einsamen Prärie plötzlich einen Herzanfall kriegte? Konnte er da auch darauf zählen, dass wunschgemäß die Medizinmänner der Apachen oder Sioux, vielleicht noch Lederstrumpf oder „mein weißer Bruder Charly" aus dem Boden wuchsen, um den Kranken zu heilen und zu trösten? Mitnichten. Hier schon. Denn kaum hatte es mit einem ersten Hüsteln und verschiedenen Zuckungen begonnen, reckten sich mit mäßiger Neugier die ersten Hälse. Kündigte sich vielleicht eine Abwechslung an diesem lahmen Sonntag an? Man konnte die Frage bejahen. Aus den Zuckungen wurden Krämpfe, aus dem Hüsteln wurde Röcheln.

Der Breitschultrige und der Familienvater säumten als erste die Bettkante. Eher neugierig als besorgt. Die Gelegenheit, dass man einem beim Verrecken zuschauen konnte, bot sich denn doch nicht alle Tage. Vor allem später sagen zu können, man sei dabeigewesen. Nun gut, so schnell wie in der Prärie starb und verreckte es sich im Knast nicht gleich. Allerdings, wenn einer, der sonst das Maul zum Sprechen einfach nicht aufgekriegt hatte, plötzlich seine ersten Töne von sich gab, so war sein Anfall sicherlich nicht geschauspielert. Doch zuerst mal lenkten diese Töne von dem eigentlichen Malaise ab. Was für Töne. Echt Sächsisch, wie gequält es auch klang. „Mei Härtz, mei Härtz!", presste der gute Matt Dillon immer wieder hervor, wobei seine Hand, vielleicht da sich der Mann selbst in dieser Situation der Schwerverständlichkeit seines Dialekts noch bewusst war, ungelenk auf die linke Brust pochte. Und: „De Dabledden. De Dabledden. Se sein in där Dasche. Dordde, dordde!" Und er hob mit Anstrengung den Oberkörper und wies mit dem weißroten Gesicht in Richtung eines Hockers. Dort lag seine Jacke. Ein recht ordentliches Stück aus dunkelblauem Tuch, das, hätte man sich statt der gelben Knasterstreifen die Dienstwinkel des Corporalranges drauf gedacht, noch gut für den Uniformrock eines Nordstaatlers im Bürgerkrieg durchgegangen wäre. Schiller lag dem Rock am nächsten. Er federte mit einem leichten Ruck vom Bett hoch und angelte danach. „In där rächden Brusddasche is ä Röhrschen", japste Matt Dillon, „dordde sein de Dabledden hinne." Er warf einen hoffnungsvollen Blick auf das Röhrchen, das Schiller sogleich herausgezogen hatte und plumpste zurück. Doch dann der Hammer: „Leer!", verkündete Schiller und hielt das Röhrchen mit der offenen Seite nach unten. Matt Dillon quittierte das niederschmetternde Ergebnis mit einem erneuten Anfall. Geräusche und Laute, die einen in tiefsten Schrecken versetzten. „Hättste dich nich rechtzeitig um Nachschub kümmern können?", fragte Schiller vorwurfsvoll. Und Matt Dillon schüttelte und warf seinen Kopf von rechts nach links und wieder zurück und teilte gestikulierend und mit Wortfetzen mit, dass selbiges Röhrchen seiner Meinung nach am Vorabend noch halbvoll gewesen sei. „Ich glaub, da hat sich einer dran zu schaffen gemacht!", sagte Bolzmann plötzlich, und es trat sofort Stille ein. Selbst Matt Dillon kam für Sekundenbruchteile zur Ruhe. „Wer?", fragten mehrere Stimmen zugleich. „Ich glaub, er war's!", beschloss Bolzmann und hob seine Hand. Sie wies auf Hitchcock. Der, eben noch liegend, klappte sofort hoch wie ein Federmesser. „Hast du Wasser, du Rochen?" Ein, zwei Sätze und er hatte das Bett verlassen und Bolzmann die gespreizten Hände um den Hals gedrückt. Im selben Augenblick vermeldete Matt Dillon einen neuen Anfall. Heftig und laut, jetzt endgültig beängstigend. Hitchcock lockerte mechanisch seinen Griff, wodurch sich Bolzmann mittels eines völlig dilettantisch angesetzten Judogriffs in seine Achselhöhle einzudrehen versuchte und beide, ohne sich loszulassen, zwischen Hocker, Tisch und Betten fielen. Matt Dillon schrie auf. Unverständliche Laute, die sich mit Hitchcocks empörten Beschimpfungen und Bolzmanns Erwiderungen mischten. „Der muss ins Krankenrevier!", entschied Schiller. Er starrte auf mich. Ich nickte und sagte: „Mindestens." Ich hätte hinzufügen mögen: Von mir aus auch auf den Friedhof.

„Los, ruf den Schließer und den Sani!"

Ich glotzte. Rufen? Mit einem Tarzanschrei: Die Liane, Jane, die Liane! Oder gab's hier eine heimliche Telefonleitung. Ansonsten hätte es die sogenannte Klappe gegeben. Man bediente sie über einen Hebel neben der Zellentür, dann fiel auf der Flurseite geräuschvoll ein anderer Hebel herunter. Zeichen für den Schließer, dass in der Zelle etwas nicht stimmte. Na ja, das hatte in der U-Haft geklappt, als die Stasi darauf bedacht war, sich keine Selbstmorde unterjubeln zu lassen. Halt, bei dem Stichwort Selbstmorde fiel mir das Szenario um Mutter ein. Ich stürzte zur Tür und klopfte dagegen. „Alarm!", schrie ich und hatte keine Ahnung, warum ich ausgerechnet dieses nicht ganz passende Wort benutzte. Und abermals: „Alarm!" Und egal, ob unpassend, näherten sich Schritte. „Was heißt Alarm?", fragte vom Flur her der Kalfaktor. Seine Stimme klang gleichsam empört wie verunsichert. Immerhin, es hätte brennen können. „Medizinischer Alarm!", rief ich zurück. Der alte Mann hat eine Herzattacke. Seine Tabletten sind alle. Er kriegt kaum noch Luft!"

Kurzes Schweigen von draußen: „Und sonst? Is sonst nix?"

„Er muss in' Med-Punkt! Sonst isser in 'ner Stunde hin!"

„Mann, immer piano", erwiderte der Kalfaktor. Seine Stimme klang ruhig, fast beruhigt, ein bisschen auch beleidigt. „Muss ja erst kucken, wo der Wachtmeister is." Dann entfernte er sich.

Es dauerte mindestens eine Viertelstunde, bis er wiederkam. Der Schließer und ein Knaster, den die anderen als Sanitäter identifizierten, waren bei ihm. Matt Dillon stöhnte jetzt weniger, aber er atmete beängstigend kurz und hatte die Augen wie ein zu Tode gerittener Gaul verdreht. Einer, der kurz vor dem Abnippeln zu sein schien. Der Sanitäter fasste nach seinem Handgelenk und fühlte den Puls. „Er hatte keine Herztabletten mehr", erklärte Schiller. Aber es achtete niemand auf ihn. Immer und immer noch hielt der Sanitäter Dillons Handgelenk fest. Vermutlich wusste er sich nicht anders zu helfen. Endlich, nach mindestens zwei Minuten beschloss er: „Zwei Mann mal anpakken. Er muss raus hier." Ich trat einen Schritt zurück. Nicht aus fehlender Hilfsbereitschaft, sondern aus Scheu. Einen, der fast tot war, anfassen. Schrecklich. Doch umsonst. „Du und du!" Der Kalfaktor hatte mich und den Familienvater auserkoren. Warum uns? Egal, gegen diese Entscheidung gab es kein Aufmucken. Ich packte Matt Dillon bei den Fußgelenken. Das kleinere Übel. Der Oberkörper war schwerer, vor allem krankwarm. Der Familienvater schien diese Gedanken nicht zu haben. Erst als seine Hände in Dillons Achselhöhlen fuhren, entwickelte er Scheu. Blickte zur Seite und schob unwillkürlich die Hände, damit sie nicht an einer Stelle haften mussten. Reagierte so ein Mörder? Er lief, zog, sodass ich nur stolpernd hinterdrein kam. Im Flur mussten wir stehenbleiben. Die Zellentür flog krachend in den Rahmen, der Schließer riegelte zu, ohne jedoch abzuschließen.

Das hieß, wir würden gleich zurückkehren. Vielleicht dass ein Krankenwagen vor dem Eingang stand und man Matt Dillon in eine Spezialklinik brachte. Das hieß, wir würden den Alten nur bis zum ersten Sperrgitter schaffen müssen. Der Familienvater vermutete dasselbe. Er wollte in Richtung erstes Sperrgitter laufen, doch die Weisung lautete anders. „Hier lang!", befahl der Kalfaktor. Wir zögerten, aber das Gesicht des Schließers beseitigte jeden Zweifel. Wir schleppten Matt Dillon weiter nach hinten. Zelle fünf wurde aufgesperrt. Mehrere unbelegte Bettenblöcke standen hier. Matratzen, ein Spind. Waschbecken, Klo. Es stank muffig und nach angetrockneter Pisse. Und irgendwie – durfte ich das denken? – nach Verwesung.

„Dahin!", sagte der Sanitäter. Wir gehorchten, obzwar mit wenig gutem Gewissen, trotzdem widerspruchslos schnell. Letztlich oblag der Röchelnde nicht unserer Verantwortung. Einige Augenblicke standen wir noch vor dem Bett des Alten. Es gab die Erinnerung an diese Partisanenfilme, wo die Todgeweihten ihren Sterbezeugen noch rasch eine wichtige Parole oder einen Gruß an die Unglücklichen daheim herauspressten, bevor sie tapfer dahinschieden. Oder die Westernfilme, in denen die abgeknipsten Revolverhelden entweder nach einer letzten Kippe verlangten oder mit dem Aushauchen der Atemzüge die Wegbeschreibung zum kürzlich erbeuteten Schatz preisgaben. Nicht dieser Matt Dillon. Natürlich, er öffnete noch einmal die Augen und schaute sich um. Und er begriff, wo er war. In der trostlosesten Sterbezelle, die sich einer vorstellen konnte. Nicht im Krankenrevier. Gleich würde man ihn allein lassen, die Tür würde sich schließen. Für immer. Er riss den Mund weit auf, konnte aber nicht sprechen. Nur Sabber schwappte über die Mundwinkel, und in den Augen lösten sich Tränen. Die Hände ruderten in der Leere. „Raus jetzt!", schnauzte der Kalfaktor. Und so sehr mir der Anblick dieses grässlichen Siechsterbens widerstrebte, verharrte ich für Augenblicke gebannt und zutiefst erschrocken. Im Zuchthaus sterben oder auch nur krank zu sein, das war der Horror im Schrecken. Oder gab es rein verbal noch eine Steigerung?

Der Sanitäter zischte auf dem Flur: „Kein Wort darüber, wo ihr ihn hingebracht habt! Klar?" Ich wollte gegenfragen: Wieso haben *wir* ihn weggebracht? Aber allein diese Frage zog den soeben befohlenen Gehorsam in Zweifel. „Sonst könnt ihr mit Nachschlach rechen!" Na bitte, da war es. Nachschlag war das Wort, das ich als fürchterliches Menetekel tief in mir trug. Längst hatte ich mir geschworen, alles, aber wirklich alles zu tun, um in diesem Zuchthaus nicht aufzufallen, um mir nicht unnötig zu schaden. Schon gar nicht musste ich mich um Sachen kümmern, die mich nichts angingen. Oder ging mich dieser Alte etwas an? Der sächselnde Abklatsch eines spinnerten Karl May. War es meine Schuld, dass er es im Leben nicht weiter als bis zum BeVauer gebracht hatte? Zum Gaukler, der nicht mehr vorzuweisen hatte als das Hirngespinst, einen Westernhelden zu mimen.

Vor dem Montag kam eine unruhigen Nacht. Die Kerle hatten sich am Sonntag sattgeschlafen und waren am Abend nicht müde. Bis zur Mitternacht wurde gequatscht, gezofft und gealbert. Zwischendurch gab Schlange noch mal mächtig Gas. Er suhlte sich als Potenzprotz in einer neuerlichen Sexstory. Diesmal vernaschte er Mutter und Tochter auf einen Ritt. Er hätte irgendwelche seltenen Fliesen zu liefern gehabt, in irgendein Landhaus, und da die beiden gewusst hätten, dass und wann er käme, hätten sie seiner schon leicht bekleidet geharrt.

Nun denn, ich war müde und vertauschte das fragwürdige Hörerlebnis mit dem ersten Schlaf. Wach wurde ich erst, als sich ein paar von den Knastern anschrien. Es ging gegen Bolzmann. Der hatte, weil er sich durch die Geschichte am Einschlafen gehindert fühlte, boshaft zwischengefragt, warum sich in dem Landhaus nicht noch Oma und Uroma befanden, die Schlange dann ebenfalls hätte vögeln können. Ein enormer Krach zog auf, vielleicht wieder eine Prügelei. Ich presste die Augenlider fest zu und atmete ganz langsam. Und ich dachte an diese drei dikken Figuren, die sich Augen, Ohren und das Maul zuhielten. Wer nichts sah und nichts hörte, konnte auch nichts sagen. Dann schlief ich und wurde erst wieder durch diese Schmatzgeräusche, die ich längst kannte, wach. Eine Matratze federte quietschend. Schließlich wackelte das gesamte Bett. Die Kerle stöhnten im Duett. Immer lauter. Ich lag reglos mit dem Gesicht zur Wand. Ich wagte nicht, mich dem Geschehen zuzuwenden. Ich wollte es nicht. Ich versuchte zu schlafen. Aber es ging trotz der Atemübungen nicht. Das Stöhnen wurde schneller, das Quietschen des Bettes. Ein heißes Hecheln. Stille. Dann die Stimme von Strünzel: „Seid ihr endlich fertig, ihr Arschficker?" Seine Stimme kam aus der Richtung des Stöhnens. Es folgten Gleitgeräusche, leise Schritte. Ein Hocker, der in der Dunkelheit umgestoßen wurde. „Unverschämtheit is das!", fluchte Bolzmann. „Mach bloß keine Welle!" Die Antwort überraschte mich. Nicht die Antwort, sondern die Person, bei der sie ursprungte. Der Breitschultrige. Bolzmann warf sich lautstark auf seiner Matratze. Knurrte. „Eingebildete Sau!" Das war Hitchcock. Ich überlegte, ob der Breitschultrige bei ihm zu Bette gewesen sein könnte. Strünzel kicherte dazwischen: „Wart mal ab, du alter Zopp, dass er dir nich als nächstem die Rosette versilbert. Soviel Jahre, wie du hier noch hast, wirst du noch froh sein, wenn du bei jemand Mieze machen kannst!" Bolzmann schwieg. Dafür meldete sich der Familienvater. Er versuchte es auf die vernünftige, die schlichtende Tour. „Mensch, Leute, seid doch mal ruhig jetzt. Bald is die Nacht rum, und ich hab noch keine Auge zugemacht!" Strünzel kratzte lautstark Speichel im Hals zusammen. Als wolle er gleich auf den Boden rotzen. Doch er hielt sich zurück. Während er den Rotz wieder runterwürgte, schimpfte er: „Mach du mal deinen Kopp zu, du Kinderficker. Du kannst dich nach fuffzehn Jahren wiedermelden, dann kennst du auch nix anderes als Schwänze und Männerärsche!" Der Familienvater reagierte mit einer abrupten Bewegung. Vielleicht dass er auf der Bettkante saß, um gleich nach unten zu kommen.

Nein, er kam nicht. Er hatte die Kröte geschluckt. So wie er noch viele andere Kröten würde schlucken müssen. Bis er eines Tages gar nicht mehr wusste, dass es sich um Kröten handelte.

Kurze Zeit später wurden die Außenkommandos über den Freihof geführt. Ich dachte: Wenn du jetzt wieder einschläfst, bist du in ein, zwei Stunden beim Wecken wie zermatscht. Ich drehte mich geräuschlos auf den Rücken und öffnete die Augen. Ein gräuliches Dämmern drang von draußen in die Zelle. Es gab allmählich den Blick auf die anderen Betten frei. Auf das Inventar. Nein, es war nichts, das sich zu betrachten lohnte. Die paar Lumpen, die über die Hocker und die Betten gestreut lagen, eine Brotrinde und Tabakreste auf der Tischplatte. Und bis auf den Familienvater schliefen jetzt alle. Ein kümmerlicher, ein limitierter Frieden. Meine Augen schlossen sich von selbst. Ich wusste, dass ich mich wider alle Vorsätze nicht gegen den Schlaf wehren konnte.

Doch die Unruhe kam vom Flur. Klopfen. Ich spannte sofort auf. Das Klopfen erstarb, setzte nach einiger Zeit noch mal an. Schwach, aber hörbar. Es kam eindeutig aus dem hinteren Teil des Flures. Matt Dillon. Vielleicht seine letzten Lebenszeichen. Bis sich auf der anderen Seite des Flures etwas regte, vergingen Minuten, fünf, zehn, noch mehr. Leise Schritte, gedämpfte Stimmen schwammen von vorn nach hinten. Zwei, drei Personen. Das sind die gleichen, die ihn dort eingeschlossen haben, dachte ich. Sani, Kalfaktor und Schließer. Schloss und Riegel gingen kaum hörbar. Schritte und Stimmen führten in das Innere der Zellen, wurden dort kurze Zeit lauter, ehe sie verstummten. War Matt Dillon tot? Ich hatte in langen Wochen der Einzelhaft, in der Zweisamkeit mit unausstehlichen Mitgefangenen bei der Stasi gelernt, Geräusche und Stimmlagen im Flurbereich zu deuten. Von Selbstmordversuchen bis zu Hungerstreiks hatte ich alles enträtseln können. Nun also ein Todesfall? Die Schritte kamen zurück. Sie hörten sich schwerer, leicht schlurfend an. Stimmen waren keine zu hören. Nur einmal entfuhr es einem: „Zieh doch nicht so, der rutscht mir sonst weg!“ Der Sani, keine

Zweifel, es war seine Stimme. Mach's gut, alter Knochen, dachte ich. Matt Dillon, ich grinste vor mich hin. Tot war tot, und trotz dieses vermeidlichen Endes hatte ich kein Gefühl der Trauer oder des Mitleids in mir.

Von oben meldete sich flüsternd der Familienvater. „He, hast du das gehört eben?" Sein Oberkörper hing weit über der Bettkante, und so konnte er im Morgenlicht sehen, dass ich die Augen offen hatte. „Was soll ich gehört haben?", fragte ich dümmlich zurück. „Na, wie sie eben hinten in der Zelle waren. Mindestens drei. Die von gestern. Sie haben den Alten weggeschafft. Der is garantiert hin!"

„Quatsch!", zischte ich. „Der is lange im Krankenrevier. Du hast geträumt!"

Er starrte mich eine Weile an. Die Augen funkelten in Aufregung und Ärger. Warum teilte ich seine Sensationslüsternheit nicht? „Sie haben ihn jetzt eben weggeholt. Weggeschleift. Wenn du das nicht gehört hast, dann bist du -."

Ich setzte mich im Bett auf und tippte mit dem rechten Zeigefinger gegen meine Stirn. „Ich würd das auf jeden Fall noch viel lauter rumschreien. Oder mach doch 'ne Wandzeitung drüber." Ich stand auf und ging aufs Klo. Danach wusch ich mich. Eine kleine Wohltat. Im Gewimmel der letzten Abende hatte ich nicht den Schneid gehabt, vor all den Knastern meine Hosen runterzulassen und die Genitalien abzuseifen.

Natürlich verfestigte sich die Gewissheit, dass der Alte hin war. Wir bekamen während der Zählung den Auftrag, seine Sachen in eine Decke zu schmeißen, und später musste sie der Familienvater nach vorn bringen. Das mit der Geheimhaltung hatte keinen Sinn mehr. Dafür hatten die Knaster einen zu guten Riecher, dass sie nicht ahnten, was los war. „Der alte Schauspieler is krachen gegangen!" Hitchcocks Stimme hatte sich mit unerhörter Genugtuung vollgesogen. Der Familienvater suchte zwar zu widersprechen und behauptete, er habe Matt Dillon eben noch gesehen. Allein es nahm ihm keiner ab. Strünzel drohte ihm: „Wenn du uns hier die Hucke vollspinnen willst, alter Kinderficker, setzt das gleich Backenplatten. Klar?!" Der Familienvater versuchte noch einmal, sich zu verteidigen: „Ich bin kein Kinderficker!" Aber er hatte nicht das Format, sich gegen Strünzel zu behaupten. Trotz seines EllElls hatte er überhaupt nicht das Format eines Knasters. Eine Tatsache, die ihm wohl moralisch gesehen zum Vorteil gereichte, aber für die nächsten zwei Jahrzehnte eher schaden würde.

Die Hoffnung auf die Freistunde erfüllte sich auch an diesem Morgen nicht. Die Knaster murrten. Es war ein Wetter wie gemalt. Sonne, Wärme, blauer Himmel. Ich dachte an jene Tage am Meer. Strand, Wellen, schöne Frauen. Egal, das alles würde wiederkommen, ich würde es dann besonders intensiv genießen. Das stand lange fest.

Wir wurden dennoch aus der Zelle getrieben. Untersuchung. Was sich so Untersuchung nannte. Etwa zwanzig Mann marschierten zum Krankenrevier. Lange Gänge, zahllose Zellentüren, hämische Knastergesichter. Dann das zentral gelegene Klinkergebäude. Ab in eine Wartezelle. Mindestens eine Stunde lauerten wir gepfercht stehend, ehe die ersten ins Labor gerufen wurden. Blutabnahme, in ein Röhrchen pissen, ein paar belanglose Angaben. Ein Hilfspfleger, dem sie wegen eines Gewaltdelikts zwölf Jahre drübergebraten hatten, kämpfte darum, das Blutgefäß meines linken Armes dingfest zu machen und mit einer Kanüle zu öffnen. Er machte den Job erst seit einer Woche, was bedeutete, dass er seine Strafe gerade angetreten hatte. Ich sah nicht hin. Nicht auf meinen geschundenen Arm, in dem endlich die Kanüle steckte, nicht auf die für diese Tätigkeit völlig ungeeigneten groben Hände. „Weswegen bist'n du hier?" Er schielte lauernd, und ich dachte: wieder so ein Anscheißer. „Musst du das mit eintragen?", fragte ich stumpf zurück. Er verschluckte sich. „Nee, nee. Frage nur mal privat. Doktor Becker sucht noch ein, zwei vernünftige Leute. Und hier isses wirklich nich schlecht. Wirklich!"

„Ich bin hier, weil ich nach'm Westen will. Hab 'n Buch geschrieben."

„Dann biste Ausweiser. Nee, dann wird dich der Chefarzt nich nehmen. Er hat was gegen Ausweiser, total. Obwohl, die Ärzte hier sind ja auch fast alle welche."

Nein, ich wollte hier gar nicht hin. Ganz bestimmt nicht. Dieser Becker, wie ich Minuten später erfuhr, hatte nicht bloß was gegen die sogenannten Ausweiser, er hasste sie. Kaum stand ich ihm gegenüber, begann er mich zu agitieren. Was er von Leuten halte, die in der DDR studiert hätten und sie dann in Büchern durch Lügen an den Klassenfeind verrieten. Die einen wollten bloß weg, aus materiellen Gründen, was schon irrig und schlimm genug sei. Aber sein Vaterland so schäbig und lügnerisch zu verraten. Pfui. Ich erwiderte, bei mir seien Rippen- und Zwerchfell nach einer schweren Rippenfellentzündung zusammengewachsen. Er überhörte es und schimpfte weiter. Ein Schnitzler in der Unterwelt.

Trotz des Miefes atmete ich auf, als ich mich wieder in der Wartezelle befand. Ich wusste: In dieses Krankenrevier würde ich nicht freiwillig gehen.

Die anderen Knaster hatten bessere Erfahrungen gemacht. Bolzmann würde voraussichtlich sogar hier anfangen. Als Pfleger oder in der Verwaltung. Chefarzt Becker hatte die Reue beeindruckt. Nur Paulsen war es ähnlich wie mir ergangen. Er hatte von Amerika erzählt und dem Agitator vorgehalten, man hätte in der DDR keine Freiheiten. Welch ein Leichtsinn: Man tat in der Gesellschaft von Giftschlangen gut daran, sich nicht zu rühren. Der Chefarzt war prompt über Paulsen hergefallen. Er werde sich dafür einsetzen, dass er die volle Strafe absitzen müsse und dann in die DDR zurückentlassen werde.

Paulsen stieß jetzt Flüche und Drohungen aus. Er befand sich an meiner Seite, als wir den Rückweg in die Zugangszelle gingen. Eines stand für ihn fest: Bevor er in die Staaten ging, würde er in Westdeutschland Anzeige erstatten. „Und du", beschwor er mich, „wirst in deinem nächsten Buch darüber schreiben, was hier los ist!" Ich wehrte ab. „Kein Wort. Überhaupt schreib ich nichts Politisches mehr! Das hier ist mir 'ne Lehre." Es war jene Versicherung, die ich vor Gericht und bei jeder Vernehmung, ob danach befragt oder nicht, gegeben hatte. Man musste nicht schlimmer machen, was schon schlimm genug war. Ich hatte immer beteuert, dass ich ja nun so gut wie vorbestraft sei und damit in der DDR keine Chance mehr hätte. Ein Neuanfang sei daher nur *woanders* möglich. Natürlich glaubte das niemand. Kein Gericht und kein Stasi-Mann. Ich selbst glaubte es ja auch nicht. Aber die andere Seite tischte noch viel schlimmere Lügen und Tricks auf. Für die war ich eine Fliege, die man im umgestülpten Glas über der Tischplatte gefangen hatte. Man konnte mich gefangen halten und mich beobachten. Aber sobald man das Glas wegnahm, würde ich davonfliegen. Meine Peiniger konnte mich nur verhungern und verdursten lassen, sie konnten warten, bis ich körperlich gefügig war und mir dann die Beine und Flügel ausreißen oder mich anderweitig quälen Aber wozu? Man kam deshalb doch nicht weiter an mich heran. Ich hatte es ihnen gleich zu Anfang klargemacht und nach langen, zähen Durststrecken endlich bewiesen, dass sie mich weder durch Gemeinheiten noch durch Drohungen, aber auch nicht durch irgendwelche schmierigen Angebote kleinkriegten. Sie waren dann nicht mehr gegen meine Verteidigungsstrategie angekommen. Die Defensive, die sich anfangs wie ein Gürtel aus dünnen Schilfhalmen ausnahm, erwies sich als ein seltsames Bollwerk, das auf alle Anschuldigungen und Fragen immer dieselben Antworten zurückraschelte. „Schuldig, aber keine Wiederholungsambitionen."

Paulsen blickte finster. „Das ist ja 'ne tolle Einstellung. Gehst du also bloß aus materiellen Gründen in den Westen?" Dass gerade er mir diese Frage stellen musste, war lächerlich.

„Ich geh rüber, weil ich meine Ruhe haben will."

Er verlangsamte den Schritt, griente ein bisschen. „Das glaubst du doch selbst nicht. Du hast doch Angst, dass ich dich anscheiß?" Ich schwieg, und er wechselte das Thema. „Vorhin auf dem Flur hab ich kurz mit einem gesprochen, den ich aus der U-Haft kenne. Der hat auch ein Buch geschrieben und dafür drei Jahre gekriegt. Aber er rechnet damit, dass er schon nächste Woche wegkommt. Nach drüben. Er hat erzählt, jemand von der englischen Botschaft wäre ganz offiziell bei seiner Frau gewesen und hätte Geld gebracht. Tausend Pfund! Damit sie über die Runden kommt, solange er in Haft ist."

Ich winkte ab „Kommt mir ziemlich unwirklich vor. Mal abgesehen davon, dass in der DDR der Besitz von Devisen verboten is, frag ich mich, woher der Kerl solche Informationen her haben will. Die Stasi hätte die Frau doch gleich eingebunkert. Und der Botschaftsbeamte wäre glatt ausgewiesen worden."

„Kann das sein, dass du einfach nur neidisch bist?" Paulsen lachte zynisch.

Ich entgegnete: „Man soll nicht auf was neidisch sein, was höchstens in den Köpfen anderer Leute passiert."

Wir erreichten ein Zwischengitter und mussten warten. Die Gruppe mischte sich dabei neu. Paulsen gesellte sich zu Bolzmann, und ich lief, obwohl ich mich zwischen den anderen Knastern befand, allein. Nachdem wir ein Stück gegangen waren, kam Paulsen wieder zu mir. „Du", flüsterte er, „Weißte, was ich noch erfahren habe im Med-Punkt?!"

Ich wusste es nicht, woher auch. „Du", Paulsens Stimme wurde noch leiser, „heute oder morgen soll ein Transport gehen."

„Transport? Was denn für 'n Transport?"

„Na Mensch, nach Karl-Marx-Stadt. Wirst doch wissen, dass von dort aus die Busse nach Gießen fahren." Ich nickte unschlüssig. Aber was hätte ich dazu zu sagen gehabt. „Du", flüsterte Paulsen wieder, „ich könnt mir vorstellen, dass ich mitgeh." Ich sah ihn stumm an, auch fragend. „Na, auf Transport. Auf diesen. Heute oder morgen."

„Meinste wirklich?", fragte ich ungläubig, jetzt vielleicht doch ein bisschen neidisch. Er machte ein gewichtiges Gesicht. „Das mein ich nich nur, das weiß ich. Bei mir is alles klar. Außerdem war doch Strauß da. In Dresden. Der hat Honecker 'ne Liste mit

Namen von politischen Häftlingen gegeben, die er alle vorrangig freikaufen will. Vermutlich steh ich ganz oben auf dieser Liste." Er glotzte bedeutungsvoll, und ich konnte es mir nicht verkneifen, spontan zu fragen: „Warum grade du?"

„Warum ich! Dumme Frage. Wer sonst, wenn nicht ich? Du vielleicht wegen deinem bisschen Geschreibsel? Mensch, Junge, wir sind vier Leute, 'ne Familie. So was zählt. Und gerade der Strauß weiß das zu schätzen. Mensch, denk doch mal, wenn wir in 'nen Westen kommen, wenn wir da auspacken!"

„Was wollt ihr denn auspacken, was die nich schon tausendfach wissen?"

Er starrte mich verständnislos an. „Sag mal, wie blöd bist du eigentlich? Ich war stellvertretender Bereichsleiter in 'ner PGH. Was meinste, was ich alles mitgekriegt habe. Da hat doch nichts geklappt. Kein Material, pausenlos Aufträge zurückgestellt, weil irgendwelche hohen Tiere Vorfahrt hatten. All so was. Wenn ich davon drüben auspacke, sind die platt."

Ich schwieg. Was gab es aus einer Malergenossenschaft schon zu verraten. Er überging meine Skepsis. „Auf jeden Fall will ich drüben gleich was für die anderen politischen Häftlinge tun, die ich kenne. Für dich auch. Sag mir nachher mal deine Adresse. Kannste glauben, ich setz mich für alle ein. Auch für die, mit denen ich in der U-Haft zusammen war."

Tatsächlich empfing uns der Kalfaktor im Zugang mit einer Liste. Ein Teil der Leute sollte sofort die Sachen packen. Verlegung in die Vollzugsabteilung Elmo, das Kommando, in dem die Elektromotoren gewickelt wurden. Schiller, die beiden Kahlköpfe und der Breitschultrige gehörten dazu. Sie wurden gemeinsam mit ein paar Knastern aus den vorderen Zellen abkommandiert. Ja und dann, als sie weg waren, wurden noch Strünzels und Paulsens Namen genannt. „Alles zusammenpacken!", ordnete der Kalfaktor an.

„In welche Abteilung?", fragte Strünzel mürrisch. Der Kalfaktor gab keine Auskunft. Bevor er die Zellentür zurammelte, sagte er: „In zehn Minuten seid ihr fertig!"

Strünzel maulte. „Schon arbeiten. Scheiße."

Doch Paulsen wusste es besser: „Kann sein, dass wir auf Transport gehen. Du mit!"

„Ich mit?", fragte Strünzel. „Ich hab ja gar keinen Antrag gestellt."

„Sie schieben hin und wieder Leute mit ab, die sie loswerden wollen! Vielleicht hast du sogar irgendwann gesagt, dass du in 'nen Westen willst, und die haben sich's notiert."

Strünzel lachte. „Das wär'n Ding. Plötzlich bin ich in Hamburg bei meiner Tante."

„Wenn du 'ne Tante in Hamburg hast, kann's schon sein, dass sie dich rüberschicken. Der Westen dreht das als Familienzusammenführung, und hier kassieren sie gleich mal mit ab."

Obwohl die anderen Knaster ungläubig die Mäuler aufsperrten, fing Strünzel mehr und mehr an, Paulsens Gerede zu glauben. Er fing an zu lachen, und er frohlockte: „Also, wenn das jetzt tatsächlich stimmt, bin ich ab nächste Woche nur noch in St. Pauli zu finden, bei den Nutten!" Sein zweifelhafter Optimismus versetzte die anderen Knaster allmählich in Missmut. Die Luftschlösser, in denen Strünzel plötzlich thronte, weckten Neid. Auch als Luftschlösser. Hitchcock stichelte: „Was machst du eigentlich mit der Krautzig, holst du die in 'nen Westen nach?" Er lachte gehässig, und ein paar andere stimmten ein. Strünzel wurde unsicher. Ein Phantasiegebilde ließ sich plötzlich nicht mehr mit dem anderen in Einklang bringen. Man sah ihm an, wie es in seinem Hirn arbeitete. Wie Ratlosigkeit, Verunsicherung und Hilflosigkeit seine kurze Freude aufschmolzen. Krautzig kontra St. Pauli. Ein Hirngespinst gegen das andere. Oder war es doch kein Hirngespinst? Die Tür wurde aufgerissen, und der Flur schluckte diese beiden. Ihre Schritte, die sich entfernten, undeutliche Stimmen.

In der Zelle herrschte zunächst Stille. Danach wildes Diskutieren. Neid, Ungläubigkeit, Aufbruchsstimmung. Wenn einer wie Strünzel, so eine *Flachzange*, vom Westen freigekauft wurde, dann sollte doch wohl jeder andere Knaster keineswegs schlechtere Aussichten auf eine Übersiedlung haben. Ausgenommen Bolzmann, Schlange und Familienvater. Die hatten Bindungen, politisch, materiell oder familiär. Aber sonst? Selbst Zigeunergesicht erglühte unversehens und prophezeite in seinem Bergsächsisch, dass er, wenn er erstmal *drüben* wäre, ordentlich Gas geben würde. In alle Zeitungen sollte es kommen, wie ihn Kripo, Staatsanwaltschaft und Gericht *gerollt* hatten. Und ins Fernsehen, natürlich. Und prompt stimmten die übrigen Knaster, die *BeVauer*, in eben dieses Konzert ein.

„Was meinst du? Du bist doch Ausweiser. Gibt's das, dass sie einen abschieben, der gar keinen Antrag gestellt hat?", fragte schließlich Hitchcock, und aller Augen hingen an mir.

Ja, was sollte ich meinen. Ich konnte viel meinen, aber nichts wissen. Egal, dass ich schon seit Jahren mit meiner Verhaftung gerechnet hatte, hatte ich mich doch kein bisschen damit beschäftigt, was anschließend passieren würde. Erst in der U-Haft hatte ich mich abrupt entschlossen, in den Westen zu gehen. Obwohl ich lange nicht wusste, wie das ablaufen sollte. Dass ich diesen Rechtsanwalt Vogel brauchte, erfuhr ich erst dort. Auch das mit dem Abgangslager Karl-Marx-Stadt, mit dem Transfer nach Gießen. Trotzdem, was genau sein würde, wie der Freikauf funktionierte, das konnte kein Mithäftling sagen. Wahrscheinlich nicht mal der einfache Vernehmer. Also wartete man auf diesen Freikauf, den Transfer in den Westen mit einer ähnlichen Ungewissheit, mit der man auf das Sterben wartete. Man ahnte, wie es vor sich ging, aber was danach kam, wusste keiner.

Ich erwiderte mit Ratlosigkeit. Schulterzucken, dummes Gesicht. Ich dämpfte damit die Stimmung. Enttäuschung paarte sich mit Realitätssinn. Hitchcock lachte bittersüß. „Mensch, das sind doch Scheißhausparolen. Transport und das alles. Und wenn doch, kannste eher glauben, dass über Nacht 'ne Amme kommt, als dass einer wie Strünzel in 'nen Westen darf." Die anderen einigten sich bei zustimmendem Gemurmel, dass Hitchcock Recht hatte. Und das schuf wieder Trost, Ruhe, Üblichkeit. Sie fielen auf die Betten, dösten oder redeten. Schlange versuchte schließlich, eine neue Story zu erzählen, aber niemand hatte Interesse. Als er dennoch nicht still war, schimpfte Bolzmann: „Müsstest doch langsam gemerkt haben, dass das keiner hören will, was du dir da zusammenspinnst!" Schlange sprang auf. Aber es kam nicht zum Streit. Hitchcock stimmte mürrisch in Bolzmanns Kritik ein. „Is doch immer das Gleiche, was du da rumsülzen tust. Wie du die Weiber aufreisst oder die Bullen übern Nuckel ziehst. Denk dir lieber was Neues aus!" Schlange fiel beleidigt zurück. „Von wegen ausgedacht. Stimmt alles haargenau. Aber wenn das keiner glaubt, werd ich euch bestimmt nichts mehr davon erzählen." Er lauerte, ob jemand antworten würde, doch es blieb still.

Am späten Nachmittag kamen wieder Neue. Ein behäbiger Dikker, ein Junger mit verschlossener Miene und Olaf. Der Dicke war Anfang fünfzig und beanspruchte ein Bett in der unteren Etage. „Mein Rücken, mein Alter", stöhnte er, obwohl es dessen nicht bedurft hätte. Dass er den Aufstieg in den dritten Bettenstock nicht schaffen würde, sah man ohne weiteres. Wer sollte ihm Platz machen? Hitchcock oder Bolzmann, die jetzt in den Betten von Strünzel und Schiller lagen, oder Zigeunergesicht, der nach dem Abgang Matt Dillons ebenfalls nach unten gezogen war? In sein altes Bett. Oder ich? Na, ich nicht. Ich hatte kaputte Knochen, hatte ich denen gesagt. Und Verwahrraumältester, kommissarisch von den anderen eingesetzt, war ich auch. Obwohl ich darauf nicht hinweisen musste. Bolzmann und Hitchcock hatten Zigeunergesicht schon für den *Aufstieg* auserkoren. Ich schloss mich deren Meinung an. Drei gegen einen. Da halfen kein Protest und keine Racheschwüre. Je mehr der *Bergsachse* sich aufregte, um so größer wurde die Schadenfreude der anderen Knaster, umso unverständlicher sein Redeschwall. Der Dicke versuchte ihn zu trösten. „Sobald unten wieder was frei wird, ziehst du um." Er redete, obwohl mit thüringischem Dialekt, ein gutes Deutsch. Egal, auch er wurde schnell als *BeVauer enttarnt*. „Schubi, alte Schnapsdrossel!", begrüßte ihn Hitchcock. Der Dicke schien kein bisschen verwundert oder verlegen. „Wenn man keinen trifft, in irgendeinem scheiß Knast, diesen Hitchcock trifft man immer. Weswegen bist du denn wieder eingefahren? Oder warst du gar nicht draußen?" Statt zu antworten, bettelte Hitchcock um eine Zigarette. „Du weißt doch, dass ich nicht rauche", erwiderte Schubi. Aber Hitchcock ließ nicht locker. „Ich weiß genau, dass du welche hast. Du hattest immer welche. Los, rück schon was raus, ich sag auch nix." Schubis Gesicht verfinsterte sich. „Halt bloß deine Gusche! Man soll nicht mit Steinen werfen, wenn man im Glashaus sitzt." Er wühlte in seinem Bündel und förderte schließlich eine Packung Zigaretten hervor. Hitchcock wollte sofort zugreifen, aber der andere hielt die Schachtel fest. „Ich zieh selbst", sagte er, „sonst ist die Schachtel gleich leer. Ich brauche schließlich für später noch was zum Tauschen." Hitchcock rauchte die Zigarette prompt. Was man in sich hatte, konnte einem keiner nehmen. „Und wie viel haste?", fragte er zwischendurch. „Dreieinhalb", erwiderte Schubi, „eine glatte Zahl." Die anderen Knaster wurden jetzt aufmerksam. „Wofür gibt's denn heutzutage noch dreieinhalb Jahre?", fragte Bolzmann naiv. Aber Schubi antwortete nicht. Statt seiner mischte sich einer ein, der eben mit Olaf angeredet worden war. „Dreieinhalb kriegste für mehrfache Beeinträchtigung der Behörden durch das Stellen von Ausreiseanträgen und versuchte Republikflucht. So wie ich." Alle starrten ihn an, aber dann stichelte Hitchcock, obwohl er wegen der erbettelten Zigarette eigentlich zum Schweigen vergattert war: „Oder für Sitte im schwereren Fall." Schubi tat, als hätte er die Bemerkung nicht gehört. Er wandte sich seinem Bett zu und begann es zu beziehen. „Biste'n Kifi?", fragte Schlange. Aber Schubi reagierte nicht. Er zupfte solange an seinem Bettzeug, bis sich das Interesse der Knaster von ihm abwendete.

„Und du hast 'nen Ausreiseantrag gestellt?" Hitchcocks Frage und die Augen aller richteten sich auf Olaf. „Könntest mir mal 'nen Tipp geben, wie man das macht!" Ein paar andere nickten. Olaf blieb gelassen. „Wie man das macht? Zettel und Kugelschreiber nehmen und draufschreiben, dass du zu deinen Verwandten in der BRD willst. Und dann gehst du damit zur Abteilung Inneres beim Rat des Kreises."

„Aber wenn du dafür eingesperrt wirst, bringt das ja auch nicht viel. Oder haste diesen Rechtsanwalt Vogel?"

Olaf bejahte.

„Na, dann wirst du ja nich die ganze Strafe abbrummen."

„Weiß man nich", erwiderte Olaf.

„Er is auch Ausweiser", sagte Hitchcock und zeigte auf mich.

„Und wie viel und weswegen?"

„Sechs wegen Hetze", erwiderte ich.

Er nickte wissend und gab mir die Hand. „Ich heiße Olaf."

„Ich heiß Gottfried", erwiderte ich.

„Gottfried heißt du?", fragte Hitchcock ungläubig. Er und die anderen Knaster starrten mich blöd an. Wie konnte einer in meinem Alter so heißen. Wo alle Klaus, Peter oder Jürgen hießen. Und was mir auffiel: Tagelang lag ich nun schon mit diesen Knastern zusammen, aber es hatte sich noch keiner nach meinem Namen erkundigt.

„Was dagegen?", fragte ich kühl. Und: „Wie heißt du denn?"

„Ich?" Hitchcock schlug den Blick nieder. „Wieso musst'n das wissen?"

Er hatte Recht. Wozu musste ich das wissen. Ich wollte mich Olaf zuwenden, aber da antwortete Hitchcock doch: „Ich heiß Erich." Einer von den Knastern kicherte und feixte: „Dann schreib mal an deinen berühmten Namensvetter, vielleicht hilft er dir." Hitchcock schien die Anspielung peinlich zu sein. „Wenn alle, die hier sind und Erich heißen, an Honecker schreiben, dann hat der seinen Briefkasten voll." Ein paar von den Knastern lachten. Olaf sagte: „Gibt ja noch 'nen andern Erich." Keine Frage, er meinte den Stasi-Chef Mielke. Aber es gab keine sichtliche Resonanz. Die, die am Tisch saßen, schlugen die Blicke nieder, und Schubi empfahl: „Den Mielke lass mal lieber aus dem Spiel. Wenn du dir als Ausweiser Nachschlag einhandelst, kann dein Freikauf schnell platzen."

Olaf ging nicht darauf ein. „Heute muss übrigens ein Transport gegangen sein. Nach Chemnitz", sagte er.

„Chemnitz?", fragte Bolzmann. „Hab ich Chemnitz verstanden? Für mich heißt das immer noch Karl-Marx-Stadt!"

Hitchcock lachte verächtlich „Kannst ihn ja anscheißen. Dann hast du bei Becker im Krankenrevier gleich den richtigen Einstand. Da wimmelt's nur so von OKI-Spannern. Allerdings", Hitchcock schlug mit der flachen Hand auf den Tisch, „die Anscheißer nehmen aufeinander auch keine Rücksicht. Im Gegenteil, die haun sich mit Vorliebe gegenseitig in die Pfanne, um sich bei Becker schön einzuschleimen. Und dann die Ärzte, wie die sich aufspielen, das ist die reinste Schau. Sind selber nur Knaster und behandeln unsereinen wie den letzten Dreck. Na ja, manche Ausweiser fühlen sich sowie als was Besseres. Mir hat in der U-Haft einer, der schon mal in Brandenburg war, erzählt, ein Ausweiser-Zahnarzt hat ihm 'nen Zahn gezogen, ohne vorher zu spritzen. Ganz tierisch. Und als er gesagt hat, dass er sich bei der Anstaltsleitung beschweren will, ist er zu Becker gerannt und hat ihm irgendwas vorgesponnen, dass er bedroht worden wäre. So geht's im Krankenrevier zu."

Bolzmanns Gesicht verfinsterte sich. „In der U-Haft wird 'ne Menge erzählt, und nichts davon ist wahr. Gib doch zu, dass du bloß neidisch bist."

Hitchcock lachte auf. „Ins Krankenrevier würden mich keine zehn Miezen kriegen. Nee. Lieber kriech ich im Winter bei Frost und Schnee im Reichsbahnwerk unter den Waggons rum und frier mir die Knochen kaputt. Kannste glauben."

Unerwartet mischte sich Schubi ein. „Hitchcock hat Recht. Diese Ausweiser-Ärzte, mit denen ist nichts los. Ich hab auch schon gehört, wie überheblich die sind."

Bolzmann straffte sich. Seine Miene wurde kühl. „Wisst ihr, ich werd mich mit euch Berufsknastern ganz bestimmt nicht rumstreiten, was hier gut und was hier schlecht ist. Ganz bestimmt nicht. Ihr wart doch wohl in eurem Leben mehr eingesperrt als in der Freiheit. Du auch!" Sein Blick richtete sich bei den letzten Worten auf Schubi.

Für einige Augenblicke trat Stille ein. Spannung knisterte. Natürlich, dieser Schubi hatte nicht das Format, sich zu prügeln oder andere zu maßregeln. Dick und behäbig, mit Sittendelikt gehörte er zu denen, die eher einstecken mussten. „Dass du dich mal nicht täuschst. Ich hatte draußen allerhand zu bedeuten. Musste Material und Ersatzteile und so was besorgen. Wenn sie im Betrieb mal nicht weiterkonnten, weil 'ne Maschine stillstand, haben sie gleich mich losgeschickt. Und fast immer mit Erfolg."

Bolzmann lachte überheblich. „Als ob's so was gibt, Ersatzteile und Material schwarz zu besorgen. Dafür sind schließlich Investitionstitellisten, Materialkontingente und Reparaturfonds da. Das ganze Zeug ist doch ausbilanziert bis auf die letzte Schraube. Und wenn irgendwo was zusätzlich gebraucht wird, muss das übern Bezirk oder übern Kreis umverfügt werden. Aus dem zentralen Reservefonds oder mit Anweisung von uns von einem Betrieb zum nächsten. Das mit dem Besorgen, das gibt's höchstens im Westfernsehen."

„Du warst wohl 'n ganz hohes Tier?" Schubi griente. Er blieb trotz der überheblichen Belehrung gelassen, friedlich.

„Und ob", mischte sich Hitchcock ein. „Parteisekretär war er. Bei der Bezirksleitung."

Schubi schüttelte den Kopf. „Glaub ich nicht. Solche kommen, wenn sie straffällig werden, nach Bautzen In den Sonderknast. Diese Nestbeschmutzer, die zu den Nomenklaturkadern gehören. Und die wichtigen Ausländer, all diese. Die leben dort besser als mancher von uns in der Freiheit. Bahro und Eberhard Cohrs waren auch dort. Aber die kleinen Scheißer und die

Mistkäfer landen da nicht. Die landen hier. Und wenn sie so trommeln, so wie er, dann ist das gesponnen."

„Aber in der Partei isser gewesen!", beharrte Hitchcock. „Und wenn einer in der Partei war, kann er kein kleiner Scheißer gewesen sein."

„Lassen wir das. Das ist keine Diskussion für mich." Schubi kramte geduldig in seinem Bündel und förderte schließlich ein Päckchen Karten zutage. „Das hier", sagte er, „ist die wahre Seele des Knastes. Hat jemand Lust auf Doppelkopf?"

Erstaunlicherweise schien niemand Lust zu haben. Hitchcock nicht und auch nicht der Familienvater. Und Bolzmann verzog abweisend das Gesicht, als wolle er sagen: Wer mich beleidigt, mit dem red und spiel ich nicht. Immerhin, Zigeunergesicht erklärte sich bereit. Und Olaf.

„Was ist mit dir?"

Ja, was war mit mir. „Um was geht's?"

„Um nichts", sagte Schubi. „Hat ja auch keiner was, und rumgemiezt wird auf'm Zugang noch nicht."

„Von wegen", knurrte Bolzmann, der seine Igelstellung für Sekunden aufgab. „Haben wir aber in den letzten Nächten was anderes erlebt." Hitchcock kicherte.

„Wenn's um nichts geht", sagte ich, „mach ich 'n halbes Stündchen mit."

Es flutschte. Diese zwölf Jahre, in denen ich kein Doppelkopfblatt gehalten hatte, waren ein Nichts. Kontra, Re, Bock und Zippe. Die Damen und die Füchse. Hochzeit, Solo. Es lief wie von selbst. Es führte in einen kleinen Rausch und machte einen für Minuten vieles, nicht alles, vergessen. Die Welt des Knastes versank Spiel um Spiel hinter dem Kartentisch. Vielleicht, dass sich meine Seele, mein Hirn und meine Nerven schon lange nach einer Ablenkung dieser Art gesehnt hatten. Nach Entspannung in Form der sinnarmen Mechanik des Kartenwerfens. Eine Mechanik, die trotz geringer geistiger Beanspruchung die volle Konzentration, das ganze Bewusstsein abforderten und einen, mich, schlichtweg fesselten, faszinierten. Und dabei spielten wir wirklich um das reine Ergebnis. Rechneten aus und schrieben auf. Schubi und Olaf lagen in Führung, ein Stück dahinter rangierte ich, und am Ende spielte Zigeunergesicht. Zigeunergesicht hatte nichts drauf. Überhaupt nichts. Er konnte nicht vorausberechnen und nicht bluffen. Gerade, dass er die absolut sicheren Stiche einfuhr. Manchmal schimpften die anderen. Oder Hitchcock, der zeitweise kiebitzte, lästerte. „Der Kerl spielt doch mindestens aus zwei Blättern, und trotzdem baut er nur Scheiße." Das mit den zwei Blättern stimmte. Der Blick seiner dunklen Augen pendelte, vielleicht ungewollt, pausenlos zwischen den eigenen Karten und dem Blatt von Schubi. „Schubi, du hältst ihm deine Karten aber auch voll hin", stichelte Hitchcock, „kann das sein, dass du deine Pfoten vom vielen Keulen nicht mehr grade kriegst?" Schubi bedachte Hitchcock mit einem gelangweilten Seitenblick. „Besser einen keulen als mein Arschloch für 'nen Streuer Tee an jeden dreckigen Schwanz zu verkaufen. So wie du", erwiderte er beiläufig.

„Von wegen!" empörte sich Hitchcock. Sein Gesicht wurde knallrot. Wut und Scham, die ihn beutelten. „Das weißt du genau, dass ich mein Arschloch noch nirgends verkauft hab. Ganz genau weißt du das!"

Schubi starrte auf seine Karten. „Weiß ich das?"

Hitchcocks Augen füllten sich mit Tränen. „Und ob? Oder hast du Beweise?"

„Genauso viel wie du dafür hast, dass ich wegen Kinderfickerei hier bin." Schubi zog eine Karte und warf sie auf den Tisch. „Hochzeit", sagte er, und damit galt seine Aufmerksamkeit ganz und gar dem Kartenspiel.

„Na gut, das nehm ich zurück. Das mit dem KiFi. Aber dafür musst du das andere auch zurücknehmen. Sonst glaubt's hier wirklich noch einer." Hitchcock stand dicht neben Schubi. Er sah hilflos und kindlich aus. Ein armer Hund, der in dieser schmierigen Zuchthauswelt, die ihn nie wieder hergeben würde, um seinen kümmerlichen Ruf kämpfte. Mieze, Prostituierter.

Der seine Ehre, die einzige, die er vielleicht noch besaß, verteidigte. Aber Schubi ließ ihn stehen. Äußerlich behäbig, aber mit wachsamen Kartenaugen genoss er eine unauffällige Rache.

Auch das war ein Stückchen Knast: Nicht nur die Starken, die Frechen und die Spinner setzten sich durch, sondern auch die Cleveren, die Geduldigen.

Am nächsten Morgen machten wir uns gleich nach der Zählung über die Karten. Der Bursche, der am Vortag zusammen mit Olaf und Schubi gekommen war, spielte jetzt auch mit. Dadurch saßen wir zu fünft, und einer von uns Spielern hatte immer Pause. Frühstück, Toilette, alles zwischendurch. Als es gegen neun überraschend hieß: „Alles raus zur Freistunde!", kostete es einige Überwindung, das Spiel abzubrechen. Schubi und Zigeunergesicht weigerten sich zunächst, die Zelle zu verlassen. Aber der Kalfaktor machte Dampf. „Bewegt mal eure faulen Knochen bisschen!" Er hatte die Autorität des Schließers im Hintergrund, und so gab es keine Weigerung. Auf dem Weg über den Flur maulte Hitchcock zu Schlange: „Ulrich, die Sau, will doch bloß die Zellen filzen, darum scheucht er uns alle raus."

Doch Hitchcock behielt nur zum Teil Recht. Es gelang Schubi tatsächlich, sich um die Freistunde zu drücken. Er verwickelte den Kalfaktor in ein Gespräch und erreichte damit, dass dieser ihn mit in seine offene Arbeitszelle nahm. „Schleimer, dieser Schubi!", schimpfte Hitchcock unverhohlen, als wir uns im Freihof befanden. „Und ich schwör dir bei meinen Eltern, dass er hier is, weil er seinen Stummel wieder zwischen irgendwelche Sechsjährigen gehalten hat." Seine Worte richteten sich an mich. Ich blieb stehen und sah mich nach Olaf um. „Komm", sagte Hitchcock, „lass uns zusammen laufen." Olaf hatte sich schon mit zwei Knastern aus anderen Zellen zusammengetan. Er lief fünf Meter hinter mir. Ein Pulk von Knastern befand sich zwischen uns. Fast alle atmeten die kühle Morgenluft begierig ein. „Eene Woche nich draußen jewesen", schimpfte Brusthugo, der dicht vor mir war. „Bloß weil uns der Kalfaktor, diese dumme Sau, nich rauslassen wollte!" Ich blieb stehen, um auf Olaf zu warten. Aber die nachdrängenden Knaster aus den anderen Zellen schoben mich vorwärts. Neben mir war immer noch Hitchcock. „Wieso bleibst'n stehen?", fragte er. Ich lief langsam weiter. „Oder willste mit 'nem andern gehen?"

„Wie, gehen?", fragte ich verwirrt zurück.

„Na, im Kreis. Immer im Kreis." Er deutete mit der Hand auf den kleinen Rundkurs. Zwanzig oder dreißig Meter, die sich um ein eiförmiges Rondell aus Rasen zogen. Seitlich die Mauern der Knastgebäude, davor ein paar verstreute Büsche und ein paar Nischen auf denen sich alsbald Gruppen von Knastern postierten, um zu rauchen oder irgendwas zu bequatschen. „Biste in der U-Haft denn nie zur Freistunde gewesen?"

„Doch", erwiderte ich, „aber die Stasi hat nur die kleinen Betonkäfige, die nicht größer als Einzelzellen sind. Man trifft dort auf keine anderen Häftlinge." Er starrte mich ungläubig an. Im selben Moment wurde er von der anderen Seite von einem Milchgesicht flankiert. Der Knabe mochte Anfang zwanzig sein. „Wie sieht's aus, Hitchcock?" Hitchcock wandte den Blick, nahm ihn aber gleich wieder fort. „Beschissen, wie immer", sagte er kühl. „Und bei dir?", fragte der mit dem Milchgesicht. Er legte einen Zwischenschritt ein, um an Hitchcock vorbeiziehen und zu mir schauen zu können. „Auch beschissen, auch wie immer", erwiderte ich rasch. Die Antwort verwirrte ihn. Er zögerte zunächst, dann lief er schneller und schloss zu ein paar anderen Knastern auf. „Das is Mathilde, auch Martha genannt. Total schwules Paket. Der ist schon vier Wochen auf'm Zugang, obwohl er gar nicht in Berufung gegangen ist. Aber Ulrich hat ihn hierbehalten. So'n bisschen für Gartenarbeit und Aufräumen in der Effektenkammer. Na ja, sieht ja wohl jeder, dass er ihn als Mieze braucht. Und wenn er ihn satt hat, schiebt er ihn ab und behält sich einen andern hier."

Es ekelte mich, und so schwieg ich. Ich fühlte mich unsicher. Zwischen diesen Knastern, diesen Mördern, Sittenstrolchen und Räubern. Egal, dass ich ein Teil von ihnen war, dass zwischen ihnen und mir rein äußerlich kein Unterschied bestand. Die Gewaltigkeit des Zuchthauses wälzte sich auf mein Bewusstsein, die Unüberwindbarkeit der Mauern. Das monotone Trotten zwischen all diesen Unwürdigen ließ mich wieder meine eigene Unwürdigkeit spüren. Meine Abhängigkeit, das Verlorensein. Hilflos fühlte ich mich, schutzlos, und ich fror wie am Tag meiner Einlieferung. Ich sehnte mich zurück in die Zelle. Wenigstens das. Zurück an den Kartentisch oder auf mein Bett. Dort hatte ich eine kleine Welt mit einer kleinen Ordnung. Hitchcock redete immer weiter. Von seinem Zuhause, von irgendwelchen tollen Mädchen, die alle Abitur und Studienabschlüsse hätten und sich um ihn nur so rissen. Je länger ich schwieg oder nur ein „Hm" oder „Soso" brummte, um so mehr legte er zu. Runde um Runde. Und ich war froh, dass er redete, sich ausspann, damit ich hier nicht allein laufen musste, nicht angestarrt oder angesprochen wurde.

Und dann dies: Dieses Laufen auf dem Rundkurs strengte mich an. Diese vielen Schritte auf dieser ungewohnt langen Strecke. Fast ein Jahr lang war ich nicht so viel, so weit gelaufen, gewandert. Ich hatte nur den kurzen, schmalen Gang in der Zelle und die nicht viel längere Freihofzelle gehabt. Ich spürte, dass mein Kreislauf sackte, spürte die Schwere in den Beinen, Stiche in den Seiten. Wenn du bloß nicht ohnmächtig wirst, dachte ich und taumelte des öfteren. Hier umkippen, einfach auf dem Boden liegen. Und dann? Ab ins Krankenrevier, unter die Fuchtel dieses Häftlingsschinders. Oder zu den Ärzten, die, wie ich ja jetzt wusste, auch keinen guten Ruf hatten. Nein, wegen einer lächerlichen Ohnmacht verbrachten sie keinen ins Revier. Höchstens in die Siechzelle, in der Matt Dillon verreckt war. Aber dorthin wollte ich schon gar nicht. Ich versuchte also gleichmäßig zu atmen, den Körper, den Kopf mit mehr Sauerstoff zu versorgen. Egal, dass Hitchcock kurz zwischenfragte: „Was ist mit dir, warum taumelst du?" Ich erwiderte rasch: „Nichts. Bin nur umgeknickt." Und ich absolvierte den Rest der Freistunde eisern an Hitchcocks Seite. Ohne Anzeichen von Schwäche. Auch ohne weitere Nachfragen oder Mutmaßungen des Mitgängers.

Aber ich war froh, nachher in der Zelle zu sein. Einen Schluck vom kalt gewordenen Frühstücksmuckefuck zu trinken und auf dem Bett zu liegen. Mein Körper hatte die Anstrengung des Laufens überstanden, und das Auge hatte wieder den Rahmen der Zelle. Der Meinungswechsel, der sofort einsetzte, störte mich kaum. Das Zusammenkommen mit den Knastern aus den anderen Zellen hatte neuen Gesprächsstoff gegeben. Thema *Amme*. Einer, der am Vortag zusammen mit Schubi gekommen war, wollte beim letzten *Sprecher* in der U-Haft von seinen Verwandten, die es aus ganz verlässlicher Quelle mitgeteilt bekommen hätten, erfahren haben, dass am nächsten *Nationalfeiertag der DDR* eine Amnestie kommen würde. Am 7. Oktober. Für alle. Na ja, für politische Häftlinge vielleicht nicht, aber für die kriminellen. In der Wirtschaft würden Arbeitskräfte gebraucht. Und die UNO, die hätte Inspektionen angekündigt, da ginge die Regierung der DDR lieber auf Nummer sicher und ließe die Häftlinge frei. Einige von den Knastern sogen die Information nur so in sich hinein. Andere taten gelangweilt, obwohl auch sie sich der verlockenden Vorstellung nicht entziehen konnten: Amnestie, Freilassung, Freiheit. Wie lange? Nur Schubi gab den bedingungslos Glaubenden eine Abfuhr. „Ich kenn' den, der das erzählt hat. Wir waren eine Weile in der U-Haft zusammen. Der Kerl hat überhaupt keinen Besuch bekommen. Also kann ihm auch keiner beim Sprecher was von 'ner Amme gesteckt haben. Außerdem hatten wir erst vor vier Jahren 'ne Amme. Da wird's nicht gleich wieder eine geben."

Schlange schüttelte den Kopf. „Du hast ja wohl die Weisheit mit Löffeln gefressen. Denkst du, wenn dein Delikt nicht mit unter die Amme fällt, darf's für die anderen auch keine geben?"

Schubi blieb gelassen, unbeeindruckt. Drehte sich weg, antwortete nicht. Er suchte das Kartenspiel hervor, sortierte die Karten. Hitchcock sprang ihm zur Seite. „Als ob's bei 'ner Amme nach Delikten geht. Du hast vielleicht 'ne Ahnung. Entweder sie suchen sich ein paar Leute aus, die sie freilassen, oder alle kommen raus. Alle außer die EllEller. Die werden dann auf die höchste Feststrafe gesetzt. 15 Jahre."

Schlange empörte sich. „Du musst ja wohl nichts anderes kennen als den Knast. Musst ja schon jede Menge Ammen mitgemacht haben, dass du alles so genau weißt."

„Spiel du dich mal bloß nich so auf!", erwiderte Hitchcock. „Du kannst doch nichts weiter als die Trommelstöcke rühren. Eine Story nach der andern saugst du dir aus den Fingern. Meinst du wirklich, wir sind so blöd und glauben, dass du das alles wirklich erlebt hast? Mit den ganzen Weibern und so?" Er lachte höhnisch und sah sich triumphierend um. Aber die Knaster blieben träge. Lediglich der Familienvater hatte sich erhoben. Er sah verwirrt, aufgeregt aus. „Warum soll es keine Amme geben? Vor vier Jahren, das war doch nichts Richtiges. Sie haben nur ein paar ausgewählte Leute freigelassen. Genau deshalb müssen sie jetzt eine echte Amme anrühren. Weil die letzte im Grunde gar keine war und nicht zählt." Er stand dicht vor Hitchcock, starrte ihn aus brennenden Augen an und ballte unbewusst die Fäuste. „Klar", sagte Hitchcock von oben herab, „klar, für euch Langstrafer is die Amme die einzige Hoffnung. Euch bleibt gar nichts anderes übrig, als dass ihr euch auf die Amme versteift. Trotzdem: Für mich is das Spinnerei. Ich kann meine paar Jahre auch ohne Amme abdrücken. Und wenn ich diesmal rauskomme, das kann ich euch schwören, fahre ich bestimmt nich noch mal ein." Der Familienvater starrte den anderen eine Weile an, dann sackte er irgendwie in sich zusammen und wandte sich ab. Schlange machte ebenfalls einen Rückzieher. Lediglich, dass er murmelte: „Von wegen nicht mehr einfahren. Die BeVauer, die in Brandenburg landen, haben doch ihr Leben so gut wie verschissen."

Ich schloss die Augen. Nein, falsch, sie fielen zu. Die Lider sackten wie mit Bleiklümpchen beschwert nach unten. Ich konnte mich nicht wehren. Wollte nicht. Ich dachte noch kurz an diesen Zeichentrickfilm mit dem Bären Yogi, der irgendwie keinen Winterschlaf halten wollte. Der hatte sich gewehrt, mit Streichhölzern und Weckern. Dummkopf. Ein Lächeln durchstreifte mich innerlich, und weg war ich. Nicht weg, sondern in einer anderen Welt, in einem neuen Traum. Das Gesicht einer Frau tauchte auf. Es war umrissen von einer flimmernden Sonnenscheibe, und so konnte ich zunächst nur die Konturen inmitten gleißender Strahlen ausmachen. Allmählich erst sah ich mehr. Das Lächeln, das geduldig, nachsichtig, etwas schüchtern um den Mund spielte. Die Haare, die fröhlich im Wind wehten. Bebie, Tiffi? Nein. Egal, die Frau lag auf einmal neben mir. Um uns herum Wiese. Sommer. Sie streckte die Hand aus, und es war, als wolle sie ihr Lächeln über die Handfläche zu mir herüberpusten. Ich versuchte nach der Hand, dem Lächeln zu greifen. Ein Stück Freiheit. Vergeblich. Meine Hand ruderte durch die Leere. Ich sank zurück. Starrte. Das grelle Sonnenlicht wurde durch Wolken geschwächt. Keine gewöhnlichen Wolken. Wolken, die in Schemen übergingen und Gesichtszüge annahmen. Ein Alb, der mich, seit ich die ersten vier Wochen U-Haft hinter mir hatte, immer wieder befiel. Der sich in andere Träume einmischte, der mich niederdrückte, quälte, mich nach dem Aufwachen in Ratlosigkeit versetzte und sich so schnell nicht abschütteln ließ. Es waren die Gesichter meiner früheren Vorgesetzten, die über mich herfielen. Vorwurfsvoll, anklagend. Bittere, hassvolle Fratzen, die mich der Pflichtlosigkeit, der Hintertriebenheit bezichtigten. O, was ich denen angetan hatte. Jahrelang hatte ich sie hintergangen, hatte ich meine Arbeit nicht mit dem Herzen gemacht, sondern heimlich Bücher geschrieben, in denen ich ihren ganzen geheiligten Sozialismus in den Schmutz gezogen hatte. Allein dieser moralische Aspekt war so verwerflich, dass ihn mir Richter Skuppin bei der Verhandlung nicht nur einmal vorgehalten hatte, dass er mein Strafmaß wie ein Katalysator nach oben trieb.

Noch einmal wollte ich die Hand der Frau fassen. Nein. Sie verschwand genauso wie die Wiese. Nur diese häßlichen Fratzen blieben. Vorhaltungen, Anschuldigungen. Ich schnappte nach

Luft, aber ich konnte nicht reden. Niemals hatte ich in meinen Träumen reden können. Es krachte, Stimmen, die immer lauter wurden, irgendwelche Bewegungen. Ich versuchte wegzulaufen, mich aufzubäumen. Ein Schlag, ein Widerstand. Die Metallfedern des über mir befindlichen Bettes. Ich war in der Schlussphase des Traumes mit der Stirn dagegengerast.

Ich fiel erschöpft zurück, hielt die Augen geschlossen. Mein Atem ging langsam und tief. Die Erleichterung, die ich nach dem Erwachen empfand, vermochte die soeben durchlittene Qual nicht zu tilgen. Einmal mehr begriff ich, mit welcher Macht jenes System, in dem ich gelebt hatte, mich immer noch umklammert hielt. Angst und Zwang hatten sich so sehr in mein Unterbewusstsein gefressen, dass in der Wehrlosigkeit des Traumes allein das Erscheinen von Gesichtern und Gesten ausreichte, um mich zu zermürben.

Doch ich war wach, und in der Zelle herrschte Unruhe. Aufbruch herrschte. Wieder wurden Knaster verlegt. Wieder in die vorderen Zellen. Ich gehörte nicht dazu. Schubi, Olaf, der Familienvater, Hitchcock und der junge Bursche auch nicht. Ich registrierte es mit einem Aufatmen. Bloß nicht in die vorderen Zellen, wo die EllEller, die Chaoten lagen.

Es dauerte nicht lange, bis die Zelle geräumt war. Wer kein Gepäck hatte, musste nicht viel packen und schleppen. Die Tür krachte, und eine abrupte Stille entstand. „Ja", sagte Hitchcock, „ich weiß gar nich, wie ich zu der Ehre komme, hierbleiben zu dürfen." Schubi schnaufte. „Ehre? Das kostet dich demnächst mindestens drei Streuer Tee. Oder -." Ein Kichern löste sich von seinen Lippen. „Fang bloß nicht wieder von der Rummiezerei an, du alter Rochen. Sonst pack ich meine Plünnen zusammen und schrei nach Ulrich, damit er mich auch verlegt", protestierte Hitchcock.

„Was ist mit Gottfried los?", fragte Olaf dazwischen. „Der ist total blass und blutet an der Stirn."

„Wenn ich den Namen Gottfried höre, fallen mir alle meine Sünden ein", meckerte Hitchcock dazwischen. „Wer mit so

140

'nem komischen Namen auf das Kommando kommt, den lassen sie da erst mal durch."

„Lieber 'n komischer Name als 'ne komische Fresse und dazu noch Mieze", murmelte ich.

„Nu tu du man so, als wüsstest du was über Miezen!", erwiderte Hitchcock leicht aufgebracht. „Vor allem: Werd erst mal 'n vernünftiger BeVauer!"

„Sieht aus, als ob er ohnmächtig war", sagte Olaf.

Ich schüttelte vorsichtig den Kopf und wischte mir mit der Hand über die Stirn. Das Blut trocknete bereits an. Also war die Wunde, die ich mir an den Metallfedern gerissen hatte, nicht allzu tief. „Hab nur schlecht geträumt", erklärte ich.

„Ich hätte Ulrich vorhin fragen sollen, ob er mir 'nen Streuer Tee eintauscht, dann hätten wir uns jetzt einen schönen Pott aufjucken können."

„Ohne heißes Wasser?", fragte Olaf.

„Das is das wenigste." Schubi kicherte. „Hab noch 'nen Fuchs im Gepäck."

„Einen Was?", fragte ich und richtete mich langsam auf.

„Tauchsieder!", erklärte Hitchcock gewichtig. „Da siehst du selbst, was du hier alles noch lernen musst. Wo du nich mal weißt, was 'n Fuchs is."

Schubi kramte in seinem Bündel und förderte tatsächlich eine Art Tauchsieder empor. Zwei Rasierklingen, zwischen denen sich zwei Streichhölzer befanden. Das Ganze mit Garn umwickelt und an je einer Klinge ein Kabel. Ich machte große Augen. „Und das funktioniert?" Schubi nahm seine Tasse, ließ Wasser hinein und hängte das Rasierklingengebilde hinein. Dann ging er zur Steckdose, die sich neben der Zellentür befand und fummelte die Drähte des Sieders in je ein Loch. „Guck her!", forderte er mich auf, und ich erhob mich. Tatsächlich, das Wasser fing in kurzer Zeit zu brodeln an. „Schade, dass wir nichts zum Aufjucken haben, nicht mal ausgelutschten Tee", sagte er und wollte die Drähte aus der Dose ziehen.

Ich hinderte ihn daran. „Mach mal für jeden 'nen Becher heiß, ich hab was zum Reintun."

„Tee?", schoss es aus Hitchcock heraus.

„Von wegen Tee", feixte Schubi. „Für dich gibt's Muckefuck. Wer andere Leute wegen ihres Namens beleidigt, der kann nicht erwarten, dafür auch noch belohnt zu werden."

Hitchcock wollte sich rechtfertigen, aber ich winkte ab und kramte den Pulverkaffee aus meinen Sachen, den ich von der U-Haft bis hierher geschmuggelt hatte.

„Kaffee?", fragten sie alle zugleich. Sie glotzten fassungslos.

„Pulverkaffee", erwiderte ich und tat in jede Tasse anderthalb Löffel.

„Mein Gott, wie lange ist das her, dass ich den letzten Kaffee getrunken hab!", stöhnte Hitchcock. Er hielt seinen Becher fest, als wolle ihm den jemand entreißen. Und zu Schubi: „Kannst du nich die Streichhölzer dünner machen, damit das Wasser schneller heiß wird?"

Schubi schüttelte den Kopf. „Wenn die Rasierklingen zu dicht aneinander sind, gibt's womöglich 'nen Kurzen. Weiß man, ob der Schließer dann heute noch die Sicherung austauscht? Außerdem versäumst du ja wohl nichts. Oder?"

Nachher saßen wir zunächst schweigend. Die Hände um die Becher gelegt und die Nasen dicht über den Tassen. Hitchcock hatte Schubi eine Zigarette abgeluchst und rauchte genussvoll. „Jetzt noch paar scharfe Weiber, dann lässt sich der Knast aushalten." Die anderen Knaster antworteten nicht. Erst als wir tranken, setzte langsam ein Gespräch ein. Schubi erzählte, dass er während der Freistunde mit Ulrich über die Verlegung von Schlange und den anderen geredet hatte. Er hatte den Kalfaktor mit ein paar Zigaretten bestochen. Olaf und Familienvater staunten. „Dass das einfach so geht." Aber Hitchcock wiegelte ab. „Wenn wir Pech haben, ist die Zelle heute Abend schon wieder überbelegt. Aber das hat dann auch sein Gutes: Je mehr Trubel herrscht, um so schneller vergeht die Zeit und um so weniger spürt man den Knast."

Nun denn, im Moment schienen ihn die meisten nicht zu spüren. „Wenn ich irgendwann wieder draußen bin", versicherte der Familienvater, „werd ich mir auch öfter die Zeit für 'nen schönen Kaffee am Vormittag nehmen. Mit meiner Familie zusammen." Bis der wieder draußen ist, dachte ich. Und die anderen dachten es auch. Vielleicht dass Hitchcock eine passende Stichelei auf der Zunge hatte. Doch er hielt sich zurück. Die Situation schien zu heilig. Diese äußere und innere Ruhe, die eingetreten war. Eine zuvor unmöglich scheinende Art der Entspannung. Im Hintergrund irgendwelche Schritte, die im Flur verhallten, undeutliches Geschrei aus den vorderen Zellen, das Klappern von Schlüsseln. Dass Hitchcock dann wieder unkte, „hört sich wirklich an, als kämen da die Nächsten", vermochte keinen anzurühren. Nicht mal die Karten, die auf dem Tisch lagen, zogen uns in ihren Bann. Erst nachdem wir die Tassen leer getrunken hatten und immer noch saßen, brach der Familienvater in diesen fremdartigen Frieden: „Was ist eigentlich mit dir?" Die Frage war an den Jungen gegangen, der während dieser ganzen Tage nur wenig gesprochen hatte. Es verrannen Sekunden. Vielleicht sollte es gar keine Antwort geben. „Wie heißt du eigentlich?", fragte der Familienvater vorsichtig weiter. Es lag nichts Hinterhältiges, nichts Lauerndes in seinem Ton. Nicht mal das Mühen, das eigene Schicksal an dem des anderen zu trösten.

„Dieter." Eine kurze Antwort, die mit einer tief gehaltenen Stimme gegeben wurde. Eine Stimme, von der man hätte meinen können, dass sie um Männlichkeit rang. Doch da war zugleich dieser düstere, nach innen gekehrte, beinahe defätistische Blick, der einem die gesamtfinstere Stimmung des Jungen signalisierte.

„Und?", platzte schließlich Hitchcock dazwischen. „Haste wenigstens einen umgebracht?" Seine Frage fuhr zwischen uns wie der Donnerschlag in eine laue Sommernacht. Diese halbe, vielleicht ganze Stunde der Friedfertigkeit endete augenblicklich. Die Anspannung kehrte zurück, das Frösteln. Urplötzlich *war wieder Knast.* Schubi stöhnte. Er erhob sich schwerfällig und tappte zu seinem Bett. Nestelte unruhig, gestört an den Decken herum. Wir anderen blieben sitzen. Mechanisch starrten wir auf den Jungen. Dieter. Der nickte. Und Hitchcock frohlockte: „Ein Killer mehr. Haste also EllEll?!" Der Junge schüttelte den Kopf. „Bin noch unter Jugendstrafrecht verurteilt worden. Weil ich noch nicht achtzehn war, als es passiert ist."

„Und jetzt? Biste jetzt achtzehn?"

Er nickte. „Werd bald neunzehn."

„Und?", stocherte Hitchcock weiter. „Wie isses passiert? Wen hast 'n abgemurkst, 'ne Oma oder 'n Gör?" Er hatte Mühe, diese sichtlich in ihm aufkochende Fragelust zu bändigen. Wieder war er in die Rolle des Ermittlers geschlüpft. Ein kleiner geifernder Staatsanwalt.

Der Junge schüttelte den Kopf. „Den Vater von meiner Freundin." Hitchcock verschlug es kurz die Sprache. Aber der Junge redete von selbst weiter. „Er hat gesagt, wenn ich meine Lehre nicht so abschließe, dass ich hinterher noch ein Fachschulstudium machen kann, brauche ich mich nicht mehr sehen lassen. Dann gibt er mir Christine nicht."

Schubi hielt mit dem Zupfen inne. „Gibt er sie dir nicht? Wie das denn? Wenn ich mir heutzutage mit meiner Freundin einig bin, pfeif ich doch drauf, wenn die Alten was gegen die Hochzeit haben. Dann schnapp ich mir die Puppe und niste mich bei 'nem Kumpel oder so ein, bis ich selbst was zum Wohnen gefunden hab. Oder war Christine erst zwölf?"

„Quatsch!", sagte der Junge finsterernst. „Sie ist so alt wie ich."

„Dann wollte sie dich womöglich nicht mehr?"

„Doch! Sie wollte. Ganz bestimmt. Sie fand ihren Alten ja selbst zum Kotzen. Aber der Alte, diese Mistsau, wie ich ihm gesagt hab, Christine und ich, wir hauen in' Sack, ob ihm das passt oder nicht, hat er mich an der Binde gepackt und rausgeschmissen. Wie den letzten Lumpen. Hier", der Junge zeigte auf seine rechte Wange, „hier hat er mir noch 'ne Maulschelle verpasst. Dieses Schwein!"

„Und dann hast du ihn dir geschnappt und aus dem Fenster gestoßen?", fragte Hitchcock aufgeregt.

Der Junge schüttelte den Kopf. „Ich stand ja erst mal vor der Tür. Aber ich war so was von wütend, dass ich runter bin zu meinem Motorrad und mir das große Messer geholt habe, das im Werkzeugbündel lag. Damit bin ich noch mal hoch zur Wohnung. Als der Alte an die Tür kam, hab ich gesagt, ich will mich entschuldigen. Er soll mich reinlassen." Der Junge blickte abwesend, als erlebe er die Situation noch einmal.

„Und dann hat er die Tür aufgemacht, und du hast zugestoßen. Stimmt's? Zehn-, zwanzigmal hast du reingedolcht in ihn. Stimmt's?" Hitchcocks Augen glühten wie heiße Kohlen.

„Einmal", widersprach der Junge. „Direkt ins Herz. Den Dolch hab ich gleich wieder rausgezogen. Er hat mich mit großen Augen angeglotzt und immer wieder gestammelt, dass ich verrückt wäre. Dann wurde sein Oberhemd total rot, und er ist langsam in sich zusammengesunken. Bis er auf dem Boden lag. Aber sprechen konnte er immer noch. Was heißt sprechen, er hat so röchelnd weiter auf mich geflucht. Scheißkerl und Geisteskranker. Und er hat mir gewünscht, dass ich im Leben nicht mehr glücklich werde, dass ich verrecken soll wie ein Hund. Diese Mistsau. Danach hat's nur noch so komisch aus ihm rausgegurgelt, und in dem Körper war ein Zucken. Als ob er Elektroschocks kriegt. Ich hab noch gesagt, dass er das nun davon hat, dass er so eklig zu mir gewesen ist, diese Mistsau. Na ja, ich hätte mir das sparen können. Er war so gut wie hinüber, und die Weiber haben so ein fürchterliches Geschrei veranstaltet, überhaupt der ganze Hausflur. Ein einziges Chaos. Ich hab mich umgedreht und bin gegangen."

Die Ruhe, die eintrat, unterschied sich deutlich von der, die wir beim Kaffeetrinken gehabt hatten. Sie war voller Spannung und Entsetzen. Selbst Hitchcock brauchte einige Zeit, um Worte zu finden: „Und nun, was hat dir das gebracht?"

Der Junge starrte finster. „Dass er tot ist, der Hund. Dass ich mich gerächt hab."

„Und dass du selbst hier drin bist, das stört dich nich weiter?"

„Ich hab 15 Jahre, die höchste Feststrafe. Wenn ich mich gut führe, bin ich nach zwei Dritteln draußen."

„Zehn Jahre", sagte Schubi nachdenklich. „Weißt du, wie lange zehn Jahre dauern? Zehnmal Weihnachten, zehnmal Ostern, zehnmal Sommer, Winter. Mein lieber Schieber. Und das in der Zeit, die die wichtigste im Leben ist. Von zwanzig bis dreißig spielen sich die meisten Änderungen ab, da werden die Erfahrungen gesammelt, die du brauchst, um reif zu werden. Da lernst du soviel wie in keinem anderen Lebensabschnitt. In diesem Abschnitt heiraten die meisten, kriegen Kinder und studieren. Richten sich die Wohnung ein, machen Urlaub, kaufen den ersten Trabi. Zehn Jahre, wenn's überhaupt dabei bleibt, da vergisst du, wie 'ne Frau aussieht -."

„Aber die Mistsau ist tot!" Der Junge schlug mit der Faust auf den Tisch. Die Finsternis seines Gesichts mischte sich mit Hass und Genugtuung. Ein dünnes Lächeln spielte um seine Lippen.

„Und Christine, was ist mit der?", fragte Hitchcock. Er wirkte empört, verständnislos. „Hat sie sich aufgehangen?"

„Glaub nicht. Aber in die Klapsmühle ist sie erst mal gekommen. Mehr weiß ich nicht."

„Ja, siehst du. Los bist du sie so oder so geworden. Wenn du den Alten nicht umgebracht hättest, wärst du jetzt in der Freiheit und könntest dir 'ne andere suchen. Oder du hättest dich heimlich immer noch mit Christine treffen können." Schubi stand jetzt wieder am Tisch. Man sah ihm an, wie ihn der Mord beschäftigte. Die Sinnlosigkeit dieses Mordes.

„Der Alte hätte es aber nicht zugelassen, dass ich mich mit Christine treffe. Verstehst du? Auch nicht heimlich! Mit dem musstest du überall rechnen. Der war so was von fanatisch. Das glaubt keiner."

„Trotzdem", beharrte Schubi, „wenn Christine wirklich auf dich stand, hätt' sie sich von ihrem Alten losgesagt. Ob sie nun Angst hatte oder nicht."

Der Junge schwieg. Finster ging sein Blick auf die Tischplatte.

„Oder", sagte Hitchcock plötzlich, „ging's dir gar nicht so sehr um Christine? Ging's dir vielleicht bloß drum, dich mit dem Alten zu fetzen?"

Alle starrten den Jungen an. Doch der blieb in sich gekehrt, finster, hielt die Fäuste geballt.

„Spielen wir Karten?", fragte nach einer Weile Olaf. Und langsam begaben wir uns in die Spielpositionen. Schubi teilte das Blatt für das erste Spiel aus, wir spielten. Doch die Karten fielen lustlos, teils unkonzentriert. Die Erzählung des Jungen war zu fest in unseren Köpfen steckengeblieben.

Am nächsten Morgen verpasste ich Olaf wieder zur Freistunde. Er lief bereits mit zwei Burschen aus anderen Zellen. Er hatte sich, kaum dass wir die Zelle verlassen hatten, an die beiden gehangen. Ich überlegte, ob ich mich den dreien zugesellen sollte. Aber ich kannte die zwei anderen nicht, und dann war da ja kaum noch Platz. Der Rundkurs des Freihofes gab es schwerlich her, dass vier Leute nebeneinander liefen. Ich erwischte kurz vor dem Ausgang Brusthugo, der offenbar noch jemanden zum Laufen suchte. Und zum Quatschen. „Du", empfing er mich, „ick hab mir überlegt, det ick ooch in' Westen jeh. Ick schreib heute noch 'nen Antrag." Da ich nichts sagte, passierten wir schweigend die Schleuse und gingen nachher zusammen weiter. Runde um Runde. Unser Schweigen währte nicht lange. Brusthugo tat mir bei den nächsten Schritten schon kund, was er nach der Übersiedlung in den Westen zu tun beabsichtigte. „Ick jeh nach Südafrika. Da biste als Weißer der King. Vielleicht fang ick da bei de Polizei an oder jeh in 'ne Spezialeinheit, die jegen Nejer kämpft. Verdien ick juut, und det is nich so anstrengend." Ich schwieg zu seinen Plänen. Die Niveaulosigkeit ihres Anspruchs entsprach der Primitivität seiner Moral. „Hier in

Osten komm ick sowieso nich mehr uff de Beene. Und so jeh ick rüber und fang in Afrika neu an. Is ooch 'n schönet Land. Schön Sonne und det Meer, und Weiber haste da mehr als jenuch. Hin und wieder werd ick mir sojar mal so 'ne Schwarze int Bett holn. Da is Feuer hinter, kannste gloom. Braucht ja keena wat von erfahrn." Seine Stimme ließ keinen Zweifel an dem Ernst zu, mit dem er an die Realisierbarkeit dieser naiven Absicht glaubte. Und ich, der da stumm neben ihm schritt, hütete mich, ihm den Glauben zu wässern. Etwa indem ich gefragt hätte: Wie willst du überhaupt an das Visum, an Zeugnisse und schließlich das Geld für ein Flugticket kommen? Diese Seifenblase voller Idiotie wäre sofort geplatzt, und ich hätte womöglich dafür büßen mögen. Nein, nicht büßen, aber das Eis seiner Träume war so dünn, auf dass er sich nicht mit Argumenten hätte wehren können, sondern nur indem er mich beschimpfte und vor den anderen Knastern schlecht machte. Mein inneres Gleichgewicht, meine Ruhe waren mir wichtiger als jedes noch so begründete Rechthaben. Es gab keinen Grund, mich in den Gesprächsmittelpunkt der Kriminellen zu katapultieren. Um aber nicht ganz so wortlos und lediglich nickend zu laufen, sagte ich rasch: „Mir gefallen Negerfrauen nicht." Für Brusthugo ein Grund kurz stehenzubleiben und sich gegen die Stirn zu tippen. „Det du von Weiber keene Ahnung hast, hab ich gleich jemerkt. Mensch, Nejerweiber sind det Beste, wat et jibt. Mensch, ick kann dir saren, wat ick schon für Schwarze abjeschleppt habe. Und wat die stramm sind an' Arsch und anne Titten. Und Pflaumenhaare, ick sare dir, wie Borsten. Na ja, jeder kommt an so 'ne Weiber nich ran. Und so wie du ausiehst ... Eene hab ick mal abjestaubt, det war uff eene Malereiausstellung, also eene Eröffnung mit 'ne Feier, wo et Sekt jibt und so. Da komm' ja nu ooch nur ausjesuchte Leute hin. Da hab ick mir mit die Malerin, von die die janzen Bilder waren, direkt erst jestritten. Die behauptet immerzu, sie sieht det so mit ihre Bilder. Also sie will damit eene Aussare treffen. Weeßte, wat ick meine? Aber ick sare zu ihr, ick seh det janz anders, bei mir kommt det janz anders an, wat se jezeichnet und jemalt hat. Verstehste? Ham wa uns mindestens eene halbe Stunde jestritten und natürlich dauernd Sekt dabei jekübelt. Bis ick mitjekricht hab, det neben uns so 'ne schlanke Schwarze steht und immer zuhört, wat wir so reden. Bis se sich endlich in unsere Diskussion einmischt und mir Recht jibt. Die Malerin wollte det erst nich wahrhaben. Die hat richtich 'ne Flappe jezoren und immer jejammert, det kann doch nich wahr sein, det keener ihre Bilder so versteht wie sie selbst. Bis se denn abjehaun is zu 'ne andere Gruppe und ick mit die Schwarze nur noch alleene stand. Ick hab natürlich gleich jemerkt, damit die uff mir steht. Obwohl ick erst mal noch über die Bilder mit ihr jeredet hab. Und zwar hab ick ihr noch mal ausführlich erklärt, wie ick die Bilder versteh. Weeßt schon, wat se für 'ne Aussare haben. Da hat se janz schön jeglotzt. Von wegen, det se da bestimmt nich von selbst druff jekommen wär. Nachher ham wa uns denn von wat andern unterhalten. Det heißt, die Schwarze hat ja dauernd von sich jequasselt. Von Afrika und von Berlin, wo se wejen ihren Vater mit herjemusst hat. Der Alte war irjendwie Botschafter. Und zwar hieß det Land Ulanda. Sie selbst hieß Floria. Komischer Name, ick weeß, aber plötzlich hat mir det allet jar nich mehr so interessiert. Ick hatte uff eenmal so 'ne schlanke Rotblonde ins Oore jefasst. Die hatte schon dauernd zu mir rüberjeblinzelt. Bis denn die Schwarze janz enttäuscht jefraacht hat, warum ick nich an sie interessiert bin. Richtich weinerlich hat se jeklungen. Denn hab ick mir halt doch mit ihr beschäftigt. Hab mir ooch jedacht, eene Rotblonde kannste drei an een Tach abkrabbeln, die Schwarze nich unbedingt. Bin ick denn um Mitternacht mit ihr in eene riesije Limusine abjedüst. Mit Schofför sojar. Ick hab noch jefragt, ob ick nich fahrn soll, aber sie sagt, det wäre nich standesjemäß. Denn jing et zu 'ne Riesenvilla irjendwo im Jrünen. Der Schofför macht uns die Türe vons Auto uff, und een Hausmädchen in een dunkelblauet Kleid mit weiße Schürze lässt uns rin. Sonst war keener zu sehen. Diese Floria fasst mir gleich an de Hand und zieht mir die Treppe hoch. Rin in een Zimmer, wo allet mit dolle Teppiche ausjelecht is. Und in de Mitte stand een Bett, det war so groß wie zwee Tischtennisplatten. Na ja, mir beeindruckt sowat nich unbedingt. Dafür war ick schon in jenuch andere vornehme Häuser. Und bei uns, wo ick herkomme, is ja ooch allet piekfein. An de Seite in een Schrank is die Hausbar, von da holt se mir gleich 'nen Drink. Son blauet Jeschlabber. Und wie se mit mir anstößt, kommt se dicht an mir ran, mit ihre Titten, wenn de verstehst. Stramme Dinger. Wir trinken, denn stellt se ihr Glas weg und umarmt mir. Ob ick wohl über Nacht dableiben will, fraacht se mir. Wat für 'ne Frare, denk ick und stell ooch meen Glas weg." Er hob die Stimme und sah mich bedeutungsvoll von der Seite an. „Na ja, wat denn passiert is, det is klar. Ick hab ihr vernascht, so richtich. Bis zum nächsten Morjen bin ick dajeblieben. Und als ick jegen zehn abhaun wollte, hält mir Floria zurück und meent, sie will mir noch bei ihren Vater vorstellen. Ick wollte erst nich, aber sie hat mir so beharkt, det ick mir nich aus de Affäre ziehn konnte. Bin ick also mit runter, wo se alle inne Veranda saßen, bein Frühstück. Der Alte mit vier Weiber. Er begrüßt mir nickend und hat ooch die Hände so jekreuzt uff de Schultern jelecht. Ick nicke einfach zurück und will ooch die Frauen die Hände reichen, aber er meent, ick brauche det nich, det wäre sein Harem. Denn musste ick mir hinsetzen, Kaffee trinken und Jebäck essen. Und so mittendrin in det janze Theater erfuhr ick, det ick mit seine Floria nu so jut wie verlobt, eijentlich verheiratet wäre. Wat saachste dazu?" Er hielt urplötzlich mit dem Laufen inne, starrte mich erfahren und erhaben an. Ich sagte nichts. Oder hätte ich etwas sagen sollen? Müssen? Nein, ich musste nicht, denn im selben Moment verkündete der Schließer das Ende der Freistunde. Ich ließ diesen Brusthugo stehen und drängte mich zwischen den anderen Knastern zum Eingang, in meine Zelle, auf mein Bett und atmete mit geschlossenen Augen tief durch.

Am Nachmittag kamen wieder Neue. Obwohl ich mittlerweile schon genug Knaster hatte kommen und gehen sehen, war ich doch immer noch auf der Suche nach Leuten, die gleich mir in den Westen wollten. Nicht nur ich. Auch Olaf suchte. Er ging gleich auf einen großen Dünnen zu, der sich auffällig zurückhaltend benahm. „Biste Ausweiser?"

Der andere nickte vorsichtig.

„Und weswegen und wie lange?"

„15. Wegen Spionage."

„15 Jahre?", fragte Olaf ungläubig.

„Ich war beim Fernsehen. Dann hatten wir Westbesuch, und ich hab paar Sachen aus unserer Redaktion erzählt. Ich hab mir da nichts Schlimmes bei gedacht. So richtige Geheimnisse, an die bin ich ja sowieso nie drangekommen. Es waren nur ein paar Leute, von denen ich erzählt hab. Und bisschen was von den Sendevorbereitungen und den Drehplätzen. Das meiste davon konnte man doch sowieso im Programm erfahren." Er schwieg bedrückt, und ich atmete tief durch.

Ich dachte an meine Vernehmungen. An die Spionagevorhaltungen. Es stimmte schon, dass ich Vorgänge, Personen und Schauplätze in meinem langen Roman aus der Wirklichkeit abgeleitet hatte. Weil man schließlich nichts erfinden kann, wenn man die Wirklichkeit nicht kennt. Aber es ließ sich nirgends nachweisen, dass eine der Romanfiguren mit tatsächlich lebenden Menschen identisch war. Genauso wenig baute ich auch nur an einer Stelle des Romans irgendwelche Dienst- oder Staatsgeheimnisse ein. Wiewohl man mich, den Parteilosen, und das hatte ich erst viel später begriffen, absichtlich mit Dienstaufträgen versah, die üblicherweise nur von absolut vertrauenswürdigen Kollegen ausgeführt werden durften. Von SED-Genossen. Aber das gehörte zur Methode: Die zwei Genossen, die es in unserem Bereich gab, galten immer als unabkömmlich, wenn Aufträge mit hoher Geheimhaltungsstufe aus dem Berliner Ministerium eintrafen. Etwa die Autobahn von Hamburg nach Berlin, die vom Westen mit Devisen bezahlt wurde und deren finanzielle Strukturen durch die Revision zu prüfen waren. Oder die zentralen Forschungsthemen im Milch- oder im Getreideinstitut. Die Importablösekonzepte in den verschiedenen Reichsbahnbetrieben. Projektierungsunterlagen für allerlei als wichtig bezeichnete Bauvorhaben. Eine lange Kette an Aufträgen und Anordnungen, die sich über mehr als vier Jahre zog – die Zeit in der ich beschattet, überwacht und bespitzelt wurde, in der ich von Fallen nur so umgeben war. Denn nichts anderes stellten all diese Aufträge dar. Ich hatte es eigentlich erst nach der Verhaftung, nach den ersten Vernehmungen begriffen: Ich sollte dazu verleitet werden, die Geheimnisse, die ich beim Einblick in derlei Vorgänge erfuhr, auszuplaudern oder schriftlich an den Westen zu verraten. Keine andere Absicht verbarg sich dahinter.

Der Fernsehmann hatte sich nicht so vorsichtig benommen. Vielleicht hatte er seine Kenntnisse der Verwandtschaft sogar absichtlich aufgetischt. Aus Prahlsucht. Fernsehen war ja was. Dass er dann von den eigenen Leuten verraten worden war, hatte keinen guten Stil. Es roch nach Vorsatz, nach Hinterhalt. Nach Gemeinheit. Aber so vieles war gemein. In diesem Zuchthaus, in dieser DDR. In diesem Leben. Und was nicht gemein war, das nannte man einfach so, um sich selbst von Schuld und Sühnepflicht reinzuwaschen.

Gleichwohl, der Fernsehmann hielt auch hier mit dem, was er vom Fernsehen wusste oder zu wissen vorgab, nicht hinter dem Berg. Er erzählte freimütig über die kleinen Stars dieses kleinen Adlershofer Senders. Das Wermitwem und das Waswannwo. Dass der Nachrichtensprecher Sowieso eines Abends angetrunken zur Spätausgabe der „Aktuellen Kamera" gekommen sei und statt der zu verlesenden Meldungen nur selbst erlogenen Stuss von sich gegeben habe. Danach sei er mehrere Monate in der Versenkung verschwunden. Dass sich die Ansagerin xyz auf dubiose Weise ein Wassergrundstück besorgt, die Sängerin Trallala ihren teuren Volvo im Suff gegen einen Baum gesetzt habe. Und und und. Der Klatsch, ob wahr oder nicht. Im Westen rissen sich Boulevardblätter und Öffentlichkeit danach, in der DDR fiel das unter Geheimnisschutz.

Olaf war von dem Fernsehmann fasziniert. Er kitzelte immer neue Anekdoten, Geschichten aus dem Neuankömmling. Er hing an seinen Lippen. Ein paar andere maulten. „Kann er doch abends erzählen, wenn wir was zum Einschlafen hören wollen", verlangte Hitchcock. Einer von den anderen Neuankömmlingen winkte ab: „Is doch sowieso immer das Gleiche. Hat er uns in der U-Haft schon alles vorgekaut." Und Schubi brummelte: „Man hört besser gar nicht hin, wenn sich jemand durch seine Quatscherei mit Gewalt Nachschlag verschaffen will. Da dann den Zeugen zu spielen, bringt nichts als Ärger." Er ließ die Karten durch die Hand gleiten. „Am besten wir spielen bis zum Abend." Ich schob einen der anderen Neuen zur Seite und quetschte mich auf einen Hocker. „Wer spielt noch mit?", fragte Schubi. „Doppelkopf!" Er blickte zu Olaf, aber der lehnte ab. „Das ist interessant, was der so weiß." Er rückte näher an den Fernsehmann heran und machte somit den Platz zum Karten-spielen frei. Hitchcock sprang für ihn ein. Er ließ sich auf dem unbesetzten Hocker nieder und bewegte die Finger wie die pro-fessionellen Pokerspieler in den Wildwestfilmen. Schubi war skeptisch. „Aber mach hier keinen Anton!" Hitchcock blickte empört. „Was heißt hier Anton? Geht doch um nix!"

„Eben deswegen", knurrte Schubi. Er sackte auf einen Hocker und mischte die Karten. Aber wir waren nur drei. „Einer muss noch mitmachen!", befahl Hitchcock. „He, was ist mit dir?" Er stieß einen der Neuen an, einen knapp Zwanzigjährigen, der sich gerade ein Bett reserviert hatte. „Weißte, wie Doppelkopf geht?"

Der Gefragte zuckte mit den Achseln. „Klar weiß ich das." Er ließ vom Bett ab und angelte sich einen Hocker. Schubi schob mir unseren Spielzettel und einen abgegriffenen Bleistift zu. „Gottfried schreibt." Ich teilte auf dem Zettel eine Ecke ab und richtete vier Spalten ein, die ich mit Sch, H und G überschrieb. Den vierten Anfangsbuchstaben musste ich erst herausbekom-men. „Mit welchem Buchstaben fängt dein Vorname an?", fragte ich den Neuen.

„Mit H." Obwohl er nur die wenigen Laute von sich gegeben hatte, konnte man hören, dass er aus der Lausitz stammte.

„H gibt's schon. Steht für Hitchcock. Das ist er hier." Schubi deutete auf seinen Nebenmann. „Am besten sagst du mal deinen ganzen Namen."

Der Neue blickte verwirrt in die Runde. „Keese, Herrberrt heeß ich. Keese mit zwee E."

Ich schrieb ein H und K über seine Spalte, und während Schubi die Karten austeilte, feixte Hitchcock: „Harzer oder Gouda?"

„Wos geht'n dich mein Nome an?"

Hitchcock griente. „Könnte ja sein, wenn einer Keese heißt, auch mit *zwee E*, dass er über Nacht zu stinken anfängt." Und da der andere schwieg, stichelte er weiter: „Vielleicht hast du ja Käsefüße."

„Vielleicht fängst du dir aber gleich emol een Ding ein."

Hitchcock überlegte, ob er diesen Herbert weiterprovozieren sollte, entschied sich jedoch schnell für einen Rückzieher. Die Karten wurden aufgenommen, und allmählich kam ein Spiel nach dem anderen in Gang. Wir redeten wenig, nur die Ansagen und gelegentliche Unmutsäußerungen zum Spielverhalten der Mitspieler begleiteten die Runden. Es mochte an der Unruhe liegen, die durch die Neuankömmlinge entstanden war. Das Räumen und Einrichten zog sich. Die Vollbelegung brachte Enge und Gereiztheit, dünnte die Luft. Olaf hatte sich mit dem Fernsehmann an den Ecktisch verzogen, auf dem ab Mittag die Kaltverpflegung lag. Beide hockten an der Kante und hatten die Arme vor der Brust verschränkt. Olaf löcherte den anderen mit Fragen und bekam ausführliche Antworten. Die Gesprächsfetzen, die ich manchmal auffing, bestätigten: Es ging wieder um jene Oststars. Olaf sog die Antworten in sich hinein, er lebte auf, irgendwie auch mit. Schubi bemerkte die Blicke, die ich zu den beiden warf und murmelte: „Der ist auch nicht zum ersten Mal drin." Ich erschrak: „Wer? Olaf?" Schubi schüttelte den Kopf, und Hitchcock antwortete für ihn: „Der Dünne."

„Woher weißt'n das?"

Keine Antwort. Vielleicht war es tatsächlich so, dass ein Knaster den anderen am Geruch identifizierte.

„Er hot eene Tätowierung offm Orm", sagte Keese plötzlich. „Ond sein Bruder sitzt ooch schonn hier ei Brandenburrg. Hat EllEll."

Selbst Hitchcock und Schubi sperrten die Augen auf. „Hat er das erzählt?"

Keese nickte. „Wir worrn poar Wochen zusommen ei der U-Hoft. Derr Bruder hot ähn umgenietet. Tot. Ober der dortte sitzt wirklich wegen Spionage. Er hot emol seene Anklogeschrift fier 'ne Stunde mit off derr Zelle gehobt."

„Und du?", stichelte Hitchcock, „hast du auch EllEll?"

Keese schüttelte den Kopf. „Ich hob verrzehn. Ober ich denk nich, doss ich die werd obsitzen missen. Ich bin Ausweiser."

„Einer, der vierzehn Jahre hat", sagte Schubi, „kommt als Ausweiser nicht so leicht raus."

„Ich schonn", erwiderte Keese unbeeindruckt. „Ich steh off der Liste von dem Strauß."

„Hat der Strauß 'ne Liste mitgebracht?", fragte ich spontan und bekam Herzklopfen.

Keese starrte mich an. „Klor hotter eene Liste mitgebracht. Dortte stehn 350 Nomen von politischen Gefangenen aus der DDR droff, die er alle frreikoofen will. Ansonsten gibt er Honecker den Krredit nich. Den Milliardenkrredit, falls de davon schonn emol was geheert host? Aber wohrscheinlich biste eener von de Krrimis, ond konnst nich emol eene Milliarde von eener Million unterscheiden."

Ich schwieg, weil ich keinen Streit wollte. Aber der Besuch des Ministerpräsidenten des Bundeslandes Bayern ging mir intensiv durch den Kopf. Obwohl ich ja nicht viel davon mitbekommen hatte. Nur eben die spärlichen Meldungen im „Neuen Deutschland". Es hatte in der U-Haft keine, aber auch wirklich keine anderen Informationsmöglichkeiten gegeben. Also hatte ich nur spekulieren können, warum dieser Besuch stattfand. Hatte ich hoffen können, dass er auch für mich Hilfe brachte. Zumal er ganz unverhofft zustande gekommen war - zwei, drei Tage nach der Verkündung meines Urteils - und er auch überhaupt nicht in die politische Landschaft passte. Manchmal, wenn ich nach der Urteilsverkündung diesen wahnsinnigen Berg von sechs Jahren Zuchthaus vor mir gesehen hatte, klammerte ich mich an den Gedanken, Strauß möge wegen mir gekommen sein. Ein Strohhalmgedanke, der absurd und trügerisch sein musste. Ich verwarf ihn aus Angst vor einer Enttäuschung schnell wieder, wiewohl verschiedene Komponenten und Argumente sogar einen gewissen Sinn ergaben.

„Lässt du dir das gefallen? Von dem Schnösel?", fragte Hitchcock aufgebracht. Sein Blick flackerte empört, die Karten lagen bereits vor ihm auf dem Tisch. Er hatte die Beleidigung, die mir galt, emotional voll angenommen. „Der muss mindestens 'nen saftigen Brusthugo kriegen."

Ich schüttelte den Kopf. „Man kann sich nicht mit jedem rumprügeln, der sich aufspielt. Dann würden die Zuchthäuser noch voller werden. Außerdem: In vierzehn Jahren wird er bestimmt anders reden."

„Brauchste nich glooben, doss ich ei verrzehn Johren noch hier bin. Wenn ich off derr Liste vom Strauß steh, dann geh ich vielleicht noch dieses Johr off Trransportt."

Hitchcock kicherte plötzlich. „Tust ja, als hättest du diese Liste gesehen. Als hättest du gesehen, dass dein Name drauf steht."

„Hob ich nich. Ober mein Mittäter hot's gesagt. Wegen dem is der Strauß wohrscheinlich überhaupt in die DDR gekommen." Keese war immer noch ruhig, obwohl sich jetzt ein Schatten von Finsternis über sein Gesicht gebreitet hatte. „Mein Mittäter hot Verwandte ei Bayern, die in derr Politik Einfluss hoben. Über die is dos mit dem Strauß gelofen."

„Na, dann viel Glück", sagte Hitchcock spöttisch. „Dann bestell dem Strauß mal 'nen schönen Gruß von uns, wenn du ihn demnächst triffst."

„Denkst woll, ich spinne?" Keese legte beleidigt die Karten zusammen.

„Weswegen bist du denn überhaupt hier?", fragte Schubi dazwischen.

„Weil wir in' Westen abhaun wollten. Wir hoben een Polizisten mit 'ner Eisenstange ongegriffen, um ihm seinen Rrevolver obzunehmen. Als Fluchtwaffe. Ober wir sind geschnappt worrn."

„Und was war mit dem Polizisten?"

„Dem geht's gutt. Derr hot bloß een poar Schrommen obgekriggt."

„Und dann gleich vierzehn Hirsche?"

„Meen Mittäter hot sogar noch een Joahr mehr."

„Na ja", Schubi seufzte. „Von mir aus kann dich der Strauß freikaufen. Ich hab nichts davon, wenn du deine volle Strafe abbrummen musst."

„Idiotisch isses trotzdem", sagte Hitchcock. „Als ob so 'ne Pistole 'ne Garantie dafür is, dass du über die Grenze kommst. Das sieht ja so aus, als hättest du's drauf angelegt, einen abzuknipsen, 'nen Grenzer."

„Na ond? Die Grrenzer hätten doch ooch off mich geschossen. Oder?"

„Ja, aber die kommen dafür nich in' Knast. Verstehst du?"

„Scheiß Diskussion", brummte Schubi. „Wer weiß, wer hier alles zuhört. Lasst uns lieber weiterspielen."

Am nächsten Morgen wurden fast alle Neuankömmlinge zur Erledigung der Aufnahmeformalitäten abgeholt. Nur Keese und der Fernsehmann blieben zurück. Warum? Eine Frage, die sofort zu Spekulationen führte. „Transport. Wir gehen auf Transport." Der Fernsehmann frohlockte, und Keese wusste es nun auch: „Ich hob ja gesoagt, doss derr Strauß nich umsonst gekommen is." Hitchcock sperrte das Maul auf. „Langsam glaub ich's auch, dass hier was im Busch is. Am besten stell ich auch noch rasch 'nen Ausreiseantrag. Notfalls sitz ich meine Reststrafe im Westknast ab." Er kicherte ein bisschen, aber die Hilflosigkeit und der Neid, die hinter seinen Worten steckten, lagen offen.

„Von wegen!", schnauzte Olaf, „erst sind ja wohl die Politischen dran. Für Kriminelle bezahlt Bonn jedenfalls keine Freikaufgelder."

Hitchcock wollte etwas Wütendes erwidern, aber Keese kam ihm schon zuvor. „Bist du etwa och een Politischer?"

Olaf lachte überheblich. „Klar bin ich Politischer. Und zwar einer ohne Gewaltverbrechen."

„Wos soll dos heeßen?"

„Das soll heißen, dass ich an deiner Stelle nicht damit rechnen würde, freigekauft zu werden. Du mit deiner Eisenstange. So was gibt's auch im Westen nich, dass man jemanden straffrei niederschlagen darf. Schon gar keinen Polizisten."

„Na, vielleicht wärn mersch bolde sehn, wer Recht hot." Keese ging zum Spind und räumte verbissen in seinem Fach herum. Es hatte den Anschein, als wolle er seine Habseligkeiten für den Transport zusammenpacken.

„Was is eigentlich mit dir?", fragte Hitchcock und glotzte mich an. „Du bist doch auch Ausweiser. Wenn du was geschrieben hast, müssten sie sich für dich im Westen doch zuallererst einsetzen? Könnte ja auch sein, dass Strauss wegen dir gekommen is. Mit dieser Liste."

Ich schluckte und versuchte, ruhig zu bleiben. Ich wollte, durfte keine Unruhe, aber auch keine Angst zeigen. Die Angst, womöglich vergessen zu sein, nicht mit dem Transport mitzukommen „Kann ich mir nich denken. Gibt bestimmt wichtigere Fälle als mich."

Olaf und der Fernsehmann nickten zustimmend. Und auch Keese tauchte mit seinem Gesicht aus dem Spindfach hervor. Er sah versöhnt aus.

„Man muss abwarten", sagte Schubi ruhig, „im Knast funktioniert nichts so geschmiert wie die Gerüchteküche." Er legte die Karten auf den Tisch. „Wie wär's mit 'ner Runde. Die Freistunde fällt sowieso aus, weil der Schließer die Neuen zur Untersuchung bringen musste."

„Wie kann man jetzt Karten spielen?", fragte Olaf empört. „Womöglich geht gleich die Tür auf, und es heißt -." Er brach ab. Vielleicht dass er sich selbst zu kindisch vorkam.

„Und es heißt – was?", äffte ihn Hitchcock nach. „Transport? Möchte mal wissen, wieso ihr alle darauf kommt, dass ein Transport gehen soll! Nur weil zwei Leute nich rausgeschlossen wurden? Ich sag euch, das kann einfach daran liegen, dass sie vergessen worden sind. Oder sie werden gar nicht erst in Brandenburg aufgenommen, weil sie in die U-Haft zurückgehen, um sich Nachschlag zu holen. Oder sie werden nach Meusdorf ins Haftkrankenhaus verlegt. In die Psychiatrische Abteilung, auch Klapper genannt. Wo man genau so eingesperrt is wie hier, nur dass einem da noch die Ärzte und Pfleger mit fiesen Behandlungen auf den Sack gehen und dass man dort unter ständiger Beobachtung ist."

Einige Sekunden herrschte Stille. Gereiztheit und so etwas wie Hass schwangen zwischen den Blicken und Atemzügen. Schubi fingerte an den Karten. „Also spielen wir nicht", sagte er schließlich und zog das Spiel langsam zu sich.

„Wart mal", unterbrach ihn der Fernsehmann plötzlich. „Ich würd gern mal reingucken." Er streckte die Hand aus.

„Wie, reingucken?"

„Ich will sie mir legen."

Schubis Gesicht wurde von Ungläubigkeit belagert. Etwas widerwillig schob er jedoch die Karten zu dem Fernsehmann hinüber. Der fasste zu und mischte lange. Dann breitete er sie reihenweise vor sich auf dem Tisch aus. Starrte lange. Mit ihm die anderen Augenpaare. Bis er verkündete: „Stimmt tatsächlich. Ein Transport geht heute nicht. Trotzdem sieht's ganz gut für mich aus. Strauß ist in meiner unmittelbaren Nähe." Er tippte auf die Pikzehn. „Und hier, die Kreuzacht, das bin ich. Strauß ist jetzt noch zwei Felder von mir entfernt. Hinter Strauß steckt die Herzdame. Meine Mutter. Und zwischen mir und Strauß befinden sich mit der Sieben und der Neun nur noch zwei Luschen, die überwunden werden müssen. Zwei Luschen, da kann sich's nur um unbedeutende Felder handeln. Zwei Wochen, höchstens Monate. Oder zwei formale Unterschriften, Verhandlungen oder so was." Er blickte sich triumphierend um. Fragende, ungläubige Blicke, die ihn und das Kartenensemble umkreisten. Und Hitchcocks prompte Schlussfolgerung: „Aber du bist als Kreuzacht auch bloß 'ne Lusche. Also bedeutungslos."

„Quatsch!", fauchte der andere. „Ihr müsst euch davon lösen, dass der Abgefragte immer der Herzjunge oder der Kreuzkönig ist. Das ist Legende. Das gibt's in Filmen oder Büchern. Das hier ist schon ziemlich wissenschaftlich. Man muss die Karte, in die man wandert, mathematisch-logisch ermitteln. Bei mir ist das so: Ich bin achtundzwanzig, daher die Acht. Geburtstag hab ich im vierten Quartal, also kommt als Spielfarbe die vierte Sorte in Frage. Kreuz. Dann der Strauß. Der ist im Westen der zweithöchste Mann; und zwar in einem überwiegend katholischen Bundesland. Einem schwarzen Bundesland. Also wird er in der schwarzen Kartenfarbe durch die zweithöchste Karte verkörpert. Pikzehn." Er sah sich schlau um. Fragend. Aber das Interesse hielt sich in Grenzen.

Lediglich Olaf fuhr auf das Kartenlegen ab. „Kannst du für mich auch mal?" Seine Anfrage kam ehrfurchtsvoll. Der Fernsehmann zögerte, blickte eindringlich, prüfend. „Eigentlich nicht. Schon gar nicht umsonst. Und wenn es einer nicht ernst nimmt -." Olaf wehrte ab: „Ernst nehm ich's auf jeden Fall. Sonst würd ich nich fragen." Der Fernsehmann zögerte weiter. Oder tat er, als würde er zögern? „Gut", entschied er schließlich, „wenn du es möchtest. Aber es ist deine Verantwortung, wenn die Nachrichten schlecht sind. Ganz und gar. Und du stellst keine Fragen, warum ich bestimmte Schlussfolgerungen ziehe! Klar?" Olaf nickte, und man sah, dass sein Adamsapfel vor Aufregung hüpfte. „Zuerst muss ich aber Infos über dich und deine Sache haben. Klar?"

„Klar", wiederholte Olaf. Doch seine Antwort kam zögernd. Und er schränkte gleich ein: „Musst du das? So vor allen?"

Hitchcock kicherte. „Wir können ja solange rausgehen. Ruf den Schließer." Olaf warf ihm einen ärgerlichen Blick hin. „Muss ich", beharrte der Fernsehmann. „Kannst es mir ja ins Ohr flüstern."

Olaf gehorchte. Er rückte an den anderen heran. Flüsterte. Der Fernsehmann hörte zu. Zunächst mit unbewegter Miene, dann spannte sich das Gesicht, die Augen wurden schmal. Bis er sich herumdrehte und gegenfragte. Bis es mit dem Flüstern hin und her ging. Tuschelei entstand, gedämpfte Aufregung. Mehrere Minuten. Dann ließ der Fernsehmann Olaf die Karten dreimal mischen, auf den Tisch legen und noch zweimal abheben. Endlich legte er sie aus, und wir anderen Knaster umringten den Tisch und starrten. Obwohl wir von den Vorbereitungen für die mysteriöse Prozession nur visuelle Eindrücke abbekommen hatten, warteten wir mit Spannung auf die Prophezeiungen. Ja, wir warteten. Der Fernsehmann machte es nur um so spannender. Er blätterte Karte für Karte in geradezu aufreizender Langsamkeit auf den Tisch, hielt dabei mitunter sekundenlang inne, um per Gesichtsausdruck Bedenklichkeit oder Zuversicht der jüngsten Offenbarung auszudrücken oder um den neugierig nachfragenden Olaf zum Schweigen zu mahnen. Endlich hatte er alle Karten auf dem Tisch, hatte er nochmals mit einem langen Blick dieses Ensemble aus Kreuz, Herz, Pik und Karo verinnerlicht. „Also, das sieht auf den ersten Blick bei dir aus, als ginge es drunter und drüber", sagte er ziemlich gewichtig. „Is ja auch so", bekräftigte Olaf hastig. „Wenn du wüsstest, was schon alles passiert is bei uns." Der Fernsehmann schien Olafs Einlassung zu überhören. „Kann das sein, dass in deinem Leben drei Frauen eine Rolle spielen, die altersmäßig jeweils um mindestens zwanzig Jahre auseinander liegen?"

Olaf zögerte keinen Augenblick: „Klar. „Mein Mutter, meine Frau und die Tochter von meiner Frau. Die sind alle drei vom Alter her ein ganzes Stück auseinander. Und zwar -." Er begann zu rechnen, aber der Fernsehmann stellte schon die nächste Behauptung auf: „So wie sich das darstellt, ist aber keine von den dreien irgendwie besonders geknickt oder am Boden zerstört. Dafür liegt die Optimismuskarte zu nah. Ist doch richtig, dass deine Frau in Hoheneck ist?"

„Hast du das auch aus den Karten gelesen?", fragte Olaf überrascht zurück.

„Eigentlich ja. Aber es ist im Prinzip so, dass ich da auch so drauf gekommen wäre. Weil bei den meisten Flüchtlingen die Frauen mit einsitzen. Vielleicht hast du's zwischendurch auch schon mal erzählt. Also wäre es pure Angeberei, wenn ich sagen würde, das seh ich aus den Karten."

„Und was hat das mit der Optimismuskarte auf sich?"

„Die wird aus dem Durchschnitt der Karten der Handlungsträger ermittelt. In deinem Fall ist das die -." Er brach ab und fuhr sich wie ein Geisterbeschwörer über das Gesicht. "Wenn ich dir mehr verrate, gerät die ganze Prognose in Gefahr."

Olaf nickte einsichtig. „Aber was du eben gesagt hast, dass von uns keiner irgendwie erledigt ist, das stimmt. Da lügen die Karten kein bisschen. Für uns alle gibt's nur eine Devise: Raus hier. Und wenn die uns im Knast noch so knechten, das geht vorbei Aber wenn wir dann drüben sind, dann geht's uns gut."

„Was ich noch sehe, ist, dass eure Kinder in einem Heim sind. Und hier!", der Fernsehmann tippte bedeutungsvoll auf die Karoneun, „die ältere Frau führt Korrespondenzen. Ziemlich wichtig und geheim."

Olaf erstrahlte. „Wusst ich's doch. Meine Mutter. Bestimmt hat sie an -." Er brach jäh ab, um sich nicht durch eine unbedachte Äußerung überflüssige Mitwisser zu machen. „Und sonst, was siehst du sonst? Ich meine von der Zeit her. Ist was zu erkennen, wie lange das armselige Spektakel hier dauert?"

„Ob du's glaubst oder nicht, ich seh die gleiche Zwei wie bei mir eben. Zwei Wochen, Monate oder Jahre."

„Jahre?", wiederholte Olaf erschrocken.

„Oder Jahrzehnte?", redete Hitchcock dazwischen.

Der Fernsehmann hob verwirrt den Blick. „Quatsch!", zischte er, „für dich vielleicht. Falls du überhaupt weißt, was ein Jahrzehnt ist."

„Vielleicht weißt du nich, was 'ne Backenplatte is!", erwiderte Hitchcock scharf. „Dann kann ich dir mal Unterricht erteilen."

„Du krimineller Gartenzwerg", sagte Olaf verächtlich, „denkst du, vor dir hat jemand Angst?" Er wollte seine magere Drohung unterstreichen, indem er die Fäuste ballte, aber die Finger wirkten dürr und knochig wie die ganze Gestalt, sie kneteten sich ungelenk umeinander und entlockten Hitchcock ein gehässiges Kichern. „Ihr beiden, ihr sitzt doch noch, wenn ich längst entlassen bin, da könnt ihr sicher sein. Und wenn ihr das alberne Spiel mit den Karten jeden Tag von morgens bis abends treibt. Eher wird der Strauß aus Bayern Direktor vom Zuchthaus Brandenburg, als dass er euch trostlose Nachtjacken auf seiner Liste hat."

Die beiden blickten empört. Der Kopf des Fernsehmannes wackelte wie bei einem neurotisch Kranken in angedeuteten Kreisbewegungen etliche Male von links nach rechts und wieder zurück. „Jetzt hat er's kaputtgemacht", klagte er, „jetzt ist der Faden weg. Total. Ich kann keinen Kontakt mehr zu den Karten herstellen." Er bremste die Bewegung des Kopfes abrupt und wischte mit einer unerwarteten Bewegung die Karten durcheinander. Schluss. Dann erhob er sich und ging zur Tür. Halb abgewandt stand er dort mit geschlossenen Augen und redete tonlos mit imaginären Mächten. „Du blöder Arsch!", fauchte Olaf in Hitchcocks Richtung, „du Missgeburt von einer Ratte. Wegen dir is die Sitzung geplatzt. Wo es grade so gut lief, wo er mittendrin war, mir zu sagen, wie's weitergeht."

„O Gott!" Hitchcock griff sich fassungslos an die Stirn. „Wo leben wir? Diese Leute bilden sich ein, politische Häftlinge zu sein, und was ist die Wahrheit? Sie glauben an Zigeunermätzchen." Er wandte mir sein empört aussehendes Gesicht zu und fragte: „Und du, Kollege Gottfried? Was sagst du dazu?"

Ich hob die Schultern und ließ sie wieder fallen. „Kartenlegerei is nich mein Ding. Ich glaub nich an so was. Auch nich an Horoskope."

„So? Woran glaubst du denn, du Schlaumeier?", fuhr mich der Fernsehmann giftig an. Vielleicht dass er die Gelegenheit witterte, sich für Hitchcocks Spott und Zweifel an mir zu rächen. Er tat einen Schritt von der Tür weg und starrte mit brennenden Augen zu mir. Sein Gesicht hatte sich gerötet, der Atem ging zittrig. Ich erschrak, aber ich durfte mir keinen Schrecken anmerken lassen. Schrecken hatte mit Angst zu tun, und Angst bedeutete Schwäche, Unterlegenheit. Ich suchte nach einem Weg, die Situation zu entschärfen. Aber er kam noch näher. „Einer wie du, der sich hier mit den Kriminellen anfreundet und in der Zelle Meldung macht, der ist doch nicht ganz sauber."

Ich weiß nicht, ob es Empörung oder Bestürzung waren, die ich bei seiner Unterstellung empfand. Ich fühlte nur, wie mein Puls plötzlich schneller ging, und dann hörte ich mich schreien: „Auf jeden Fall bin ich nich tätowiert!"

Das saß. Der Fernsehmann zuckte zusammen. „Was heißt das? Was soll das heißen?", stotterte er.

„Was das heißt?", triumphierte Hitchcock. „Das heißt, dass einer, der selbst schon gesessen hat, hier keine Lippe zu riskieren braucht. Klar?" Er kam um den Tisch herum und baute sich wie ein kleiner Wachhund vor dem viel größeren Kontrahenten auf.

„Dass er schon mal gesessen hat, war nicht aus kriminellen Gründen!", verteidigte jetzt Olaf den Angegriffenen. „Er ist bloß in 'ne dumme Sache verwickelt worden. Er konnte da gar nichts dafür. Aber du", er zeigte empört auf mich, „du kommst hier sogar mit Kaffee an, guter Pulverkaffee auch noch! Kann mir doch keiner erzählen, dass du dafür nicht irgendwo gekratzt hast."

„Den haben mir meine Eltern zum Sprecher mitgebracht!", schrie ich zurück. „Wenn du so 'ne arme Sau bist, dass dir keiner was gebracht hat, musst du hier nich dein Maul aufreißen.

Außerdem kannst du dir ja noch mal die Karten legen lassen, damit du siehst, dass es stimmt. Die Karten lügen ja nich!"

Hitchcock lachte dreist und provokatorisch. „Und er", er zeigte dabei auf den Fernsehmann, „er konnte aber beim Fernsehen anfangen, obwohl er vorbestraft is. Wenn ich das nich so'n bisschen komisch find."

Mitten im Streit wurde das Zellenschloss betätigt. Die Tür ging auf, der Schließer und der Kalfaktor. „Ihr zwei", Ulrich zeigte auf Olaf und den Fernsehmann und bedeutete mit gekrümmtem Zeigefinger, dass sie mitzukommen hätten. Die beiden sahen sich zunächst erstaunt an, dann hellten sich ihre Gesichter auf. „Wusst ich's doch", jubelte Olaf leise, „man muss nur an die Karten glauben. Nicht zwei Wochen, Monate oder Jahre, sondern zwei Minuten." Er sprang aufgeregt zu seinem Bett und raffte die Decken zusammen. „Was soll der Quatsch denn?", grölte der Kalfaktor. „Eure Pissmulden könnt ihr in Ordnung bringen, wenn ihr zurück seid. Jetzt raus hier."

Olaf erstarrte, der Fernsehmann ebenso. „Sollen wir nicht -?"

„Was sollt ihr? Ihr sollt mitkommen, Fotografieren und das. Aufnahme. Durch irgend'ne Schlamperei wart ihr nich mit auf der Liste." Während sich die beiden zur Tür bewegten, feixte ihnen Hitchcock hinterher: „Wenn ihr schon nich auf Transport geht, dann lasst wenigstens eure Fotos zu Strauß rüberschicken."

„Was heißt hier Transport?" Ulrich begriff, lachte gehässig. „Erst mal sitzen. Jährchen für Jährchen. Dafür is das hier Brandenburg und kein Umsteigebahnhof." Die Zellentür flog zu, langsam verhallten Schritte im Flur. Stimmen waren keine mehr zu hören.

Es wurde ruhiger in der Zelle. Essen, schlafen, Freistunde, Doppelkopf, dösen, belanglose Gespräche. Und kaum noch Streit. Olaf und der Fernsehmann blieben zurückhaltend, obschon sie nach Erledigung des Aufnahmezeremoniells deutlich meine Nähe suchten und sich durch Andeutungen und umständliche Redewendungen für ihre Unterstellungen entschuldigten. Wir absolvierten sogar während der Freistunde zu dritt unsere Runden und gluckten am Nachmittag und am Abend beieinander, wobei wir uns über Freikaufaussichten und die Verlegung in den Vollzug unterhielten. Die Lektion jenes Vormittags hatte ernüchternd auf die zwei anderen gewirkt. Das Zuchthaus Brandenburg war kein *Umsteigebahnhof*, die beiden hatten es kapiert, und auch ich hatte mich wieder weit von dem Gedanken entfernt, der Besuch des bayrischen Ministerpräsidenten Strauß könne im Zusammenhang mit meiner Freilassung stehen. Wenn es an dem gewesen wäre, warum hatte ich noch nach Brandenburg gemusst? Sie hätten mich doch in der U-Haft lassen und irgendwann von dort aus in den Westen schicken können.

Die Angst vor dem Absitzen der kompletten Strafe stieg auf. Was hieß Angst, war es nicht eher eine realistische Erwartungshaltung? Noch rund fünf Jahre. Unvorstellbar.

Die beiden anderen hatte es ebenso erwischt. „Ich hab heute Nacht geträumt, ich würde im Wald spazieren gehen", sagte der Fernsehmann wehmütig. Es schien, als würde er an seinen Tränen würgen. „Dieser schöne weiche Boden und der frische Duft der Bäume, ich kann's jetzt noch spüren." Er seufzte. „Wenn ich mir vorstelle, ich muss erst die ganze Strafe absitzen, bis ich das wieder erlebe, ich glaub, ich kriege Zustände."

„Wirst du schon nich", tröstete ihn Olaf. „Sie werden dich austauschen. Bin ich ganz sicher."

„Und was meinst du?" Er blickte mich an wie ein Hund, der um einen herzhaften Leckerbissen bettelt.

Was sollte ich wohl meinen. Ja oder nein. Nein, ich meinte nein. Für mich war es nicht realistisch, dass der Westen einen kleinen Verräter freikaufte oder ihn gegen einen hochkarätigen Ost-Spion austauschte. Was gab es denn beim Fernsehen zu spionieren? Noch dazu für einen kleinen Scheißer, wie er es war? Fast nichts. Das Urteil, diese 15 Jahre, war doch nicht wegen des Verrats von Geheimnissen verhängt worden, sondern einfach weil da einer dem Sozialismus nicht treu ergeben gewesen war. Sie hatten ein Exempel statuiert, das die Kollegen und

Bekannten im Umkreis abschrecken sollte. Aber es stellte auch einen Racheakt dar. So wie man sich eben an allen rächte, die nicht nach den Normen der von Partei und Staat verordneten Richtlinien leben und handeln wollten, die aus Dummheit oder mit Berechnung nicht gehorchten. „Bestimmt werden sie dir helfen", tröstete ich wider anderen Glaubens. „Sobald sie im Westen von deinem Schicksal erfahren haben, werden sie was für dich tun." Vielleicht würden sie es auch wirklich, vielleicht sah ich alles ganz falsch und seine Aburteilung hatte ganz einfach den Hintergrund, dass die DDR jemanden zum Austauschen brauchte. Ein *Objekt*, das man willkürlich eingekreist hatte, um einen eigenen Mann oder eine eigene Frau aus den Klauen der westdeutschen Justiz zu befreien.

„Das mit den Karten ist sowieso alles Quatsch", gestand er plötzlich. „Der Mensch braucht ganz einfach einen Trost. Einen Strohhalm, an den er sich klammern kann."

„Ich hab jedenfalls schon öfter erlebt, dass die Karten die Wahrheit gesagt haben. Darum glaub ich sogar an das, was du da rausgelesen hast", widersprach Olaf. Er meinte, was er sagte, ernst, man sah es ihm an.

Ich glaubte auch das nicht, aber ich blieb milde: „Geschadet haben kann's jedenfalls nicht."

„Meine Mutter hat mir das beigebracht", schwärmte der Fernsehmann leise. „Als ich noch ein Kind war. Wo sie es her hatte, weiß ich nicht. Ich weiß nicht mal, ob es das Kartenlegen ist, wie es sonst üblich ist. Vielleicht hat sie es sich sogar selbst ausgetüftelt. Aber ich hab es so von ihr übernommen, und ich finde es unterhaltsam. Sie hat mir beim Sprecher in der U-Haft geraten, ich soll's mal wieder probieren, damit ich Mut schöpfe. Na ja, das war leicht gesagt, in der Stasi-U-Haft gab es keine Karten. Erst als ich auf Transport ging und mit den Krimi-Knastern zusammenkam, haben wir ein paar ganz speckige Dinger aufgetrieben. Ich musste abends in den Katakomben allen möglichen Leuten die Karten legen. Bis diese kriminellen Idioten mit ihren Ergebnissen unzufrieden wurden und meuterten. Seitdem hab ich's gelassen."

Olaf und ich schwiegen. In seiner Stimme hatte zuviel Kapitulationsbereitschaft gelegen, als dass man ihn hätte durch Floskeln und hohle Spekulationen aufmuntern können.

„Am meisten leidet meine Mutter", flüsterte er. „Dass ich hier gelandet bin, ist ja nur das halbe Problem. Ich hab noch einen älteren Bruder; der ist schon in Brandenburg. Mit EllEll sogar. Er hat im Suff einen zu Tode geprügelt. Danach isser abgehaun, und sie haben ihn schon nach ein paar Stunden geschnappt. Klar, er war wütend, aber es war doch eigentlich nur Totschlag. Er hat das ja nich gewollt. Und unter Kontrolle hat er sich sowieso nicht gehabt. So besoffen wie er war."

Er hielt mit dem Reden inne, und Olaf und ich schwiegen wieder hilflos betreten.

„Er heißt Benni, mit Nachnamen Bartowski, und sitzt in Haus vier, in der IFA. Wir haben ihn schon besucht. Meine Mutter und ich. Mein Vater kommt hier nicht her. Er bringt es nicht fertig. Er ist auch in der U-Haft nicht zum Sprecher gekommen. Das ist ihm zuviel." Er straffte sich etwas. „Falls ihr vorzeitig in den Westen kommt, dann denkt an mich. Dann meldet dort drüben meinen Namen und meinen Fall. Anders hab ich keine Chance, vorzeitig freizukommen. Es geht ja nicht mal nur um mich. Ich kann meinen Eltern das alles nicht so zumuten."

„Heißt du auch Bartowski?", fragte ich und nahm mir vor, den Namen nicht zu vergessen.

„Tim Bartowski."

Am Freitag erlebte ich das erste Duschen im Zuchthaus. Wäschetausch stand ebenfalls auf dem Programm. Unter- und Bettwäsche. Von den Insassen unserer Zelle befand ich mich am längsten im Zugang, und daher kam ich als einziger für den Tausch der Bettwäsche in Frage. Also zog ich das Behelfskissen, die Zudecke und die Matratze ab, faltete alles und legte es auf mein Bett. Raustreten. Auf dem Flur standen bereits die

Knaster aus den vorderen Zellen. Aus der Zelle, die noch hinter der unseren lag, wurde der Verrückte herausgeschlossen, der die in Brot verpackte Rasierklinge verschluckt hatte. Ein kahl geschorenes Kerlchen mit gekrümmten Schultern und hellblonden Augenbrauen. Ich starrte den Burschen länger als notwendig an, und er erwiderte den Blick bei einem einseitigen Mundzucken. Pfui, dachte ich und drängte mich, da der Kaputte nach Anweisung des Schließers zu unserer Zellenbelegschaft aufrücken musste zwischen Olaf und Bartowski. Danach rückten wir zu den anderen Zellenmannschaften auf und marschierten ohne Gleichschritt in Dreierreihen über den Freihof in das angrenzende große Gebäude, das *Haus eins* genannt wurde. Vor dem Verlassen des Zugangsgebäudes sah ich, dass die Knaster der vorderen Zellen die dreckige Bettwäsche auf den Flur neben die Zellentür gelegt hatten. Ich nicht, ich hatte sie drin gelassen. Ob sie trotzdem getauscht werden würde? Vermutlich nicht; aber wenn ich mich jetzt gemeldet hätte, wäre der Schließer ganz bestimmt nicht noch mal mit mir zurückgegangen, um die Zelle zu öffnen. Dafür hätten die Knaster alle samt erfahren, wie blöd ich mich angestellt hatte. Eine billige Lachnummer für den Rest der Belegschaft.

Wir erreichten einen großen Duschraum, der vermutlich in der Gründerzeit des Zuchthauses angelegt worden war. Wie viele Knaster mochten im Laufe der Jahrzehnte ihren Zellendreck hier abgespült haben? Auch die Todeskandidaten, die später zur Hinrichtungsstätte gebracht wurden? Keine Muße, solchen Gedanken nachzuhängen. Nicht in diesem fürchterlichen Gedränge.

Man musste zusehen, dass man seine Sachen ablegen konnte. Ich entdeckte eine freie Stelle an einem farbblätternden Heizungsrohr und dirigierte Olaf und Bartowski mit dorthin. Wir zogen uns aus, hängten die Sachen über das Rohr und klemmten die Handtücher zwischen die Klamotten. Mit etwas Shampoo auf den Händen drängten wir auf den braunen Gummilatschen zu den Duschen. Ein Pulk von nackten Körpern, der uns umgab. Bäuche, Muskeln, Kahlköpfe, Schamhaar, Penisse und Arsch-

backen, gut die Hälfte davon mit Tätowierungen von Frauen-
köpfen, Blumen, Sprüchen oder Phantasiegebilden verziert. Der
penetrante Geruch von Körperausdünstungen, Schweiß und Kä-
sefüßen. Gemurmel, kleine Lacher. Jemand rief: „He, du
schwule Mieze, halt mir deine dreckige Kiste nich so verführe-
risch vor die Flinte! Sonst kriegste hier vor versammelter Mannschaft gleich mal richtig die Kante." Der Angesprochene antwortete passend. „Na komm doch! Du wartest doch bloß drauf!
Oder willste mir erst einen blasen?" Je näher man den fünf oder
sechs Duschen kam, umso enger rückte man an die nackten Leiber der anderen Knaster heran, streifte man mit dem eigenen
Körper warme Haut oder senkte seinen Ellenbogen ungewollt
ins weiche Fleisch eines Nebenmannes. Ich kroch in mir zusammen, krümmte meinen Körper, so es ging, von den anderen
weg und ließ vorsichtshalber eine Hand vor den Genitalien
baumeln, um möglichst wenig Berührungen abzubekommen. Es
war nicht der Ekel, einen nackten Mann, wenn auch zufällig und
unvermeidbar, zu berühren, es war das Bewusstsein, dass all die
anderen Knaster waren, nackte Knaster, die diese Berührungen
womöglich suchten, um sich daran aufzugeilen.

Aus den Augenwinkeln sah ich, wie der Rasierklingenfresser
plötzlich hinter Bartowski auftauchte und ihm mit der rechten
Hand sanft über den Arsch ging. Bartowski erschrak erst ein
paar Sekunden später. Vielleicht dass er zu sehr auf das Erreichen der Duschen fixiert war, dass ihm das Unterbewusstsein
die angenehme Berührung einer Frauenhand vorgegaukelt hatte.
Endlich bäumte er sich umso mehr auf und kreischte. Er versuchte sich wegzudrehen, aber die Hand folgte ihm und erwischte nun die Vorderseite des Körpers. Huschte über den
Bauch zu den Genitalien. „Spinnst du?!" Er wich zurück, als
hätte man ihm eine brennende Fackel in den Leib gedrückt. Die
vor ihm befindlichen Leiber schwankten dadurch wie ein Bündel Getreidehalme im Wind. Flüche hallten durch den Saal, Tumult entstand, irgendwo gingen tatsächlich ein paar Leute zu
Boden, einer drehte sich um und schob Bartowski zurück, so

dass er gegen den Rasierklingenfresser prallte und ihn haltsuchend umarmte. Die nebenstehenden Knaster johlten. „Mach Latte, Klinge!“ Und: „Lass mich auch mal!“ Aber Bartowski riss sich aus der Umklammerung los, stand dann aufgebracht, zitternd und starrte fassungslos auf die Erektion des anderen. Tränen in seinen Augen, Panik. Der Rasierklingenfresser wirkte wie eine dicke Kröte, die im Begriff ist, eine saftige Fliege zu schnappen. Die gierig hervorstehenden Augen, der Mund halb geöffnet, die Hände leicht zu Krallen gebogen. Sein Körper war von Operationsnarben und diversen Tätowierungen gezeichnet. Ein nuttiges Frauengesicht, der Name Gisela und dicht über dem Schamhaar die Losung ICH FICK DICH. „Los Klinge, gib ihm die Kante, das ist noch echtes Frischfleisch!“, schrie Brusthugo aus dem Gewühl. Aber jetzt schob sich Olaf dazwischen. Faltig, dürr und ältlich, das Gegenteil von Frischfleisch. „Lass ihn in Ruhe!“, japste er und zog mich am Handgelenk zu sich heran. Wir bildeten gemeinsam einen Block, der Bartowski vor dem Rasierklingenfresser abschirmte. Ich merkte, wie auch durch Olaf ein Zittern ging, wie die Angst sein Gesicht zeichnete, und ich bemühte mich, nicht auf das Gemaule und die Drohungen des Rasierklingenfressers zu hören. „Verfluchter alter Hundefikker, mach Platz oder -.“ Es verstrichen Sekunden, in denen nur noch ein Gurgeln und Stöhnen zu hören war, bis Olaf heftig zusammenzuckte und sich mit der Hand über den Rücken fuhr. „Pfui Teufel!“, heulte er und hielt sich die Handfläche, an der milchiges Sperma klebte, vor das Gesicht. Ich drehte spontan den Kopf nach hinten. Der Rasierklingenfresser stand zusammengesunken und hielt sein steifes Glied fest. Einer der Umstehenden johlte: „Klinge hat sich hier mittenmang eenen jekeult, und der Spacke da hat jetzt den kalten Bauer in der Kimme.“ Ein vielstimmiges Hohngelächter setzte an, ein paar Pfiffe. „Diese eklige Mistsau!“, stammelte Olaf mehrmals, „wichst mich hier voll!“ Es schien, als wolle er sich umdrehen und sich auf diesen Verrückten stürzen. Ich hielt ihn fest. „Wir sind gleich unter der Dusche. Da wäschst du dir das Zeug runter.“ Von den Seiten jedoch wurde der Rasierklingenfresser weiter angefeuert. „Los Klinge, noch 'nen Schuss!"

Endlich kam das Wasser aus den Duschen, und die Aufmerksamkeit der Knaster verlagerte sich.

Von den zehn Duschen, die sich in dem Raum befanden, wurden nur sechs bedient. Das Wasser floss dünn, und das Geschiebe und Gedränge, das in unmittelbarer Nähe der Duschen eingesetzt hatte, war enorm. Ich hatte es Olafs Drang nach Säuberung zu verdanken, dass wir schon nach wenigen Minuten einen Platz unter der hintersten Brause eroberten. Die Wut, die aus Olafs Miene und seinen entschlossenen Bewegungen sprach, lähmte die Gegenwehr eines Brusthugo oder Zigeunergesichts. „Ich kann euch ja mal den Pudding von diesem Rasierklingenschwein in die Fresse schmieren!", giftete er und verschaffte sich mit geballten Händen und starr vorgestreckten Armen Platz. Und wir, Bartowski und ich, folgten auf seinen Fersen.

Das Duschen war nicht nur wegen des spärlich laufenden Wassers, sondern auch wegen der Temperaturschwankungen beschwerlich. Mal heiß, mal kalt, mal wieder gar nicht lief es. War es eben noch normal temperiert, so konnte Augenblicke später schon siedend heißes oder eisig kaltes Wasser auf einen herabschießen. Ein längeres Verweilen war nicht möglich. Hinzu kamen die Püffe und Schubsereien, die man abbekam, wenn man die Augen zu hatte oder den anderen den Rücken zuwandten. „Mach Latte!", was soviel hieß, dass man sich beeilen und verziehen sollte. Ich wusch mir im Eiltempo die Haare durch, seifte flüchtig die Achselhöhlen und zwängte meinen Körper nochmals zwischen die anderen, die sich inzwischen einen Platz unter der Dusche erkämpft hatten. Danach verzog ich mich. Bartowski und Olaf waren schon vor mir bei den Sachen angekommen. Sie streiften mit den Händen die Wassertropfen von den Körpern und rubbelten sich dann mit den Handtüchern ab. „Diese Lappen saugen kein bisschen Wasser auf", schimpfte Bartowski. Olaf versuchte mehrmals über die Schulter auf seinen

Rücken zu gucken. „Ich hab irgendwie das Gefühl, dass ich das Zeug von dem Idioten nicht richtig abgewaschen hab."

„Hast du aber", widersprach Bartowski, „es ist nichts mehr zu sehen."

„Dieses Dreckschwein!", schimpfte Olaf weiter. „Ich hätte nicht übel Lust, die Sau zu verjacken."

Bartowski widersprach abermals. „Du schadest dir nur selbst. Außerdem werden das schon andere besorgen. Guck mal dort drüben. Fängt schon an." Er hatte Recht. Ein Stück entfernt von uns befand sich eine freistehende gusseiserne Wanne. Dieses Milchgesicht, das sie Mathilde oder Martha nannten, machte sich daran zu schaffen. Ließ Wasser einlaufen und schüttete eine blaurote Flüssigkeit dazu. Vermutlich sollte eine Hautkrankheit behandelt werden. Er stand nackt neben der Wanne. Eine schlanke Gestalt mit glatter weißer Haut. Nicht sehr muskulös, aber auch nicht zu dünn, zu zart. Vor allem jung und von hinten, wie er nun in die Wanne stieg, durchaus auch mit den Konturen und den ein bisschen schamhaften Bewegungen einer jungen Frau, einer weißhäutigen Venus. Er saß und streckte sich, und in dem Moment, da er sich entspannte und nur noch der Kopf über den Wannenrand ragte, hätte er mit den weichen Zügen und dem lichten Teint allemal für ein Mädchen durchgehen können.

Keine Frage, dass er auch kokettierte, dass er im Bewusstsein seiner Ausstrahlung absichtlich langsam, gelassen, fast graziös den Kopf drehte oder Arme und Beine kurz aus dem Wasser streckte. Ob er die Knaster *heiß* machen und anlocken wollte, blieb unklar. Es hieß, er sei die Mieze des Kalfaktors. Wenn dem so war, so konnte ihm das Kokettieren auch zum Verhängnis werden. Ein Hinweis genügte und Ulrich hatte sich seiner entledigt. Ab in die Vollzugsabteilungen, gegebenenfalls mit einer saftigen Tracht Prügel als Beigabe. Wegen *Untreue.* Aber auch der Knaster, der Mathildens Reizen erlag, begab sich in Gefahr. Mindestens ein paar Brustpuffer konnten es sein, die er sich vom Kalfaktor einhandelte.

Nun denn, die Gesetze des Knastes galten, und jene Knaster, die Ambitionen auf die Liebe männlicher Miezen hatten, achteten sie schon aus Selbstschutz. Bis auf einen, auf den Rasierklingenfresser. Er stand jetzt mit vorgebeugtem Oberkörper an der Wanne, seine Hände tauchten hinein in die blaurote Flüssigkeit, um seine Mundwinkel spielte dieses ungleichmäßige Zukken. Zielsicher stieß die Hand auf Mathildes Oberschenkel. Packte zu und ließ nicht mehr los. Mathilde schrie auf. Kreischte. „Du nich, du Rochen!" Suchte sich zu wehren, zu drehen. Aber Klinge, obschon untersetzt und mager, hatte Hände, starke, sehnige Arme, die zupacken konnten. Und irgendwie, nicht nur irgendwie, hatte er auch die kantige Gewandtheit eines Schimpansen. Gleich stach die zweite Hand in das blaurote Wannenmeer, senkte sich in Mathildes Schritt. Mathildes Schrei jagte wie ein eiskalter Blitz durch die Duschhalle. Er elektrisierte und faszinierte das nackte Publikum. Keine Spott- und Anfeuerungsrufe, die es diesmal gab. Aufgesperrte Mäuler, starre Mienen. Nicht mal als sich Mathilde unter den unnachgiebigen Griffen zunehmend wand, als er mehr und öfter mit dem Kopf unter die Wasseroberfläche geriet, als das Winden zum Zappeln wurde und das heillose Prusten die panische Atemnot des Überfallenen verkündete. Vielleicht sein Ertrinken, das Ersäuftwerden?

Der Rasierklingenfresser stieg ihm nach. Ein Bein in die Wanne, das zweite. Er hatte die Hand von Mathildes Oberschenkel genommen, um sich abstützen zu können. Das *Gemächte* hielt er hingegen umklammert. Als wäre es ein Pfand, ein Schatz.

War es das nicht auch?

Mathilde kam dadurch besser zu Luft, zur Möglichkeit, sich zu wehren. Hob das Knie und trat dem Besessenen gegen den Hintern. Der wankte. Noch ein Tritt, er lag. Ließ Mathilde, sein Pfand, zwangsläufig los, suchte aber sofort erneut zuzupacken. Fasste ins Leere, was hieß ins blaurote Wasser, rutschte ab. Mathilde drehte sich, wodurch der andere neben ihn sackte, nicht gleich Halt fand, nun seinerseits zappelte, sich wand, rasch wieder nach oben wollte. Mathilde war schneller. Von Panik und Peinlichkeit beflügelt. Noch eine halbe Drehung, ein Griff zum Wannenrand. Da hatte er den Rasierklingenfresser unter sich. Stukte ihn. Kopf, Gesicht unter Wasser. Aber Mathilde war nicht so stark. Der kantige Schädel arbeitete sich empor. Die sehnigen Arme, irgendwie auch ein Bein. Wieder rutschte Mathilde. Rappelte sich auf. Wurde umgerissen, stürzte mit der Schläfe gegen den Wannenrand. Ein paar Tropfen roten Blutes verschwammen in der blauroten Badeflüssigkeit. Schreie, schrill, voll Todesangst und Todeswut. Todeswut, die Kräfte freisetzte. Mathilde schwang sich über den Aufkommenden. Verzerrtes Gesicht mit Schramme an der Schläfe und rotblauer Farbe. Rotblau nicht nur vom Wasser. Mathildes Hände bekamen die Gurgel des Rasierklingenfressers zu fassen. Sie klammerten, drückten. Egal, wie der andere mit Griffen, Hieben und Fingernageleinsatz gegenarbeitete. Diese fürchterliche Gereiztheit machte blind, wahnsinnig. Sekunden und Sekunden. Erlahmende Glieder, verendende Abwehr. War der Kerl schon tot?

Aus dem starren, dem lüstern staunenden Publikum löste sich Schubi. Tapste diese paar Schritte zur Wanne. Ein dicker Kerl mit wabbelnden Massen, unter denen Beine huschten, die im Vergleich zum tonnigen Leib wie Streichhölzer anmuteten. Nasse, lange Haare, die strähnig lose im Nacken hingen und gleich nach dem Ende des Duschens gewohnterweise kunstvoll über den ganzen Oberschädel verteilt werden sollten. Und natürlich: Stummelschwanz und Schamhaare, die unter den tiefhängenden Bauchfalten kaum zu sehen waren. „Mach dich nicht unglücklich, Junge!", sagte Schubi hastig. „Das gibt Nachschlag, wenn der hier krachen geht." Die linke Hand lag auf Mathildes rechter Schulter. „Da ist dir EllEll sicher."

Mathildes Griff lockerte sich sofort. Die Hände stützten sich auf den Wannenrand. Raus. Der Rasierklingenfresser lag leblos da. „Tot ist er nicht", entschied Schubi. „Aber kurz davor." Er fasste den Haarschopf und zog den Leblosen ein Stück höher. Dann ein paar Backpfeifen, die laut und schmerzhaft gegen die

Visage des Bewusstlosen klatschten. Bewegungen, Blicke. „Is was?"

„Raus hier. Duschen ist vorbei!"

„Wo is diese zarte Ratte?" Langsam drückte sich der Gewürgte hoch. „Dem reiß ich die Eier raus!"

„Von wegen. Ulrich macht dich rund wie 'nen Buslenker." Schubi drehte sich weg und ging zwischen den bereitwillig zurückweichenden Knastern zu den Duschen. Schier reglos und mit geschlossenen Augen ließ er das ungleichmäßig strömende Wasser über Kopf und Körper plätschern. Neben ihm stand unter der anderen Dusche Mathilde. Er stand in sich gekehrt, verkrampft. Auch ein bisschen verheult. Zitterte.

„Wetten wir, dass er beim nächsten Duschen nicht mehr dabei ist?", sagte Bartowski leise.

„Kann schon sein", erwiderte ich, „aber manch anderer wird bis dahin auch verlegt worden sein. So oder so."

„Warum hat er die Sau nich endgültig ersäuft?", knurrte Olaf. „So einer isses nich wert, dass er überhaupt noch lebt."

„Das is 'n Psychopath", sagte ich, „der gehört in die Klapper."

„Hier gehören viele in die Klapper. Oder auf 'n elektrischen Stuhl." Bartowski redete, während er versuchte, sich die frische Unterwäsche über die noch feuchte Haut zu ziehen. „Diese ekligen Klamotten sind viel zu eng", schimpfte er. „Und überhaupt, mitten im Sommer dicke, lange Unterhosen und Unterhemden zu tragen. Die reinste Schikane."

Er hatte Recht. Die Haut trocknete in der feuchten Luft des Duschraumes nicht ab. Und die Wäsche war durch das heiße Waschen eng geworden. Es würde ein, zwei Tage dauern, dann war sie vom Tragen ausgeleiert und flatterte lose zwischen Haut und Oberbekleidung.

„Jetzt schöne gebügelte Klamotten anziehen und ab zum Frühschoppen!", schwärmte Bartowski wehmütig.

„Keine Bange", tröstete ich ihn, „das kommt alles wieder."

„Bloß wann!"

„Irgendwann. Außerdem is Frühschoppen sowieso nich das Wahre. Knallst dir vier Bier rein, und der Tag is gelaufen."

Bartowski verzog das Gesicht und stieg in die Knastermontur. „Stimmt", sagte er. „So 'n schöner *Frühmorgensfick* wär sowieso viel besser." Er versuchte ein Lachen, aber die Bitternis ob der Unerfüllbarkeit seines Wunsches ließ sein Gesicht betrübt aussehen.

„Ich würd freiwillig ein Jahr lang auf's Bier und die Fickerei verzichten, wenn ich heute noch hier raus könnte. In den Westen", knurrte Olaf. Sein Gesicht glänzte von der hohen Luftfeuchtigkeit. Immer noch bog er ungelenk das Gesicht in Richtung Rücken. Das Sperma des Rasierklingenfressers schien sich wie ein brennendes Wundzeichen in sein Fleisch gefressen zu haben. „Diese ganzen ekligen Typen, dieser Gestank, die Enge, ich halt das irgendwie nicht mehr aus. Tim, du musst mir nachher unbedingt noch mal die Karten legen. Hast du gehört?"

Bartowski wiegte widerwillig den Kopf. „Weißt doch, wie sie dann alle auf mir rumhacken. Auf dir auch. Außerdem: Ganz so ernst soll man so was nicht nehmen. Hab ich dir doch erklärt."

Olaf rollte bei finsterer Miene sein Handtuch zusammen und ging ohne zu warten zum Ausgang. Die Tür war noch verriegelt, trotzdem postierte er sich davor, als könne er durch seine Beharrlichkeit in der nächsten Stunde die Freilassung erzwingen.

„Wenn der man nich demnächst irgend 'ne Scheiße macht. Suizid oder so", orakelte Bartowski.

Ich zuckte mit den Achseln. „Der scheint für den Knast nich besonders geeignet zu sein. Und wenn er vielleicht seine volle Strafe absitzen muss, das wird hart."

Bartowski lachte giftig. „Meinst du, ich bin für den Knast geeignet? Und dann mit meinen fuffzehn Jahren? Oder du? Bist du sicher, dass du hier vorzeitig rauskommst? Wenn du sechs Jahre absitzen sollst, das is auch nich von Pappe. Wer is denn überhaupt für den Knast geeignet? Der Rasierklingenfresser vielleicht? Glaub ich nich. Wenn sie den mit andern in eine Zelle tun, gibt's sofort wieder Mord und Totschlag. Wenn das reicht."

Die Tür wurde aufgeschlossen. Einer der Wärter, den die Knaster heimlich Schraube nannten, erschien. Er blickte kurz in den Duschraum, und da er sah, dass Schubi und Mathilde immer noch nackt unter der Dusche standen und ein Teil der Knaster noch in Unterwäsche war, knallte er die Tür wieder zu. Der Riegel krachte, der Schlüssel rappelte durch das Schloss. „Wat soll det denn?", brüllte Brusthugo sofort. „Wir wolln hier raus, jetzt! Los Schraube, det Brett uff!" Ein paar andere raunten halblaut Zustimmung. Gleich darauf krachte der Riegel wieder. Schlüssel im Schloss. Tür auf, die finstere Miene des Wachtmeisters. „Wat's los? Ha'ck nich richich vastanden!" Seine Augen funkelten wild. Dass man ihm seinen Spitznamen hinterher gerufen hatte, schien ihn fürchterlich zu fuchsen. Vielleicht weil dieser Name in einer peinlichen Begebenheit ursprungte. Es trat Schweigen ein. Beklommene Reglosigkeit. „Wer't jeschrien?" Und obwohl das Schweigen anhielt, starrte der Uniformierte stracks auf Brusthugo. „Do!", er deutete mit dem Schlüssel auf den Schreier. „Do warstet!" Brusthugo lief rot an. „Ick? Ne, ick nich, een anderer! Fraren Se doch die alle hier!" Der Schließer ließ nicht locker. „Do warstet! Los, rauskomm!" Brusthugo stand wie versteinert. Er war gerade mit dem Anziehen der Unterwäsche fertig geworden. Langärmelige Sachen, die bei ihm besonders kurz und eng geraten waren. Prall und drall hob der bläuliche Rippenstoff seine Beine wie Flaschenkürbisse, die Genitalien wie ein paar klobige Dahlienknollen hervor. „Nee, ick komm nich. Wenn ick det nich war, brauch ick nich zu komm!" Er zitterte jetzt, und die Feuchtigkeit auf seinem Gesicht verstärkte sich durch einen Schweißausbruch. Der Wachtmeister zögerte. Er hätte die zehn Schritte in den Duschraum tun, hätte sich Brusthugo schnappen und ihn in den Flur zerren oder prügeln können. Und alle anderen Knaster hätten reg- und tatenlos zugeschaut. Oder auch nicht. Einer hätte zuschlagen, zutreten können, und die anderen wären gefolgt. Und hinterher, wenn er tot oder *nur* halbtot war, hätte keiner mehr von was gewusst. Und selbst wenn sich zehn Leute gegenseitig beschuldigt hätten, wenn sie verurteilt worden wären, hätte ihn das wieder lebendig gemacht?

„Könnt etzt ersma hia schmorn!" Die Tür fiel krachend zu, wurde verriegelt und verschlossen. Die Knaster blieben zurück. Die Luft schien im Angesicht der nun vor uns liegenden unbestimmbar langen Wartezeit noch dünner, stickiger und vor allem feuchter zu werden. „Das haben wir jetzt davon", maulte ein EllEller. „Alles nur wegen diesem Idioten hier. Weil er ihm noch seinen Spitznamen hinterhergerufen hat." Er zeigte auf Brusthugo, dessen Gesicht schwitzig rot über der hellblau verwaschenen Unterwäsche erglüht war. „Wejen mir?", brüllte er aufgebracht. „Ick gloob, ick spinne. Bloß weil ick jesaacht hab, der soll uns rausschließen?" Er tippte mehrmals mit dem rechten Zeigefinger gegen seine Stirn. Dann zeigte er auf Schubi und Mathilde. „Da! Wejen die beede hatter uns nich rausjeschlossen. Weil die noch unter die Dusche stehn!" Alle starrten auf die beiden, und wie durch ein heimliches Kommando befohlen, versiegte im selben Augenblick das Wasser in der letzten Dusche ebenso, wie es vorhin mit einem mäßigen Rauschen plötzlich losgesprudelt war. Eine unerwartete Stille trat ein. Jemand scherzte müde: „Wasser aus!" Aber es lachte niemand. Schubi streifte sich mit trägen Bewegungen einige Wassertropfen von den Armen und den Schultern, und Mathilde schaute ungläubig zu dem über ihm befindlichen Duschkopf empor. „Scheiße", schimpfte er und wandte sich dann Brusthugo zu. „Wegen mir hättet ihr ganz bestimmt nich warten müssen. Ich hab 'ne Sondergenehmigung. Mich hätte der Schließer einzeln abholen müssen." Er deutete auf den Rasierklingenfresser. „Wendet euch mal lieber an den!" Aber der Rasierklingenfresser war mit seinen Klamotten beschäftigt. Der Kalfaktor hatte ihm ein viel zu langes Unterhemd verpasst. Das gute Stück reichte bis an seine Knie und wirkte eher wie ein Kleid, wohingegen sich die Unterhosen eng und kurz um die Beine spannten. Den Rasierklingenfresser störte das ebensowenig wie die Anspielungen, die es kurzzeitig von den anderen Knastern setzte. „Mieze in Mini" oder „lass doch die Schlüpferchen weg!" Er wirkte versunken, desinteressiert, müde. Aber: Aus den Augenwinkeln schien er zu Mathilde zu äugen. Der hatte sich von den Duschen wegbegeben, nochmals zur Wanne. Stellte dort nacheinander das linke und das rechte Bein in die rotblaue Flüssigkeit, tauchte dann seine Arme nach und blieb dabei in gebückter Haltung stehen. Einer von den EllEllern mahnte: „He Martha, zieh mal deine Kiste ein, wir sind nich aus Holz." Es dauerte einige Zeit, ehe sich Mathilde von der Wanne weg bequemte und sich anzog. Er hatte im Gegensatz zu den meisten anderen Knastern gut sitzende Klamotten. Unterwäsche nicht zu eng, die Uniform, die ja zur Erstausstattung gehörte und bei einem *normalen* Kurz- oder Mittelstrafer die gesamte Knastzeit über zu halten hatte, aus besserem Stoff und sauber. Selbst die gelben Streifen wirkten heller, fast freundlich. „Der Kerl provoziert es auch irgendwie, dass sie ihn aufreißen wollen", sagte Bartowski leise. Er hatte die Uniformjacke zusammengefaltet und auf die Heizungsrohre gelegt, um sich mit dem Rücken etwas bequemer dagegen lehnen zu können. Auf seinem Unterhemd zeichneten sich im Bereich der Achselhöhlen und auf Bauchhöhe bereits Schwitzflecken ab. „Wenn man sich wenigstens irgendwo hinsetzen könnte." Eine Klage, die die anderen Knaster bedingungslos mit ihm teilten. Es gab keine Sitzgelegenheiten. Bestenfalls den Wannenrand, aber der war feucht, und eine Rückenlehne hatte er nicht. Der gefliese Fußboden glänzte von Feuchtigkeit, die Wände ebenfalls. Wer sich dennoch hinsetzte, die Jacke als Polster nahm, der hielt es nicht lange in dieser Position aus. Unbequem war es und am Boden besonders feucht. Man konnte nur stehen, egal dass hin und wieder jemand versuchte, nach Art der Freistunde auf und ab zu laufen. Es war einfach zu wenig Platz, er stieß zwangsläufig gegen die Stehenden und musste in Kauf nehmen, dass die Angestoßenen ihre Aggressionen an ihm abreagierten.

Ich hatte mich mittlerweile mit der Jacke im Rücken neben Bartowski gelehnt. Es ging halbwegs. Wenn man sich unterhielt, gelang ein wenig Ablenkung. Olaf stand immer noch an der Tür.

Sein Gesicht war starrböse, die Haltung so unbewegt wie bei einer Salzsäule. Bartowski bemerkte meinen Blick und sagte: „Mal sehen, wie lange der das da aushält." Schubi stieß jetzt zu uns. Er trug die Uniformjacke in der Hand. „Ich glaub, so lässt sich's am ehesten aushalten", sagte er mit Blick auf die Heizungsrohre. Er warf seine Jacke, über die Rohre und stellte sich neben mich. Ein leichter Schweißgeruch ging schon von ihm aus. Er schien sich dessen bewusst zu sein und seufzte: „Sobald ich die ersten Piepen in der Hand hab, kauf ich mir 'nen Deo-Stift." Ich stutzte: „Gibt's die im Laden zu kaufen?" Schubi lachte kurz. „Im Laden nicht. Aber unter der Hand. Das ist in einem Knast wie in dem andern. Für Geld kriegst du fast alles." Sein Blick ging hinüber zu Olaf. „Wenn der da stehen bleibt, bis Schraube kommt, schlägt er Wurzeln."

„Wieso nennen sie den Schließer eigentlich Schraube?", fragte Bartowski.

„So wie ich gehört hab, soll er sich 'ne Weile lang immer in den Brandenburger Kneipen rumgetrieben haben. Es heißt, zwei ehemalige Knaster sind ihm dann mal begegnet und haben ihn total besoffen gemacht. Auf dem Weg nach Hause haben sie ihm dann eine saftige Gewindeschraube in den Arsch gedreht. Seitdem kann er nicht mehr richtig scheißen."

„Klingt mir bisschen sehr ersponnen", urteilte Bartowski. „Hast du die Story von Ulrich?"

„Scheiß egal, von wem ich die hab. Scheiß egal auch, ob sie stimmt."

Hitchcock kam als nächster. Legte ebenfalls seine Jacke über die Rohre und lehnte sich neben Schubi. „Eine elende Mistsau ist das, dieser Schraube. Der soll mir mal nich begegnen, wenn ich wieder draußen bin."

„In dreieinhalb Jahren oder schon am siebten Oktober?", stichelte Schubi.

„Hab dir doch gesagt, dass ich keine Amme brauch!", giftete Hitchcock zurück. „Schon gar nich zum Feiertag der DDR. Außerdem kannste das sowieso vergessen."

Immer mehr Knaster kamen jetzt und lümmelten sich gegen die Heizungsrohre. Wir mussten daher enger zusammenrücken. Die Luft in der unmittelbaren Nähe wurde dünner, noch feuchter. Dann stieg einige Meter von uns entfernt plötzlich Zigarettenqualm empor. Ekliger stinkender Dunst von Kippentabak. „Muss dieser Rochen ausgerechnet jetzt quarzen?", fragte ein schmächtiger Bursche gereizt. Der Kippenquäler hörte die Frage und wehrte sich: „Du kannst gleich was aufs Maul kriegen für deinen Rochen, du Lumpenarsch."

Der Schmächtige bekam es mit der Angst und lenkte ein. „Ich mein ja nur. Ich hab nämlich was mit der Lunge. Wenn ich da Rauch reinkrieg, haut's mich gleich um."

„Dann geh ins Sanatorium und nich in 'nen Knast!", wütete der Kippenquäler. Aber der Schmächtige stand nicht allein mit seiner Kritik. Ein großer Kerl, der noch näher bei dem Raucher stand, stimmte ein: „Is sowieso 'ne schlechte Luft hier und dann der Qualm. Haut einen wirklich bald um." Ein paar Knaster brummten Zustimmung, und so schmiss der Raucher nach ein paar tiefen Lungenzügen seine Selbstgedrehte auf den Boden. Die Luft wurde trotzdem nicht besser. Nicht frischer und nicht sauerstoffhaltiger. Auf dem einzigen offenen Fenster stand von außen die strahlende Hochsommersonne und heizte Mauern, Erde und natürlich die Luft auf. Kein Windzug ging. Kein Austausch von innen nach außen. Keine Fliese, die abtrocknete, kein Knaster, der nicht schwitzte. Die Stimmung schwankte zwischen Apathie und ungezügelter Wut. „Kehle durchschneiden, diesem Schwein von Schließer", hieß es. Und auch gegen Mathilde wurden unverhohlene Drohungen laut: „Schlitz dem Kerl das Arschloch auf!"

Vielleicht fühlte sich Mathilde nun nicht mehr so sicher, denn nachdem er sich angezogen hatte, stellte er sich neben Olaf an die Tür und lauschte gespannt nach draußen.

Da, aus dem Schloss der Zellentür lösten sich Geräusche. Oder täuschten wir uns? Nein, auch der Riegel wurde betätigt, die Tür flog weit auf. Schraube stand draußen. Mit finsterem Gesicht blickte er erst in den Duschraum, danach auf einen Zettel. „Meier, wer 's dit?"

Mathilde nahm spontan Haltung an. „Hier, Herr Wachtmeister. Strafgefangener Meier."

„Mit!" Mathilde überwand mit zwei leichten Schritten den einen Meter, der ihn vom Erreichen des Flures trennte. In die anderen Knaster kam ebenfalls Bewegung. Gemurmel der Erleichterung, des Erlöstseins breitete sich sofort aus. Doch in dem Moment, da auch Olaf in den Flur treten wollte, jedoch zurückgeschoben wurde – „andern nich!" – begriffen wir alle die Wirklichkeit. Es ging tatsächlich nur um Mathilde. Der Rest sollte schmoren und schwitzen.

Unruhe, Wut. „Was soll diese Scheiße?", brüllte Schlange. Und Hitchcock: „Volle Schikane hier. Sauerei!" Doch diesen Schraube ließ das unbeeindruckt. Er fasste die Tür so, auf dass er sie bei einem eventuellen Ansturm jederzeit noch rechtzeitig hätte zuschmeißen können. Deutete mit dem Kopf auf Brusthugo: „Ihm will 'ck z'erst!"

Aber Brusthugo schüttelte energisch den Kopf. „Nee. Ick komm nich. Du kannst mir mal. Ick lass mir nich für wat verwichsen, wat ick nich war."

„Klar warst du's!", brüllte Schlange. „Wir warn ja alle dabei."

Brusthugos Gesicht färbte sich noch röter, Tränen feuchteten seine Augen. „Willste mir verraten, du Arschjesicht? Denn kannste dir ooch gleich bein OKI als Spanner melden!" Schlange wurde ruhiger. Mit dem OKI wollte er sich nicht gern in einen Zusammenhang bringen lassen.

Krachend fiel die Tür wieder zu.

Es herrschte eine dumpfe, von Ohnmacht zeugende Stille. Eingeschlossen, eingepfercht. Knast im Knast. Bis Schubi nachdenklich sagte: „Wenn dieser Schraube das in den Kopf gekriegt hat, lässt der uns bis zum Abend hier schmoren. Bis zur Zählung. Vorher kräht kein Arsch nach uns."

„Aber die Leute von Haus eins, müssen die nich auch noch zum Duschen?", fragte Bartowski unsicher.

„Wenn Schraube uns hier schmoren lassen will, gehen die eben nicht. Ist doch für die Schließer kein Problem, wenn die Kollegen Knaster eine Woche länger dreckig sind. Überhaupt nicht."

Bartowski stöhnte, ein paar andere auch. Die Vorstellung, bis zum Abend hier schwitzen zu müssen, war zermürbend.

„Und nix mehr zu rauchen", stöhnte Hitchcock.

„Ich hab noch was", meldete sich der Kippenquäler. „Is aber nur Tütchentabak."

„Egal. Hauptsache, es beisst auf der Zunge!"

„Was bietest du?"

„Nix!", krähte Hitchcock. „Oder willste mir dafür ein' blasen?"

„Ich dir? Du mir."

„Hier wird nicht geraucht!", befahl dieser große Kerl, der sich vordem schon aufgeregt hatte.

„Es is nämlich Waldbrandgefahr", witzelte ich in einer eigentlich unnötigen Weise dazwischen. Und so wie in früheren Situationen, da ich mitunter ebenso unbedacht und ungefragt einen albernen Kommentar abgegeben hatte, erntete ich auch jetzt nicht mehr als ein paar mäßige Lacher. Dann jedoch reagierte Schlange, dem meine Bemerkung - vielleicht meine ganze Person - nicht zu passen schien. „Versuch du hier mal nich witzig zu sein, sonst setzt 's gleich paar Backenplatten!"

Ich erschrak und bereute meine Bemerkung. Aber es war nicht gut, Angst und Verunsicherung zu zeigen, sich unterkriegen zu lassen. „Wer witzig ist und lacht, hat mehr vom Leben", erwiderte ich und verbarg mein Herzklopfen.

„Du siehst schon so witzig aus", knurrte Schlange. Sein Tonfall signalisierte, dass er von mir ablassen wollte. Doch einer von den EllEllern schien die Gelegenheit für etwas Abwechslung zu wittern und stichelte. „Lass dir das nich gefallen, Schlange. Mach ihn fertig, diesen scheiß Ausweiser. Dieses ganze Pack hat doch hier nix zu suchen!"

Da ich seine Anfeindung ignorierte und schwieg, schien sich die feindselige Stimmung zu legen. Es trat Stille ein, die nur von dem Tropfen der undichten Duschköpfe und einem Huster gestört wurde. Vielleicht kam sich dieser EllEller jetzt selbst etwas kindisch vor. So pauschal blind durch die Gegend gewütet zu haben. Vielleicht begriffen all diese Knaster, dass sie mit mir als dem Falschen haderten. Ich war nicht der Verursacher der zermürbenden Wartesituation. Der Verursacher war -.

War es Brusthugo? Ganz sicher, denn im selben Moment schien ihm klar zu werden, dass er gerade die Chance eines Ablenkungsmanöver verstreichen ließ. „Der hat schon die janze Zeit so 'ne große Fresse! Der braucht mal 'ne Abreibung!" Er machte zwei kurze Schritte voraus und ballte die Hände zu Fäusten. Ich wusste nicht, wie blass ich zuvor schon gewesen war, aber mir sackte im selben Moment soviel Blut in die Füße, dass in den Gefäßen des Gesichts nicht mehr viel sein konnte. Ich dachte, mit Zurückhaltung und Besonnenheit würde sich dieser aufflammende Streit noch abwenden lassen. Ich biss die Zähne zusammen und presste die Lippen aufeinander. Aber ich wich dem Blick dieses Idioten nicht aus. „Klapp an!", schrie Brusthugo und kam noch näher. Er hob die Fäuste auf Kinnhöhe.

Anklappen, das war die allgemein übliche Kampfansage. Blitzartig, wenn auch unnötig schoss mir die Frage durch den Kopf, von wem ich diese Information in den letzten Tagen erhalten hatte. Bei „klapp an!" gab es kein Ausweichen mehr. Man musste sich stellen, ansonsten würde dieses fragwürdige Duell auf unehrenhafte Weise ausgetragen werden. Das hieß, alle andern würden bei einer Tracht Prügel mit Hand anlegen.

Ich versuchte, locker zu werden, versuchte, mich auf Brusthugos Fäuste, die Bewegungen zu konzentrieren. Aber meine Gedanken schwirrten durcheinander. Wann hatte ich mich das letzte Mal geprügelt? Als Kind, als Jugendlicher oder noch als Mann? Dann stieß mein Blick durch die erhobenen Fäuste des anderen hindurch und fing das Gesicht ein. Es glühte, und die Augen glänzten wie im Fieber. Verbissenheit und Primitivität bestimmten die Züge. Konnte jemand in dieser Verfassung, mit diesem Charakter gut und gezielt kämpfen? Ich dachte an diese heillos billigen Erfindungen während unseres Rundganges bei der Freistunde vor ein paar Tagen. Jemand, der sich geistig auf einem solch tiefen Niveau befand, konnte doch wohl realiter kein Selbstbewusstsein besitzen. Konnte der sich mit Übersicht prügeln? Da, aus einem früh erkennbaren Ansatz heraus setzte sich die rechte Faust in Bewegung. Getragen vom Schwung des gesamten Körpers kam sie auf mich zu und sauste, da ich mich rechtzeitig wegbiegen konnte, an mir vorbei. Brusthugo rammte die Heizungsrohre, und ehe er sich wieder aufrichten konnte, fasste ich einen seiner Arme und bog ihn weit über den Rücken. Schmerzensschreie gellten durch den Duschraum. Hilfeschreie. Hilfe? War es üblich oder möglich, dass dem Geschlagenen jemand half? Ich brauchte darüber nicht nachdenken. Ein mörderischer Schlag traf mich von hinten in die Nierengegend. Unversehens ließ ich von Brusthugo ab. Drehte mich und bekam noch einen Schlag in die Magengrube. Ich krümmte mich unwillkürlich ein und sah nur flüchtig, dass es der Rasierklingenfresser war, der mich von hinten angegriffen hatte. Ein weiterer Schlag gegen die Stirn und mich umgab für Augenblicke Dunkelheit. Danach fühlte ich den Fliesenboden unter und die Last des Angreifers auf mir. Ich öffnete die Augen. Das Gesicht des Wahnsinnigen hatte sich kaum verändert. Es war nicht Besessenheit oder Mordlust, die sich darin spiegelte, nein, es wirkte sachlich, zielstrebig. Doch was sollte mich das Gesicht kümmern. Es kam auf die Rasierklinge an, die nur wenige Zentimeter vor meinen Augen in der Hand des anderen hin und her pendelte. Ein Schnitt und alles konnte, würde vorbei sein. Wie schnell das doch geht, dachte ich, wie unsinnig schnell man in diese fatale, vertrackte Situation geraten konnte. Eine Bewegung von diesem Monster und ich war hinüber. Und keiner würde erfahren, wie alles gekommen, wer alles schuldig war. Oder ging es nur darum, mich zu verletzen, zu vernarben, zu entstellen?

Ich bäumte mich auf. Buckelte den Oberkörper und wand mich mit dem Becken, wollte die Arme befreien. Doch der Kerl saß auf mir wie eine Katze. Die Knie auf meinen Oberarmen und eine Hand auf meinem Kinn. Eine ideale Lastendurckverteilung, physikalisch gesehen eine Glanzleistung, die mich zur Wehrlosigkeit verurteilt hatte. Zum Tode? Ich blickte an dem Gesicht des Wahnsinnigen vorbei. Auf die Gesichter der Knaster, die von oben zu mir herunterblickten. Die Kerle standen im Kreis. Die aufgerissenen Mäuler zeugten von der Spannung, mit der sie das Geschehen verfolgten, vom Unterhaltungswert, den ihnen das Spielchen bot. Dem Mord an mir? Wo war Schubi, dass er nun auch diesem Monster, dem er vorhin das Leben gerettet hatte, die Hand auf die Schulter legte und diese Untat verhinderte. Warum griff er jetzt nicht ein? War mein Leben weniger wert als das eines schwulen Berufsverbrechers oder eines schizophrenen Mörders? Die Klinge kam, und mit einer letzten verzweifelten Kopfbewegung entriss ich mein Kinn diesem Würgegriff, so dass mich das scharfe Metallblatt lediglich an Wange und Nase streifte. Doch gleich fasste die Hand erneut nach meinem Kinn. Ich fühlte einen dünnen, warmen Blutstrom über mein Gesicht rinnen und sah kurz ein siegessicheres Lächeln über die Mundwinkel des Wahnsinnigen huschen. Ein Lächeln, das sich erneut in Entschlossenheit, Zielstrebigkeit verwandelte. Der Griff am Kinn wurde fester, und ich erkannte, dass ich ihm kein zweites Mal mehr entrinnen würde. Abermals senkte sich die Rasierklinge auf mich herab. Ich wollte die Augen schließen und aufgeben, verloren sein, einfach warten, ob ich nicht wenigstens mit dem Leben davon kam. Dann sah ich die Hände, die plötzlich da waren und sich von hinten um das Gesicht des Würgers schlossen. Nein, sie schlossen sich nicht darum, sie fraßen, krallten sich hinein. Packten so Raubkatzen, Adler oder Menschen zu?

Es war Olaf, ich hatte seine Finger sofort erkannt. Spindeldürr und mit spitzen Nägeln. Sie gruben und rissen im mageren Gesicht. Ich sah schon die Spuren, die sie hinterließen und nahm kaum wahr, wie die Rasierklinge aus der schlaff werdenden Hand gegen meine Stirn fiel und dann neben mir lag, wie der Druck von meinen Armmuskeln wich. Ich war gelähmt, war müde. Ein bisschen schon tot. Und der Kopf des Wahnsinnigen bog sich immer weiter fort. Wurde gebogen. Der Körper auch. Wie in einer unnatürlichen Starre verharrte er, wie das Beutewild, das sich unter den Krallen der Löwin als geschlagen erkennt und nurmehr den erlösenden Todesbiss abwarten will. So wie ich vor ein paar Sekunden im Angesicht der Rasierklinge verharrt war.

Doch es gab keinen Todesbiss. Nicht von Olaf. Und so wie ich das erkannte, wurde dies auch der Wahnsinnige gewahr. Er hatte es mit keinem Kraftprotz, nur mit einem Verzweifelten zu tun. Mit einem, der selbst eher Beutetier denn Opfer war. Ungeachtet der unvermindert in seinem Gesicht wütenden Fingernägel, der Schmerzen, die ihm da zugefügt wurden, begannen seine Arme nach hinten zu greifen, drehte sich der Körper. Wurde die Antilope wieder zur Katze. Nicht das, dachte ich. Und mein Arm füllte sich mit Leben, mit der Entschlossenheit, die ich nicht im Bewusstsein, gerade im Unterbewusstsein verspürte. Ich richtete meinen Oberkörper empor, holte aus und führte mit der Rechten einen satten Schlag. Es krachte und die gebogenen Finger schmerzten. Wenn sie gebrochen sind, schoss er mir durch den Kopf, dann bist du der Körperverletzung überführt. Das gibt Nachschlag. Aber da sie sich bewegen ließen, konnten sie nicht gebrochen sein. Ich zog die Hand gegen meinen Körper, zog die Beine zurück, rückte nach hinten. Saß. Der feuchte Boden, die nasse Wand störten mich nicht. Überhaupt nichts störte mich. Nicht mal die Schmerzen, die ich am und im Körper, in den Armen und im Kopf hatte. Ich lebte. Das war die Tatsache. Sollte ich darüber froh sein? Oder hätte ich mir nicht durch einen besseren Treffer mit der Rasierklinge eine Menge erspart. In diesem Knast, dieser Hölle?

Mein Schlag hatte den Wahnsinnigen am linken Mundwinkel getroffen. Hatte das eine Bewandtnis? Das Zucken, es würde lange dauern, bis es nach dem Rückgang der Schwellung wieder sichtbar sein würde. Seine Pupillen waren für Sekunden weggerollt. Ein klassischer Knock out. Vielleicht, dass Olafs Angriff zuvor ein Übriges bewirkt hatte. Dieser unerwartete Überfall. Nachdem er wieder zu sich gekommen war, hatte er zwei Zähne in die hohle Hand gegeben. Welch eine Genugtuung. Wirklich? Ich hatte in all meinen Jahren noch nie so zugeschlagen. Ganz sicher nicht. Aber ich hatte mich auch noch nie in einer solchen Situation befunden. Fern jeden zivilisierten Lebens.

Olaf hatte den Griff aufgegeben. Den Kopf. Er erhob sich, schaute auf seine Hände, danach zu mir. Das Gesicht blieb verschlossen, verbissen. Verzweifelt. Er hatte kein Zeichen für mich. Kein Nicken oder Zwinkern. Aber ich hatte auch nichts für ihn. Ich hatte die Schmerzen und die Erschöpfung, dazu die Leere. Er ging, stand wieder an der Tür. Wieder starr und reglos. Als hätte es dieses brutale Intermezzo nicht gegeben.

In den Rasierklingenfresser kam wieder Leben. Er kniete, leckte vorsichtig mit der Zunge über die immer noch aufschwellende Lippenpartie. Keuchte und ließ die verlorenen Zähne in der Hosentasche verschwinden. Nur aus den Augenwinkeln spähte er zu mir. Ich schaute frontal auf ihn, mit vollem Blick. Ein Geschlagener, der niemals aufgeben würde, dem man nicht den Rücken zuwenden durfte. Ich wusste es nun.

Die Rasierklinge. Sie lag zwischen ihm und mir, und plötzlich hatte er sie erspäht. Sein Blick hielt sie fest, und schon zuckte die Hand. Ich war schneller. Mein Fuß. Er zögerte, dann kroch er langsam vorwärts. Als er nur noch ein paar Zentimeter entfernt war, stieß ich die Klinge mit einer raschen Bewegung von mir. Sie rutschte einen Meter über die Fliesen und landete vor Bartowskis Füßen. Der Klingenfresser wandte sich ab und kroch ihr nach. In Bartowskis Füßen schien es zu zucken. Doch er wagte nicht, die Klinge aufzunehmen oder darauf zu treten. Im Gegenteil wirkte er erleichtert, als der Kriechende bei ihm anlangte und die Klinge in derselben Hosentasche verschwinden ließ, in der sich schon die Zähne befanden.

Danach wurde es ruhig. Der Klingenfresser zog sich zur Badewanne zurück. Lehnte sich mit dem Rücken dagegen und starrte zu Boden. Er sah fürchterlich aus. Die Schwellung am

Mund und die tiefen Risse im Gesicht, die irgendwann vernarben und dann ein Leben lang zur Erinnerung an den tückischen Kampf zurückbleiben würden. Wie viele Kämpfe dieser Art mochte er schon angezettelt haben? Ich spürte, wie die Feuchtigkeit des Fußbodens durch meine Hosen drang. Ein ekliges Gefühl am Hintern, an den Beinen. Ich wollte aufstehen, aber meine Arme schmerzten beim Aufstützen, alles schmerzte. Langsam ließ ich mich auf die Seite kippen und drehte mich auf die Knie. „Soll ich dir helfen?", fragte Bartowski. Seine Stimme klang besorgt, und neben mir tauchte plötzlich seine Hand auf. Ich hätte sie nur fassen und mich hochziehen lassen brauchen. Nein, es war vorbei. Ich brauchte jetzt keine Hilfe mehr. Ich wippte zurück auf die Füße und drückte mich schwerfällig nach oben. Bartowski hatte seine Hand zurückgezogen. Aber sein Angebot schien noch zu gelten. Ich sah es an seiner Haltung. Warum? Hatte er ein schlechtes Gewissen? Ich beachtete ihn nicht. Zog an meinen Sachen und tastete vorsichtig an meinem Körper. „Alles in Ordnung?", fragte Schubi. Ich gab auch ihm keine Antwort. Keinem hätte ich eine Antwort gegeben. Keinem von diesen widerlichen, sensationslüsternen Feiglingen. Ich wollte fort, allein sein, vielleicht heulen oder vor Wut und Ohnmacht gegen irgendwelche Wände trommeln und treten. Doch es gab hier kein Entrinnen, kein Alleinsein, keine Ruhe, keine Abgeschiedenheit. Alle konnten einen sehen, beobachten, vollquatschen. Konnten einen angreifen. Gab es etwas Schlimmeres als seine Schwächen, seine Traurigkeit und seine Verzweiflung nicht in einer stillen Ecken ausleben zu können?

Ich ging zur Tür und lehnte mich mit dem Rücken dagegen. Ich blickte starr auf die Horde, und die Horde blickte auf mich. Neugier und etwas Gleichgültigkeit lagen zwischen uns, gegenseitige Verachtung. Aber keine Feindseligkeit. Allmählich setzten die Gespräche ein, das Interesse an mir schwand. Die Atmosphäre wirkte gelockerter, fast etwas fröhlich und entspannt. Hatte dieser Kampf den Knastern einen so genannten Kick gegeben? Rauch stieg auf, ohne dass sich noch jemand aufregte.

Hitchcock, der Kippenquäler und noch zwei andere inhalierten stinkenden Resttabak. Der Qualm mischte sich mit der schwerfeuchten Luft und ließ das Atmen zur Qual werden. Ich hustete und rückte näher an den Türanschlag, um durch den winzigen Ritz eine minimale Sonderration an Sauerstoff zu erhaschen. „Das bringt nix", sagte Olaf, der meine Absicht bemerkte. „Von draußen kommt keine Luft rein. Wir werden alle ersticken." Ich war froh, dass er redete. Egal, wie Recht er hatte. „Vielleicht wär es das Beste für uns, wenn wir so schnell wie möglich verrecken." Ein stiller, kaum merkbarer Schluchzer mischte sich in seine defätistische Mutmaßung. Ich schüttelte den Kopf, wollte reden. Doch ich musste erst die kratzige Trockenheit in meinem Hals lösen. Schließlich gelang mir ein Flüstern: „Dafür haben wir das alles nich auf uns genommen, dass wir uns hier von diesen Geisteskranken und Kriminellen abkochen lassen. Denk an deine Familie, an die weißen Strände von -", ich musste kurz überlegen, wo es weiße Strände geben konnte, „von Griechenland." Sein Gesicht hellte sich ein wenig auf, und er schwor voller Überzeugung: „Ich vergesse nix, keinen Tag, keine Stunde und keine Minute. Alles, was passiert ist, pack ich aus, wenn ich im Westen bin. Das kommt alles nach Salzgitter, in diese Erfassungsstelle. Und irgendwann stehen diese ganzen Lumpen vor Gericht. Das kannst du wissen."

„Ja", erwiderte ich.

Dann kam Bartowski zu uns. Er wirkte unbeholfen, unsicher. Stand schweigend, wartend, unterwürfig. Die Knaster mochten ihn nicht, wiewohl er ihre Gesellschaft und das Gespräch mit ihnen suchte. Er war weder abgebrüht noch clever. Naiv war er, feige, trug das Herz auf der Zunge. Muttersöhnchen, hatte Hitchcock ihn hinterrücks genannt. Nicht ganz unzutreffend.

Das dünne Gespräch, das ich soeben mit Olaf begonnen hatte, erlosch. Nicht mal nur aus Unduldsamkeit oder Verachtung, sondern einfach weil es kein Gespräch war, in das man andere einbeziehen konnte. Wir schwiegen nun zu dritt, standen, starrten, atmeten schwer. Eine eher äußerliche Gemeinsamkeit, die uns in den Augen der Knaster abermals zu einem Block werden ließ. *Drei Ausweiser.* Wiewohl das mit der Ausweiserei keineswegs gewiss war, am wenigsten wohl in Bezug auf die Person Bartowskis. Es entstand schon wieder Gemurmel, finstere Blicke flogen, und Brusthugo, dessen Gesicht noch immer glühte, heizte die Stimmung mit neuerlichen Drohungen an.

Doch das Blatt wendete sich auf unerwartete Weise. Schritte hallten über den Flur, neuerliches Rappeln im Schloss. Der Riegel flog, Tür auf. Der Wachtmeister. Die Knaster reagierten schwerfällig, mürrisch. Die Vermutung, dass es wieder nur um Brusthugo gehen sollte, lag zu nahe. Und in der Tat ging es auch um ihn, obschon in anderer Weise. „Alle Mann abloofen, außer zwee, die d' Dusche sauber maan!" Eine Mischung aus Erleichterung und Entsetzen bestimmte die Reaktion der Wartenden. Welch elender Auftrag, die alten Fliesen, die verrotteten Duschbecken und die Wanne reinigen zu müssen. In dieser stickfeuchten Luft. „Wer ma't dit frei'illich?", rief Schraube, und aus seinem Tonfall, aus seiner Miene war bereits zu entnehmen, welch hinterhältigen Plan er gefasst hatte. Sein Blick hatte sich an Brusthugo festgebissen. „Wieso ick?", schrie dieser, ohne dass sein Name gefallen war. Er kam zur Tür gestürzt, bremste erst kurz vor dem Wachtmeister ab. Ein Angriff auf das Wachpersonal? Eigentlich nicht. Zu deutlich konnte man erkennen, dass er nicht erst im letzten Moment die Beherrschung zurückgewann. Andererseits kam er jedoch so ungestüm und prompt gestürmt, auf dass die spontane Reaktion des Schließers im Falle einer späteren Untersuchung alle mal zu rechtfertigen gewesen wäre. Schraube zog den Gummiknüppel, dessen Einsatz er vielleicht schon erwogen hatte, und verpasste dem Aufgebrachten einen harten Schlag gegen die linke Schulter. Brusthugo taumelte langsam zurück, saß plötzlich auf dem Boden. Presste die Hände auf die Stelle, auf der Gummiknüppel soeben gelandet war. Er gab bei zusammengepressten Augen ein winselndes Heulen von sich, streckte sich schließlich der Länge nach hin. „Ick sterbe, ick sterbe!" Der Wachtmeister blieb unbeeindruckt.

Trat einen Schritt in den Flur zurück. Dann zeigte er mit dem Gummiknüppel auf den Rasierklingenfresser, der angesichts des Schlages wie eine Katze emporgesprungen war. Die Augen des Wahnsinnigen hatten für Sekundenbruchteile grell geleuchtet. „Do hilfst 'hm!", bestimmte er. „Andern 'etz raus!" Der Befehl des Schließers hatte Brusthugo sofort aus der Bodenposition hochschnellen lassen. Die Neugier, die Befürchtung, die vielleicht mit dem Verklingen der Worte in ihn gefahren war. Er reckte den Hals, riss die Augen auf. Sah den Rasierklingenfresser. „Watt? Mit den?" Panik befiel ihn, ließ das Gesicht zur verzerrten Maske werden. „Der schlitzt mir doch uff! Der mit seine Rasierklingen immer! Nee, nee! Nich mit diesen Vampir! Ick mach det alleene!" Er sprang abermals auf den Schließer zu, jetzt noch verzweifelter und auch sichtbar aggressiv. Kam auch dichter als beim ersten Mal an ihn heran. Ein weiterer Schlag mit dem Gummiknüppel war die Folge. Ein Schlag auf dieselbe Stelle. Diesmal härter, auch gezielt. Der Aufschrei, den Brusthugo ausstieß, zeugte von echten Schmerzen. Aber auch von Angst, Ohnmacht und nicht zuletzt von Resignation. Er ging in die Knie, hielt die Schulter fest. Sein Jaulen und Wimmern ging im Gemurmel und im Geräusch der Schritte unter. Die Knaster drängten in den Flur hinaus. Bloß nicht der Laune des Schließers zum Opfer fallen und im letzten Augenblick als Ersatz für den irren Rasierklingenfresser und schon gar nicht den geprügelten Brusthugo zurückbleiben müssen. Nicht mal als dritte Putzkraft.

Beinahe im Laufschritt hetzten wir durch die Gänge, danach über den Freihof und schließlich in das Zugangsgebäude. Es mochte später Vormittag sein. Ein heißer Augusttag, dessen Wärme sich früh im Innern der Mauern staute. Als wir den Zellenflur erreichten, sah ich, dass vor den Türen der beiden vorderen Zellen und der des Rasierklingenfressers geschichtete Wäsche lag. Blauweiß kariert, für die Betten also. Vor unserer Zelle nicht, was bedeutete, dass meine Bettwäsche nicht getauscht worden war. Ich begriff sofort, warum nicht: Ich hätte meine alte Wäsche ebenfalls vor die Tür legen müssen. Und nun?

Nichts nun. Gleich nachdem wir in die Zelle stürmten, griff ich die alte Wäsche und bezog das Bett damit erneut und schmiss mich, kaum dass mein Bett wieder blauweiß war, auf das Lager und wälzte mich ein paar Mal hin und her. Erledigt. Allerdings: Der Eifer und die Eile hätten nicht Not getan. Die Knaster wirkten erschöpft und von der Hitze gezeichnet. Sie rissen sich die Uniformjacken vom Leibe und fielen über die Bratwürste her, die gemeinsam mit den fauligen Pellkartoffeln und etwas Kraut während unserer Abwesenheit in die Zellen gebracht worden waren. Geschrei und Gezanke untermalten die Prozedur. Gier, Neid, Gereiztheit. Ich verspürte ebenfalls Hunger. Aber es widerstrebte mir, mich unter diese Gierigen zu mischen, mir meinen Anteil zu erkämpfen. Andererseits hatte ich keine Wahl. Das Essen brachte einem nun mal niemand ans Bett. Also raffte ich mich auf. Die Knochen und die Eingeweide schmerzten immer mehr, der Kopf brummte. Ich zwängte mich zwischen die Knaster und wollte mir eine Bratwurst angeln. Allein, es war keine mehr da. Entweder hatten sie eine zu wenig hereingegeben, oder einer von den Knastern hatte zwei gefressen. Sollte ich das schlucken, still hinnehmen, wie ich eben den verunglückten Bettwäschetausch hingenommen und kaschiert hatte. Niemals. „Wo is meine Bratwurst?", schrie ich, und für denselben Augenblick zog totale Stille ein. Die Knaster sahen einer den andern an. Schließlich mutmaßte Schubi: „Anscheinend war für dich keine dabei." Ich hätte das als unpassenden Scherz werten können. Aber es war keineswegs als ein solcher gemeint. „Wieso gerade keine für mich?", fragte ich barsch. „Weil du dich zu spät drum gekümmert hast. Wenn ein anderer als Letzter gekommen wäre, wär er eben derjenige gewesen, den sie vergessen haben." Eine plausible Erklärung, die mir nichts nützte. „Vielleicht hat sich auch einer aus Versehen zwei von den Rentnerpimmeln geangelt", keifte Hitchcock dazwischen. „Ich trau das einigen zu." Und wenn es so gewesen sein sollte, wie ließ sich das jetzt beweisen? Hitchcock kaute und schluckte mit einer unglaublichen Geschwindigkeit. Offenbar fürchtete er, ich würde ihm seine Wurst noch streitig machen. „Musst eben jetzt schon deine Kalte essen und heute Abend nur Brot." Er zeigte auf den hinteren Tisch, wo bereits die Verpflegung für den Abend stand. Eine gerollte Jagdwurst und ein Klumpen Margarine. Immerhin, da ich derjenige war, der den Knastern die Rationen zuteilte, würde ich die Ungerechtigkeit der mittäglichen Portionierung halbwegs wettmachen und diesmal mich begünstigen. Das war mein Gesetz.

Ich wollte mich aus dem Gedränge zurückziehen, da bot mir Schubi an: „Ich geb dir die Hälfte von meiner Wurst ab." Ich stutzte. Alle stutzten. Und Hitchcock würgte aus seinen vollen Backen hervor: „Du gibst ihm die Hälfte von deinem Rentnerpimmel ab, wo du selber so verfressen bist?" Schubi erwiderte nichts, aber er handelte. Schnitt seine Bratwurst durch und schob den einen Teil, der freilich doch nicht so groß wie der zurückbleibende war, auf den Tellerrand. „Von mir kannst du auch ein Stück abkriegen", sagte Bartowski plötzlich, „Stück *Rentnerpimmel.*" Ich schob meinen Teller prompt auf die Mitte des Tisches und nahm, was ich kriegte. Von Schubi und Bartowski. Und auch noch von Olaf. Hitchcock lästerte: „Machst du sogar noch 'nen Fetten. Das is jetzt mehr als eine ganze Wurst, die du abgefasst hast. Wenn ich gewusst hätte, wie das läuft, wär ich derjenige geworden, der leer ausgegangen is." Und so sehr er sich mit seiner Bemerkung um ein paar Lacher mühte, hörte man vor allem seinen Neid aus der Stimme.

Ich kämpfte mit mir. Erst diese furchtbare Quälerei mit den drei Bratwurstenden. Ich hatte keinen Hunger und irgendwie keinen Platz im Magen. Aber es wäre nicht angegangen, die drei Enden jetzt auf dem Teller liegen zu lassen. Die Kerle hätten das vermutlich nicht verstanden. Oder doch? Und gingen sie mich überhaupt was an? Doch, ja. Ich lebte unter, zwischen und mit ihnen. Ich gehörte dazu, auch wenn ich nicht dazu gehörte. Ich würgte die Bratwurstenden rein und fühlte mich danach sauübel. Es drückte in der linken Seite meines Oberkörpers wie in der

Gewalt einer Schraubzwinge. Milz kaputt oder die alte Vernarbung am Rippenfell? Der Schlag vorhin, die Schläge. Eine Übelkeit kurz vor dem Erbrechen. Sollte ich aufs Klo und mich auskotzen? Schlecht möglich, die Kabine war besetzt. Olaf hatte sich dorthin verzogen. Mir war schwindlig der Kopf schmerzte. Hinlegen, dachte ich, leg dich hin. Ich hätte nur den Hocker ein Stück zurückrücken und mich nach hinten fallen lassen müssen. Auf das Bett, Augen zu und -. Was und? Schlaf? Nein, ich hätte hinter den geschlossenen Augen lediglich ein konfuses Wechselspiel zwischen Wirklichkeit und Halbtraum erfahren. Ein scheußliches, aufreibendes Szenario.

„Was is mit dir?", fragte Hitchcock. Er sah mich eher lauernd als besorgt an. Die Chance, eine neuerliche Sensation begaffen und sich damit für einige Stunden zerstreuen zu können, ließ ihn aufleben.

„Nichts", erwiderte ich mühsam. „Was soll sein?"

„Siehst aus, als würdest du gleich abkippen. Leg dich lieber hin."

Ich atmete tief durch. Doch die Luft enthielt zu wenig Sauerstoff und keine Frische. Die stickige Hitze des Hochsommertages hatte sich längst wie ein kompakter Ballon in unsere Zelle gewälzt und sich mit den stinkenden Wolken schlechten Tabaks vermischt. Die Versuchung, die Augen zu schließen und einfach nicht mehr da zu sein, umschlang meine Gedanken. Aber da war Hitchcocks lauernder Blick, waren die lauernden Blicke der anderen Knaster. Widerstand und Ekel züngelten in mir empor. Wieso sollte ich den Verbrechern eine weitere Episode der Zerstreuung liefern?

„Oder musst du mal aufs Klo?"

Er, ich und die anderen wandten die Blicke unversehens in Richtung Klokabine. Doch nicht wegen mir, sondern weil im selben Moment von dort ein seltsames Geräusch kam. Ein Schluchzer, Aufschrei oder Winseln? Olaf. Ob er -? Ich dachte an Mutter, der sich damals die Pulsadern angeschnitten hatte. Damals. Was hieß damals? Wie lange war das her?

„Wer is 'n da drin?", fragte jemand.

Und Hitchcock erwiderte: „Der Dürre, dieser Faltensack."

Für ein paar Augenblicke wurde es still, reglos. Nur die hitze-schweren Atemgeräusche der auf den Betten oder am Tisch lungernden Knaster stießen wie ächzende Luftpumpenzüge in die bläulich flimmernde Leere. Hitchcock stand auf und näherte sich der Klokabine. Verharrte dort, lauschte. Für Sekunden hielten die Knaster den Atem an. „Wie sieht's aus?", rief Hitchcock, doch es kam keine Antwort. „Brauchst du noch lange?" Ein Rascheln drang nach draußen, ein weiterer Laut. „Hier, Gottfried, der muss nämlich auch mal rein. Muss kotzen."

Ich schüttelte den Kopf. Das mit dem Kotzen war auf einmal irgendwie vorbei. Auch das Schwindelgefühl. Die Aufregung um Olaf hatte mir einen Stich gegeben, einen *Kick*.

Die Tür der Klokabine wurde aufgestoßen. Olaf kam. Er war äußerlich unversehrt. Nichts an den Pulsadern. Auch seinem Gesichtsausdruck merkte man keine Veränderung an. Lediglich blass sah er aus, noch faltiger als sonst, und die Augen wirkten gerötet. Hatte er einfach ein bisschen geheult?

„Is frei. Kannst jetzt rein", sagte Hitchcock zu mir.

Ich reagierte nicht.

„Er hat extra deswegen aufgemacht."

Hitchcocks Aufdringlichkeit war so anstrengend, dass ich stöhnte und ihn einfach anstarrte.

„Nu mach, bevor ein anderer rein will!"

Da ich mich nicht rührte, kam er ein Stück näher. Ich wusste, dass er auf eine Kraftprobe aus war. Eine Ratte, eine Hyäne, die nichts anderes als ein angeschlagenes Wild erlegen kann. Aber war ich so angeschlagen, auf dass mich dieser Strolch würde unterwerfen können?

Ich starrte ihn weiter an, stumm und ohne Aufregung. Und er konnte in meinen Augen lesen, dass ich vor ihm keine Angst hatte. Er zögerte, wurde unsicher, hielt den Kopf etwas schief. Wich schließlich zurück und klappte die Klotür, die noch offen stand zu. „Man will den Leuten helfen, und sie wollen's gar nicht", nörgelte er. „Das hat man dann davon. Unmöglich."

„Halt dein Maul!", fauchte ich, und es dauerte einige Augenblicke, ehe ich begriff, dass ich das war, der da gesprochen hatte. Ehe ich begriff, was ich gesprochen, was ich mir eingebrockt hatte. Und ich dachte: Könntest du diese drei Worte doch rückgängig machen, sie einfach auslöschen wie auf einem Tonband.

Hitchcock reagierte nicht sofort. Die Angst saß auch ihm im Nacken. Auch er schien seine Vorwitzigkeit zu bereuen. Eine Hyäne, eine Ratte weiß um die Gefährlichkeit eines angeschlagenen, herausgeforderten Gegners. Er tat, als hätte er mich nicht gehört. Erst als einer von den Knastern feixte, „dieser Hitchcock ist doch der erbärmlichste Feigling, der in diesem Knast rumläuft", konnte er sich nicht mehr drücken.

„Was haste gesagt?", er drehte sich um und kam an den Tisch.

„Lass mich in Ruhe!", knurrte ich. Ich straffte mich, obwohl mein Körper noch schmerzte und die Übelkeit und das Schwindelgefühl zurückzukehren drohten. Und ich hätte mich nicht gescheut, mich mit diesem mistigen, kleinen Ganoven, der im normalen Leben niemals meinen Weg gekreuzt hätte, zu prügeln. Und zwar richtig, erbarmungslos.

Er begriff es. Wandte sich ab. „Muss selber mal aufs Scheißhaus!" Verschwand.

„Ein Feigling, ich sag's ja", lästerte der Kerl wieder und glotzte zu mir. Vielleicht dass er an Hitchcocks Stelle das Geplänkel mit mir gern fortgesetzt hätte.

Ich kümmerte mich nicht darum. Olaf sorgte für Ablenkung, Abwechslung. „Wie sieht's aus mit 'ner Runde Karten?" Er drängte sich an den Tisch und angelte sich einen Hocker. Und da Schubi zögerte, fragte er nochmals: „Hast du keine Lust?"

Langsam reagierte Schubi. „Bei der Hitze? Na, meinetwegen." Er kramte aus seinem Bündel die Karten hervor. „Sind wir überhaupt vier Leute?"

Olaf zögerte, sah sich um. Die Gesichter der Knaster wirkten lustlos, erschöpft. „Ich spiel mit", beschloss ich. Egal, dass mir nicht danach zumute war.

„Du?" Die Frage kam von mehreren Stellen zugleich. Sie schien so wichtig zu sein, dass selbst Hitchcock die Klotür aufsperrte, um mich anzustarren.

Ich antwortete nicht, sondern verschaffte mir durch ein paar Armbewegungen etwas Ellenbogenfreiheit am Tisch. Die Knaster wichen zurück, so dass schließlich genug Platz zum Spielen war. Allerdings: Es fehlte der vierte Mann. „Wenn keiner mitmacht, lassen wir's eben." Schubi wirkte fast ein bisschen erleichtert. Er blickte zu seinem Bett.

„Ich moch mit", meldete sich Keese unverhofft. Er schwang sich von der Kante seines Bettes und nahm den vierten Platz ein. Die Karten wurden verteilt, und wir spielten. Zunächst ging es lustlos, fast schwerfällig. Ich fühlte wieder Übelkeit im Magen und Schmerzen im Kopf. Auch Olaf und Schubi wirkten unkonzentriert, und Keeses Spielstil war ohnehin hölzern. Obwohl sie mir angeboten hatten, nicht schreiben zu müssen, hatte ich mir doch das halb voll geschriebene Blatt herangezogen und notierte die Spielstände. Auch meine Hand schmerzte. Mit unauffälligen Blicken registrierte ich, dass die Schwellungen an den Fingergelenken eher zu- als abnahmen. Der Faustschlag. Nachher lief es besser. Vielleicht weil die Schmerzen nachließen. Die im Kopf und die im Körper. Die Verdauungsorgane mochten die Bratwurststücke, wenn auch mit Mühe, bezwungen haben. Die Spielergebnisse motivierten ja auch. Schubi und ich lagen zunächst vorn, doch Olaf wurde ebenfalls besser. Nur Keese hing hinterher. Aber der Rückstand schien ihn nicht zu stören. Es ging ihm offenbar wie Olaf und mir; er suchte Ablenkung. Er suchte, wie es schien, nun auch Gespräche, suchte Anschluss. Immer mal wieder kam er mit einer Frage oder einer Bemerkung, die nichts mit dem Spiel zu tun hatte, dazwischen. An mich und an Olaf, manchmal an Schubi. Doch ich antwortete ebenso sparsam wie Olaf. Wie auch Schubi, dem die Hitze sichtlich zu schaffen machte. Lediglich Hitchcock gab seine Kommentare. Ungefragt und, da er sich ohnedies ungebeten zu uns gesetzt hatte, ohne seinerseits eine Antwort darauf zu erhalten. Es war spürbar, dass er eine Brücke zu uns schlagen wollte. Der Außenseiter, der kleine Ganove. Er selbst machte sich durch seine Hinterhältigkeit, durch seine Verräterei zum Schurken. Mehrmals bot er Schubi und Olaf an, für sie beim Spielen einzuspringen. Auch Keese. Aber alle drei lehnten ab. Mich dagegen fragte er nicht, mich ließ er nun überhaupt in Ruhe. Kuschte er endlich? Oder waren es die Karten? Wer Karten spielte, der hatte Freunde, Kameraden, der stand nicht allein.

Es mochte zwischen vier und fünf Uhr an diesem Nachmittag sein. Das Kartenspielen hatte nun doch einen toten Punkt erreicht. Nicht nur das Kartenspielen. Die gesamte Zellenbelegschaft döste in Apathie. Bis plötzlich aus einer der vorderen Zellen ein Ruf in den Freihof flog. „Putzkolonne ist da!" Ich brauchte, um zu kapieren. Aber die Knaster, die aus unserer Zelle in den Freihof blicken konnten, halfen nach: „Hugo und der Affenkopp!" Olaf ließ instinktiv die Karten sinken. Schubi ebenfalls. Keese sprang auf und stürzte zum Bettenblock, der vor dem Fenster stand. Hitchcock hinter ihm her. Aber sie waren beide nicht schnell genug. Vor den Luken hockten schon die anderen Knaster, man kam nicht dazwischen. Die Kommentare indessen vermittelten genug Informationen. „Hugo läuft so komisch." Dann wurde gekichert. „Der reibt sich sein Arschloch." Gelacht wurde. „Sieht aus, als hätter die Kante jekricht." Gejohle, dann nach draußen: „Na Hugo, alte Mieze, endlich mal wieder uffjestiehlt wor'n, oder?" Der Hof füllte sich sofort mit einer großen Blase von hämischen Rufen und tierischem Lachgekreisch. Erst als Brusthugo und der Rasierklingenfresser den Freihof verlassen und das Zugangsgebäude betreten hatten, wurde es ruhiger. Die Knaster stiegen von den Betten herunter und feixten. Den Schilderungen nach schien der eine der beiden Rückkehrer über den anderen hergefallen zu sein. Verprügelt, vergewaltigt, irgendwas. Auf jeden Fall erniedrigt, gekränkt, zum Spottobjekt gemacht. „Der geht voll auf'm Zahnfleisch", versicherten die, die ihn vom Fenster aus gesehen hatten. „Und er sagt, Schreiber kann morgen anklappen."

Ich zuckte zusammen. Mit Schreiber war ich gemeint. Es gab sonst niemanden, der hier wegen des Verfassens von staatsfeindlichen oder sonstigen Schriften einsaß. Und wenn doch, so hätte Brusthugo auch jedes andere Synonym benutzen können. Es ging nur um mich.

„Der meint's echt ernst!", prophezeiten die Knaster. „Er hat fast geheult. Schreiber kann sich auf was gefasst machen."

Sie starrten mich an. Alle, auch Olaf und Schubi und Keese. Hitchcock sowieso. Seine Augen funkelten aufgeregt. „Der kämpft morgen bis aufs Blut. Kannste wissen." Schadenfreude und Sensationshunger standen ihm ins Gesicht geschrieben.

„Dobei hot er sich olles selber zuzuschreiben, der bleede Orsch", sagte Keese unverhofft. Auch er sah aufgeregt aus, aber es schien, als wolle er für mich Partei ergreifen. „Weeßte wos? Wenn err dich morgen wirrklich sollte ongreifen, weer ich derr helfen. Dähm gäb ich eene off de Nuss."

„Das lass mal schön bleiben!", warnte Schubi. „Bei Anklappen geht's Mann gegen Mann. Und wenn die Sache noch so einseitig aussieht."

„Denkt ihr, ich hab Angst vor dem Großmaul?", sagte ich langsam und bemühte mich, Ruhe auszustrahlen.

„Das wird kein normaler Kampf", eiferte sich Hitchcock. „Hugo is jetzt vor allen blamiert. Wegen dir!"

„Wegen mir? Das musst du mir jetzt aber mal genauer erklären!" Ich war unversehens aufgestanden, und ich fühlte, wie mein Puls schnell ging, sehr schnell.

Hitchcock erkannte meine Wut, bekam Angst. Stotterte: „Huhuhugo hat jedenfalls behauauauptet, es wäre alles wegen dir gekommen."

„Und Hugo hat natürlich Recht, oder?" Ich spürte, wie sich meine Stimme überschlug, wie die Wut in mir aufbrodelte. Eine

Wut, die ich seit fast einem Jahr, seit mich diese Leute von der Stasi in der Mangel hatten, unterdrücken musste.

„Was weiß ... denn ... ich?", stotterte Hitchcock und wich zurück. Aber ich war dermaßen in Rage, auf dass ich noch aggressiver wurde. Ich rückte an Hitchcock heran. „Ob er Recht hat, hab ich dich gefragt!"

Hitchcock konnte nicht weiter zurück. Er presste seinen Rükken gegen ein Bettgestell. Sein Gesicht flatterte ein wenig, die Lippen, die Lider. „Fass mich nich an!", keifte er. „Fass mich nich an! Sonst -."

„Was sonst?", brüllte ich. „Willst du mir etwa drohen? Du?"

„Ich, drohen? Du bedrohst doch mich!", stieß er hastig hervor. „Jeder hier im Raum kann sehen, dass du mich bedrohst, nich ich dich!" Er haschte mit den Blicken zur Seite, hilfesuchend, ängstlich, aber es ergriff niemand für ihn Partei. Im Gegenteil. Irgendwo im Hintergrund lästerte ein Knaster: „Das is doch die letzte feige Ratte, die hier rumläuft, dieser Hitchcock. Erst riskiert er die große Lippe, und dann bescheißt er sich die Hacken vor Angst."

„Der war schon immer so", sagte jemand, „schon im Jugendknast hat er nur den Max gemacht." Vielleicht, dass Hitchcock durch diese hämischen Bemerkungen noch einmal zur Gegenwehr aufgestachelt werden sollte. Dass die Knaster die Hoffnung auf einen Kampf Mann gegen Mann noch nicht aufgegeben hatten. Hitchcock bei seinem Fünkchen Ehre zu packen, seinem minimalen Stolz.

Nein, er hatte weder Ehre noch Stolz. Er hatte nicht mal die Wehrbereitschaft einer angegriffenen Ratte, einer Hyäne. „Mensch, warum lässt du mich nich in Ruhe?", schrillte er plötzlich, und die Tonhöhe seiner Stimme übertraf die meine gewaltig. Ich fuhr zusammen, nicht nur ich, und er konnte den Überraschungseffekt ausnutzen und sich aus der Klemme herauswinden. Er verschwand im Klo.

„Scheiße, wieder nisch passiert", sagte jemand. Und die Knaster seufzten und ließen sich enttäuscht auf die Betten fallen.

Nur Keese, Olaf und Schubi standen am Schauplatz. Schubi rückte ein Stück an mich heran. Flüsterte: „Für zwei Streuer Kaffee krieg ich Ulrich dazu, dass er Brusthugo morgen nicht zur Freistunde rauslässt. Du hast doch noch Kaffee?"

Meine Aufregung hatte sich mit Hitchcocks Abgang keineswegs gelegt. Es kochte immer noch in mir. Fast ein ganzes Jahr lang hatte es das nicht gegeben. „Brusthugo?", herrschte ich Schubi an, „denkst du, vor dieser Pfeife hab ich Angst? Von wegen! Wenn der mir morgen unter die Finger kommt, dann -." Ich stieß, wie ich das inzwischen bei den Knastern gesehen hatte, die rechte Faust in die offene linke Hand, auf dass es klatschte. Danach ließ ich Schubi stehen. Einen Streuer Kaffee für den Kalfaktor. Den anderen für ihn. Und dieses Spielchen fortan vielleicht jeden Tag.

Jemand klopfte von der Nebenzelle gegen die Wand. „Was is los bei euch?", hallte es kurz darauf im Freihof.

„Hier is Stimmung!", erwiderte einer der Knaster, der am Fenster lag. „Schreiber hat Hitchcock aufgemischt. Aber total. Der liegt in seinem Blut und kann nur noch zucken."

„Warum?"

„Einfach so. Einfach weil er dazu Lust hatte. Und morgen in der Freistunde will er Hugo platt machen. Aber voll!"

Eine Weile herrschte Stille. Vermutlich wurde die Ankündigung jetzt Brusthugo überbracht. Dann meldete sich eine Stimme aus der vorderen Zelle, in der sich Brusthugo befand: „Hugo is voll heiß auf'n Kampf. Kannste Schreiber schon mal ausrichten. Er macht schon Liegestütze wie'n Kaputter."

Ein paar Lacher, dann Schweigen. Dann die Antwort aus unserer Zelle: „Schreiber fängt auch gleich an. Erst muss er sich aber das Blut abwaschen."

Ich legte mich nach der Zählung ins Bett. Die Knaster beobachteten es gleichgültig, nur einer stichelte: „Willst wohl für den Kampf morgen richtig ausgeschlafen sein?"

Es war egal, was sie dachten oder sagten. Dass sie jetzt erst mobil wurden, zu den Karten griffen, erzählten, stinkenden Tabak rauchten. Ich schlief trotz des Lärms und des Gestanks, trotz der stehenden Hitze sofort ein. Ein traumloser Schlaf kam. Es gab keine Reflexionen zu den Zwischenfällen des Tages und keine verworrenen Bilder von Frauen. Allerdings: Irgendwann wurde ich wach. Es war dunkel in der Zelle, aber noch immer saßen ein paar Knaster um den Tisch herum und erzählten über ihre Vorstrafen. Ich kam mir vor wie in einem Seemannsroman. Schatzinsel oder Seewolf. Dort freilich ging es um Geld und Perlen, hier nicht, hier ging es um Gaunereien und Brutalitäten.

Mein Körper schmerzte immer noch, der Kopf war heiß, aber er tat nicht weh. Ich hatte das Bedürfnis, aufzustehen und die Stirn mit Wasser zu kühlen. Aber ich brachte es nicht fertig. Ich lag wie gelähmt. Also schloss ich die Augen wieder und schlief weiter. Doch nun wurde es ein unruhiger, ein wilder Schlaf. Immer wieder sah ich das grässliche Gesicht des Rasierklingenfressers über mir. Dazwischen die Visagen von Hitchcock, Brusthugo und irgendwelchen Knastern, die in diesem Zugang herumliefen. Die Kerle griffen oder traten nach mir. Rasierklingen, Messer, scharfe Gegenstände prasselten auf mich nieder. Ich duckte mich, warf mich zur Seite und konnte den Geschossen haarscharf entkommen. Bis sich alles irgendwie glättete. Ich befand mich jetzt im Abteil eines Zuges. Mir gegenüber saß ein Mann und rauchte Pfeife. Die Schwaden zogen zu mir herüber, stiegen in meine Nase. Ich hustete. Wurde wütend, schimpfte. Und ich erkannte das Gesicht. Es gehörte meinem Rechtsanwalt. Ich wollte ihn vertreiben, ihm das Rauchzeug entreißen. Es ging nicht. Stattdessen hob der andere die Hand und -. In dem Moment, als er die brennende Pfeife nach mir werfen wollte, wurde ich wach. Jemand hatte draußen gegen die Tür geschlagen, der Schließer oder der Kalfaktor. Das Neonlicht setzte sich unter dem scheußlichen Knacken der kalten Röhren in Gang. Ich riss die Augen auf und schloss sie sogleich wieder. Welch fürchterliche Welt. Sonnabend, halb sechs, heute wurde im Zuchthaus eine Stunde später geweckt. Ich wusste das schon, und ich dachte, bleib noch etwas liegen, ruh dich aus vor diesem schweren Tag. Aber meine Hose war nass von dem Samenerguss, den ich gerade gehabt hatte. Sie klebte ekelhaft. Ein großer nasser Fleck. Wenn ich später aufstand, würden ihn die anderen sehen und Witze machen. Obwohl da nichts dabei war. Eine organische Körperfunktion, die bei allen anderen auch vorkam. Oder etwa nicht? Doch gerade deswegen wurde über sie gelästert. Man lenkte von der bei sich selbst empfundenen Peinlichkeit ab.

Ich warf die Decke hoch und zog sie sofort wieder zurück, um den Fleck im Laken zu verstecken. Dann die Schlafanzughose aus und die lange Unterhose an. Toilette, waschen. Als ich in der Klokabine stand, spürte ich die Schmerzen in der linken Körperhälfte. Kopf, Beine und Arme taten nicht mehr sehr weh. Nur mit dem Atmen hatte ich etwas Mühe. Ein Stechen in der Brust. Warum konnte ich nicht so wacker sein wie die Helden in Krimis und Westernfilmen, die man halb tot schlug und die Minuten später wieder hinter dem Steuer des Autos oder im Sattel ihres Pferdes saßen, die in den Armen einer schönen Frau lagen? Ich war zum Helden nun mal nicht geboren, ganz einfach. Das heißt: War ich denn überhaupt geboren?

Irgendwie ließen sich all die Handgriffe des Morgens ganz gut erledigen. Etwas langsamer und etwas schwerfälliger als sonst, aber noch rechtzeitig. Als das Kommando „Zählung" durch den Flur gellte, stand ich mit Olaf, Bartowski, Keese und vier Neuen angezogen auf dem vorgeschriebenen Platz. Schubi zog sich gerade seine Jacke über und versetzte Hitchcock einen Stoß. Der begriff, welchen Ärger ihm jede weitere Sekunde im Bett einbringen würde, angelte blitzschnell seine Uniform und war mit einem Satz bei uns. Die anderen wälzten sich langsam aus den Betten. Krach, ging die Tür auf. Schraube stand, sah verblüfft die verschlafenen Gestalten. Ich wollte Meldung machen, aber er brüllte gleich los. Seine hohe Stimme überschlug sich in schriller Tonfolge, auf dass man ihn fast nicht verstand. Erst als er sich an den Kalfaktor wandte, damit der die Namen der Säumigen aufschreiben möge, wurde er ruhiger, verstehbar. Eine Miene von Zufriedenheit überzog sein Gesicht. „On wer's dr Vrwahaumälteste?", bellte er dann.

Ich erstarrte. Sollte ich jetzt die Schlampigkeit dieser Faulpelze ausbaden? Wo ich diese Funktion eigentlich gar nicht offiziell einnahm. „Hier, Herr Hauptwachtmeister!", meldete ich mich trotzdem. „Ich mach immer die Meldungen. Aber -." Ich kam nicht zum Ausreden, denn schon fuhr der Kalfaktor dazwischen. „Er macht das nur, weil's sonst keiner machen wollte." Schraube starrte mich mit großen Augen an. Ein paar Kratzer befanden sich auf meiner rechten Wange. Ich hatte es vorhin bei einem Blick in den Spiegel selbst registriert. Immer größer schienen die Augen zu werden. Bis ein Ruck durch ihn ging: „Nich!"

Krach, die Tür wurde geschlossen. Wir standen eine Weile verdattert, die Kerle, die noch auf ihren Betten saßen, ließen sich unbeeindruckt wieder zurückfallen und pennten weiter. „Wenn das mal nicht Arrest gibt", mutmaßte Schubi. Er zog die Uniformjacke aus und stellte sich ans Waschbecken. Nachdenklich betrachtete er den dünnen Wasserstrahl, der sich aus dem Hahn quälte, und schließlich hielt er seine zur Halbschale geformten Hände drunter. „Wenn das Arrest gibt, habt ihr die Schuld! Ihr habt uns nicht rechtzeitig geweckt! Du hauptsächlich!", schrie Hitchcock und zeigte auf mich. Ich wandte mich ab, und er wollte mir hinterherkommen. Aber ich spürte zugleich einen Luftzug, der von Keeses Arm verursacht wurde. „Wos hoste gesagt? Wer hot hier Schuld?" Der Griff, den er Hitchcock ansetzte, stoppte dessen Bewegung abrupt. „Na du vielleicht nich!", keifte Hitchcock unterwürfig, „aber der da, der Verwahrraumälteste!" Weiter kam er nicht. Keese riss ihn fort und verschwand mit ihm in der Klokabine. Man hörte Schreie, Tritte, Schläge. Schluss. Keese kam wieder heraus. Über sein Gesicht zogen sich mehrere Kratzspuren. Hitchcock folgte erst ein paar Minuten später. Er sah lädiert aus, warf giftige Blicke auf Keese, der jetzt bei uns am Tisch Platz genommen hatte, um zu frühstücken. Es herrschte Schweigen, nur ein paar Essgeräusche waren zu hören. Hitchcock warf sich ohne ein Wort auf sein Bett. Er drehte sich zur Seite und schlief. Oder er tat, als würde er schlafen. „Gibt's für so was wirklich Arrest?", fragte Bartowski. Er starrte zu Schubi. Der zögerte, antwortete aber dann doch: „Kann auch 'ne saftige Abreibung mit dem Schwarzen geben. Das hängt vom Schließer ab." Er verteilte mit exakten Messerstrichen einen Teil der Butter auf der Brötchenhälfte und tupfte dann Marmelade darüber. Gleichmütig, desinteressiert und vorsichtig.

Es passierte nichts. Wir lagen auf den Betten, warteten. Keiner schlief, keiner redete. Wenn Schritte oder andere Geräusche durch den Flur hallten, schärfte sich automatisch das Gehör. Umsonst, das morgendliche Treiben spielte sich im vorderen Bereich des Zugangs ab.

Freistunde. Es gab kein Ankündigungskommando, wie das in der U-Haft üblich gewesen war. Der Schließer ging über den Flur und sperrte per Schlüsseldrehung die Schlösser auf. Danach kam der Kalfaktor, zog die Sperrriegel an den Türen zurück und öffnete das „Brett". Mir schlug das Herz bis zum Halse, die Knie zitterten. „Bleib doch drin", riet Olaf, „so wie du aussiehst, nimmt dir das jeder ab, dass du nich laufen kannst." Ich schüttelte den Kopf und postierte mich direkt vor der Tür. Dem Mutigen gehört die Welt, auch wenn er innerlich schlottert. „Richtig so!", bekräftigte Keese. „Nich onderkriegen lossen. Ond wenn dich där Kerrl ongreifen sollde, off mich konnste rechnen!" Ich atmete auf; aber nicht weil ich mich nun vielleicht nicht allein prügeln musste, sondern weil ich endlich so etwas wie Solidarität verspürte, Solidarität unter den politischen Häftlingen.

Doch es kam anders. Der, der den größeren Schiss hatte, das war Brusthugo. Er weigerte sich zunächst, seine Zelle zu verlassen. „Ick fühl mir bedroht!" Sein Gejammer drang bis in den Flur. Und in dem Moment, da wir die offene Zelle passierten, hatte ihn der Kalfaktor mit einem derben Stoß nach draußen befördert. Strauchelnd und stolpernd landete er direkt vor meinen Füßen. Ich musste stoppen, und er richtete sich auf und blickte nach oben. Sah mich und schrie: „Hier is det Schwein, wat mia nach'n Leben trachtet! Jenau er hier!" Er straffte sich und blickte anklagend zum Kalfaktor, dann zu mir. „Wat willste'n überhaupt von mia, du Vabrecha?" Neben mir stand Keese. Seine Hand hob sich in Sekundenschnelle und fasste nach Brusthugos Jacke. Ich riss Keese weg, und wir gingen weiter. „Jetzt tuste plötzlich so, als wäre nischt!", rief mir Brusthugo hinterher. Er blieb unbeachtet. Bestenfalls dass er dem Kalfaktor einen neuerlichen Tritt wert war. „Raus jetzt, du Rochen!" Der Tritt hatte ihm soviel Schwung versetzt, auf dass er gleich wieder neben, dann vor uns taumelte. „Werrklich ähn Rochen!", schimpfte Keese und gab Brusthugo noch einen Stoß. Der stolperte abermals ein Stück weiter und entschwand durch die Tür ins Freie, achtete nachher darauf, Distanz zu halten.

Die Freistunde ging schnell vorbei. Möglich dass sie der Schließer um zehn oder noch mehr Minuten verkürzt hatte, möglich aber auch dass sie durch die Gespräche zu viert einfach kurzweiliger wurde. Neben mir Keese und hinter uns Bartowski und Olaf. Wir redeten über den Westen, über spätere Ziele, aber auch wieder über unsere Aussichten auf den Freikauf. Der soeben errungene Sieg über Brusthugo hatte uns irgendwie noch mehr zusammengeschweißt und uns zugleich aufgebaut. Dazu die Frische des Morgens, die von der aufsteigenden Sonne noch wenig gefärbt war. Es war ein bisschen wie beim Wochenendausflug einer altmodischen Burschenschaft, der nachher durch Berg, Tal und Wald führen und in ein paar Stunden in einer Gebirgsbaude bei Bier, Bockwurst und Bratkartoffeln eine Zwischenstation erfahren sollte.

Nun gut, statt in die Gebirgsbaude wurden wir in unsere Zelle zurückgebracht, und statt der Bockwurst gab es Milchreis, der klebrig klumpte und ziemlich dunkel aussah. Das mit dem dunklen Aussehen, so erklärte uns Keese, müsse man jedoch eher positiv als negativ werten, der Reis sei so gesünder. Und Bartowski wusste auch warum: „Da ist die Schale noch dran, und in der sind die Vitamine und die anderen Stoffe." Wir würden uns an diesem Tag mehr als satt essen können, denn es waren vier Portionen über. Ulrich bestätigte es ausdrücklich: „Ihr braucht nichts aufheben." Und als er die Tür zur Zelle verriegelt hatte, erklärte uns Schubi, der die Freistunde wie gehabt im Kabuff des Kalfaktors verbracht hatte, hinter der vorgehaltenen Hand den Grund: „Schraube hat *die drei von heute früh* nach unten verfrachtet. Da soll 'ne enge Stehzelle sein. Hitchcock ist auch mit. Obwohl er eigentlich nichts gemacht hat. Nur dass er nicht zur Freistunde abgelaufen ist. Sein Pech eben." Wir hörten es mit aufgesperrten Mäulern. „Das ist Schraubes Rache. Das dengelt er so hin, ohne dass er sich an denen die Pfoten dreckig machen muss und ohne die Burschen in den richtigen Arrest zu schicken. Heute Abend holt er die vier kurz vor der Zählung wieder hoch, und morgen früh wird er sie wieder runterschaffen." Schubi seufzte. „Und Hugo hat sein Fett gestern auch abbekommen. Na ja, ihr habt's ja alle mitgekriegt." Er holte die Karten aus der Tasche und legte sie auf den Tisch. Keese rückte sich seinen Hocker zurecht. Olaf ebenfalls, obwohl er fragte: „Sollen wir nich erst essen?" Eine seltsame Frage; es mochte höchstens halb elf sein. Wir sahen uns an, aber keiner schien richtig Hunger zu haben. „Man kann das Zeug nachher auch kalt essen", sagte Schubi und verteilte die Karten. Wir spielten eine Weile, aßen dann den Reis und spielten weiter.

Nachher bekam ich Magenschmerzen. Zunächst lenkte mich das Kartenspielen davon ab. Schließlich ging es nicht mehr. Mir war übel. Ich schmiss die Karten auf den Tisch und rannte zum Klo. Ich hatte Durchfall und fühlte mich total schlapp. Irgendwie flimmerte es vor meinen Augen, die Knie wurden weich. Finsternis kam auf mich zu. Ohnmacht. Doch in dem Moment, da ich zur Seite sackte, kehrte das Bewusstsein zurück. Ich stützte mich mit der Hand an der Wand ab und richtete mich auf. Eine Weile saß ich, die Ellenbogen auf den Knien, den hängenden Kopf in den Handflächen. Ich zwang mich, nicht zu stöhnen, nicht zu jammern, nicht zu schreien. Doch aus einer unrealen Ferne hörte ich jemanden fragen: „Wer is da so lange auf'm Lokus?" Jemand erwiderte: „Schreiber." Danach Getuschel – oder wurde ich wieder ohnmächtig? „Gottfried?" Das war die Stimme von Olaf. „Ist alles O.K.?" Er klang besorgt, und das tröstete mich. „Ja!", erwiderte ich mit Mühe, „ich hab bisschen Dünnpfiff. Wohl vom Reis." Olaf antwortete nicht. Vermutlich tauschte er Blicke und Gesten mit den anderen. Vielleicht, dass sie dachten, ich würde mich ..., dass sie von oben in die Klokabine reinschauen wollten. „Gibt wirklich keinen Grund zur Besorgnis", rief ich nochmals, „ich kann hier nur nich runter. Deswegen." Das laute Reden hatte mich zuviel Kraft gekostet. Ich versuchte, durch tiefes Atmen Luft zu schöpfen, Sauerstoff zu gewinnen, aber diese stickige Hitze hatte den Gestank der Klokabine von oben versiegelt. Nichts konnte entweichen, nichts konnte hinein. Vor meinen Augen schien sich alles zu drehen. Ich wünschte mir, dass nun doch jemand von außen die Wand der Klokabine erklomm und nach mir sah. Mich rettete. Doch es war Stille eingetreten, danach wurde leise Karten gespielt. Jemand musste meinen Platz eingenommen haben. Er sagte: „Wenn wir um Geld oder was spielen würden, hätt ich nicht für Schreiber weitergespielt. So miserabel wie der steht." Schreiber, ich musste mir immer noch sagen, das bist du, so nennen sie dich. Egal, dass ich diesen Namen schon mehrmals gehört hatte. Mir war nicht klar, wie ich zu dem Namen stand. Verdiente man Respekt, wenn man Schreiber genannt wurde, oder drückte das Verachtung aus? Solche Gedanken gingen mir plötzlich durch den Kopf. In dieser Situation, da mein Hirn zwischen Wachsein und neuer Ohnmacht dahintaumelte. Doch diese Gedanken lenkten mich von der Angst um eine Ohnmacht ab, und meine Atmung ging regelmäßiger. Ich fühlte mich besser, klarer. Fünf Minuten noch und ich verließ das Klo. Ich versuchte mich auf dem kurzen Weg zu meinem Bett gerade zu halten. Dann fiel ich auf die Matratze und schloss die Augen. Alles drehte sich. In mir und um mich herum. Übelkeit befiel mich, doch der Schlaf war schneller. Ich drehte mein Gesicht zur Wand, und es wurde Nacht.

Kurz vor der Zählung rüttelten sie mich. Keese, Olaf, Bartowski. „Los, mach rasch die Meldung, dann legst du dich wieder hin!" Ich folgte. Stellte mich auf wackligen Beinen zu den anderen. „Verwahrraum drei mit ..." Ich betete den Text herunter, ohne auf Hitchcock und die anderen drei zu achten, die inzwischen zurück waren. Nur dass sie ebenfalls geschwächt und geprügelt aussahen, bemerkte ich. Und wütend, nicht wütend schlechthin, sondern gereizt. Die Tür flog zu, ich kroch in mein Bett. Bei geschlossenen Augen vernahm ich, dass die Doppelkopfspieler jetzt Pause machten, um zu essen. Die anderen Knaster ebenfalls. Hitchcock stritt mit jemandem um eine Scheibe Wurst. Er schien den Kürzeren zu ziehen und wollte sich daher über eine andere, vermutlich meine Ration machen. Keese versuchte ihn davon abzuhalten. „Die Worscht geheert dir nich." Aber Hitchcock hielt hartnäckig dagegen: „Sie is aber übrig. Oder denkst du, Schreiber isst noch was, so wie der aussieht?" Keese gab trotzdem nicht nach. „Konn ja sein, doss er se morgen noch will." Hitchcock schmatzte, er hatte offenbar schon von meiner Wurst abgebissen. Das machte Keese wütend: „Do bist eene richtige Rotte. Oder 'n Schokal. Traust dich nur an Sochen von ondern, wenn die ne do sind." Hitchcock schluckte. Obwohl ich ihn nicht sah, wusste ich, wie jetzt der Zorn in ihm aufstieg, wie er erglühte und sich dennoch nicht in den offenen Kampf wagte. „Und du", giftete er jedoch, wobei er noch an ein paar Krümeln würgte, „du wirst demnächst mal so gewaltig was auf dein freches Maul kriegen, dass du deine Stulle hinterher lutschen kannst. Du Sachsenarsch." Keese lachte verächtlich. „Du bist sowos von bescheuert, du Rattenkopp. Du weeßt jo nich emol, doss Gerlitz ne ei Sochsen, sondern ei Schlesien liggt."

In der Nacht fielen sie über Keese her. Ich hatte keine Ahnung, wie spät es war, aber es war noch dunkel draußen. Es waren die vier, die den Tag in der Stehzelle verbracht hatten. Zwei rissen ihn aus dem Bett und die anderen warfen eine Decke über ihn. Danach schlugen und traten sie ihn. Hitchcock legte sich am meisten ins Zeug. Für Keese schien der Angriff zu überraschend gekommen zu sein, als dass er sich hätte wehren können. Ein paar durch die Decke gedämpfte Schreie, auf die nur um so heftigere Tritte folgten. Danach verstummte er, und man vernahm nur den dumpfen Hall der aufprallenden Fäuste und Füße.

Von den anderen rührte sich niemand. Auch nicht Olaf. Dabei stand fest, dass sie alle wach waren. Dass sie alle mitbekamen, was vor sich ging, wie. Doch es wäre wider die Knastgesetze gewesen, sich einzumischen. Ich selbst hatte das ja gerade erst zu spüren bekommen. Wenn zwei oder drei oder fünf miteinander etwas auszumachen hatten, so ging das keinen anderen etwas an. Egal, ob ein Kampf unfair und ungleich verlief, ob er hinterhältig begonnen wurde.

Wie auf ein stilles Kommando ließen die vier dann von Keese ab. Nur Hitchcock trat noch zweimal zu. Vielleicht hätte er es noch ein paarmal getan, doch die drei Mitschläger schwangen sich bereits auf ihre Betten. Das verwirrte ihn. „Was is?" Seine Stimme klang kratzig, Keuchend, sie fuhr aufgeregt in die momentane Lautlosigkeit. „Wir wollten doch noch -?" Die anderen drei rührten sich nicht. Lediglich, dass der eine leise sagte: „Das mit Schreiber mach allein aus, damit haben wir nichts zu tun." Hitchcock zögerte. Wenn er hätte sicher sein können, dass ich schlief, so wäre er nun allein über mich hergefallen. Ohne Zweifel. Ohne Erbarmen wäre ich noch schlimmer als Keese zum Opfer seiner Tritte und Schläge geworden. Doch ich schlief nicht. Ich hatte mich mit dem Rücken gegen die Wand gepresst. In den Schatten der Nacht. Er hätte sehr dicht an mich herankommen müssen, um mich überhaupt erst zu sehen. In der Zeit jedoch hätte ich ihn glatt überwältigt. Auch wenn ich zitterte und mir das Herz bis in den Hals schlug. Er oder ich, diese eindeutige Konstellation würde mich nicht zum Opfer der eigenen Angst werden lassen.

„Feigling", zischte jemand, „Schakal."

Hitchcock drehte sich, um den Spötter ausfindig machen zu können. Vergebens. Irgendwo kicherte es verächtlich. Er drehte sich wieder, wirkte unsicher. Machte ein paar Schritte, starrte auf mein Bett. Plötzlich stöhnte es. Keese war zu sich gekommen. Er bewegte sich. Ruckartig wandte ihm Hitchcock das Gesicht zu. Obwohl seine Miene im fahlen Licht nicht auszumachen war, spürte man den Schrecken, den er bekommen hatte: Wenn sich Keese jetzt aufrappelte, was dann? Er würde ihn erledigen, vielleicht für immer. Er beugte sich hinunter, kam wieder hoch, blickte zu den Mitschlägern. Aber die hatten sich bereits eingerollt. Angst und Unruhe, die aus seinen Bewegungen sprachen. Wieder stöhnte Keese, jetzt lauter, schlug auch die Decke zurück. Gurgelnde Geräusche entsprangen seiner Kehle. Röcheln. Er kniete, wollte aufstehen. Hitchcock wich einen Schritt zurück, machte wieder einen nach vorn. Holte zum Schlag aus.

„Lass es!", warnte plötzlich eine Stimme. „Sonst bist du nächste Nacht dran."

Die Stimme kam leise, aber sie schnitt. Ich konnte nicht herausfinden, zu wem sie gehörte. Immerhin, Hitchcock zuckte zusammen. Er gab auf.

Trotz der Anspannung schlief ich sofort wieder ein. Diesmal leicht, unruhig. Irgendwann schreckte ich hoch. Die Morgendämmerung hatte sich bereits in der Zelle ausgebreitet. Eine Tageszeit, zu der auf Wiesen und Feldern, über Flüsse und Seen malerische Dunstschleier gebreitet lagen, zu der es angenehm kühl war und die Luft viel Sauerstoff enthielt. Ich dachte daran, dass ich früher oft um diese Zeit vom Tanz oder einem anschließenden Abenteuer gekommen war. Ich musste dann die letzten zwei Kilometer von der Straßenbahnendhaltestelle am Bahnhof Rehbrücke zu Fuß gehen. An solchen Sommermorgen zog ich die Schuhe aus und lief barfuß über den noch warmen Asphalt oder das Kaiserpflaster der alten Hauptallee. In dieser Morgenstunde gehörte alles mir. Die Landschaft, das aufsteigende Vogelgezwitscher, die Natur und auch die zurückliegende Nacht. Manchmal war es vorgekommen, dass mich ein Auto überholte und schließlich hielt. Ich hätte mitfahren können, aber ich lehnte ab. Jetzt befand ich mich in keiner malerischen Landschaft, ich befand mich im Zugangsgebäude des Zuchthauses Brandenburg. Ich war vor zwei Tagen lädiert aus einer brutalen Schlägerei hervorgegangen, und ich hatte in der letzten Nacht eine nicht minder brutale miterlebt. Sie hatten zu viert den Mithäftling Keese vermöbelt. Keese, ich riss den Kopf herum und starrte auf den Boden. Dort lag kein Keese mehr. Ja richtig, er hatte sich ja bereits emporgerappelt. Und er lag jetzt in seinem Bett. Die Decke war halb über seinen Körper gezogen, von seinem Gesicht konnte ich eine Hälfte sehen. Keine Blutergüsse oder Platzwunden, anscheinend hatten ihn die Tritte am Körper getroffen. Sein Atem ging tief und gleichmäßig. Die anderen Knaster schliefen ebenfalls. Hitchcock warf sich hin und her, stieß mitunter unverständliche Laute aus. Nur Olaf hatte die Augen offen. Sein Blick war starr und leer. Obwohl er bemerkt hatte, dass ich wach war, reagierte er nicht.

Es stank in der Zelle. Diese angeschmachtete Vision der taubedeckten Felder und Wiesen blieb unerreichbar. Verbrauchte Luft und die Ausdünstung schwitzender Männerkörper und ungewaschener Füße füllten den Innenraum. Vor zwei Tagen geduscht, längst verflogene Wirkung. Ich lag eine Weile auf dem Rücken und erhob mich dann. Ging auf die Toilette und wusch mich leise am Waschbecken. Achselhöhlen, Genitalien, Gesicht. Immer mal wieder blickte ich über die Schulter. Fiel nicht doch gleich jemand über mich her?

Meine Angst war unnötig. Egal, dass jemand im Halbschlaf murmelte: „Stell das Wasser ab, sonst muss ich pissen." Nein, ich stellte das Wasser nicht ab. Ich genoss den etwas volleren Strahl, befeuchtete alle erreichbaren Stellen meines Körpers, träufelte mir etwas Wasser auf die Füße und tupfte es nachher nur leicht ab. Ich legte mich mit freiem Oberkörper auf das Bett, deckte mich nicht zu. Die Feuchtigkeit kühlte den Körper und entspannte. Ich schlief ruhig, bis die Schritte und Schläge, die das Wecken verordneten, durch den Flur jagten. Dann stand ich auf. Die anderen folgten allmählich. Als die Tür, das *Brett*, aufgerissen wurde, standen sie diesmal alle vorschriftsmäßig. Selbst Keese hatte sich rechtzeitig aus dem Bett gewälzt. Er humpelte beim Laufen und hielt sich gekrümmt. Die eine Hälfte des Gesichts war geschwollen. Sein Blick blieb finster und ausweichend. Da er sich in der hintersten Reihe postiert hatte, konnte er sich nach der Zählung sofort wieder auf sein Bett werfen. Er kehrte das Gesicht zur Wand und reagierte nicht, als ihn Bartowski schüchtern fragte, ob er Hilfe brauche.

Kurze Zeit später erschien Schraube. „Wjo 'ind de Vjier?", fragte er hastig und starrte mit glühenden Augen ins Zelleninnere. Die Angesprochenen reagierten schwerfällig, maulten. „Eigentlich hat man doch 'n Recht zu frühstücken!" Schraubes Gesicht wurde rot vor Zorn. „Ljos, 'aus!", wütete er, und als er sah, dass sich Hitchcock sein Brötchen in die Hosentasche steckte, schwenkte er den Gummiknüppel. Sofort legte Hitchcock die Verpflegung zurück. Er beeilte sich, die Zelle zu verlassen, die anderen drei folgten.

Zunächst herrschte Stille. Schließlich sagte jemand: „Dann sind ja heute fünf Portionen über." Er mochte Anfang zwanzig sein und war mit seinem Mittäter zusammen gekommen. Zwei große, schlaksige Burschen, die sich mit Freddi und Lars anredeten. „Wieso fünf?", fragte Bartowskis, „es sind vier Leute, die der Schließer weggeholt hat. Und wenn die abends zurückkommen, werden die ziemlichen Kohldampf haben." Der andere blickte vielsagend zu Keese, danach zu seinem Kumpel: „Siehst du das auch so wie er, Lars?" Sie grienten beide, und die Arme streckten sich nach den Rationen der Abwesenden aus. „Ihr wisst genau, dass es Ärger gibt, wenn die vier abends zurückkommen und das Essen weg is", sagte ich. Sie zögerten. „Stellt euch vor, ihr wärt an deren Stelle." Sie sahen sich an, dann mich. „Sind wir aber nich", sagte Freddi, „und so schnell komm' wir da auch nich hin." Sie zogen die Finger zurück, blieben aber noch unschlüssig. Es war nicht, dass sie aggressiv oder bösartig wirkten, sie schienen einfach nicht davon überzeugt, den vieren die Rationen übrig lassen zu müssen. Im Hintergrund wälzte sich Keese auf seinem Bett. „Wehe, 's geht eener on meen Fressen. Do gibt's wos. Ordentlich Schnicke gibbt's do!" Es folgte ein Seufzer, danach gingen die Atemzüge in ein halblautes Schnarchen über. Halbschlaf. Freddi griente. „Isser doch nich ganz hin, wenn er andere vollnölt." Er ließ sich ungelenk auf einen Hocker nieder und machte sich über die eigene Ration her.

Dass die Freistunde an diesem Morgen ausfiel, ohne Begründung und ohne jede Ansage, schuf Unmut. Der Tag schmiss noch mehr Hitze als sonst. Die Zelle kochte, und die Knaster lagen apathisch auf den Betten. Hin und wieder machte sich einer unter dem dünnen Strahl des Wasserhahns Kopf und Körper nass. Doch die Feuchtigkeit brachte keine Erfrischung mehr. Man begann trotz der Hitze zu frösteln und fühlte sich schlapp. Ab dem späten Vormittag begann Keese zu röcheln. Schwere, ächzende Laute, die er ausstieß, manchmal unverständliche Wortbrocken. „Am besten wär's, der kommt in 'nen Med-Punkt", sagte Bartowski. Ein paar Knaster hoben müde ihre Köpfe über die Bettkanten. „Wenn der wirklich was hat, isser verreckt, ehe er im Med-Punkt ankommt", sagte einer fast beiläufig. „Immer noch besser, als dass er hier verreckt. Da kann uns wenigstens keiner nachsagen, wir hätten uns nicht gekümmert", erwiderte Bartowski unsicher. „Den Staatsanwalt kriegen wir so und so auf'n Hals. Ob er hier verreckt oder bei dem Schlächter im Krankenhaus." Bartowski wurde blass: „Den Staatsanwalt? Meinst du, der schnappt uns alle?" Und als ob Keese seine Worte gehört hatte, stöhnte er noch mal laut auf, danach drehte er sich zur Seite und wurde ruhig. „Na bitte," hieß es sofort, „er hat sich wieder gefangen."

Doch der Schein trog. Ein Stück nach der Mittagsstunde wurde Keese wach. Er lag zunächst still und richtete den Blick starr auf die über ihm befindliche Matratze. Bis er zu stöhnen anfing.

„Ich hob so 'ne Schmerrzn. Hier." Er fasste mit der rechten Hand in die Magengegend. „Ich holt's nich mehr aus."

Wieder mischte sich Bartowski ein. „Wir müssen den Schließer rufen, damit er in 'nen Med-Punkt kommt. Womöglich ist ein Organ bei ihm kaputt und er hat starke innere Blutungen." Die anderen schwiegen. Unschlüssig, unbeteiligt. „Gib ihm doch erst mal bisschen Tee", schlug Schubi vor. Und er fügte hinzu: „Wenn der tatsächlich zum Doktor kommt, könn' wir uns alle 'ne schöne Pfeife anzünden." Es entstand Unruhe: „Wieso wir?", fragten Freddi und Lars wie aus einem Munde. Und Olaf schimpfte: „Wird sich ja wohl ohne Probleme feststellen lassen, wer ihn so zugerichtet hat." Schubi lachte vorsichtig. „Bist du da so sicher? Hast du was gesehen? Und falls ja, warum hast du nicht Alarm geschlagen?" Olaf erschrak: „Wieso ich? Wieso gerade ich? Hier sind doch noch reichlich andere Leute in der Zelle. Entweder sind alle mitverantwortlich oder keiner." Schubi lachte wieder dünn. „Ich bin nicht mitverantwortlich, ich hab geschlafen." Keese stöhnte wieder laut auf, und Bartowski reichte ihm einen Becher von dem Tee, der bereits für das Abendessen gedacht war. Langsam drückte Keese den Kopf hoch und nahm ein paar hastige Schlucke. Dann fiel er wieder zurück und stöhnte umso lauter. „Ich hob solche Schmerrzn! Helft merr doch!" Bis er zu husten und zu würgen anfing. „Der muss kotzen", sagte Schubi, „helft ihm mal schnell vom Bett." Bartowski, der in der Nähe stand, wollte Keese aus dem Bett ziehen. Aber der wehrte sich: „Ich muss ne kotzen, ich hob nur so furchtbare Schmerrzn!"

Es ging schließlich nicht anders. Jemand musste gegen die Tür trommeln, um den Kalfaktor auf uns aufmerksam zu machen. Wieder ich. Doch es dauerte. Die Knaster orakelten: „Der hält Mittagsschlaf, oder er hat sich mit 'ner Mieze in die Effektenkammer verkrochen. Mit Mathilde." Als Ulrich endlich kam, klang seine Stimme kratzig, ungehalten. In der Tat war er irgendwie und irgendwo gestört worden. „Hier is einer mit 'ner schweren Blinddarmreizung", schrie ich gegen die Tür. „Der braucht Hilfe, jetzt!" Ulrich antwortete nicht sogleich. Es schien, als ob er mit jemandem leise redete, tuschelte. Dann fragte er: „Jetzt? Warum jetzt?" Er klang unbeholfen, unwillig, gereizt. „Wann sonst, wenn nicht jetzt!" Das war Bartowski, der plötzlich neben mir stand. „Er hat schon Fieber!" Wieder waren jenseits der Tür Flüstergeräusche zu hören. Schließlich die nächste Frage: „Wer isses denn? Um wen geht's überhaupt?" Als ob es eine Rolle spielte, um wen es ging. „Keese!", schrien Bartowski und ich. „Wer is Keese?", kam es zurück. „Der Bursche aus Görlitz!" Ich wusste nicht, wie ich Keese sonst hätte beschreiben sollen. Ulrich wusste es besser: „Der mit der Eisenstange? Der Sorbe?" Wieso Sorbe, dachte ich. Aber Bartowski bejahte prompt. „Na gut", erwiderte Ulrich, und seine Stimme klang jetzt weniger ungehalten. Schritte entfernten sich, Stille trat ein. Nur aus einer Nebenzelle rief jemand in den Freihof: „Was is los bei euch? Schon wieder einer krachen gegangen?"

Noch nicht, so schnell starb es sich auch im Zuchthaus nicht. Egal, dass es mindestens fünf Uhr wurde, ehe das verfluchte Schloss aufgedremmelt wurde. Keese hatte bis dahin ununterbrochen gejammert. Laut und immer mit den gleichen Worten. „Ich hob solche Schmerrzn! Helft merr doch!" Eine Nervenstrapaze ohnegleichen. Sie hatten den Sanitäter alarmiert. Nein, nicht alarmiert. Alarm hatte ja etwas mit Soforteinsatz zu tun. Gemeinsam mit dem Kalfaktor betrat er die Zelle. Schraube, der Schließer, blieb an der Zellentür stehen. „Hier, da liegt er", sagte Bartowski. Er stand neben Keeses Bett. Der Sanitäter versuchte sich mit einem intelligenten Gesichtsausdruck, legte dem Kranken behutsam die Hand auf die Stirn. „Hat eindeutig Fieber", stellte er gewichtig fest und fuhr dann mit der Hand vom Bauch her unter Keeses geöffnetes Hemd. Dort, wo sich der Blinddarm zu befinden hatte, ließ er die Hand eine Weile ruhen.

Ich konnte mich täuschen, doch es hatte den Anschein, als verbände sich mehr als medizinisches Interesse mit der Berührung. Oder? Er schob Keeses Hemd höher und besah sich den nackten Oberkörper, drehte Keese vorsichtig auf die Seite, schaute

218

ziemlich lange. „Blinddarm?", fragte er schließlich, und sein Blick fiel auf mich – ausgerechnet. Ich bewegte zum Zeichen mangelnden Fachwissens die Achseln. „Wir sind ja keine Mediziner." Er ließ den Blick durch die Zelle kreisen, richtete ihn dann auf Schubi. „Und das *Fleckenfieber*, was ist damit? Kriegt man das nachts unter der Decke?" Im Gegensatz zu mir begriff Schubi sofort, was der Sanitäter meinte. „Ich schlafe nachts, und zwar fest." Einige andere bekräftigten, dass sie das genauso handhaben. Der Sanitäter zog erst jetzt seine Hand von Keeses Leib zurück. „Muss ins Krankenhaus. Womöglich Milzriss", sagte er zu Ulrich. Doch er beließ es allein bei dem Beschluss, und so blieb die Frage des Kalfaktors, „heute etwa noch?", unbeantwortet im Raum stehen. Oder war das die Antwort: Nur der Riegel fiel krachend in die Halterung, das Schloss blieb offen. Würden sie Keese gleich holen? Sie würden es müssen, denn der Kranke legte nach dem Abgang des vermeintlichen Retters in der Lautstärke zu. „Ich hob solche Schmerrzn! Helft merr doch!" Und: „Ich holt's nich mehrr aus!"

Der Zusatz traf allmählich auch auf uns zu. Auf den einen mehr, den anderen weniger. „Ich auch nicht!", schrie Olaf plötzlich. „Jetzt geht das schon Stunden. Wer soll sich das denn anhören?!" Sein ratloser Blick ging auf die Tür, das *Brett*, dann presste er sich die Hände gegen die Ohren und kniff die Augen fest zusammen. Er sah faltig und finster aus, verzweifelt. „Ja", bestätigte Freddi, „das is echt nich zum Aushalten. Wenn sie den schon verrecken lassen, dann solln sie ihn wenigstens auf Absonderung tun." Olaf kroch in sein Bett, wälzte sich auf die Seite. Er hatte die Hände immer noch gegen die Ohren gepresst und jammerte leise: „Dieser verfluche Knast, dieser verfluchte Knast ..."

Es konnte nicht mehr lange bis zur Zählung sein, als sie Keese holten. Endlich. Der Kalfaktor und zwei Knaster vom Med-Punkt. Dass sie Knaster waren, erkannte man an den gelben Streifen, die sie an den weißen Oberhemden hatten. Schweigend verrichteten sie ihre Arbeit. Lediglich, dass sie dem Wink des

Kalfaktors folgten – „er dort, das isser" - und sich mit Blicken verständigten. Einer fasste am Oberkörper, der andere an den Beinen zu, dann zogen sie Keese auf die mitgebrachte Trage und schafften ihn fort. Die Tür wurde geschlossen, und es war nur noch das Wimmern von Olaf zu hören. „Dieser verfluche Knast, dieser verfluchte Knast ..." Bartowski tippte ihn vorsichtig an. „Vorbei, sie haben ihn geholt." Es dauerte eine Weile, ehe Olaf begriff. Ehe er sich umdrehte und sich ungläubig der Bettenfront, in der Keese gelegen hatte, zuwandte. Seine Augenhöhlen waren gerötet, das Gesicht wirkte so faltig wie das eines uralten Mannes. Er fiel auf den Rücken zurück und seufzte tief. Vielleicht dass er nun gleich eingeschlafen wäre. Doch die Zellentür wurde prompt wieder aufgerissen. Hitchcock und die anderen drei wurden gebracht. Abgekämpft und heruntergekommen sahen sie aus. Dennoch wutgeladen. Ohne sich in der Zelle umzublicken schrie Hitchcock: „Welches Schwein hat mein Brötchen gefressen?" Es schien, als hätte er während des ganzen langen Tages nur darauf gelauert, diese Frage zu stellen und damit seine Aggressionen loszuwerden. Obwohl er mich anstarrte, antwortete Bartowski. „Niemand hat dein Brötchen *gefressen*, da liegt's. Butter und Marmelade auch." Hitchcock wandte den Blick zur Ecke, in der der Tisch mit der Verpflegung stand. „Dein Abendbrot ist auch noch da." Bartowskis Stimme stak voller Verachtung, zugleich voller Überheblichkeit. Er reizte Hitchcock damit, natürlich, doch damit gab er ihm, nachdem er ihn gerade klein gemacht hatte, neue Gelegenheit, sich aufzuspielen. „Tu mal nich so, als ob du das Zeug freiwillig übrig gelassen hast. Du hattest doch nur Schiss, dass du was aufs Maul kriegst!" Er bleckte die Zähne wie ein kleiner Köter, nahm auch die passende Positur ein. „Wieso ich?", erwiderte Bartowski kühl. „Ich war an keinem fremden Brötchen dran. Mich interessieren eure Brötchen genauso wenig wie du mich interessierst, du -." Er suchte in Gedanken nach einem angemessenen Ausdruck, doch ihm fiel nichts ein. Hitchcock schien das als Angst auszulegen. Er reckte seinen Hals und giftete: „So? Du nich?

Wer war's dann?" Sein Blick pendelte zwischen Olaf und mir. Ganz klar, er hoffte, einen von uns attackieren und womöglich mit Hilfe der drei anderen verprügeln zu können. „Ich war's", sagte Freddi. Er stand auf einmal hinter Hitchcock. „Wieso?" Hitchcock drehte sich um und brachte kein weiteres Wort heraus. „Wenn er nich gewesen wär, wär dein Brötchen jetzt weg." Hitchcock entgegnete nichts. Es mochte daran liegen, dass sein Blick im selben Moment auf die leere Koje von Keese fiel. Er stutzte, sah sich im Raum um. Nein, kein Keese. Ob er im Klo war? Bartowski erriet die Frage sofort: „Der ist weg, ins Krankenhaus." Hitchcock wurde blass, auch die anderen drei glotzten erschrocken. „Wie, Krankenhaus?", fragte einer. „Innere Verletzungen", erklärte Bartowski. „Der Sani war hier. Dann ist er abgeholt worden. Mit 'ner Bahre."

„Mit 'ner Trage", verbesserte ich ihn. „Auf 'ner Bahre liegen nur Tote."

Bartowski überhörte es. „Ihr wisst ja wohl, was das bedeutet, wenn sie einen so prompt wegholen. Sonntags noch. Da ist der kurz davor, dass er den Arsch hoch macht." Hitchcock und die anderen drei sahen eingeschüchtert aus. Einer starrte zu Schubi: „Stimmt das?" Schubi hob abwehrend die Hände. Als wolle er sich entschuldigen. Wofür? „Soweit stimmt's", entgegnete er tonlos. „Sie haben ihn vorhin geholt. Er hat gejammert, dass es keiner aushalten konnte." Stille trat ein. Die vier rückten etwas zusammen, tuschelten, redeten lauter, stritten. Das Wort *Nachschlag* fiel. Einer verpasste Hitchcock einen Stoß. Der taumelte, fuchtelte mit den Armen, tippte sich aufgeregt gegen die Stirn. „Zählung!", dröhnte es mittendrin über den Flur. Die Knaster sprangen auf, stürzten zum Stellplatz. Schon ging die Tür, das *Brett*, auf. Ich machte wie üblich die Meldung, wobei ich nicht zu erwähnen vergaß, dass ein Strafgefangener, Keese, ins Krankenrevier gebracht worden sei. Schraube überflog per Blick die Schar der Angetretenen, notierte etwas und warf, was er sonst nicht tat, einen eindringlichen Blick auf die Gesichter der Knaster, auf jene vier, die er an diesem und am vorigen Tag im Arrest hatte. Krach, danach war die Tür zu.

Der nächste Tag brachte für mich den Schnitt. „Drei Mann werden morgen verlegt." Der Kalfaktor rief meinen und die Namen von Freddi und Lars vom Flur her durch die Zellentür. „Ihr werdet in 'nen paar Minuten zum Sachenempfang rausgeschlossen." Ich erstarrte. Wiewohl ich wusste, dass ich diesen Zugang ja irgendwann mal würde verlassen müssen, hatte ich mich hier eingerichtet. Trotz aller Reibereien und Auseinandersetzungen, hier war jetzt mein Platz, mein Lager. Was kam nun? „Und was is mit Freistunde?", schrie einer der Knaster gegen die Tür. „Geht heut nich!" Ulrichs Stimme klang genervt. „Hast doch gehört, dass welche rausgehen!" Unwilliges Gemurmel entstand. Die Blicke richteten sich auf mich. Hitchcock sagte: „Mit dieser Luftpumpe hat man nur Sackstand!" Doch er sah nicht zu mir. Sein Blick flackerte wie eine giftige Flamme, die gern ein großes Feuer entzündet hätte, durch die Zelle. „Schönes Abschiedsgeschenk, dass er uns noch die Freistunde versaut." Er lachte finster und wissend. Doch die anderen Knaster reagierten nicht. Fast alle lagen auf den Betten, dösten und atmeten schwer. Auch wenn es sich über Nacht abgekühlt hatte, war es in der Zelle stickig geblieben. Dünstungen menschlicher Körper und der Gestank des Scheißhauses standen erdrückend und lähmend wie eine schwere, unsichtbare Wolke im Raum. Nur Hitchcock schien das nichts auszumachen. Er stichelte weiter, indem er sich jetzt gezielt an Freddi und Lars wandte. „Und ihr zwei habt das Vergnügen, mit der Luftpumpe zusammenzubleiben. Schreiber." Er lachte verächtlich, zugleich auch anbiedernd. Doch er erzielte nicht den gewünschten Erfolg. „Besser als mit dir, du Sacktreter", entgegnete Freddi langsam. Er hob schwerfällig den nackten Oberkörper vom Bett und glotzte ärgerlich auf Hitchcock. „Wenn ich mir jeden Tag dein blödes Geseier anhören müsste, würd ich kotzen." Hitchcock wagte nicht, etwas zu erwidern. Wie ein geduckter Hund kroch er in seine Koje, legte er sich auf die Seite und blieb still.

Auf die Rückkehr des Kalfaktors warteten wir zunächst vergeblich. Schon wurden die Pellkartoffeln in die Zelle gegeben, dazu pro Häftling ein Klecks undefinierbarer grauer Soßenmasse, in der sich Knorpel- und Sehnenstücke abhoben. Moppelkotze, wie das Hackfleisch in der Knastersprache hieß. „Wann kriegen wir nun unsere Sachen?", fragte Freddi, während ihm der Kalfaktor mit der Kelle die *Moppelkotze* auf den Teller klatschte. Die Antwort kam nebenbei und klang ungehalten. „Kann das sein, dass ich vielleicht erst noch was anderes zu tun habe? Dass ich vielleicht erst mal Essen austeilen muss?" Freddi verzog das Gesicht; als er sich ein Stück entfernt hatte, knurrte er: „Der wird sich vor Arbeit noch mal den Arsch aufreißen, dieser Kalfaktor." Hitchcock nahm sofort Witterung auf und petzte: „Hast das grad gehört, Ulrich, was er hier über dich gesagt hat?" Aber Ulrich schien nur mäßig interessiert, und so posaunte Hitchcock sein Wissen mehr oder weniger ungefragt heraus: „Du wirst dir vor Arbeit den Arsch aufreißen!"

Nein, es gab keine Rückmeldung. Lediglich, dass der Kalfaktor etwas Unverständliches murmelte. Keine Wut, keine Gereiztheit. Das *Brett* wurde zugeschlagen, nichts weiter. „Anscheißer", fauchte Freddi verächtlich, „erbärmlicher Anscheißer. Sei froh, dass ich morgen 'nen Abflug mache." Er versuchte zur Untermalung der Drohung die Muskeln seiner nackten Oberarme spielen zu lassen. Doch der Körper gab nicht allzuviel her. Jene Tätowierung, die vom Ellenbogengelenk bis dicht unter die Schulter reichte, bewegte sich nur mäßig. Eine nackte Frau mit dicken Brüsten, die im Bereich der Schamhaare mit einem unförmigen Blatt bedeckt war. Hitchcock schielte auf Freddis Arm und schien zu überlegen, wie er im Falle eines Zweikampfes abschneiden würde. Er war klein und drahtig, Freddi dagegen lang und ungelenk. Obwohl er nicht fett war, erinnerte sein Oberkörper an einen Pudding. Hitchcock hätte durchaus eine Chance gehabt. Dennoch machte er den Rückzieher. Schlang sein Essen rein und riss sich danach von einer alten Zeitung ein Stück Papier ab, um sich aus den gesammelten Resten alten Kippentabaks ein so genanntes Tütchen zu drehen. Der Rauch, den er ausatmete, stank furchtbar. Er mischte sich mit dem Dunst der Zelle und verursachte Übelkeit. Bartowski, der mit dem Essen noch nicht fertig war, schimpfte: „Dein Tabak stinkt wie 'ne Müllverbrennungsanlage." Hitchcock griente. Statt zu antworten nahm er wie ein Kiffer bei schief gehaltenem Kopf und hohler Hand einen tiefen Zug und blies kurz darauf Bartowski den Qualm provokatorisch ins Gesicht. Der verschluckte sich, hustete fürchterlich und rannte zum Klo. In mehreren Intervallen würgte er das Zuchthausessen wieder heraus, wobei die Geräusche, die er verursachte, weit in den Flur hallten. Als er nach mehreren Minuten das Klo verließ sah er kreidebleich aus. Die Augen tränten, er taumelte. Die Knaster starrten ihn stumm an. Nur Hitchcock feixte: „Als Raucher wär dir das nich passiert. Na ja, da hättst du dir dafür in die Hose geschissen." Er sah sich lüstern in der Zelle um, aber niemand reagierte. Fast alle lagen auf den Betten, dösten. Selbst nach der mageren Kost verlangten die Körper nach Ruhe. Bartowskis hielt sich an seinem Bettgestell fest, zog sich dann mühsam zu seiner Koje im mittleren Stockwerk empor. „Schwächling!", zischte Hitchcock verächtlich. Er riss sich ein weiteres Stück Papier von einer alten Zeitung ab, formte eine kleine Tüte daraus und schüttete alten, versotteten Tabak hinein. Danach blies er genüsslich grinsend den Rauch in die Zelle. Eine feige, mistige Ratte.

Doch das Grinsen verging dem Feigling schnell. Schritte im Flur, die sich unserer Zellentür näherten. Das Schloss, der Riegel, dann das Gesicht des Kalfaktors, daneben ein Schließer. „Er da", sagte Ulrich und zeigte auf Hitchcock. „Er da, der am Tisch sitzt." Hitchcock traten die Augen aus den Höhlen. „Ich? Was is mit mir?" Er blieb sitzen, wich aber instinktiv ein Stück zurück. „Steh mal gefälligst auf, wenn die Tür aufgeschlossen wird!", befahl der Kalfaktor. Hitchcock sah sich unsicher um. „Steht doch sonst auch keiner auf. Warum grade ich?" Er wirkte

dümmlich, erhob sich jedoch umständlich. „Weil du mitkomm'
sollst!", erwiderte Ulrich kühl. „Los, mach!" Hitchcock zögerte.
„Ich? Warum?" Endlich mischte sich der Schließer ein. „Seit
wann werden hier Fragen gestellt! Tempo, du, sonst mach ich
dir Beine!" Das zog. Hitchcock setzte sich sofort in Bewegung.
Innerhalb von Augenblicken hatte er die Zelle verlassen. Riegel
und Schloss, dann die Schritte im Flur. „Ob's wegen Keese
ist?", fragte Bartowski nach einer Weile. Seine Stimme war
schwach, sie verhallte dünn im Zellendunst. Niemand antwortete. Wenn es tatsächlich wegen Keese sein sollte, konnte das
Nachschlag bedeuten. Dann würden die anderen drei, die sich an
der Prügelaktion beteiligt hatten, vielleicht auch geholt werden.
Vielleicht?

Ich hatte Kopfschmerzen und schloss die Augen. Ein Rauschen
war zu hören. Der Wind brauste plötzlich über den Freihof. Einer der Knaster, der an der offenen Stelle des Fensters lag, sagte.
„Draußen zieht sich's zu. Könnte sein, es gibt 'n Gewitter." Jemand seufzte. „So bei Gewitter und Sommerregen mit Badehose
über 'ne Wiese laufen. Da würd ich jetzt was für geben." Ein
paar andere seufzten mit, und Schubi sagte: „Kommt alles wieder, für jeden von uns. Beim einen dauert 's lange, beim andern..." Ehe er ausreden konnte, fiel ihm Freddi ins Wort:
„...und beim andern noch länger." Lachen konnte niemand. Ein
ziemlicher junger Bursche aus einem der oberen Betten reckte
den Hals und fragte wichtigtuerisch: „Hat schon mal einer von
euch bei Gewitter im Freien gefickt?" Und da nicht sofort jemand etwas entgegnete, sagte er: „Was Schöneres gibt's gar
nich!" Schubi grinste ein bisschen. „Was weißt du denn von der
Fickerei, du Spund." Ein paar andere murmelten Zustimmung.
„Mehr als mancher von euch!", behauptete der Junge. „Das
könnt ihr glauben." Eine Weile war Schweigen, dann seufzte
Schubi: „Is ja auch egal. Hier wird da jedenfalls nichts draus.
Und wenn's noch so'n schönes Gewitter gibt."

Ich schlief ein. Und ich träumte prompt von einem Gewitter
und einer Wiese. Tiffi war wieder dabei. Sie sah blass aus. Die

Haare wehten durcheinander, das T-Shirt war zerrissen. Als sie den Mund öffnete, um etwas zu sagen, versuchte ich sie zu küssen. Doch ich kam nicht an sie heran. Das Gewitter, ja, es lag an dem Gewitter. Nein, es lag an Bebie. Ein greller Blitz, ein lautes Donnern. Auf einmal spürte ich Tiffis Lippen auf den meinen, und meine rechte Hand stieß zwischen ihre Beine. Ich fühlte den üppig gewucherten Haarbusch und die Scheide, die warm und weich war. Ganz langsam tauchte mein Mittelfinger in das feuchte Fleisch. Tiffi stöhnte leise auf und drehte sich weg. Nein, sie wurde weggezogen. Bebies Arme schlangen sich um sie. Ihre Hände begannen zu schlagen, an Tiffis Sachen zu zerren. Das T-Shirt, der Tangaslip. Bis sie Tiffi die Kleider endgültig vom Leib gerissen hatte und sie nackt war. Auch ich war plötzlich nackt. Ich schämte mich und versuchte mich abzukehren. Aber Bebie zeigte unaufhörlich auf meinen Penis. „Er ist steif!", schrie sie. Immer wieder. Und sie kam näher, und um sie herum waren wieder die Schlangen. Fünfzig, hundert? Ihre züngelnden, fauchenden kleinen Köpfe reckten sich meinem Penis entgegen. „Ja, genau da", schrie Bebie, „packt ihn da!" Ich erstarrte, spürte gerade noch, wie sich mein Herzschlag verlangsamte. Ein Rauschen und Prasseln umgab mich, ein Flimmern und Krachen, und jemand sagte: „Das lässt was runter jetzt." Die Stimme. Sie gehörte Bartowski. Sekunden, in denen ich wie gelähmt blieb, verrannen. Herzfrequenz und Blutdruck mussten völlig abgesackt sein. Wie immer, wenn ich von Schlangen träumte, wenn diese übelste aller Wahnvorstellungen mein Unterbewusstsein wie eine eiserne Klammer umspannte. Es ist vorbei, dachte ich, es war nur ein Traum. Doch ich fand keine Erleichterung im Erkennen der Wirklichkeit. Die Traumbilder lebten weiter, Angst und Schrecken saßen viel zu tief. Und ich begriff: Nun fielen die Schlangen also auch schon während des Tages über mich her. Ich ließ die Augen dennoch geschlossen. Einfach um die Schlangen zu verdrängen und das Bild der Wiese, das Bild von Tiffi zurückzuholen, aber auch um meinen Mittelfinger noch einmal in ihre Scheide zu stecken.

Nein. Es krachte furchtbar. Wie ein böser Dämon raste der Hall des Donners durch den Freihof, ehe er ihm entkam. „Hört sich an, als hätt's irgendwo eingeschlagen", sagte Olaf. Alle anderen lauschten. Doch es gab keine akustischen Hinweise auf einen nahen Blitzeinschlag. Nur den nächsten Kracher. Da ich die Augen jetzt geöffnet hatte, sah ich durch das matte Glas, wie der Blitz nahezu im selben Moment aufgrellte, da der Donner losgejagt war. Der Schlag war beinahe ohrenbetäubend. Als es wieder still wurde, murmelte Bartowski: „Wenn's jetzt wirklich hier einschlägt und die Hütte fängt Feuer, verrecken wir in dieser Kombüse wie die Ratten in der Falle. Wenn's hier brennt, holt uns doch keine Sau raus." Obwohl er eher zu sich selbst gesprochen hatte, antwortete ihm Schubi: „Hier ist nicht viel zum Brennen. Die Tischbeine und die Hocker. Alles andere ist aus Plastik oder Eisen. Nicht mal die Strohsäcke sind echt; die sind mit Kunstfasern gefüllt." Er hatte Recht. Und doch war der Gedanke an einen Brand beängstigend. Wenngleich es Evakuierungspläne und dergleichen geben musste, deutete doch nichts darauf hin, dass sich die Schließer um die Rettung der lausigen Häftlinge scheren würden. „Zum Ersticken reicht's allemal! Braucht nachts bloß ein Kabel durchzuschmoren, da merkt keiner was." Es war weniger die Lust, sich mit Schubi zu streiten, die Bartowski zum Widerspruch ermunterte, als vielmehr der Gedanke, seine Vorstellung würde wahr werden. Schubi nahm es gelassen: „Irgendwer ist schon nachts wach. Und meist nicht nur einer." Ich schloss wieder die Augen. Ich war kraftlos und leer. Ein Blitz zuckte, im selben Moment schoss der Hall des Donners in den Freihof. Er erreichte unsere Zelle mit der Lautstärke einer Bombendetonation. Als es wieder still war, sagte Bartowski:: „Wenn ich vor was Schiss hab, dann isses 'n Gewitter. Ich komm mir immer vor wie im Krieg. Als würd ich ohne Munition im Schützengraben hocken." Die anderen schwiegen. Ganz sicher hatten auch sie Angst. Aber wer wollte das schon zugeben, wer wollte schon, dass man in der Freistunde hinterrücks auf ihn zeigte: Der hat Angst vor 'nem bisschen Gewitter.

Es interessierte mich nicht. Das Gebäude hätte zusammenbrechen können. Eine dumpfe Leere tat sich vor meinen geschlossenen Augen auf. In der Ferne ein Licht. Ich steuerte darauf zu, wie man durch ein unendlich lang scheinendes Rohr auf den Schimmer an dessen Ende zusteuerte. Aber ich war schwerelos, ich brauchte keine Anstrengung. Und ich merkte, dass sich dieses schwache Licht langsam auflöste. Nur im nachfolgenden Hall neuerlichen Donners flackerte es ein paar Mal auf. Es erschütterte meinen Körper. Die Arme, die Beine stießen wie die letzten Reflexbewegungen eines Sterbenden in die stickige Luft der Zelle. Weit, weit im zuhinterst verbliebenen Bewusstsein meines Hirnblocks dachte ich dieses Wort sogar: sterben. Es würde ein sanftes Entschlafen sein. So wie die Sterbeunwilligen hilflos ohnmächtig den unvermeidbaren Tod verharmlosten. Obwohl es nichtsdestotrotz ein Verrecken in der Trostlosigkeit gewesen wäre. Wie sich das Sterben doch auch im himmlisch weichen Bett auf ein trostloses Verrecken reduzierte.

Es sollte der letzte feste Schlaf sein, den ich in diesem Zugang erlebte. Ich schlief so tief und traumlos, auf dass ich nicht mal merkte, wie inzwischen die Zellentür aufgeschlossen und die Kaltverpflegung gebracht wurde. Längst hatte sich das Gewitter entfernt, liefen die Knaster wieder durch die Zelle, spielten Karten, stritten oder ödeten sich an. Einige hatten ihre Ration bereits vertilgt. Ganz sicher wurde schon auf das Rädchen Wurst, das Keese und Hitchcock jeweils zustand, spekuliert. Spätestens nach der Zählung würde das Essen der beiden verschwunden sein.

Zählung, wann war die Zählung? Es konnte nicht mehr lange dauern. Eine Stunde oder zwei? Ein erbärmliches Leben, das man ohne Uhr führte. Ich blickte auf das Fenster, aber mitten im Sommer konnte man durch das undurchsichtige Glas schwerlich unterscheiden, ob es zwei Uhr nachmittags oder sieben Uhr abends war. Wirklich nicht. Lediglich dass die Sonne wieder die Oberhand gewonnen hatte, ließ sich feststellen. Die Hitze kehrte zurück, obschon man jetzt einen leichten Hauch der Abkühlung spürte. „Hast ganz schön einen weggezogen", sagte Olaf. Ich streckte mich, die Knochen knackten ein bisschen, aber die Schmerzen im Körper hatten nachgelassen. Auch die im Kopf. Langsam drückte ich mich hoch. „Wie spät isses?", fragte ich. „Fünf rum", entgegnete er. „Draußen is eben das letzte Außenkommando von der Gärtnerei zurückgekommen. Nass wie die Ratten waren die Kumpels. Durften sich nicht unterstellen bei dem Gewitter." Mir fiel ein, dass ich ja am nächsten Tag verlegt werden sollte. Wohin? Die Klamotten, die uns Ulrich angekündigt hatten, waren jedenfalls nicht ausgeteilt worden. Oder hatte ich den Empfang verpennt? Nein, Freddi und Lars lagen auf ihren Betten, da war nichts von Arbeits- oder anderen neuen Sachen zu sehen. „Am besten du sicherst dir erst mal deine Kaltverpflegung", empfahl mir Olaf. „Die fressen sonst alles weg. Die sind heute wie die Heuschrecken." Heute? „Dabei gibt's nur diese eklige Zementwurst, diese graue Mischung aus Leber- und Grützwurst. Total überfettet." Er hatte Recht. Ich ging zum hinteren Tisch. Das Aufteilen der Wurstrolle, das sonst mir als Aufgabe zugefallen war, hatte heute schon jemand übernommen. Wer? Egal, die drei Rädchen, die noch lagen, sahen so schmächtig aus, dass sie insgesamt wohl nicht mehr als eine Ration ergeben hätten. Die Margarine war ganz weg. Nicht aufregen, dachte ich. Der letzte Tag hier. Morgen wird alles anders. Anders, hieß das besser oder schlechter? Ich teilte das Wursträdchen in zwei kleine Klumpen, verschmierte jeden auf einer Scheibe Brot und legte sie aufeinander. Klappstulle oder Doppelte nannte man das im zivilen Leben und bezeichnete damit ein gut belegtes Brot. Ich verdrängte die Gedankenassoziation, indem ich einen großen Happen herausbiss und mich mit dem Gedanken an spätere, bessere Zeiten tröstete. Was ich dann alles essen würde. Aber als ich die Doppelschnitte vertilgt hatte, verspürte ich immer noch Hunger. Es musste noch was rein.

„Sie haben alle gefressen wie die Tiere", sagte Olaf, der mir hinterhergekommen war. „Wie auf Kommando." Er zeigte auf die übrigen zwei Wursträdchen. „Nimm sie dir doch. Sonst holt sie sich ein anderer." Ja, nimm sie dir. Es kostete mich Mühe, die Gier zu bezwingen. Den Wolfshunger. Nein, ich wollte nicht derjenige sein, den alle beobachtet hatten, wie er den anderen die kärgliche Ration wegfraß. Ich nahm ein Stück trockenes Brot und goss mir eine Tasse jenes Gesöffs ein, das sie Tee nannten. Hauptsache, es war was drin im Magen. Und es machte ja genauso satt. Wenn es auch würgte und fade schmeckte. Andererseits hatte Olaf Recht: Die Wursträdchen verschwanden, ehe im Flur die Zählung angesagt wurde. Ganz unauffällig hatte sie jemand abgeräumt und verschlungen. Ich hätte nicht sagen können, wer es gewesen sein sollte. Dabei bildete ich mir ein, den Tisch mit der Verpflegung nicht aus den Augen gelassen zu haben. Egal, es spielte keine Rolle. Hitchcock, von dem man eigentlich den höllischen Aufruhr erwartete, benahm sich friedlich, satt. Er kam, als der Schließer die Zelle öffnete, um uns Knaster zu zählen. Ohne sich um die Zählung zu scheren, steuerte er auf das Klo zu und verschwand darin. Ich betete den Text herunter, der Schließer machte seine Notiz, dann wurde *das Brett* zugeschlagen. Hitchcock kam kurze Zeit später vom Klo zurück. Er sah blass aus, schien aber gutgelaunt. Er schmiss sich aufs Bett, nestelte eine Zigarette aus der Brusttasche des Hemdes und begann zu paffen.

Schubi wunderte sich als Erster: „Wie kommst 'n du zu echten Fluppen?" Hitchcock zuckte zunächst zusammen. Doch er fing sich gleich: „Wie ich zu echten Fluppen komme? Das geht dich 'nen Scheißdreck an, merk dir das mal, du alter Zopp!" Ostentativ stieß er eine dicke Wolke in Schubis Richtung. Dann gab er sich versöhnlich: „Hatte Sprecher. Ganz überraschend. Meine Mutter ausm Westen war da. Es stand vorher nicht fest, wann sie kommt, ob überhaupt. Darum bin ich so plötzlich geholt worden." Die Knaster sperrten die Mäuler auf. „Du hast 'ne Mutter?", staunte Schubi. „Und dann noch im Westen?" Hitchcock erhob sich. Er saß jetzt lässig auf der Bettkante, machte ein freches, überhebliches Gesicht. Rauchte. „Und ob. Die hat drüben 'n Geschäft. Muss sie sich viel drum kümmern, darum is sie bisher noch nich zu Besuch gekommen." Schubi pfiff anerkennend durch die Zähne, fragte: „Und? Stellst du da jetzt 'nen Ausreiseantrag?"

Hitchcock schüttelte den Kopf. „Bin ich blöd? Ich mach auf vorzeitige Entlassung und lass mir, wenn ich wieder draußen bin, von meiner Mutter Pakete und alles schicken."

„Was is alles?", fragte Bartowski leise.

„Auto und das!", erwiderte Hitchcock großkotzig. Er überhörte den spöttischen Unterton in Bartowskis Stimme.

„So 'ne Mutter könnt' ich auch brauchen", sagte Freddi sichtlich neidisch. „Aber dann würd' ich zusehen, dass ich so schnell wie möglich rüber komme, in 'nen Westen." Hitchcock grinste breit und stolz, aber dieses Grinsen verging ihm schnell, denn Bartowski ging der Sache auf den Grund: „Irgendwie komisch. Einer, der Mitte zwanzig ist, hat 'ne Mutter, die im Westen lebt. Frag ich mich doch, wie das abgelaufen sein soll. Ist die Mutter so Ende der sechziger Jahre rasch mal aus'm Westen in die DDR gekommen, um hier zu entbinden und dann gleich wieder abzuhauen. Vor allem: Warum soll das so sein? Etwa weil 's drüben keine Krankenhäuser gibt?" Er saß auf der Bettkante im zweiten Stock, die Beine baumelten. Aus seiner Miene sprach Verschlagenheit. „Is halt so", behauptete Hitchcock prompt. Näher erklären wollte er nichts. Bartowski winkte ab, sagte schließlich: „Kann mir ja auch egal sein, ob du 'ne Mutter im Westen hast." Er drehte sich und ließ sich aufs Bett fallen.

„Auf jeden Fall scheint er schön 'nen Kaffee getrunken und was gegessen zu haben. Das riecht man bis hierher", stichelte Schubi. „Also muss ihn wirklich jemand besucht haben."

„Vielleicht hat er auch jemanden besucht -." Bartowski setzte sich wieder auf. Er warf einen vielsagenden Blick zu Hitchcock.

„Was willste damit sagen?", fragte Hitchcock scharf. „Willste etwa behaupten, ich wäre -?" Er war emporgeschnellt und ein

Stück auf Bartowskis Bett zugesprungen. Die Zigarette klemmte zwischen seinen zitternden Fingern.

„Nichts will ich behaupten", sagte Bartowski und ließ sich wieder nach hinten fallen. „Mir hat nur jemand erzählt, dass es beim OKI auch manchmal Kaffee und belegte Brötchen gibt. Und Zigaretten."

„Du Hund!", schrie Hitchcock, „vielleicht bist du hier der OKI-Spanner!" Er wollte mit der flachen Hand auf Bartowski einschlagen, doch dieser drückte sich an die Wand, so dass ihn Hitchcock nicht ohne Weiteres erreichen konnte und schließlich von ihm abließ. Aufgeregt stand er in der Mitte der Zelle. „Will hier vielleicht noch jemand behaupten, dass ich OKI-Spanner bin?" Seine Augen blitzten gegen die Gesichter der anderen Knaster. Doch niemand reagierte. Egal dass es ein Leichtes gewesen wäre, ihn durch ein paar simple Fragen endgültig in das Netz seiner Lügen zu verstricken, ihn der Lächerlichkeit preiszugeben. Nein, wenn einer mit dem Stasi-Kontrolloffizier in Verbindung stand, so hatte er schnell mal die Gelegenheit, die anderen zu denunzieren. Und so was konnte einem schaden.

Ich verbrachte eine unruhige Nacht. Da ich bis in den Nachmittag hinein geschlafen hatte, fand ich jetzt keine Ruhe. Einer der Kerle gab fürchterliche Schnarchtöne von sich, ein anderer furzte pausenlos, und der Gestank mischte sich bösartig in den stickigen Mief, der sich nach dem Schließen des Flurfensters wieder in der Zelle gestaut hatte. Und natürlich: Aus einer dunklen Ecke kamen Schmatzgeräusche. Ich lag mit dem Rükken zur Wand, um durch die halb geschlossenen Augenlider die Zelle im Blick haben zu können. In dieser letzten Nacht im Zugang, konnte da nicht noch was passieren? Die nackten Fußsohlen hatte ich gegen das Mauerwerk gestellt. Es brachte ein bisschen Kühlung, und für gewöhnlich zog es das Blut aus dem Kopf und benebelte einen, bis man einschlief. In dieser Nacht nicht. Ich döste lediglich und geriet nur manchmal an den Rand eines leichten Schlafes. Die Spekulationen zum Verlauf des nächsten Tages holten mich immer wieder zurück. Die Frage, was kommen würde. Und wenn dann mein Bewusstsein tatsächlich ein Stück weggesackt war, tanzte unverhofft die Vision einer letzten schrecklichen Nacht in diesem Zugang durch meine Halbtraumwelt. Hitchcock lief mit einem Messer durch die Zelle. Er kam auf mich zu und -. Oder ich begehrte gegen das Schmatzen des fragwürdigen Liebespaares auf und hatte dies auf dieselbe Weise wie Keese zu büßen. Das Rückerwachen war dann erleichternd.

Irgendwie erleichternd waren auch die Geräusche des Außenkommandos, Tritte, vereinzelte Stimmen. Noch eine Stunde bis zum Wecken. Ich fühlte, wie die Müdigkeit mit Macht über mich kam. Jetzt doch. Es kämpfte in mir. Aufstehen, waschen, Toilette? Oder dem Ruf, der süßen Verlockung nachgeben? Ja, ich gab nach. Die Ausrede, dass ich die Augen gleich wieder öffnen würde, ließ sich so leicht pflücken wie eh. Doch es wurde keine Ausrede. Der Spannungsbogen hielt an; als der Kalfaktor von draußen gegen die Tür schlug, war ich sofort hellwach. Ich hatte keine Kopfschmerzen, keine Beschwerden. Nur Herzklopfen und fürchterliche Magenfläue. Der neue Tag, ein neuer Abschnitt. Ich sprang aus dem Bett und rannte zum Klo. Ein fürchterlicher Durchfall überkam mich. Mindestens eine Viertelstunde saß ich wie angewurzelt auf der rissigen Holzbrille. Wie sie auch von draußen gegen die Tür schlugen oder drohten. Danach wurde es besser. Waschen, Zählung. Ich zog das Bett ab, faltete, legte die Bettwäsche an das Fußende und breitete eine der Decken aus, um nachher meine Sachen hineinzulegen. Dann bestrich ich meine Semmel mit dem Butterklecks, klappte sie zusammen und steckte sie in die Hosentasche. Keinen Bissen brachte ich hinunter. Ich war blass und aufgeregt. Freddi und Lars, die mit mir verlegt werden sollten, lagen schon wieder auf den Betten. „Is noch Ewigkeiten Zeit", wussten sie. Und: „Die paar Plünnen sind in zwei Minuten zusammengesackt." Zwei alte *BeVauer*, die trotz ihrer Jugend schon ein riesiges Stück Leben im Zuchthaustrott verbracht hatten. In Jugendanstalten und Gefängnissen, die sicherlich nicht ganz so hart geführt wurden wie dieses Brandenburger Zuchthaus.

Etwa gegen halb neun wurde das Vorkommando zur Freistunde in den Flur gegeben. Die Knaster atmeten auf. Frische Luft, Abkühlung und Bewegung. Mich betraf das Kommando nicht. Mich, Freddi und Lars. „Packt mal eure Sachen zusammen." Der Kalfaktor stand an der offenen Zellentür, während die übrigen Knaster zur Freistunde *abliefen*. „In fünf Minuten werdet ihr geholt." Endlich, dachte ich. Doch zugleich fühlte ich einen fürchterlichen Stich in der Brust. In ein paar Stunden würde mich dieser Moloch Zuchthaus endgültig geschluckt haben. Olaf, der sich bereits auf dem Flur befand, erkannte, dass die Verlegung bevorstand und wollte nochmals zurück, um sich von mir zu verabschieden. Der Kalfaktor hielt ihn auf. „Freistunde is jetzt! Musst dir halt 'ne neue Mieze suchen." Nichts deutete darauf hin, dass seine Bemerkung ironisch gemeint sein sollte. „Mach's gut, Gottfried!", rief Olaf. „Melde dich, wenn du drüben bist!" Auch von Bartowski kam ein Gruß. „Macht's gut!", antwortete ich mit gequetschter Stimme. Krach, die Tür, der Riegel. Und wieder rebellierte es in meiner Magengegend. Aufs Klo. Ich saß, doch die Eingeweide hatten sich längst entleert. Ein paar Schluchzer beutelten mich. Ich schluckte sie leise weg, wischte mir das Gesicht mit dem Hemd trocken. Freddi und Lars hatten ihre Bündel gepackt, als ich aus dem Klo kam. „Hoffentlich müssen wir nich in die ElMo", sagte Freddi. „Wieso?", erwiderte ich. „Weil 's Mist is. Den ganzen Tag dazusitzen und Spulen zu wickeln Das macht bekloppt." Ich war anderer Meinung. Man hatte seinen Platz, seinen Horizont und seine Beschäftigung. Egal wie stupide alles sein mochte. In der Monotonie der Regelmäßigkeit verstrich die Zeit schnell.

Der Riegel krachte, das *Brett* flog auf. „Mitkomm!", brüllte Ulrich, wobei er sich schon wieder entfernte. Wir schnappten unsere Deckenbündel und folgten. Im Flur warteten bereits drei Knaster aus den vorderen Zellen. Von einem wusste ich, dass es sich um einen EllEller handelte. Ein Mörder. Es hieß, er sei in eine Schlägerei verwickelt gewesen und habe dabei jemanden mit der Faust so unglücklich getroffen, dass der gestürzt und mit dem Kopf gegen einen Stein geschlagen sei. Tot. Mord. EllEll. Von den zwei anderen wusste ich nichts, sie waren mir nicht mal in den Freistunden aufgefallen. „Lasst eure Lumpen hier und kommt mit!", schnauzte der Kalfaktor. Wir folgten ihm und dem Schließer durch die geöffnete Gittertür in den Keller und wurden dort, nachdem Ulrich in der Effektenkammer verschwunden war, in den Zwischenflur geschlossen. Wir standen im Dunkeln und lauschten auf die Geräusche im Gebäude. Doch es war nichts zu hören außer den gleichmäßigen Tritten des Schließers. „Der geht jetzt erst mal Kaffee trinken", sagte Freddi. „Der hat's gut." Er seufzte, und Lars widersprach. „Dass der 's wirklich so gut hat, möchte ich bezweifeln. Is doch genau so eingesperrt wie wir." Er kicherte leise. „Seine Olle zu Hause kann machen, was sie will, wenn er hier im Knast is. Die weiß hundertprozentig, dass er nich raus kann, um sie bei 'ner Nummer mit 'nem andern Macker zu stören." Freddi und die zwei Ganoven lachten gemein. Nur der EllEller maulte. „Mir wär's egal, wenn die Alte fremd geht, wenn ich dafür hier raus könnte. Ich würd' überhaupt mit jedem tauschen, der nich EllEll hat." Seine Stimme hatte etwas Fatalistisches. Vielleicht, dass er an einen Selbstmord, einfach an Aufgabe dachte, weil er sein Leben als zerstört ansah. Ich hatte das Bedürfnis, den anderen zu trösten. Ich sagte: „Würd'st du auch mit einem tauschen wollen, der hoffnungslos Krebs hat?" Aber ich stieß auf Unverständnis. „Quatsch!", zischte der Kerl. „Bin ich blöd?" Seine Augen funkelten, und ich konnte im Halbdunkeln erkennen, wie sich sein Gesicht einfurchte. Eine Verbrechervisage, die sich für den Augenblick offenbarte, sich jedoch gleich wieder in die Miene des Unschuldslamms kehrte. Es gab dieses Sprichwort: Als der Wolf gefangen war, wollte er fromm werden. Der EllEller schwieg, aber einer von den zwei Ganoven meldete sich zu Wort: „Du halt mal lieber die Schnauze. Oder reicht dir die Abreibung vom Duschraum nich aus?" Er war ein mittelgroßer, hagerer Kerl mit geränderten Augen und langem Kinn. Höchstens zwei oder drei Jahre jünger als ich. Keiner, der mir Angst einflößen konnte. Ich lachte verächtlich, und ich spürte, wie in mir eine seltsame Mischung aus Unruhe und Wut aufstieg. Diese kolossale nervliche Belastung, die sich mit der Verlegung aus dem Zugang verband, erfuhr unversehens die Aussicht, sich in einem kindischen Streit mit dem nächstbesten Primitivling zu entladen. „Scheiß Ausweiser!“, schnaubte der andere. „Wär' besser gewesen, der Verrückte hätte dir mit seiner Klinge die Kehle durchgeritzt.“ Es war tatsächlich weniger der Inhalt der Bemerkung noch der hassvolle Tonfall, in dem sie geäußert wurde, als vielmehr die Anspannung, die in diesen wenigen Sekunden einen totalen inneren Druck verursacht hatte. „Pass mal lieber auf, dass dir der Verrückte nich beim nächsten Mal mit der Rasierklinge über dein blödes Maul fährt“, entgegnete ich also giftig, und ich hätte mich nicht gescheut, mich in diesem Augenblick der Unbeherrschtheit mit dem Knaster nach Schuljungenart zu prügeln. Allein der Kerl machte einen Rückzieher und schwieg. Kurz darauf wurde die Tür der Effektenkammer aufgerissen, und Ulrich befahl: „Die drei, die zur ElMo gehen, los, rein hier!“ Ratlosigkeit. Schließlich fragte Freddi: „Wer geht denn zur ElMo?“ Der Kalfaktor starrte ihn verständnislos an. „Wer? Die drei aus Zelle zwei natürlich. Wer sonst?“ Er ließ die Tür los und verschwand im Innern des Raumes. „Mal wieder voll ins Knie gefickt“, schimpfte der EllEller. Er gab sich einen Ruck und folgte dem Kalfaktor.

„Das Beschissenste kommt für uns schon mal nich in Frage“, stellte Freddi zufrieden fest. „Was ich gehört hab, soll's in der IFA am besten sein. Da haste den meisten Auslauf in den Werkhallen. In der ElMo klebste nur am Tisch. Da komm' fast nur Luftpumpen hin. Siehst ja, was das hier für Kollegen waren.“

Ich hatte mich wieder abgeregt. Und ich war froh, dass es nicht wirklich zu einer Auseinandersetzung gekommen war. Ganz klar: Ich musste lernen, mit Leuten niederen Niveaus, mit deren verbalen Angriffen umzugehen.

„Rechnest du damit, dass du freigekauft wirst?", fragte Freddi.

„Ich rechne zuerst mal damit, meine Strafe abzusitzen. Tag für Tag. Notfalls bis die sechs Jahre rum sind. Und wenn ich dann in diese DDR zurückentlassen werde, setz ich alles dran, so schnell wie möglich von hier zu verschwinden", antwortete ich entschlossen. Das Thema Freikauf tat ich als abwegig ab.

„Wir wolln auch beide rüber. Aber wir müssen unsere Jahre auf jeden Fall abdrücken. Wir wolln auch gar nichts geschenkt von den Kommunisten."

„Wie viel habt ihr denn?", fragte ich notgedrungen zurück.

„Ich hab sechs und Lars fünfeinhalb. Das würde passen, dass wir zu dritt in 'nen Westen abhauen, wenn wir dann draußen sind. Was meinste?"

Ich meinte wenig. „Das is mir zu lange, um jetzt was festzulegen. Außerdem sollte keiner so blöd sein und einfach so auf die Grenze zu stürmen. Man landet entweder auf dem Friedhof oder wieder hier."

„Einfach so kommt auch nich in Frage. Wir machen uns 'nen Plan, wo und um welche Zeit wir stiften gehen. Und vor allem besorgen wir uns vorher erst mal 'ne vernünftige Puste. Ehe die mich abknallen, nehm ich aber noch welche von denen mit."

„Und wo willst du die Puste herkriegen?"

„Entweder von den Russen gegen Schnaps oder von unserer Armee. Knacken wir zusammen so 'n Munitionslager." Freddi grinste siegesgewiss, und ich dachte daran, mit welchem Aufwand bei der Armee jede scharfe Patrone und jede Kalaschnikow registriert und verwahrt wurden. Was den beiden vorschwebte, hatte also nichts mit Leichtsinn oder Draufgängerei, sondern nur mit Selbstmordabsicht zu tun.

„Und dann, wenn ihr drüben seid, was habt ihr dann vor?", fragte ich, um nicht über Waffendiebstahl und Grenzdurchbrüche reden zu müssen.

„Wir wollen uns erst mal alles ansehen. Australien, Taiwan, Mexiko und das."

„Braucht man aber bisschen Geld für so was."

„Wenn wir die richtigen Positionen angeboten kriegen, arbeiten wir natürlich, und dafür gibt's ja dann Geld. Denk mal nich, dass wir faulenzen oder wieder einbrechen wollen."

„Was denn für Positionen?"

„Na so als Direktor oder Manager, vielleicht noch Abteilungsleiter. Wir sind ja jung, und bisschen was darstellen wollen wir schließlich noch. Hier in der Zone isses vorbei für uns. Da lassen die uns höchstens körperliche Arbeit machen. Und dann gibt's glatt wieder Kalte Heimat. Is doch Scheiße. Jeden Abend beim Sheriff melden und dann durchprügeln lassen. Drüben fangen wir neu an. Mal gucken, ob Frankfurt oder München. Hängt von der Firma ab, die uns nimmt. Was meinst du, wie wir aussehen, wenn wir frisch eingekleidet sind. Anzug und Krawatte, Lackschuhe. Und 'nen vernünftigen Dienstwagen. Da sehn wir aber aus." Freddi stieß seinen Freund und Mittäter an. „Weißt noch, wie wir den Exquisitladen in Cottbus geknackt haben? Wie uns die Klamotten standen? In den Kneipen, wo wir waren, die haben uns die Schuhe geleckt. Und die Weiber, die wir in der Berliner Nachtbar aufgerissen haben. Die haben keine Sekunde gezweifelt, dass unsere Väter hohe Politiker sind. Schönes Auto noch aufgerissen, und ab ging die Spritztour in die Morgenstunden."

„Und?"

„Nichts und. Die Bullen haben uns gestoppt, als wir hinter Neuruppin mit den Weibern in 'nen Wald wollten. Gab wieder 'ne schöne Tracht Prügel, und alles war futsch, was wir uns so aufgebaut hatten."

Die Tür zur Effektenkammer wurde aufgerissen. „Los, rein!" Wir gehorchten, ließen, bevor wir den Raum betraten, die drei anderen Knaster an uns vorbei. „Ihr werdet in die IFA verlegt", erklärte uns Ulrich. „Da sind die Arbeitsanzüge. Schuhe für die Arbeit kriegt ihr vor Ort. Neue Bettwäsche auch." Er schob einen Stapel dunkelblauer Jacken und Hosen über den Tisch. Frischer, derber Stoff, in den die gelben Streifen eingelassen waren.

„Wem sind denn davon welche?", erkundigte sich Freddi missmutig.

„Wenn ich das schon höre: Wem sind welche. Lern mal gefälligst Deutsch!" Ulrich schubste den Stapel mit der flachen Hand, so dass er weiter über die Tischplatte rutschte und beinahe zu Boden gefallen wäre. „Such dir raus, was dir passt und gut! Ansonsten tausch das Zeug in der IFA um." Er schob einen Zettel hinterher. „Hier, Unterschrift."

Wir warteten wieder ewig. Erst zu sechst, danach nur Freddi, Lars und ich. Freddi feixte, nachdem der Schließer von der El-Mo gekommen war und den EllEller sowie die zwei Ganoven abgeholt hatte. „Die sitzen heute noch am Wickeltisch und rollen Spulen." Ich dachte: Was ist daran so lächerlich? Konnte man nicht über jede Beschäftigung froh sein? „Na ja, das sind BeVauer, absolut!", spottete Lars, und ich verkniff mir gerade noch die Frage, unter welche Kategorie Mensch denn er selbst fiele, der in seinem Leben kaum etwas anderes als vergitterte Fenster gesehen hatte. Die beiden hatten sich auf ihre Bündel gefläzt und lagen wie gelangweilte Straßenräuber auf dem Boden des Zwischenflures. Ich stand daneben, lehnte mit dem Rücken gegen die Wand. Ich lauschte auf die Geräusche im Gebäude. Schritte, Stimmen. Ich dachte an Olaf und an Bartowski. Wir hatten uns zum Schluss aneinander gewöhnt. Irgendwie hatte das vieles erleichtert. In dieser IFA musste ich mich erst wieder neu orientieren, neuen Anschluss finden. Ich nahm mir vor, mich zunächst an die beiden, die mit mir gingen, zu hängen. Egal dass sie überhaupt nicht zu mir passten, dass deren kriminelle Laufbahn längst besiegelt war.

„Warum haust'n dich nich auch hin?", fragte Freddi. „Bis der Schließer kommt, kann's Mittag oder Abend werden." Ich schüttelte den Kopf. „Haste Angst, dass du 'nen Anschiss kriegst?" Lars lachte, und ich verneinte wieder stumm. Doch, ich hatte natürlich Angst. Gleich mit dem Beginn des eigentlichen Knastlebens aufzufallen, wozu? „Haste dir mal durch 'n

Kopf gehn lassen, was ich dir vorhin vorgeschlagen hab? Dass wir zusammen in 'nen Westen abhauen, wenn wir hier raus sind?", fragte Freddi. Ich winkte ab. „In fünf Jahren, vielleicht lebe ich da gar nich mehr." Aber die beiden betrachteten das Vorhaben Republikflucht trotz der zu überbrückenden Zeitspanne mit unerschütterlichem Ernst. „Wie man mit 'ner Knarre umgeht, zeigen wir dir schon." Freddi legte den Kopf gegen die rechte Schulter, kniff das linke Auge zu und visierte mit dem anderen ein unsichtbares Ziel an. „Piff!" Er bog den angekrümmten Zeigefinger der leicht vorgestreckten rechten Hand um und simulierte damit das Betätigen des Abzugshebels einer MPi. „Siehste", verkündete er schlau, „so räumt man diese Strolche aus dem Weg." Ich sah mitleidig auf ihn herab. „Meinste, das sind alles Strolche, die dort stehen?" Er wandte den Kopf und blickte über den ungelenk gedrehten Hals zu mir herauf. „Is mir scheiß egal, ob Strolche oder nich. Wer auf mich schießt, der is dran. Und wenn wir zu dritt komm' und losballern, haben wir auch echt 'ne Chance." Da er meine Unlust spürte, über seine kindischen Vorstellungen zu reden, drehte er den Hals zurück und lehnte den Hinterkopf gegen die Wand. „Diese verfluchten fünfeinhalb Jahre, wenn die bloß schon rum wären." Er atmete laut. „Manchmal denk ich, man müsste gleich von hier abhauen. Aus 'm Knast. Und dann ab in 'nen Westen. Kannst dir vorstellen, Lars, wie da drüben die Post abgeht, wenn wir mit unserer Story einfliegen? Mensch, wir wärn die Kings. Die würden sich alle um uns reißen. Die Weiber vor allem. Oh Mann!" Er lachte in Wonne, und sein Blick umkreiste starr die soeben geschaffene Vision. Nie würde er sie realisieren, egal wenn er sein Leben dransetzte. Vielleicht dass er es schon Augenblicke später begriff. Er ließ seinen Kopf nach vorn sacken, schlug den Blick nieder. „Scheiß, verfluchter Knast!", fauchte er, „hier kommt keiner raus, der nich raus darf. Nich lebendig." Aber auch sein Missmut hielt nicht lange an. Der Kopf ging wieder hoch, die Beine hoben sich ein bisschen in die Luft. „Haben wir noch was zu rauchen?" Sein Kumpel kramte in der

Brusttasche und förderte etwas Papier und Tabak zutage. Ohne Hast drehte er mit der Hand zwei Zigaretten. Gab eine Freddi und hielt die andere in meine Richtung. Ich schüttelte den Kopf. „Ich rauch nich." Er steckte sich das weiße Stäbchen selbst in den Mund. Fragte dann von unten: „Haste nie geraucht in deinem Leben?" Ich musste überlegen. Wann hatte ich angefangen, wann aufgehört, warum. Etwa mit sechzehn fing die Pafferei an, mit den Tanzveranstaltungen. Schule, Abitur, bis dahin hielt sich die Sucht in Grenzen. Dann die Armee, da lernte man, da hatte man auch immer was zu rauchen. Und wenn die Schachteln von zu Hause kamen, wo es einem vordem noch verleidet und vergällt wurde. Dann beim Studium immer die ekligen Fluppen geraucht. „Juwel 72" oder sogar „Salem gelb". Kurz danach der Unfall. Silvester mit dem Auto gegen diesen dicken Baum geknallt. Totalschaden. Der Fahrer sofort tot. Die Dachkonstruktion des alten Autos hatte ihm die Schädeldecke eingedrückt. Ich hatte um buchstäbliche Haaresbreite überlebt. Egal dass ich direkt hinter ihm gesessen hatte, war mir der Metallrahmen des Daches geradeso über den Kopf geschlittert. Die Narbe, die ich zurückbehielt, bezeugte es, als mir allmählich die Haare ausgingen, vor aller Welt. Von den vielen gebrochenen Knochen und Prellungen sah man später nicht mehr als die Operationsnarben. Aber das: Die Monate mit und ohne Streckverband boten sich geradezu an, die Quarzerei abzustellen. Schluss mit der Sucht, damit dieses fürchterliche Krankenhausintermezzo eine positive Seite bekam.

Ich hatte mich in diesen elf Monaten Untersuchungshaft, an einsamen Tagen und in schlaflosen Nächten nicht selten gefragt, warum es während des Unfalls nicht mich, sondern den anderen erwischt hatte. Ich hätte tot sein können, und der Knast wäre mir erspart geblieben. Oder hatte mich das Schicksal für das Zuchthaus vorgesehen? War ich dazu bestimmt, diese Jahre hinter Gittern als Meilenstein zu einer späteren Schriftstellerlaufbahn zu durchlaufen? Vielleicht geschah all das auch nur, weil Marx Recht hatte, wenn er behauptete, Ursache und Wirkung, Zufall und Notwendigkeit gehörten zu den dialektischen Prinzipien, die unser Leben, jedes Leben und Dasein, regelten.

„Sehr gesprächig bist du nich grade", sagte Freddi.

„War ich noch nie", erwiderte ich.

„Schreibst lieber was. Stimmt's?"

„Kommt drauf an."

„Bist ja auch deswegen hier, wie sie erzählt haben." Er verdrehte erneut den Hals und blickte mit schräg fragendem Blick zu mir herauf.

„Pass auf, dass die Asche von deiner Zigarette nicht auf den Boden fällt", sagte ich.

Er drehte den Kopf verwirrt zurück, schnipste dann mit einer ausholenden Armbewegung die Zigarettenasche über den Flur. „Hast Recht, wenn Ulrich oder die Schließer merken, dass wir rauchen, könnt's Ärger geben."

Von irgendwo drangen Schließgeräusche zu uns. Es klapperte. „Die kommen schon mit dem Mittagsfraß", sagte Lars. „Bin gespannt, ob wir auch was kriegen."

Die Frage erübrigte sich. Am nächsten Gitter tauchte ein Schließer auf. Ein hochgewachsener Bursche mit Stiernacken, aber schmalen Schultern. Seine Bewegungen waren plump, die Schritte schnell und irgendwie stampfend. Die Schulterstücke seiner dunkelblauen Uniform trugen einen Stern. Dienstrang Wachtmeister. Der Bursche kam so hastig auf uns zugestürmt, dass Freddi und Lars Mühe hatten, ihre Zigarettenkippen auszuquetschen und verschwinden zu lassen, geschweige denn dass sie es schafften, sich rechtzeitig in die Senkrechte zu begeben. Der Anschnauzer folgte prompt. „Ihr wollt wohl von hier aus direkt in' Arrest?!" Der Wachtmeister hob die Hand, in der er das Schlüsselbund hielt, und es sah aus, als würde er jetzt zuschlagen. Doch es blieb bei der Drohung. Um so eiliger fassten Freddi und Lars nach ihren Bündeln. Ab zum Gitter, Stufen, nächstes Gitter, Stufen, Eisentür.

Der Freihof. Die Leere und die Stille, die nach der Freistunde zurückgeblieben waren, gaben dem Terrain eine Atmosphäre tückischen Friedens. Sträucher, Gras, ein paar Blümchen, dazwischen ein Buchfinkenpärchen. Gedämpfte Stimmen drangen durch die Zellenfenster. Hast dich nicht mal von Olaf und Bartowski verabschiedet, dachte ich. Es war alles zu schnell, zu überraschend gegangen. Vielleicht, wenn sie uns über den Freihof zum großen Gebäude führten, vielleicht würde Olaf noch mal durch das Loch im Fenster -. Eine falsche Hoffnung. Wir verließen den Hof durch das eiserne Seitentor. Und hatte ich eben den kleinen Innenhof schon als eine ungewohnte Weite empfunden, so schien mir die nun vor uns liegende Lagerstraße mit den Seitenmauern, dem zentralen großen Gebäudekomplex und den Wachtürmen wie ein riesiges Areal. Wann war ich zuletzt 100 Meter auf einer geraden Strecke gelaufen? Nein, nicht 100, mindestens 200 Meter.

Andererseits, diese hohen Mauern, die Drahtaufsätze, die Wachtürme, in denen uniformierte Posten mit Schnellfeuerwaffen lauerten, die abgeschotteten Gebäudetrakte, diese kahle Betonfläche unter unseren Schuhen, wie wirkte denn das? War das nicht wie ein KZ? Auschwitz, Buchenwald? Hinter uns der stiernackige Wachtmeister, in unseren Händen die unförmigen Deckenbündel, die beim Laufen gegen die Beine schlugen und beim Festhalten die Finger schmerzen ließen. Der riesige Schornstein, der zur Kleinstadtanlage Zuchthaus gehörte. Konnte es nicht sein, dass wir dorthin? Und dann rein ins Öfchen?

Sicherlich nicht. Dennoch schien alles in diesem Knastgelände tot und trotz der Hitze kalt. Es war kein Traum, keine Einbildung, einfach eine unnatürlich Wirklichkeit. Nirgends war jemand zu sehen oder zu hören. Nur wir drei Knaster und der stiernackige Wächter. Dazu von fern das ächzende Quietschen der Straßenbahn, die monotonen Autogeräusche von der Hauptstraße. Fünf oder zehn Minuten zerrten wir in der morgendlichen Hitze unsere beuligen Deckenbündel über die Lagerstraße. Bis der Marsch vor der Eisentür eines Backsteingebäudes endete. Schließgeräusche, Tür auf. „Los, rin hier!" Tür zu. Weiter.

Ein Flur, Eisentür. Das Treppenhaus. Erster Stock, zweiter. Eisentüren, Gitter. Zwischendurch zwei Wächter in dunkelblauen Uniformen, die sich über irgendwelche Belanglosigkeiten ihres Privatlebens unterhielten und durch uns hindurch glotzten, als wären wir Luft. Waren wir Luft? Nein, keine Luft, aber Menschen dritter oder vierter Klasse, Sklaven. Vielleicht hatten wir auch schon nichts Menschliches mehr, vielleicht waren wir ganz einfaches, alltägliches Vieh.

Die nächste Gittertür. Ein langer Flur, in dem sich die Zellentüren wie in einem modernen Viehstall aneinander reihten. Zellentür fünfzig. „Halt hier!" Ein paar Schlüsseldrehungen, Riegel zurück. „Rin hier!" Wir gehorchten, zogen unsere Deckenbündel auf den letzten Metern schleifend über den Boden, ließen dann die zusammengeknüllten Deckenzipfel aus den Fingern gleiten. Es brannte auf den Handflächen und unter den Nägeln, so fest hatte ich zugepackt, zupacken müssen. Aber das nahm ich kaum wahr. Ich blickte mich um und starrte entsetzt durch die Zelle. Wie viel Bettenblöcke standen denn hier? Ich versuchte zu zählen. „Wann kriegen wir unser Mittag?", fragte Freddi den stiernackigen Wärter. Der Bursche hatte bereits das Türblatt, das *Brett*, in der Hand, um uns einzuschließen. Sein Job war erledigt. „Mittach?", fragte er dumpf zurück und schraubte seine Augen ein Stück heraus. „Von Mittach weeß ick nüscht." Krach, machte es, und das *Brett* war zugeflogen.

„Trottel!", schimpfte Freddi halblaut. „Solln wir Kohldampf schiebn bis zum Abend?" Für Augenblicke schien es, als hätte der Schließer die Bemerkung mitgehört. Ein Kratzen an der Tür, dann jedoch entfernten sich seine Schritte. Schließgeräusche am Zwischengitter. Freddi atmete auf. „Der hätte Frühstücksfleisch aus uns gemacht." Er gab seinem Bündel, das inzwischen völlig auseinander gefallen war, einen Tritt und setzte sich auf einen Hocker. „Schlecht ham wir's anscheinend nich getroffen." Sein Blick kreiste durch die Zelle, drückte Zufriedenheit aus. „Hier is Platz, hell und sauber isses auch." Ich starrte ihn ungläubig an. „Das is ein Massenquartier. Ich zähle sechs Bettenblöcke mit jeweils drei Betten. Das heißt, hier sind 18 Leute unterge-bracht." Und was mich besonders störte: Drei Blöcke standen mit den Seitenpartien zur Wand, die anderen drei mit den Kopf-enden. Aus Platz- und vermutlich anderen Gründen hatte man die Letzteren mit den Längsseiten aneinander gerückt. Sie stan-den wie Ehebetten. Freddi winkte ab. „Solange wir nich U-Boot fahren müssen, is alles halb so schlimm." Er zeigte auf die Bo-denstelle unterhalb des nächsten Bettes. „Früher war's üblich, dass unterm Bett auch noch einer schlief."

„Was heißt früher?", sagte Lars. „Hatten wir doch erst vor 'n paar Tagen in Rummelsburg." Auch er saß auf einem Hocker, lehnte mit dem Rücken gegen die Wand. Er sah aus wie einer, der nach einer anstrengenden Reise am Ziel angekommen war.

„Außerdem is die Zelle sowieso nich voll belegt." Freddis Blick schweifte über die Betten. „Sechs sind noch frei." Es stimmte. Drei Betten in der mittleren Etage und drei in der ober-sten. „Für 'n Anfang isses jedenfalls nich übel. Wir könn' alle drei in der Mitte pennen." Er zog die Beine an und drückte von den Fersen her mit den Fußspitzen die Schuhe von den Füßen. Da er vom Kalfaktor nur diese schweren Arbeitsschuhe, die sie Auschwitzer nannten, bekommen hatte, bereitete das Mühe. Si-cher wäre es leichter gegangen, wenn er sich gebückt und zuvor die Schuhbänder aufgebunden hätte. Nein, dazu war er zu be-quem. Statt dessen schimpfte er: „Scheiß Auschwitzer. Gleich morgen versuch ich, mir vernünftige Gurken zu besorgen." Er schielte auf meine Schuhe und erklärte leicht neidisch: „Minde-stens solche wie deine. Vielleicht kannste mir mal 'nen Tipp geben, wie man an so was kommt."

Ich überging seine Anspielung und entgegnete: „Ich schlaf nich in der Mitte, ich zieh nach ganz oben."

Lars griente. „Is doch wie Ehebett. Kannste schön kuscheln und rummiezen."

Auch darauf reagierte ich nicht. „Ob man seine Sachen in ei-nen Spind räumen kann?"

„Kuck doch rein, ob was frei is."

Ich stand auf und glotzte nacheinander in beide Spinde. Es waren jeweils Doppeltürer mit fünf Fächern pro Seite. Die Fächer sahen überwiegend ordentlich aus. In einem lagen sogar eine Bibel und ein alter Duden. Dazu Heftchen und ein Pappkarton mit der Aufschrift Briefpapier. In den anderen befanden sich Brot, Margarineklumpen, ein Teller mit angetrockneter Marmelade und ein leeres Glas. Zwei Fächer waren leer. „Wie wolln wir's machen?", fragte ich. Die beiden interessierten sich nicht sonderlich. „Was solln wir uns hier groß einrichten? In paar Tagen geht's sowieso ab in die Schichten."

„Was für Schichten?"

„Mensch, hier wird in Früh-, Spät- und Nachtschicht geschindert. Außerdem gibt's noch die Normalschicht."

„Also geht das in Ordnung, wenn ich mir ein Fach nehme? Notfalls muss von den andern hier einer für euch Platz machen."

„Mach keinen Sackstand. Für die paar Tage. Außerdem reicht für uns eins aus. Wir machen sowieso Spanner."

„Und wenn sie euch auseinander tun?"

„Keine Bange, wir bleiben zusammen. Wirst schon sehen."

Ich öffnete mein Deckenbündel und sortierte die Sachen in das Spindfach. Den Beutel mit dem Kaffee schob ich nach hinten. Danach kletterte ich in den dritten Bettenstock. Da die Betten in den Raum hineinragten, fehlte die seitliche Begrenzung. Ich dachte an den ersten Tag im Zugang, wo ich ebenfalls im dritten Stock gelegen hatte. Ich konnte mich dort gegen die Wand rollen. Jetzt war die Wand am Kopfende. Natürlich, es wäre kein Problem gewesen, wenn ich mich in die Mitte des Dreierehebetts gelegt hätte. Aber wenn dann noch jemand dorthin gezogen wäre? Ich streckte mich aus, schob mir eine von den gefalteten Decken unter den Kopf. Vorsichtig schaute ich zur Seite. Zwei Meter, ich lag mindestens zwei Meter hoch. Ich schloss die Augen. Irgendwie schwankte jetzt das Bett. Ich streckte die Arme nach hinten aus, um mich an den Bettpfosten festzuhalten. Öffnete die Augen wieder. Nein, es war kein Schwindel, keine Einbildung. Lars war ins mittlere Geschoss geklettert. Er wälzte sich über die Matratze. Ein Vorgeschmack auf das, was mir nachts bevorstand. Vor allem: Er stemmte im Liegen die Beine gegen meine Matratze und hob mich fast aus. Ich schrie, aber er lachte. Zwei-, dreimal zog er die Beine zurück, um sie danach nach oben zu stoßen. Mir blieb nichts, als zum Fußende zu rutschen und über den Pfosten nach unten zu klettern. Als ich festen Boden unter den Füßen hatte, langte ich schnell in sein Bett hinein. Ich bekam den Kerl am Ohr zu fassen, hielt es fest. Er widerstrebte, schrie auf, aber ich lockerte den Griff nicht. „Schwör, dass du das demnächst sein lässt", brüllte ich. „Sonst reiß ich dir beim nächsten Mal die Ohren ab." Er hielt sofort inne, rieb sich das feuerrote Ohr.

„Musst halt auch in die mittlere Etagen ziehen, dann passiert so was nicht", empfahl Freddi. Ich starrte ihn entsetzt an. Es war nur noch das Bett zwischen ihm und Lars frei. Niemals. Lieber ließ ich mich im oberen Stock erneut ausheben. Und dabei schreckte mich nicht nur die Vorstellung so eng zwischen zwei Männern liegen zu müssen. Ich hätte mich nachts in einer Höhle befunden. Um nach unten zu gelangen, wäre mir nichts übrig geblieben, als über einen von den zweien hinwegzusteigen. Ich fasste die letzte Decke und warf sie nach oben. „Ob wir irgendwann Bettwäsche kriegen?", fragte ich, um die Diskussion zum Schlafplatz zu beenden. Freddi winkte ab. „Vielleicht beim nächsten Wäschetausch. Wahrscheinlich Freitag." Freitag? „Mal kucken, welcher Freitag!", witzelte Lars. „Hab ich noch in keinem Knast erlebt, dass Bettwäsche jede Woche getauscht wird."

Auch egal. „Wie viele Knäste hast du denn schon durch?", fragte ich ihn.

„Drei, das Jugendhaus eingerechnet", antwortete er und setzte mit Nachdruck hinzu: „Ich war aber auch 'ne ganze Zeit draußen." Er rieb sich abermals das lädierte Ohr, zeigte dann auf sein Bündel. „Willst mal paar Fotos sehen?" Ich musste nichts entgegnen. Er bückte sich und hielt mir gleich darauf einen kleinen Stapel vors Gesicht. Farbbilder, die ihn mit seinen Eltern und einem Bruder vor einer ansehnlichen Datsche zeigten, auf denen er mit seiner Freundin und die Freundin allein abgebildet war. „Nicht schlecht." Und das meinte ich ernst. „Hätt ich an deiner Stelle zugesehen, dass ich nich eingefahren wäre. Dass die Kleine auf dich warten wird, is nich anzunehmen. Über fünf Jahre." Er hob die Schultern, ließ sie wieder fallen. „Wenn ich in 'nen Westen geh, isses egal. Notfalls hol ich sie nach."

Mein Blick fiel plötzlich auf sein Bündel. „Is das 'n Schreibblock, den du da drin hast?"

„Klar", sagte er gleichgültig und packte die Fotos ein.

„Wo hast'n den her?" Er sah mich zweifelnd an. „Woher? So was kann man sich von zu Hause mitbringen lassen oder in der U-Haft kaufen. Oder ging's bei der Stasi nich?"

„Sie haben uns jeden Fetzen Papier vorgezählt. Manchmal hab ich mir was mit abgebrannten Streichhölzern auf ein Stück Klopapier gekritzelt, um es bis zum Briefschreiben am Sonntag nich zu vergessen."

„Willste 'n Blatt?", fragte er

„Haste auch was zum Schreiben?"

Er gab mir ein Blatt Papier und einen Kugelschreiber. Einen billigen, abgegriffenen Stift, der plötzlich wie eine Waffe zwischen Zeige-, Mittelfinger und Daumen lag. Ich fühlte für Sekunden die Versuchung, alles aufzuschreiben. Alles, das nach meiner Verhaftung vor knapp einem Jahr passiert war. Von Anfang an, rückwärts oder in willkürlich gewählten Kapiteln. So frisch und unvermittelt wie all das noch in mir lebte. Über diese fürchterliche U-Haft, die erniedrigende Gerichtsverhandlung, die schlaulistigen Vernehmer, den schmierigen Rechtsanwalt. Vieles mehr. Aber auch: über meine ersten zwei Wochen im Zuchthaus. Nein, ich musste es mir aufsparen. Alles einprägen, aber nichts rauslassen.

Also schrieb ich einen Brief. Ich hätte an Bebie schreiben müssen. Was hieß müssen. Es war vereinbart, dass ich abwechselnd an sie und an meine Eltern schrieb. Sie vertrugen sich schon einige Zeit nicht. Bebie hatte acht Wochen nach meiner Inhaftierung an eines meiner Sparbücher gewollt. Zehntausend, die ich angelegt hatte, bevor ich sie kennen lernte. Meine Eltern hatten es ihr verwehrt. Ich auch. Es hatte nicht mal was mit Eigensinn zu tun. Wenn sie womöglich einen anderen hatte, wollte ich mit meinem Spargeld nicht noch Pate stehen. Hatte sie einen anderen? Mehrmals hatte sie geschrieben, der Marko sei zu Besuch gewesen. Mitten in der Woche. Ich begriff das immer nicht. Wo er doch in Senftenberg wohnte und mit Bebies Freundin Isolde verheiratet war. Aber von Isolde schrieb sie nichts.

Ich schrieb in kleinen Buchstaben und engen Zeilen. Gerade was mir so einfiel. Das heißt, was mir so einfiel, konnte ich natürlich nicht schreiben. Ganz konkret sagten die Vorschriften, dass man nichts über die Zustände in der Strafanstalt, über sein Strafdelikt und über die Mitgefangenen schreiben durfte. Damit war also das unmittelbare Mitteilungsbedürfnis bedingungslos unterdrückt. Da man am Leben außerhalb der Zuchthausmauern nicht teilnahm und nur sehr spärliche Informationen von dort erhielt, reduzierte sich der Schreibstoff für den gewöhnlichen Häftling auf die Erkundigungen nach den Familienmitgliedern, Freunden, Verwandten und Nachbarn und den umständlichen Berichten über die eigene Gesundheit. Nun denn, ich gehörte nicht zu den gewöhnlichen Häftlingen. So überheblich sich diese unausgesprochene Behauptung auch ausnahm. Ich hatte dieses Problem bereits in der U-Haft gemeistert, indem ich beispielsweise über Vergangenes und über Künftiges schrieb. Einmal hatte ich es mir dann nicht verkneifen können, meine ziemlich übertriebenen Visionen eines späteren Lebens im Westen auszusparen. *Ich geh wahrscheinlich nach Amerika. Kalifornien oder Montana. Mal sehen.* Oder: *Mit Sicherheit bin ich bei der übernächsten Fußballweltmeisterschaft live dabei. Vielleicht schon bei der nächsten ...* Zwangsläufig rasselte ich wegen dieser provokatorischen Passage mit dem zuständigen Vernehmer zusammen. „So was hat nichts in den Briefen zu suchen!“ Ich hatte mich dumm gestellt: „Ich seh hier keinen Zusammenhang zu meinem Ermittlungsverfahren und zu den Haftbedingungen.“ Der Vernehmer sah eigentlich auch keinen. Trotzdem zog er den

Brief ein. „Sie stellen sich den Kapitalismus ziemlich rosig vor. Was meinen Sie, wie viele Leute gerade in der heutigen Zeit in Amerika auf der Straße liegen. Wir können das nicht verantworten, dass Sie auch dort landen." Damit ließ er meinen Brief in der Schublade verschwinden, worauf ich einen verächtlichen Lacher ausstieß. „Im Übrigen", fuhr er kühl fort, „ist Ihre Schrift so miserabel, dass ich nicht alles entziffern kann." Ich hatte es mir eine Lehre sein lassen und mich fortan um eine bessere Schrift bemüht. Wenngleich ich es einfach nicht vermochte, einen ganzen Brief in Druckbuchstaben abzufassen. Die Gedanken flossen einfach zu schnell.

„Du schreibst ziemlich eng", sagte Freddi. Ich hielt inne und überblickte die erste halbe Seite. „Das wird nich durchgehen." Er grinste ein bisschen. „Diese Erzieher sind nich nur blöde, sondern auch faul. Selbst wenn die deine Schrift entziffern können, machen sie sich nich die Mühe, so 'nen langen Brief zu lesen." Ich schrieb trotzdem weiter. Eng, klein. Es lenkte ab, und es konnte ja sein, dass der Brief nachher doch ...

Die beiden kletterten in die äußeren Betten des Mittelgeschosses, balgten sich ein bisschen über die Distanz des Zwischenraumes. Danach lagen sie rückwärts. Freddi träumte laut: „Stell dir vor, Lars: Neuseeland. Hängematte, kühler Drink. Lässt dich von 'ner schönen Schwarzen so lauschig sanft schaukeln." Er kicherte genüsslich. „In Neuseeland gibt's keine Schwarzen!", belehrte ich ihn, ohne von meinem Blatt Papier aufzublicken. „Hä?" Freddi hob den Oberkörper. „Warst wohl schon mal da?" Ich antwortete nicht. „Klugscheißer", warf er mir zu und sackte wieder zurück. Eine Weile war Schweigen. Bis er aufs Neue phantasierte. „Du, Lars?!" Der Angeredete reagierte nur mit einem sparsamen Knurren. Vielleicht, dass er im Begriff war einzuschlafen. „In Afrika, die Weiber, diese Schwarzen, die sollen die Pflaume 'n Stücke höher zu sitzen haben als die Weißen." Lars gab wieder nur ein Knurren von sich, es konnte Zustimmung, aber auch Widerspruch bedeuten. „Und Haare wie Scheuerbürsten. Unten rum." Er schnalzte mit der Zunge. „In

Afrika kannste dir auch mehrere Weiber nehmen. Fünf oder zehn. Kannst sie sogar alle heiraten. Hauptsache, dass du für sie sorgst." Lars knurrte wieder. Diesmal laut, eindeutig. Eindeutig hieß zustimmend. „Vielleicht sollten wir zuerst dahin gehen. So richtig satt ficken und dann ab ins nächste Land. Wie wär's mit Taiwan? Oder Japan? Also in Japan sind dir die Weiber total ergeben. Die lassen alles mit sich machen und machen alles, was du von denen willst. Kannst dir für 'ne Nummer auch zwei oder drei kommen lassen. So im Kimono ohne was drunter. So richtig scharfe Geishas, die dir einen blasen oder sich in 'nen Arsch ficken lassen. Wirklich, das is so. Aber heiraten darfste in Japan nur eine. Monogamie. Na, macht nix. Wenn wir die Schlitzaugen satt haben, gehen wir woanders hin. Was hältst'n von Skandinavien. Schweden. Blonde Bienen. Oben blonde Locken, unten rasiert. Junge, das is auch mal was. Bloß bisschen kalt isses da. Das heißt, im Sommer nich, im Sommer isses heiß. Mensch, eh, wir nehmen uns jeder eine und machen an so 'nem einsamen See Urlaub. Von Juni bis August nur nackt, im Wasser, im Boot und im Bungalow. Und dann rammeln bei jeder Gelegenheit. Du, und die, die ich mir nehme, muss sich die Haare so lang wachsen lassen, dass sie bis zum Arsch runter reichen. Du, wenn ich der dann von hinten einen verlöte, wickel ich mir ihren Pferdeschwanz vorher um meinen Pinsel. Das is doch absolut die Schau. Die schreit vor Spaß, weil ich ihr die Bauchdecke von innen abkitzeln tu." Freddi gab ein paar gurgelnde Laute von sich und sprang aus dem Bett. Er verschwand in der Klokabine. Vermutlich hatte er sich mit seinen Phantastereien so sehr aufgeputscht, dass er sich nun befriedigen musste. Warum auch nicht. Lars jedenfalls nahm keinen Anstoß daran. Er gab noch einen letzten knurrenden Laut von sich und schlief röchelnd ein.

Und ich? Mich rührte der billige Erotikaufguss kein bisschen. Schon gar nicht mochte ich etwas von den praktischen Folgen wissen. Ich erhob mich vom Hocker, auf dem ich mich denn doch zu nahe an der Toilettentür wähnte. Ging zu einem der beiden Fenster und schaute durch die Gitter in den Freihof. Ein paar Knaster liefen unten umher. Vermutlich absolvierten sie vor der Spätschicht ihre Freistunde. Zu zweit, zu dritt oder einzeln trabten sie den ovalen Weg um das kleine Sandfeld. Ihre Kleidung war von den gelben Streifen gezeichnet. Alte Uniformen, so schäbig und anspruchslos wie dieser Freihof. Die Gesichter blass, verschlafen, manche tätowiert. Ich suchte nach Zügen, die mir bekannt waren. Vielleicht, dass einer der drei Mithäftlinge die ich im Stasi-Gefängnis kennen gelernt hatte, auch in Brandenburg angelangt war. In der IFA. Oder nach Gesichtern von Leuten, die ich von früher kannte. Aber wer sollte das sein? Verwandte, Freunde, Bekannte? Nein, niemand, mit dem ich vor meiner Verhaftung verkehrt hatte, saß im Knast. Oder doch? Einer von den Freihstündlern lächelte zu mir hoch. Kannte ich den? Er mich? Sollte ich zurücklächeln? Aus dem Lächeln wurde ein Grinsen. Dann spitzte er den Mund und formte mit den Lippen so etwas wie einen Kuss. Es war unzweideutig, dass er mich meinte. Doch ich reagierte nicht. Weder ließ ich mir einen Schrecken noch ein Gefühl von Peinlichkeit anmerken. Ich starrte einfach weiter durch die Gitter, durch den Freihof, durch diesen Kerl hindurch.

Nachher schleppte sich die Zeit. Ich hatte den Brief fertig, Freddi und Lars schliefen. Auf dem Freihof gab es nichts Interessantes zu sehen. Immer wieder ein paar Häftlinge, die zur Freistunde gingen. Ich hatte keine Lust, am Fenster zu stehen und die Kerle zu beobachten. Sie wirkten trostlos, eintönig. Im Flur war Geklapper zu hören. Essen? Mittag? Ob sie uns was brachten? Ich hatte Hunger. Nicht erst seit diesem Morgen. Während der ganzen Zeit, die ich im Zugang verbracht hatte, hatte ich mich nicht satt essen können.

Nein, sie brachten uns nichts. Das Klappern hörte auf, keine Stimmen, keine Schritte. Hunger. Ich hatte noch das Brötchen vom Frühstück. Ein unerhörter Schatz. Ich tastete mit der Hand über die Hosentasche, in der es steckte. Wenn ich es jetzt aß, machte das nicht satt, und die Zeit bis zur nächsten Mahlzeit würde sich endlos ziehen. Und wenn ich es aufhob, was nützte das? Ich würde es später essen können und genausowenig davon satt werden. Also zog ich es aus der Tasche und brach ein kleines Stück ab. Ich betrachtete es eine Weile, ehe ich das Bröckchen in den Mund schob und wie eine Hostie auf der Zunge weichen ließ. Langsam begann ich dann mit dem Kauen. Stück für Stück, Bröckchen für Bröckchen. Mehrmals sagte ich mir, nach dem nächsten Krümel hörst du auf und steckst den Rest weg. Doch das funktionierte nicht. Meine Gier war zu groß. Und selbst als ich das Brötchen vertilgt hatte, fühlte ich mich nicht annähernd satt. Wie viel hätte ich wohl noch essen können? Fünf, sechs Stück? Oder Fleisch? Obst? Ich lief ein bisschen durch die Zelle, um mich von den qualvollen Gedanken ans Essen zu lösen. Es waren sieben, acht Meter, die der Raum in der Länge maß, knappe vier in der Breite. Dreißig Quadratmeter, die, ohnehin zur Hälfte mit den Bettenblöcken voll gestellt, bei voller Belegung für achtzehn Menschen zu reichen hatten. Menschen, die hier über Jahre, Jahrzehnte ein Zuhause haben sollten. Dazu gab es das Klo, eine abgeteilte Kabine von etwa einem Quadratmeter. In der Zelle befanden sich drei Tischchen, insgesamt zehn Hocker, zwei Doppelspinde. Der Knast.

Nachdem ich mehrmals die Länge der Zelle abgeschritten war, setzte ich mich wieder. Womit konnte sich ein Mensch in dieser Leere beschäftigen? In dieser Hitze, der dünnen, schlechten Luft? Einfach sitzen und träumen? Ins Bett legen und schlafen? Aus dem Fenster glotzen? Es gab im Grunde nichts, um die Langeweile zu besiegen. Ich wusste es längst, obwohl ich ja erst diese wenigen Tage im Zugang hinter mir hatte. Ablenkung von Hunger, Übelkeit und Entmenschung erfuhr man nur durch die Gesellschaft der anderen Knaster, durch Beschäftigung, Arbeit.

Ich lief nochmals auf und ab, dachte darüber nach, dass ich später über dieses Zuchthaus, die Haftzeit ein Buch schreiben wollte. Aber was war das, ein Buch? Ein Roman? Ein authentischer Bericht, in dem ich alle Personen, die ich kennen gelernt oder nur gesehen hatte, mit den wirklichen Namen und Beschreibungen aufführte? Die Mithäftlinge ebenso wie die Schließer? Wohl weniger. Ich versuchte, in meinem Kopf ein Konzept zu entwerfen und in den Gedanken lange Textpassagen zu formulieren. Ich gab den auftretenden Akteuren neue Namen, beschrieb sie so, dass sie nicht mehr als die Originalpersonen erkannt werden konnten. Vielleicht wirkten sie dadurch umso wirklicher, um so glaubhafter? Doch es ließ sich nichts festhalten. Die Worte und Sätze zerrannen ebenso wie die Namen und Ereignisse. Sie verrannen so unwideruflich nutzlos geprägt, wie auch die Tage in diesem Zuchthaus nutzlos dahinschwanden.

Irgendwann wurde die Zellentür aufgeschlossen. Ein Leutnant erschien. Ein ungepflegter Kerl mit dunkler Brille und schlecht sitzender Uniform. Ich erhob mich sofort vom Hocker, ordnete kurz meine Kleidung und trat einen Schritt zurück. Gerade Haltung, bereit, meinen Namen und weitere persönliche Daten zu nennen. Freddi und Lars hangelten sich von ihren Betten herab. Sie taten das ohne Eile, ohne Respekt. Lehnten dann krumm und verschlafen am Metallgestell. Die Hemden offen, die Hosen gebeult. Doch diesen Leutnant interessierte weder meine stramme Haltung noch die Schlampigkeit der beiden anderen. Er kratzte sich in den Achselhöhlen und danach im Gesicht, nuschelte, dass wir am nächsten Tag mit der Normalschicht abzulaufen und uns in der Lehrwerkstatt der Werkhalle bei dem als Lehrmeister eingesetzten Häftling zu melden hätten. „Den erkennt ihr leicht, der hat regulär keine Haare mehr." Was waren *regulär keine Haare*? „Und wie finden wir die Lehrwerkstatt?", fragte ich. Der Leutnant tippte sich mit dem rechten Zeigefinger gegen die Stirn, starrte auf die letzten Kratzer in meinem Gesicht. Erinnerung an den Rasierklingenfresser. „Weiß jeder, wo die is." Seine Fingernägelränder waren rabenschwarz. Die Zähne schief und braun. Er war mindestens Mitte vierzig. Und dann noch Leutnant. Bei der Armee oder der Polizei fingen die jungen Kerle mit Anfang zwanzig, wenn sie von der Offiziersschule kamen, als Leutnant an. Nun denn, Knast war Knast, vielleicht landete hier nicht nur unter den Häftlingen der Abschaum der Menschheit.

Der Leutnant kehrte sich, um ohne ein weiteres Wort zu gehen. „Ich hab 'nen Brief geschrieben", rief ich in seinen Rücken. „Kann ich Ihnen den zum Abschicken geben?" Er blickte finster und überrascht. „Noch gar nich richtich da und schon schreiben? Hast noch genuch Zeit in 'nen nächsten Jahren. Außerdem hab ich jetzt was anderes zu tun. Meld dich nächste oder übernächste Woche." Krach, die Tür, das *Brett*, fiel zu.

Endlich füllte sich der Flur mit Geräuschen. Endlich? Luft strömte unter dem Spalt der Zellentür herein. Es zog. Irgendwo musste eine Außentür geöffnet worden sein. Dann die Geräusche, der Lärm. Es war wie eine dumpfe Lawine aus Schritten und leisen Stimmen, die vom Treppentrakt her nach oben drängte, sich aber lange, bevor sie sich unserer Zelle endgültig näherte, wieder aufteilte und schließlich ganz auseinander fiel und erstarb. Deutlich konnte man hören, dass mehrere Leute vor der Zellentür standen. Der Spion wurde ein paar Mal betätigt. Freddi ging ein Stück auf die Tür zu und streckte dem Auge, das in diesem Moment zu uns hereinschaute, seine Zunge entgegen. Jemand rief draußen etwas, das ich nicht verstand. Nach einigen Minuten krachte der Riegel, das *Brett* ging auf. Etwa zehn Mann stürmten herein und verteilten sich im Raum. Sie hatten Netze oder Beutel mit irgendwelchen Sachen, die sie auf ihre Betten schmissen oder in den Spinden verstauten. „Neue", sagte einer mit nasser Igelfrisur. „Gleich drei." Und ein anderer, ein Bürschchen von gerade 1,55 m, mit Brille und zurückgelegten blondgrauen Haaren, der gut seine fünfzig Jahre hatte, musterte meine Mitankömmlinge lüstern. „Frischfleisch", sagte er wissend und taxierte dann mich. „Und du?" Ich schüttelte den Kopf. „Nix da. Normal veranlagt und zu alt für so was." Er wandte sich ab, fragte aber noch: „Bist Ausweiser, stimmt's?" Ein paar andere wurden aufmerksam. Ihre Mienen drückten Ablehnung aus. Dennoch kamen jene Fragen, die ich schon kannte und nicht erst einmal beantwortet hatte. Wie viel Jahre, was gemacht, wann eingefahren. Ich antwortete sparsam, wagte schließlich die Frage: „Sind noch mehr auf der Zelle, die in 'nen Westen wollen?" Die Knaster kehrten sich mürrisch ab. Nur der Kleine gab Auskunft: „Hier, der hier oben liegt. Willert oder wie er heißt. Er is noch draußen. Is der Einzige, der von uns zur Freistunde geht. Trifft sich da mit andern Ausweisern. Von der Nachbarzelle dieser Arzt, Torsten. Der will auch rüber." Es war, als hätte er die letzten Worte nur für sich gesprochen. Irgendwie schienen wir Neuen für diese Horde von Knastern total uninteressant zu sein. „Geht das in Ordnung, dass ich mir 'n Spindfach genommen hab?", fragte ich. Aber es reagierte kaum jemand. Nur ein Schmächtiger mit Brille murmelte: „Wenn's frei is." Jetzt erst sah ich, dass unsere Jacken auf dem Boden lagen. Die Bügel, auf die wir sie gehangen hatten, gehörten denen, die hier in der Zelle lebten, und die hatten sie einfach runtergezogen, einfach weggeworfen. Freddi protestierte: „Muss das sein?" Aber er wurde nicht beachtet. Nur ein muskulöser Blonder stotterte: „Bbbessorgt euch ssselbbber Bbbügel!" Ich hob meine Jacke auf und warf sie hoch auf mein Bett. Was spielte es für eine Rolle, wenn das armselige Stück einmal mehr im Dreck gelegen hatte.

Kurze Zeit später herrschte Ruhe. Die Kerle hatten sich auf die Betten geschmissen und grunzten. Nur der Kleine mit den graublonden Haaren saß am Tisch in der Nähe des Fensters und las in der Zeitung, die soeben hereingegeben worden war. Er hatte die Junge Welt, die FDJ-Zeitung. „Kann man die bestellen, oder wo kriegst man die her?", fragte ich. Er sah auf und schüttelte den Kopf. „Die gibt's automatisch, wenn einer auf der Zelle unter 26 is. Verstehst du? Ein Jugendlicher?" Ja, ich verstand das. Trotzdem erklärte er weiter: „Wenn nur Ältere drauf sind, kommt bloß das Neue Deutschland". Er zeigte auf den Schmächtigen: „Er dort, Wolfi, er is noch unter 26. Wegen ihm kriegen wir die Junge Welt. Dabei liest er sie gar nich. Liest anscheinend überhaupt nix. Na ja, hat ja auch kein anständiges

Delikt, keine anständige Strafe." Ich sperrte das Maul auf und musste nicht lange warten, ehe der Kleine weiter erzählte. „Er ist hier, weil er Gartenlauben geknackt hat. Hauptsächlich. Vor allem hat er sich da drin versteckt, damit ihn die Polizei nich findet. Aber so was funktioniert ja nich ewig. Sie haben ihn beizeiten geschnappt. Viereinhalb hat er. Lächerlich. Wenn ich das mit mir vergleiche." Er kicherte kleinstolz. Und er wäre beleidigt gewesen, hätte ich nicht nach seiner Strafe gefragt.

„Ich hab zweimal fünfzehn", sagte er fast feierlich und faltete die Zeitung zusammen. Ich staunte, und Freddi, der das Gespräch von seinem Bett aus mit angehört hatte, setzte sich erst auf, um sich danach auf den Bauch zu rollen und über das Fußende seines Bettes zu uns herunter zu schauen. „Das sind ja dreißig!", murmelte er. „Genau!", bestätigte der Kleine. Er warf sich in die Brust. „Ohne Ulbricht wäre ich sogar schon tot." Wir staunten wieder, und er erklärte: „Ich hatte ursprünglich die Todesstrafe. Aber Ulbricht hat mich persönlich auf EllEll begnadigt, und später bin ich wegen guter Führung auf fuffzehn runtergesetzt worden."

„Und trotzdem biste noch hier?"; fragte Freddi ungläubig.

Der Kleine lachte. „Ich hab ja gesagt: *zweimal* fuffzehn. Nach 'nem halben Jahr, was ich draußen war, bin ich wieder hergekommen."

„Hatt'st du solche Sehnsucht?", stichelte Freddi. Aber der Kleine ließ sich nicht provozieren. „Mich hat's einfach wieder in 'nen Fingern gejuckt. Diese dumme Pute, ich hatte sie genau so über wie die erste. Ich hab sie in die Wanne gelockt -."

„Und dann hast du sie ersäuft", gackerte Freddi dazwischen. „Von wegen!" Der Kleine fuhr sich genüsslich über den Mund. „Mach ich mir an so 'nem Besen die Finger dreckig? Ich hab vorher schön meine Kabel an den Wannenfüßen angeschlossen. Bloß kam diesmal was dazwischen. Genauer: sie. Als ich im Flur den Stecker in die Dose reinstecken wollte, kommt sie plötzlich wieder raus aus 'm Bad und sieht die Bescherung mit den Kabeln und dem Stecker. Schreit sie gleich los, als würd sie schon unter Strom stehen. Keine zwei Minuten hat's gedauert, bis der Hilfssheriff vom Nachbaraufgang draußen auf die Klinge haut. Und die Polente hat auch nich lange auf sich warten lassen, *meine Freunde* von der MOK. Am selben Abend war ich noch in der U-Haft." Der Kleine sah kein bisschen unzufrieden aus. „Wie heißt'n?", fragte ich. „Franko", erwidert er, „Franko Tutz." Wir schwiegen ein paar Sekunden, dann bohrte Freddi weiter: „Und bei der Ersten, bei der hat's geklappt?"

Franko nickte ernst. „Voll und ganz. Ich warte, bis sie im Bad verschwunden is, das Wasser fängt an zu rauschen, ein wohliges Stöhnen ist zu hören, und dann tu ich den Stecker rein. Also, wie die geschrien und wie sie gezappelt hat, ich sag euch, dagegen is der spannendste Krimi ein Scheißdreck. Sie hat sich minutenlang einen abgekämpft. So richtig mit allen Schikanen. Aber aus der Wanne konnt' sie nich mehr raus. Nachher hat sie wohl nur noch gezuckt und ganz komische Laute von sich gegeben. Eigentlich noch ganz lange. Das heißt, nach 'ner Stunde nich mehr. Da bin ich auch rein. Pfui Teufel, kann ich nur sagen. Die sah aus. Schwarz. Und die Augen. So groß wie Fäuste. Und verdreht als hätte sie jemand mit 'nem Korkenzieher bearbeitet. Ich wär' fast selbst aus 'm Fenster gehopst. Gestunken hat's ja auch. Schrecklich. Wie in 'ner Jauchengrube. Hat sie ja noch reingeschissen in das Wasser. Ich muss heute noch kotzen, wenn ich das Bild im Traum sehe. Na ja", er strahlte plötzlich, „ich war sie aber endlich los."

Freddi schüttelte den Kopf. „Andere Leute lassen sich einfach scheiden oder hauen ab. Gleich eine umbringen und dann für immer in 'nen Knast? Wegen 'ner Alten?"

Der Kleine winkte ab. „Hier isses nich schlecht. Krieg mein Essen, hab mein Bett, meine Selbstgedrehten, immer Gesellschaft, hab meine Weiber und muss mich um nix kümmern."

„Weiber? Was denn für Weiber?", platzte es spontan aus mir heraus.

Franko sah mich verständnislos an, und Freddi griente. „Er meint die Miezen."

Ich schluckte. Mir widerstrebte die Vorstellung, dass sich Männer als Frauen betrachteten, als solche aufführten. Dass andere hinter denen her waren. Vor allem: Dass ich mitten in einer Welt leben musste, in der es das gab.

„Wart mal 'n paar Jährchen, dann is das hier alles ganz normal für dich. Richtige Weiber interessieren dich dann überhaupt nich mehr." Franko zog sich eine Selbstgedrehte aus der Brusttasche des Oberhemdes und zündete sie an. Der Qualm vermischte sich langsam mit der Hitze. Ein Kerl mit Glatze, der sich von seinem Bett aus mit diesem Wolfi unterhielt, meckerte, als er die Rauchwolken sah: „Franko, deine scheiß Quarzerei, kannst du nicht mal bei dieser Hitze drauf verzichten?" Er streifte mich mit einem desinteressierten Blick. „Is keine Nichtraucherzelle", erwiderte Franko schnippisch, „is auch nich die *Völkerfreundschaft* hier. Is Knast." Vom Freihof her tönte das Kommando „Freistunde beenden!" Man hörte, wie sich Stimmen und Schritte dem Eingang näherten. Doch es dauerte, ehe die Stimmen der Freistündler nach und nach im unteren Flur des Gebäudes versickerten und man das Geräusch neuerlicher Schritte im Flur vernehmen konnte.

„War das 'ne ganze Stunde?", fragte ich. Franko zog aus der zweiten Brusttasche seines Hemdes eine silberfarbene Taschenuhr. Die Uhr war mit einer Kette gesichert, und man merkte Franko an, dass ihn der Besitz dieses Stückes mit Stolz erfüllte. Ihn mit Stolz und mich ein bisschen mit Neid. Eine Uhr, welch ein Schatz. Man wusste immer, wie spät es war. Man war nicht darauf angewiesen, heimlich auf das Handgelenk eines Schließers zu schielen oder gar um die Zeitauskunft zu betteln. Gab einem die Uhr nicht ein Stück vom Selbstbewusstsein zurück. Vielleicht rührte mein Neid einfach aus der Situation der U-Haft. Ich hatte in meiner abgeriegelten, abgeschnittenen Zelle gegluckt und nichts gewusst. Nichts von der Außenwelt und nichts von dem, das gleich geschehen würde. Gerade Letzteres hatte mich zermürbt. Mit einer Uhr hätte man sich auf vieles einrichten können. Auf die nächste Vernehmung, auf den Gang in die kleinen Käfige, die die anmaßende Bezeichnung Freihof getragen hatten.

„Viertelstunde zu früh", sagte Franko. „Offiziell geht die Freistunde bis fünf." Er warf mir einen bedeutsamen Blick zu und steckte die Uhr wieder weg. „Gibt's so 'n Ding hier zu kaufen?", fragte ich prompt. Freddi kicherte. „Zu kaufen gibt's hier 'ne Menge. Aber alles unter der Hand", erwiderte Franko. „Gibt auch Piepser, aber die sind offiziell verboten. Uhren nich. Die sind erlaubt. Machen ja auch keine Musik und bringen keine Nachrichten vom RIAS." Es klapperte an der Tür. „Brauchst du eine?" Er sah mich scharf an. „Hab ja kein Geld", erwiderte ich stumpf. „Kein Problem", er klemmte seinen rechten Daumen zwischen Zeige- und Mittelfinger, „für fünf Nummern gehört sie dir." Ich sperrte das Maul auf: „Wie? Fünf Nummern?" Er stöhnte: „Hast du noch nie 'ne Nummer geschoben?" Es dauerte, bis ich begriff. „Du meinst -?" Er atmete tief. „Genau. Fünf mal in 'nen Arsch gefickt, dann hast du die Uhr."

Die Tür wurde aufgeschlossen. Ein großer Schlanker betrat die Zelle. Ich dachte, das wird dieser Willert sein, der auch in den Westen will. Und ich wunderte mich, weil die Tür nicht geschlossen wurde, sah aber dann den Kalfaktor in der weißen Jacke. Hinter ihm einen Schließer und daneben den Wagen mit den Abendbrotrationen. „Na, was is? Bist du einverstanden?" Franko hatte sich erhoben, stand dicht vor mir. „Wie? Womit?", fragte ich. „Mit dem Geschäft. Willst du die Uhr?" Ich erschrak, erhob mich ebenfalls. „Lass gut sein -." Weiter konnte ich nicht reden, weil der Kalfaktor zu schreien anfing. „Kommt hier vielleicht gleich mal einer her und holt das Fressen?" Er war ein gut genährter Kerl, muskulös und mit glattem Gesicht. „Franko, du faule Sau! Soll ich hier ewig warten?" Hinter ihm stand der Schließer, ein junger Hauptwachtmeister mit Schnurrbart und schnittiger Uniform. Den focht das Geschrei des Kalfaktors nicht an.

Franko beeilte sich jetzt. „Komme ja schon, Stoß. Hatte nur was zu besprechen." Er nahm die Teller mit den Rationen vom

Wagen, zwei große Blechkannen mit Tee. Krach, machte es, und die Tür flog wieder zu. „Er hier is auch Ausweiser", sagte Franko zu dem Großen. Der nickte. „Hab schon gehört von dir. Der Flurfunk meldet so was prompt. Weswegen bist du hier?"

Da die anderen Knaster bereits die Ohren spitzten, erwiderte ich kurz: „Hundertsechs, Hetze. Und du? Bist du dieser Willert?" Er grinste ein bisschen. „Hier lässt sich nichts geheim halten. Da hab ich mich in diesen drei Jahren noch nicht dran gewöhnt. Ich bin *dieser Willert*."

„Drei Jahre? Und wie viel musst du noch?"

„Wie viel? Das weiß man hier nie. Offiziell noch anderthalb. Aber man muss abwarten können. Die Zeit rumzukriegen, das ist das Hauptproblem. Mit allem andern kann man irgendwie fertig werden." Er warf einen verächtlichen Seitenblick auf die Knaster, die sich inzwischen um die Essenrationen stritten. „Manche von den Kerlen sind praktisch schon ihr Leben lang hier, und die werden auch nirgendwoanders mehr hinkommen. Aber dass sie mal aufhören würden, sich um ihre zwei Scheiben Wurst zu prügeln, damit ist nicht zu rechnen." Er schob sich mit einer geschmeidigen Bewegung zwischen die Streitenden und angelte sich seine Ration. „Halt dich ran", forderte er mich auf, „sonst bleibt für dich nichts übrig." Ich drängte mich ebenfalls an den Tisch. Aber ich kam beinahe zu spät. Ein dünnes Rädchen Wurst und etwas Margarine hatten sie mir übrig gelassen. Und Brot? Wenigstens Brot?

„Hier is irgendwas schiefgelaufen", sagte Franko unsicher. „Jemand muss sich zu viel Wurst genommen haben. Das muss er wieder hergeben." Doch es gab keiner was her. Obschon, der mit der Glatze rief: „Dahinten, Schmerke, der hat sich mindestens 'ne doppelte Ration genommen." Alle schauten auf den Stotterer. Auf seinem Teller lag zwar nur die Wurst, die ihm zustand, aber er kaute mit vollen Backen. „Hab nnnischt jjjenommen", erwiderte er kauend. „Wwwenn du ssso watt bbbehauptest, kkkannst du 'nnne Backenplatte kriejen, Oootto!"

Schmerke spannte seine Armmuskeln, und der mit der Glatze, Otto, machte einen Rückzieher.

„Und nu?", fragte ich in den Raum.

„Musst halt Brot essen", empfahl Franko. „Brot macht auch satt." Er schob mir einen Kanten rüber. „Kannst du behalten, und morgen musst du dir 'n halbes nehmen, damit du bis Wochenende reichst. Zweimal in der Woche gibt's welches. Oder du machst mit einem von den zwei Frischlingen Spanner." Er wies auf Freddi und Lars. Aber die wehrten ab. „Wir machen schon zusammen Spanner. Außerdem sind wir keine Frischlinge. Merk dir das mal." Franko kicherte hämisch. „In dem Alter schon BeVauer, das kann was werden mit euch."

„Geht dich doch 'nen Scheißdreck an", fauchte Freddi. „Außerdem sind wir in sechs Jahren wahrscheinlich schon da, wo du in deinem Leben nie hinkommen wirst."

„Und wo ist das?" Franko und alle anderen hatten sofort die Gesichter gehoben. Stille.

Freddi erschrak, erkannte, dass seine Äußerung total unvorsichtig gewesen war. „Auch das geht dich 'nen Scheißdreck an. Haste gehört?" Franko wandte sich ab. „Wenn du mich beim OKI verpfeifen willst, musst du dir den Rest schon selber ausdenken", schimpfte Freddi. Franko reagierte nicht mehr. Statt seiner meldete sich ein anderer. Er lag im untersten Stock des Dreierblocks und aß seine Ration im Liegen. Mit einem angeschliffenen Küchenmesser spießte er die in Häppchen geschnittenen Brot- und Wurstscheiben auf. „Franko verpfeift keenen. Der hat hier in seine janzen Jahre noch keenen verpfiffen. Der hält sich raus."

„Schon gut, Kalle", sagte Franko ziemlich ruhig. „In paar Tagen ist er sowieso von der Zelle runter. Dann liegen die Jahre vor ihm. Mit oder ohne OKI. Und wenn er nachher in 'ner Schicht is, werden sie ihn schon aufmischen."

Kalle spießte mit dem Messer einen Happen Brot und einen Wurst auf. „Ick meene ja man bloß."

Freddi beachtete ihn nicht. Er nahm sich den letzten freien Hocker und setzte sich neben Lars an den mittleren Tisch. Mit gesenktem Blick begann er zu essen.

Die Zählung verlief anders als im Zugang. Ausführlich und mit Respekt teilte Franko, der Verwahrraumälteste, dem Obermeister die Zahl der Häftlinge und die Zellennummer mit. Der Uniformierte nahm die Meldung mit einem gewissen Wohlwollen entgegen. Er zählte die Angetretenen, nickte, lächelte sogar ein bisschen und notierte dann in Ruhe die Zahl. Nachdem er die Zelle verlassen und abgeschlossen hatte, verharrte Franko ein Weilchen in der strammen Pose des Melders. Kalle stand noch neben ihm. „Scheint dem Hansmeier zu jefallen, wie du die Meldung machst", sagte er langsam. Franko nickte. „Wir kennen uns schon mindestens zwanzig Jahre. So lange is er hier Schließer. Sie hatten ihm zwischendurch angeboten, auf Offiziersschule zu gehen und sich zum Erzieher ausbilden zu lassen. Aber er wollte nicht. Macht seinen Stiefel weiter als Schließer runter und kriegt in drei, vier Jahren 'ne gute Rente."
Kalle seufzte. „Unsereener wird von de Rente nicht viel sehn, wenn et mal so weit is. Hier in Knast zahlt ja keener für uns wat ein. Und wenn dir am Ende zehn oder fuffzehn Jahre fehlen, det merkste aba." Er redete schleppend und wirkte, obwohl er erst etwa vierzig war, senil. Doch er hatte ein freundliches Gesicht.
„Für deine paar Bierchen wird's schon reichen", tröstete ihn Franko. „Vielleicht landest du auch wieder hier."
„Nee, bestimmt nich! Eher mach ick Schluss." Er ging zu einem der Spinde und stand eine ganze Weile davor. Schließlich kramte er langsam und umständlich ein Glas mit eingekochtem Obst heraus. Pfirsichstücke, Pflaumen, Apfelscheiben. Er stellte das Glas auf den mittleren Tisch, latschte wieder zum Spind, um nach einen Löffel zu langen.
Mir lief das Wasser im Mund zusammen. Nicht nur, dass ich ewig kein brauchbares Obst gegessen hatte, lagen hinter mir diese öden Tage im Zugang, während denen es außer der mor-

gendlichen Semmel, ein paar dreckigen Pellkartoffeln und ein paar Scheiben Brot nichts zum Beißen gegeben hatte. Der Anblick der Früchte wurde zum Auslöser eines akuten Hungergefühls. Ich starrte auf das Glas, und vielleicht hätte es nicht mehr lange gedauert, bis mir wie einem fressgierigen Hund der Speichel aus dem Mund getropft wäre.

„Was is mit dir?", fragte Franko.

Ich starrte auf das Glas.

„Haste da Appetit drauf?"

Ich schluckte trocken, riss dann den Kopf herum.

„Kalle! Verkauf 's ihm! Weißt ja, was man dafür nimmt."

Der Angesprochene kam mit dem Löffel in der Hand näher. „Kann ick nich verkoofen", sagte er schläfrig. „Brauch ja schließlich selber ooch Vitamine." Aus den Augenwinkeln sah ich, wie Otto und dieser Wolfi grinsten. Trottel, dachte ich und ärgerte mich über meine Unbeherrschtheit. Hatte das not getan, mich so gehen zu lassen? Zu blamieren?

„Kannst aber dein Becher holn und wat abham."

„Wie?", staunte ich.

„Na, in Becher."

„Umsonst?"

„Na, wenn de hier neu bist, kannste ja wohl keen Geld ham."

Von hinten meldete sich Schmerke: „Ssso ffffüttert mmman Mmmiezen an."

„Pppass uff, dddette nich hhhinfällst bei 't Stststottern", äffte Kalle Schmerke nach. Der wurde wütend. „Dddir stehn wwwoll dddie Zzzähne zzzu dddichte, du Koko-kohlenpp-putzer?" Bei dem letzten Wort wirkte Schmerke so aufgelöst, dass er mehrere Sekunden benötigte, um es herauszubringen. Er war dazu aufgesprungen, hatte die Fäuste geballt.

Aber der Bedrohte blieb dickfellig. „Kannst mir mal", murmelte er vor sich hin. „Ick bin hier schon so lange und hab schon so ville von deine Sorte erlebt. Die sind alle uff Absonderung jelandet oder windelweich jeschlaren wor'n. Da braucht man keene Angst vor ham."

Tatsächlich, Schmerke parierte. Er jaulte mehr beleidigt als empört, setzte sich aber und kuschte.

Ich holte meinen Becher. Danach suppte ich das eingeweckte Obst. Fast die Hälfte des Glases. Kalle löffelte die andere Hälfte. Er schlürfte und schmatzte und wischte, als er fertig war, den Löffel am Hemd trocken. Egal. Franko fragte, und seine Stimme klang etwas neidisch: „Willst wohl mit ihm Spanner mach'n?"

„Nee", entgegnete Kalle, „ick mach hier mit keen Spanner. Hab ick diese janzen zehn Jahre nich jemacht, und mach ick nich für'n Rest. Man is immer uff 'n andern anjewiesen und muss immer auskomm' mitnander. Kann ja nich klappen so wat." Er trottete zu den Waschbecken und hielt das leere Glas unter einen der Hähne. Doch es kam kein Wasser nach dem Aufdrehen. „Immer die gleiche Scheiße, keen Wasser." Vorsichtig hob er das Glas an und setzte es mit dem Rand an seine Lippen. Ein paar vereinzelte Tropfen kullerten gemächlich über die Innenwand und sickerten schließlich in seinen Hals. „Nischt umkomm' lassn", sagte er nebenher und trug das Glas in sein Spindfach. „Werd's morjen inne IFA unten auswaschen." Er schlurfte zu seinem Bett, ließ sich schwerfällig auf den Rücken fallen. Teilnahmslos starrte er auf das Metallgeflecht des über ihm befindlichen Bettes. Teilnahmslos oder stumpf? Erst als Otto und dieser Wolfi am Tisch neben seinem Bett mit einem Salzstreuer, in dem sich Tee befand, hantierten, wurde er aufmerksam. „Sind vielleicht für mir ooch noch paar Krümel übrich?" Wolfi lachte hämisch: „Du könntest ja erst mal die beiden Streuer zurückgeben, die du uns noch schuldest. Außerdem haste dir ja ein andern Spanner gesucht, mit dem du dein Obst teilst." Er zeigte auf mich. „Vielleicht kann der sich mit Tee revanchieren?" Otto lachte ebenfalls, und die anderen Knaster grinsten. Nur Willert lag auf seinem Bett und schlief.

Kalle legte den Kopf enttäuscht zurück. Er schloss die Augen und wäre vermutlich gleich eingeschlafen. Ich wartete, bis sich das Interesse der anderen gelegt hatte. „Ich hätt' schon noch was", sagte ich leise.

„Du? Tee?"

Ich grinste ein bisschen, schielte zum Tisch, wo sie sich anschickten, ihren Tee in klobige Gläser zu füllen. Vorn am Fenster spielten ein paar andere Karten. Der Rest der Knaster hatte sich auf die Betten gelegt.

„Is aber kein Wasser da, oder?"

Kalle hob erst den Kopf, danach den Oberkörper. „Bisschen müsste jetzt gleich komm'. Nach de Zählung haun sich die meisten hin, da wird nich so viel Wasser jebraucht." Er blickte gierig: „Haste wirklich Tee?" Ich schüttelte den Kopf. „Tee nich, aber Kaffee. Pulverkaffee." Kalle sperrte das Maul auf. Doch er begriff schnell. Gab sich einen Ruck und schwang sich aus dem Bett. „Mensch, wie lange hab ick keen' Kaffee jetrunken", murmelte er. Er wollte zu seinem Spind, doch sein Blick fiel auf die Steckdose, die sich über den Waschbecken befand. Wolfi hatte sie gerade in Betrieb genommen. Mit einem selbst gebastelten Tauchsieder. „Scheiße", sagte er, „die warn schneller."

Immerhin gab der Wasserhahn genau soviel Flüssigkeit ab, wie Kalle für die flüchtige Reinigung des Obstglases benötigte und das Glas anschließend mit Wasser zu füllen. Er strahlte. Egal, dass es noch eine Weile dauern würde, ehe Wolfi und Otto ihr Teewasser zum Kochen gebracht hatten. Ich freute mich ebenfalls. Die Früchte hatten mich erfrischt und sogar etwas gesättigt. Ich ging zum Spind und füllte eine doppelte Portion von dem braunen Pulver in meine Tasse. Obwohl ich mich so gestellt hatte, dass keiner mein Tun erkennen konnte, fühlte ich doch, wie sich in meinem Rücken Unruhe einstellte. „Der hat am Ende wirklich Tee", flüsterte Wolfi. Und Franko, der eben noch auf dem Bett gelegen hatte, stand auf und kam in meine Nähe geschlendert. Der Kerl schien eine Nase für Kaffee und Tee zu haben. Ich verstaute die Kaffeetüte rasch wieder im Spind und hielt die Hand über meinen Becher. Es nützte nichts. „Sag bloß, du hast Kaffee", gierte Franko. „Richtigen Kaffee." Das bettelnde Lechzen eines Hundes mischte sich unter seine Worte. Natürlich, ein Hund konnte nichts dafür, wenn er auf etwas Appetit hatte, wenn ihn die Gier überkam. Ein Mensch in der Situation eines Franko, Kalle oder der anderen Knaster auch nicht. Sofern er noch ein Mensch war.

Also gut, ich war bereit, auch Franko eine Tasse Kaffee zu spendieren. Man konnte in der Zelle ohnehin nichts verbergen oder geheim halten. Sobald das Wasser heiß und der Kaffee aufgegossen war, würde das Aroma in alle Nasen steigen. Sie würden alle um einen Löffel Pulver, eine Tasse betteln. Und dann?

Abwarten, manche Sachen regelten sich allein, manche Probleme lösten sich von selbst. Ich tat anderthalb Löffel in Frankos Becher. Er steckte seine Nase hinein und atmete tief. „1972 zur Amnestie gab's Kaffee. Kurze Zeit. Dann zwischendurch noch mal. Aber höchstens für vier Wochen. Und gekostet hat der. Den konnte sich keiner leisten." Ich überlegte, was ich 1972 gemacht hatte, vor elf Jahren. Ich war in Berlin, beim Studium. Aus Kaffee hatte ich mir damals nichts gemacht. Aber aus Bier und aus Frauen. Eine gute, sogar eine glückliche Zeit. Damals schrieb ich höchstens mal ein paar Verse. Und an den Strafvollzug verschwendete ich keinen Gedanken. Wozu? Und da saß dieser Franko bereits seine zweite dicke Strafe ab. Und Kalle stand vor Gericht. Er wurde verurteilt und kam nach Brandenburg. Seitdem hatte er den Knast nicht mehr verlassen. Ich versuchte mir vorzustellen, was ich an Leben versäumt hätte, wenn ich ebenfalls 1972 *eingefahren* wäre. Nein, das ging nicht. Die vielen Gesichter, Orte, Erlebnisse, ich kriegte sie nicht in einen Rahmen.

„Wie lange dauert das denn, bis euer Wasser endlich mal heiß ist?", schimpfte Franko. Er schwenkte ungeduldig seine Tasse und starrte in das Glas, in dem der Tauchsieder von diesem Wolfi hing. Langsam fing das Wasser an, sich zu bewegen.

„Willst du vielleicht, dass die Sicherung durchknallt?", fragte Otto grob zurück. „Nachher sitzen wir alle bis morgen früh ohne Strom da." Er kam ein Stück näher und schnupperte. „Kaffee? Woher hat der Kaffee?"

„Woher, woher!", knurrte Franko, „er hat ihn eben, und da fragt man nicht, wie er dran gekommen ist."

„Ich hätt' auch Appetit auf Kaffee. Und Wolfi."

„Dafür reicht's nicht!"

„Kannst du gar nicht wissen. Oder hast du gesehen, wo er ihn drin aufbewahrt?" Ohne eine Antwort zu bekommen schob sich Otto an Franko vorbei. „Hast du nicht für uns auch 'ne Tasse?"

„Ich denke, ihr habt Tee", erwiderte ich unsicher.

„Scheiß Tee. Ist sowieso schon mit altem Zeug vermischt. Und ist auch nicht mehr viel."

„Aber ihr habt mir nich mal welchen angeboten. Warum sollte ich euch jetzt Kaffee abgeben?"

„Wir haben Kalle keinen angeboten. Weil er sich schon durchzuschnorren versucht, seit wir auf dieser Zelle sind. Irgendwann ist dann damit Schluss. Kalle schlaucht sich immer und überall durch. Und selber rückt er nichts raus."

„Hab ja nie wat", entgegnete Kalle lasch. „Durch die hohen Kostenschulden bleiben mir nur dreißich Piepen in Monat. Und Pakete oder so schickt mir keener."

„Meinst du, ich hab mehr? Oder Wolfi?"

„Du schacherst dir aber noch wat dazu."

„Und wenn! Meinst du, das bringt viel? Außerdem kannst du's ja auch."

Kalle war ein Stück zurückgewichen. Seine Haltung wirkte geduckt, doch in seiner Miene stand die Gier nach dem Kaffee. Vermutlich hätte er sich wie ein Hund für eine einzige Tasse durchprügeln lassen. Nicht nur er. In der Fensterecke reckten sie nun ebenfalls die Hälse. „Ihr hhhabt Kkkaffee?", stotterte Schmerke.

„Nur 'n bisschen!", fauchte Otto. „Der Neue hat noch paar Krümel mit. Ist so wenig, dass sie ihm das Zeug auf 'm Zugang gar nicht erst weggenommen haben."

„Oootto, dddu Mmmistsau, du spppinnst dddoch." Schmerke stand auf. Er war mindestens 1,85 groß. Sein verwaschenes, an den Trägern ausgefranstes Achselhemd gab kräftige Schultern und muskulöse Oberarme frei. Möglich, dass er mal Sportler war oder schon immer körperlich hart hatte arbeiten müssen. Otto, nur mittelgroß und feingliedrig, hätte keine Chance gegen ihn gehabt. Dennoch ließ er sich nicht zurückdrängen. Demonstrativ kehrte er sich ab. Den Stotterer brachte das noch mehr auf. Er ging um den kleinen Tisch herum, näherte sich uns. Seine Unterlippe zitterte, der Blick flackerte irr. Statt weiterer Worte brachte er nur noch ein Gestammel hervor. Er packte Otto von hinten an der Schulter und zog ihn zu sich herum. „Wwwiessso tttust dddu mmmich iiimmer verscheißern?", stieß er aufgeregt hervor. Otto versuchte vergeblich, den anderen von sich zu schieben, sich seinem Griff zu entwinden. Die Hände packten zu wie Schraubstöcke, legten sich um Ottos Hals. Wenn der jetzt zudrückt, dachte ich, wenn das passiert. Dieser Verrückte würde doch nicht eher loslassen, bis der andere keinen Laut mehr von sich geben konnte. Keinen Laut und vielleicht keinen Atemzug. Und das alles wegen einer Tasse Kaffee. Wegen mir, der ich den Kaffee besser gar nicht erst erwähnt hätte. An meinem ersten Tag in der Vollzugsabteilung. „Aufhörn!", rief ich. Nicht panisch, aber auch nicht leise. Ich rief es wütend, entschieden. Und laut genug, um diese Schläfer auf ihren Betten wach und neugierig zu machen. „Aufhörn!, dann geb ich für alle einen aus. Einen Kaffee." Schmerke ließ trotzdem nicht los. Obschon er meine Worte wahr- und aufgenommen hatte. Sein Blick wurde ruhiger, und in den hinteren Windungen seines Gehirns fand ein Umdenken statt. „Aber nur wenn ihr aufhört, euch zu massakrieren", sagte ich. „Sonst nehm' ich den Kaffee und schütte ihn ins Klo."

Schmerkes Hände rutschten hinunter. „Is nich bloß wegen den blöden Kaffee." Plötzlich war seine Stimme ruhig geworden. Ruhig und weinerlich, ein bisschen singend. Amelodisch. „Der verarscht mir immer und macht sich vor andern über meine Stotterei lustig."

„Wie viele sind wir?", fragte ich, um nicht auf Schmerkes Vorwurf antworten zu müssen, um nicht in diesen Konflikt hineingezogen zu werden.

Franko zählte sofort durch: „Elf. Hast du überhaupt so viel?"

„Kann schon sein", erwiderte ich und ging zum Spind.

„Wenn nicht, müssen wir eben kleinere Portionen machen. Dann hätten wir am Wochenende noch was."

Warum sagte er wir? Das war mein Kaffee. Und so gern ich hin und wieder eine Tasse trank, war ich doch nicht süchtig danach. Vor allem war es mir lieber, der Vorrat wurde mit einem Mal aufgebraucht, als dass mich in der nächsten Zeit beständig Leute um ein paar Löffel anbettelten oder mich deswegen unter Druck setzten.

Die Kerle kamen mit Bechern oder Gläsern. Zwei hatten sogar Steinguttassen, wie man sie in Betriebskantinen oder Mitropa-Kneipen benutzte. Was für Schätze. Die Gläser hatten sie anscheinend selbst hergestellt. Es waren Flaschen, denen man irgendwie den Hals abgetrennt hatte. Franko drückte mir einen kleinen Löffel in die Hand. Ich tat dem Ersten anderthalb kleine Löffel in das Glas. „Nicht so viel", mahnte er mich, „nimm da mal wieder was raus!" Ich holte einen halben Löffel zurück, tat ihn in den nächsten Napf und schüttete noch etwas Pulver dazu. „Das reicht dicke", sagte Franko. „Dafür dass sie ihn umsonst kriegen."

„Als ob du das zu bestimmen hast", beschwerte sich einer von denen, der in die Ecke von Wolfi und Otto gehörte. Er war keinen Zentimeter größer als Franko, dafür viel breiter, auch erheblich jünger und hatte schon eine Halbglatze. „Besser ich teile das ein als du, Fritzchen. So bleibt für die andern noch was übrig." Wieder einer mehr, den du mit Namen kennst, dachte ich und nahm keinen Anstoß daran, dass Franko die Hoheit über meinen Kaffee an sich gerissen hatte.

Das heißt, nachdem er mit dem Verteilen fertig war, nahm ich ziemlich entschlossen die Kaffeetüte wieder an mich. Er warf mir einen fragenden Blick zu. „Besser, das Zeug bleibt bei mir."

Und um ihn zu beschwichtigen, fügte ich hinzu: „Kannst dich ja demnächst wieder melden." Er nickte, und ich knetete die Tüte instinktiv. Sie fühlte sich ein bisschen an wie eine Frauenbrust, elastisch, aber nicht weich. Frauenbrust, ein Gedanke, den ich prompt zu verdrängen suchte. Wann hatte ich zuletzt eine berührt. Während jenes Sprechers mit Bebie? Klar. Hatte ich danach gefasst, oder hatte sie meine Hand zu sich gezogen? Weiches und Warmes hatte ich gefühlt. Und dazu die Erektion. Irgendwie peinlich. Ich hatte mir vorgestellt, gleich aufstehen zu müssen. Der steife Penis würde die schlaff hängende Trainingshose ausbeulen. Und alle hätten es gesehen. Die Schließer, die Vernehmer. Alles wussten sie von mir, alles sahen sie. Egal, dass es sich um rein menschliche Vorgänge handelte. Sie konnten reden und kichern und grinsen, wenn sie mich sahen. Vielleicht Anspielungen machen. „Trainingshose wieder in Ordnung?" Sie triumphierten, denn sie waren weit, sehr weit in meine Intimsphäre eingedrungen. Für diesen Augenblick hatte ich auch Bebies fragenden Blick vor Augen. Warum der Rückzieher? Ihr Kopfnicken zum Aufsicht führenden Vernehmer. Der Kerl hatte auf einmal ganz was anderes zu tun. Wo gab's das denn? Warum? Hatte Bebie ihn bequatscht? Ließen sich die Stasi-Typen also doch bequatschen? Von allen außer von mir? Ich hatte mich Bebies nachrückendem Arm sichtbar entzogen. Ihrem Blick ebenfalls. Wäre es mir nicht auch vor ihr peinlich gewesen, aufzustehen und diese Ausbeulung in der Trainingshose zu haben?

Jetzt kam noch dieser Kerl, der so ungepflegt und schmierig aussah. Das Gesicht eingefallen und bleich, dunkel geränderte Augen, lange klebrige Haare, straff nach hinten gedrückt. „Ach, ich nehm auch 'ne Tasse." Er reichte ein schmuddliges Glas daher. „Tu mir mal was rein."

Ich zögerte nicht, obwohl ich innerlich widerstrebte. Nicht weil ich noch mehr Kaffee rausrücken musste, sondern weil ich den Kerl widerlich fand. Aber nicht nur ich. Franko hackte sofort los: „Hättst mal wenigstens dein Glas abwaschen können, Spukke!" Spucke, was für ein Name, wie passend. „Und hättst dich auch gleich melden können." Aber es war egal, der Kaffee war schon in seinem Glas, die Tüte wieder zu. Ich knetete sie abermals mit meinen Fingern. Doch das Gefühl der weichen Frauenbrust stellte sich nicht mehr ein. „Wasser kocht", hieß es, und der nächste Streit setzte ein. „Unser Wasser ist das!", vermeldete Otto sofort. „Wwwieso euer?", maulte Schmerke. „Weil wir das für unsern Tee angesetzt hatten", erwiderte Wolfi schnippisch. „Dddann müsst iiihr aber aaauch Tttee trinken!" Der Stotterer baute sich drohend vor Wolfi auf. Er überragte ihn um mindestens einen Kopf. Wolfi hielt das Glas, in dem er den Kaffee hatte, krampfhaft fest. „Denkst wohl, dass du meinen Kaffee kriegst, du -!" Wahrscheinlich wollte er Stottererer hinzufügen, doch er hielt sich gerade noch zurück. Schmerkes geballte Faust, das Flackern in den Augen verhießen ihm nichts Gutes. „Dann nimm dir eben das erste Wasser", sagte er stattdessen bockig kleinlaut und ging, sein Glas mit dem Kaffepulver fest umklammernd, an den Tisch zurück.

Wir tranken unseren Kaffee und spielten Karten. Die Knaster aus der Fensterecke hatten mich überredet mitzuspielen. Es mochte daran liegen, dass sie mitbekommen hatten, wie voll die Kaffeetüte noch war. Schmerke spielte und noch einer, den sie Schnurz nannten. Skat? Nein, ich spielte keinen Skat. Ich hatte mich im Zugang an Doppelkopf gewöhnt. Die anderen gaben nach, obwohl noch ein vierter Mann gesucht werden musste. Axel Willert. Er gehörte zu denen, die keinen Kaffee hatten haben wollen. „Ich trink lieber Tee. Seit ich hier bin." Er hatte sich ein Glas aufgegossen. Hinter mir stand Franko. Er schlürfte den Kaffee in sich rein und gab immer wieder Kommentare zum Spiel. Das nervte. Ich wurde unsicher und stand nach drei Runden im Minus. Schnurz schlug vor, nun um Geld oder etwas anderes zu spielen. *Das andere* war natürlich Kaffee. Er lag vorn. Ich lehnte das ab. Willert ebenfalls. Die Runde drohte zu platzen. Warum auch nicht, ich hätte lieber mit Willert über den

Knast geredet. Noch lieber über die Transporte, die nach Karl-Marx-Stadt und von dort nach Gießen gingen. Freikauf. Aber Schmerke und Schnurz gaben erneut nach. Franko wetterte: „Ihr wollt euch doch bloß seinen Kaffee einsacken!" Er stellte sich hinter Schnurz, kommentierte das Spiel jetzt aus dieser Position. Schnurz wurde unruhig, verlor die nächsten Runden. „Verpiss dich, Franko!", fauchte er. Schmerke pflichtete ihm bei. „Kkkiebbbitz!" Franko wich einige Schritte zurück. Stand wie ein Hund, der erst noch den entscheidenden Tritt abwartet, ehe er endgültig verschwindet. Schnurz schimpfte immer noch. „Dieser Giftzwerg, der is doch süchtig. Tee, Kaffee und die Fikkerei." Franko kam wieder näher. „Spiel du mal nich den vornehmen Macker. Weiß doch jeder, was du in der Heizung unten treibst." Schnurz warf die Karten. „Es läuft nich." Er sah absichtlich an Franko vorbei. Seufzte. „Nich mehr lange und der Spuk is zu Ende. Noch mal fahr ich jedenfalls nich ein."

„Wie viel hast du denn noch?", fragte ich.

„Rrreichlich", antwortete Schmerke an Stelle von Schnurz. „Eeerst mmmal von EllEll rrrunter."

Schnurz schob die Karten von sich und stand auf. „Kann nich mehr lange dauern. Meine Schwester hat letztes Jahr geschrieben, dass sie beim Staatsanwalt war und der 'ne Andeutung gemacht hat."

„Hast du bloß deine Schwester?"

Schnurz starrte mich verständnislos an. „Ich bin mit 29 eingefahren. Das is jetzt 15 Jahre her. Meine Frau hat sich nach 'nem halben Jahr scheiden lassen, und meinen beiden Kindern soll sie gesagt haben, dass ihr Vater verunglückt is. Aber wart' mal, wenn ich hier raus bin, dann isses das Erste, dass ich zu denen -" Ein Würgen hinderte ihn am Weitersprechen. In den Augen sammelten sich Tränen. Offenbar war ihm das peinlich. Rasch drehte er sich weg und wischte sich unauffällig mit der Hand übers Gesicht. Ich wollte ihn fragen, weswegen er hier sei, aber Freddi, der auf seinem Bett lag und die Ohren gespitzt hatte, stellte die Frage noch vor mir. Schnurz zuckte müde mit den

Achseln. Er ging zu seinem Bett, das sich direkt vor dem Fenster befand. Setzte sich. Ich dachte, dies ist der beste Schlafplatz in der ganzen Zelle. Unterster Bettstock, viel Tageslicht, viel frische Luft. Er hatte eine Decke über das Bettzeug gebreitet, und am Bettpfosten lehnte ein Foto. Frau mit zwei Kleinkindern. Lachende Gesichter und die Haarmode der späten Sechziger. Man musste nicht raten, wer hier zu sehen war. „Weswegen? Weswegen hat einer EllEl? Er hat einen totgemacht. Deshalb hat er EllEll." Seine Antwort hatte nicht geklungen, als würde ihm der Sinn nach weiteren Auskünften stehen. Freddi hakte trotzdem nach: „Und wen haste umgelegt? Etwa 'n Kind?" Schnurz fuhr ruckartig hoch. „Spinnst du? Ich bring' doch keine Kinder um. Überhaupt, dass ich wegen Mord hier bin, is 'n Versehn. Ich hab' diesem Kerl nur zu doll 'n paar Dinger verplättet. Es war in der Spelunke in Berlin-Karlshorst. Am S-Bahnhof unten. Meine Frau und ich mussten auf den nächsten Sputnik nach Potsdam warten, und da haben wir da drin 'ne Bockwurst gegessen. Aber da war auch Tanz. Und plötzlich steht der kleine Russe in Uniform bei uns am Tisch und will mit meiner Frau tanzen. Anscheinend hatte er nicht begriffen, dass wir bloß auf unseren Zug gewartet haben. Ich schüttele also den Kopf und winke, damit er verschwindet, da greift er mich an. Ich hau zurück, und bums, er fällt um, schlägt mit der Birne gegen irgendwas und steht nicht mehr auf." Schnurz streckte sich auf dem Bett aus. „Für mich is das kein Mord."

„Und warum haste dann EllEl?"

„Warum, warum." Schnurz richtete sich wieder auf, um Freddi besser sehen zu können. „Weil es ein Russe war. Ein Offizier. Das kapierst du doch wohl, oder muss ich dir vielleicht erklären, dass diese Leute heilige Kühe sind?"

„Trotzdem", widersprach Freddi, „wenn sich einer mit mir anlegt und dabei krachen geht, isses egal, ob er Russe oder Deutscher is. Das mach ich auch jedem Gericht klar."

„Wenn du erst mal in dieser Scheiße drinsteckst, siehst du die Sache anders. Glaub's mal. Ich hab jedenfalls die Protokolle so unterschrieben, wie sie der Vernehmer formuliert hat. Oder denkst du, ich wollte mich an die Russen ausliefern lassen, um dann in Sibirien oder vor 'nem Erschießungskommando zu landen? Außerdem hat mir der Vernehmer zugesichert, dass er sich für meine vorzeitige Entlassung einsetzen wird. Er persönlich. Der hat's schon gut mit mir gemeint. Glaub's mal. Er hat gesagt: ,Die Freunde akzeptieren nur eine Strafe ab EllEll. Deshalb geht's nich anders. Was wir später machen, wenn Sie im Vollzug sind, davon erfahren die ja nichts mehr.'" Schnurz machte ein gewollt zufriedenes Gesicht.

„Ich weiß ja nich, ob ich nach 15 Jahren Knast noch an dieses komische Versprechen glauben würde." Freddi setzte sich jetzt auf. „Ich würde eher glauben, dieser Vernehmer hat dich reingelegt. Vielleicht is er auch schon tot, und du bist vergessen. Auf jeden Fall hab ich noch nich gehört, dass ein DDR-Bürger wegen 'ner Straftat ans russische Militär ausgeliefert worden is. Auch nich wegen Mord. Das sind nur die eigenen Soldaten, die sie sich holen, wenn die Scheiße bauen. Aber die hauen sie so zusammen, dass von denen nix über bleibt."

Schnurz winkte ab. „Was weißt denn du!" Die einfache Logik, die in Freddis Worten gesteckt hatte, ließ ihn hilflos aussehen. Vermutlich hatte Freddi ihm das gesagt, was er selbst schon oft genug gedacht hatte. Vermutlich war dies eine Version, die er heimlich fürchtete, die er im Wissen um seine Ohnmacht weit von sich schob. Es waren Illusionen, Träume, mit denen er sich am Leben hielt. Die Illusion der vorzeitigen Entlassung, der Traum, zu seinen inzwischen großen Kindern zurückkehren und vor ihnen den unbescholtenen Vater spielen zu können.

Und ich dachte wieder: 15 Jahre in diesem Knast. Von 1968 bis jetzt. Musste es einen nicht schaudern?

Jetzt mischte sich der Stotterer wieder ein. „Wwwoher willst dddu denn wwwissen, dass dddie Sowjets iiihre Soldaten tttotprügeln? Stttimmt doch übbberhaupt nnnich!"

Freddi starrte ihn entsetzt an. „Weiß doch jeder. Brauch man noch nich mal in 'ner Russenkaserne drin gewesen sein."

Aus der vorderen Ecke der Zelle raunte jemand: „Halt die Schnauze, Schmerke macht auf politisch."

Aber Freddi hielt die Schnauze nicht. „Wenn du hier rumschleimst, um paar Tage eher rauszukommen, geh besser zum OKI. Ich weiß, was ich weiß, und ich lass mich nich von 'nem Anscheißer verarschen."

Schmerke stand sofort. Die Unterlippe zitterte wieder, der Blick flackerte. Er wollte reden, doch vor Aufregung brachte er nichts heraus. Er kam um den Tisch herum, stand nur wenige Schritte vor Freddis Bett. Freddi hatte sich aufgerichtet. Er saß und sah weder ängstlich noch eingeschüchtert aus. „Wenn du mir was drauf haun willst, mach's doch. Hier in der Zelle haben alle gesehen, dass ich keinen Finger gegen dich gerührt habe. Aber wenn ich morgen im Med-Punkt bin und jede Menge Verletzungen habe, wird der Arzt schon fragen, was los war. Und ob dir dein OKI dann noch helfen kann, weiß keiner."

Schmerke bebte. Seine Augen rollten wie die eines scheuenden Pferdes. Doch er verharrte und setzte seinen linken Fuß einen Schritt zurück. Da er barfuß in seinen Kunstlederpantoletten war, sah ich, dass mit mehreren Zehen des Fußes etwas nicht stimmte. Sie sahen schwarz aus. „Was ist da passiert?", fragte ich sofort. Er fuhr mit dem Kopf herum und schaute nach unten. Für den Augenblick sah es aus, als würde ihn eine noch heftigere Erregung befallen. Doch dann löste sich plötzlich in ihm eine Sperre und er redete flüssig: „Der Chefarzt vom Med-Punkt hat mich nich richtich behandelt. Ick hatte vor zwee Jahren 'nen Unfall im Waggonwerk, und der Hund hat mich mit blutendem Fuß wieder zur Arbeit jeschickt. Irgendwie is Dreck in die Wunde jekommen und irgendwas is dann abjestorben."

Freddi beugte sich weit aus seinem Bett vor, und nachdem er eine Weile auf Schmerkes Fuß gestarrt hatte, mutmaßte er: „Womöglich hast du da schon Knochenfraß drin. Dann kannst du nachher zusehen, wie dir die Assel wegfault. Lepra is nix dagegen." Er setzte sich wieder aufrecht hin, ließ sich danach auf den Rücken fallen. „Wenn dich ein Arzt so unverantwortlich behandelt, solltest du ihn glatt verklagen."

Schmerke wurde aschfahl. „Wwwie sssoll mmman dddenn ddden -?" Wieder geriet er derart in Erregung, dass er nicht weitersprechen konnte. Mit aufgesperrtem Mund und bebender Unterlippe stand er starr und glotzte zu Freddi. Aber der hatte die Augen geschlossen und sagte leise, als spreche er nur für sich: „Wir hatten in unserer Straße einen, der war mit dem Fuß zwischen die Speichen von so 'nem alten Holzleiterwagen gekommen. Hat sich den Hacken gequetscht und is gar nich erst zum Arzt hin. Das hat nich lange gedauert, da wurd das Bein von unten herauf schwarz. Er hat schon gestunken, als er zum Arzt is. Dreimal haben sie ihm ein Stück wegamputiert, bis er trotzdem krachen gegangen is." Jemand, vielleicht dieser Fritzchen, kicherte. Und Freddi sagte trocken: „Wie ich mal gehört hab, kann sich so 'n Knochenfraß oder -fäule, was das is, ganz langsam entwickeln. Manchmal kommt das zum Stillstand, und plötzlich geht's dann umso stärker wieder los."

Schmerke gab einen winselnden Laut von sich. Er wirkte hilflos. „Wenn ich hier raus bin, da passiert was. Da könnt ihr Gift drauf nehmen. Ick verklage den janzen Knast. Und wenn det nich hilft, hau ick den Becker vom Med-Punkt zusammen. Egal, ob die mich dann für immer einsperrn und wo ick krepier."

„Wirst schon nicht krepiern", mischte sich Willert ein. Er war von seinem Bett gestiegen und betrachtete Schmerkes Fuß aus der Nähe. „Sieht mir eher aus wie 'ne chronische Entzündung."

„Bist du Arzt?", fragte Fritzchen. Seine Stimme hatte ernst und voller Respekt geklungen.

Willert schüttelte den Kopf. „Ich bin Statiker. Aber so weit kenn ich mich in der Medizin aus."

„Statiker? Ist das das, wo man in Filmen kleine Rollen spielt?"

Willert schwieg. Er bedachte Fritzchen mit einem verachtenden Blick. Franko klärte die Sache auf: „Das sind Statisten, die beim Film. Statiker sind welche, die was aufm Bau machen."

Fritzchen kicherte abermals: „Jetzt macht er eben was im Bau und nich mehr aufm Bau. So wechselt das im Leben."

Willert lag schon gegen halb acht in seinem Nest und schlief. Trotz der fürchterlichen Hitze, die in der Zelle herrschte. Er lag auf dem Rücken. Die Nase stieß spitz in die Richtung des oberen Bettes, die Backenmuskeln hingen schlaff und die Lippen wippten unter den langsam gehenden Atemzügen. Der Schlaf schien metertief zu sein, denn Spucke, dem das Unterbett gehörte, wälzte sich zweimal so wild auf seinem Lager, sodass das gesamte Bettgestell bebte. Vielleicht tat er es mit Absicht, vielleicht um Willert zu wecken, ihn zu erschrecken, ihn zu schikanieren. Der Kriminelle den Ausweiser. Ich hatte gehofft, mit Willert etwas reden zu können. Über den Freikauf, den Westen. Falls er in der nächsten Zeit auf Transport ging, wäre es da nicht denkbar gewesen, dass er ein paar Informationen für oder über mich in den Westen mitnahm, damit sie mich auch freikauften? Möglichst bald. Aber Willert wirkte etwas unnahbar, etwas stolz. Vielleicht auch misstrauisch. Es hieß ja, er orientiere sich nur an bestimmten Ausweisern, an den besseren.

Ich kroch nach oben in den dritten Bettenstock und zog mich im Sitzen um. Den weißen Schlafanzug hatte ich ja noch, Bettwäsche nicht. Wenn ich mir nun gleich die Zähne putzte und mich rasierte, mich danach wieder hinlegte und in Gedanken ein bisschen an meinem Knastroman schrieb, verging die Zeit bis zum Einschlafen ohne Probleme.

Das Wasser lief wie eine dünne Schnur aus dem Hahn. Etwa alle zehn Sekunden stockte es ganz. Vier, fünf oder noch mehr Sekunden dauerte es, ehe es erneut lief. Kalle, der mich beobachtete, sagte: „Zähne putzen is hier Luxus. Am besten man putzt se sich unten in der IFA. Beim Duschen. Rasiern ooch." Ich wischte mir mit einem Rest Wasser, den ich in der hohlen Hand aufgefangen hatte, über den Mund, seifte mich ein und schabte über die Bartstoppeln. „Na ja", schränkte er aber ein, „ick dusche allerdings inne Heizung." Da ich ihn verständnislos anschaute, fügte er hinzu: „Ick arbeite ja da. Die aus 'n Schichten duschen alle in Duschraum. Da isset eng, und et jehn immer nur paar Duschköppe. Det is wenich bei 70 bis 80 Mann. Und denn dabei rasiern und Zähne putzen, und eener hat vielleicht noch 'n Jebiss. Hm, na ja -"

„Wie viele seid ihr denn in der Heizung?"

„Achte etwa. Aber wir sind nich alle zugleich da. Machen in Schichten. Muss ja immer Feuer in die Hütte sein. Schnurzel dahinten, der is unser Chef. Und Fritzchen und Otto arbeiten ooch da. Viel zu verdienen is ja nich, aber in Winter hat man 't immer schön warm, und uff 'n Feuer kann man sojar aus die restlichen Pellis von Mittach Bratkartoffeln machen. Manche setzen sojar Wein an. Aber wer dabei entdeckt wird, der is weg von Fenster. Ooch mit die Miezerei isset nich übel. Man macht mal für 'ne halbe Stunde dicht und kann schön schmusen." Für Augenblicke gab ich mich der Vorstellung hin, in einem trockenen und warmen Keller mit 'ner richtigen *Mieze*, nicht mit einer, die da vorn was zu baumeln ... Nein, nicht das, aber das andere, das machte keinen schlechten Job aus.

Vielleicht erriet Kalle meine Gedanken. „Dir wern se bestimmt nich für de Heizung nehm. Du bist noch zu frisch. Und bestimmt haste 'n ordentlichen Facharbeiterabschluss. Da wirste garantiert Einrichter und später Schichtleiter. Ach nee, jeht ja nich. Bist ja Ausweiser. Kommste anne Maschine. Normerfüllung und so." Er brach ab und starrte stumm in die Leere seiner Gedanken. Wie ein alter Mensch, der am Ende des Lebens einen Rückblick hielt. Er seufzte. „Bin froh, det ick det hinter mir hab. Hab immer Probleme mit die Norm jehabt. Diese Scheiße. Manchmal war ick nich mal schuld. Da war einfach keen Material da, oder et is wat ausjefallen an die Böcke, und keener konnt et reparieren. Aber se schreiben nur een Teil juut. Oder jar nüscht. Und am Ende hat man mit zwanzig Mark im Monat dajestanden. Jetzt verdien ick wenichstens 40. Is ooch viel zu wenich. Na ja." Wieder starrte er stumm, abwesend. Fragte dann: „Wat bist 'n von Beruf?"

Welch eine Frage. Was sollte ich ihm sagen? Den andern in der Zelle, im Knast. Sollte ich sagen: „Ich war Revisor, Hauptrevisor sogar. Bei der Staatlichen Finanzrevision, die zum Ministerium für Finanzen gehört?" Der hätte doch nichts begriffen, außer dass sich mit dieser Berufsbezeichnung ein hoher Titel verbinden musste. Ich erwiderte also: „Ich bin Finanzökonom." Kalle hörte wieder nur halb hin. Er nickte abwesend, bemerkte beiläufig. „Mit so wat kommste int Lohnbüro."

„Auch als Ausweiser?"

„Weeß nich. Uff jeden Fall hatten se hier immer Probleme, vernünftije Leute int Büro zu bringen. Die da warn, ham entweder beschissen und sich bestechen lassen, oder se ham nüscht jetaugt." Er gähnte. „Am besten hau ick mir ooch hin. Vielleicht erzählt Franko noch een Film."

„Einen was?"

„Een Film. Weeßt doch wohl, wat 'n Film is? Kanner prima."

Ich winkte ab. Filme musste man sehen, nicht erzählt bekommen. Im Übrigen, wie sollte jemand, der fast 30 Jahre im Knast gesessen hatte, einen guten Film kennen?

Egal, als ich eine Weile gelegen hatte, kam von Franko tatsächlich die Ankündigung: „Wenn ihr wollt, erzähl' ich noch 'nen Film." Zustimmendes Gemurmel setzte ein. Ein paar Zigaretten, die man Franko als Honorar reichte, und schnell trollten sich die Kerle in ihre Betten oder fläzten sich am Tisch auf die Hocker. Auf ihren Gesichtern zeichnete sich Spannung. Selbst Willert, der jetzt wieder wach geworden war, blickte erwartungsvoll. Lediglich Fritzchen und Otto nahmen keinen Anteil am Geschehen. Sie tuschelten eine Weile, schließlich zog Fritzchen ein Kabelknäuel, zwei Hörer und eine kleine Schachtel vom Fußende seines Bettes hervor. Der erste Piepser, den ich zu sehen bekam.

Ich weiß nicht, ob es an meiner Abneigung gegen Frankos Erzählung lag oder ob seine Geschichte einfach nur langweilig war. Ich spürte, dass mich der Schlaf überkam. Immer wieder fielen mir die Augen zu, vermischte sich das Gehörte mit dem

Wirklichen. Und aus immer größerer Entfernung nahm ich Frankos Stimme wahr. Er lief vor den Bettenblöcken auf und ab, rauchte dabei und beschwor mit variierender Stimme eine Handlung herauf, die von den Knastern mit Zustimmung, mit Begeisterung angenommen wurde. „Mensch, das hätt' ich nich gedacht." Oder: „So ein Trottel, statt er sich an die scharfe Puppe rangemacht hätte." Die Jungs fieberten mit, nicht als würde ihnen der Film erzählt, sondern als steckten sie selbst mitten in der Handlung.

Ich schlief fest und erfuhr erst am nächsten Morgen, dass ich eine exklusive Vorstellung versäumt hätte. Doch ehe es zu dieser Mitteilung kam, musste ich erst selbst meine armselige Rolle in dem gnadenlosen Drama namens Zuchthaus Brandenburg spielen. Es begann mit diesem Oberkalfaktor, den sie Stoß nannten. Der ging den Flur entlang und schlug mit einem Gummihammer gegen die Zellentüren. „Nachtruhe beenden!" Die Schläge hallten wie Bombendetonationen durch das Gebäude und erschütterten mein Trommelfell. Aber gut, ich wusste wenigstens sofort, wo ich war. Ich dachte: das Wasser. Und ich rollte mich ohne eine Sekunde des Zögerns zum Fußende des Bettes, um mich am Metallgestell nach unten zu hangeln. Rein in diese Pantoletten und zum Waschbecken. Es lief noch. Wenn auch wieder dünn und mit langen Unterbrechungen. Es reichte, dass ich mir den Becher füllte und in aller Eile die Zähne putzte. Danach noch ein paar Tropfen für das Gesicht. Schluss. Ich drehte den Hahn zu, wieder auf, wieder zu, probierte das Gleiche mit dem zweiten Hahn. Franko stand jetzt auf. „Kannste sein lassen", sagte er schlau. „Sobald in den unteren Stockwerken in zwei, drei Zellen Wasser abgenommen wird, geht gar nix mehr." Er ging zur Toilette und kam kurze Zeit später zurück. „Wenn du auch drauf musst, dann tu nicht spülen. Der Spülkasten läuft bei dem schwachen Wasserdruck auch nicht voll. Ich zieh den Spüler dann, kurz bevor wir ablaufen. Ansonsten steht die Pisse den ganzen Tag über im Becken. Das gibt 'nen mörderischen Dunst." Ich gehorchte. Aber mir war speiübel. Der penetrante Gestank der fensterlosen Klokabine mischte sich mit dem Morgenurin des alten Mannes. Ich kniff die Augen zusammen, hielt die Luft an und wandte den Kopf zur Seite. Und ich beeilte mich.

Die Zellentür stand schon offen, als ich aus der Klokabine kam. Der Kalfaktor brachte auf dem Wagen unser Frühstück. Brötchen, heißen Muckefuck, ein Würfelchen Butter. Weil es ihm nicht schnell genug ging, schrie er wieder: „Los, Franko, mach Latte, ich hab noch mehr zu tun." Franko hastete. Murmelte dabei: „Wirst dich schon nicht totarbeiten, Stoß." Stoß verzog wütend das Gesicht, schrie um so lauter: „Das musst du grade sagen, du faule Sau. Ganzen Tag nur in der Werkhalle rumgurken und nach Miezen glotzen. Und -." Weiter kam er nicht, denn der Schließer, der hinter ihm stand, wurde ungehalten. Hansmeier. Vielleicht, dass ihn mit Franko tatsächlich ein Stück Leben verband. „Feierabend, Stoß!" Der Kalfaktor duckte sofort ab. So wie ein Hund, der weiß, dass sein Herr keine Geduld und keine Gnade haben wird, wenn er nicht sofort von dem anderen Tier ablässt. Das *Brett* fiel zu, und Franko schimpfte: „Irgendwann wird diesem Stoß noch mal jemand die Eier abreißen." Er trug die letzten Brötchen zum Tisch und setzte sich. Freddi kam jetzt aus dem Bett. Unausgeschlafen sah er aus, schlaff. „Wenn du pinkeln gehst, nicht spülen!", belehrte ihn Franko. Freddi antwortete mit einem verständnislosen Blick. „Is wegen dem Wasser, das nich läuft." Franko nahm sich eine von den Semmeln, schnitt sie flach durch und verteilte die Butter. Dann klappte er sie zusammen und steckte sie in die Tasche seiner Jacke. Freddi kam, setzte sich zu mir an den Tisch. Ich goss ihm und mir Kaffee ein. Schob jedem eine Semmel her, die Butter. „Hab kein Hunger." Er gähnte ungeniert, brach die Semmel auseinander und steckte jede Hälfte in eine Hosentasche. „Isst du deine Butter nich?", fragte ich. Er schüttelte den Kopf. „Die kommt in Schrank, ess ich heute Abend." Ich hatte auch keinen Hunger. Aber man wusste nicht, wann es wieder etwas gab, vor allem was. Also steckte ich die eine Hälfte der

Semmel ebenfalls in die Tasche und schnitt die andere auseinander. Der Würfel Butter reichte gerade für die zwei Halbhälften. Und Marmelade, wie sah es damit aus? Franko schüttelte den Kopf. „Man kann sich einmal im Monat welche bestellen. Aber da hier so gut wie niemand frühstückt, bestellt auch keiner welche." Ich war ratlos, aber auch wütend. Nicht mal Marmelade gab es in diesem verfluchten Zuchthaus. „Na, Moment." Franko ging zu den Spinden, förderte aus einem der Fächer einen Suppenteller mit einer rötlichen Masse hervor. „Das hätten wir gerade noch im Angebot." Er stellte mir den Teller vor die Nase. Ich wich ein Stück zurück. Die eingetrocknete Marmelade sah eklig aus. Ich versuchte trotzdem, mit dem Messer ein bisschen herauszulösen. Es ging nicht, die Marmelade war zu einem weichzähen, aber kompakten Klumpen zusammengeschrumpft. Wie Tapetenkleister, den man wochenlang in einem Eimer aufbewahrt hatte. Ich aß das Brötchen ohne Aufstrich, schlürfte dazu den Kaffeeersatz. Danach zog ich Jacke und Schuhe an, saß und wartete. Eine fürchterlich Magenfläue rumorte in meinen Eigenweiden. Ob ich gleich Durchfall bekommen würde? Ich dachte an diverse Prüfungen, die ich in meinem Leben durchzustehen gehabt hatte, Abitur, Staatsexamen. Auch da war mir vorher immer schlecht gewesen, sauübel. Und irgendwie lief es dann ja. Aber ich dachte auch an die Vernehmungen bei der Stasi, als es mich auf dem Weg zum Vernehmerzimmer vor Angst geschüttelt hatte. Es geht immer weiter, irgendwie, damit hatte ich mich stark zu machen versucht. Doch hier ließ sich die Angst nicht besiegen, die Kälte, die Magenschmerzen. Diese hilflos machende Einsamkeit, die Ungewissheit.

Und nun? Heute? Ich erhob mich, lief ein paar Schritte. Gleich musste ich die Zelle verlassen. Ein neuer Abschnitt begann. Der elementarste Abschnitt des Knasts. „Na", sagte Franko, „siehst ziemlich blass aus. Klar, ersten Tag unten einlaufen, das is bisschen komisch. Aber dauert nich lange, dann isses die normalste Sache der Welt." Ein kleiner Trost, der guttat. Endlich im Flur die Stimme des Wachmannes: „Fertigmachen zum Raustreten!"

Ich postierte mich an der Tür. Nicht, um nachher möglichst schnell draußen zu sein, sondern um nicht in das nun beginnende Durcheinander zu geraten. „Raus jetzt aus der Seeche!", keifte Franko. „Kommando zum Raustreten is schon gekommen." Die Knaster jagten durch die Zelle. Manche noch im Halbschlaf, andere aufgelöst, aufgeregt. Sie rannten zu ihren Sachen, drängelten sich zwischen den Betten, um sich anzuziehen und die Bettdecken zu richten, jagten nach ihren Brötchen, schimpften, weil die Toilette nicht frei war, und störten sich an Franko, der ungeachtet der Hektik mit dem Besen über den Fußboden wischte. Ich erschrak: Ich hatte, falls ich nicht vorzeitig in den Westen abgeschoben werden würde, noch mehr als fünf Jahre vor mir. Musste ich dieses Getrampel, Geschrei, dieses Wachkämpfen noch so lange erleben? Andererseits lenkte es mich ab. Ich teilte meine Angst vor dem neuen Abschnitt mit dem Widerwillen gegen den Alltagsstress. Vielleicht war es sogar eine Erleichterung, wenn man gleich die Zelle verließ und sich auf die Arbeitsplätze verteilte.

Die Toilettenspülung rauschte. Franko hielt sofort mit dem Fegen inne. „Welcher Idiot war das denn?" Sekundenlang herrschte Stille, Reglosigkeit. Die Knaster starrten durch die Gegend. Jemand sagte: „Einer von den Neuen. Der mit dem Kaffee."

„Der steht an der Tür."

„Spucke!", rief Fritzchen. „Spucke is da drin. Schon ziemlich 'ne Weile." Es war der hetzende Unterton in seiner Stimme, der die anderen sofort aufwiegelte. „Bestimmt war er scheißen!", mutmaßte Otto laut. Geschrei entstand, Drohungen. Und als Spucke wenige Augenblicke später die Zelle wieder betrat, setzte ein Gewitter aus Beschimpfungen ein. „Dafür macht er eine Woche Stubendienst!" Sofort drückte ihm Franko den Besen in die Hand. „Los. Kannst gleich damit anfangen!"

Spucke sah verwirrt aus. „Ich konnte mich nich mehr halten", stammelte er. Und als nach einem erneuten Geschrei wieder

Ruhe eingezogen war, fragte Franko: „Is wenigstens alles runter, oder steht der Dreck jetzt übern ganzen Tag?"

„Alles runter", versicherte Spucke. Er sah blass und krank aus. Kaum noch Gesicht unter seiner dicken Brille, den schmierigen dunklen Haaren. „Gut", bestimmte Franko, „dann geht da jetzt keiner mehr rein. Wer muss, der soll warten, bis wir unten sind."

Die Knaster beschieden sich widerwillig mit der Anordnung. Nur Schmerke protestierte offen. „Mmmuss aaaber!" Er ging auf die Klokabine zu. „Dann stinkt sich das übern Tag so richtig ein", warnte ihn Franko.

„Kkkann mmman nnnich ändern."

Franko stellte sich, die Klotür im Rücken, dem großen Burschen in den Weg. Als müsse er wie Pfaffner in den Nibelungen einen Schatz oder ein großes Heiligtum verteidigen. Aber Schmerke stieß ihn beiseite. „Ppplatz!" Franko stürzte zu Boden, doch ehe er sich erhoben und zu einer verbalen Wutattacke angesetzt hatte, hatte Schmerke die Klokabine schon wieder verlassen. Er hatte sich die hohle Hand über Mund und Nase gestülpt. „Ddder stttinkt ja schschschon nach iiinnerlllicher Vvverwesung!", fluchte er.

Es war Viertel nach fünf. Obwohl es draußen längst hell geworden war, wirkte die Szenerie düster. Die Tür wurde aufgesperrt, und wir mussten raustreten. Neben der Tür auf dem Flur warten. Die Knaster aus der Nebenzelle standen bereits im Flur. Der Wachmann zählte uns und stellte fest, dass wir komplett waren. Er verriegelte das *Brett* und schloss die Tür des Zwischengitters auf. Wir marschierten. Schweigend und nacheinander. Unsere Zellenbelegschaft, danach die der Nachbarzelle. Im Flur des Treppenhauses war genug Platz, damit wir alle Aufstellung nehmen konnten. Nicht nur wir. Kaum dass wir in einer Linie standen, kamen die Knaster vom anderen Gebäudeflügel. Mann um Mann, Zellenbelegschaft um Zellenbelegschaft. Blasse, verschlafene Gesichter, illusionslos und stumpf, vielleicht blind. Ich hatte mal vor Jahren einen Film gesehen, in dem Bergleute in den Schacht einfuhren. Mit ebensolchen düster stummen Mienen. Ja, hatte ich damals gedacht, die müssen so gucken, so schweigen, so ernst sein. Für die kann jede Fahrt in die Grube die letzte sein. Und hier? Musste man auch damit rechnen, nicht mehr zurückzukommen?

Sie stellten sich nebeneinander auf. In einer Reihe von mindestens zehn Metern Länge. Bis die Reihe voll war und eine neue eröffnet wurde. Aus dem Gleichmut der Bewegungen sprach die Gewohnheit. Jahre, Jahrzehnte, jeden Morgen der gleiche Ablauf. Ein trostloses, unumgängliches Zeremoniell, in das man sich ohne Widerstand schickte. Etliche Knaster hatten Beuteltaschen, Netze, die sie in der Hand trugen. Was darin steckte, sah man nur ungenau. Brot, Kleidungsstücke, Schraubgläser mit brauner Flüssigkeit. Tee? Da ich weder ein Netz noch einen Tragebeutel besaß, hatte ich meine Sachen zusammengerollt und unter den Arm geklemmt. Die Arbeitsjacke, Arbeitshose. Freddi und Lars ebenfalls. Nicht geklemmt, sondern gepresst. Dieses Pressen, ich gab unbewusst den inneren Druck weiter. Aber ich wurde ihn damit nicht los. Ich kämpfte. Ich hämmerte. Ich drängte mir immer wieder die Erkenntnis auf: Dies ist *nur* das Zuchthaus Brandenburg. Es ist kein Todeslager, kein verschütteter Schacht, keine Hölle. Spätestens in fünf Jahren und zwei, drei Wochen ist das alles vorbei. Doch es blieb nur ein Kratzen an der Oberfläche meines Bewusstseins. Es erhöhte im Gegenteil den inneren Druck. Ich fühlte einen fürchterlichen Schwindel. Wenn du jetzt umfällst, dachte ich, werden alle lachen. Und doch war es, als würde ich taumeln, als sackten die Beine weg ...

Die Gittertür klapperte. Das Geräusch ließ mich aufschrecken, ich schüttelte ein Stück Beklemmung ab und lockerte mich. Der Arm, unter dem ich meine Sachen hielt, schmerzte. Ob es erlaubt war, sich zu bewegen und die Sachen unter den anderen Arm zu klemmen? Oder musste man so stramm stehen wie beim Militär? Nein, niemand stand stramm. Die meisten Kerle waren schlaff, müde. Sie standen schief, faul, liederlich. Ich schob die gerollten Klamotten auf die andere Seite. Ich tat es, egal dass ich nichts zu fürchten hatte, unauffällig, ängstlich. Aus der vorderen Reihe drehte sich jemand um. Er musterte erst Freddi, dann Lars. Grinste ein bisschen. Freddi nickte kurz, starrte weiter geradeaus. Der andere wandte sich wieder um. Ich suchte nun ebenfalls nach bekannten Gesichtern. Gab es nicht jemanden aus meinem Vorleben, der hier gestrandet war? Keiner. Allerdings, sie standen alle mit dem Rücken zu mir, zudem war es duster, war es fremd.

Wir warteten mindestens fünf Minuten, vielleicht sogar zehn. Endlich begannen die Schließer mit der Zählung. Mehrmals lief einer von ihnen die erste Reihe entlang und zählte die Kolonne durch. Als er fertig war, rührte sich immer noch nichts. Schließlich hieß es: Ablaufen, Reihe rechts. Es kam Bewegung unter die Meute. Die erste Reihe setzte sich im Gänsemarsch in Bewegung, die zweite schloss sich an, bis wir mit der letzten folgten. Wir huschten ein Stück durch das Treppenhaus, liefen durch einen Seitenflügel, tauchten in einen schmalen Kellergang. Meter um Meter Enge, dünne Luft, der dumpfe Hall von Schritten. Gelegentlich die Stimme eines Knasters. Wenn sie jetzt einfach zusperren, dachte ich, an beiden Seiten. Nein, das war schwarze Phantasie. Die anderen liefen diesen Weg seit Jahren, Jahrzehnten jeden Morgen. Niemals war das passiert. Niemals befasste sich jemand mit einem solchen Gedanken. Wirklich?

Licht, Lärm, Gestank, Dreck. Der Kellertunnel öffnete sich, und wir betraten die Werkshalle. Das ist die IFA, die zum Industriewerk Ludwigsfelde gehört, dachte ich. Mit dem großen Betrieb verbanden sich für mich zahlreiche Erinnerungen. In den sechziger Jahren hatten wir dort als Schüler der Erweiterten Oberschule arbeiten müssen. Nach dem Studium musste ich das Werk als Revisor in den unterschiedlichsten Bereichen prüfen. Zuletzt, ein halbes Jahr vor meiner eigenen Verhaftung. Nun lernte ich es also auch auf der untersten Ebene kennen. Als Strafgefangener im Betriebsteil Brandenburg.

Dieses Dröhnen war furchtbar. Eine Vielzahl von Maschinen, die es verursachte. Drehbänke, Fräs- und Bohranlagen und was es so gab. In gebückter Haltung standen die Knaster der Früh-schicht und bearbeiteten metallene Teile. Andere lümmelten, rauchten und beobachteten gelangweilt die Ankömmlinge der Normalschicht. Überall waren Kisten. In manchen lagen Berge von Metallspänen, in anderen die fertigen Teile. Ein Gabelstap-ler rackerte in den schmalen Gängen. Durch Ölpfützen und Schlaglöcher transportierte er die Kisten hin und her.

Die Halle wirkte riesig. War sie 30 oder 50 m tief? Ich konnte es in dem Moment nicht abschätzen. Vielleicht hatte ich einfach Angst vor dieser Größe. Vor dem Lärm und dem Neonlicht. Vielleicht wegen der trostlos wirkenden Gestalten. Wegen al-lem. Ich straffte mich. Es ging einfach nur vorwärts.

Ein Stück vor dem Ausgang sammelten sich die Knaster unse-rer Schicht. Ein lockerer Haufen, der mit Erreichen der Indu-striehalle dem Knastgebäude entronnen war und nun ein Stück Freiheit für sich in Anspruch nahm. Sie unterhielten sich, lach-ten sogar, begrüßten sich mit Handschlag und „Wie geht's", als wären sie an diesem Morgen mit dem Bus oder Moped zu einer ganz normalen Arbeit gekommen. Ich stand ziemlich verloren. Mit wem hätte ich reden, wen begrüßen, sollen? Willert war verschwunden, Franko, Kalle ebenfalls. Freddi stand nicht weit von mir. Er unterhielt sich mit dem Knaster, der sich beim An-treten nach ihm umgedreht hatte. Ich versuchte mir vorzustellen, dass ich alsbald an einer von diesen Maschinen stehen würde, um pro Schicht soundsooft denselben Handgriff auszuführen, um eine bestimmte Norm zu erreichen. Oder würden sie mich woanders hinstecken? Etwa in die Buchhaltung? Ich wollte das gar nicht. Ich wollte diesen Knast lieber in einer Form abreißen, die keine Vergünstigungen beinhaltete. Oder war die Arbeit in der Buchhaltung keine Vergünstigung?

Ein großer Kerl in einem guten Hemd, auf dem sogar die gel-ben Streifen gebügelt aussahen, rief die Truppe nach etwa fünf Minuten zusammen. „Los hier, antreten. Zählung!" Die Knaster schenkten dem wenig Beachtung. Sie quatschten weiter. Nur ein paar fanden sich in seiner Nähe ein, um anzutreten. Zu denen gehörte ich. Der Große bemerkte mich. „Neu hier?" Er lachte unbeschwert, reichte mir die Hand. Ich nickte. „Wie viel?" Die Standardfrage. „Noch fünf", erwiderte ich. „Wenn du die rum hast, hab ich den Knast längst vergessen." Er bleckte die Zähne, so sehr lachte er jetzt. Trotzdem wirkte er nicht gehässig, schadenfroh. „Ich geh noch in diesem Jahr." Obwohl er wirklich laut brüllte, konnte ich ihn wegen des Lärms nur mit Mühe verstehen. „Ich komm vorzeitig raus." Er warf träumend einen Blick in die Zukunft. „Hier drin war ich lange genug. Fast zwei Jahre. Das letzte davon als Schichtleiter." Er schüttelte den Kopf, als könne er das selbst nicht glauben, drehte sich dann um. Im Eingang der Halle tauchte ein Wachmann auf. Noch keine dreißig Jahre, breites Gesicht, kantiger Schädel. Fast im selben Moment ließ der Lärm etwas nach, da eine Fräsmaschine absackte. Der Kerl, der sie bediente, schrie sofort auf. „Verdammte Scheiße, das blöde Bohrgewinde! Meine Norm kann ich jetzt vergessen." Er blickte aufgebracht in die Weite der Halle, fuchtelte mit den Armen. „Wo is dieser Rochen von Einrichter denn bloß?"

„Los! Zählung!", brüllte der Schichtleiter wieder. Seine Stimme hob sich nach dem Ausfall der Fräsmaschine besser ab. Die Knaster beeilten sich. Jemand murrte: „Rudolf, dieser Arschkriecher rutscht mal wieder auf seiner eigenen Schleimspur aus. Bloß damit er 'n paar Monate eher nach Hause kann." Ein anderer antwortete: „Na ja, wenn Grenzer die Zählung macht, und es sind nich alle da, möcht' ich aber auch kein Schichtleiter sein." Aus dem hinteren Bereich der Halle kamen Willert und Torsten angehetzt. Torsten, der Arzt, es konnte sich nur um ihn handeln. Die beiden waren ganz offensichtlich aus einem hitzigen Gespräch gerissen worden. Selbst während sie jetzt liefen, diskutierten sie noch.

Wir standen in zwei Blöcken. Normalschicht eins und Normalschicht zwei. Jeweils siebzig bis achtzig Leute. In der Halle war es ruhiger geworden, da die Arbeiter der Frühschicht ebenfalls zum Zählen antreten mussten. Die Maschinen standen still oder tuckerten im Leerlauf. Der Wachmann, den sie Grenzer nannten, brauchte einige Zeit, ehe er die endgültige Zahl der angetretenen Knaster ermittelt hatte. Mehrmals lief er an der vorderen Linie der Blöcke entlang. Schließlich machte er die entscheidende Notiz und stapfte weiter, um die Frühschichtler durchzuzählen. Die Normalschichtler zerstreuten sich allmählich. Einige blieben stehen, andere verließen den Antretplatz. Was sollte ich jetzt tun? Dieser Leutnant hatte am Vortag gesagt: zur Lehrwerkstatt gehen, zu einem, der „regulär" keine Haare hatte. Dieser Auftrag galt auch für Freddi und Lars. Wo waren die beiden? Ich drehte mich um, sie standen direkt hinter mir. „Schon was gesehen, wo wir hin müssen?", fragte ich. Freddi winkte ab. „Werden noch früh genug hinkommen. Dieser Schnurz hat gesagt, wir sollen ihn mal in der Heizung besuchen." Wozu das, dachte ich, was hat der Kerl davon? „Kannst ja mitkommen", bohrte Freddi. Wozu, dachte ich wieder, was bezweckte er damit? „Sieht blöd aus, wenn einer gleich morgens in der Lehrwerkstatt is und die andern nich." Das also. Ich trottete hinter den beiden her. Wir verließen die Halle und kamen in den Hof, der die hiesige Halle von einer zweiten trennte. Berge von Metallspänen lagen hier. Öllachen, alte Metallteile. Und Kohlen. All das, dieser Hof wie auch die Halle, erinnerte an nachgestellte Filmszenen aus den Anfängen des Industriezeitalters. An der Rückfront des Hofes befand sich das Heizungsgebäude. Ein hoher, runder Schornstein ragte daraus empor. Vorn eine Treppe, die zum Keller führte. „Da unten isses, da hat Schnurz sein Büro." Freddi ging als erster nach unten, klopfte gegen eine Stahltür. Kurze Zeit später wurde geöffnet. Schurz schaute heraus. Offenbar hatte er nur Freddi und Lars, vielleicht nur Lars erwartet. Er kratzte sich an der Oberlippe. Und als ich mich drehen wollte, um zu gehen, sagte er: „Na, kommt rein." Er hatte es nicht schlecht. Ein richtiges Büro. Schreibtisch, Polsterstuhl. Auf einem Teller lagen belegte Brötchen. Appetitlich wie aus einer ordentlichen Kantine. Wurst und Käse als Auflage. Sogar Grünpflanzen hatte er in dem lichtlosen Raum gezüchtet. „Sind die echt?", fragte ich überrascht. Er nickte stolz. „Wie können die wachsen, wo doch gar kein Tageslicht reinkommt?" Er bewegte einen Schalter, und nach kurzem Knistern begann eine Neonröhre zu leuchten. „Die lass ich die ganze Nacht brennen. Das is mindestens wie Tageslicht." Hinter dem Schreibtisch huschte plötzlich ein Schatten hervor. Eine kleine Katze, ich traute meinen Augen nicht. „Das is Mikesch", erklärte Schnurz, „der wohnt hier unten." Ich konnte das nicht begreifen: „Wie kann der hier wohnen?" Er sah mich ärgerlich an. „Wie kann der wohl hier wohnen?! Der kriegt sein Futter, hat eine Pappkiste zum Schlafen und eine zum Kakken. Sonst braucht der doch wohl nichts."

„Luft, Licht, Platz zum Rumtoben und Jagen", erwiderte ich spontan empört. „Wüsste nich, was dich das angeht", knurrte Schnurz. Um seinen Mund hatte sich ein harter Zug gebildet, die Augen wüteten. Wenn ich am Abend vorher noch daran gezweifelt hatte, dass dieser Mensch zu Recht im Zuchthaus saß, so tat ich das jetzt nicht mehr. Ich war erschrocken, drehte mich zur Tür um. Eine große eiserne Klinke, die man zur Seite drücken musste, um das stählerne Blatt aufzubekommen. Von außen funktionierte das nur per Schlüssel. Zwei Schritte und ein Griff, weg konnte ich sein. Aber Schnurz lenkte sofort ein. Er verwandelte sich wieder in den Sanftmütigen, der keiner Fliege und keiner Katze etwas zu Leide tun konnte. Eine Gewohnheit, die er sich vermutlich im Laufe seiner Knastära antrainiert hatte oder die in einer Art Selbstschutz, instinktiv erklommener Rettungsstrategie über ihn gekommen sein mochte. „Ich geh ja am Wochenende meistens runter und lass sie nach draußen. Wenn ich sie ohne aufzupassen raus lass, is sie weg. Und zwar ruckilecki. Die Jungs hier sind fast alle scharf auf kleine Katzen. Manche wollen sie zum Schmusen, manche drehen ihnen den Hals um. Einfach so, weil ihnen das Spaß macht. Oder sie ziehen ihnen das Fell ab und dann kommen sie in die Pfanne." Schnurzens Gesicht wirkte jetzt nicht bloß sanft und harmlos, es wirkte engagiert. Der Tierschützer, Menschenfreund. Ich kehrte mich dennoch der Tür zu. „Brauch noch bisschen Sauerstoff."

Brauchte ich wirklich. Ich atmete tief durch und empfand die von Öl, Werkstattdunst und den Abgasen des Gabelstaplers geschwängerte Luft als wohltuend. Ich dachte an die Erzählungen von Eltern und Großeltern, denen zufolge manche Leute in der Nachkriegszeit vor Hunger Hunde oder Katzen gefangen und geschlachtet haben sollten. Hatte ich denn in dieser Zeit, die ich nun gefangen und mit dem Essen alles andere als verwöhnt worden war, jemals den Gedanken gehabt, einen Katzenbraten fressen zu müssen? Pfui Teufel.

Freddi stand hinter mir. „Ich hab das gleich gerochen. Das mit der Katze."

„Wo is dein Kumpel? Lars?"

„Unten geblieben. Schnurz hat für ihn extra die Brötchen gemacht. Haste sie nich gesehen."

„Hätt er doch für uns auch welche machen können!?"

Freddi starrte mich an, wie man einen Blöden anstarrt. Erst nachdem wir einige Stufen gestiegen waren, sagte er: „So viele Brötchen hat der eben nich."

Anfüttern, das Wort kannte ich zwar, aber soeben hatte ich seinen neuen Sinn begriffen. Und wie so vieles in diesem Zuchthaus dauerte es nur wenige Tage, bis ich mich an den Umgang damit gewöhnt hatte. Man köderte also einen von den jungen Knastern mit ein paar leckeren Speisen, mit Zigaretten oder anderen Sachen, damit er einem sexuelle Befriedigung verschaffte. Die Kerle, die vorbestraft waren, wussten ja bestens Bescheid.

Wir schlenderten über den Hof. An einigen Stellen standen noch ein paar Knaster herum. Ich spähte nach Axel Willert aus, um vielleicht zu erfahren, welche Neuigkeit ihn und diesen Torsten in Aufregung versetzt hatte. Nein. „Wollen wir uns mal in der andern Halle umsehen?", fragte Freddi. Er bog, ohne dass ich geantwortet hatte, nach rechts ab. Ich folgte ihm. Der Eingang der Halle war offen, damit der Gabelstapler ungehindert hinein und hinaus fahren konnte. Auch hier standen etliche Maschinen, mit denen Metall bearbeitet wurde. Die meisten davon liefen jetzt wieder auf vollen Touren. Kisten mit glänzenden

Teilen, offenbar in dieser Schicht fertiggestellt, standen herum. Daneben Rohlinge und Berge von spiralförmigen Metallspänen. Die Halle hatte jedoch nicht die Größe der anderen. Zudem wirkte sie noch finsterer, dreckiger und stank mehr nach Öl. „Hier jeden Tag zu stehen und wie 'n Kaputter zu schindern, das is voll der Anschiss", schimpfte Freddi. „Für mich kommt das jedenfalls nich in Frage." Er hatte eine überzeugte Miene aufgesetzt. „Meinst du, du kannst dir das aussuchen?", fragte ich spöttisch. Er winkte ab. „Ich hab draußen ein Jahr als Elektriker gearbeitet. Also geb ich hier an, dass ich Elektriker bin und werd' hier als Elektriker arbeiten. Mit Lars zusammen." Er sah mich siegessicher an. „Hab mich schon bei 'nem früheren Kollegen erkundigt. Die haben 'ne ziemlich große Elektroabteilung hier und brauchen noch Leute in den Schichten." Er verstummte, denn ein Bursche von höchstens zwanzig Jahren kam uns in der Mitte des Gangs entgegen. Nicht nur, dass er schaukelnd wie ein Halbstarker lief und einen Bürstenhaarschnitt trug, hatte er auf der Stirn eine Tätowierung. Ein schwarzblaues Stirnband, das in Großbuchstaben die Inschrift HELL'S ANGELS trug. Selbst Freddi, der in seiner Vorzeit in den Strafanstalten so allerhand gesehen hatte, sperrte den Mund auf und schüttelte, nachdem der Bursche an uns vorbei war, den Kopf. „Der braucht nich mehr auf die Straße gehen, wenn er hier jemals rauskommen sollte. Den fangen sie sofort ein." Er lachte schadenfroh. „Mir haben sie, als feststand, dass ich nach Brandenburg muss, in der U-Haft schon versichert, was hier los ist. Dass hier lauter Bekloppte und Allgemeingefährliche sind. Aber dass sich welche mitten in die Visage irgendwelche blöden Sprüche hacken lassen, damit hätt ich nun nich gerechnet." Er lachte abermals, dann war das Thema für ihn erledigt. Ich drehte mich noch mal um. Der Bursche lief in der Mitte des Ganges weiter, er hüpfte fast ein bisschen. Nach einigen Metern blieb er stehen. Zwei andere Knaster kamen ihm entgegen. Der mit der Stirntätowierung redete sofort auf die beiden ein, gestikulierte, lachte dabei, und es schien, als bereite ihm das Dasein in diesem Zuchthaus sogar Vergnügen. Ich wandte den Kopf zurück. Nicht dass diese drei mein Interesse bemerkten und es falsch auslegten, als Sympathie. Ich dachte an Lars, an die Brötchen. Anfüttern.

Freddi legte einen Schritt zu. „Lass uns eine Runde drehen und dann raus hier. Die Halle wirkt irgendwie übel. Aber angucken müssen wir sie schon mal. Man muss wissen, wo man is." Der Weg schlug einen Bogen und führte an weiteren Maschinen und einer Treppe vorbei zum Ausgang zurück. Seitlich lag die Toilette. Da der Eingang keine Tür hatte, konnte man fast in den ganzen Raum sehen. Vorn ein Waschbecken aus Terrakotta, dahinter eine Pissrinne, weiter hinten die Klobecken. Drei Stück nebeneinander, nur durch ein Stück schulterhohes Pressholz getrennt. Aus zweien dieser Verschläge schauten Beine mit heruntergelassenen Hosen hervor. Keine Frage, da auf der Zelle das Benutzen der Toilette nicht möglich war, würde auch ich künftig hier sitzen. Nicht nur einfach so künftig, heute schon. „Da kann einem das Scheißen vergehen", kommentierte Freddi. Er verzog angewidert das Gesicht. „Isses denn in den anderen Knästen besser?", fragte ich. Er schüttelte den Kopf, legte einen Schritt zu. Auf dem Hof blieb er stehen und schaute nach oben. „Die Sonne kommt." Er zeigte mit der Hand zum Himmel. Die Hälfte einer großen roten Scheibe klebte malerisch hinter dem Hallendach. Industrieromantik mit Gitterstäben. Ich starrte eine Weile hinauf. Fast ein Jahr war es her, dass ich den letzten Sonnenaufgang gesehen hatte. In der Tschechei oder Ungarn, vielleicht an der Ostsee. Vielleicht an meinem letzten Arbeitstag oder am Tag der Verhaftung. Schien an jenem Morgen die Sonne? Oder stand der Himmel voller Wolken? Es spielte keine Rolle. Damals nicht und jetzt nicht. „Lass uns in diese Lehrwerkstatt gehen", sagte ich. „Sonst kriegen wir noch Ärger."

„Quatsch!", fauchte Freddi. „Da oben sitzt auch nur 'n Knaster. Der hat uns gar nix zu sagen." Er ging ein Stück zur Seite und hockte sich auf den Rand einer Metallkiste. Notgedrungen setzte ich mich daneben. „Unbequem hier", maulte ich. „In der Lehrwerkstatt sind bestimmt Stühle." Ich rutschte auf dem Rand der Kiste, um etwas besser sitzen zu können. „Trotzdem", erwiderte Freddi, „wenn wir hier sind, sind wir nicht da und können uns drücken." Ich überlegte, wie er das meinte, wovor wir uns denn *drücken könnten*. Vor der Arbeit? „Denkst du, dass sie uns heute gleich an so eine Maschine stellen werden?" Er empfand meine Frage als lästig, sicher auch naiv. „Das hier is ein Knast und keine Sportanlage. Hier geht's nich um Sekunden, Minuten oder Tage, hier geht's um Jahre. Kapiert?" Er sah mich von der Seite an, und ich schwieg. Ansonsten hätte ich ihm sagen müssen, dass ich alle mal lieber gearbeitet hätte. Ob es nun um Jahre ging oder Tage. „Außerdem müssen wir auf Lars warten. Wie sieht das aus, wenn wir zwei da ankommen, und er is erst in einer Stunde da?"

„Wie lange braucht er denn für die paar Brötchen?"

Freddi schüttelte den Kopf. „Wie taub bist du eigentlich? Meinst du, er is wirklich wegen den Brötchen dort unten? Meinst du, der Oberheizer stellt ihm das Zeug einfach so hin, weil er ihm einen Gefallen tun will?" Er machte ein finsteres Gesicht, starrte auf die Treppe, die zum Heizungskeller führte. Und er murmelte: „Langsam könnte er wirklich kommen. So ewig wird das ja nich dauern, bis er ihm einen geblasen hat."

Die Lehrwerkstatt befand sich im oberen Geschoss der ersten Halle. Wenn man von der Treppe kam und den Mittelgang entlanglief, lag sie auf der rechten Seiten. Wie die gegenüberliegenden Räume auch war sie bis zur Decke mit Maschendraht vom Gang abgetrennt. Dadurch konnte man sie von außen einsehen. Ein Tisch und ein paar Stühle standen rechts vom Eingang, dahinter befand sich ein Verschlag, das Büro des Lehrmeisters. Links stand das, was wohl den eigentlichen Sinn dieses Bereiches ausmachen sollte, eine Drehbank. Die Tür, ein mit Maschendraht verkleideter Stahlrahmen, hatte eine Klinke und ein Sicherheitsschloss. Sie war geöffnet. Wir gingen hinein, sahen uns um. Niemand war zu sehen. Wir setzten uns an den Tisch. Freddi gähnte herzhaft, sagte: „Eine scheiß Langeweile is das." Er streckte die Beine weit von sich und legte die Arme in den Nacken. „Es müsste einen Knall geben und sechs Jahre später sein."

„Vielleicht kommt bald 'ne Amme, und wir sind viel eher draußen." Lars' Bemerkung hatte keineswegs ironisch geklungen.

„Haste irgendwelche Anhaltspunkte?", fragte Freddi gelangweilt.

Der Blick des anderen flackerte ein bisschen. Unsicherheit. „Schnurz hat's erzählt."

Freddi blies die Backen auf. „Wahrscheinlich weiß er das so genau, weil er direkten Kontakt zum Anstaltsleiter hat. Schnurz." Er grinste breit, und es war ihm anzusehen, dass er sich eine weitere Spottbemerkung mit Mühe verkniff. Vielleicht auf die Brötchen, die Schnurz diesem Lars serviert hatte, vielleicht auf das andere. Er erhob sich stattdessen. „Ich werd mal da drüben in den Werkzeugbau gucken." Er wies mit dem Kopf auf den Hallenteil vis á vis vom Gang. „Da kommst du nich rein", sagte Lars, „is von innen ein Türdrücker dran."

„Woher weißt 'n das?"

„Hab ich schon abgeleuchtet. Siehst doch, neben der Tür is ein Knopf. Wer rein will, muss draufdrücken. Dann drückt von drin einer den Summer und die Tür lässt sich aufschieben. Es is nur so, dass diesen Summer keiner drücken wird, wenn draußen einer klingelt, der da drin nix zu suchen hat."

Freddi hörte nicht auf ihn. Er trottete hinüber zur Tür des Werkzeugbaus und spähte durch die Drahtmaschen in das Innere. „Kann ich mal rein?", rief er einem vorübergehenden Arbeiter in Knastuniform zu. Der zögerte erst, betätigte dann jedoch den Türöffner. Freddi warf uns einen triumphierenden Blick zu, verschwand. „Glück gehabt", murmelte Lars. Er rückte sich die Stühle an seiner Tischseite zurecht und legte sich der Länge nach darauf. Ein hartes Lager, doch dafür konnte man ihn vom Gang aus kaum sehen. „Weck mich, wenn was sein sollte." Kurze Zeit später war ein leises Schnarchen zu hören.

Ich saß allein und dachte, welche Zeit man hier vergeudete. Untätig, nutzlos und erniedrigt wartete man auf etwas. Auf was? Schließlich kehrte Freddi zurück. „Wo is Lars?", fragte er spontan. Doch ich musste nicht antworten, er sah ihn schließlich. Grinste. „Liebe macht müde", feixte er. Ich reagierte nicht. Sagte gleichgültig: „Hast du was rausgekriegt?"

Er nickte. „Bisschen was kriegt unsereiner immer raus. Ich weiß jetzt, wie das hier mit den Elektrikern läuft. Sie haben ihre Werkstatt am Ende des Ganges. Ich guck gleich mal hinter und mach das klar, dass ich da anfange. Kommst du mit?"

„Was soll ich da?"

„Fängst auch als Elektriker an."

Ich schüttelte den Kopf. „Hab ich zu wenig Ahnung. Das würden die schnell merken."

„Und wenn", entgegnete Freddi, „paar Wochen bringst du da schon rum."

„Und wenn der Lehrmeister kommt, während wir weg sind?"

„Scheiß dir nich ein. Wegen dem." Er ging. Schlaksig wankte er über den Flur, blieb an der letzten Tür stehen. Da es keine Klingel gab, musste er warten, bis jemand kam, der ihn mit hineinnahm.

Er blieb dieses Mal länger weg. Eine halbe oder auch eine ganze Stunde. Ich aß inzwischen mein Brötchen, ging dann auf dem Gang ein bisschen auf und ab. Hielt aber immer Blickkontakt zu dieser Lehrwerkstatt. Nicht dass der Lehrmeister oder ein Aufseher kamen und ich nicht zur Stelle war. Nachher sprach mich ein Knaster aus dem Werkzeugbau an. Die üblichen Fragen, wie viel, woher, wohin. Als ich ihm erzählte, dass ich aus der Potsdamer Gegend käme, wurde er neugierig und öffnete die Tür der Werkstatt. „Ich bin aus Drewitz." Ich trat unsicher ein, hielt weiter die Lehrwerkstatt im Auge. „Brauchst keine Angst haben, der Chef von der Lehrwerkstatt is heute den ganzen Tag nich da. Hat sich zum Krankenrevier gemeldet. Und wenn er doch noch kommt, halb so schlimm." Ich folgte ihm ins Innere. Es sah viel sauberer und aufgeräumter aus als in den großen Hallen. Die

Knastarbeiter wirkten nicht so finster. Vielleicht lag es am Licht, das durch die große Scheibe an der Hinterwand einfallen konnte. Einer Scheibe aus dickem, undurchsichtigen Industrieglas. Er brachte mich zu einer Nische, die er sich aus einem Spind und ein paar Metallkisten zusammengerückt hatte. Dahinter die Seitenwand der Halle. Eine Kiste und einen alten Holzstuhl hatte er als Sitzgelegenheit hergerichtet. „Mein Wohnzimmer." Ich musste mich auf den Stuhl setzen. Er hockte sich auf die Kiste. „Willste ein' Tee?" Ich nickte, und er sprang gleich wieder auf, zog aus einem Spalt zwischen den Kisten einen selbst gebastelten Tauchsieder hervor und warf ihn in einen Blechtopf mit Wasser. „Is ja wie zu Hause." Er nickte stolz. „Hab ich mir alles mit der Zeit zugelegt. Eingetauscht, selbst gebastelt, von anderen gekauft." Ich brauchte ihm die Frage nach seiner Strafe nicht zu stellen. „Bin jetzt zwei Jahre hier. Noch 'n Vierteljahr, dann is Bergfest. Offiziell. Ich schätze, spätestens in einem Jahr bin ich draußen. Hab ja kein Gewaltdelikt oder so was." Und auch jetzt konnte ich mir die nächste Frage ersparen. „Hab bloß bisschen Material mitgehen lassen in unserem Betrieb. Als Schlosser braucht man halt immer mal was. War wirklich nich viel. Aber andere im Betrieb haben auch geklaut, bloß is die Kripo an die nich rangekommen, und so haben sie mir das ganze geklaute Zeug in die Schuhe geschoben. Dummerweise bin ich wegen 'ner Jugenddummheit vorbestraft und hab gleich über vier Jahre gekriegt. Na ja, noch mal passiert mir das nich." Das Wasser brodelte, und er zog aus einem anderen Spalt einen durchsichtigen kleinen Behälter hervor. Ein Salzstreuer, Maßeinheit und Aufbewahrungsgefäß für den Tee. Ich staunte.

„Hast du noch keinen Streuer mit Tee gesehen? Werden drüben in Haus eins für irgendwas verwendet. Und alles, was hier in die Produktion eingeht, kursiert massenhaft im ganzen Knast. Wirst du schon noch merken." Er langte in den Spind und zog zwei dickwandige Gläser hervor. „Richtig vornehm, oder?" Ich nickte pflichtgemäß. „Hab ich mir aus Flaschen geschnitten. Die Ränder sind glatt wie 'n Weiberarsch. Da reißt du dir nich die

Lippe auf. Teesieb hab ich auch. Alles da. Luxus wie auf der *Völkerfreundschaft*." Gleich darauf dampfte der Tee aus den Gläsern. Wir schlürften schweigend.

Es schmeckte tatsächlich besser als aus Plastiknäpfen. „Kannst du mir nich auch so 'n Glas schneiden?"

Er überlegte kurz, schüttelte jedoch den Kopf. „Hab ja keine Flaschen. Die sind hier nich so ohne weiteres aufzutreiben. Ich könnt dir wohl eine besorgen, aber das kostet was. Halben Streuer Tee. Den wirst du ja wohl nich haben!?"

„Und Kaffee?"

Er riss die Augenbrauen hoch, spitzte den Mund. „Für 'nen Streuer Kaffee kriegst du von mir eins ab."

Ich stellte das Glas hin. „Ach nee, lassen wir's lieber. Ich kann dir wohl morgen 'nen Kaffee ausgeben. Aber 'nen ganzen oder 'nen halben Streuer für ein einziges Glas is mir nix. Zu wenig, wenn du verstehst."

Er verstand. „Kann man doch drüber reden. Was brauchst du sonst noch? Besteck? Tauchsieder?" Sein Eifer, da ihm der eben noch greifbare Kaffee nun doch zu entgehen schien, potenzierte sich unversehens. „Wenn du willst, sorg ich auch dafür, dass du im Werkzeugbau arbeiten kannst."

„Kannst du das? Ich hab nich viel Ahnung von Metallberufen."

Er wurde kleinlauter, schränkte ein: „Na ja, is schon richtig, dass du das sagst. Hier arbeiten nur Leute mit Abschluss. Sind sogar Ingenieure dabei. Aber es geht, solange du wie du in der Lehrwerkstatt bist. Da kann ich immer mal einen abfordern, der hier was macht. Und der alte Glatzkopf is froh, wenn er für seine Leute Beschäftigung findet."

Der Vormittag ging ganz gut rum. Bei Tee und Gesprächen. Wir unterhielten uns über Potsdam und über Drewitz. Es gab gemeinsame Bekannte, und den Betrieb, in dem er gearbeitet hatte, kannte ich auch. Er hieß Harri, und ich hatte den Eindruck, seit der Verlegung vom Zugang dem ersten normalen Menschen begegnet zu sein. Einem, mit dem ich außerhalb der Zuchthausmauern auch hätte verkehren können. Allerdings, zu diesem Zeitpunkt kannte ich die Kategorie *Edelknaster* noch nicht näher. *Einer, der sich für was Besseres hält.* Und wenn ich sie an diesem Vormittag schon gekannt hätte, auch das wäre mir egal gewesen. Wie es mir ebenso egal war, dass ich später erfuhr Harris wirkliches Delikt erfuhr. Er hatte nicht nur ein bisschen Material oder Werkzeug im Betrieb mitgehen lassen, er hatte echt eingebrochen. Mit einem Kumpel zusammen. Nachts. Sie hatten es weniger auf Material abgesehen als auf Geld und Wertgegenstände. Irgendwo stand immer mal eine Kasse rum, und für einen versierten Schlosser stellten auch die Schlösser der Panzerschränke in den volkseigenen Betriebe keine wesentliche Hürde dar. Der sozialistische Selbstbedienungsladen. Und wenn sich wider Erwarten tatsächlich kein Nickel und kein altes Radio fand, erfüllte es Harri mit Stolz, in der Nacht einmal auf dem Sessel des Betriebsleiters zu sitzen und ein bisschen durch die Gegend zu telefonieren.

Mich beeindruckte das nicht. Nicht diese Scham, mit der er sein wirkliches Delikt vor mir zu verbergen suchte, und nicht der Stolz, mit dem er anderen Knastern von dem nachtens benutzten Chefsessel erzählte. Es ging mich nichts an.

Es war Freddi, der unseren Plausch beendete. „Gottfried!" Er rief meinen Namen in den Bereich des Werkzeugbaus, ohne mich sehen zu können. Jemand musste ihm gesteckt haben, wo ich mich aufhielt. Jetzt drehten sich alle nach mir um. Und Harri fragte: „Heißt du wirklich Gottfried?" Eine leise hinterhältige Genugtuung lag in seiner Frage. Wenigsten die Qualität des Namens glaubte er mir voraus zu haben. Ich nahm daran keinen Anstoß. Wie oft schon hatte ich das erlebt. In der Welt dieser Achims und Wolfgangs klang der Name Gottfried altmodisch und lächerlich. Man brauchte Selbstbewusstsein und musste schon mal eine Spottbemerkung überhören können, um nicht allein des Namens wegen in die Außenseiterrolle zu geraten.

Ich sprang auf, erschrak. Wurde ich gesucht? Vom Lehrmeister, vom Schließer oder von wem? Harri beruhigte mich. „Bleib locker. Solange du hier keinen Ausbruchversuch unternimmst und keinen umbringst, reißt dir niemand den Arsch auf."

Er hatte Recht. Freddi hatte mich nur gerufen, weil er meinte, da er von seiner Erkundungstour zurück war, müsse ich ebenfalls kommen. Er sah zufrieden aus, grinste. „Wo treibst du dich rum? Man könnte denken, du bist ‘n alter BeVauer, der gleich am ersten Tag im Knast untertaucht, als wäre er hier zu Hause." Lars hatte sich mittlerweile wieder aufgesetzt. Er wirkte schlaff, schlaksig, gleichgültig. Fragte: „Warst wohl rummiezen?" Ich ging nicht auf seinen billigen Scherz ein. „War der Lehrmeister etwa schon hier?" Die beiden lachten. „Und wenn, was geht uns das an. Is auch nur ‘n Knaster." Lars erhob sich umständlich. „Wenn ich mich nich täusche, is jetzt sowieso Mittag."

Er täuschte sich nicht. Man merkte es am Maschinenlärm, der abnahm. Die Tür von der Abteilung Werkzeugbau wurde geöffnet. Nach und nach kamen die Knaster in den Gang. Zur Treppe und dann nach unten. Ich sah Harri, der losstürrmte. „Ab, nach unten zur Zählung!", brüllte einer mit schütteren Haaren und einer langen Narbe im Gesicht.

„Meinst du uns?", fragte Lars krötig zurück.

„Wen wohl sonst, du Arschficker. Mach Latte, sonst fehlen nachher bei der Zählung Leute, und wir können nicht ablaufen. Geht alles von unserer Mittagszeit ab." Ohne ein Wort abzuwarten, stürmte er weiter.

„Wieso sagt der Arschficker zu mir?", wunderte sich Lars.

„Wieso nich?" Freddi grinste. Er drehte sich um, ging hinaus. Ich folgte ihm. Lars ebenfalls. „Das musst du mir mal genauer erklären, was du damit meinst, he!" Irgendwie sah er aufgebracht aus, kam jetzt auch Spannkraft in seinen Körper. Er legte an Tempo zu und hatte den anderen kurz vor der Treppe eingeholt. Packte ihn an der Schulter. „Hast du hier irgendwas bei irgendwelchen Leuten rumerzählt, was gar nich wahr is?" Freddi nahm die erste Stufe. Da er an Höhe verlor, konnte er sich dem Griff seines Kumpanen entwinden. Er kicherte. „Ich hab nix rumerzählt, was nich wahr is." Er gab seinem Körper Schwung und setzte, indem er mehrere Stufen mit jedem Schritt nahm, die Treppe schnell nach unten. Lars jagte ihm hinterher, erreichte ihn jedoch erst in der Maschinenhalle. Packte wieder zu. Die beiden pufften sich, wobei Lars gegen einen anderen Knaster stieß. Der wurde wütend und schubste ihn grob zurück. Lars stolperte, fiel beinahe zu Boden. Freddi lachte frech, gab einen Kommentar, den ich nicht verstehen konnte, und rannte, noch bevor Lars das Gleichgewicht wiedererlangen konnte, los. Er schlängelte sich zwischen den Knastern hindurch und floh in Richtung Hof. Lars verfolgte ihn. Fünf, sechs Meter, dann konnte ich beide nicht mehr sehen. Wozu auch.

In der Maschinenhalle bereiteten sich die Knastarbeiter auf den Schichtwechsel vor. An der Drehbank, die der Treppe am nächsten stand, wartete ein stämmiger Mann, knapp fünfzig Jahre. Er hatte eine Glatze und trug eine dunkle Hornbrille. „Wart mal", sagte er als, ich vorbeikam. Ich blieb stehen. „Du bist Ausweiser, nicht?" Ich nickte und dachte, er würde weiterreden. Aber er wirkte etwas unbeholfen und fand keine weiteren Worte. Anscheinend wollte er nur meine Bekanntschaft machen. „Du auch?", fragte ich zurück. „Ja", erwiderte er. „Ich wollte abhauen, aber sie haben mich geschnappt. Hab vier Jahre."

„Vier is viel für Republikflucht."

„Ich hatte noch andere Probleme am Hals. Außerdem war ich schon mal deswegen drin."

„Und sie haben dich nich abgeschoben oder freigekauft?"

Er schüttelte den Kopf, wirkte traurig, verbittert. „Anwalt Vogel hat meinen Fall nicht übernommen."

„Hast du noch was Kriminelles drangehangen gekriegt?"

Er winkte ab. „Weswegen bist du hier?"

Ich erzählte meine Geschichte erneut, sah aber, dass die letzten Knaster aus meiner Schicht zum Zählplatz im Hof gingen. „Ich muss los, sonst fehle ich beim Appell", entschuldigte ich mich.

„Keine Bange. Das dauert noch. Aber wenn du los willst -."

„Is mir lieber. Wir werden ja noch Zeit haben, uns zu unterhalten."

„Ich heiße Josef."

Ich lachte kurz und reichte ihm die Hand. „Das passt. Gottfried." Ich drehte mich um und rannte los. Im Hof hatten sich die Normalschicht eins und die Normalschicht zwei an ihren Antretplätzen aufgestellt. Ich orientierte mich am Schichtleiter, der vor der versammelten Mannschaft stand und versuchte, Ordnung in den Haufen zu bringen. „Den ersten Tag hier und schon zu spät zur Zählung kommen!", rief er mir zu. Da er lachte, konnte der Rüffel nicht so ernst gemeint sein. Ich stellte mich neben Lars am Ende der Kolonne auf. Freddi befand sich in der Mitte. Die beiden hatten ihren Streit also nicht beigelegt. „Hast du was mitgekriegt, dass der Blödmann bei den andern was über mich erzählt hat?", fauchte Lars. Ich zuckte mit den Achseln. „Nee. Was soll er denn erzählt haben?" Lars zögerte. Es schien, als wolle er reden. Doch er bremste sich. „Ach, nichts."

Josef hatte Recht. Es dauerte, bis die Zählung durch war. Dieser Schließer mit dem Namen Grenzer rannte mindestens dreimal auf und ab, und selbst dann legte er sich nicht auf die endgültige Notiz fest. Irgendwo im Antretblock feixte jemand ärgerlich: „Bis drei zählen kann auch nich jeder." Gelächter. Grenzers Miene wurde finster. Er stierte in die Richtung, aus der die Bemerkung gekommen war. Aber er vermochte den Spötter nicht ausfindig zu machen. Daher ging er, ohne die Zählung abzuschließen, zur Normalschicht zwei und vollbrachte hier nicht minder umständlich und zeitaufwendig seine Arbeit. Als er fertig war, kommandierte der Schichtleiter: „Reihe rechts!" Und die Kerle aus der rechten Reihe rannten los, die mittlere und die linke folgten. Danach verschwand Grenzer in dem Gebäude, das den Hof zur Außenseite begrenzte. Dort befanden sich die Diensträume der Wachmannschaft. In der Kolonne entstand sofort Tumult. Geschubse und Geschrei setzten ein. Der Schichtleiter versuchte, Ruhe in die Truppe zu bringen. Vergebens. „Aufschlitzen müsste man die fette Sau!", schrie jemand. Oder: „Irgendwann kommt alles mal anders, dann hängen wir das ganze Lumpenpack auf!" Aber auch: „Der soll sich melden, der das eben gerufen hat, sonst soll das der Schichtleiter machen!" Die Antwort: „Anscheißer. OKI-Spanner!" Doch man wusste schließlich: „Ewig kann uns die Sau hier nich stehen lassen. In 'ner halben Stunde is schon die nächste Schicht mit Fressen dran. Dann müssen wir ausm Speisesaal raus sein." Gegenfrage: „Und wenn er uns gar nich gehen lässt? Is dem doch egal, ob wir was zu beißen kriegen. Der frisst sich zu Hause fett." Antwort: „Darf er nich. Die Schließer dürfen uns nich das Fressen sperren. Wenn so was rauskommt, kriegen sie Ärger. Bisschen was müssen die Knaster kriegen. Sonst können sie ja nich fürn Staat schuften."

Es dauerte mindestens fünf Minuten, ehe Grenzer zurückkam. Er kaute, sah zufrieden aus. Gemächlich lief er an der vorderen Linie der Kolonne entlang, zwei-, dreimal wieder, zählte er, indem er die Lippen lautlos bewegte, tappte er abermals die Front der Angetretenen entlang und starrte dabei dem einen und anderen Knaster ins Gesicht. Ein kalter Fischblick aus einem dicken Schweinebackengesicht.

„Reihe rechts. Ablaufen!" Ich hatte das Pech, dass ich links stand, hinten. Als Letzter verließ ich den Hof, als Letzter erreichte ich den Speisesaal. Mit Mühe fand ich mich zwischen den rechts und links stehenden langen Tischen zurecht. Da, die Belegschaft unserer Zelle. Franko saß am Kopfende. Lange Holzbänke an den Seiten. Ich quetschte mich hinten an die Wand. „Gibt Buna mit Schweinepellis!", rief mir Kalle zu. „Aber die Kerle da vorn haben schon fast alles weggefressen." Es war komisch: Mein Magen knurrte vor Hunger, aber ich hatte keinen Appetit. Ich nahm mir einen leeren Teller und erwischte noch zwei halbvolle Löffel von der gelblichen Masse. Buna, das hieß Rührei mit chemischem Zusatz. Ansonsten gehörten Eier nicht auf den Speiseplan. Wegen der Salmonellengefahr. In dem Topf lagen noch ein paar matschige Pellkartoffeln. Ich griff hinein, und schon schrie Schmerke: „Eh! Nnnimm dddir nnnich so vvviel!" Was sollte das heißen? „Die wolln sich von die restli-

chen Pellis Bratkartoffeln machen. In der Heizung unten",
brummte Kalle. Anscheinend hatte auch er nicht soviel Kartoffeln gekriegt, wie er haben wollte. Ich fischte drei matschig weiche Murmeln heraus und langte abermals in die Schüssel.
„Ehh!", schrie Schmerke wieder, „hhhast dddoch wwwoll jjjetzt
jjjenuch!" Er war aufgesprungen und fuchtelte mit der Hand
über der Schüssel. „Werd ich doch wohl selbst wissen, wann ich
genug habe", erwiderte ich leise. Ich zog die Hand zurück und
hielt die zwei Pellis, die ich noch erwischt hatte, fest. Dann lief
ich mit meinem Teller auf den Platz an der Wand zurück. „Mach
dem Kerl 'ne Mütze!", forderte ein schmächtiger Bursche mit
einem Altmännergesicht. „Kaum hier und gleich frech werden.
Ausweisergesindel." Ich tat, als hätte ich nichts gehört, sah aber
aus den Augenwinkeln, dass mir Schmerke noch sekundenlang
hinterherstarrte, ehe er sich wieder setzte. Die Schüssel mit den
Kartoffeln hielt er fest umklammert. Als gehöre sie ihm. Der mit
dem Altmännergesicht stichelte jedoch weiter: „Hol dir die Pellis zurück. Sind schließlich deine." Er selbst hatte mindestens
dreimal soviel Eimasse auf dem Teller wie ich. „Erstmal nimmt
sich hier jeder so ville, wie er als Mittag braucht", verteidigte
mich Kalle. „Um den Rest könnt ihr euch denn kloppen. Und du
musst dir überhaupt nich einmischen, Jupp!" Der mit dem Altmännergesicht hieß also Jupp. „Halt du dich da raus, du Trottel!", fauchte er Kalle an. Der schwieg. Und ich schwieg ebenfalls. Starrte auf den Teller und auf meine Hände, die hastig an
den nassen Pellkartoffeln herumschälten. Jämmerlich, dachte
ich, jämmerlich, sich um diese ekligen kleinen Dreckkartoffeln
zu streiten. Ich dachte an den Kampf mit dem Rasierklingen-
Chaoten. Immer ging es um Nichtigkeiten, um nichts. Aber immer riskierte man seine Gesundheit, sein Leben. Ich beschloss,
mich nicht wieder unnütz in Gefahr zu bringen. Sollten sie sich
halt mein Essen einsacken. Und was hieß das schon: Essen? War
das denn ein Essen? Die Pellis schmeckten nach Wasser, Fäulnis
und Sand. Sie stammten aus der Vorjahresernte und hatten vermutlich in einem modrigen Silo überwintert. Die Eimasse war

das ganze Gegenteil, trocken und fade, als sei sie tatsächlich in den Buna-Chemiewerken hergestellt worden. Ich schlang das Zeug hinein. Ich sah nicht nach rechts oder links. Wenn mich jemand angegriffen hätte, hätte ich es erst im letzten Moment bemerkt. Aber es griff mich niemand an. Nicht wegen der Kulisse, der Zeugen. Nein, das wusste ich schon. Auch nicht wegen der Möglichkeit, dass plötzlich ein Schließer hinzukommen konnte. Die Schließer sahen weg, wenn die Knaster etwas unter sich ausmachten. Aus Langeweile, aus Schiss. Eher weil man hier nicht entkommen konnte. Zeit und Raum boten kein Schlupfloch, keine Fluchtgelegenheit.

Ich verspürte kein Sättigungsgefühl, keine Lust am Essen. Wer keinen Hunger, keinen Appetit hat, dem schmeckt auch nichts. Es war Pflicht, dem Körper Nahrungsmittel zuzuführen. Damit man durchkam. Eine einfache Rechnung, die sich begleichen ließ. Trotz der Räuberei, des miserablen Zustandes und der Knappheit des Essens. Die andere Komponente hakte. Die Moral des Zuchthäuslers. Wie sollte man den Willen zum Überleben bewahren, wenn man sich als Freiwild fühlte? Dieser lange, lange Weg. Die Ungewissheit. Ich erhob mich. Schaffte den Teller zum Küchenschalter und putzte mein Besteck unter dem dünnen Strahl des Wasserhahns. Ich war froh, weil man nicht antreten musste, um zurückzukommen. Einzeln ging man durch den Tunnel, die Gänge. Oder in kleinen Gruppen.

Ich schlich als einer der Letzten davon. Raus aus dem Speisesaal, runter in den Tunnel. In einer halbdunklen Nische standen zwei Knaster, die sich umarmt hielten. Als sie mich bemerkten, ließen sie schnell voneinander ab, blieben aber stehen. „Is der Neue, 'n Ausweiser", hörte ich den einen flüstern. „Der kommt an wie 'ne Katze." Sie kicherten, setzten das schwule Tete-á-téte fort. Ich legte einen Schritt zu, drehte mich nicht um.

Auf dem Betriebshof blendete mich zunächst die pralle Sonne. Ein paar Knaster standen in kleinen Gruppen oder einzeln verstreut. Einer davon war Willert. Als er mich sah, winkte er. Endlich, dachte ich. „Ich geh nur noch ganz selten zum Mittag rüber", sagte er. „Der Fraß ist ganz erbärmlich. Und diese Verrückten sind wie die Wölfe. Da bringt einer den andern für 'ne Scheibe Bauchfleisch um." Man sieht's, dachte ich, so hager, wie du bist. „Überhaupt muss man verdammte Abstriche machen. Man soll sich gar nicht erst mit dem Gesocks einlassen." Er konnte das gut sagen. Er ging demnächst auf Transport, ich würde bleiben. „Es sind zwar auch unter den Kriminellen welche, die vernünftig sind, aber trauen kannst du nur wenigen. Hier ist kaum einer, der nicht alles tun würde, um dafür ein halbes Jahr eher nach Hause zu können. Die Kerle rennen wirklich wegen jedem Dreck zum Erzieher oder zum Stasi-Verbindungsmann, um jemanden anzuscheißen." Sein hageres Gesicht drückte Verachtung aus. „Man hält sich besser an die Ausweiser. Obwohl: Da kann man auch nicht jedem trauen. Es sind immer welche dabei, die sich bloß dafür ausgeben. Oder sie sind eigentlich wegen krimineller Delikte hier und haben in der Haft erst einen Antrag gestellt. Die lügen dir das Blaue vom Himmel runter. Das ist mitunter so unverschämt und unglaublich, was sie behaupten, dass man sich erst gar nicht traut, an der Wahrheit zu zweifeln. Im Prinzip sind nur die echt, die von Anwalt Vogel bearbeitet werden. Allerdings sind die menschlich gesehen auch nicht alle in Ordnung. Egal, dass sie ein politisches Delikt haben. Im ganzen Haus vier sind das von den 300 Knastern keine zehn Prozent. Na ja, du wirst das noch merken." Er zog eine Selbstgedrehte aus der Brusttasche seines Hemdes. „Willst du auch eine?" Ich lehnte ab. „Sei froh. Die Quarzerei kostet und macht abhängig. Wenn man selbst dreht, geht's grade so." Er zündete die Zigarette mit einem silbernen Feuerzeug an. Weil er meinen staunenden Blick sah, erklärte er: „Hat mir vor einem Jahr einer gegeben, bevor er kaputtgegangen ist."

„Wie, kaputt?"

„Kaputt. Gestorben. Krebs gehabt. War schon über siebzig. Er hat gewusst, dass ihm nur noch ein oder zwei Wochen bleiben. Lag im Krankenrevier. Damals war Torsten noch als Arzt dort.

Ich hab mich zur Sprechstunde gemeldet, und er hat mich dann heimlich auf die Station gebracht, wo er lag."

„Warum werden solche schweren Fälle hier drin behalten? Soll man nicht einen, der am Sterben ist, für die letzten Tage nach Hause lassen?"

Willert winkte ab. „Weißt doch, wo wir leben. In einem *humanistischen* Staat. Wer hier bleiben soll, der bleibt hier. Und wenn er verfault. Ich bin mal zwei Wochen in der Abteilung Nichtarbeiter gewesen. Da schaudert's dich, was da für alte Männer siechen. Siebzig, achtzig Jahre, dazwischen der kriminelle Abschaum der Arbeitsverweigerer. Die liegen manchmal tagelang in ihrem eigenen Dreck, weil sie nicht von der Pritsche können." Er schüttelte sich, verzog angewidert das Gesicht. „Die meisten von den Alten sind Nazis. SS-Leute oder Feldgendarmerie. Manche haben noch nicht mal richtig was verbrochen. Aber es ist 'ne politische Entscheidung, dass die nicht mehr raus dürfen. Damit kann Honecker sagen, bei uns geht 's den alten Nazis an den Kragen. Und zwar komplett. Hier ist übrigens auch einer. In Normalschicht zwei. Mielchen heißt er. Er ist 72, aber noch ziemlich fit. Ist jetzt fast 22 Jahre hier. Weswegen er genau verurteilt ist, weiß keiner. Sagt er kein Wort davon. Er würde nicht mal zugeben, dass er SS-Mann war. Aber die haben ja alle ihre Nummer eintätowiert bekommen. Daran erkennt man sie. Mielchen hofft immer noch, dass er rauskommt. Er sagt, er hat Freunde, die sich für ihn einsetzen. Er meint damit den Westen. Ich glaub nicht so recht dran. Aber irgendeinen Strohhalm hat der Mensch ja immer. Einmal sah es tatsächlich so aus, als würde er auf Transport gehen. Es hieß: ‚Mielchen, du läufst morgen nicht mit ab, bleibst oben.' Aber er sollte nicht weg, er ist nach vorn geholt worden, zur Anstaltsleitung. Frag nicht, weswegen, darüber hat er sich auch hartnäckig ausgeschwiegen."

Willert hatte das Thema angesprochen. Ich bekam Herzklopfen, fragte prompt: „Wie läuft das nun mit diesen Transporten?"

Willert schwieg erst. Rauchte. Vielleicht dass seine Miene zum Ausdruck brachte: Drück du mal erst ein paar Jährchen hier ab.

Wie wir alle. Dann kannst du wieder mal nachfragen. Schließlich rang er sich zu einer Antwort durch: „Wie das läuft, weiß keiner genau. Ich schätze, nicht mal die Anstaltsleitung weiß das hundertprozentig. Es heißt ganz einfach: ‚Du bleibst morgen oder übermorgen oben.' Und zack, ist derjenige weg. Wiedergekommen ist ganz selten mal jemand. Manchmal werden die Betreffenden auch von der Arbeit weggeholt, oder sie kriegen es morgens erst gesagt. Der Transport geht zuerst nach Karl-Marx-Stadt, von da aus fahren die Busse nach Gießen. Mehr weiß eben keiner." Er schwieg und rauchte wieder, sagte endlich: „Ich geb dir einen guten Rat. Mach dich nicht verrückt. Red dir nicht ein, du müsstest nächste Woche dran sein. Hier gehen sowieso nicht soviel Transporte. Einer oder zwei im Monat. Manchmal geht auch vier oder fünf Wochen gar nichts. Diese Kandidaten, die nichts anderes als ihren Transport im Kopf haben, die gehen auf diese Weise kaputt." Er lachte jetzt, klopfte mir aufmunternd auf die Schulter. „Zwei bis drei Jahre, dann bist du hier weg. Das ist die Norm bei Sechsjährigen. Kannst aber auch Pech haben und drückst die sechs voll ab. Ich schätze, die werden dich demnächst in eines der Büros stecken, da kommst du ganz gut über die Runden." Er trat einen Schritt zurück. „Ich bin noch mit Torsten verabredet." Ich erinnerte mich an den Zählappell am Morgen; er und Torsten waren aufgeregt angelaufen gekommen. „Is was im Busch?", fragte ich schnell. „Wie man's nimmt." Er hielt inne. „Es geht weiter um die 350 politischen Gefangenen, die vom Strauß freigekauft werden sollen. Wirst vielleicht davon gehört haben, dass die DDR 'nen Milliardenkredit kriegen soll, und Strauß fordert dafür die Freilassung dieser 350 Leute. Sie haben im Radio 'ne Meldung gebracht, dass die Ersten bald rauskommen."

„Denkst du, dass du auch dabei bist?", fragte ich zögernd.

Er nickte. „Wir rechnen alle damit. Wir vom harten Kern. Torsten, ich und noch ein paar." Sein Blick schärfte sich. „Du nicht. Dafür ist deine Sache zu frisch. Und inwieweit sie von Bedeutung ist, weiß auch keiner genau." Es war nur ein ganz leises

Bedauern, das mitklang. „Aber im Prinzip ist's besser, man ist nur ein kleines Licht. Da verursacht der Freikauf nicht so viel Komplikationen." Er trat einen weiteren Schritt zurück, zog noch mal fest an der Zigarettenkippe und warf sie auf den Boden. Er ging.

Nach dem Mittag ging die Gammelei weiter. Wir hockten in der Lehrwerkstatt, aber nichts geschah. Niemand kümmerte sich um uns. Freddi und Lars zankten sich zunächst weiter. Irgendwann bot Freddi seinem Kumpan an, mit ihm in die Elektrowerkstatt zu gehen, um ihm dort einen Job zu verschaffen. „Du kannst auch mitkommen, für dich findet sich da auch was", sagte Freddi zu mir. Aber ich wollte nicht. „Ich kann kaum Stecker und Steckdose unterscheiden." Freddi kicherte. „Wenn's danach geht, dürften sie uns auch nich nehmen." Die beiden zogen los. Ich gähnte, und ich fühlte die Leere in meinem Magen. Die glasigen Pellkartoffeln und die Eisubstanz hatten nicht lange vorgehalten. Es war jetzt Hunger, elementar und knochig. Nur in wenigen Phasen der U-Haft hatte ich ihn so erlebt, so heftig, hemmungslos. Ich stand auf und lief durch den Gang. Spähte dabei zwischen den Drahtmaschen in den Werkzeugbau. Harri? Ich konnte ihn nicht sehen. Und ob er was zu essen hatte und mir davon etwas abgeben würde, blieb ungewiss. Ich rannte die Treppe nach unten. Hoffte auf Josef. Aber die Schicht hatte gewechselt. Josef lag vermutlich in seinem Bett, er spielte Karten, las Zeitung oder schrieb einen Brief. Oder was mochte er sonst tun? Was taten Knaster, wenn sie nach der Schicht aus der Maschinenhalle in die Zellen zurückkamen? Bald würde ich das wissen. Vielleicht schon heute. An Josefs Maschine stand ein Bursche, der aussah wie Frankenstein. Blasses Gesicht mit tiefliegenden, breitgeränderten Augen. Die Lider waren bläulich tätowiert, auf der rechten Wange prangte ein Herz von ein bis zwei Zentimetern Durchmesser. Die Ränder des Herzens waren schwarz, die Fläche mit roter Tätowierfarbe ausgefüllt. Er kniff das linke Auge zu, als er mich sah und spitzte den Mund. Ein

Kuss? Ich blickte an ihm vorbei. Gab mich unbeeindruckt. Trotzdem erschrak ich. Der Schreck sackte zum Magen hinunter und drückte den Hunger weg. Ich spürte, dass ich zur Toilette musste. Gleich? Eigentlich nicht. Wusste ich denn, was in der Toilette los war? Ich lief einfach erst den Gang durch die Halle. Den Rundkurs. Zwischen den Maschinen, den Knastarbeitern, den Metallkisten. Ich wich dem wild rackernden Gabelstapler aus und störte mich nicht an dem dröhnenden Lärm. Zwei oder drei Minuten dauerte es, ehe ich meinen Ausgangspunkt erreicht hatte. Und jetzt? Ich ging noch mal. Nicht dass ich mir irgendwas besonders genau ansehen wollte. Ich wollte mich einfach daran gewöhnen. An die glotzenden Visagen, an die trostlose Atmosphäre. An den Knast. Während der letzten zwanzig Meter dieser Runde beobachtete ich den Eingang der Toilette. Es passierte nichts. Keiner kam raus, keiner ging rein. Also los.

Links hinter dem Eingang befand sich der Waschtrog, ein Stück dahinter die Pissrinne. Diese beiden Trakte konnte man von außen halb einsehen. Hinten machte der Raum einen Knick nach rechts. Die vier Klobecken. Sie befanden sich auf einem kleinen Sockel und waren durch Pressspanwände seitlich voneinander abgeteilt. Nach vorn waren sie offen. Wenn man sich während des Sitzens nicht gerade reckte, konnte einen der Nebenmann nicht sehen. Jetzt gab es keinen Nebenmann. Es war nicht die Zeit, in der man üblicherweise kacken ging. Höchstens für mich, wenngleich auch ich für gewöhnlich einen anderen Rhythmus hatte. Ich suchte mir das vorletzte Becken aus. Die Holzbrille wackelte am wenigsten. Und dann: Ganz vorn saß man vielleicht zu sehr auf dem Präsentierteller, ganz hinten konnte man in den Verdacht geraten, dass man ... Auf dem Boden lag ein Blatt des SED-Zentralorgans Neues Deutschland. Bisschen durchgefeuchtet und durch einen Fußabdruck gezeichnet. Egal. Was zu lesen und nachher zum Wischen. Ich ließ die Hosen nur bis zu den Knien runter. Zum Teil aus Scham, zum Teil wegen des nassen Fußbodens. Wasserpfützen oder Urin? Ich vertiefte mich in die Zeitung. Das Schicksal hatte mir die

Kulturseite zugespielt. Die Rezension zum Buch eines sorbischen Schriftstellers nahm den wesentlichen Teil ein. Ich las ohne Spannung und legte auch während des Lesens nicht an Interesse zu. Ein anbiedernder Text, anbiedernd an das System, an die Ideologie, so wie auch das Buch geschrieben sein musste. Ich wusste, dass ich ein solches Buch niemals lesen würde. In keiner Haft und in keiner Robinsonrolle auf der fiktiven einsamen Insel. Es standen noch andere Meldungen und Berichte auf der Seite, alles in der üblichen politisierenden Polemik. Trotzdem, ich las es ebenfalls. Bis dieser Bursche um die Ecke kam. Gummistiefel und Wasserschlauch. Ich erschrak, wollte mich schnell erheben. Aber er hob beschwichtigend die Hände. „Scheiß dir man erst in Ruhe aus. Ick hab noch Zeit mit ’n Saubermachen.“ Er ging wieder weg, kam kurz darauf mit einem Schrubber zurück. Schob die auf dem Boden liegenden Papierfetzen, den sonstigen Dreck zusammen und stopfte alles in einen Eimer. Nebenbei redete er mit mir. „Die meisten denken, Scheißhaus reene machen is ‘ne Dreckarbeit, und die lachen über mir. Von wejen. Eenmal am Tach feje ick allet zusamm, danach jeh ick mit ‘n Wasserschlauch rüber und zum Schluss wisch ick den Boden noch trocken.“

„Und die Klobecken?“, fragte ich

„Mach ick nich viel mit her. Die sind ja schon total versifft. Kricht man nich mehr sauber.“ Er drehte den Wasserhahn auf und ließ das Wasser aus dem Schlauch über den Boden laufen. „Siehste, so einfach jeht’s.“ Da der Schlauch keine Düse hatte, plätscherte das Wasser gemächlich auf die braunen Spaltklinker. Es verteilte sich und spülte den letzten Dreck hinweg. Oder täuschte die glänzende Feuchte nur so etwas wie Sauberkeit vor? Ich hob die Füße, weil er mit dem Schlauchende auch über den Sockel ging und um die Klobecken Wasser laufen ließ. „Lass dir wirklich nich stören“, versicherte er mir. „Ick bin ooch gleich fertich.“ Er redete, ohne mich anzuschauen. Eine Art von Takt, von Höflichkeit? Erst als er sich mit seinem Schlauch ein Stück entfernt hatte und stehengeblieben war, blickte er mich an. „Du bist Ausweiser!", sagte er jetzt. Ich antwortete nicht. Und irgendwie wusste auch er nicht, wie er das Gespräch fortsetzen sollte. Denn dass er es fortsetzen wollte, war spürbar. Er stand jetzt unschlüssig, fuhr sich mit der einen Hand über seine gewaltige, nach hinten getrimmte schwarzgraue Tolle und hielt in der anderen den Schlauch. Das Wasser lief noch, und so fiel ihm ein: „Ick werd mal den Hahn abdrehn. Wasser soll man nich verschwenden." Als er sein Vorhaben vollendet hatte, hatte er auch wieder ein Gesprächsthema. Sich. „Ick heiß Dieter. Aber sie nennen mir Plötze. Weil ick leidenschaftlicher Angler bin. Wat heißt Angler, ick hab mir immer soviel wie möglich inne Natur uffjehalten. Meistens bei uns am See."

„Biste etwa wegen Wilddieberei hier?" Meine Frage sollte eher ein Scherz sein. Doch er nahm sie ernst. „Nich so direkt. Richtich Wilddieberei jibt's ja kaum noch bei uns. Aber sie haben mir verknackt, weil ick lieber draußen war als uff Arbeit. Wenn de verstehst."

Ganz verstand ich nicht. Ich hatte ohnehin mehr damit zu tun, vom Klo runterzukommen. Und es war mir irgendwie, nicht bloß irgendwie, peinlich, diese Toilettenszene im Beisein und unter den Blicken des anderen abzuschließen. Egal, dass es fast ein Jahr lang in der U-Haft auch immer unter der Zeugenschaft des Mithäftlings hatte geschehen müssen. An bestimmte Dinge konnte man sich zwar gewöhnen, dennoch versuchte man sie zu umgehen.

Dieser Plötze erzählte unverdrossen weiter, die Teilhabe an meiner Intimsituation störte ihn nicht. „Ick bin nich arbeiten jegangen. Bis zum Frühjahr hab ick noch uff 'n Jahrmarkt jeholfen. Een Privaten. So Karussells uffbaun und abkassiern. War allet nich mit Arbeitsvertrach. Aber ejal, mir haben se in Ruhe jelassen. Bis mir der Chef jesaacht hat, ick brauch nich mehr kommen. Er hat keene Beschäftijung mehr für mir. Jegloobt hab ick ihm nich. Ick hatte ja heimlich mit seine Schwester anjebandelt. Die hatte eijentlich nischt mit den sein Rummel zu tun. Nur eenmal war se abends da, und da hab ick mir an ihr ranjemacht.

Kann sein, det er mir denn ooch noch irjendwie anjezeigt hat. Jedenfalls hab ick vonne Kreisverwaltung aus Neustrelitz eene Ufforderung jekricht, det ick mir melden soll. Und wie ick da hinkam, ham se mir jefraacht, wovon ick lebe. Ick habe jeantwortet: ‚Von meene Ersparnisse. Außerdem such ick Pilze und so.' Ick konnt ja schlecht sagen, det mir die Schwester von den Rummelbesitzer und noch 'ne andere Tussi schön durchfüttern." Über sein Gesicht flog ein Zug von Eitelkeit, und er strich sich abermals die Tolle glatt. Ein Frauentyp? Wusste man 's. Es gab zumindest einen bestimmten Schlag Frauen, die auf Typen wie ihn flogen. Keine Superschönheiten und keine, die super jung waren. Doch es gab sie. Ging mich das etwas an? Nein. Ich hatte meinen Toilettenaufenthalt jetzt abgeschlossen. Ich zog, indem ich mich erhob, die Hosen hoch und stieg vom Sockel herunter. Dieter, die Plötze, wollte mir aber seine Story noch zu Ende erzählen. Ich wartete also. „Zwee Tage später taucht bei mir der ABV uff. Der hatte mir sowieso schon uff 'n Kieker. Er will sich mal meene Wohnung ankieken, saacht er zu mir. Und zack, isser drin, ohne det ick 's ihm erlaubt habe. Na ja, wat war det denn ooch für 'n Loch, wo ick drin jehaust hab. Eene Stube und det Scheißhaus uff de Treppe. Er jeht gleich uff meen Schrank zu, reißt die Türe uff. Na, da war ja weiter nischt drin. Paar Plünnen von mir. Trotzdem kiekt er mir an und fraacht wichtichtuerisch, wo ick denn *die Sachen* hätte. Ick wusste nich, wat er meent. Und schon jeht er weiter zu meen Bette, kniet sich hin und fasst drunter. Und zieht die beeden harten Schaffelle vor, die ick in letzten Herbst an de alten Feldscheune von de LPG jefunden und mitjenommen hab. ‚Na, denn komm mal mit', saacht er denn. Bin ick mit, die Kripo kam, und paar Monate später bin ick wejen Diebstahl von Volkseijentum zu drei Jahre verknackt worden. Dabei hab ick die Felle wirklich nur jenommen, weil ick dachte, die werden sonst verjammeln. Die von de Kripo hätten's vielleicht noch jegloobt. Aber der ABV hat denen jesaacht, ick hätte schon öfter wat mitjehen lassen. Und die drei Jahre werd ick ooch bis zum letzten Tach abdrücken. Und wenn ick denn rauskomm, jeht der janze Zirkus verschärft weiter, weil ick denn vorbestraft bin und mir der ABV denn persönlich überwachen wird."

Wie ein endloses Band zog sich die Zeit bis zum Arbeitsschluss hin. Es geschah nichts. Ich saß in dieser Lehrwerkstatt und wartete. Ich lief umher. Ich kämpfte gegen meinen Hunger gegen meine Müdigkeit. Ich suchte vorsichtig nach Gesprächspartnern. Doch es schien aussichtslos. Schließlich kehrten Lars und Freddi zurück. Sie hatten ihren Streit beigelegt. Sie sahen zufrieden, fast übermütig aus. „Das mit unseren Jobs is geregelt. Wir fangen beide als Elektriker an." Sie boxten sich freundschaftlich gegen Arme und Schultern. „Aber jetzt machen wir Feierabend. Is gleich drei. Ab zum Duschen." Trotzdem lümmelten sich die beiden erst an den Tisch.

„Geht ihr da morgen gleich rüber?" Ich empfand Besorgnis. Sollte ich allein in der Lehrwerkstatt sitzen? Allein warten?

Freddi schüttelte den Kopf. Das wirkte jetzt eher kleinlaut. „Zuerst muss das über die Lehrwerkstatt laufen. Der Bürokram und das. Außerdem bedeutet Lehrwerkstatt Erholung, und das verschenken wir auch nicht gleich." Er grinste. Aber ich fragte mich erneut, welche Erholung das sein sollte, diese Gammelei dies Zeittotschlagen?

Aus der Tür des Werkzeugbaus kamen zwei Knaster in Unterhemden. Sie trugen Handtücher über den Schultern. „Duschen geht wohl los", vermutete Freddi. Er erhob sich so ungelenk und faul wie er sich sonst hinzusetzen pflegte. „Scheiße, wir haben nich mal Handtuch und Seife mit", schimpfte er und krachte wieder auf seinen Stuhl. „Kann mir egal sein", sagte Lars. „Ich geh in der Heizung duschen. Krieg ich Handtuch und Seife geborgt. Und da is auch 'ne Einzeldusche." Freddi grinste, und über das Gesicht von Lars huschte etwas Schamröte. Aus dem Werkzeugbau kamen mittlerweile immer mehr Knaster. Harri war auch dabei. „Duschen und nachher Freistunde", rief er mir zu. „Man darf die guten Seiten des Knasts nich verpassen."

Gute Seiten? „Hab kein Handtuch mit."

„In der Natur hat man auch nich immer ein Handtuch." Er zögerte. „Ich hab zwar noch eins über, aber das ist ein Knastgesetz, dass man Handtücher nich verborgt. Wegen Fußpilz." Ein Bursche, der neben ihm ging, fing das Wort Fußpilz auf und johlte: „Fußpilz ist besser als Geschlechtsverkehr - juckt länger!" Harri lachte und verschwand. Lars ging ebenfalls. „Der macht sich voll zur Prostituierten", geiferte Freddi. Etwas Neid und etwas Abscheu mischten sich mit Hohn. Die Tabuisierung war gewichen. Vermutlich hatten sich die beiden wegen des Themas gefetzt.

Ich überlegte, wann ich das letzte Mal geduscht hatte. Während des Aufenthalts im Zugang. Oder rechnete das nicht. Die Schlägerei, die Rasierklinge. Streichen, das Ganze, einfach aus dem Gedächtnis löschen.

„Harri hat Recht, man kann auch ohne Handtuch und Seife duschen." Ich erhob mich. Ging aber nicht los. Ich hoffte, Freddi würde mitkommen. Ich würde mich dann sicherer fühlen.

Er zögerte. Lümmelte, tat faul, angeödet. „Ich kann noch sechs Jahre duschen."

„Nicht ganz", widersprach ich und versuchte ihn aufzuheitern. „Rechne U-Haft und Zugang ab." Er grinste gelangweilt. Doch er erhob sich. Trottete schlaksig, schlaff neben mir her. Durch den Gang, danach die Treppe runter. In der Halle gingen wir mit denen, die ebenfalls zum Duschen unterwegs waren. Sie hatten alle Handtücher. Über der Schulter oder über dem Arm. Sie hatten diese Gummilatschen, hatten Seife. Es ging über den Antretplatz, vorbei an der Klamottenausgabe, in den Keller. Ein Raum mit Betonfußboden, drei einfachen Holzbänken. An der Rückwand ein schmales Fenster zum Betriebshof. Fünfzehn bis zwanzig Knaster. Sie waren dabei, sich auszuziehen oder standen bereits nackt. Geschrei, Lachen, Fluchen. Der Tag war vorbei. Ein Tag von unzählbar vielen Tagen. Ein bisschen Erleichterung, ein bisschen weniger Verzweiflung. „Total voll hier", stöhnte Freddi. „Ich verzieh mich wieder." Ich schluckte.

Fürchtete mich. Wovor? Vor diesen Nackten? Oder wegen der eigenen Nacktheit? Fürchte dich nicht, ich bin bei dir, dachte ich. Quatsch. Abgegriffenes. Aber ich würde nicht aufgeben. Ich spähte nach einem freien Flecken auf einer der Bänke. Überall lagen Sachen, saßen, standen Halb- oder Ganznackte. Ich hätte so ein Klamottenhäufchen zur Seite schieben müssen. Aber ich traute mich nicht. „Eh, Gottfried!" Ich zuckte zusammen. „Pflanz dich hier mit her." Das war Harri. Nackt stand er da. Winkte mir. Ich atmete auf. Er drehte sich um schob seine Sachen ein Stück zur Seite. Für einen Augenblick hatte ich die Tätowierung auf seiner rechten Arschbacken fest im Auge. Rotkäppchen, die Großmutter und der Wolf. Eine Miniatur. Er wusste, dass ich darauf geglotzt hatte. „Und? Wie findest du die drei?", fragte er stolz.

Ich nickte. „Mal was anderes."

„Wenn ich irgendwo zur Sprechstunde komme oder mal ins Krankenhaus muss, stehn die Schwestern Schlange, um 'n Auge voll zu nehmen. Manchmal sogar die Ärzte."

Ich nickte erneut, und er zeigte sich großzügig. „Also hier is mein Handtuch. Wenn du fertig bist, kannst du's benutzen. Aber nur bis zur Gürtellinie! Is nich persönlich gemeint. Aber trotzdem." Er setzte eine bedeutungsvolle Miene auf, lachte jedoch. Ich bedankte mich. „Und morgen nich den Kaffee vergessen. Einen leeren Streuer geb ich dir bei der Zählung. Oder kommst du zur Freistunde?"

Natürlich wollte ich zur Freistunde. Wollte ich? Wollen nicht. Viel lieber hätte ich mich verkrochen. Wie eine Maus im Loch. Und ich hätte gewartet, bis dieser Knast vorüber war. Noch fünf Jahre, wenn es so sein sollte. Nein, es sollte nicht so sein. Nicht verkriechen, nicht fünf Jahre. Dem Leben die Stirn bieten - nicht minder abgegriffen. Doch es blieb unerlässlich.

„Sicher komm ich zur Freistunde."

„Könn' wir ja dann wieder bisschen quasseln."

Gern, hätte ich antworten müssen, nichts lieber als zu zweit laufen. Aber man musste nicht alles verraten. Von seinen Beklemmungen, Ängsten und Hoffnungen.

Er schob los. Mit dem Wissen um die witzige Tätowierung streckte er diese rechte Arschbacke seines ohnehin etwas breiten Gesäßes heraus. Edelknaster. Edelknaster war mir dennoch lieber als brutaler BeVauer. Klinge, Schmerke. Als Ratten wie dieser Hitchcock. Hitchhcock, wie lange lag das zurück? Ewig. Ein Leben? Ich würde ihn nicht wieder sehen, ein Trost.

Ich zog mich aus. Schuhe, Hosen, Unterwäsche. Nackt, auch barfuß. „Besser als so kommst du nich an den Fußpilz ran", witzelte jemand neben mir. Willert war das.

„Hab meine Gummilatschen nich hier."

„Spielt sowieso keine Rolle. Der Fußpilz bleibt hier keinem erspart. Sobald die Haut zwischen den Zehen weiß wird und aufplatzt, hast du ihn. Wenn du Glück hast, kannst du ihn da eindämmen. Zwischen den kleineren Zehen. Wenn du kein Glück hast, wandert er am Ballen lang. Dann musst du zum Knochenschinder in den Med-Punkt."

„Kein Bedarf."

„Aber keine Bange. Im Fall des Falles hab ich Puder oder 'ne Salbe. Musst dich bei mir melden. Falls ich noch da bin."

„Weißt du denn was?"

„Ob ich weg komme?"

Ich nickte stumm und versuchte, meinen Neid zu verbergen.

„Fällig bin ich langsam." Er drehte sich um und redete mit Torsten, der neben ihm stand weiter, ohne mich noch sonderlich zu ästimieren.

Ich nestelte noch etwas an meinen Sachen herum, dann ging ich. Der Duschraum schloss sich hinter einem türlosen Mauerdurchbruch direkt an den Umkleidekeller an und war etwa gleich groß. An der Decke befanden sich in Dreierreihen jeweils fünf Duschköpfe. Wenn die alle laufen würden, wäre es für die Knaster gut gewesen. Im Moment jedoch lief nicht eine. Auch nicht einige Zeit, zwei oder drei Minuten später. Zehn oder fünfzehn Knaster standen und schauten gelegentlich zur Decke, zu den Duschköpfen, unterhielten sich dabei. Nackte Männer. Junge und ältere. Bei manchen war die Haut noch gebräunt, bei anderen sah man deutlich, dass Rücken, Bauch und Beine seit Ewigkeiten keinen Sonnenstrahl abbekommen hatten. Manche von denen hatten Ärsche wie Frauen. Rund und stramm. Bei manchen, die halb abgewandt standen, sahen Bauchpartie und Schamhaar wie bei Frauen aus. Ein Trug. Der nächste Schritt, die Bewegung gaben den Blick auf den baumelnden Penis und die Hoden frei. Männer, Kerle. Sie hatten lange Schwänze, dicke Säcke, kurze Stummel, Haarberge oder kahle Flächen. Ihre Anatomie war uninteressant, unerotisch. Dennoch konnte man nicht ausweichen. Man musste mit ihnen auch in dieser Nacktheit leben. Zusammen duschen, sich an- und ausziehen. Die meisten von denen hatten das begriffen. Die meisten schauten dem anderen fast immer ins Gesicht, nicht auf den Körper, auf die Genitalien. Eine im Selbstlauf entstandene Form der Pietät? Oder tat man 's, weil man die eigene Blöße auch nicht begafft wissen wollte? Vielleicht lag es auch an der Betrachtungsweise: Wenn man an sich hinunterschaute, kam einem der eigene Penis irgendwie klein vor. Kurz.

Ich stellte mich zu Harri. Zu ihm und den zwei Leuten, mit denen er jetzt zusammen war. „Manchmal drehen die erst um halb vier oder noch später auf."

„Wer macht das denn?", fragte ich.

„Wer? Der Hauptbrigadier. Beppo."

„Beppo? Is das ein Bayer?"

Harri starrte mich verständnislos an. Einer von den anderen beiden lachte. „Das lass den nich hören, der macht dich rund wie 'nen Buslenker."

„Nee", sagte Harri und begriff meine Frage erst jetzt. „Der heißt so. Nachname is Hagel." Aus einer der Duschen kam jetzt ein Röcheln, danach tropfte es spärlich. Aus. „Falscher Alarm", bemerkte Harri. „An sich kann man mit Hagel gut auskommen. Sein Vorgänger war schlimmer. Das war 'n Anscheißer. Er hat auch die Piepser eingesammelt, wenn er bei jemandem einen entdeckt hat. Und 'n Politnik war das. Ersten Ranges. Da durfte keiner was gegen die DDR sagen. Der war aber dran."

„Wie dran? Hat er ihn verprügelt?"

„Verprügelt nich. Aber zum Erzieher oder zum Kommandanten geschleift." Und die Ausweiser hatten sowieso 'nen miserablen Stand. Die hat er an die schlechtesten Maschinen gestellt und um Lohn beschissen. Und nebenbei hat er sie noch agitiert, dass sie ihre Anträge zurückziehen sollen."

„Sauerei, aber dagegen kann man sich nicht wehren", sagte einer von den beiden anderen. „Das muss man halt schlucken."

„Eben, eben, Bundi", erwiderte Harri. „Sich durch Halsstarrigkeit zu wehren, is Selbstmord. Hier haben sie noch jeden abgeknickt, der sich ihnen widersetzt hat. Auf Absonderung oder im Arrest. Oder durch Schläge. Jeden. So gesehen können wir mit Hagel ganz zufrieden sein. Wenn der sieht, dass die Leute arbeiten, lässt er sie eigentlich in Ruhe. Auch die Ausweiser."

Harri schaute zu den Duschköpfen hoch und wechselte das Thema. Er schimpfte auf die Duschen. „Womöglich lassen sie uns heute mal ganz auf dem Trocknen sitzen. Dann kann, wer will, kalt duschen. Ich nicht."

„Ich auch nicht!", bekräftigte Bundi. „Aber dann braucht auch niemand denken, dass ich hier voll arbeite."

Harri lächelte wissend. „Lass es lieber nicht drauf ankommen. Einen Tag geht's schon mal ohne. In anderen Abteilungen können sie sogar nur einmal in der Woche duschen. In der Elmo zum Beispiel."

„Wann kommt denn das kalte Wasser?", fragte ich dazwischen.

„Das kommt immer. Is jetzt schon da." Harri zeigte auf die hintere Ecke. Dort befand sich ein Einzelrohr mit einem Brausekopf. „Brauchst dich nur drunterstellen und aufdrehen." Er grinste, weil er nicht daran glaubte, dass ich seinen Vorschlag befolgen würde. Doch ich zögerte nur kurz. Ich ging in diese Ecke und bestarrte das Rohr, die Brause, den Wasserhahn. Kalt ist

Kneipp und gesund, dachte ich. Und ehe ich nach dem Hahn fasste, feixten schon einer von den Knastern: „Will wohl eener besonders mutig sein!" Sekunden später kam das Wasser aus dem Brausekopf. Es war eiskalt und floss eher als schlaffer Strahl, als dass es streute. Wahrscheinlich weil sich die Düsen der Brause mit Kalk zugesetzt hatten.

Zuerst die Beine, danach die Arme, schließlich der ganze Körper. Ein höllisch angenehmes Gefühl. Ein Vergnügen und eine Schinderei. Doch ich verharrte für zehn, zwanzig, vielleicht noch mehr Sekunden. Ich hielt die Augen geschlossen und war in der Anspannung entspannt. In meiner Phantasie verwandelten sich die nackten Männergestalten abrupt in Frauen. Ich sah die Strände im Sonnenschein, über denen die weichen, glatten Popos wippten. Hohe oder hängende Brüste. Schamhaar in Fülle und Farben, nass, trocken. Gesichter, die lachten und lebten. Der Wind rauschte, und die Wellen brandeten lautstark. Das Salz der Ostsee biss sich in meine Lippen, der Sand knirschte zwischen den Zähnen. Freiheit, Freizeit, Sonne. Üppigkeit, Menschliches, Weiblichkeit. So vieles gesehen, erlebt und nicht vergessen.

Das Geschrei der Knaster, die Unterkühlung des Körpers beendeten diesen kurzen, intensiven Wachtraum. Ein Rauschen. Die anderen Duschen begannen, Wasser zu spucken. Warm, fast heiß regnete es aus drei Brauseköpfen auf die Spaltklinker nieder. Das beruhigende Prasseln eines erlösenden Sommerregens. Dampf stieg auf, breitete sich in schwerfälligen Schwaden im Raum aus. Drei Duschen, die Wasser gaben; viel zu wenig. Die Knaster rangelten, schubsten, ödeten sich an. Standen Schlange. Aber Positionsveränderungen waren nur schwer herbeizuführen. In Zweier- oder Dreiergruppen hielten die Duschenden ihren Platz. Während sich einer nassregnen ließ, seifte sich der andere ein, der *Spanner*. Danach wechselten sie. Der Erste seifte, der Zweite duschte. Manche wuschen sich auch gegenseitig den Rücken. Nicht nur der Sauberkeit wegen. Die halbsteifen Penisse hinter den abgewandten Körpern gaben Zeugnis von ohnehin kaum verborgenen Gefühlen. Die Meisten freilich reinigten sich selbst. Haare, Achselhöhlen und Genitalien. Letztere vor allem. Von unten nach oben strichen sie vier-, fünfmal hintereinander mit den flachen Händen Seifenschaum und Wasser an Hodensack und Pimmel entlang. Ein seltsamer Eifer. Eine ungewöhnliche, aber verbreitete Reinigungsmethode.

Sollte ich mich auch an einer der Duschen anstellen? Warten und warten, zehn oder noch mehr Minuten. Ich würde frieren. Jetzt schon fror ich. Der menschliche Körper, wenn er kalt geduscht ist, verlangt nach einer warmen Hülle. Decke, Bett oder Sonnenbad. Ich schob mich an den wartenden Nackten vorbei. Jemand sagte: „Wenn die Ersteinrichter kommen, machen sie meistens noch zwei Duschen an." Und ein anderer zweifelte: „Die Ersteinrichter duschen doch jetzt noch nicht. Oder sie gehen in die Heizung."

Heizung, dort befand sich Lars. Nicht nur zum Duschen, wie mir Freddi ziemlich deutlich versichert hatte.

Im Umkleideraum machte ich mir die Fußsohlen dreckig. Der Beton hatte einen Ölfilm, der sich vermutlich niemals beseitigen lassen würde. Zumindest, wenn es die Aufgabe von Dieter, Plötze, der für Reinigungszwecke nur den Wasserschlauch einsetzte, sein sollte. Das Öl hatte sich im Laufe der Jahrzehnte von den Schuhsohlen, der Kleidung, womöglich vom Atem der Knaster hier abgesetzt. Nun gut, einen Tag weiter und ich würde wie alle anderen meine Gummilatschen benutzen. Ebenso Handtuch und Seife. Das Deputatstück, das die Knaster abschätzig Hundeseife nannten. Von wem hatte ich diesen Ausdruck? Von Harri? Ich schalt mich ob meiner Vergesslichkeit. Aber ich konnte sie auch positiv deuten: Ich musste ganz sicher schon ein bisschen integriert sein, wenn mich derartige Gedächtnislücken plagten. Dabei war die Seife gar nicht so schlecht. Sie reinigte, wenngleich sie nicht sonderlich roch. Wo doch die Knaster danach strebten, gut zu riechen. Wozu eigentlich?

Ich streifte mit den flachen Händen das Wasser vom Körper und angelte mir Harris Handtuch, um mir den Kopf abzutupfen. Danach legte ich das Handtuch zurück und kämpfte mit dem

Oberhemd gegen die restliche Nässe. Ganz trocken wurde die Haut nicht. Der Stoff nahm das Wasser nicht richtig auf. Egal, nach und nach kroch ich in meine Unterwäsche, in die Hose. Mit den Füßen hatte ich Probleme. Sie waren vom Ölfilm des Betonfußbodens schmierig geworden. Nass und schmierig. Mit dem Oberhemd konnte ich sie nicht reiben. Man hätte die Flecken nicht entfernen können. Ich setzte mich auf die Bank und fegte etliche Male mit einem der Socken über die nackte Fußsohle. Danach zwängte ich die Socken über die Füße und die Schuhe über die Socken. Ein ekliges Gefühl, das sich damit verband.

Immer mehr Knaster strömten jetzt in den Umkleideraum. Sie mischten sich mit denen, die aus der Dusche kamen. Stimmengewirr. Immer noch und wieder nackte und halbbekleidete Gestalten. Ich blickte mich vorsichtig um. Kannte ich jemanden? Nein. Raus hier, dachte ich. Diese Atmosphäre drückte. Ich kam mir mehr denn je als Fremdkörper vor. Die Erkenntnis, hier nicht dazuzugehören, ergriff wieder von mir Besitz. Oder würde sich bald alles ändern?

Im Betriebshof liefen schon etliche Knaster. Immer im Kreis, als wäre dies bereits die Freistunde. Ich entdeckte Freddi. Er lehnte am Geländer, das den Eingang zum Heizungskeller umfasste. Er winkte. „Solln wir nich mal runtergucken? Mal Lars bisschen triezen?" Ich hatte keine Lust, aber er drängelte solange, bis ich nachgab.

Wir standen im Treppenschacht, und Freddi pochte mit der Faust gegen die schwere Eisentür. Es rührte sich nichts. Er pochte abermals. „Lass gut sein", empfahl ich. „Da is keiner drin." Er lachte breit und gemein. „Und ob. Mindestens zwei sind da drin." Er dremmelte erneut mit der Faust gegen das graue Metallblatt. Jetzt länger und heftiger. Nichts. Ich wich einen Schritt zurück. „Was wollen wir überhaupt hier unten?" Er starrte mich an, dachte nach. Hob die Schultern und ließ sie wieder sinken. Wirkte auf einmal müde. „Weiß ich auch nich." Als er sich umdrehen wollte, um die Treppe hinaufzusteigen, wurde die Tür von innen geöffnet. „Was is?" Das erstaunte Gesicht von Schnurz erschien. Den Körper versuchte er hinter dem Türblatt zu verbergen. Doch das misslang, und so sah ich bei einem streifenden Blick, dass er nackt war. Nur um den Hals hatte er ein Handtuch gelegt. Ich dachte, er hätte es besser vor die Lenden halten sollen, damit die Erektion seines Penis' nicht so offenkundig wurde. „Wir suchen Lars", entgegnete Freddi. Der Anblick des nackten Schnurz schien ihn zu verwirren.

„Wieso meinst du, dass er hier is?"

Freddi druckste. „Hätte ja sein können." Er hatte nicht den Mut zu sagen, was Lars gesagt hatte. Dass er zu Schnurz in die Heizung gehen wollte. „Isser aber nich!" Schnurzens Augen funkelten. Und ohne eine weitere Bemerkung ließ er das Metallblatt der Tür in den Rahmen krachen. Schluss. Freddi schien dem Hall des Geräusches sekundenlang zu lauschen. „So, so", murmelte er dann und stieg die Treppe hinauf. Oben sagte er verächtlich: „Das will 'n Freund sein. Lars."

Ich begriff ihn nicht. „Du wusstest doch, dass es sich um einen Job handelt, den er allein macht."

Er kam mit meiner Ausdrucksweise nicht zurecht. „Was soll das heißen: Job?"

„Du hast getan, als wär's dir egal, was Lars macht. Hast sogar über ihn gefeixt. Und plötzlich passt 's dir nich, dass er da drin is. Man könnte denken, du wolltest da auch mit rein."

Er glotzte mich an. „Denkst du, ich wollte mit den beiden einen Dreier abziehn? Du musst doch spinnen. Ich wollte die beiden nur verarschen, stören." Weder in seiner Stimme noch in seiner Miene lag die Empörung, die seinen Worten angemessen gewesen wäre. Erschöpft sah er aus, zermürbt, zusammengefallen. Er hockte sich auf den Rand einer Schrottkiste und stützte das Gesicht in die Handschalen. „Könnt's nich einen Knall geben, und wir hätten 1988?" Weil er nur mehr starr auf den Boden starrte und kein weiteres Wort sprach, ließ ich ihn stehen. Ich ging zu Kalle, der auf der anderen Seite des Hofes auf einem kleinen Mauervorsprung saß. Sein nasses Haar war straff zurückgekämmt und bäumte sich im Bereich der mittleren Schädeldecke wie ein Bündel Federn auf. Mit der Selbstgedrehten zwischen den Fingern sah er zufrieden und aufgeräumt aus. Fast ein Feierabendmann aus einem x-beliebigen sozialistischen Betrieb, der an der Bushaltestelle wartet, um den Weg zum gepflegten Kleingarten oder zur gemütlichen Stammkneipe anzutreten. Kalle lächelte und rückte ein Stück zur Seite, damit auch ich Platz zum Sitzen hatte. „Haste den ersten Tach juut überstanden?" Ich nickte und quetschte mich neben ihn. „Wenn man erst mal in den Trott drin is, verjehn die Tage wie von selbst. Die Tage und die Jahre." Er wirkte senil, alt, aber auch ein bisschen beruhigend, tröstend.

„Hast du Familie draußen?", fragte ich ihn.

Er verneinte. „Mutter is jestorben, da war ick grad zwanzich. Denn hab ick mit Vatern alleene jelebt. In unsere Zweezimmerwohnung. Aber seit er in Rente war, wurd 's immer schwieriger zwischen uns. Er wollte mir dauernd Vorschriften machen. ‚Heiraten sollste! Nich in 'ne Kneipe renn' sollste! Uffhörn mit Rauchen sollste!' Bis er mir mal in eene Sonnabendnacht anjegriffen hat, als ick von Tresen kam. Er hatte selber een sitzn. Wir ham uns jeprüjelt, und irgendwie muss unsere Bude in Flammen uffjejangen sein. Konnte mir hinterher an nüscht mehr erinnern. Na ja, Vatern war tot, die Kripo hat mir 'nen schönen Mordfall drausjestrickt, und der Richter hat mir EllEll verpasst. Meene Anwältin hat versucht, allet für mich rauszuholn. Richtich wütend isse vor Jericht jewordn. Sie hat jesaacht, wer eenen Unglücksfall wie diesen als Mordfall hinstellt, der kann doch nur voller böser Absichten sein. Det Jericht hat sie denn vom Verfahren ausjeschlossen, und een lascher Pflichtanwalt hat meene Verteidijung zu Ende jebracht. War ja jar keene Verteidigung mehr."

„Und hast du keine Aussicht auf Begnadigung? Feststrafe? Vorzeitige Entlassung."

Er schüttelte ziemlich ergeben den Kopf. „Die lassen mir dafür büßen, det die Anwältin so 'n Theater jemacht hat. Und hier in Knast hab ick sowieso keene Chance. Juute Führung und so kommt für een, der inne Heizung rumkrebst, nich in Frare. Und zum Schleimen fehlt mir det Talent." Er seufzte nicht, er klagte nicht. Er zog an seiner Selbstgedrehten, fragte aus dem Gespräch heraus: „Haste mal wieder 'ne Tasse Kaffee für mir? Heute Ahmd? Oder besser nachher, wenn die Zelle noch nich so voll is. Denn komm' nich so ville betteln."

Ich grinste.

„Ick würd dir welchen abkoofen, een Streuer. Aber wovon?"

Ich antwortete nicht. Mein Blick richtete sich auf zwei vorübergehende Knaster. Zwei, die Arm in Arm ihre Runden im Betriebshof zogen. Wie Mann und Frau, Freund und Freundin. Unglaublich. Oder? Kalle nahm daran keinen Anstoß. Er kommentierte den Fall in seiner schlicht selbstverständlichen Art: „Een Pärchen. So wat jibt's." Er seufzte. „Wenn man so lange hier is." Ja, wenn man so lange hier war, dann wurden aus Männern Frauen. Es sei denn, dass man vorher schon schwul war. Dann durfte einem die Umstellung auf die reine Männergesellschaft nicht allzu schwer fallen. Für Kalle gab es keinen Grund, weiter darüber zu reden. Ihn beschäftigte der Gedanke an ein bisschen Kaffee. „Ick weeß jar nich wie lange det her is, det ick den letzten Kaffee jetrunken hab!"

„Klar", sagte ich und überlegte: „Bisschen was würd' ich auch verkaufen oder tauschen."

„Wat brauchste denn?" Er wurde ein wenig lebhaft.

„Ein Buch zum Schreiben, so 'n Diarium, und 'nen Stift. Radiergummi auch."

„Am besten fraachste nachher Otton. Der schachert hier mit alle mögliche Leuten rum. Der schlächt ooch det Beste für dir raus. Und bescheißt dir nich. Wirklich, ooch wenn er manchmal bissken komisch is." Er fuhr sich vorsichtig mit der flachen Hand über den Kopf, um den Sitz seiner Frisur zu überprüfen. „Ick kann det nich. Det Schachern. Betteln ooch nich. Hier nich und damals draußen nich. Dafür muss man wohl jeborn sein."

Wir traten zur Zählung an und warteten. Freddi spähte vergeblich nach seinem *Spanner* aus. „Der zieht das Ding da unten gleich voll durch", sagte er finster. Und ich fragte naiv: „Wie?" Er starrte mich mit zusammengekniffenen Augen an. „Wie er das durchzieht? Vielleicht bläst er der ganzen Mannschaft einen. Diese Sau."

„Ich denke, ihr macht zusammen Spanner und seid Kumpels?"

„Eben deswegen."

„Wie?"

„Du gehst mir aufn Sack mit deiner blöden Fragerei."

Der Schließer kam und zählte umständlich die Angetretenen. Aus Gesprächen von Nebenleuten erfuhr ich, dass kurz vor 18 Uhr nochmals gezählt wurde. Wer länger arbeitete oder vorgab, länger zu arbeiten, der konnte in den Werkhallen bleiben und zu dieser Zeit mit *ablaufen*. Und für ganz Eifrige blieb nach 20 Uhr die Spätschicht, die dann Feierabend hatte und in die Zellen zurückkehrte.

„Reihe rechts!" Wir liefen ab. Ich behielt Harri im Auge, um den Weg zur Freistunde nicht zu verpassen. Weil meine Sachen noch etwas feucht waren, trug ich die schäbige Anzugjacke über dem Arm. Eine Verhaltensweise, die ich beinahe bereut hätte. Der Wachtmeister, der am Ausgang des Verbindungsschachtes lauerte, schrie mich sofort an: „Was für eine Anzugsordnung! Los, Jacke an!" Ich erschrak, zögerte. Angst, Starrheit. „Jacke an!" Die vor und hinter mir laufenden Knaster blickten gespannt. Selbst Harri drehte sich zu mir zurück. Einer zischte mir leise zu: „Los, mach. Sonst haut er dir eine drüber." Tatsächlich, ich sah den Gummiknüppel in der Hand des Schwarzuniformierten. Der Griff wurde fester. Dann sein Gesicht. Böse, wütend. Entschlossen. Ich gehorchte und fuhr schnell in die Jackenärmel. Zog den klumpig lappigen Stoff mit fahriger Geste glatt. Lief. „Dreckskerl!", murmelte der Schließer. „Komm du mir noch mal unter ..."

Ich hatte Herzflattern, zitternde Knie. „So was passiert, wenn man hier den Harten markieren will", spottete Harri nachher im

Freihof. „Erst kalt duschen und dann so schlampig ohne Jacke laufen." Ich atmete durch, um meiner Stimme Festigkeit zu geben. „Ich finde, ich sehe eher mit der Jacke schlampig aus." Harri klopfte mir aufmunternd auf das Schulterblatt. „Was du findest, das interessiert aber die Schlüsselknechte nich. Also halte dich in Zukunft dran." Er fasste in seine Tasche. „Hier, der leere Streuer. Morgen?" Ich steckte ihn ein, ohne eine Antwort zu geben. Wir liefen zu dritt im Uhrzeigersinn um das Sandfeld mit dem Volleyballnetz. Runde um Runde. Der Dritte war Bundi. Auch er war Ausweiser, er hatte vorgehabt, in Thüringen mit einer Strickleiter über die Minensperre zu klettern. Er hatte sich mit einem Freund bis an die Grenzzäune herangearbeitet, war dann jedoch geschnappt worden. Auf *frischer Tat.* Im Gepäck befanden sich zwanzigtausend DDR-Mark, etliche Dokumente und Werkzeuge, die zur Flucht dienen sollten. Er hatte genau wie ich sechs Jahre abgefasst, als *Kopf der Gruppe.* Sein *Mittäter* war mit einem halben Jahr weniger davongekommen. „Aber alles halb so schlimm", tröstete sich Bundi, „ich hab Vogel als Anwalt. Wenn ich Glück hab, bin ich noch dieses Jahr im Westen." Optimist durch und durch, dachte ich, wo er noch vier Wochen später als ich verhaftet worden war. Und ich dachte: Wenn es nach der Reihe geht, müsste ich erst dran sein. Denn dass es der Reihe nach gehen sollte, hatte Mithäftling Willert behauptet.

Willert lief ein Stück vor uns. Er hatte zwei Begleiter, Gesprächspartner. Einer davon war Torsten, den anderen hatte ich während des Tages in der Werkhalle gesehen. Ich hatte gehört, wie ihn jemand mit Ernst angeredet hatte. Willert und Ernst bestritten den Hauptteil der Unterhaltung. Sie gestikulierten. Torsten sagte wenig. Er wirkte zurückhaltend. Vielleicht musste einer, der als Arzt mit Kriminellen im Zuchthaus saß, diese Zurückhaltung ausüben. Vielleicht war es die einzige Möglichkeit, sich etwas Distanz zu verschaffen.

Der Freihof war nicht sonderlich voll. Höchstens dreißig Knaster, die einzeln, zu zweit oder zu mehreren ihre Runden drehten. Manche standen auch vor der Wand und unterhielten sich mit Knastern, die durch die Gitter aus den Fenstern sahen. Die Hausfronten grenzten den Freihof zu zwei Seiten ein. Ansonsten wurde er von hohen Mauern eingefasst. Harri sagte: „Man kann sich das ganz einfach merken, wer in welchem Stock ist. Unten die A-Schicht, Mitte B- und oben die C-Schicht. Und zwei Zellen von der Normalschicht gehören auch ganz oben hin. Und auf der zweiten Front, das sind alles Einzelzellen. Da sind Leute drin, die zwar zur Arbeit runtergeschlossen werden, aber ansonsten kommen sie nich mit andern Knastern zurecht." Er winkte zu einer der Zellen hinauf. Ein Knaster mit getönter Brille saß hinter den Gittern und starrte nach unten in den Freihof. Wie in einem Zuchthaus-Film über graue Vorzeiten. Hauptmann von Köpenick vielleicht. „Wie läuft's, Maffi?", fragte Harri. Der Angesprochene reagierte nicht sofort. „Erst mal einen keulen?", stichelte Harri. Bundi kicherte. Dieser Maffi verzog das Gesicht kein bisschen. „Pass mal auf dich selber auf." Er blieb reglos sitzen. Nachdem wir ein Stück weiter waren, sagte Harri: „Wenn man zwischen sich und ihm kein Gitter hat, unterlässt man solche Scherze besser. Dem kommt's aufn paar Jahre nich an. Er hatte ursprünglich sechs. Aber er hat versucht abzuhauen und gemeint, dafür muss er sich den Weg frei prügeln. Also hat er mit 'ner Eisenstange 'nen Zivilmeister niedergemacht. Immer drauf auf die Birne. Bis der arme Hund breit war. Und zwar fast für immer. Er is jetzt halb blind und geistig behindert. Maffi hat sich als *Belohnung* 'nen Schuh von 15 Jahren eingefangen. Dieser Trottel, er is nich mal bis an die Außenmauer gekommen. Und dafür musste er den Blaukittel umnieten. Ich hab zwar auch nich viel übrig für diese Sorte, aber so was kann man einfach nich machen. Jetzt haben sie Maffi als allgemeingefährlich eingestuft. Sitzt da oben in der Einzelzelle wie 'n Affe im Zoo. Na ja", er schüttelte verständnislos den Kopf. „Er is ja kein Einzelfall. Hier gibt's noch mehr Leute, die geglaubt haben, abhauen zu können wie James Bond." Sicherlich hätte Harri noch weiter geredet, aber von der anderen Hausfront kamen plötzlich laute

Rufe. Er drehte sich um. „Da is einer in der A-Schicht, der was von dir will", sagte er zu Bundi. „Kenn keinen aus der A-Schicht", erwiderte der trocken, „zum Glück. Das sind alles Penner." Dennoch ging er auf das Fenster zu, aus dem die Rufe gekommen waren. Harri und ich liefen weiter. Bis sich herausstellte, dass nicht Bundi hatte kommen sollen, sondern ich. Ich?

Es war Paulsen. Er wirkte zerknirscht, zerstört. Ich wagte nicht, ihn wegen seines haltlosen Optimismus', mit dem sich vor einer Woche lächerlich gemacht hatte, aufzuziehen: Vom Zugang direkt auf Westtransport. „Mich haben sie voll gerollt." Er hatte geränderte Augen, sah im Gesicht grau aus. „Ich war hier einen Tag in der Lehrwerkstatt und schon ging's ab an eine Maschine, an der du keine siebzig Prozent von der Norm schaffst." Ich dachte, er würde anfangen zu heulen. „Und diese Schweine in der A-Schicht, in dieser Zelle. Die machen mich echt fertig. Klauen mir mein bisschen Fressen weg, treten nachts in mein Bett und machen dauernd blöde Bemerkungen." Seine Stimme versagte, doch die Tränen konnte er sich verbeißen. „Wo sind die andern? Bist du allein in der Zelle?", fragte ich. Er riss sich zusammen. „Die sind zur Schicht. Ich hab mich geweigert zu arbeiten." Er straffte sich. „Ich lass mich hier nich zum Arsch machen. Verstehst du?" Er schrie. „Ich gehöre hier nich her. Nich zu diesem kriminellen Gesocks. Und ich werd nich auch noch für dieses kommunistische Pack arbeiten!" Er klammerte sich mit der rechten Hand an einen Gitterstab, rüttelte theatralisch daran. Theatralisch - schon wieder war es wie im Film. Trotzdem bekam ich es mit der Angst. Warum nahm dieser Kerl keine Lehre an? Warum musste er mit dem Kopf durch die Wand wollen?

„Was is mit dem los?" Bundi stand hinter mir.

„Er is Ausweiser, und sie machen ihn voll fertig", erklärte ich. „Auf der Zelle und bei der Arbeit. Und er kommt nich mit seiner Maschine zurecht. Schafft höchstens 70 Prozent. Er ist deshalb nich mit abgelaufen."

„O, verdammt. Das gibt Ärger." Er bedachte Paulsen mit einem zweifelnden Blick, flüsterte mir zu: „Bleib hier bloß nich stehen. Wenn die Chefs mitkriegen, dass du zu dem Kontakt hast, stehst du gleich mit auf der schwarzen Liste. Ich trat erschrocken einen Schritt zurück. „Du musst mir helfen, Feder!", schrie Paulsen und fasste auch mit der zweiten Hand nach einem Gitterstab. „Wwwie dddenn?", stotterte ich aufgeregt. Aber er wusste selbst keine Antwort. „Helfen!" Bundi zog mich am Arm. „Komm weg, der reißt dich mit rein!" Ich folgte ihm zögernd. „Warum hilfst du mir nich?" Wir erreichten Harri. Er wartete in zehn Metern Entfernung. „Wer sich hier nich einordnet, der is dran. Arbeitsverweigerung zieht unwillkürlich Arrest nach sich. Und danach Isolation. Da wird er froh sein, wenn zwischendurch mal einer kommt, um ihn aufzumischen. Sonst kriegt er niemanden zu sehen." Paulsen schrie immer noch. Aber er hatte sich jetzt in die Zelle zurückgezogen und trommelte mit den Fäusten gegen das Türblatt. „Fluch den Kommunisten", sagte Bundi leise. „Das is der sicherste Weg, sich unbeliebt zu machen. An dieser tiefsten Stelle, zu der man in der DDR sinken kann. Besser man hält die Schnauze. Oder was soll das für 'nen Sinn haben, in diesem Gemäuer noch den großen Rebellen zu spielen?" Seine Frage hatte sich an mich gerichtet. Eine unnötige Frage. Ich jedenfalls hatte keinen Bock auf Widerstand. „Es is Quatsch", sagte ich also. „Augen zu und durch."

Wir schwiegen während der nächsten Schritte und hörten weiter Paulsens Geschrei. Erst als wir die Runde vollendet hatten, wurde es ruhiger. Da wir uns auf der gleichen Höhe mit der Zelle befanden, konnten wir sehen, dass sie Paulsen jetzt rausholten. „Scheiße", sagte Harri, „das sieht nich gut aus, was da passiert. Das sieht aus, als wäre Hagel bei denen gewesen, die deinen Kumpel geschnappt haben. Da gibt's verdammt was auf die Fresse." Ich widersprach: „Is nich mein Kumpel." Ich erzählte, wie Paulsen gemeint hatte, er würde direkt vom Zugang aus auf Westtransport gehen. Harri schüttelte den Kopf. „Hier is garantiert noch keiner vom Zugang aus weggangen. Das wüsste ich aber. Nee, nee, erst mal paar Jährchen abdrücken. Vorher tut sich nichts mit Transport. Und außerdem, Transport. Kann genauso passieren, dass die Ausweiser auch wieder in die DDR zurück entlassen werden."

„Tust ja grad so, als würdest du das bestimmen, wer hier wann die Fliege machen kann und wohin." Bundis Stimme klang grantig und nach Verärgerung. Wiewohl er wusste, dass ein lächerlich unbedeutender Scheißer wie Harri, ein krimineller Knaster, auch ein Edelknaster, nichts anderes für sich hatte als wichtigtuerische Sprüche, sah er doch seine Illusionen und Hoffnungen, seinen Halt beschädigt.

Gedämpfte Schreie drangen zu uns. Paulsen. „Das hat er davon", Harris Stimme klang eher frohlockend als mitfühlend oder bedauernd. „Wenn er gearbeitet und die Schnauze gehalten hätte, wär er nach anderthalb Jahren weg gewesen."

Bundi zweifelte erneut: „Nach anderthalb Jahren? So lange?"

„Was heißt lange!", empörte sich Harri jetzt. „Anderthalb is wenig. Aber wenn einer Familie hat, lassen sie ihn für gewöhnlich eher gehen. Da drängeln sie vom Westen aus."

„Meinst du, bei anderen drängeln sie im Westen nich?", fragte Bundi gereizt.

„Wenn du dich damit meinst, kannst du sicher sein, dass du von deinen sechs Jahren mindestens die Hälfte abbrummen musst. Vielleicht lassen sie dich auch bis zum letzten Tag schmoren, und du darfst auf deine Kuhbläke zurück oder kriegst noch 'n paar Jährchen Kalte." Ein gehässiges Lachen krönte die Häme in Harris Prophezeiung.

„Von wegen. Da sei mal sicher, dass das nich passiert. Ich bin Weihnachten weg", kotzte ihn Bundi an. „Du musst dir ja wohl mächtig wichtig vorkommen mit deinem kriminellen Delikt. So als Edelknaster."

„Ob kriminell oder nich kriminell, danach geht's hier nich. Hier is Knast. Wer hier landet, das is 'n Verbrecher. Ob das derjenige wahrhaben will oder ob 's in seinen blöden Schädel nich reingeht." Harris Gesicht hatte sich vor Wut rot gefärbt. Er war stehengeblieben und verharrte leicht vorgebeugt vor Bundi, so dass dieser nicht weiterlaufen konnte. Bundi schien die Sinnlosigkeit dieses Streits allmählich zu begreifen. Er wurde ruhiger. Wollte sich an Harri vorbeischlängeln. Harri hielt ihn am Arm fest. „Hast du eben Edelknaster zu mir gesagt?"

„Lass mich in Ruhe", zischte Bundi. Er fasste nach Harris Handgelenk und versuchte den Arm des anderen wegzudrücken. Aber die Umklammerung war nicht von Pappe. Sie ließ sich nicht einfach lösen. „Hast du Edelknaster zu mir gesagt?", wiederholte Harri. Er hatte beim Sprechen die Zähne zusammengebissen und presste die Laute eher hervor, als dass er sprach.

Bundi kochte wieder auf. „Mensch, nimm deine stinkigen Pfoten weg!" Seine Forderung hatte Klang bekommen, Lautstärke. Sofort blieben die anderen Knaster im Freihof stehen und starrten zu uns herüber. Auch an den Fenstern der Zellen tauchten die ersten Gesichter auf. Und hinter dem Gitter einer Kanzel erschien sogar das Gesicht eines Schließers.

Ich bekam Angst und ging weiter. Als einziger im Hof lief ich, die anderen standen, starrten erwartungsvoll. Vielleicht wird der Aufseher die Auseinandersetzung beenden, dachte ich. Womöglich wird er in den Hof kommen, sich die Namen aufschreiben. Oder er wird den Gummiknüppel schwingen und draufhauen. Auf beide. Für einen Dritten hätte es dann auch noch langen können. Für mich. Doch der Schließer hatte kein Interesse, in den Streit einzugreifen. Neugierig auf den weiteren Verlauf blickte er in den Hof. Wie der Zuschauer eines Gladiatorenwettkampfs. „Was is da los?", fragte mich Willert, als ich an seiner Gruppe vorbeikam. Ich zuckte schweigend mit den Achseln.

„Dieser Bundmann is doch Ausweiser. Warum lässt er sich dann mit 'nem Krimi ein?"

„Hab wirklich keine Ahnung", erwiderte ich und blieb stehen.

„Er schadet damit dem Ansehen der politischen Häftlinge."

Was sollte ich ihm erwidern? Ich blickte zu den beiden. Harri hatte den anderen jetzt bei den Jackenrädern gepackt und schüttelte ihn. Da hob Bundi die Hand und verpasste ihm eine Ohrfeige. Ganz plötzlich, ganz überraschend. Es war mehr der Schreck als irgendein Schmerz, durch den Harri losließ. Er wankte zwei, drei Schritte zurück, verlor den Halt und saß plötzlich auf dem Pflaster. „Das wirst du noch büßen!", keifte er und rappelte sich ungestüm empor. Büßen - würde er die Drohung wahr machen? Jetzt? Alle stellten sich die Frage. Aus den oberen Zellenfenstern rief jemand: „Nu aber los! Schlagt euch die Zähne raus." Und von anderer Stelle: „Ich setze zwei Mark auf den Zarten vom Werkzeugbau! Wer hält dagegen?"

Harri merkte sofort, dass er gleichsam zum Unterhaltungs- und Spottobjekt der anderen Knaster wurde. Es ernüchterte ihn. Mit fahrigen Bewegungen klopfte er über seine Kleidung. Er bedachte Bundi noch mit einem verachtenden Blick und drehte sich um. Und lief los. Runde für Runde. Lief zielstrebig und zügig, als müsse er in den nächsten Minuten mit einer wichtigen Botschaft an einem bestimmten Platz eintreffen. Bundi wirkte verwirrt. Eingeschüchtert. Konnte es sein, dass diese eigentlich unbedeutende Auseinandersetzung für ihn Folgen zeitigte? Er blickte sich um. Suchend. Suchte er mich? Als Zeugen für seine Unschuld? Ich wandte mich sofort Willert zu. Oder sollte ich mich in den lächerlichen Konflikt dieser zwei Unbeherrschten hineinziehen lassen? Doch ich merkte an Willerts Reaktion, dass mich Bundi entdeckt hatte und nun kam. Also würde ich mit Bundi laufen, mich mit ihm unterhalten müssen. Und Harri würde es sehen und mir fortan feindlich gesinnt sein.

Aber es ging anders. Es ging unerwartet. Willert gesellte sich zu Bundi. „Mal sehen, was da los war", murmelte er und war gleich darauf an Bundis Seite. Die beiden liefen, redeten. So wie die anderen Freistündler ebenfalls wieder liefen, redeten. Ich war bei diesem Ernst und bei Torsten geblieben. Wir gingen zu dritt. Oder hätte ich allein meine Runden drehen sollen? Ich sagte wenig, obwohl mir Ernst immerzu Fragen stellte. Vor allem nach meiner Verurteilung, *meinem Delikt*. Wollte er mich aushorchen, oder war es einfach seine Art? Torsten sprach kaum. Fragte nach nichts. Ja oder nein, soso, aha. Einsilbigkeit,

Zurückhaltung, Ablehnung? Auf jeden Fall entspannt, locker. Nach der dritten gemeinsamen Runde musste Ernst pinkeln. Er scherte aus und stellte sich in das hintere Mauereck, wo vorher schon andere Freistündler gepinkelt hatten. Ich war nun allein mit Torsten. Wir liefen einige Schritte schweigend, bis er fragte, wo ich her sei. Ich erzählte es kurz. Ungefragt erzählte er auch von sich. Schwerin, von dort stammte er. Er hatte im Krankenhaus gearbeitet. Von den Ursachen, die zu seiner Verhaftung geführt hatten, sagte er nichts. Wozu? Wenn er Arzt war, würde er versucht haben, sich in den Westen schleusen zu lassen. Oder er wollte flüchten. Ich hatte von diesen Fällen schon gehört, als ich noch die Freiheit des Dreibuchstabenlandes genoss. In Neuruppin beispielsweise waren Woche für Woche Ärzte verschwunden. Keiner wusste wie, wusste wohin. Dabei hatten man ihnen vorher schöne Eigenheime hingestellt und viertürige Autos zugeschanzt. Alles nichts. Einer nach dem anderen ging ab. Bis sie schließlich doch dahinter gekommen waren: Eine Schleuserbande aus Westberlin.

Wir vollendeten unsere Runde. Es hätte beinahe gepasst, dass Ernst nun wieder zu uns stoßen konnte. Er knöpfte die Hose zu, trat von der Mauer zurück. Augenblicklich legte Torsten einen Schritt zu. Ganz klar, er wollte ihn abschütteln. Wegen dieser Fragerei. Und auch sonst? Ich beschleunigte ebenfalls. Wir bogen in die kurze Seitengerade, ohne dass er uns erreichte.

Am Ende der Freistunde änderte sich die Konstellation wieder. Willert hatte wohl von Bundi die Nase voll. Plötzlich lief er zwischen Torsten und mir. Am Eingang des Gebäudes drängte er mich dann ganz ab. Man passte nur einzeln hindurch. Auf der Treppe, wo man zu dritt laufen konnten, quetschte sich Ernst neben die zwei. Egal. Ich lief allein weiter, drehte mich um. Kam Bundi im Gefolge von Ernst? Nein, hinter mir kam Harri. Er hatte noch den abweisenden Gesichtsausdruck. Beleidigt, verraten, angeschmiert. „Wie sieht's aus?", fragte ich gespielt freundlich. Er reagierte nicht. Keine Regung, kein Wort.

Im dritten Stock wurden die Häftlinge des Seitenflügels von denen des Vorderflügels getrennt. Außer Willert, Torsten und mir gehörten alle Knaster in den Vorderflügel. Vielleicht weil wir in der Minderzahl waren, ging der Schließer erst los und schloss die anderen Zelle für Zelle weg. Ich sah, dass Harri und Bundi hinter derselben Tür verschwanden. Ernst musste zwei Türen weiter. Das alles dauerte. Willert und Torsten schwiegen. Ich ebenfalls. Diese ermüdende Warterei. Doch es war egal, wo man wartete. Vor dem Zwischengitter, auf dem Klo oder im Freihof. Die Zeit verging überall.

Die anderen in Zelle 51 nahmen erst beim zweiten Blick Notiz von uns. Das heißt, Kalle und Franko spitzten mit ihren Blicken auf mich. Kaffee. Ich ging sofort zu dem Tisch, auf dem das Essen lag. Die Kalte für das Abendbrot. Eine Scheibe Jagdwurst und eine Scheibe Käse. Brot und Margarine. Es hatte seine Richtigkeit. Zu trinken gab es Tee. Oder meinen Kaffee? „Wir sind schon fertig mit Essen", sagte Franko. Und Kalle fragte leise: „Hältste dein Versprechen?"

Ich grinste ein bisschen: „Welches Versprechen?"

„Weeßt schon."

Ich wollte erst essen, den Kaffee danach in Ruhe trinken.

„Kurz vor sechs kommen die anderen", warnte Franko. Ich schwieg. Und ich sah mich um. Freddi, Willert, Fritzchen und Otto. Dazu Franko und Kalle. Nachher würden wir doppelt so viele sein. Das ging, wenn ich freigebig blieb, in den Vorrat. „Kannst ja Wasser heiß machen", sagte ich. „Eine Runde geb ich heute noch aus. Morgen is Feierabend. Mir schenkt schließlich auch keiner was."

Es gab Widerspruch. „Wenn du willst, kannst du bei mir Radio mit hören", bot Fritzchen an. „Ich hab noch 'nen Hörer." Ich winkte ab. „Heute nich. Vielleicht am Wochenende."

Und: „Kalle sagt, du brauchst paar Sachen. Diarium und so was." Das war Otto. „Ich übernehm das. Morgen hast du das Zeug."

Ich nickte. Schreibzeug, wie wichtig. Dann aß ich. Die anderen tranken, saßen um mich herum. Sie gaben sich freundlich, kameradschaftlich. Nur Willert, der auch einen Kaffee genommen hatte, lag auf dem Bett. Er hatte die Knie angezogen und schrieb. „Vielleicht mein letzter Brief", flüsterte er, als ich sein Glas auf die schmale Stahlkante seines Bettes stellte. „Wenn ich den Transporttermin erfahren habe, reden wir noch mal miteinander. Überleg dir, an wen ich gegebenenfalls für dich im Westen was ausrichten soll." Er sah mich gespannt an. Erwartete er jetzt schon die Antwort? Wollte ich, dass er sich im Westen für mich einsetzte? Wollen ja. Aber es war riskant, Namen, Adressen anzugeben. Aufträge zu erteilen. *Wende dich an das Innerdeutsche Ministerium. Wende dich ans Fernsehen. Dies ist die Adresse von meinen Kontaktpersonen.* Es lag nicht am Misstrauen. Nein, ich hielt Willert für zuverlässig. Ich fürchtete jedoch undichte Stellen. Die Stasi hatte auch im Westen die Augen offen. Nicht nur auch, sondern gerade dort.

Noch bevor die anderen von der Schicht kamen, füllte ich den Streuer für Harri ab. Obwohl ich nicht daran glaubte, dass er ihn nehmen würde. Jetzt nicht mehr. Für Otto machte ich ebenfalls einen zurecht. Er konnte ein Strahlen nicht verbergen, und ich wusste, er würde sich auf jeden Fall etwas Kaffee abzweigen. Vielleicht den ganzen Streuer. Egal, dachte ich, wenn ich nur meine Sachen kriegte. Es folgte die Zählung, danach putzte ich mit den wenigen Tropfen Wasser, die die Leitung freigab, meine Zähne und stieg in mein Bett hoch. Es war nicht nur die räumliche Distanz, die ich damit hatte. Ich hatte mir das Neue Deutschland geangelt und las die Auslandsmeldungen und den Sportteil. Von der Seite tönte das Schnarren von Fritzchens Radio. Musik, dazwischen Ansagen, einmal auch Nachrichten. Ich konnte die Worte nicht verstehen, obwohl ich mich einige Male unauffällig anstrengte. Es lag auch an meiner Müdigkeit und an den Stimmen der anderen. „Rrrriecht irgendwwwie nnnach Kkkaffee", stotterte Schmerke. „Hhhabt ihr wwwieder ...?" Niemand antwortete. Auf einem der Tische klapperte Besteck.

Die Letzten aßen ihr Abendbrot. Nur Lars schien damit Probleme zu haben. Er schimpfte mit Franko, weil seine Ration fehlte. Franko wies die Anschuldigung zurück. „Dein Spanner hat das Essen für euch beide eingesackt. Er hat gemeint, dass es so in Ordnung geht." Ich hörte, wie Lars wütend durch die Zelle stapfte. Zu Freddi, der auf seinem Bett lag. „Gib meine Kalte raus!" Offenbar versetzte er ihm einen Faustschlag, denn Freddi schrie auf. Aber außer dem Aufschrei sah sich Freddi zu keiner Reaktion veranlasst. „Los, ich hab Hunger!" Lars rüttelte den anderen. „Lass mich in Ruhe." Freddis Stimme klang verschlafen. „Mein Fressen, du Mistsau! Wo is mein Fressen?" Wieder beutelte er den Schlafenden. Der gesamte Bettenblock wackelte, und die Zellenbelegschaft richtete ihre Aufmerksamkeit auf die beiden. Ich beugte mich ebenfalls über die Bettkante und sah, dass sich Freddi auf die Ellenbogen gestützt hatte. In seinem Gesicht lag ein Grienen. „Ich dachte, du gehst wieder belegte Brötchen essen und brauchst deine Kalte nich", entgegnete er hämisch. Lars zuckte leicht zusammen. Die Anspielung war eindeutig, jeder verstand sie. Belegte Brötchen - anfüttern. „Wem hat er denn einen getutet?", feixte Otto aus seiner Ecke. Schweigen, Spannung. Lars erglühte, in seinem Blick spiegelten sich Hass und Kränkung. Freddi wurde die Situation jetzt peinlich. Er versuchte abzuwiegeln. „War nur 'n Spaß." Fritzchen kicherte, und Kalle sagte mit schleppender Stimme: „Is ja woll nüscht dabei. Jibt ja nu mal keene richtigen Frauen hier." Jemand murmelten Zustimmung, danach wurde es ruhig. Die letzten Knaster verließen den Abendbrottisch und schmissen sich auf die Betten. Nur Lars stand eine Weile unschlüssig vor dem Spind. Er schien in der Tat Hunger zu haben. Endlich griff er sich ein Stück Brot und biss emsig daran herum.

„Erzählste heute wieder 'n Film?" fragte Kalle. Aber Franko hatte keine Lust. „Jeden Abend 'nen Film! Woher soll ich so viele Filme kennen?" Kalle seufzte. „Na eben. Eenmal in Monat Kino. Woher sollste da so ville Filme kennen, det du jeden Abend een erzählen kannst." Er gähnte herzhaft. „Manchmal

kommt et mir überhaupt so vor, als würdeste nich 'n Film erzählen, sondern 'n Buch."

Franko kicherte kaum merklich. „Vielleicht hast du Recht."

Die ersten Schnarchtöne tanzten durch die Zelle. Keine Töne,
die tanzten, sondern die so genannten Sägegeräusche, die wie
das Röcheln eines verendenden Riesenbären durch die Landschaft hallten. Fritzchen riss sich wütend den Hörer, den er mit
einem Gummistirnband an seinem rechten Ohr festgeklemmt
hatte, herunter. „Da versteht doch kein Mensch, was im Radio
läuft, wenn dieser Rochen dahinten so tierisch schnarcht!" Otto
schimpfte mit. „Mit welchem Gesocks man hier zurechtkommen
muss. Scheiße." Fritzchen setzte sich auf, legte vorsichtig den
Hörer samt Radio und Kabelwust zur Seite und deckte die Bettdecke darüber. Er sprang aus dem Bett. „Hier, Spucke, der alte
Drecksack. Der röhrt wie 'ne schwangere Wildsau." Er blieb vor
Spuckes Bett stehen und dachte nach. „Man müsste ihm 'nen
Denkzettel verpassen?!" Fünf, vielleicht zehn Sekunden überlegte er. Schließlich ging er zu seinem Bett zurück, tuschelte mit
Otto. Beide lachten, und Fritzchen klemmte sich einen kleinen
Gegenstand in die hohle Hand. Streichhölzer? Tatsächlich, es
war eine Streichholzschachtel. „Wollen doch mal sehn, dass wir
die Sache geregelt kriegen." Er stellte sich an das Fußende von
Spuckes Bett und zündete ein Streichholz an. Ratsch. Langsam
führte er die Flamme an Spuckes unbedeckten Fuß. Für Augenblicke geriet Spucke aus dem Rhythmus. Er schnarchte jetzt
stotternd, wobei er aus der Tiefe des Halses fürchterlich rotzige
Laute hervorstieß. Noch einige Augenblicke und er schrie wie
ein Wahnsinniger auf. Die Flamme. Fritzchen war sofort verschwunden. Kaum dass Spucke saß, sich den versengten Fuß-
ballen rieb, lag er unter seiner Bettdecke und stellte sich schla-
fend. Otto und Wolfi lachten unverhohlen schadenfroh durch die
ganze Zelle. Franko und Kalle, die gedöst hatten, starrten entsetzt und missbilligend zu den beiden hinüber. „Was is los
hier?", fragte Schnurz, der ebenfalls geschlafen hatte. „Mir hat
jemand mit 'nem Messer in den Fuß gestochen", jammerte

Spucke. Er saß mit übergeschlagenem Bein auf der Bettkante und wischte immer wieder über die schmerzende Fußsohle, um danach seine Hand zu betrachten. Doch es klebte kein Blut daran. Konnte ja nicht. „Dann müsste man was sehen", widersprach Schnurz. „Es müsste bluten." Er blickte auf seinem Bett liegend angestrengt auf Spuckes Fußsohle. „Ich seh 'nen rötlichen Fleck. Vielleicht hat dich 'ne Wespe oder sogar 'ne Hornisse gestochen." Spucke sperrte ungläubig das Maul auf. Er hatte gelblich schwarze Zähen, und allein der Anblick vermittelte einem das Gefühl, dass er fürchterlich aus dem Maul stinken müsse. Schmerke sprang aus seinem Bett und betrachtete Spukkes Fuß aus der Nähe. „Is kkkein Stich. Sssieht ehhher aus wwwie vvverbbbrannt." Er richtete sich auf. Seine Augen schraubten sich so weit heraus, dass man sie schier hätte mit einer Zaunlatte abschlagen können. „Otttottto!" Er stierte auf den vorderen Bettenblock. „Dddu bbbist ssso 'n hhhinterhhhältiges Schschschw -!" Er brachte das Wort Schwein einfach nicht im Ganzen heraus. Aber er lief sofort los. Zu Otto, zu Wolfi. Spucke kam hinter ihm her. Er setzte den verbrannten Fuß nur mit dem Hacken auf, humpelte theatralisch. Otto kam mit einem Satz aus seinem Bett. Stand frechtapfer vor dem kochenden Schmerke. Er wusste, dass er gegen ihn keine Chance haben würde. Der hatte kräftige Arme, einen muskulösen Oberkörper und einen Nacken wie ein Stier. Otto hatte nur sein großes Maul dagegenzusetzen. „Möchte wissen, was dich das angeht, wenn dem da was passiert. Isser etwa deine Mieze?" Schmerkes Augen schraubten sich noch weiter heraus. Er bewegte den Mund, um etwas sagen zu können. Doch es kamen nur undeutliche Laute. Durch seinen Körper lief ein Zittern. Es waren eigentlich nur Sekunden, die Otto von einem Faustschlag, vielleicht einer Tracht Prügel trennten. Dennoch, er rührte sich nicht von der Stelle. Provozierte eher als dass er verteidigte. „Hau doch zu, wenn du dir Nachschlag holen willst. Hau drauf!" Er streckte Schmerke das Gesicht entgegen. Der zögerte, kämpfte innerlich. „So schnell gibt 's kein' Nachschlach!", keifte Spucke aus dem sicheren Hintergrund. „Nich, wenn jemand bezeugt, dass du zuerst zugehauen hast." In seiner Stimme lag die Forderung nach Rache, nach Genugtuung. Otto zog sein Gesicht sofort zurück. Ein Zug von Verunsicherung zeigte sich. „Ich und zuerst zugehaun?" Er blickte zur Seite, zu Kalle und Franko. Die beiden wandten sich ab. Blickte zu Wolfi, der längst in den hintersten Winkel seines Bettes gekrochen war. Und zu mir, der ich von oben über die Bettkante gebeugt alles mit angesehen, angehört hatte? Nein, nicht zu mir. Angst befiel ihn jetzt. Er drehte sich um, zeigte auf Fritzchen. „Er war's. Nicht ich!" Aber Schmerke wollte gar nicht, dass es Fritzchen gewesen war. Und Spucke auch nicht. „Frag doch die andern!", forderte Otto laut. „Frag Franko und Kalle." Er machte einen Schritt zur Seite, wollte Kalle rütteln, zugleich den beiden Angreifern entweichen. Da versetzte ihm Schmerke mit der flachen Hand eine harte Ohrfeige. Otto taumelte, verlor das Gleichgewicht und stürzte mit dem Kopf gegen das Bettgestell. Kopf gegen Eisenkante. Schmerke triumphierte zunächst. Erst als er sah, dass Otto vom Boden nicht hochkam, dass allmählich Blut über seine Glatze sickerte, kehrte sich der Triumph in Entsetzen, wurde aus dem Gebaren der Stärke Panik. Wolfi glitt aus dem Bett, Fritzchen ebenfalls. Franko, Kalle, Freddi, Schnurz, Willert. Ich saß jetzt auf der Kante meines Bettes. Ein guter Beobachtungsplatz. „Blblblut t t t", stotterte Schmerke und starrte die anderen an. Stille, Ratlosigkeit. „Sieht aus, als ob der hin is", sagte endlich Wolfi. In seiner Stimme war Mitleid, ein bisschen Weinerlichkeit sogar. „Vielleicht is es aber auch nur 'ne Schramme, und der Schreck hat ihn ohnmächtig werden lassen", mutmaßte Willert. „Man sollte ihm auf jeden Fall einen nassen Lappen auf die Stirn legen."

„Und stabile Seitenlage." Wolfi beugte sich zu dem Liegenden hinunter, zog vorsichtig an seinem Arm. „Isser schon kalt?", stichelte Freddi hämisch. Kalle bedachte ihn mit einem missbilligenden Blick. „Wat meenste, wenn du da liejen würdest?!" Freddi griente. „Ich lieg da aber nich. Weil ich mich nich zusammenschlagen lasse und weil ich nich solche Scheiße mache. Anderen Leuten die Füße versengen."

„Das war er gar nich!", schrie Wolfi. „Dieser Idiot hat ihn totgeschlagen, obwohl er gar nichts gemacht hat." Hatte er Tränen in den Augen, oder täuschte ich mich? Er ballte die Fäuste und ging auf Schmerke zu. Dabei war er nur eine halbe Portion, noch schmaler und kleiner als Otto, schwächer. Trotzdem wich Schmerke zurück. Eingeschüchtert, verzweifelt, aufgeregt. Im Rückwärtsgehen trat er auf Spuckes verletzten Fuß. *Corpus delicti.* Spucke schrie, versetzte dem anderen einen Schlag ins Gesicht. „Pass doch auf, du Arsch!" Nichts von Dank oder Rükkenstärkung. Weg mit diesem Prügel, um nicht selbst in den Schlamassel eines Mordfalls hineingezogen zu werden. Schmerke begriff schnell. Es war der Instinkt, nicht der Intellekt, der ihm diese Erkenntnis verschaffte: Missbraucht und fallen gelassen, allein gelassen. Von einem schmierigen Lumpensack wie Spucke. Außenseiter und Außenseiter. Der eine hatte die Fäuste, der andere die Hinterhältigkeit. Der Dumme war immer der mit den Fäusten. Wenngleich er sich zunächst im Vorteil sah. Zwei Fausthiebe und Spucke rollte ab. Krümmte sich in einer Ecke, rappelte sich aber schnell wieder auf, um sich zum Bett zu schleppen. Keiner beachtete ihn. Eine Kreatur, vor der sich alle ekelten. Zumal sich Otto jetzt bewegte. Beine, Arme. Stöhnen. „Scheiße, meine Platte." Schmerkes Augen funkelten. Ein dünnes Grinsen zog sich wie ein zaghafter Strich durch sein zukkendes Gesicht. „Iiis nnnich tttot." Otto packte nach dem nächsten Bettpfosten und zog sich mühevoll empor. Stand, taumelte. Willert kam mit einem nassen Handtuch. „Lass uns erst mal genauer nachsehen, was los ist. Ob wir den Sani rufen müssen." Schmerkes Lippe zitterte plötzlich wieder. „Sssannni?" Kein Grinsen und kein Leuchten. „Was war los?", fragte Otto. Willert tupfte vorsichtig mit dem nassen Handtuch auf Ottos Glatze herum. „Der Stotterer hat dir 'ne Backenplatte verpasst, und dann bist du abgetaucht." Otto überlegte angestrengt. „Ich muss irgendwie ohnmächtig geworden sein." Er tastete langsam über seinen Schädel. „Pass auf, dass du nicht an die Wunde kommst!", warnte ihn Willert. Otto zog die Hand zurück. „Sieht's schlimm aus?" Willert schwieg. Er überlegte, was er ihm und den anderen sagen sollte. „Geht noch", entschied er dann. „Ich würd 'n Pflaster drauf machen, damit kein Dreck rein kann." Willert hatte gut reden. „Wo soll ich 'n Pflaster hernehmen? Hier hat doch kein Mensch welches. Nicht mal unten in der IFA gibt's 'nen Sani-Kasten. „Ich hab noch 'n Stück", entgegnete Willert. „Und ich kann nur jedem empfehlen, sich um solche Sachen zu kümmern, ehe man in der Scheiße sitzt." Von den anderen kam unwilliges Gemurmel. Franko sagte: „Wollen und Können sind zweierlei. Dafür sind wir in Brandenburg und nich im Krankenhaus, dass sich nun mal nich jeder mit 'nem Arzt anfreunden kann." Willert überging die Anspielung auf seine Gespräche und Freihofrunden mit Torsten. Er kramte ziemlich lange in einem Pappkästchen, das er in seinem Spindfach aufbewahrte. Da war das Heiligtum, ein Streifen Pflaster. „Die Wunde muss trocken sein", verkündete Franko. „Und zwar absolut, sonst is die Klebekraft ausm Pflaster raus, und es hält nich!" Er drückte Otto auf einen Hocker, tupfte auf dem kahlen Schädel herum. „Bloß gut, dass er 'ne Glatze hat", feixte Freddi. „Sonst würde man die Wunde gar nich sehen." Ja, er hatte Recht. Die Wunde befand sich gut sichtbar im Zentrum der Schädeldecke. Selbst ich konnte sie aus dem dritten Bettenstock erkennen. Eine mittelgroße Platzwunde, in der das Blut bereits anzutrocknen begann. Glück gehabt, Schmerke. Pflaster drauf und alles vergessen. Nein, vergessen war's nicht. Nicht für Wolfi. „Sei froh, dass Otto kein Anscheißer is. Sonst würdst du jetzt in den Bunker marschieren. Aber umsonst haste das nich gemacht, du -." Schmerkes gestammelte Erwiderung blieb unbeachtet, weil Otto stöhnte. „Mir is noch irgendwie komisch." Sofort redeten die Knaster durcheinander. „In so 'ner Situation hilft 'n Schnaps am besten. Würziger Weinbrand oder eiskalter Wodka", erklärte Franko. Wusste er überhaupt, wovon er redete? Nach diesen vielen Jahren Knast kannte er doch weder den

Geruch von Weinbrand noch den von Wodka. „Noch besser is 'n Glas Sekt", vermeldete Fritzchen, der nach dem glimpflichen Ausgang des von ihm verursachten Intermezzos erleichtert aus seinem Bett gekrochen war. „An deiner Stelle würd ick die Klappe halten", warnte ihn Kalle. Fritzchen nahm die Warnung nicht an. „Tust ja grad so, als ob ich mit dieser Mordaktion was zu tun hätte." Er lachte dreist. „Ach so", murmelte Kalle, „hab ick woll nur jeträumt, det du vorhin mit 'ne Streichholzschachtel durch die Landschaft jegeistert bist." Fritzchen ließ sich nicht einschüchtern. „Du kannst doch gar nich mehr unterscheiden, was Traum und Wirklichkeit is, du alter Zopp." Kalle blickte schweigend ein Loch in die Luft. Anscheinend hatte er die Gabe, dumme Bemerkungen und Beleidigungen einfach von sich abprallen lassen zu können. Oder war das ein Ausdruck von Senilität? Von knastbedingter Apathie? „Tasse Kaffee würd' mir auch schon helfen", sagte Otto mit schwacher Stimme, und sofort blickten die Umstehenden zu mir herauf. „Mir auch", kam es augenblicklich von Franko und Wolfi wie aus einem Mund. Schmerke und Kalle glotzten gierig. Auch Spucke hatte den Kopf gehoben. „Scheiße", erwiderte ich kühl und kletterte am Metallgestell des Bettes nach unten. „Das is hier keine Armenküche bei mir." Ich deutete auf Otto. „Ein Glas für ihn. Mehr nich!" Die anderen maulten. „Egoist", schimpfte Wolfi. Ich fauchte: „Von wegen. Ihr sauft meinen Kaffee, und morgens krieg ich nich mal 'nen Klecks Marmelade ab. Nich mal Bettwäsche hab ich. Keinen Kleiderbügel. Nichts." Wolfi wich jedoch nicht zurück. „Dafür biste Ausweiser. Irgendwann kommste in Westen. Und wir sitzen immer noch hier." Ich schüttelte den Kopf. „Dafür bin ich Knaster und nichts anderes. Dass ich in den Westen komme, weiß ich erst, wenn ich drüben bin." Er trat jetzt doch den Rückzug an. Die Argumente waren ihm ausgegangen, die Gier nach einer Tasse Kaffee blieb unbefriedigt.

Aus dem Hintergrund meldete sich Spucke. „Was haste grade gesagt, Kalle? Du hast den Gnom an meinem Bett gesehen? Mit Streichhölzern?" Doch Kalle blieb stoisch genug, auch diesen

Fragen zu widerstehen. Er drehte sich weg und sah zu, wie Willert mit spitzen Fingern das Pflaster auf Ottos Glatze drückte. Otto gab einen unterdrückten Laut von sich. Schmerzen. „Sei froh, dass du so glimpflich davon gekommen bist", wies ihn Willert zurecht. Wolfi widersprach: „Er muss nich froh sein. Der da kann von Glück reden. Der Stotterer." Er zeigte auf Schmerke.

„Wwwiessso?"

Wolfi winkte ab. „Mit dir zu diskutieren, is mir einfach zu anstrengend." Er ging zur Steckdose und warf den selbst gebastelten Tauchsieder in Ottos Glas. Spucke wälzte sich aus dem Bett. Er kam gekrümmt, hielt sich den Magen. Sein Gesicht sah noch blasser und eingefallener als sonst aus. Der Tod auf Latschen. Vor Kalles Bett blieb er stehen. „Die kleine Ratte war das also. Das mit dem Feuer an meinem Fuß." Kalle drehte sich zur Seite, und da Spucke nicht nachließ, knurrte er: „Frag 'n doch selbst. Er wird's schon wissen." Doch ehe sich Spucke umgedreht hatte, war Fritzchen wieder in seinem Bett. Zweiter Stock bedeutete für einen, der davor stand, Kopf- bis Brusthöhe. „He, du Giftzwerg", schnaubte Spucke, „komm runter und gib zu, dass du mir den Fuß verbrannt hast." Fritzchen lachte frech. „Verpiss dich, du schwules Ekelpaket!" Er hatte sich mit dem Rücken gegen die Wand gepresst und die Beine angezogen. Trotzdem brauchte Spucke nur zuzufassen, um ihn greifen zu können. Tat er es? Ich hatte inzwischen wieder den Platz auf meiner Bettkante erklommen. Ich konnte wieder von oben beobachten. Ich sah, dass er es tat. Dass er zufassen wollte. Aber Fritzchen wehrte sich. Blitzschnell schoss sein rechtes Bein hervor und traf Spucke in der Höhe des Schlüsselbeins. Hinter diesem Tritt hatte Kraft gesteckt, Schwung. Auch Verachtung. Spucke sauste nach hinten. Er fiel zwischen Otto, Willert und Freddi, landete auf dem Boden. Rappelte sich empor und wollte Fritzchens Bett erstürmen. Die anderen schrien ihn an. Rochen, Luftpumpe, Sackgesicht. Sie blockierten den Weg. Drohten dem Wütenden. Spucke trollte sich notgedrungen, zischte seinerseits tückische

Drohungen. Dass er voller Vergeltungsabsichten steckte, war offensichtlich.

Sie schliefen alle unruhig in dieser Nacht. Sie wälzten sich auf den Betten, auf dass die Gestelle bis hoch hinauf bebten. Sie stöhnten oder redeten vor sich hin. Sie rannten aufs Klo.

Und das steckte an. Auch ich wälzte mich. Ich atmete schwer und unregelmäßig. Fiel in eine seichte Schlafphase, in der sich der Abstand zur über mir befindlichen Decke beängstigend zusammen zog. Ich sollte zerquetscht werden und konnte nicht entrinnen. Ein fürchterlicher Druck drohte, meine Brust, den Kopf zu zermalmen. Beine und Arme ließen sich nicht mehr bewegen. Ich schien zu ersticken. Erst als die Situation völlig ausweglos geworden war, wurde ich wach und begriff, dass ich geträumt hatte. In schweren Zügen pumpte ich die stickig miefige Luft, die sich zwischen dem Bettenblock und der Zellendecke gestaut hatte, in meine Lungen. Ich hielt die Augen geschlossen und versuchte zu begreifen, dass ich nur einen Traum durchlebt hatte, dass ich mich *nur* im Zuchthaus befand. In Brandenburg. Eine in diesem Moment tröstende Gewissheit.

Unten redete jemand laut. „Det verfluchte Pferd. Wat macht denn det verfluchte Pferd schon wieder inne Heizung? Zu'n Schlachter damit -!" Vorbei. Vermutlich hatte ein Stoß des Nebenmannes den Albtraum beendet. Kalles Traum. Sofort wurden dieselben Schnarchtöne hörbar, die am Abend zum Streit geführt hatten. Spucke schnaubte und röchelte, er sägte. Jemand murmelte: „Das glaubt kein Mensch, was einem hier passiert. Das ist schlimmer als Lambareine." Willert atmete tief. Der Geruch von Tabaksqualm stieg zu mir empor. Rauchte er mitten in der Nacht? Von der anderen Seite meines Bettes klang schnarrende Musik. Sie kam aus Fritzchens Radio, aus dem Hörer. Fritzchen war eingeschlafen, ohne das Stromkabel zu ziehen. Wie lange würde das die Batterie mitmachen?

Ich lag eine Ewigkeit wach. Eine Stunde oder noch länger. Ich fühlte mich kaputt, ausgepumpt. Müde, übermüdet. Ich hätte schlafen müssen. Aber die Angst vor neuen Träumen. Diese Wehrlosigkeit war fürchterlich. Man litt und starb, konnte denken und alle Schmerzen fühlen und blieb dem allen ausgeliefert. War das nicht das Spiegelbild dieses Dahinvegetierens im Zuchthaus. Irgendwann begann Kalle erneut zu phantasieren. „Feuer! Verflixt, et brennt. Komm Franko, wir müssen Vatern rausholn. Aus de Stube -!" Ich hörte den Stoß, den Kalle vom Nebenmann bekam. Derb und heftig. „Schnauze!" Und es wurde wieder still. Fritzchen, der kurz wach geworden war, zerrte im Halbschlaf an den Kabeln, so dass das Radio verstummte. Ein Streichholz flammte auf. Zigarettenqualm. Willert. Stand er wegen des bevorstehenden Transports so sehr unter Spannung, dass er keinen Schlaf zusammenbrachte?

Dann fühlte ich meine Müdigkeit. Sie überkam mich so stark, auf dass ich wieder einschlief. Traumlos lag ich zunächst, wie in der Bewusstlosigkeit. Bis auf einmal dieser große Vogel kam. Er hatte lange stelzige Beine und einen Schnabel von der Länge meines Körpers. Er hackte an der Wand herum. Kalk rieselte. Ich hockte in einer Ecke und hoffte, dass er mich nicht bemerken würde. Denn wenn er mich bemerkte ... Nein, er sah eigentlich nicht böse aus. Aber er tötete. Das Töten gehörte zu seinem Wesen. So wie jedes Wesen auf dieser Erde töten musste, um sich zu ernähren oder einfach seine Art zu erhalten. Der Mensch, die Kröte und die Pflanzen. Da, jetzt hatte er mich gesehen. Ein Schauer durchfuhr mich. Er ließ von der Wand ab und stelzte in meine Richtung. Was sollte ich tun? In die Hände klatschen, rufen, mit Steinen werfen? Das ging alles nicht. Die Stimme versagte, die Kräfte versagten. Ich versagte. Doch da war auf einmal dieses Gitter. Die Gittertür. Sie war nicht abgeschlossen. Ich warf mich gegen sie und erkannte im selben Augenblick, wo ich mich befand: Im Zwischenraum des Treppenhauses. Nur wenige Meter von der Zelle entfernt. Im Zuchthaus. Der Vogel drückte von der anderen Seite gegen das Gitter. Er pickte am Schloss herum, versuchte mit seinem Schnabel zwischen die Gitterstäbe zu kommen. Doch der Schnabel passte nicht dazwischen. Da, er hob seine gewaltige Kralle, die Tür ließ sich nicht mehr halten. Ich stürzte. Über mir die Kralle, der riesige Schnabel. Schrei doch wenigstens, dachte ich, schrei. Ich erwachte. Die Beine und ein Arm hingen über der Bettkante. Ich hatte mich kurz vor dem Absturz befunden. „Draußen läuft die C-Schicht ab", sagte jemand. „Es muss halb vier sein." Ich rückte auf das Bett zurück und lag mit geschlossenen Augen. Dieser schreckliche Vogel. Obwohl ich wach war, konnte ich seinen Anblick nicht loswerden. Konnte ich mich nicht bewegen, konnte ich kaum atmen. Dumpfe Stimmen auf dem Flur, Schritte, Geräusche, die durch das Auf- und Zuschließen des Gitters entstanden. Schließt das Gitter ab, damit der Vogel nicht durch kann, dachte ich benommen. Und ich spürte: Nicht mal meine Gedanken konnte ich lenken. Nur warten. Warten, dass ich mich etwas entspannte, etwas lockerte.

Ich döste, bekam allmählich wieder mehr Gewalt über meinen Körper, meinen Kopf. Wenngleich das Bild des Vogels nicht wich. Der riesige Schnabel, die Krallen. Symbole der Vernichtung, meiner Angst. Ließ sich dagegen nichts tun? Ich versuchte, das Bild zu verdrängen, stellte mir vor, was ich heute tun würde. Rechnete mir die Zahl der bisher im Knast durchstandenen Tage durch. Wie viele noch, bis ich das erste Jahr voll hatte? Das erste von sechsen. In die Zelle kam jetzt etwas Leben. Ein paar Kerle rannten wieder zum Klo. Diese alten Männer. Mitte oder Ende vierzig waren einige. Kalle, Spucke, Otto, Schnurz. Franko hatte schon die Fünfzig überschritten. Man konnte jetzt die Spülung betätigen, das Wasser lief im Spülkasten langsam nach. Ich überlegte, ob ich das ausnutzen sollte: vor dem Wecken die Zähne putzen, rasieren. Aber es war noch Zeit. Und ich war froh darüber. Ich konnte noch liegen. „Wie spät issn?", fragte eine verschlafene Stimme. „Vier", antwortete jemand. „Halbe Stunde noch." Die Auskunft erleichterte mich. Eine halbe Stunde. Nur einschlafen wollte ich nicht wieder. Nicht wieder diesen Vogel sehen. Lieber den klaren Verstand behalten. Egal, wenn ich der Realität der Zuchthauswelt nicht minder ohnmächtig als dem großen Vogel oder der Traumenge gegenüber stand. Die Realität hatte zumindest den Vorteil, dass man sie verdrängen konnte. Seinen Träumen blieb man mit der überzeichnenden Klarheit des Unterbewusstseins gnadenlos ausgesetzt.

Ich schaffte es, nicht wieder einzuschlafen. Ich kletterte nach geschätzten zwanzig Minuten am Bettgestell nach unten, ging auf Toilette, putzte bei einem dünnen Wasserstrahl Zähne, rasierte mich. Als ich fertig war, ging das Wecken los. Der Verrückte schlug mit seinem Gummihammer gegen die Zellentüren. Man fuhr zusammen, ob man darauf gefasst war oder nicht. Beinahe gleichzeitig versiegte der Wasserstrahl. Ich feuchtete noch einmal mein Gesicht und zog mich dann an. Die ersten Knaster krochen aus den Betten. Die anderen schliefen weiter. Vielleicht, dass sie für diese letzte Viertelstunde erst in den erholsamen Tiefschlaf fielen. Die Tür wurde aufgerissen. Kalfaktor Stoß schrie Franko an. „Los, Tempo, du faule Sau." Franko rannte. Räumte hastig den in der Türöffnung stehende Wagen ab und keifte seinerseits: „Kann hier nich mal einer von euch Pennern mit zufassen?" Ich warf das Hemd, das ich gerade überziehen wollte, zur Seite und eilte zu den Frühstückssachen. Stoß fasste bereits nach den Griffen des Wagens. Ich blickte auf, um ihn zum Warten aufzufordern. Sein feistes Gesicht. Dicker Bauch, der durch das Hohlkreuz besonders auffiel. Auf dem Kopf ein knapp sitzendes weißes Käppi. Ein Wichtigtuer, der im zivilen Leben Hilfskoch oder Bauarbeiter gewesen sein mochte. „Liegen bis zum letzten Augenblick in der Seeche, diese Missgeburten!", schimpfte Stoß. Ich packte rasch die letzten Semmeln mit den bloßen Händen. Franko griff die Kanne mit dem Muckefuck. Stoß schob den Wagen weiter, die Tür wurde zugeschoben. Jemand in der Zelle sagte: „Und Stoß, diese fette Ratte, liegt selbst den ganzen Tag auf'm Sack." Obwohl die Worte nur leise gesprochen waren, hatte der Kalfaktor sie gehört. Die Tür wurde abermals aufgezogen, das feiste Gesicht erschien. „Fette Ratte?" Er starrte mich an. Mich. Ich bekam Angst. Diesen Kerl zum Feind zu haben, konnte es etwas Schlimmeres geben?

„Hast du faule Ratte gesagt?" Hinter ihm stand der Schließer. Er grinste schadenfroh. Ich sperrte das Maul auf und konnte nichts sagen. „Faule Ratte." Ich schüttelte den Kopf, wurde lockerer. „Ich? Bin ich blöd?" Auf einem der Betten, die direkt neben der Tür standen, wälzte sich jemand herum. „Nich faule, sondern fette Ratte." Ein Kichern begleitete die Worte. Fritzchen, der gelästert hatte. Stoß riss den Mund auf. „Du?" Er wollte in die Zelle kommen, doch der Schließer knurrte ihn an: „Haste nix drin zu suchen!" Da war kein Spielraum, keine Geduld. Nur der Griff zum Gummiknüppel. Auch einer wie Stoß, der die Knaster tyrannisierte, konnte die Distanz zwischen sich und dem Uniformierten nicht verringern. Auch er trug die gelben Streifen.

Die Tür fiel endgültig ins Schloss. „Du bist lebensmüde", sagte Franko vorwurfsvoll zu Fritzchen.

„Isser 'ne Ratte oder nich?" Fritzchen lachte abschätzig und kuschelte sich noch mal zurecht. Ich angelte mein Essen und goss mir eine Tasse Muckefuck ein. Saß am Tisch und kaute müde an der halben Semmel. Der zweite Tag. Die nächsten Knaster kamen langsam aus ihren Betten gekrochen. Freddi, Willert, Otto, Schnurz. Der Rest wurde wach, als der Schließer brüllte: „Fertig machen zum Raustreten!" Mit hastigen Bewegungen flogen die Decken, stießen die Beine über die Bettkanten. Nur Spucke und Fritzchen kamen nicht. Franko, der schon den Besen zum Ausfegen der Zelle in der Hand hielt, stieß die beiden mit dem Stiel. Kurze Zeit später setzte wieder das Chaos in der Zelle ein. Sachen wurden aufgeklaubt oder aus dem Spind geräumt, Bettzeug zurechtgezogen, die Wasserhähne vergeblich aufgedreht. Verkniffene Gesichter, abgekehrte Blicke. Schmerke schrie, man habe ihm das Brötchen und die Butter geklaut, Fritzchen und Lars zankten sich um die Toilette. Dazwischen Franko mit dem Besen, der durch das Herumfuhrwerken die Hektik noch vergrößerte. Lediglich Otto saß am Tisch und frühstückte. Er tat, als ginge ihn das morgendliche Treiben und Antreiben nichts an. Als sitze er in einem Budapester Straßencafé und würde nun gleich von einem feinen Kellner bedient werden.

„Mach Latte!", schrie Franko, als sich draußen Schritte näherte. „Oder willste gleich am Morgen was mit dem Schwarzen?" Otto erhob sich gemächlich und zog seine Jacke an. „Und was is mit dem Geschirr?", fauchte Franko erbost. Otto winkte ab: „Is kein Geschirr. Is nur 'n Stullenbrett und 'n dreckiger Napf." Franko fasste danach und tat, als wolle er die Sachen wegschleudern. Doch die Tür wurde aufgerissen. Da ich schon einige Minuten direkt davor gestanden hatte, konnte ich als Erster in den Flur treten. Ich bekam nicht mehr mit, ob und wie sich die beiden stritten. Ich lief die paar Schritte bis zum ersten Zwischengitter. Torsten wartete dort. Der Schließer hatte also die Nachbarzelle vor der unseren aufgeriegelt. Torsten nickte mir zu. Er wirkte ruhig und gelassen, sogar ausgeschlafen. Ich erwiderte seinen Gruß und stellte mich neben ihn. Das Gitter, dachte ich, der Vogel. Hier genau war ich ihm in meinem Traum begegnet. Der Schnabel, die Krallen. Sofort ging mein Puls schneller. Ich hatte das Bedürfnis, über den Traum zu reden. Mit Torsten. Aber man redete um diese Zeit nicht. Das wusste ich schon. Wahrscheinlich redete man über Träume ohnehin nicht. Nach und nach folgten die anderen. Auch aus Torstens Zelle kamen noch einige Knaster. Schließlich war Willert da. Er schlängelte sich durch die Wartenden und erreichte Torsten, um sofort mit ihm zu tuscheln. Ich wurde abgedrängt. Doch es war egal. Der Schließer sperrte jetzt ohnehin das Zwischengitter auf, und wir liefen in den Flur, um mit den Knastern aus dem Hauptflügel anzutreten. Ich stand neben Bundi, der mürrisch aussah und außer einem Gruß kein Wort für mich hatte. Zehn, fünfzehn Minuten dauerte es, bis der Trupp vollzählig war und der Schließer die Zählung erledigt hatte. Schweigend, geräuschlos liefen wir ab. Reihe rechts, im Gänsemarsch. Finstere Gestalten, durch finstere Gefilde und Gänge.

Bundi und ich gehörten zu den Ersten, die *abliefen*. Wir mussten daher noch am Eingang zum IFA-Tunnel warten, bis uns der Schließer erreichte, um die Stahltür zu öffnen. Der Flur, in dem wir standen, gehörte zum gleichen Flügel wie der, in dem sich meine Zelle befand. Eine von den Schichtbesatzungen hatte hier ihre Zellen. An der Wand hing eine große Tafel mit Zeichnungen und handschriftlichen Texten. Die Agitationswandzeitung, die in diesem Land in keinem Betrieb und keiner Schule fehlen durfte. Selbst hier im Knast wurde agitiert. In dicken Buchstaben las man SONNE STATT RE(A)GAN. Dazu eine Zeichnung, mit einer Wolke, die das Aussehen der US-Flagge hatte. Aus der Wolke regneten Bomben, auf die man das Gesicht des amerikanischen Präsidenten Ronald Reagen gezeichnet hatte. Bundi blickte ebenfalls auf die Wandzeitung. Seine Miene wurde noch finsterer. „Jeden Morgen müssen wir an dieser Scheiße vorbei!", schimpfte er. „Wenn ich das schon sehe. Zum Kotzen is das doch. Und diese kriminellen Arschkriecher, die sich damit einzuschleimen versuchen, denken, sie kommen drei Tage eher hier raus." Er lachte verächtlich, wurde aber sogleich von einem anderen Knaster attackiert. „Dass dir so was nich passt, is ja woll klar. Du Faschist!" Das letzte Wort stieß er mit besonderer Deutlichkeit hervor. Vielleicht weil der Schließer jetzt im Anmarsch war. Bundi jedoch lachte noch lauter, noch hässlicher. „Kratz mal noch bisschen, Tuscher. Vielleicht wirste dann FDJ-Sekretär auf der Zelle." Ich wendete mich ab, tat, als würde ich von der Streiterei nichts mitbekommen. „Mach dich ruhig lustig über mich", erwiderte Tuscher, „ich hab meine sozialistische Überzeugung behalten. Auch wenn ich draußen Scheiße gemacht habe. Das bügle ich jedenfalls wieder aus. Aber du, du bist 'n Verräter. Durch solche wie dich kommt die gesamte Bevölkerung zu Schaden. Der ganze Staat."

Der Schließer hatte uns erreicht. Ein junger Hauptwachtmeister mit schnittigem Auftreten, der ohne rechts und links zu schauen auf das Schloss der Stahltür zustieß.

„Der hat dich nich beachtet", stichelte Bundi leise. „Musst schon hingehen und petzen und anscheißen. Herr Wachtmeister, ich weiß was. Aber du traust dich ja nich, du feige Sau!"

„Von wegen", erwiderte Tuscher aufgebracht. Und es sah tatsächlich so aus, als wolle er das Gehörte bei dem Uniformierten melden. Doch der ließ sich auf nichts ein. Er trieb die Knaster zur Eile. Vielleicht weil der morgendliche Ablauf etwas ins Stocken geraten war, vielleicht weil er mit den Knastern nicht zu reden pflegte, vielleicht auch weil seine Schicht nun gleich zu Ende sein würde und er nach Hause wollte.

Die Werkhalle empfing uns. Lärm, Gestank, verschlafene Gesichter. Eine andere Welt. Die Knaster aus unserer Schicht verteilten sich sofort. Sie hatten ihre Arbeitsplätze, dort zogen sie sich um oder taten etwas anderes. Kochten Tee, redeten miteinander. Einige fingen bereits an zu arbeiten, um ihre Norm besser zu schaffen. Willert und Torsten verschwanden wieder. Sie gingen die Treppe hinauf. Irgendwo sollte es ein kleines Radio geben, über das sie Nachrichten vom RIAS oder SFB hörten.
Ich hatte weder einen Arbeitsplatz noch ein Radio, und ich hatte niemanden, mit dem ich reden konnte. Das heißt, jetzt kam Harri. Er sah noch so abweisend, so beleidigt aus wie am Vortag. Ich sprach ihn trotzdem an. „Was is mit dem Streuer? Dem Kaffee?" Bei dem letzten Wort huschte ein leichtes Flackern über seine Augen. Doch er blieb unerbittlich, unerschütterbar. Setzte seinen Weg fort. „Den kannste vergessen", sagte Bundi. Er war neben mir stehengeblieben. „Das is so ein blöder Affe, der kommt sich vor, als wäre er hier auf 'ner Akademie und nich im Knast." Das Scherzhafte, das er seinen Worten hatte beigeben wollen misslang ebenso wie ein erhabenes Lächeln. Er ging ein paar Schritte und schaute dann zu mir zurück. „Komm", forderte er und wies mit einer Kopfbewegung auf den Gang, der im Kreis durch die Halle führte. „Oder willste gleich in die Lehrwerkstatt hoch?" Ich wollte nicht und folgte ihm. Wir liefen den Weg, den ich am Vortag bereits allein gegangen war. Zwischen den Maschinen, den Gesichtern, den Metallkisten. „Nich nur, dass er nich mit mir spricht, hat er gestern auch noch die ganze Truppe in der Zelle auf mich gehetzt. Der eine, den sie Brillenschwein nennen, hat nach der Zählung behauptet, ihm würde ein Löffel fehlen. So'n kleiner billiger Blechlöffel, den du draußen

in jeder Kantine findest. Aber hier is so was ein Heiligtum. Und da hat Harri, dieser blöde Arsch, behauptet, er hätte ihn bei mir gesehen. Den Löffel. Gestern erst. Hättst du mal sehn solln, was passiert is. Diese Lappentaucher in der Zelle sind sofort drauf angesprungen. Zwei haben mich gepackt und festgehalten, die andern haben meine Sachen durchwühlt. Spindfach, Bett, Matratze und nachher noch die Klamotten, die ich am Leib trage. Wahrscheinlich haben sie drauf gewartet, dass ich mich zur Wehr setze, damit sie mich richtig verprügeln können. Aber den Gefallen hab ich denen nich getan." Er würgte an seiner Verbitterung, wohl auch an den Tränen. „Diese Ratten. Ich kann dir sagen, wenn ich hier jemals lebend raus komme, in den Westen rüber -. Und irgendwann, wenn das mal anders kommt in Deutschland, sorg ich dafür, dass jeder Einzelne seine Strafe kriegt. Sei mal sicher." Seine Ankündigung gab ihm wieder etwas Mut, etwas Festigkeit. Er atmete tief. „Dabei hab ich mich mit Harri zuerst gut verstanden. Egal, dass er ein krimineller Wiederholungstäter is und nachts in Betriebe und Ferienheime eingestiegen is."

Ich nickte nachdenklich. „Mir gegenüber hat er seine kriminellen Delikte gar nicht richtig zugegeben. Er hat behauptet, er hätte aus Versehen in dem Betrieb, in dem er gearbeitet hat, Material mitgenommen?"

Bundi lachte gehässig und wissend. „Da kannste mal sehen, wie verlogen der Drecksack is. Das is 'n richtiger Einbrecher. Der is losgezogen wie im Film. Mit Brecheisen und Dietrich und aufm Hof das Auto mit Hänger. Und wenn er seine drei Radios und die Portokasse und noch irgendwelche Schätze eingesackt hatte, hat er sich in den Sessel vom Betriebsleiter gelümmelt und 'ne dicke Zigarre geraucht und 'nen schönen Kaffee getrunken. Als Markenzeichen für die Kripo und weil er sonst nich auf so 'nem Stuhl sitzen durfte."

„Und haben ihn die Bullen auf diese Weise geschnappt?"

Bundi lachte wieder, und die Genugtuung, die er wegen Harris Lächerlichkeit empfand, schien seine Laune enorm zu bessern.

„Denk doch das nich. Sie haben ihn geschnappt, weil er blöd is. Er hat an seinem Anhänger das richtige Nummernschild drangelassen. Dieser Trottel, da hätt er doch gleich seinen Ausweis aufn Schreibtisch legen können."

Nachdem wir noch eine Runde gelaufen waren, blieben wir auf Zuruf des Schichtleiters am Antretplatz stehen. Zählung. Natürlich dauerte es, ehe die Zählung stattfand. Nach und nach erst trotteten die Knaster herbei. Freddi, jetzt allein, schließlich Lars, der aus der Heizung kam, zuletzt Willert und Torsten. Beide sahen aufgeregt aus, diskutierten während des Laufens. Bundi sagte: „Die treffen sich immer oben in der Schlosserei. Hören Radio und diskutieren. Sind auch andere dabei. Und nich bloß Ausweiser. Sogar Hagel geht hin, obwohl der sich von den Ausweisern ja offiziell abgrenzen muss."

„Muss?"

„Wenn er seinen Posten als Hauptbrigadier behalten und jemals von seinem EllEll runterkommen will."

„Weswegen isser denn hier?"

„Mord, was sonst. Es heißt, er is Leutnant bei der Stasi gewesen und hat seine Dienstwaffe für private Zwecke missbraucht." Bundi grinste. „Soll einen Nebenbuhler, der hinter seiner Freundin her war, umgenietet haben. Alkoholisiert, versteht sich." Er machte ein gespielt bedeutendes Gesicht. „Aber! Nichts Genaues weiß man nich. Wie bei den meisten Delikten, von denen hier erzählt wird." Obwohl der Uniformierte bereits den Block unserer angetretenen Schicht abschritt, redete Bundi weiter. „Die treffen sich da oben auch, um sich zu trimmen. Auch nach Feierabend. Mit selbst gebauten Hanteln und Flaschenzügen. Die reinsten Foltergeräte." Er lachte, so dass der Schließer stehen blieb und drohend zu ihm und mir blickte. Der Schichtleiter, der hinter ihm stand, tippte sich aufgeregt gegen die Stirn. „Ruhe dahinten!", schnaubte er dann. „Sonst könnt ihr gleich mal was erleben!" Seine Warnung beschwichtigte den Schließer. Er lief weiter und wurde nach einigem Hin und Her mit dem Zählen fertig. „Ich muss jetzt an meine Stanze", sagte Bundi. „Ich hab 'ne scheiß Norm. Wenn ich nix mach, krieg ich nachher gar keine Kohle." Er verschwand bei einem bedauernden Blick.

Ich ging ebenfalls. Das Stück Rundgang bis zur Treppe. Hinauf. Die Lehrwerkstatt war offen. Und der *reguläre* Glatzkopf? Er saß in seinem Verschlag hinter dem Tisch und las Zeitung. Ich ging an den Eingang, klopfte sachte gegen die Brettereinfassung. „Ich soll mich melden. Bin neu." Er blickte auf, nickte. Rührte sich aber nicht weiter. „Viel zu früh. Is ja nich mal sieben." Kurzes Rascheln mit der Zeitung. „Sind nich noch mehr?" Doch er wartete keine Antwort ab. „Setz dich draußen an den Tisch. Wenn die andern da sind, überlegen wir, was wir mit euch machen." Seine Ankündigung hieß: Unser, mein Hauptproblem würde weiterhin sein: Wie schlägt man am besten die Zeit tot?

Als ich saß, kam Freddi. Er lümmelte sich auf einen Stuhl und streckte die Beine weit von sich. „Isser da, der alte Zopp?" Ich deutete mit dem Kopf in Richtung des Verschlags. „Hat er schon gesagt, was wir machen sollen?"

Ich hob die Schultern, ließ sie wieder fallen. „Er weiß es anscheinend selbst nich."

„Na ja, ich bin sowieso in der Elektroabteilung."

„Und dein Spanner? Lars?"

Er winkte ab. „Sitzt wieder in der Heizung unten und mampft belegte Brötchen. Na ja und der Rest. Weißt schon."

„Vielleicht kriegt er in der Heizung 'nen Job?"

Er schüttelte entschieden den Kopf. „In der Heizung arbeiten nur die Gipsköpfe. Siehst doch selbst, was in unserer Zelle für Volk rumlungert. Einer wie Lars, der was auf'm Kasten hat, der wird woanders eingesetzt. Außerdem: Ewig geht das sowieso nich, dass er da unten is. Sobald er was Besseres hat, geht er da nich mehr hin?"

„Wie, was Besseres?"

Freddi brauste auf. „Du immer mit deinen saublöden Fragen. Du könntest direkt Vernehmer werden." Er stand auf, trampelte unentschlossen auf der Stelle. „Ich geh noch bisschen rum", sagte er versöhnlich. „Bis der Glatzkopf die Zeitung durch hat isses ja doch Mittag." Er warf noch einen Blick zum Lehrmeister und verschwand.

Und ich? Sitzen und stumpf in die Gegend glotzen? Ich ging zum Verschlag, in dem der Lehrmeister saß. „Du", sagte ich, „hast du nich zufällig 'n Stück von der Zeitung übrig?" Er sortierte, ohne mich anzusehen, in den Blättern und schob ein paar davon an den Rand des Tisches. Ich raffte sie zusammen. „Ich geh mal auf Toilette." Der Glatzkopf nickte und blickte auch jetzt nicht auf. Nur dass er sagte: „Dann lass die Zeitung aber unten. Was einmal aufm Scheißhaus is, das soll man dort lassen." Wann ich zurück sein müsse, sagte er nicht.

Auf dem Gang kam mir ein Kerl im blauen Kittel entgegen. Ein Zivilmeister. Er mochte so alt sein wie ich, hatte aber ein aufgedunsenes Gesicht. Die Haare lagen glatt nach hinten. Ich wusste nicht, wie ich mich dem Mann gegenüber verhalten sollte. Sollte, musste, durfte ich grüßen? Ich entschied für ja. Sagte gerade noch hörbar: „Morgen." Ein Fehler. Der Kerl lief rot an und brüllte: „Halt die Schnauze, du Mistsau, sonst tret ich dir die Eier breit!" Doch er erweckte nicht den Anschein, seine Drohung in die Tat umsetzen zu wollen. Ging zur Tür des Werkzeugbaus und verschwand. Ein Schaumschläger oder ein Verrückter? Eher das Zweite. „Das is Stange, der is harmlos." Ein großer dünner Knaster stand vor dem Eingang der Schlosserei. Das Gebrüll des Zivilmeisters hatte ihn offenbar neugierig gemacht. „Eigentlich hat er hier oben gar nichts zu suchen. Der gehört in die andere Halle." Wie sollte das einer wie ich wissen? „Den haben sie vor drei Jahren mal in einen Verschlag mit Eisenteilen gesperrt. Zwei Idioten, die flüchten wollten. Sie haben ihm die Schlüssel abgenommen und sind los. Stange hat in dem Verschlag dermaßen verrückt gespielt, dass sich aus den oberen Regalfächern mehrere schwere Metallscheiben gelöst haben. Die sind ihm auf die Platte gefallen. Viel hat sich dadurch an seinen geistigen Fähigkeiten nicht verändert. Nur dass er seitdem denkt, wir sind hier bei der Armee." Der Dünne kicherte.

„Und die zwei Knaster? Sind sie nach draußen gekommen?"
Er kicherte weiter. „Nach draußen ja. Aber mit dem Grote-wohl-Express in die U-Haft und zum Bezirksgericht. Die haben saftig Nachschlag gekriegt." Sekunden später war er wieder verschwunden. Wie ein Phantom. Ein unwirklicher Vorfall. So unwirklich wie der ganze Knast.

Mir war übel, und ich lief schneller. Direkt zur Toilette.

Ich hatte das bescheidene Glück, dass der gleiche Sitz wie am Vortag frei war. Auf den anderen drei Klobecken hockten Knaster und kackten. Zwei von ihnen lasen Zeitung, einer rauchte. Der, der rauchte, unterhielt sich dabei mit Plötze. Plötze stand auf seinen Schrubber gestützt und rauchte ebenfalls. Er grüßte, und ich erwiderte den Gruß, wobei sich in meinen Gedanken die just durchlebte Szene mit Zivilmeister Stange wiederholte. „Kannst dir in Ruhe ausscheißen", erlaubte er mir wieder, „ick hab 'n janzen Tach Zeit mit Saubermachen." Ich schob die Hosen bis zu den Knien hinunter und setzte mich auf die Brille. Danach zog ich die Zeitung heraus und las. Ich konnte mich jedoch nicht konzentrieren. Plötze erzählte dem Nebenmann von irgendwelchen Angelerlebnissen. „Ick sitz da uff 'n Steg und bin uff Aale, da komm' vom See zwee Frauen anjeschwomm'. Direkt uff mir zu. Jewundert hat mir det erst nich, weil in den Bereich sonst allet Schilf war und man hier nur über mein Steg an't Ufer konnte. Aba wie die beeden ran waren, sind mir bald die Ooren rausjefallen. Die war'n splitternackich. Und denn stelln se sich direkt vor mir hin und fraren, wie weit et bis zum Campingplatz is. Die eene, kann ick dir sagen, die hatte unten richtich dicke schwarze Wolle. Ick saach dir, mir is janz anders jeworden. Ick musste mir erst mal inne Büsche schlagen, als die beeden denn weg warn." Er beendete seine Story mit einem inbrünstig genussvollen Seufzer und verschwand. Sein Gesprächspartner seufzte ebenfalls. „Der kann einen so richtig heiß machen mit seinem Gequatsche. Dieser Plötze. Aber was rauskommt, is, dass er selber losrennt, um sich nachträglich noch mal einen zu keulen."

„Wo denn? Wo soll er sich einen keulen? Hier sind doch überall Leute. Überall tauchen welche auf und glotzen dir zu." Der Kerl, der auf dem Becken in der Ecke saß, faltete seine Zeitung zusammen und erhob sich.

„Wahrscheinlich geht er in Duschraum. Da gehen übern Tag öfter welche hin. Zu zweit, um sich einen zu blasen oder in 'nen Arsch zu ficken. Plötze is das egal, wenn ihn welche sehen. Der legt sich auch auf der Zelle in seine Koje und zieht sich einen. Hauptsache er wird den Pudding los."

„Scheiße is das alles", sagte der Kerl in der Ecke. „Das is schlimmer als unter Tieren. Tieren is das egal, wenn sie ihren Geschlechtstrieb befriedigen. Die kennen keine Scham. Die müssen ja auch nich dauernd rammeln. Nur wenn sie in der Brunft sind oder rauschig."

„Rauschig?", fragte der andere zurück.

„Ja, rauschig", bestätigte der in der Ecke. Er band gerade seine Hose zu. Vorn fehlte ein Knopf, und so behalf er sich mit einem Stück Klingeldraht. Dann kam er langsam nach vorn. Vor Plötzes Gesprächspartner blieb er stehen. „Rauschig sagt man, wenn Kühen und Bullen danach is, dass sie rammeln wollen."

„Heißt das nich brammig? Bei uns auf der Zelle sagen sie zu dem einen, der immer so affig tut: ‚Die Sau is brammig!'"

Der aus der Ecke feixte: „Das bist du wohl, zu dem sie das sagen?" Er warf ihm die Zeitung, die er eben gelesen und zum Abputzen benutzt hatte, auf den Schoß und zog bei einem spöttischen Lacher rasch ab.

„Du, du, du -!" Dem anderen fiel nicht gleich ein Schimpfwort ein. Aber er stand auf, und wenn nicht die Hose in seinen Kniekehlen gehangen hätte, hätte er sich vermutlich auf den Fliehenden gestürzt.

In der Lehrwerkstatt trat doch nicht die Langeweile ein, die ich erwartet hatte. Egal, dass der Lehrmeister seinen Platz wieder geräumt hatte. Zwei Neue waren eingetroffen. Lars saß jetzt ebenfalls da. Eigentlich lag er. Hatte die Arme auf den Tisch gebreitet und den Kopf auf die Arme gebettet. Schlief. Neben ihm saß ein gut aussehender Junge von etwa 25 Jahren. Er sagte keinen Ton, registrierte mein Kommen auch nicht durch einen Blick oder eine Geste. War er so deprimiert? Egal, der Dritte, der hatte es in sich. Haare rechts gescheitelt, funkelnde Augen und zwischen Oberlippe und Nasenflügeln Bartstoppeln, die mindestens drei bis vier Tage alt sein mussten. Ein nicht mal allzu unähnliches Abbild jenes teuflischen Mannes aus dem Dritten Reich. Es wunderte mich nicht, dass er zur Begrüßung den Arm hob: „Heil, Kamerad." Ein Zusammenzucken konnte ich nicht unterdrücken. Ängstliches Umsehen. Doch ich fing mich und korrigierte ihn: „Falsch geraten. Bin kein Nazi."

Er wirkte weder enttäuscht noch verärgert. Fragte fast freundlich: „Was bist'n dann?"

„Demokrat", entgegnete ich leise. „Das bin ich und das bleib ich."

Er straffte sich so wie ich meinte, es in alten Wochenschauen auch an Adolf Hitler gesehen zu haben. „Wir sind auch Demokraten. Nationalsozialistische Demokraten. Also, was willst du? Befinden wir uns doch auf einer Strecke." Er erhob sich, nahm Haltung an und reichte mir über den Tisch die Hand. „Schlag ein. Ich heiße Guntmar. Aber man nennt mich Goebbels." Ich brachte es nicht fertig, seine Hand zu ergreifen. Ich wich einen Schritt zurück. Er nahm es nicht übel. Hielt die Hand noch ein paar Sekunden ausgestreckt, dann zog er sie zurück und legte sie vor die Brust. Auch eine Geste aus alten, unguten Zeiten. „Ich weiß, dass du gegen den Kommunismus gekämpft hast und noch kämpfst. *Wir* wissen das. Und du hast keine schlechte Arbeit geleistet. Wissen wir auch. Vor allem hast du Mut gezeigt, Entschlossenheit. Das ehrt dich. An Leuten wie dir sind wir interessiert. Die brauchen wir für unsere geistige Basis. Aber du solltest es genauso als Ehre betrachten, dass wir den Arm nach dir ausstrecken. Dass wir dir die Hand bieten." Er hatte die Hand, die er noch vor der Brust hielt, zur Faust geballt. Rollte gewichtig die Augäpfel. Er imitierte Hitler, aber er nannte sich Goebbels. Warum? „Wir sind die Hoffnung Deutschlands. Durch uns wird wahr, was der Führer einst geplant hatte und durch den ruchlosen Bolschewismus zunichte gemacht wurde. Wir werden die Ostgebiete zurückerobern und Europa von allem befreien, was nicht arisch ist. Vor allem aber werden wir das ganze dunkelhäutige Gesocks rausschmeißen, das hier nicht hergehört. Schlitzaugen, Nigger – alle Untermenschen!" Tatsächlich schien der Kerl ebenso wie Hitler beim Reden allmählich die Kontrolle über sich zu verlieren und sich in einen Zornesausbruch hineinzusteigern. Diese Juden und diese slawischen Völker, die werden wir alle -" Er wurde unterbrochen, weil Lars den Kopf von der Tischplatte hob und ärgerlich sagte: „Spinnst du, Goebbels? Reicht dir dein Rucksack von acht Jahren noch nich? Du handelst dir mit deinem blöden Nazi-Zeug irgendwann noch mal EllEll ein. Und uns ziehst du mit rein in deine Scheiße." Lars lehnte sich zurück, starrte den anderen böse an.

Goebbels war sichtlich aus dem Konzept gekommen. Sein Blick flackerte, er suchte nach dem Faden seiner Rede, seiner Gedanken. Gelegenheit für mich, Distanz zu schaffen, Ablehnung zu zeigen. „Ich halte nichts von Krieg und Gewalt. Schon gar nicht hier im Knast. Hitler war doch nichts als ein Verbrecher. Alle Nazis sind Verbrecher gewesen."

„Quatsch!", zischte Goebbels, „der Führer war ein Genie. Und wer ihn beleidigt, muss damit rechnen, dass er was auf die Fresse kriegt." Er kam um den Tisch herum, und dabei sah ich, dass er hinkte. Er hatte einen Klumpfuß, so wie ihn Reichspropagandaminister Goebbels gehabt hatte. Daher also der Name. „Komm, Goebbels, lass die Trommelstöcke stecken", sagte Lars müde. „Was du hier ablässt, ist nix für fremde Ohren." Lars warf einen misstrauischen Seitenblick auf den Hübschen. Hatte er ihn im Verdacht, ein Spitzel zu sein, ein *OKI-Spanner*? Doch der Hübsche reagierte nicht. Gleichgültig nahm er die Worte hin. Lediglich, dass er unauffällig, unbewusst die gekrümmten Fingerspitzen seiner linken Hand auf der Tischplatte tanzen ließ.

Goebbels ging an mir vorbei. „Bisschen Tee oder paar Tabletten könnt ich brauchen. Irgendwie was zu haschen." Sein Gesichtsausdruck und seine Haltung hatten sich unversehens verändert. Das Gehirn hatte umgeschaltet, es hatte sich auf den Alltagskleinkrieg des Zuchthauses eingerichtet. Er verschwand im Gang, und ich atmete auf. Keine Verwicklungen, dachte ich und setzte mich an den Tisch. „Den kann man mit seinem Gequatsche nich für voll nehmen." Es schien, als habe Lars auf einmal das Bedürfnis, sich zu unterhalten. „Er is eigentlich 'n Spinner, auch wenn 's die Gerichte nich so sehn. Ich war schon mit ihm 'ne Weile in der Braunkohle zusammen. Das war mehr Arbeitslager als Knast. Aber schweinische Arbeit. Er hat mir erzählt, weswegen er eingefahren is. Hat mit zwei Kumpels zusammen Parteibonzen abgeholt. Direkt aus der Wohnung. Abends, so gegen elf. Haben an der Haustür geklingelt. In Regenmänteln, mit Schlapphüten und gefälschten Ausweisen. ,Parteigenosse Kramer?! Sie sind verhaftet. Ziehen Sie sich was drüber und dann mitkomm!' Sie haben ihre Opfer in einen alten Wolga verfrachtet und sind mit ihnen kreuz und quer durch die Gegend gefahren. Im Morgengrauen haben sie sie dann auf einem abgelegenen Feld abgesetzt und so getan, als würden sie ihre Knarren durchladen und dem Entführten in den Rücken ballern. Diese Pfeifen haben sich vor Angst in die Hosen geschissen. Zum Schluss haben sie sogar in einer alten Scheune eine echte U-Haft eingerichtet. Alles wie im Original. Dorthin haben sie ihre Gefangenen dann geschleppt und eingesperrt. Richtige Vernehmungen haben sie mit den Bonzen veranstaltet. Aber rausgekommen isses halt doch. Wie, das weiß man nich genau. Vielleicht hat sie einer von den eigenen Leuten verpfiffen. Ihre Quittung haben sie jedenfalls gekriegt. Aber", Lars grinste im Gefühl des Ergötzens, „irgendwie isses 'ne einmalige Leistung. Auch wenn es 'ne Sache is, die nix gebracht hat. Keine Kohle und keinen Weg in 'nen Westen." Er wandte sich unversehens dem Hübschen zu: „Und du, Seife, was is mit dir?"

Seife, was für ein Name. „Heißt du wirklich so, Seife?", fragte ich prompt. Der Hübsche zeigte erstmals eine spürbare Reaktion. Ein Hauch von Röte überspannte sein Gesicht. Peinlichkeit. Antworten tat er nicht. Das übernahm Lars. „Nich im Entferntesten. Er hat sich einfach beim Duschen zu oft nach der Seife gebückt."

„Und?" Mir war nicht klar, was daran anstößig oder lächerlich sein sollte.

„Und?!" Lars lachte laut auf. „Freddi hat Recht. Du kommst tatsächlich ausm Mustopp. Wenn du das nich begreifst. Am besten, du bückst dich beim Duschen selber mal richtig runter. Wirst schon merken, wie sie dich aufstielen." Er beruhigte sich endlich, schloss die Erklärung: „Seife hier, dem is die Seife aber nich rein zufällig aus den Krallen gefallen. Der schmeißt sie extra runter."

„Und wie viel haste?", fragte ich ihn.

„Zwölf", erwiderte er kleinlaut. „Zwei hab ich schon weg. Ich war in der Schneiderei drüben. Anzüge nähen und solchen Quatsch."

„Zwölf Jahre", wiederholte ich, „da haste noch was vor dir. „Wofür denn?"

Er schwieg, murmelte dann: „Meine Sache."

„Seife steht drauf, alten Frauen an der Kaufhalle die Handtaschen wegzunehmen. Mit dreimarkfuffzig drin. So was macht reich, und die Bullen behandeln einen gut." Das war wieder Lars. „Dabei kann er noch von Glück reden, dass die Omas überlebt haben, sonst hätt' er jetzt EllEll." Er schlug dem anderen geradezu übermütig auf den Schenkel. „Wenn nicht sogar ErrErr." Und bevor ich ihm mit einer weiteren Frage zuvorkommen konnte, erklärte er: „ErrErr heißt RR. Rübe runter. In besonders harten Fällen dann ErrErrErr: Rübe restlos runter." Ich lächelte ein bisschen. Aber kaum spürbar lief mir zugleich ein kalter Schauer über den Rücken. Und mir war klar: Die Todesstrafe gab es noch in diesem Land, wenngleich man nicht erfuhr, wie oft und an wem sie in den letzten Jahren vollstreckt worden war. Manch einen jedoch, der nie und nimmer mit ihr gerechnet hatte, hatte sie ereilt.

Der Lehrmeister kehrte zurück. Er wirkte ausgeglichen, fast zufrieden. „Schon zurück, Locke?", begrüßte ihn Lars frech. Der mit der Glatze gab sich unbeeindruckt. Auch wenn er als Lehrmeister eingesetzt war und gewisse Kompetenzen besaß, blieb er ein Knaster. Wie wir alle. Trotzdem, er besaß Trümpfe, und er spielte sie aus. „Wo is der andere, der gemeldet is?"

Lars tat ahnungslos. „Welcher andere?"

„Der, der heute früh schon hier saß. Dein Spanner."

„Mein Spanner?", feixte Lars.

Der Lehrmeister ging in seinen Verschlag und holte Karteikarten. Vier Stück. Legte sie auf den Tisch und schob jedem eine hin. Eine Karte blieb übrig. Die von Freddi. „Mir egal, wenn er nich hier is. Der Hauptbrigadier wird sich schon kümmern. Der Erzieher. Und wenn er nachher kein Geld kriegt. Mir egal."

Lars sprang sofort auf. „Ach, du meinst Freddi. Der is in der Elektro-Abteilung. Arbeitet da schon mit. Ich hol ihn."

Der Lehrmeister ging nicht auf ihn ein. „Geb ich seine Karte eben unausgefüllt zum Hauptbrigadier. Kümmert mich nicht."

„Nu wart doch mal", brüllte Lars. Er hatte bereits den Gang erreicht. „Er is ja gleich hier. Echt. Mach doch nich so'n Negeraufstand, du -!" Er verkniff sich ein Schimpfwort, sauste den Gang entlang.

„Tragt mal da eure Daten ein."

Ich las auf der Karte meinen Namen. Dazu die offenen Felder. Beruf, Schulbildung, Geburtsdatum. Das sollte also ausgefüllt werden. Womit? „Hier hast du 'nen Stift", sagte der Lehrmeister. „Krieg ich aber wieder!" Ich nickte, dann schrieb ich. Geboren 1949, Abitur. Finanzwirtschaftler. Sollte ich das Dipl. vorweg stellen? Ich zögerte, verzichtete. Es wirkte zu hochtrabend. Einer, der studiert hatte, unter den vielen Gescheiterten. Das konnte, musste Neid erregen. Obschon: Willert hatte seinen Titel sicherlich eher herausgestrichen denn vertuscht. Egal. Und

Torsten, der Arzt. Ich schob die Karte zurück und gab den Stift an Seife weiter. Der trug seine Daten mit der linken Hand ein. Das sah ungelenk, ungeschickt aus. Immerhin konnte ich erkennen, was er schrieb. Geboren 1956, Beruf Metallfacharbeiter, Abschluss 10. Klasse. Stimmte das? Er schrieb Metall mit zwei T und einem L. Abschluss mit P.

Lars und Freddi kamen angehetzt. „Wir werden beide Elektriker", verkündeten sie fast wie aus einem Mund. „Unser Pritscher hat schon alles klargemacht." Der Lehrmeister zuckte mit den Achseln. „Na denn, wenn Hagel zustimmt." Er wirkte eher kleinlaut, mochte aber auch erleichtert sein, sich nicht mehr um die beiden kümmern zu müssen. „Braucht ihr ja morgen nich mehr hierherkommen." Doch die beiden wehrten ab, und jetzt wirkten sie kleinlaut. „Der Pritscher sagt, wir sollen noch vier Wochen in der Lehrabteilung gemeldet bleiben. Falls irgendwie was dazwischen kommen sollte." Ein Probejob also, und das hieß, dass sie bei der Arbeit erst mal zeigen sollten, ob ihre praktischen Fähigkeiten tatsächlich mit den verbal proklamierten übereinstimmten.

Mir war etwas anderes nicht klar: „Was is eigentlich ein Pritscher?" Kam das von Pritsche?

Lars und Freddi wussten es nicht. Nur: „Das haben die Sachsen irgendwie eingeschleppt. Als wir in Schkopau im Jugendknast waren, hießen die Brigadiere immer Pritscher. Und hier sind's auch meistens die Sachsen, die das sagen."

„Kann tatsächlich sein, dass das Sächsisch ist. Britscher. Zusammengezogener Brigadschier. Die Sachsen vermanschen alles mit ihrem Dialekt." Es war das erste Mal, dass ich den Lehrmeister lächeln sah.

„Kannste die Sachsen etwa nich leiden?", fragte ihn Freddi hämisch.

Er wurde wieder ernst und entgegnete gelassen: „Ganz bestimmt hab ich nichts gegen die Sachsen. Bin ja selber einer."

„Hört man aber kaum was davon. Wo bist 'n her?"

„Von irgendwo." Er schottete sich sofort ab. Die Welt war klein, und es bedurfte nicht mal eines Zufalls oder einer Fügung, und schon war die Kunde seines Knastaufenthaltes im Heimatort detailliert eingezogen. Man musste nicht unnötig Vorschub leisten. Allerdings war es undenkbar, dass die Nachbarn, Bekannten und Arbeitskollegen nicht schon lange von der Verhaftung erfahren hatten. Dafür gab es die Zeugen, die zu Hausdurchsuchungen und Befragungen hinzugezogen wurden, die trotz aller Schweigegebote entsprechende Sensationsmeldungen nicht für sich behielten. „Der sitzt, weil er ..." Und doch, wenn herauskam, dass einer nach Verhaftung und Gerichtsverhandlung in Brandenburg gelandet war, wog das deutlich schwerer als Bautzen, Cottbus oder Naumburg. In Brandenburg saßen die „schweren Jungs". Wer hier gelandet war, der hatte doch echt was ..., während in Bautzen, Cottbus und diesen anderen Anstalten eher Kurzstrafer einfuhren. Brandenburg das Zuchthaus, egal wenn es inzwischen Strafvollzugsanstalt hieß ...

Ich bekam endlich etwas zu tun. Eine Dreckarbeit, stupide und nicht ganz ungefährlich. Metallscheiben schmirgeln. Der Gabelstapler hatte drei Kisten antransportiert, und es hieß, da stünden außerhalb der Werkhalle noch einige. Was mit den Scheiben los war, konnte sogar ich als Laie erkennen. Sie hatten zu lange im Freien gestanden und dadurch Rost angesetzt. Schlampigkeit, Desorganisation, wie immer man das nennen mochte. Ich lernte, die Scheiben in die Drehbank einzuspannen und den Motor in Betrieb zu nehmen. Wenn sich die jeweilige Scheibe mit enormer Geschwindigkeit drehte, hielt ich mit den Fingern einen Flatschen Sandpapier gegen das rotierende Metall, bis es die Roststellen nicht mehr gab. Danach musste ich die Scheibe ausspannen, wenden und erneut in der Drehbank befestigen, damit ich auch die zweite Seite entrosten konnte. Das heißt, nicht nur ich war für diesen Job vorgesehen. Ich sollte mich, so der Lehrmeister, mit Seife abwechseln. Aber Seife hatte die Nase gerümpft und sich verdrückt. Der Lehrmeister fluchte. „Den Kerl hol ich zurück. Aber am Kanthaken." Ich schüttelte den Kopf. „Macht mir nix aus, wenn ich den Job allein mache." Er sah mich zweifelnd an, und ich erklärte: „Ich bin froh, dass ich was zu tun hab."

Ich war tatsächlich froh. Ich führte Handgriff für Handgriff aus und summte oder sang in den heulenden Lärm der Drehbank ein paar alte Schlager hinein. Niemand hörte mich. Ich achtete nicht auf meine Fingerkuppen, die besonders heiß wurden, wenn das Schmirgelpapier an Stärke und Beschichtung verlor. Rieben sie sich auch durch? Ich konnte es nicht genau sehen, denn der feine fettige Metallstaub, den ich von den rotierenden Scheiben rieb, färbte meine Haut schwarz. Die Finger, die Arme. Das Gesicht wohl auch. Das störte mich nicht. Gefährlich wurde es nur, als sich mitten in der Arbeit eine Scheibe aus dem Gewindefutter löste und wie ein senkrecht fliegendes UFO messerscharf an meinem Kopf vorbei durch den Raum fegte. Doch ehe ich reagieren oder überhaupt erschrecken konnte, schlug es schon in die hintere Bretterwand ein. Es steckte bis zur Hälfte im massiven Holz. Mein Kopf, dachte ich, hätte dem nicht standgehalten. Ich stellte mir vor, diese Scheibe, die einen Durchmesser von mindestens 30 cm hatte, würde jetzt in meinem Schädel stecken. Mir wurde schwindlig, ich setzte mich. Hätte man einen tödlichen Unfall dieser Art je vertuschen können? Oder, wenn man ihn wahrheitsgetreu geschildert hätte, wäre diese Wahrheit angenommen worden? Von meinen Eltern, meinen Freunden? Von Bebie? Eine schier makabre Situation, ein unglaublicher Vorfall, für den es nicht mal Zeugen gab. Ließ sich solch eine Katastrophe erklären, rekonstruieren? Entschuldigen? Rekonstruieren ganz bestimmt. Aber erklären, entschuldigen? Wozu? „Wir haben Sie schließlich nicht eingeladen! Sie sind straffällig geworden, freiwillig, vorsätzlich, und das zieht nun mal die Haft nach sich." Standardformulierungen, die man seit der Verhaftung bei jeder Wehklage über die Haftbedingungen oder den schleppenden Fortgang des Strafverfahrens regelmäßig von den Vernehmern und den Schließern zu hören bekam. Wenn also jemand, der durch eigenes Verschulden im Knast landete, dort umkam, war also niemand anderer schuld als er selbst. Eine einfache Rechnung.

Irgendwie fühlte sich die rechte Seite meines Kopfes kühl an. Hatte mich die Scheibe doch getroffen? Gestreift? Ich fuhr vorsichtig mit der verschmierten Hand über die Schläfe. Fühlte ich Blut? Ich wagte nicht, die Hand herunterzunehmen. Wenn da Blut dran klebte, ich würde umfallen. Wirklich. Nein, es klebte kein Blut daran. Das war nervlich, das Gefühl der Kälte. Vielleicht spürte ich erst jetzt, nachträglich, den Luftzug. So was hatte es gegeben. Leute, die erschossen worden waren, hatten ja mitunter auch nicht gemerkt, dass sie eine Kugel bekommen hatten. Nein, es war wirklich nichts. Ich stand auf. Die Beine fühlten sich irgendwie weich an, vom Schrecken. Ich wankte zur Bretterwand. Die Scheibe musste raus. Es gab keine Zeugen, und es sollte keine geben. Doch die Scheibe steckte fest, als hätte man sie mit schweren Hämmern in die Wand getrieben. Ich riss mit den Händen. Sie wackelte ein bisschen, mehr nicht. Und nun? Der Lehrmeister erschien. Er wirkte beschwingt, erleichtert. Vielleicht, dass er eine Auszeit für die Toilette genommen hatte. Als er mich an der Wand sah, die Scheibe daneben, schwand der Eindruck. Sein Kinn sackte ein Stück hinab, über das Gesicht breitete sich eine Blässe, die sich bis in die Regionen der Glatze zog. „Auweia", entfuhr es ihm, dann blickte er nach rechts und nach links. „Wart mal!", forderte er und verschwand. Bei der Rückkehr hielt er eine an den Enden gekrümmte Eisenstange in der Hand. Eine Art Nageleisen. Mit schnellen, entschlossenen Handgriffen rammte er die Stange hinter die Scheibe. Er drückte und zog, zog und drückte, und nach etwa einer Viertelminute war die Scheibe frei. Sie sackte nach unten und landete auf seinem Fuß. „Scheiße!", brüllte er. Ich tröstete ihn mit einem mitleidigen Blick und bückte mich rasch nach der Scheibe. „Los, in die Kiste mit dem Vieh!", befahl er und beeilte sich, von der Wand wegzukommen. Er humpelte, und das Gesicht lag in den Zügen des Schmerzes. „Tut's weh?", fragte ich pflichtgemäß. Er verschwand schon. Die Stange gehörte schließlich nicht hierher. Als er zurückkam, fragte er prompt: „Sag bloß, wie du das angestellt hast!" In seiner Stimme schwangen Vorwurf und Unverständnis. Ich schwieg. Nicht nur, weil ich nicht wusste, wie *ich das angestellt* hatte, sondern, weil ich mit seiner Schuldzuweisung nicht einverstanden war. „Wenn da jemand dahinter kommt, kannste Pech haben und zwölf Jahre Nachschlag kriegen. Wegen Sabotage oder Mordversuch."

Ich atmete tief. Jedes Ding hatte eben zwei Seiten.

Ärgerlich sah er auf seinen verletzten Fuß. Ein betontes Stöhnen begleitete diesen Blick. „Tut mir leid. Jetzt hast du dir noch 'ne Quetschung oder so was eingehandelt", sagte ich. Er sah mich erstaunt an. Es gehörte einfach nicht zum Zuchthausalltag, dass jemand jemandem leid tat. Er ging zur Drehbank, wobei er nun nicht mehr so stark humpelte. „Vielleicht is auch was mit der Maschine nich in Ordnung." Er zog eine Brille aus der Brusttasche und bestarrte die Halterung. Wackelte mal hier und mal dort. Dann schaltete er die Maschine an. Das Heulen des Motors fegte ihm und mir wie der Lärm eines mit Bomben beladenen Fliegers in die Ohren. Irgendein dünnes, metallen klingendes Geräusch schwang mit. Der Lehrmeister nahm seine Brille wieder ab und kniff skeptisch die Augen zusammen. Sein Blick heftete sich auf eine bestimmte Stelle an der Maschine. Er wiegte den Kopf hin und her, schaltete dann den Motor aus. „Da scheint was nich zu stimmen." Ich guckte blöde. Etwa durch meine Schuld? Er mochte meine Frage geahnt haben. „Vorgestern hat dieser Harri vom Werkzeugbau die Vorrichtung ausgewechselt. Sieht aus, als ob das Ding nich richtig passt." Ich nickte ratlos. Er ebenfalls. Doch er straffte sich, und sein Gesicht füllte sich mit dem Ausdruck des Wissens. „Das muss schleunigst in Ordnung gebracht werden." Er warf einen Blick auf das Loch in der Bretterwand und lief los. Richtung Werkzeugbau. Das Humpeln war ihm jetzt vergangen. Bis er zurückkam, dauerte es fast fünf Minuten. Ich saß inzwischen wieder auf einem der harten Stühle. Der Lehrmeister brachte Harri und noch einen anderen Knaster mit. Vielleicht der Brigadier vom Werkzeugbau, der *Pritscher*. Die drei gingen, ohne mich zu beachten, zur Drehbank. Sie redeten, gestikulierten und fummelten an der Halterung. Ich konnte sie erst verstehen, als sie lauter wurden, stritten. Harri, es ging gegen ihn. Der Lehrmeister und nachher auch der Pritscher hielten ihm Schluderei vor. Aber Harri hatte nicht geschludert. Behauptete er. Er deutete auf mich: „Dieser Trottel hat Schuld. Der is doch zu doof, mit 'ner einfachen Maschine umzugehen. Ausweiser auch noch. Was will man da verlangen." Ich blickte an den dreien vorbei. Ich schwieg. „Meinst du, er hat den Einsatz verstellt? Gelockert?", fragte der Lehrmeister erstaunt zurück. Er wirkte etwas naiv, wenn nicht sogar ängstlich. Vielleicht fürchtete er, sich die anderen durch eine konsequente Diskussion zu Feinden zu machen und damit seinen Posten aufs Spiel zu setzen. Einen ruhigen Posten. Es kam jetzt auf den Pritscher an. Ein Kerl von fast einsneunzig Länge und gekrümmten Schultern. Mit verschlossenen Zügen, denen man kaum zutraute, dass sie mal zu einem herzlichen Lachen ausgleisen würden. „Warst du da dran und hast was verstellt?" Seine Frage klang dumm, beinahe hilflos. Er stellte sie im Wissen ihrer Überflüssigkeit. Ich schüttelte stumm den Kopf. „Siehst du", geiferte Harri sofort, „er streitet 's nich mal richtig ab." Ich erhob mich und ging zu dreien. „Von solchen Maschinen hab ich so viel Ahnung wie du von der Bergspitze des Mount Everest." Die drei glotzten mich stumm an. Ich sagte daher noch: „Selbst wenn ich wissen würde, wie man an diesem Monstrum was verstellt, welchen Grund sollte ich denn haben, die Teile zu lockern? Etwa mich umzubringen?" Der Lehrmeister und der Pritscher nickten. Nur Harri wollte widersprechen. „Nonsens is das, was er da faselt. Er kommt als einziger in Frage. Ansonsten würde das ja bedeuten, ich hätte gepfuscht." Sein Protest hatte sich an den Pritscher gerichtet. Der jedoch ließ sich nicht darauf ein. Er starrte auf das Loch in der Bretterwand. „Da hat die Granate dringesteckt? Mein lieber Schieber." Er wandte sich wieder an Harri. „Hol dir Werkzeug und mach das Teil richtig fest. Wenn das nächste Mal so 'ne Scheibe aussteigt, und sie knallt tatsächlich einem vor den Latz, kann ich für nichts garantieren. Wirklich nicht. Da is dir EllEll so sicher wie nur irgendwas." Er stiefelte mit wuchtigen Schritten los, und Harri machte wie ein Hund, der seinen Herrn im Laufen anspringen will, hinter ihm her.

Zum Mittag hatte sich die Nachricht von der fliegenden Metallscheibe schon in der Halle verbreitet. „Der Diskuswerfer kommt." Die Knaster grinsten und machten noch weitere Bemerkungen über mich. Selbst Josef, der von seinem Arbeitsplatz aus die Treppe ständig im Auge behielt, kam sofort darauf zu sprechen. „Kannst von Glück reden, dass dir nichts passiert is. Sonst würdest du jetzt im Hubschrauber liegen und auf dem Weg in die nächste Uni-Klinik sein. Aber nich zur Notoperation, sondern als Ersatzteillieferant. Aus dem Knast hier gehen regelmäßig irgendwelche Halbtote auf ihre letzte Reise. Und zwar als Organspender. Das is bei dem miserablen Arbeitsschutz, der hier herrscht, eine gute Quelle für die Krankenhäuser."
Ich war eingeschüchtert und bekam nachträglich Angst. Keine Stimmung, in der ich Lust auf ein Gespräch mit Josef hatte. Ich schlich zum Zählplatz und stellte mich neben Bundi. Der nickte ernst. Vielleicht lag auch etwas Besorgnis in seinen Zügen. „Scheiß Knast. Was man hier alles mitmacht. Wenn die das im Westen wüssten, die würden Honecker unter Druck setzen."
Ich blickte zu Boden. Wusste der Westen wirklich nicht, was sich in den Haftanstalten dieser DDR abspielte? Würde der Westen Honecker wirklich unter Druck setzen? Was bedeutete das: wirklich? Und was bedeutete: der Westen?
Willert war der gleichen Meinung wie Bundi. Er war auch gleich in meiner Nähe. „Das musst du mir nach dem Essen genauer erzählen, was passiert ist. Sobald ich drüben bin, mach ich ein Fass auf, dass denen in der Zone Hören und Sehen vergeht. Ich hab noch über ein paar andere Fälle Material gesammelt."

„Gesammelt?", fragte ich ziemlich dumm. „Wie denn gesammelt?"

Er deutete auf seinen Kopf. „Da drin." Ansonsten verzog er das Gesicht. Und ich las die unausgesprochene Gegenfrage darin: Wie kann einer nur so einmalig blöd sein, dass er diese Frage stellt?

Es war Einkauf in dieser Mittagspause. Ich hatte bislang keine Ahnung gehabt, was das bedeutete, wie das ablief. Aber ich erfuhr es. In Reihe rechts der angetretenen Kolonne standen die Knaster in *Abflugstellung*. Bundi jedenfalls nannte es so. „Sobald der Schichtleiter das Kommando gegeben hat, rennen die wie um ihr Leben. Es ist aber auch schon vorgekommen, dass er aus Gemeinheit gesagt hat: ‚Reihe links!' Da sind die Kaputten aus der rechten Reihe als Letzte drangekommen."

Heute nicht. Das Kommando lautete planmäßig, und es war noch nicht verhallt, da stürzten an die zehn Leute los, als hätte man ihnen zugerufen, das Tor des Zuchthauses sei für die nächsten zwei Minuten offen. Getrampel, Gejohle und Gezerre. Einer kam noch innerhalb des Hofes zu Fall. Doch er rappelte sich schnell auf und jagte um so verbissener hinter den anderen her. Schrie um Rache, denn er legte diesen Sturz als Boshaftigkeit seiner Laufkonkurrenten aus.

Ich gehörte zur mittleren Reihe und erreichte den Mittagsraum mit dem mittleren Feld. Am Kiosk warteten die Knaster, die eben noch so fürchterlich gerannt waren. Gerötete, teils empörte Gesichter. Gegenseitige Beschimpfungen. „Machste nich noch mal, du Luftpumpe! Mir einfach schubsen, damit ick uff de Fresse falle!" Keuchende Aufgebrachtheit. „Mach dicht, oder weeßte nich, warum ick hier bin? Wejen Mord. Und da kommt et uff eene Leiche nich an!" Dialoge üblichen Zuschnitts. Der Kiosk freilich war noch geschlossen, wenngleich der Knaster, dem der Verkauf oblag, hinter Scheibe und Gitter mit absichtlich langsamen Griffen und Bewegungen hantierte. „Den da drin sollteste mal lieber eene uff die Fresse haun. Lässt uns extra lange stehn und is ooch nischt Besseret als wir."

Als Mittag gab es Eintopf.

Eintopf? „Da kieken wieda mehr Ooren rin wie raus!" Das sagte alles. Zerkochte Weißkohlblätter, ein paar Kartoffelstückchen, ein paar Fleischfasern. Wirklich nur ein paar. „Schmerke hat sich schon det bisschen Fleisch rausjefischt." Aber Brot lag auf der Tischplatte. Ich nahm mir zwei Scheiben und steckte sie in die Tasche. Die Suppe war gerade lauwarm. Sie schien schon eine Weile gestanden zu haben. Ob auf dem Tisch, in der Küche oder beim Transport von einem Gebäude zum nächsten, wer konnte das wissen. Ich löffelte lustlos. Dachte: Vielleicht sollte man das Essen einstellen, damit der Magen keine Hungergefühle entwickelt. Irgendwann hatte ich etwas über Fastenbräuche gehört. Oder gesehen? Gelesen?

„Hier is noch Kompott!", rief Franco. „Willste welches?"

Für den Bruchteil einer Sekunde überfiel mich die Vorstellung, es würde frisches Eingewecktes geben. Kirschen, Erdbeeren, Pfirsiche. Wie bei Muttern nach dem Sonntagsmahl. Aber der Verstand klickte sich sofort ein. Die Kerle gaben nichts freiwillig ab, das halbwegs schmackhaft war. Schon gar nichts Erfrischendes. Und: In diesem Zuchthaus würde es nichts geben, das sich vom Standard des Abfütterns abhob. Die Nahrung als Mittel zur einfachen Reproduktion der Arbeitskraft. Zuchthaus war Buße, sonst nichts. Und wenn es früher mal geheißen hatte „Wasser und Brot zum Fressen und als Arbeit Tüten kleben", dann gab es jetzt halt kastrierten Eintopf und Fegekaffee, weil die körperlichen Anforderungen durch die Arbeit ungleich zugenommen hatten.

Eine Plastikschüssel schlitterte über die Tischplatte. Ein Schälchen kam hinterher. „Froschaugen", sagte Kalle müde. Die Namen und Bezeichnungen, die die Knaster vergaben, trafen immer den Kern. In der Schüssel wabbelte schwerfällig eine rosafarbene Masse, die aus zahllosen gehärteten Bläschen bestand. Die Bläschen sahen tatsächlich wie Froschaugen aus, egal dass der Inhalt die Bezeichnung rote Grütze führte. Ich kannte diesen Nachtisch aus verschiedenen Betriebskantinen. Einmal gekostet und nie wieder angerührt. Eine Fruchtfertigmasse, die mit Sago angedickt wurde. Dazu die gelbe Soße mit Vanillegeschmack. Ausgehärtet deckte eine zähe Schicht die verbliebene gelbe Flüssigkeit ab. Ich zögerte: Sollte ich den dicken Überzug wegheben und die Soße löffeln. Das schmeckte süß, war aber klumpig, irgendwie widerlich. Ich dachte wieder an die Betriebskantinen. Fast nie hatte ich jemanden diese fragwürdige gelbrosafarbene Kompottkombination essen sehen. Warum also tischte man sie dann auf?

Ich schüttelte den Kopf, schob die Schüssel von mir. Wann stellte sich beim Menschen jene Situation ein, in der er vor Hunger alles fraß, was man ihm hinstellte? In der er sich für ein Stück schimmliges Brot erniedrigte? Ging es mir, wenn ich mich mit KZ-Häftlingen verglich, noch viel zu gut, weil ich diese leckereklige Grütze verschmähte? Weil ich nur ein paar Löffel Eintopf gesuppt hatte? Hunger als alleiniges Maß des Leidens, der Not. Abmagerung. Und geschlagen hatte man sie doch auch, manche erschossen. Arbeiten hatte man sie bis zum Zusammenbrechen lassen. Wir hatten es in der Schule vom ersten Tag an zu hören bekommen. Widerstand, Tapferkeit und unsägliche Entbehrungen. Tod. So gesehen litt ich also nicht. Ich sah normal aus. Glatt, vielleicht auch zufrieden. Kam das von der Frühstückssemmel, dem Graubrot oder den zwei Scheiben Wurst? Und das bisschen Arbeit. Und keine Schläge, keine Tritte. Wie konnte ich behaupten, dass es mir schlecht ging. Den KZ-lern war es schlecht gegangen, dreckig. Aber das: Nicht alle Kommunisten hatten im Konzentrationslager gesessen. Honekker zum Beispiel, der jetzt Parteichef und Staatsratsvorsitzender war, hatte, wir wussten es, zehn Jahre in Brandenburg abgesessen. Weil er Kommunist war. Ich hatte seine Biografie gelesen. Von Hunger, Schlägen und Arbeiten bis zur totalen Erschöpfung stand da nichts. Da stand sogar, dass der gelernte Dachdecker auf ein Außenkommando geschickt wurde und von dort aus stiften gegangen war. Einige Zeit später kehrte er wieder zurück. In den Knast. Unbemerkt hatte er gefehlt. Ein Unding. Heute ein

Unding. Und damals? Die Flucht, die Rückkehr, das Außenkommando. Nur Kurzstrafer durften jetzt in das Außenkommando, in die Gärtnerei. Und auf Dächer, Baustellen? Von wegen, Fluchtgefahr. Aber es hieß: Im Eingangstrakt des Zuchthauses befinde sich eine Gedenkstätte. Nicht bloß für Erich Honecker, sondern für alle hier gewesenen Kommunisten. Für die, die von den Russen befreit worden waren. Und für die Hingerichteten. Denn: Todesurteile hatte man hier ebenso vollstreckt. In der Nazizeit. Und danach? In der Zeit des finsteren Stalinismus? Darüber lag der Mantel des Schweigens. Mit erstickender Breite, mit bleierner Schwere. Kein Wort dazu war erlaubt. Und es hieß: Die Gedenkstätte läge Wand an Wand mit den Sprecherzellen der jetzigen Insassen. Man hatte also Besuch, man saß bei Tisch, und im Nebenraum war die Gedenkstätte. Irgendwann würde ich auch Besuch bekommen. Von meinen Eltern, von Bebie. Oder würde mir kein Besuch genehmigt werden? Bedeutete Besuch nicht auch so etwas wie Vergünstigung?

„Fffeinschschschmecker oder wwwie?", stotterte Schmerke. Er grinste widerlich.

Ich reagierte nicht. Stand auf und schaffte den dreckigen Teller weg. Auf einem der anderen Tische lag ein Stück Speck. Weiße und rotbraune Streifen, dicke Schwarte. Herrlich durchwachsen. Es lag neben dem Teller eines Knasters. Er schnitt sich mit einem selbst geschliffenen Messer kleine Scheiben ab, um sie sich genüsslich in den Mund zu schieben. Und: Er ließ die Speckseite mit keinem Blick aus seinen Augen. Mich überfiel augenblicklich eine solche Fressgier, auf dass ich dieses Stück Speck hätte packen und damit weglaufen mögen. Irgendwo versteckt und wie ein ausgehungertes Tier darüber hergefallen. Eine Illusion. Ich wäre keine fünf Schritte weit gekommen. Der Kerl hätte mich zerfetzt, wie ich es mit dem Speck hätte tun wollen.

Am Ausgang des Saales wartete Bundi. „Gut gespeist?", spottete er. In meinen Gedanken war immer noch das eben Gesehene. „Kann das sein, dass hier auf einem von den Tischen Speck gelegen hat? Oder hab ich eine Fata Morgana gesehen?" Bundi grinste. Er zeigte auf den Kiosk. „Da is die Quelle. Alle zwei bis drei Wochen gibt's mal welchen. Aber da muss man wirklich vorn stehen, um was zu ergattern. Die ersten vier, fünf Leute machen das Rennen. Oder du schiebst den Gaunern hinter der Glasscheibe was rüber."

Mir fiel der Auftrag ein, den ich Otto erteilt hatte. Was zu schreiben, Glas Obst. Obst. Meine Phantasie schaltete sofort um. Von Speck auf Obst. Wenn Otto mir das Obst besorgt hatte, würde ich es mir sofort *reinziehen*. Reinziehen war das Synonym für essen. Reinziehen, aber auch *einpfeifen*. Aber hatte Otto den Auftrag erledigt? Zum Essen war er nicht gekommen. Also konnte er auch nicht eingekauft haben. Scheiße, dachte ich. Er kümmert sich nicht. Und wenn ich Pech hatte, hatte er sich den Streuer mit Kaffee eingesackt, und ich wusste kein Mittel, mich dagegen zu wehren.

Doch ich kombinierte falsch. Otto stand im Hof. Er lehnte mit dem Rücken an einem Anhänger voller Rohbraunkohle und hielt seinen Kopf so gegen die Sonne, dass die Mittagsstrahlen die Wunde auf seinem kahlen Schädel tätscheln konnten. „Alles erledigt", sagte er und veränderte die Haltung seines Kopfes, „Buch, Bleistift und Glas Obst. Willst du die Sachen gleich?" Ich fühlte diese nicht bezähmbare Gier in mir. Was schreiben, was essen. Ein bisschen Individualität schaffen. Ein bisschen diese elementaren Bedürfnisse befriedigen. Essen und schreiben. Gleich? Es ging jetzt nicht. Wo sollte ich sitzen und schreiben? Auf dem Hof? In der Lehrwerkstatt? Wo sollte ich das Obst löffeln? Ich verwarf die logischen Gegenargumente. Nickte und nahm die Sachen. Den Bleistift, gespitzt, das Diarium, ein kleines Buch im Format eines Vokabelheftes, doch dick und mit hartem Einband. Der Besitz, das Anfühlen, das allein ließ mich aufleben. Und mein Blick fraß sich am Inhalt des Kompottglases fest. Ein paar Pfirsichviertel, diverse Apfelstücke, vier geöffnete Pflaumen und ein halber Liter Saft. Saft, der eigentlich Zuckerwasser war. „Bis später." Otto drehte den Kopf zurück.

Die Glatze konnte nun wieder Sonnenstrahlen absorbieren, die Wunde heilen. Heilten Sonnenstrahlen wirklich Wunden?

Meine Schritte wurden schnell. Ich sauste, und Kalle, den ich übersah, rief mir hinterher: „Hast wohl Dünnpfiff!" Nein, ich hatte Hunger, Appetit, ich war gierig. Ich musste jetzt dieses Kompottglas leer schlingen, fressen. Fressen. Lass die doch glotzen, lass die feixen oder neidisch sein. Die Knaster. Ich setzte mich in der Lehrwerkstatt an den Tisch. Den Rücken zum Gang. Ich wollte keinen sehen, der mir zusah. Das mit Harri konnte ich allerdings nicht verhindern. Dass der Kerl ausgerechnet jetzt die Maschine reparieren musste. Tat er es, damit ihn möglichst viele oder möglichst wenige sahen? Scheißkerl, dachte ich und ignorierte ihn nicht minder als er mich. Nur verächtliche Seitenblicke, die wir, zeitlich versetzt, tauschten. Er hatte zu tun. Ich auch. Ich versuchte mit einem Metallstreifen, den ich in der Halle aufgelesen hatte, den Gummiring des Kompottglases zu durchlöchern, um dann den Deckel anzuheben. Ich schnitt mich dabei. Blut tropfte aus dem mittleren Glied des linken Ringfingers. Und nun? Es gab hier keinen Kasten mit Verbandszeug. Es gab niemanden, der mir ein Pflaster auf die Wunde drücken konnte. Ich dachte an so manche schauerliche Story, die auf unterschiedliche Weise den bitteren Tod infolge einer achtlos übersehenen Blutvergiftung zum Inhalt hatte. Ich dachte an Willerts heilig gehütete kleine Schachtel. Unerreichbar. Doch die Bedenken waren nichts gegen meine Kompottgier. Ich würde nachher aufs Klo gehen und auf den Finger pinkeln. Das desinfizierte. Hatte ich zumindest gelesen. Aber da, es zischte, die ersten Luftbläschen fanden Einlass in das Glas. Ein paar Sekunden, der Deckel hob sich.

Es dauerte nur kurz, bis ich die Hälfte des Inhalts in mich hineingeschaufelt hatte. Geschaufelt und getrunken. Gierig und hemmungslos. Ich musste innehalten. Vom Magen her näherte sich ein übler Druck. Ein Schmerz. Ich japste, stand auf, rieb mit der flachen Hand die Magengegend. „Na, hast dir was Gutes gegönnt?" Durch die Öffnungen des Maschendrahtzauns erkannte ich die Visage von Franko. Er schielte auf das Kompott-glas. Er gieperte. Ich konnte nicht antworten. Der Druck aus dem Magen stieg weiter empor und explodierte in Form eines Rülpsers. Ich wandte mich rasch ab. Es gehörte sich nicht, je-manden anzurülpsen. Nicht mal im Zuchthaus. Als ich mich wieder kehrte, war Franko verschwunden. Natürlich: Kompott war kein Kaffee. An Kompott konnte einer wie Franko jederzeit kommen. Wollte, musste er aber nicht. Kompott enthielt keine Suchtstoffe.

Oder doch? Mich packte erneut die Gier. Ich schaufelte weiter. Die zweite Hälfte. Gluckste den restlichen Saft in mich hinein. Lehnte mich danach etwas zurück und schloss die Augen. Satt. Übersatt. Zum Platzen. Nicht mal das Stück Speck, das ich im Mittagssaal gesehen hatte, konnte mich jetzt reizen. Wieder der Druck vom Magen. Ich öffnete die Augen, stand auf. Im selben Augenblick ließ Harri den Motor der Drehmaschine an. Er be-starrte eine Weile das Futter, die rotierenden Teile. Er nickte zufrieden, schaltete den Motor wieder ab, starrte dabei noch immer. Langsam erstarb das Maschinengeräusch. Erst als es wieder still geworden war, löste Harri seinen Blick von der Ma-schine. Demonstrativ rieb er seine Hände ineinander. Sagte scheinbar für sich, dennoch an mich gerichtet: „Soll mal jetzt noch jemand kommen und versuchen, den Pfusch, den er zu verantworten hat, mir anzuhängen." Dann sammelte er sein Werkzeug zusammen und verschwand.

Ich musste ebenfalls *verschwinden*. Keine zehn Minuten nach ihm. Zu schnell gegessen, zu viel, zu fruchtig, zu flüssig – all das. „Wat is mit dir?", fragte Plötze, der mit dem Schrubber vor den Klobecken herumscharrte. Ich hatte auf den letzten Metern an Tempo zugelegt. „Is et so dringend, det du dir eenen keulen musst?" Ich stürmte an ihm vorbei. Zum vorletzten Becken. Die Hosen runter und drauf. Da begriff er. „Haste die Scheißerei?!" Er stand still und horchte, als sei er bei der Pirsch, auf meine Abprotzgeräusche. „Mein lieber Kukuschinski." Da ich ihn nicht beachtete, redete er noch etwas mit sich selbst und trollte sich dann. Nach etwa fünf Minuten kam er das erste Mal zurück. „Hat dir wohl janz schön erwischt, dette nich runter kannst von den Thron." Ich brummte eine dürftige Bestätigung. Ich hatte das Gefühl, als würde ich an diesem Tag das Klo nicht mehr verlassen können. Es waren Magen- und Darmkrämpfe, die mir die Eingeweide zerfetzen wollten. „Wenn et so schlimm is, musste zu 'n Sani. Jejen Dünnschiss hat er bestimmt wat da. Kohletabletten oder so." Er verstummte und horchte wieder auf meine Geräusche. Welch ein Kloakentheater. Aber mach was dagegen. Ich kannte das ja, aus der U-Haft. Dieses losgelöste Auge, das immer wieder im Spion der dicken Zellentür erschien, hatte jeden Winkel der Zelle ausgespäht, zu jeder Tages- und zu jeder Nachtzeit. Es hatte all die als intim geltenden Verrichtungen meines Körpers verfolgen können. „Et is allerdings schwer, an 'nen Sani ranzukommen. Eher kannste verrecken, als det se dir vorlassen. Aba wart mal. Ick hab vielleicht 'ne Idee." Mit tonlos sich bewegenden Lippen diskutierte er diese Idee mit sich aus. „Renn mal nich weg, ick komm gleich wieder."

Ich konnte nicht wegrennen, ganz sicher nicht. Ich konnte kaum grübeln, welchen Inhalts seine Idee sein mochte. Würde er für mich ein Plätzchen zum Liegen organisieren? Eine durchgelegene Couch in einem Kämmerlein mit abgestandener Luft? Oder eine wohltuende Wärmflasche für meinen Bauch? Ein Medikament, einen heißen Tee? Illusionen. Oder? Es dauerte eine Ewigkeit, ehe er wieder kam. Mehrmals kamen irgendwelche Knaster, die kacken mussten, vielleicht sich nur ausruhen wollten. Einer saß noch auf dem vorderen Becken, als Plötze dann aufkreuzte. Er beschied ihn mit der üblichen Floskel: „Scheiß dir ruhich in Ruhe aus." Er trug ein Glas in der Hand. Ein Glas, das üblicherweise aus einer Flasche geschnitten worden war. Dieses Glas, es sah eklig aus. Dreckig und verkrustet war der Außenmantel. Nur oben an der Öffnung, wo die Lippen zum Trinken ansetzten, hatte sich ein einigermaßen sauberer Rand gehalten. „Ick hab dir 'ne Spezialmischung besorcht. Fliedertee mit Salbei, Fenchel und noch paar Kräuter. Det wird dir

helfen." Er hielt mir das Gefäß hin. Ich musste mich erst aufrichten. Danach starrte ich abwechselnd auf ihn und auf das
Glas. Es ekelte mich. Das Glas, das Scheißhaus, der Knast.
Hatte es das schon mal gegeben: Auf dem Klo sitzen und Tee
trinken? „Zier dir nich so. Det hilft wirklich, det hab ick mir
extra besorgt, damit ick mir gegen Dünnpfiff schütze." Ich hatte
das Glas direkt vor der Nase. Der Dampf, der empor stieg, kroch
mir über die Schleimhäute und meldete den Geruch. Das Ekeln
nahm zu. Ich zog den Kopf sofort zurück. Und ich dachte an das
Schlesierlatein meiner Großmutter: *Mutter koch ock Fliedertee,
Gustlan tutt der Bauch so weh.* Weisheit und Wahrheit.

„Klar riecht det eklig. Aber et hilft. In 'ner halben Stunde biste
fit." Seine Hand mit dem Glas folgte meiner Bewegung. Wieder
wehte mir die Teedünstung in die Nase. Aber ich sträubte mich
nicht mehr. Konnte sich mein Zustand verschlechtern? Ich griff
zu und goss mir die Flüssigkeit schlückchenweise in den Rachen. Der Kerl, der auf dem vorderen Klobecken saß, schüttelte
sich. „Soll mich nich wundern, wenn in dem Glas abgestandene
Pisse is." Pisse – allein die Vorstellung ließ für Augenblicke
eine schwarze Wand an meinen Augen vorüberziehen. Ein Würgen attackierte meine Kehle, und es war in der Tat eine Sache
des Glücks, dass ich das fragwürdige Getränk nicht augenblicklich auskotzte. Aber ich schaffte auch den Rest und konnte feststellen: Das half. Schon nach fünf Minuten waren die Krämpfe
dahin, nach zehn konnte ich aufstehen und gehen. In die Lehrwerkstatt.

Der *reguläre* Glatzkopf wartete schon auf mich. Er wirkte unruhig, fast besorgt. „Hast du doch was abgekriegt, wie die Metallscheibe ausgestiegen is? Vielleicht am Kopf?" Er versuchte
in meine Pupillen zu sehen. „Gehirnerschütterung zieht ja immer
Erbrechen und Magenprobleme nach sich." Ich wich zurück.
Wie unangenehm, dass die Meldung „Feder hat in der Lehrwerkstatt einen Diskus fabriziert, Feder hat die Scheißerei" offenbar zum allgemeinen Gesprächsthema in der Werkhalle geworden war. Ich verneinte mit dünner Stimme und wollte mich

der Drehmaschine zuwenden. Der andere vertrat mir den Weg. „Du siehst verdammt käsig aus. Besser du machst jetzt erst mal nichts." Ich staunte. „Womöglich is es auch nur der nachträgliche Schreck, durch den du plötzlich umgeklappt bist. Hat man öfter, so was." Der Glatzkopf versuchte erneut, in meine Pupillen zu gucken. Ich wich zurück und wollte einen Bogen um ihn machen. „O-o-ä-o!", stotterte er plötzlich und wurde eine Spur blasser. Sein Blick richtete sich auf den Eingang der Werkstatt, „Da is der Hauptbrigadier."

In der Tat, da war er. Ich hatte ihn mittlerweile schon einige Male gesehen. Er mich nicht. Oder doch? Immerhin, eine stattliche Erscheinung. Ein Modellathlet, jung, groß, muskulös und durchtrainiert, gleichmäßiges Gesicht.

„Er hier, er is Feder", sagte der Glatzkopf. Und es klang, als müsse er sich entschuldigen. Wofür?

Der Hauptbrigadier nickte steif. Ein kleines Lächeln überflog seine Lippen. Nein, unsympathisch wirkte er nicht. Auch nicht wie ein Schläger. Aber undurchdringlich, nicht ohne weiteres ausrechenbar. „Is alles in Ordnung?", sagte er. Er blieb im Eingang stehen. Ich nickte. „Nichts mit Gehirnerschütterung?" Ich verneinte. „Und sonst?"

Was meinte er mit der Frage?

„Willst du, dass der Vorfall gemeldet wird?" Er lauerte aus Blick und Stimme, und ich ahnte, dass eine Meldung für ihn, für andere Leute sicherlich auch, Unannehmlichkeiten bringen würde. Ich hatte daran kein Interesse, schon um meiner eigenen Person willen nicht. Fast unmerklich atmete er auf. Tauschte einen flüchtigen Blick mit dem Lehrmeister, sagte abermals: „Und sonst?"

Ich blieb gelassen. „Sonst? Ich denke, ich mach dann mal weiter. Die Maschine is ja in Ordnung gebracht worden."

Er wirkte zufrieden, erleichtert. Bot an: „Soll der Doktor mal nach dir sehen?"

Ich erschrak. Dieses Scheusal vom Med-Punkt? Himmel.

„Ich meine Torsten. Weißt doch wohl, dass er Arzt ist." Kurzes Zögern. „Und Ausweiser."

Ich lehnte auch das ab. Ausweiser oder nicht. Es ging ja wieder. Und ich hielt es nicht für den richtigen Weg, mit Torsten über eine Krankengeschichte Kontakt zu haben. Andere Themen spielten eine Rolle. Und der Lehrmeister wusste es schließlich auch: „Sind sowieso jede Menge Kollegen, die sich mit irgendwelchen medizinischen Fragen an Torsten zu hängen versuchen. Der eine meint, ein Pfeifen im Ohr zu haben, dem nächsten tut der kleine Zeh weh, und der dritte simuliert Stiche in der Brust. Alles nur, um mit einem Arzt reden zu können."

Hagel, der Hauptbrigadier, hörte die Bemerkung nicht mehr. Er kehrte sich dem Werkzeugbau zu. Seine Bewegungen wirkten steif, sie hatten eine Spur von Unentschlossenheit, wenn nicht gar Unsicherheit. Trotz der Athletik, der Gelenkigkeit.

„Jetzt macht er diesen Harri rund", prophezeite der Lehrmeister unverhohlen schadenfroh. „Geschieht ihm recht. Selber Scheiße bauen, und unsereiner soll's dann gewesen sein." Unsereiner, hatte er gesagt, aha, die Konturen der Verantwortlichkeit zeichneten sich deutlicher ab. Diese Banausen begriffen jetzt, wer schuld war. Jetzt? Begriffen? Nein, es war alles von außen gekommen. Sie hatten nur die Wahrheit verdrängt. Wie Kinder, deren moralischer Horizont nicht weiter ging als bis zu den eigenen Fingerspitzen.

Ich ignorierte den anderen. Wandte mich der Maschine und der Kiste mit den angerosteten Teilen zu. „Willste etwa weiter schleifen?" Ich sah ihn nicht an, aber aus seiner Stimme sprach genug Erstaunen, Entsetzen. Ich erwiderte nebenher: „Is doch alles in Ordnung jetzt. Hat Harri gesagt. Und ich geh auch davon aus, dass du die Maschine inzwischen noch überprüft hast." Ich ruckte den Kopf herum, und er konnte meinem Blick nicht recht standhalten. Wich aus. Wich ein Stück zurück. Ich schaltete die Maschine ein. Das Heulen des Motors fegte wie ein Sturm durch den Werkstattbereich und über den Gang hinaus. Neugierige Gesichter. Ich griff die ersten Metallscheibe. „Wart mal!", forderte der Lehrmeister. Er nahm mir die Scheibe aus der Hand. „Ich zeig dir erst noch mal, wie's geht." Er drängte mich ab, spannte das Teil ein und schliff es von beiden Seiten. Ich stand daneben. Aber ich drängte ihn ab, als er die Scheibe zurückgelegt hatte. Ich spannte eine neue Scheibe ein und fuhr die Maschine hoch. Dann schliff ich die Roststellen. Anfangs versuchte er, sich reinzuhängen, auch mir etwas zuzurufen. Doch ich überhörte und ignorierte ihn. Und er wurde abgelenkt. Wurde weggerufen. Der Hauptbrigadier stand wieder im Eingang. Zu dem musste er. Ein Gespräch zwischen den beiden. Hagel redete. Er gab Anweisungen. Verstehen konnte ich nichts, konnte sie auch nur aus den Augenwinkeln sehen. Mehr wollte ich ja gar nicht, denn Harri stand ebenfalls dabei. Mit hängenden Ohren, mit einer Flappe. Hagel hatte ihn sich zur Brust genommen. Er schleppte ihn nach unten. Das sah nicht gut aus. Ob er ihn noch *frisch* machte? Ordentlich was auf den Pelz, auf die Fresse? Oder sprang man mit diesen Edelknastern nicht so rabiat um?

Wie egal mir das war. Ich fuhr die Maschine herunter und spannte die Scheibe aus. Besah sie von allen Seiten. Wozu brauchte man solch ein Teil? Für Maschinen? Traktoren? Panzer? Ich würde es nie erfahren. Immerhin, die Roststellen hatte ich beseitigt. Die nächste her.

„Hagel hat gesagt, ihr sollt zu zweit schleifen." Der Glatzkopf stand neben mir.

„Wer noch?"

Er sah mich an, als hätte nicht ich, sondern er die Frage gestellt. Erst nachdem er sich zweimal am Kopf gekratzt hatte, antwortete er: „Eigentlich kommen nur dieser Hinkefuß, den sie Goebbels nennen, und Seife in Frage. Die beiden anderen sind ja zu den Elektrikern."

Was für Aussichten.

„Wo die sind, weißt du wohl nich zufällig?"

Woher sollte ich das wissen. Waren sie mir unterstellt oder ihm?

Er stand und wartete, weil er vielleicht dachte, ich würde gehen und nach den beiden suchen. Da ich es nicht tat, trollte er sich endlich selbst. Schwerfällig und unbeholfen. Vielleicht etwas ängstlich.

Und er kam lange nicht wieder. Genau zehn Scheiben hatte ich fertig, beidseitig geschmirgelt, als er diesen Seife angeschleppt brachte. Das schmale Bürschchen mit dem Gesichtlein, in dessen Mitte eine kleine Punktnase saß. Das Gesicht hatte etwas Mädchenhaftes. Vielleicht weil es mit diesen braunen Rehaugen scheu und dem kleinen Kussmund ein bisschen abgründig wirkte. Weil es einem Mädchen sicher auch gut gestanden hätte. Trotz der Punktnase, die mich, wäre er ein Mädchen gewesen, gestört hätte. Ein Gesicht, eine Nase, an denen ich, so sie wirklich einem Mädchen gehört hätten, vorbeigegangen wäre. Im normalen Leben. Und doch, die Phantasie überspielte meine Abneigung. Jetzt. Für Augenblicke öffnete sich ein Traum, eine Illusion. Ein Mädchen, kein Kerl, schon gar kein Knaster. Ein schnittiger Bubikopf, fröhliche rote Lippen, der glatte Hals. Ein Overall, dessen Reißverschluss geräuschlos mit der Bewegung einer Schlange von oben nach unten glitt und die nackte Weiblichkeit Stück um Stück entblößte. Ganz von selbst fiel der Stoff zu beiden Seiten des Körpers. Starke, feste Brüste, die zum Greifen nahe waren, eine lange, leicht ausgewölbte Bauchpartie mit tiefliegendem Nabel, von dem der strichdünne Schatten flaumiger Haarfasern senkrecht hinabstieg. Hinab zum Himmelreich. Unerwartet ein emporspringender Venushügel, unter dessen üppiger Behaarung die Lippen wie bei einem überreifen Spätsommerpfirsich abenteuerlich zu bersten begannen. Schon meinte ich, die zuckerlose Süße der zerfließenden Frucht auf meiner triefenden Zunge und die Kaltwärme der Abendsonne auf der nackten Haut meiner bebenden Lenden zu spüren. Ein verschlossenes Seufzen und Sehnen, das sich staute, doch gleich darauf die Stimme des Glatzkopfes: „Am besten wechselt ihr euch ab. Jeder eine Scheibe. Falls ich den Hinkefuß finde, kann der dann auch mitmachen." Der Overall schloss sich unversehens, die Punktnase des Jünglings sprang in die Mitte des realen Bildes zurück. Vorhang für diese Traumsequenz.

Ich schwieg, Seife ebenfalls. Und wiewohl wir beide gegenteilige Absichten hegten, strebten wir doch ein gemeinsames Ziel an: Dass ich allein hier arbeiten konnte.

„Es is Quatsch, immer abwechselnd eine Scheibe zu machen. Besser jeder macht zehn. Ich fang gleich an, weil ich mich jetzt eingearbeitet habe." Ich hatte den Ärger, die Wut sogar, nicht von meiner Stimme fernhalten können. Da wich er zurück. Die Traumblase, von der er nichts wissen konnte, war durch seine Schuld, seine Anwesenheit geplatzt. Wenngleich sie ansonsten keine fünf Sekunden länger geschwebt wäre.

Ich wollte sie erneut einfangen. Diese Illusion. Während ich gemächlich die stupiden Handgriffe an der Maschine wiederholte, tappten meine Phantasien neben der Wirklichkeit daher. Brüste und Bäuche, Schenkel und Hinterbacken, Gesichter und natürlich ... Es war kein Problem, eine nackte Frau in den Gedanken erstehen zu lassen. Kein Problem, die Gesamtheit oder auch das Einzelne zu projizieren, es zu tauschen, loszulösen oder zu variieren. Doch es fehlte die Intensität, es fehlte dieser heiße Guss, der aus dem spontanen Verlangen und Fühlen gerade erst ein potenziertes Erleben gemacht hatte.

Auch gut, dachte ich dann, der Absturz tilgt die Kluft zwischen dem Möglichen und dem Verlangen. Ich ließ die Gedanken gleiten, und sie landeten in den Sphären der Musik. Ich erwischte mich beim Singen. ... *sunshine's brightly on Oxfort street ... on Oxford street I will be tomorrow ... on Oxford street my heart will be free on Oxford Street I 'll forget my sorrow ... on Oxfort street ... fortythree.* Uralte Beatstücke, die ich unzählige Male vom Tonband abgehört hatte. Bänder noch und noch. Das Singen, Summen, Pfeifen beruhigte. Ich versank. Arbeitete mechanisch, in mich gekehrt, autistisch. Scheibe um Scheibe. Zehn, zwölf, fünfzehn. Ich musste mich nicht umschauen, um zu wissen, dass sich Seife sofort verdrückt hatte. Er und ich, wir hatten es beide so gewollt. Aber wo trieb er sich herum?

Ich sollte alsbald etwas darüber erfahren. Allgemein. Der Lehrmeister stand wieder neben mir. Nicht nur er, sondern auch Guntmar, den sie Goebbels und Hinkefuß nannten. Hinkefuß freilich nur hinter seinem Rücken. „Er kann dir jetzt mal bisschen helfen. Der andere hat sich ja schon wieder abgeseilt." Da ich gerade eine neue Scheibe einspannte, ging die Maschine im Leerlauf und ich konnte die Worte einigermaßen verstehen. Und ich konnte antworten: „Ich hab mich jetzt eingefuchst, wozu soll mich dann jemand ablösen?" Goebbels stimmte vehement zu. Er schien allein gegen den Gedanken an Arbeit allergisch zu sein. „Anordnung vom Hauptbrigadier!", beharrte der Glatzkopf. „Wenn du dir vor diesem Es-Stasi-Mann einkackst, is das deine Sache!", wütete Goebbels. „Ich mach das nich! Der Kerl gehört doch ins KZ! Und dieser Seife, der hier in der IFA rumkriecht und mit dem kriminellen Gesocks rumfickt, den müsste man auf der Stelle vergasen!"

Ich erschrak, erstarrte. Welch eine Äußerung. Das musste nur in die richtigen Ohren gelangen, schon konnten einem die raffinierten Stasi-Vernehmer einen Strick daraus drehen: Verherrlichung von Nazi-Propaganda. Egal, dass man nur unschuldiger, unfreiwilliger Zuhörer war. Ich schüttelte abweisend den Kopf. „Hau mal lieber wieder ab." Er starrte mich neugierig an, und es schien, als wären die Bartstoppeln über der Oberlippe in den letzten Stunden deutlich nachgewachsen. Zum echten Hitler-Schnurrbart. „Besser du machst dein Suppenschacht dicht. Wenn einer so erpicht drauf is, noch im Knast für die Kommunisten zu arbeiten, könnten wir die Sache ja mal unter die Lupe nehmen. Meine Leute und ich."

Seine Leute und er. Ich schenkte ihm keine Beachtung. „Kann sowieso nich mehr lange bis zum Feierabend sein", sagte ich. Der Lehrmeister zog vorsichtig den linken Ärmel seiner Jacke zurück und entblößte eine Armbanduhr. Ein Heiligtum, wie es in diesem Zuchthaus nur wenige besaßen, mit dem man ausgesprochen sorgsam umgehen musste. So sorgsam, dass man vielleicht auch nur vorsichtig darauf schauen durfte? „Halb drei. Vor drei geht mir keiner duschen! Klar?" Goebbels tippte sich gegen die Stirn. „Du kleiner Scheißer, tu doch nich so, als hättst du was zu melden. Er lachte frech und warf den Kopf nach hinten. Die auf rechts gescheitelten Haare wippten leicht und herausfordernd. Er zog ab, den Klumpfuß wie eine Eisenkugel mit sich ziehend. Ein armseliger Tölpel, der sich zwangsläufig um Kopf und Kragen bringen würde. Der Lehrmeister war derselben Meinung: „Wenn Hagel das gehört hätte, könnte der Kerl heute Abend seine Knochen im Betriebshof hinter den Müllkisten einsammeln. Besser man nimmt den gar nicht ernst. So viel Scheiße wie der redet, rennt der doch irgendwann ins offene Messer."

Ich kam mit geschwärztem Gesicht im Duschraum an. Wieder ein Grund für die Knaster zum Feixen. *Nigger.* Doch das war egal. Wichtig war, dass die Duschen bereits liefen. Ich hörte es schon im Umkleideraum. Also schob ich auf einer der Bänke die Sachen zusammen und zog mich aus. Ging in den Duschraum. Fünf Brauseköpfe spien schrill und heiß das Wasser auf mindestens dreißig in dichten Dampfschwaden tanzende nackte Leiber. Geschrei mischte sich mit Gelächter, mit Flüchen und Drohungen. Immerzu rückten weitere Knaster nach und begehrten Platz unter den Brausen. Warten. Endlich entdeckte ich eine Lücke. Zwei Schritte und ich hatte den Platz. Ich überhörte den Fluch eines anderen: „Da wollte icke grade hin." Ich hob die Arme und ließ das Wasser einfach über meinen Körper rinnen. Heißes, prasselndes Wasser, das die Haut rötete und das Fleisch aufquellen ließ. Langsam seifte ich mich ein. Gesicht, Arme, Genitalien. Das tat gut. Trotz der unglaublichen Enge, die einen immer wieder in Berührung mit anderen Körpern, Beinen oder Armen brachte. Ein Puff, ein Stoß oder ein kaum merkliches Wischen. In schwarzen Rinnsalen lief der Dreck von Gesicht und Armen zu Boden. Vermischte sich dort mit dem Wasser, das von den anderen Körpern kam. Gemeinsamkeit im Abwasser. Das war alles. Und was hatte es mit den Paaren auf sich? Allerhand, keine Frage. Das Gewühl nackter Leiber, die Tarnung in Dampf und Geschrei, das musste selbst die Schamhaften unter den Langzeitentweibten in Versuchung führen. Schließ die Augen und lehn dich irgendwo an, und wenn die Hand deines Spanners beim Rückenwaschen von hinten auf deinen Bauch rutscht und gefühlvoll das hochsensible Pinselchen und dein Gemächte erreicht, dann schließ die Augen und wehre dich nicht. Du hast darauf gewartet, es gewollt. Es war ganz sicher die einzige Möglichkeit, über Jahre und Jahrzehnte ein bisschen vom Gefühl der zweisamen Intimität zu bewahren. Und doch war ich froh, keinen so genannten Spanner zu haben. Keinen zum Fummeln und für diese anderen Sexualpraktiken, die verbal zotig beständig an der Tagesordnung waren. Blasen und Arschficken. Verrohungen, die fernab jeden Gefühls und jeder Menschenachtung in die Tat umgesetzt wurden, die es sonst nirgendwo gab. Nur hier.

Für Augenblicke tat sich meinen Augen eine Gasse auf. Ein Junger und ein Mittelalter, sie standen sich gegenüber, und der Junge hantierte mit fingerndem Geschick an des anderen Penis und den Hoden. Phallus. Die Gasse schloss sich wieder. Ich schaute immer noch. Aber ich empfand kein Entsetzen, keinen Abscheu. Keinen Ekel. Eher erschrak ich. Wenn ich mich nicht daran störte, hatte ich die erste Schwelle überwunden und würde selbst irgendwann Gefallen an der knastalltäglichen Form von Liebe und Sexualität finden? Ein Stoß traf mich in den Rücken. „Hau ab!" Ich taumelte und konnte gerade den Sturz auf den steinernen Fußboden vermeiden. Ich fing mich etwa zwei Meter außerhalb des Brausebereiches. Erstaunt und entsetzt blickte ich auf die nackten Leiber, auf die Gesichter. Ich hatte keine Chance, den hinterhältigen Kerl zu identifizieren. Ihn zur Rede zu stellen oder mir wenigstens seine Visage einzuprägen. War es Harri, Goebbels, Seife oder nur ein Krimineller, der keine Ausweiser mochte? Oder einfach eine von den niederen Kreaturen, die jeden sich bietenden Hinterhalt für eine Niedertracht nutzten? Der Platz, auf dem ich eben geduscht hatte, war sofort neu belegt. Ich hätte, um weiterduschen zu können, warten müssen.

Lange. Aber ich wollte gar nicht duschen. Ich war ja sauber. Und wenn ich es nicht gewesen wäre, hätte ich mir anderweitig beholfen. Diese Gemeinheit, auf einmal erstand das Bild brutalen, kalten Knastes aufs Neue. Nein, es erstand nicht neu, seine Konturen, die auf Stunden verschwommen gewesen waren, hatten sich wieder zur exakten Deutlichkeit geschärft. Sonst nichts.

Ich stellte mich bei der Kaltwasserdusche an. Ein kleiner Kerl mit Ringerfigur war mir eben zuvorgekommen. Vielleicht ließ er sich jetzt absichtlich viel Zeit. Um mich warten zu lassen. Oder hatte er ein Übermaß an Hitze? Hinten, vorn, Arm und Arm, Bein und Bein, Hals, Kopf und dann dasselbe noch mal. Und noch mal. Immerhin, es konnte einer noch so drahtig und muskulös sein, er vertrug denn doch nicht Hunderte Liter kalten Wassers. Mit einem plötzlichen Schritt trat er zur Seite, wobei er mich ansah und zugleich mit dem Kopf nickte. Anerkennung, weil er und ich zu den wenigen Tapferen gehörten, die kalt duschten? Oder weil ich so brav, so diszipliniert gewartet hatte? Ich nickte zurück und bemühte mich, ebenfalls recht lange unter dem kalten Strahl auszuharren. Emanzipation, Muskelspiel.

Das andere verlief reibungslos. Anziehen, auf den Betriebshof. Kalle saß auf dem Rand einer Schrottkiste. Er rauchte eine Selbstgedrehte. Die Haare lagen angeklatscht und sauber gescheitelt, die Kinnpartie glänzte nach der frisch erfolgten Rasur. Ein normaler Feierabend, der den Heizer Karl-Heinz Sowieso am Ende der Schicht noch auf ein Glas Bier in die Kneipe und danach nach Hause zum Abendbrottisch und zur Fernsehserie führte. Nein, er führte ihn in eine Zelle. Zwischen Mörder und Halunken, zwischen Geistesgestörte und politisch Andersdenkende. Statt des Fernsehens gab es Zank, Beleidigungen und Tätlichkeiten. Trotzdem lachte er und rückte ein Stück zur Seite, um für mich Platz zu machen. Er sagte heute nichts vom Kaffee. Er stellte auch keine Fragen, nach dem *Diskus* und nach der *Scheißerei*. Obwohl er nur zu genau davon gehört haben würde. Und das machte es mir schwerer, als wenn er erneut um eine Tasse gebettelt hätte. Es war mein Mitleid, vielleicht ein schlechtes Gewissen. Dieser Kerl hatte seine Bedürfnisse auf eine schlichte Tasse Kaffee hinuntergeschraubt. Der redete nicht von der Freiheit, von einem Leben nach der Entlassung. Der war einfach abgestumpft. Er erwartete nichts mehr vom Leben als eben diesen Kaffee und später vielleicht ein paar Biere und ein paar Schnäpse. Und ich? Mein Leben sollte erst anfangen, es sollte sich verwirklichen. Auch mit drei-, vier- oder fünfunddreißig. Ich würde in den Westen gehen. Und ich würde schreiben, würde meine Meinung sagen. Für mich hatte es einen Sinn, dass ich mich im Zuchthaus befand. Egal, dass es ein Widersinn, eine Gemeinheit war, dass sie mich eingesperrt hatten, weil ich nichts anderes versucht hatte, als dies schon zu tun: meine Meinung zu schreiben. Was zählten Kaffee und Alkohol für mich? Wenig.

Ich fasste in meine Taschen. In der einen steckten das kleine Diarium und der Bleistift, in der anderen jener Streuer voller Pulverkaffee, den ich vorsorglich für Harri mitgenommen hatte. Ein unnötiges Unterfangen. Nein, jetzt doch nicht. Ich umklammerte das kleine Behältnis und zog es heraus. „Hier", sagte ich, „pass auf, dass keiner was mitkriegt, sonst ziehn sie dir das Zeug noch ab." Kalle starrte erst auf den Kaffee, danach auf mich. Ungläubig, kopfschüttelnd. Langsam griff er den Streuer, wobei er ihn mit der gekrümmten Hand vor den Blicken der Knaster abschirmte. „Und wat willste dafür? Soll ick dir Tabak besorjen oder 'ne Mieze?"

Weder noch. „Geschenk."

„Aber der is mindestens zehn Mark wert!?"

Ich nickte. „Dann genieß ihn aber auch."

Er zögerte immer noch. „Hoffentlich tut et dir nachher nich leid. Morjen oder in 'ner Woche."

Nein, es würde mir nicht leid tun. Ganz sicher nicht.

„Na, denn danke." Es war ein bescheidener, hilflos klingender, trotzdem ehrlicher Dank. Er erhob sich. Seine Bewegungen wirkten schwerfällig, steif. Sichtlich müde. „Denn loof ick jetzt noch nich ab. Wenn ick mir ohm inne Zelle Kaffee mache, kommen se tatsächlich gleich alle an. Franko und Fritze und so. Die betteln oder zappen mir den weg. Ick setz mir in Kohlenkeller. Da isset ruhig. Hab ick noch zwee Stunden Zeit und kann det in Ruhe jenießen. Schnurz is ja heute nich da. Mit den Lars is ja woll Schluss, und da läuft er jetzt um viere mit ab."

„Schluss?", fragte ich.

Er bewegte gleichgültig die Achseln. „Son Alter und son Jungscher, det jeht sowieso nich lange juut. Der lässt sich anfüttern, bläst ihm zweemal een, und wenn er denn wat Besseret hat, haut er ab. So einfach." Für Kalle war das nichts Besonderes, es war Knastalltag. Er fuhr sich mit der Hand über die nassglatte Frisur und setzte zwei Schritte. Blieb dann wieder stehen. „Also, wie jesaacht, danke. Werd ick dir nich verjessen, det." Als er weiterlief, prallte er mit Harri zusammen. Harri kam wie ein Blinder daher. Seine Augen sahen nichts. Er redete, schimpfte vor sich hin. Gestikulierte und stieß den Kopf wie ein erregter Stier immerzu nach vorn. Den Zusammenstoß nahm er wegen seiner Gedankentiefe kaum wahr. Mit fahrigen Bewegungen zupfte er seine Sachen zurecht und rannte weiter. Dieses Rennen schien die vom Körper diktierte Anti-Stress-Therapie zu sein. Ein Stück hinter ihm kamen Freddi und Lars. Lachten. Waren sich wieder einig. Alles vergessen. Sie blieben bei mir stehen. „Wie läuft's?", fragte ich, und Freddi entgegnete: „Immer die Beine lang runter." Eine gängige Redewendung, die mit dem eigentlichen Gespräch nichts zu tun hatte. Freddi setzte daher zum passenden Gesprächsthema gleich nach: „Wo du bist, is ja immer Stimmung, das mus man dir lassen." Er kicherte. Und weil mir seine Bemerkung lästig war und ich schwieg, legte er schließlich nach: „So viel erleben andere Leute in ihrem ganzen EllEll nich wie du in zwei Tagen."

Ich schwieg weiter, und er wurde ratlos. Wartete, dass ich mich nun auch nach seinem und Freddis Job erkundigte. Da ich es nicht tat, redete er ungefragt. „Lars arbeitet jetzt auch als Elektriker. Wir kommen beide in die B-Schicht. Nächste Woche oder noch diese."

Ich hatte keine Lust, ihn zu loben oder ein bisschen neidisch zu sein. Ich stichelte. „Und die Heizung?"

„Heizung? Was soll das heißen?!" Freddi straffte sich. Er kniff die Augenbrauen nach unten und versuchte, wütend, drohend auszusehen.

Ich hatte keine Angst vor ihm, keinen Respekt. Ein jugendlicher Verbrecher, der die kriminelle Bahn nie mehr verlassen würde. Entgegen all seinen Beteuerungen. Einer, der in seiner Naivität noch stolz auf dieses verpfuschte Leben war. „Schon gut", entgegnete ich und blickte an ihm und Lars vorbei. Sie sollten begreifen, dass das kleine Stück Weg, das wir gemeinsam im Knast zurückgelegt hatten, nun zu Ende war. Ich für meinen Teil hatte es ja auch begriffen. Wiewohl sich vieles leichter meistern ließ, wenn man Weggefährten hatte. Ob ich wieder jemanden finden würde? Wen?

Kalle kam zurück. Er wirkte niedergeschlagen. „Ick soll jetzt gleich mit abloofen. Saacht Schnurz, meen Heizungschef. Komisch, wie er sich heute benimmt. Sonst isset ihm scheiß ejal, wenn jemand bis sechs unten bleibt. Aber heute. Richtich bescheuert." Er steckte die Hand in die Tasche und befummelte den Streuer, in dem sich der Kaffe befand. „Kann man nix machen", tröstete ich ihn. „Musste den Kaffee halt morgen trinken. Oder doch nachher auf der Zelle." Er machte sofort ein empörtes Gesicht. „Da will denn bloß Franko mitsaufen. Und die andern. Und bis morjen warten? Nee." Er sah jetzt wütend, aufgebracht aus. Aber nicht so, als könne er einen Menschen angreifen oder gar umbringen. „Is allet wegen den Zarten da." Er zeigte auf Lars. „Schnurz hat sich einjebildet, er kann 'ne Weile mit ihm jehen. Und nu hat ihm der Kleene vorn Koffer jeschissen." Seine Miene hellte sich plötzlich auf. „Ick jeh einfach mal zu Hagel. Der wird det jenehmijen, denn is Schnurz machtlos." Er lief los und kam kurze Zeit später zurück. Sah zufrieden aus. „Na also", lobte ich, „man muss sich nur zu helfen wissen."

Die Zählung, danach zur Freistunde. Ich überlegte zunächst, ob ich überhaupt gehen sollte. Immer im Kreis rennen, die Mauern, die Gitterfenster, hinter denen sich dieselben Leute befanden wie ich sie auch auf der Zelle hatte. Nun gut, ich sträubte mich weniger gegen diese Äußerlichkeiten. Das kleine Diarium steckte ja in meiner Tasche. Die Verlockung des Schreibens. Ich brannte darauf, den Stift in die Hand zu nehmen. Bundi löste dieses Problem für mich. Er drängelte: „Lass uns laufen. Jede Stunde, die wir nich mit diesen kriminellen Idioten in der Zelle sein müssen, is ein Gewinn." Keine Frage, er meinte Harri. Und ich war froh, dass ich nicht an seiner Stelle sein musste.

Die Freistunde nahm Harri aber ebenfalls wahr. Sturen Blickes und eilenden Schrittes. Den Monolog führte er weiter. Jetzt ohne zu reden, obschon mit Gesten, Bewegungen, Blicken. Denn hinter seiner Stirn brannte das Feuerwerk fort. Wir versuchten so zu laufen, dass er nicht unseren Weg kreuzte und uns nicht überholen musste. Und wir versuchten uns abzulenken, indem wir redeten, wobei wir Harri als Thema ausklammerten. Ich spähte ein paar mal zum Zellenfenster von Paulsen. Nichts zu sehen. Was wohl mit dem jetzt war. Hatte er Knast im Knast? Bundi begriff meine Gedanken. Wusste: „Der Schreihals hat anscheinend noch mal Glück gehabt. Ich hab ihn vorhin in der hinteren Halle gesehen. An 'ner Maschine. Hat tüchtig gearbeitet. Hat aber nich nach rechts und nich nach links gesehen." Ich grinste ein bisschen. Und Bundi sagte: „Er is buchstäblich mit 'nem blauen Auge davon gekommen. Hagel hat wohl nur mit halber Kraft zugehauen." Er seufzte. „Allmählich weiß ich, warum dieser Bau Zuchthaus heißt. Hier bringen sie einem nich bloß Zucht und Ordnung bei, hier wird man auch gezüchtigt."

Willert, Torsten und dieser Ernst überholten uns. Die drei liefen fast so schnell wir Harri. Dennoch redeten sie heftig. Das heißt, Willert und Ernst redeten, Torsten schwieg und nickte nur. Für uns unterbrachen sie das Gespräch. „Alles paletti?", fragte Willert. Ich wusste mit dem Ausdruck nicht viel anzufangen. Bundi half mir. „Paletti heißt hier soviel wie in Ordnung." Und er entgegnete: „Geht alles seinen Sozialistischen."

„Hoffentlich nich", sagte Willert. „Den sozialistischen Gang hatten wir lange genug. Jetzt brechen wir in neue Welten auf." Und an mich gewandt: „Und bei dir is alles O.K.?"

Ich nickte. „Bestens. Wenn ich nich genau wüsste, dass ich im Knast bin, würd ich sagen, ich bin in einem Gewerkschaftsferienheim in Elend im Harz. Da is weder das Essen besser, noch sind die Betreuer freundlicher." Die anderen lachten.

„Und dein Magen?", fragte Willert. „Soll dich der Doktor mal untersuchen?"

Ich tauschte einen Blick mit Torsten. Schüttelte den Kopf. Wie sollte das gehen, untersuchen? Sollte ich mich vielleicht hier auf dem Hof entkleiden?

Willert lief weiter und forderte die anderen zwei per Blick auf, mit ihm zu kommen. Ich hatte *sein* Angebot nicht angenommen. Vielleicht war er deswegen beleidigt.

„Die drei sind anscheinend unzertrennlich", sagte Bundi leise. „Möcht wissen, was passiert, wenn der Erste auf Transport geht. Ob die anderen zwei dann verzweifeln?"

„Wann geht denn mal 'n Transport?", fragte ich spontan.

Aber er wusste nichts Konkretes. Niemand wusste etwas Konkretes. Oder doch? Bundi war der Meinung, dass die Erzieher erfuhren, wann wer auf Transport ging. Dass sie es schon Wochen vorher wussten. Und zu den wenigen, die guten Kontakt zu den Erziehern hatten, gehörte der Hauptbrigadier. Und zu dem wiederum hatte Torsten einen guten Kontakt. Und an Torsten hing natürlich Willert. Wegen dieser möglichen Informationen - und auch sonst.

Beweisen ließ sich Bundis These nicht. „Es steckt einfach keine Regelmäßigkeit drin in diesen Transporten. Mal holen sie mit einem Schlag vier oder gar sechs Mann aus unserer Abteilung, ein anderes Mal gehen nur zwei. Oder gar nur einer. Und dann sind da welche dabei, mit denen rechnest du überhaupt nich. Kriminelle oder solche Kollegen mit undurchsichtigem Delikt. Aber der Westen holt sie einfach. Bezahlt für dieses Pack, und ich muss hier weiter sitzen und warten. Vermutlich setzen sich drüben welche ein, die selbst freigekauft wurden." Er schielte zu Harri und machte ein ärgerliches Gesicht. „Ich würd' was dafür geben, wenn ich heute Abend in Gießen sein könnte. Oder wenigstens in Karl-Marx-Stadt, im Abgangslager." Irgendwie würgte er an seinen Worten. An ein paar Tränen. Und ich konnte für ein paar Augenblicke meine Schadenfreude nicht unterdrükken. Warum redeten diese Leute, die in den Westen wollten, alle nur von sich. Warum meinte jeder Einzelne, er allein habe das Recht, vor allen anderen auf Transport zu gehen?

Egal, ich bekam Gewissensbisse, etwas Mitleid. Wollte Realismus verbreiten. „Kannst du dich nich auf eine andere Zelle verlegen lassen?"

Ich fand keinen Anklang. „Soll ich kuschen? Vor diesem Harri? Außerdem lohnt sich das nich für mich. Ich sag ja, es kann von einem Tag auf den andern gehen, dass ich abmarschiere." Ich schwieg und blieb für den Rest der Freistunde einsilbig. Ich hörte mir Bundis Geschichten an. Weibergeschichten. Vielleicht stimmten sie, wahrscheinlich nicht. Er allein mit drei Frauen in einer Datsche am Wasser. Wochenende, Sonne, baden, rammeln und das alles in Serie. Es kam mir bekannt vor. Vom Inhalt und von der Strickmasche. Alle diese Angeber bauten ihre Storys so auf. Zuerst der Rahmen, in dem sie sich optimale Wohn- und Lebensumstände zusammenspannen, danach die Weiber, die natürlich erstklassigen Formats waren, und zuletzt das Sexuelle. Ich gähnte mehrmals und beschloss, künftig auf die Freistunde zu verzichten. Doch mit dem Ende der Freistunde wurde Bundis Angst vor der Rückkehr in die Zelle wieder massiv. Die Angst vor Harri, vor den anderen. „Was mach ich am besten?" Ich konnte ihm keine Antwort geben. Schon gar nicht helfen. Ich hatte mit mir selbst zu tun. Konnte es nicht sein, dass ich nach der Freistunde ebenfalls in Streitereien geriet?

Wir gingen schweigend die Treppe hinauf. Ein Stück vor uns Harri, weiter hinten Willert mit den anderen beiden. Am Zwischengitter trennten wir uns. Da die Häftlinge vom Haupttrakt wie gewohnt zuerst weggeschlossen wurden, konnte ich die zwei Feinde beobachten, bis sie die Zellentür erreichten. Harri redete jetzt wieder. Nicht mit sich, sondern mit Bundi. Er beschimpfte ihn. Seine Stimme war weithin hörbar, obwohl man seine Worte nicht verstehen konnte. Bundi ließ sich provozieren. Er schnauzte zurück. Erst als sich der Schließer näherte, wurden beide still. Bis sie in ihrer Zelle verschwanden. „Wenn das man gut geht", warnte Willert, der den Streit auch verfolgt hatte. „Was soll Bundi denn machen?", fragte ich verwirrt.

„Er hätte versuchen können, draußen zu bleiben. Wenn er sagt, dass er sich bedroht fühlt, hätte ihn der Schließer vielleicht zum Erzieher geschafft."

„Aber auch nur vielleicht", meldete sich Torsten plötzlich. „Genauso gut hätte er ihn in die Zelle prügeln können."

Egal, es ging zurück in die eigene Zelle. Umdenken. Anpassen.

Die Kerle empfingen mich schweigend. Mich und Willert. Ein drückendes Schweigen. Richtete es sich gegen mich? Gegen Willert? Gegen uns beide? Hatte es wieder Streit um die Rationen gegeben? Nein. Käse, Wurst, für jeden von jedem eine dünne Scheibe. Brot und das Klümplein Margarine, der Wald- und Wiesentee, dem man nachsagte, er enthielte das so genannte berüchtigte Hängulin. Oder gab es Hängulin gar nicht. Hieß es nur, nach diesem Tee hängt *er* hin. *Er*, der Penis, der dann kein Phallus mehr werden sollte.

Ging es etwa um den Kaffee? Kalle hatte einen Streuer geschenkt bekommen. Die anderen nicht. Franko, der nach Suchtstoffen gieperte. Fritzchen, Otto, die Genießer. Auch nicht, das hätte anders ausgesehen.

Das Schweigen, hatte es einen Geruch, eine Gestalt, einen Inhalt? Unauffällig forschte ich die Mienen aus. Ich fand Kälte, Spott, Feindseligkeit. Aber das galt nicht mir, nicht Willert. Es roch nach einem Streit. War er bereits ausgetragen? Oder hatte ihn unser Kommen unterbrochen, ihn abgewürgt? Aus Scham?

Scham, das schien der Schlüssel zu sein. Die schämten sich. Deshalb sprachen sie nicht.

Wir aßen also. Willert und ich an einem Tisch. Zum ersten Mal übrigens. Ich hatte jetzt mein Diarium ausgepackt. Es lag vor mir. Mit dem Bleistift, dem Radiergummi. „Hast du ein Werk vor?", fragte Willert sehr leise. Seine Stimme hatte ernsthaft, bedeutungsvoll geklungen. „Nein", erwiderte ich. Ich sprach laut, damit die anderen es hörten. Damit sie sich nicht bespitzelt, ausgehorcht fühlten. *Jetzt kommen wir glatt in einem von seinen Büchern vor; der wird doch kein gutes Haar an uns lassen.* „Ich schreib paar Verse und Gedichte auf. Welche, die ich im Gedächtnis habe. Und paar neue hoffentlich. Aber nix Politisches."

„Schade."

Ich biss in mein Brot, um nicht sprechen zu müssen. Doch Willert schien auf eine Antwort zu warten. Er schwieg, bis ich den Bissen weg hatte. Auch sein Schweigen war richtungsweisend. Es unterstrich seine Erwartungshaltung. „Es heißt ja, wenn's dem Esel zu gut geht, geht er aufs Glatteis. Dies hier is aber kein Glatteis. Es is dünnes Eis. Da bricht man ein. Deshalb geh ich nich drauf."

Willert schien zumindest von dem Gleichnis angetan. „Gute Fabel, die du draus gemacht hast. Merkt man doch, dass da eine gewisse lyrische Tiefe bei dir ist. Auch Satire. Übrigens: Weißt du, von wem das ist? *Ich würde dir ohne Bedenken/ eine Kachel aus meinem Ofen schenken.*"

„Ringelnatz oder Tucholsky."

Er nickte zufrieden. „Der Zweite war's."

„Und das?", fragte ich zurück, von wem is das: *„Karl Krause, der mein Nachbar ist/ ist echter Streifenpolizist./ Er trägt trotz seines Weibes Rüge/ im Bett noch Streifenschlafanzüge.*"

Willert legte die Stirn in Falten, während Freddi und Franko loskicherten. Das Schweigen, es schien aufzubrechen. „Kommt mir bekannt vor. Könnte von Ringelnatz sein. Wenn's von Tucholsky wäre, wüsste ich das. Ringelnatz oder, wie heißt der doch gleich?"

„Stengel", sagte Lars überraschend. „Das is der vom Eulenspiegel. Der macht solche witzigen Dinger."

„Quatsch!", widersetzte sich Willert. „Stengel ist ein Stümper." Er hatte arrogant geredet. Und man musste meinen, der Schimpf des Stümpers solle zugleich für Lars gelten.

Lars richtete sich sofort auf dem Bett auf. Wollte eine deftige, patzige, rotzfreche Antwort geben. Ich verhinderte es, indem ich rasch sagte: „Der heißt Gottfried Feder und sitzt hier am Tisch." Für Augenblicke sperrte Willert erstaunt den Mund auf. „Von dir?" Jetzt kamen auch Franko und Freddi mit ihren Oberkörpern hoch. „Alle Achtung." Ich biss wieder ab. Fritzchen und Otto interessierten sich ebenfalls. „Oder hauste uns die Taschen voll?" Ich kaute und gab einen abschlägigen Gesichtsausdruck.

„Ich hab in meinen Knastjahren schon Leute erlebt, die wirklich das unmöglichste Zeug gesponnen haben." Otto stand jetzt mitten in der Zelle. Er grinste. „Einer wollte uns mal weis machen, sein Vater sei im Westen hoher Bundeswehroffizier. Der würde alle zwei Monate in seiner Uniform nach Brandenburg kommen und ihn besuchen. Natürlich in einem abgeteilten Raum." Fritzchen hüpfte von seinem Bett herunter, er lachte glucksend. „Den kenn' ich auch, den Kerl. Vor allem darf man ihm nich widersprechen, sonst wird er gewalttätig. Er is jetzt in der ElMo drüben. Spulen wickeln." Er musste mit dem Reden aufhören, da er kaum noch Luft bekam. Dann jedoch: „Oder kannst du dich an diesen Idioten mit den Stinksocken erinnern? Waltraud haben sie zu ihm gesagt. Der hat doch stur und steif erzählt, er musste in der Familie seiner Frau alle in den Arsch ficken. Frau, Schwiegermutter und sogar den Schwiegervater." Wieder unterbrach er sich, weil ihm bei seinem schallenden Gelächter die Luft auszugehen schien. Erst nach einer Viertelminute konnte er weiterreden. „Dieser Spinner hat Stein und Bein drauf geschworen. Egal, wie wir ihn verarscht haben. Er hat behauptet, dass sie erst alle nur wissen wollten, wie es is, wenn sie einen von hinten verbrummt kriegen, und nachher hat's denen angeblich so gefallen, dass er immerzu ran musste."

Die Resonanz, die er sich auf seine Geschichte versprochen, erhofft hatte, trat schnell ein. Fritzchen im Mittelpunkt. Gelächter, Stimmengewirr. Niemand interessierte sich mehr für meinen Vers. Lediglich Willert merkte an: „So is das. Wenn dies Volk auf das richtige Thema kommt, ist alles andere null und nichtig." Er räumte sein Stullenbrett und das übrige Zeug in den Spind und ging zum Fenster, um zu rauchen. Nach meinen Versen fragte auch er nicht mehr. Ich nutzte das Durcheinander, um mich auf mein Bett zu verziehen. Mit dem Diarium. Ich brauchte nicht lange, um ein paar Verse, ein paar Gedichte aus früheren Zeiten aus dem Gedächtnis zu kramen. Es ging ganz leicht. Es schrieb sich, als müsste ich nur einen Schalter in meinen Gedanken drehen, schon sprudelten die Worte. Ich empfand Vergnügen, ein bisschen Befreiung, einen Hauch von Glück.

Hüllenkult in Prerow: *In Prerow, wo die Hüllen fallen/ und nackte Haut nur dominiert/ wo nirgends störn Bikinischnallen/ und wo kein Menschenkind sich ziert*

In Prerow jenem Born der Bräune/ am wahren Busen der Natur/ wo niemand braucht textilne Zäune/ im Zentrum reinster Nacktkultur

In Prerow, wo ich Urlaub mache/ in nackter Anonymität/ passierte diesmal eine Sache/ die mir nicht aus dem Sinne geht

Ich traf auf Prerows Dünenwegen/ aus unserem Betrieb Frau Kühn/ darüber war ich erst verlegen/ und dachte panisch fast ans Fliehn

Frau Kühn war nie die Modeschickse/ und tat sich exaltiert gestalten/ sie wollte niemals Hof und Knickse/ und tat zur Umwelt Abstand halten

In Prerow war Frau Kühn verändert/ Der Grund war wohl die nackte Haut/ Sie kam so leicht dahergeschlendert/ wie man's ihr sonst nicht zugetraut

In Prerow, wo die Hüllen fehlen/ fühlt sich Frau Kühn allseits gefeit/ Sie braucht sich nicht mit Moden quälen/ und das verleiht ihr Sicherheit

In Prerow hab ich so erfahren/ wir Menschen sind doch immer gleich/ die Hülle ist seit tausend Jahren/ ganz einfach unser Himmelreich.

Es war noch nicht sehr lange her, dass ich dieses Gedicht geschrieben hatte. Im Mai oder Juni, als ich den Campingplatz auf dem Darß zum letzten Mal besucht hatte. Mit Bebie. Wir hatten strahlendes Sonnenwetter gehabt, und es war überhaupt ein Glück gewesen, dass wir dort ohne Anmeldung unser Zelt aufbauen konnten. Bebie hatte sich geziert. Das typische FKK-Anfänger-Syndrom. Alle würden nur auf sie starren. Trotz der zahllosen vielgestaltigen nackten Leiber, die dort umgingen. An einem Nachmittag traf ich dann eine Bekannte. Eine Frau, Mitte dreißig, die ich bei der pflichtgemäßen Überprüfung eines Potsdamer Baukombinats kennen gelernt hatte. Sie arbeitete in der Wissenschaftsabteilung und sollte mir ein paar Zahlen und Sachverhalte aufbereiten. Nichts Bewegendes. Fachlich und dienstlich gesehen. Auch sonst nicht. Nicht, was ihre Ausstrahlung anging. Sie machte nichts aus sich. In Prerow wirkte sie anders. Es gab nichts aufzutun. Nur die Wahrheit. Und mit der schnitt sie nicht schlecht ab. Volle, weiche Brüste, ein leichtes Hohlkreuz, das ihren Bauch verlockend vor- und das Becken ein bisschen zurückstehen ließ. Die Wölbung der Hinterbacken, der Haarbusch zwischen ihren Beinen. Alle Achtung. Ich war befangen, als sie mich ansprach. Ich wollte erst ausweichen, flüchten, fliehen. Tatsächlich. Aber sie rief mich zweimal beim Nachnamen. „Herr Feder, hallo!" Entkommen ausgeschlossen. Doch ich entspannte mich während unseres Gesprächs. Obwohl eine gewisse Spannung blieb. In mir. In dieser Situation. Sich völlig frei und ungezwungen zu verhalten, daran gewöhnte man sich nicht innerhalb von ein paar Tagen. Sie hatte diese Spannung nicht in sich, keine Befangenheit. Als wäre sie für dieses nackte Leben unter der Strandsonne geboren, als kenne, brauche sie keine Kleider.

Wir hatten lange geredet. Zehn, fünfzehn Minuten. Bebie beobachtete es eine geraume Zeit. Mich, die Frau. Sie hatte den Bademantel drüber. Vorn hielt sie ihn zu. Entgegen den ungeschriebenen Regeln für das Verhalten der Nackedeis am Anti-textilstrand. Trotz der vielen Leute fiel sie auf. „Ihre Frau?" Ich schüttelte den Kopf. „Bin ledig." Das war kein Ja und kein Nein. Dennoch schien in meiner Stimme ein Hinweis zu sein: *Die gehört zu mir*. Und auch dies? *Leider*. Ich bekam ein mildes Lächeln zur Antwort. Mit Trost und Bedauern. „Hier fangen viele so an. Es sei denn, sie kennen's von Kind auf so." Ich nickte und bemühte mich, nicht so oft auf ihren Körper zu blicken. „Wenn sie vielleicht herkommen will? Beim Unterhalten oder Umherlaufen wird's leichter, selbstverständlicher." Ich wusste, Bebie würde nicht kommen. Daher verneinte ich. Und ich wusste, sie würde noch eine Weile in diesem gestreiften Bademantel dort stehen. Etwas trotzig, etwas beleidigt, sehr vorwurfsvoll. Bebie. „Manche schaffen's nicht. Verschwinden nach zwei, drei Stunden und versuchen 's nie wieder." Sie lachte und strich ihr Haar gegen den Wind. „Wir sind jedes Jahr hier. Ich und die Kinder. Meine Eltern noch." Und der Mann? War sie allein? Jetzt erst hatte ich es bemerkt: Wie geheimnisvoll sie war, trotz der totalen Blöße. Aber dann: „Und Bodo. Der hat auch gebraucht, bis er damit klar kam. Ohne mit." Bodo, mit dem Rang eines Zubehörs? Nein, dieser Bodo konnte das Flair des Geheimnisvollen nicht mal ankratzen. Vielleicht aus ihrer Sicht Bebie auch nicht. „Tschüss dann." Ihr Abschiedsgruß war unvermittelt gekommen. Ein Bruch. Die Drehung und der Blick auf ihre Rückfront. Ein paar unbedeutende Falten an den Ausläufern der Hinterbakken, ein bisschen Zellulitis. Leichtfüßiger, sportlicher Schritt. Selbstbewusstsein. Alles bestens.

Ich hatte ihr noch eine Weile hinterher geblickt, und sie hatte es gemerkt. Ohne sich umzudrehen. Danach war ich ins Wasser. Gut zwanzig Minuten, wiewohl die Temperatur zu dieser Jahreszeit niedrig lag und ich alsbald fror. Ja, und dann dieses Gedicht. Nein, nicht gleich. Zunächst die Hürde, Bebie. Ich hatte einen Krach erwartet, eine Szene. Aber Bebie lag vor dem Zelt. Nackt auf dem Bauch. Nun also doch. Lesend. Als ob nichts gewesen sei. Aha. Kein Wort von dieser Begegnung, dem Gespräch. Ein Flirt? Eine beachtliche Antireaktion ihrerseits: „Warum fragst du mich eigentlich nie, ob ich mit ins Wasser will?" Ja, warum? Wir gingen also noch mal rein. Wobei das *Noch mal* mich betraf. Nicht nur was das Baden anging. Der Beischlaf an diesem Abend erfuhr dieses *Noch mal* ebenfalls. Furios und auch kurios. Da das Zelt in den Dünen gestanden hatte, rutschte die Luftmatratze beim Vögeln weg, irgendwie gab der Sand nach und wir wühlten auf nachgiebigem Untergrund. Tatsächlich.

Das Gedicht schrieb ich am nächsten Tag. Ohne Bebie. Sie hatte sich ein Fahrrad besorgt und war über den Darß geradelt. Trotz der heißen Sonne. Ich nicht. Ich dichtete also. Ich gab der Frau den Namen Kühn. Wie sie wirklich hieß, erfuhr ich nie. Ich kam in den paar Monaten vor der Verhaftung nicht mehr in das Baukombinat. Vielleicht wollte ich ihn gar nicht erfahren. Wegen Bebie? Ja. Aber nicht, weil ich mit ihr zusammen war, wohnte und verreiste. Nicht nur. Bebie hatte unverhofft einen Stachel in die Unbeschwertheit dieses kurzen Urlaubs gesetzt. „Könnte ja sein, dass diese Frau Kühn-Sowieso in Wirklichkeit bei der Stasi ist und dich ausspionieren soll. Oder beschatten. Ob du von hier aus in den Westen abhaun willst!" Ein Verdacht ohne jede Beweislage. Aber gerade deshalb ließ es sich trefflich spekulieren. Ließ es sich negativ denken. Wider alle Vernunft. Es passte eben. Im Konjunktiv. Wie es aber auch Zufall sein konnte, wahrscheinlich sein musste. Unerwartet, unbeabsichtigt.

Das Gift der Unterstellung wirkte zersetzend, lange. Ich hatte die Seite in meinem Gedichtbuch nie mehr aufgeschlagen. Erst in der U-Haft tat ich es. In Gedanken. Ich konnte die Verse aufsagen, komplett und ohne zu grübeln. Es mochte an den Umständen gelegen haben. Monatelang schon eingesperrt, isoliert. Sexueller Missstand, Notstand als Randerscheinung oder als dominierendes Drangsal? Ich hatte eines Nachts von Prerow geträumt. Von den nackten Frauen, von Frau Kühn. Ich hatte ihr das Gedicht vorgelesen. Danach hatte sie sich mir geöffnet. Aber es gab keine Penetration. Wegen Bebie. Nein, nicht wegen ihrer Eifer- und Eigensucht. Das Wörtchen Stasi tauchte in dem Traum auf. Im Zusammenhang mit Frau Kühn, im Zusammenhang mit der Zelle, der U-Haft, mit der Gewissheit, in diesem Gemäuer mit keiner Frau schlafen zu können. Im Zusammenhang mit Bebies Verdacht. *Würdest du mit so einer ficken? Könntest du das?* Aber das Bild der Frau war in diesem Traum geradezu überzeichnet klar erstanden. Ich konnte jeden Quadratzentimeter ihres Körpers sehen, jedes Härchen. Nicht nur sehen, riechen. Fühlen? Nein, fühlen nicht. Wegen der Barrieren.

„Zählung!", schrie jemand über den Flur. Langsam regten sich die ersten Knaster auf ihren Betten. Franko sagte: „Nach meiner Uhr sind noch zehn Minuten Zeit." Ich kletterte trotzdem nach unten. Zog meine lumpene Uniformjacke an. „Eigentlich müsste erst Kalle noch kommen", sagte Franko. „Wieso der heute nich mit abgelaufen is? Der hat doch schon ewig nich länger gemacht." Es störte ihn nicht, dass niemand auf seinen Monolog reagierte. Es mochten Gedanken sein, die eigentlich in seinem Kopf zu bleiben hatten. Doch Kalle kam. Er wirkte locker, gelöst, fast glücklich. Der Kaffee. „Haste gehascht oder dir 'ne Mieze zugelegt, alter Zopp?" Aus Frankos Frage sprach ein wenig Neid. Kein konkreter Neid, sondern Neid auf das Erlebnis, das den anderen in die gute Stimmung versetzt haben musste. Kalle lächelte unanfechtbar. Vielleicht strahlte er sogar? „Kannst ja wenigstens erzählen, warum du so bei Laune bist", knurrte Franko. Doch Kalle erzählte nicht. Stattdessen meldete sich Fritzchen. „Sei doch froh, dass wenigstens einer so locker is. Stell dir vor, er hätte auch so 'nen Zappen wie Schnurz." Kalles Züge strafften sich. „Schnurzel hat 'n Zappen? Wie det?" Doch sofort besann er sich. Kehrte den Blick zum Bett von Lars. „Wejen ihm?" Fritzchen nickte gewichtig. Flüsterte: „Hat ihm richtig 'ne Szene gemacht. Mit Tränen. Voll aus Liebe." Kalle nickte, und ich hatte endlich die Erklärung für die Missstimmung nach der Rückkehr von der Freistunde. „Weiberjeschichten", sagte Kalle. „So wat is immer een Reinfall." Eine Bemerkung, die ich zuerst für witzig genommen hatte. Aber die Miene war ernst geblieben. Nachdenklich. „Hauptsache, er versucht nich, sich det Leben zu nehm. Wie dieser Blödmann aus de C-

Schicht. Der is von hier oben durchs Treppenoore jesprungen, weil seine Mieze mit ihm Schluss machen wollte. Aber solche Leute passiert ja noch nich mal wat. Kommt unten an und hat sich nich mal wat jebrochen." Er schüttelte den Kopf und lachte nun doch ein wenig. „Sind doch mindestens acht bis zehn Meter. Und da fällt der runter uff den Beton und hat sich nüscht jetan. Nur paar Prellungen. Und denn isser tatsächlich wieder mit seine Mieze zusammenjekommen. Wahnsinn." Er schaute für Augenblicke, als wäre er nun neidisch. Auf diesen erfolgreich erfolglosen Selbstmordversuch.

Schließgeräusche an der Tür. „Los, Tempo!", schrie Franko durch die Zelle. „Zählung."

Die Kerle hasteten herbei. Nur Schnurz saß auf der Bettkante. Er sah verheult aus. Schlaff. „Zählung!", brüllte Franko abermals. „Los, Schnurz. Oder solln wir wegen deiner Rummiezerei Prügel kriegen?" Der Riegel wurde krachend zurückgerissen. Die Tür flog auf. Hansemeier erschien. Franko erstattete zackig Meldung. Der Uniformierte überflog per Blick die Angetretenen. Notierte die Zahl auf seinem Zettel. Da er nichts monierte, musste Schnurz noch rechtzeitig nach vorn gekommen sein. Krach, flog die Tür wieder zu, die Schar der Knaster zerstreute sich.

„Ging ja grade noch mal gut", sagte Franko zu Schnurz. „Nun hau dich hin und schlaf dich erst mal aus. Morgen sieht die Welt wieder anders aus."

Schnurz machte nicht den Eindruck, als wolle er die Empfehlung beherzigen. Er sackte zusammen. „Nee, nee. Ich mach Schluss." Er heulte. Ein Mensch, der auf die Fünfzig zuging. Vor all den anderen. Den Jüngeren, den Alten. Den Bekannten, den Fremden. Himmel, welche Tragödie. Wie peinlich. Nicht mal, wenn ihm die schönste Frau der Welt einen Laufpass gegeben hätte, durfte er sich so gehen lassen. Meinte ich. Oder? Wo hätte er hingekonnt, um zu heulen, seinen Schmerz auszuleben? Es gab in diesem Knast keinen Quadratzentimeter Intimsphäre, keine Sekunde Privatleben. Insofern mochte es egal sein, ob einer in sein Kissen wimmerte oder ob er es vor aller Augen tat.

„Alles wegen dir", schimpfte Franko. Er stand vor Lars. Ein kleiner drahtiger Zwerg vor einem schlanken, schlaksigen Einsachtziger. Alt gegen Jung. „In der C-Schicht hättste dich das nich trauen dürfen. Anfüttern lassen und dann tun, als wär nix. In der C-Schicht wär' heute Nacht die ganze Zellenbelegschaft über dich drüber gestiegen." Ich verstand seine Drohung erst nach Fritzchens Bemerkung. „Jawoll, Franko, tu ihm den Mastdarm versilbern. Ramm ihm dein Schwert in die Kimme! Dagegen is die ganze C-Schicht ein Scheißdreck." Lars grinste. „Geht dich 'nen feuchten Pup an, was ich mache. Verstanden?" Er schob sich an Franko vorbei. Der jedoch packte ihn von hinten an der Schulter. „So leicht kommst du mir nich davon." Lars schüttelte ihn ab. „Besser, du hältst dich da raus. Oder?" Er nahm ihn nicht ernst. Franko war mehr als doppelt so alt, er maß gut anderthalb Köpfe weniger. Ein Gnom, dem die Rolle des Sheriffs nicht anstand. Eigentlich ein Kläffer. Aber einer, der nachsetzte, freilich mit Vorsicht. „Haste dir denn nich überlegt, was du anrichtest?" Lars wandte im Gehen den Kopf. „Mensch, halt jetzt die Fresse, du gehst mir aufn Sack." Eine Antwort, die Franko Gelegenheit gab, sich weiter zu empören, aufzuspielen. „Bisschen mehr Respekt und Höflichkeit würden dir auch gut zu Gesicht stehen." Der Kleine sah sich in der Zelle um. Schlug sich endlich jemand auf seine Seite? Ließ sich keiner herbei, diesem Lars eins auszuwischen? Nein, nur Fritzchen lästerte ein wenig. „Von der Jugend kannst du heutzutage nix erwarten, Franko. Die bessert nich mal der Knast." Aber was nützte Fritzchen? Der zweite Gnom in dieser Zelle. Ein Feigling, der andere aufhetzte und sich selbst verpisste, wenn die Gefahr anrollte. Im Gegenteil drohte Frankos Attacke das endgültige Aus, als sich Freddi einschaltete. „Kann das vielleicht sein, Franko, dass dich das überhaupt nix angeht, was mein Kumpel macht und was er nich macht?" Die Frage saß. Ein funkelnder Blick, drohende Stimme. Franko luchste, ob ihm nicht noch jemand beisprang.

Nein. Also zog er den Schwanz ein. „Man wird ja wohl mal seine Meinung sagen können."

Ich lag schon eine Weile auf dem Bett, als Freddis Kopf neben der Bettkante auftauchte. „Machst'n?"
Ich zeigte auf mein Diarium.
„Noch so was wie mit dem Streifenbullen?"
Ich las ihm das Gedicht von Prerow vor. Hüllenkult. Ich wollte es selbst hören. Leise las ich und über das Buch gebeugt. Dennoch spürte ich die Spannung, mit der er lauschte. Der Atem, der stoßweise ging, ein paar Mal trockenes Schlucken. Als ich fertig war, blieb er noch still. Leckte sich mit der Zunge über die Lippen. Nickte. Wurde unruhig, aufgeregt. „Kann einem anders bei werden. Aber voll. Wenn ich dran denke, was wir hier alles versäumen. Für nix und wieder nix. Aber warte, wenn ich frei bin, im Westen. Ich bleib 'nen ganzen Monat im Puff. Das is sicher!" Er fasste sich. „Haste das heute gemacht? Im Knast?"
Ich schüttelte den Kopf. Erklärte ihm ein paar Zusammenhänge. Wieder leckte er seine Lippen, schluckte, zitterte sogar ein bisschen. Und seine Gedanken schienen dem Bild des Prerower Strandes, den vielen Unbekleideten zuzuschmachten. „Und hier? Machste hier auch Gedichte und solches Zeug?"
„Bin ich dabei", erwiderte ich. „Is aber nix fertig."
„Hm." Er bedauerte das. Offenbar sehr. „Und wann haste was fertig?"
Ja, wann. „Kennst du ‚Yesterday' von den Beatles?"
„Hältst du mich für bescheuert, dass ich das nich kennen soll?"
„Da versuch ich mich mit 'nem deutschen Text."
„Gibt's da nich schon einen?"
„Mehrere. Aber warum soll ich mich nich auch dran versuchen."
Er nickte und forderte mich auf zu lesen.
Scheiß doch drauf, nimm 'nen festen Strick und häng dich auf; mach die Beine mal so richtig lang und stoß dich ab von einer Bank.

Sei doch schlau, tu 'nen Löffel Gift in den Kakau; notfalls kann's auch kalter Kaffee sein, nur sei kein Frosch, tu's endlich rein.

Er war enttäuscht, als ich abbrach. So mitten drin. Klagte „Das is echt Scheiße, dass das einfach so aufhört. Das musst du voranbringen, bis zum Ende. Und zwar schnell." Er lachte plötzlich über das ganze Gesicht. „Wie war das? Löffel Gift in den Kakau? Ich könnt mich kringeln. Lies noch mal, ich will's mal singen. Das fetzt."

Ich las, und dann sang er. Zum Glück leise. Trotzdem, er hatte eine gute Stimme. Voll und rau, eine Röhre, um die sich manche populäre Rockgruppe gerissen hätte. „Hast du's schon mal in der Musik versucht?", fragte ich ihn. Er machte ein grimmiges Gesicht. „Versuchen kann man viel. Aber wie soll man Erfolg haben. Als Vorbestrafter nimmt dich keine Band, selbst wenn sie's wollten. Als Vorbestrafter hast du dort zu arbeiten und zu wohnen, wo sie dich hinstecken. Da kannst du ein Genie sein. Und wenn du nich spurst ..."

3. Teil

Der Freitagmorgen. Das Wochenende lockte mit der bescheidenen Aussicht auf etwas Ruhe wie der Duft einer leicht angebrannten Portion Bratkartoffeln. Bratkartoffeln – welch eine Delikatesse. Mit dem Wissen um die bevorstehenden zwei freien Tage ließ sich die Erschöpfung ein bisschen leichter besiegen. Das Aufstehen geriet weniger schwerfällig. Die üblichen Aggressionen, Feindseligkeiten und Reibereien des morgendlichen Trotts hielten sich in Grenzen. Sie wurden lediglich von außen in die Zelle getragen. Gespien. Kalfaktor Stoß blaffte die geballte Krötigkeit seines Charakters in unsere morgendliche Dumpfheit. „Los Franko, beweg mal deine dreckigen Kackstelzen. Sonst gibt's hier nichts zu fressen!" Und da er sah, dass Franko wirklich nicht schneller konnte: „Vielleicht kann von den anderen faulen Schweinen mal jemand mit zufassen. Ich hab schließlich noch mehr zu tun." Ich stürzte sofort zur Tür. Kalle folgte. Mit fahrigen Händen rafften wir die letzten Brötchen vom Wagen. Aus der Tiefe der Zelle stotterte Schmerke: „Ddder Dddrecks ... kkkerl sssoll .... sssich nnnich ... wwwundern, wwwenn ... wwwir ... iiihm mmmal dddie Fffresse pppoliern!" Die Wut hatte seine Stimme für die letzten Worte geglättet: „Schleimige Ratte!" Der Schimpf, der in seiner sprachlichen Exaktheit nie einem Stotterer hätte entfahren können, ließ den Kalfaktor erglühen. Wie ein aufblasbares Schwimmtier, dem man soeben die letzten Luftstöße verpasst hat, nahm er an Volumen zu. Und er handelte. Kein Schließer konnte ihn noch zurückhalten und keiner von uns Zelleninsassen ihm den Weg verstellen. Er raste ohne Vorwarnung hinein in unsere Zelle, überrannte den vor ihm stolpernden Kalle, auf dass dieser die Brötchen fallen ließ. Wie die sprichwörtliche Wildsau. Augenblicke, dann hatte er Schmerke erreicht. Zwei Schläge nach Boxermanier gegen den Oberkörper und der Stotterer, selbst ein Athlet, fiel durch die Wucht der Fäuste nach hinten. Zwischen Tisch und Hocker. Stoß versuchte nachzusetzen. Doch die Stimme des

Schließers donnerte dazwischen. „Wenn du nich auf der Stelle zurückkommst, mach ick det Brett dichte." Unmissverständlich. Stoß zögerte keinen Moment. Er setzte sich in Bewegung. Polterte zurück. Vorbei an Frankos dankbar auf den Schließer gerichteten Blick, vorbei auch an Fritzchens gehässiger Bemerkung: „Ja, mach rasch zu das Brett. Dann kriegst du nachher 'ne Portion Hackfleisch zurück." Krach, machte das *Brett*, und die just erlebte Szene lag wie ein böser Traum, den alle gemeinsam und doch getrennt durchträumt hatten, hinter uns. Spucke und Schnurz halfen dem Liegenden auf die Beine. „Irgendwann muss diesem Stück Scheiße doch mal jemand die Kehle durchschneiden", forderte Otto. Und Willert murmelte: „Bloß gut, dass ich bald hier weg bin." Gut für ihn. Und sonst?

Die Wochenendstimmung setzte sich dennoch durch. Die zwei freien Tage lagen vor uns wie eine Insel, von der man sich ein unbeschreibliches Heil erhofft. Und doch lebte man auf dieser Insel nicht anders als auf dem Festland. Die Kerle begrüßten sich am Appellplatz per Handschlag. Als würden sie nun gleich das Schiff zu der Insel besteigen, als noble Passagiere. All diese Knaster. Nach der Zählung blieben mehr stehen als sonst. Erzählten Wichtiges, belachten Geistvolles. Und es schien, sie würden beratschlagen, welches hervorragende Restaurant sie auf der Insel besuchten. Arme, abgerissene Gestalten. Ich lief wieder mit Bundi den Rundweg durch die Halle. Zwischen den Maschinen und den Metallkisten. Zwischen den müden Visagen, an die ich mich allmählich gewöhnte. Bundi hatte die Kluft zwischen sich und Harri nicht überbrücken können. Mit den anderen Zelleninsassen kam er wieder besser zurecht. „Die halten Harri alle für 'nen eingebildeten Arsch. Er vergiftet das Klima." Die Ablehnung der anderen tröstete ihn. Trotzdem wartete er auf unsere morgendlichen Runden, auf die Gespräche. „Nächste Woche is Sprecher. Meine Mutter kommt. Bestimmt weiß sie was Neues. Wann ich auf Transport geh. Lange kann's ja nich mehr dauern." Da wir nebeneinander gingen, konnte er mir nicht ins Gesicht sehen. Meine finstere Miene, das Knirschen der

Zähne. Ich vermochte noch immer nicht gelassen mit diesen verzweifelt hohlen Behauptungen umzugehen: *Beim nächsten Transport bin ich dabei. Es kann gar nicht anders sein.* Wiewohl ich mir rational erklärte, dass diese Behauptungen keinerlei Einfluss auf den wirklichen Ablauf des Geschehens hatten. Die Entscheidungen über die Häftlingsfreikäufe fielen in den Köpfen der jeweiligen Kandidaten zuallerletzt. Doch ich wusste auch: Mein Missmut ursprungte nicht nur in der Vorstellung, die Häftlinge gingen nicht der Reihe nach auf Transport, so dass ich als Benachteiligter zurückbleiben würde. Nein, ich würde auch Bundi verlieren. Einen Leidens-, Schicksalsgefährten. Auch Freund? Nein, Freund nicht unbedingt. Einer aber, an den ich mich klammerte. Er sich an mich. Eine Freundschaft entstand nicht in ein paar Tagen. Man konnte sie auch nicht auf einem Konkurrenzverhältnis gründen. Egal, dass er seinen raumfüllenden Anspruch auf einen Freikaufplatz nicht als anmaßend, sondern als berechtigt empfand, dass er sich nicht mal in Konkurrenz mit mir und anderen Häftlingen wähnte. Ich hätte ihn einen Egoisten nennen können. Doch er war keiner. Er erkundigte sich nicht bloß einmal am Tag nach meinem Befinden. Er bot mir Hilfe an, wenngleich er kaum eines seiner Angebote hätte realisieren können. Er überzog, verabsolutierte, isolierte. War's das? Ich wusste von Leuten aus der Vätergeneration, dass es ein ähnliches Syndrom bei so manchem Soldaten im Weltkrieg gegeben hatte. *Ich komm durch, mich erwischt's nicht!* Mit dieser Parole zogen sie über die Schlachtfelder Europas. Und oft genug überlebten sie tatsächlich – während die anderen, denen sie die Behauptung immer wieder vorgekotzt hatten, schließlich ins Gras bissen.

Nun gut, ich hatte noch immer meine Beschäftigung in der Lehrwerkstatt. Diese Metallteile. Obwohl ich sah, dass der Vorrat zusehends abnahm. Dieser Freitag, der Montag noch, Schluss. Und danach? Rumsitzen?

Bundi begleitete mich ein Stück. „Hab keine Lust heute. Wozu soll ich hier schindern, wenn ich bald auf Transport geh? Bis die

Monatsabrechnung fertig is, bin ich vielleicht schon in Gießen. Von da aus geht's nach Bremen oder Hamburg. Hauptsache Hafen. Ich mach paar Wochen frei, dann heuer ich an. Und ab geht's um die ganze Welt. Eins A Schiffssteward in picobello Uniform." Diese große Fresse schon wieder. Aber: „Sobald du nachgekommen bist, besorg ich dir 'n Gratisticket. Das versprech ich. Und ich versprech dir: Kannst dir aussuchen, wo du hin willst. Rio, Kapstadt oder Ceylon." Das wog die Eigensucht wieder auf. Er dachte doch nicht nur an sich.

Ich nickte, und während ich das letzte Stück zu meinem Arbeitsplatz zurücklegte, malte ich mir aus, wie ich auf dem Luxusliner reiste. Atlantik, Pazifik, Mittelmeer. Strahlende Sonne, blauer Horizont und neben mir am Pool schöne Frauen. Oben oder auch ganz ohne. Bräune, Salzgeschmack, leichte Wellen, die das Schiff und seine Passagiere in sanfte Träume schaukelten. Schon wieder Träume? Ich schaltete diese Drehmaschine ein. Jemand tippte gegen meine Schulter. Eine von den schönen Reisegefährtinnen? „So ab Mittag musst du hier um die Maschine rum mal alles saubermachen." Der Lehrmeister. „Um zwei is Durchgang. Der Werkleiter kommt. Is manchmal bisschen pingelig. Aber nich verkehrt der Mann." Ging mich das etwas an? „Auf jeden Fall, wenn er was zu meckern hat, Schnauze halten. Klar?" Hab ich hier schon mal nicht die Schnauze gehalten?, dachte ich. Er zog sich in seine Kombüse zurück und entfaltete die Zeitung. Normaler Betriebsalltag? Tasse Kaffee und ein Zigarettchen dazu, Freitagsklatsch. Einkauf in der Betriebsverkaufsstelle? Ich grinste ein bisschen und dachte an früher. *Früher*, was für eine Formulierung. *Ich denke an früher*. Wie unkonkret sich das ausnahm. Egal, die erste Scheibe wanderte aus der Kiste in das Futter der Drehbank. Los ging's.

Während ich mit inzwischen geübter Hand die Roststellen beseitigte, bearbeiteten meine Gedanken das Wort weiter. Früher. Konnte man daraus nicht ein Gedicht machen, einen Vers? Nein, ich fand keinen Reim auf das Wort. Früher – es gab nichts, das so ähnlich klang. Ein gleichsam unkonkretes und unbrauchbares

Wort. *Früher, wie ich dieses Wort doch hasse/ es ist so unkonkret und unbrauchbar/ es dient als Alibi der breiten Masse/ weil früher einfach alles anders war.* Ich seufzte. Frühmorgendliche Mittelmäßigkeit. Trotzdem: Die Zeit vergeht im Kopf. Die Gedanken sprangen umher und brachten Ablenkung, Betäubung. Ich hatte an den letzten Abenden verschiedene Verse aus dem alten Repertoire aufgeschrieben. Von *früher.* Dafür hatte ich mir dieses kleine Diarium angeschafft. Und Freddi, der regelmäßig an meiner Bettkante auftauchte, fand sie hervorragend. *Ein Mädchen wie dich/ mag ich wohl leiden/ nur: vermumme dich nich/ lass dich lieber entkleiden.* Oder: *Ich seh dich gern schmunzeln/ doch ich kenn' auch die Tücke/ sie macht mich wohl runzeln:/ im Gebiss deine Lücke.* Nur mit meinem Yesterday-Text kam ich nicht weiter. Warum? Weil ich mich an einen vorgegebenen Rhythmus halten musste? Oder hätte ich das Stück erst wieder hören müssen? Wo? Bei Fritzchen am *Piepser?* Ich spannte die Scheibe aus der Maschine. *Scheiß doch drauf, nimm 'nen festen Strick ...* Freddi hatte es in den letzten Tagen ein paar Mal gesungen. Der kurze Text schien sich in seinen Kopf eingebrannt zu haben. Er klang wie ein Schlager, der durch die Hitparaden dudelte. Sollte ich stolz sein oder mich schämen? Oder mich ärgern, weil ich keine Fortsetzung fand? *Hau doch ab, geh zum Friedhof und heb aus dein Grab, diese schöne kalte Gruft, ist das Richtige für dich, du Schuft.* Manchmal kamen die Zeilen wie von selbst. Ich sang den Reim in das Heulen der Drehmaschine. Immer wieder, immer wieder. Niemand konnte mich hören. Nicht mal ich selbst. Abschalten, abtauchen, nur mit der körperlichen Hülle da sein. Wieder tippte jemand gegen meine Schulter. Mit einem flüchtigen Seitenblick registrierte ich Goebbels. „Kannste nich bald mal 'ne Pause machen?" Ich gab ihm keine Antwort. Konzentrierte mich auf die rotierende Scheibe. Nicht dass hier wieder was passierte, und ich hatte das dann zu verantworten. Aber er blieb stehen. Beharrlich und erfolgssicher wie ein Hund, der der Zubereitung seines Fressens zuschaut. „Ich will nämlich eben mal was für mich drechseln." Der Motor lief jetzt im Leerlauf, und ich konnte ihn gut verstehen. Er zeigte mir ein Stück Holz. Ehedem Teil eines Tischbeines oder eines anderen Möbels. „Ich brauch 'nen Hörer, damit ich mich bei dem Kerl unter meinem Bett an den Piepser hängen kann." Noch während er redete, schob er mich beiseite. Hantierte mit den Griffen. Ich blickte mich um. Kein Lehrmeister zu sehen. Vermutlich saß er auf dem Klo. Na ja, weder die Drehbank und noch die Werkstatt gehörten mir. Im Übrigen wollte ich sowieso gehen, sch ... Dann konnte ich dem Lehrmeister ja sagen, was lief. Oder besser nicht?

Ich fand ihn sowieso nicht. Die Erklärung lieferte Plötze, der wie üblich auf seinen Schrubber gestützt mit den scheißenden Knasten palaverte. „Der Glatzkopp jeht uff's Klo für die besseren Leute. Da, wo die Schichtleiter und der Hauptbrigadier ooch scheißen jehen. Da kommt nich jeder hin." Da die vorderen drei Becken besetzt waren, musste ich auf das hinterste Klo. Eine Zumutung. Das Becken steckte voller Papier und Kacke. Verstopft. Plötze, der wie immer alles beobachtete, witterte den Missstand. „Is wat nich in Ordnung?" Ich trat einen Schritt zurück und schloss den Hosenbund wieder. „Wie man's nimmt." Er kam sofort. Spähte in den Verschlag. „Schweinerei, wat sich hier welche erlaubt ham. Machen die nur, um mir zu ärgern." Trotzdem, er hielt sich nicht mit Klagen oder Wutbekundungen auf. Verschwand und kam gleich wieder. Den vollen Wassereimer schien er für Fälle dieser Art immer parat zu stehen haben. „Nu pass mal uff!" Mit einer schwungvollen Bewegung kippte er den Inhalt des Eimers in das Becken, griff sich eine Bürste und stocherte damit entschlossen im Abflussknie. „Wolln doch mal sehn, damit wir det nich wieder frei kriejen." Es spritzte. Ob Wasser oder Exkremente, ließ sich schwerlich sagen. Nur eben: feucht. Ich wich zurück. Wischte übers Gesicht. Plötze störte sich nicht daran. Oder er merkte nichts. „Kann sein, det ick noch een Eima rinschütten muss." Nein, brauchte er nicht. Kaum hatte er die Vermutung geäußert, gluckste es im Abfluss und der hemmende Pfropfen verschwand hörbar in Richtung Kanalisation. „Frei", versicherte mir Plötze trotz der just erfolgten akustischen Bestätigung. „Kannst dir druffsetzen." Ich zögerte. Die Brille sah noch ziemlich nass aus, und um den Fuß des Beckens schillerte eine Pfütze. Nur Wasser? Doch es gab keine Wahl. Die drei Kerle auf den anderen Brillen erweckten nicht den Anschein, als würden sie innerhalb der nächsten Viertelstunde die Plätze räumen. Das Scheißhaus war ja auch immer ein guter Ort zum Ausruhen. Und im vorderen Bereich des Klos stand schon der nächste Kandidat. Der wollte, musste, wäre sofort auf diese Brille ... Also ich: vorbei an Plötze und drauf. Ich saß und zog die mitgebrachte Zeitung aus der Tasche. Und las, um dem Kloputzer somit meine mangelnde Gesprächsbereitschaft anzuzeigen. Las die Sportseite. Sie hatten über die Auslosung für die Spiele im Europapokal berichtet. Die sollte an diesem Freitag stattfinden. Vier DDR-Mannschaften warteten auf einen Gegner. Ich fand die Mannschaften langweilig, und seit langem hatte ich ihnen ein frühes Ausscheiden gewünscht. Damit diese ganzen verbissenen Funktionäre sich ärgerten. Allein am Berliner Club Dynamo, der Elf, von Stasi-Chef Mielke gepäppelt und stark gemacht, schieden sich die ideologischen Geister. Die einen, diese Funktionäre, Volkspolizisten und natürlich Stasi-Leute, fieberten um jeden Sieg, die anderen, die Mehrheit, wünschten den Verein samt seinem Gönner zum Teufel. Es hatte mich auch während der Untersuchungshaft nicht überrascht, dass *mein* Vernehmer in seinem Raum an der Wand einen Wimpel des Stasi-Fußballclubs hängen hatte: BFC Dynamo.

Plötzes scharfem Blick schien nicht mal mein Lesestoff zu entgehen. „Interessierste dir für Fußball?" Der Kerl ging mir mit seiner naiven Aufdringlichkeit auf die Nerven. Fürchterlich sogar. Aber ich blieb gleichmäßig, fast freundlich. „Mit diesen Mannschaften is nix los." Er nickte. „Wie ick noch 'nen Fernseher hatte, hab ick bloß Bayern und HSV jekuckt." In der übernächsten Box raschelte jemand auffällig mit Papier. Dann: „Spielt euch mal nicht so auf. Sich bloß für Westvereine zu interessieren ist 'ne Sauerei. Ihr lebt schließlich hier." Die Stimme hatte belehrend hohl geklungen. Ein Schleimer. Das machte einen sprachlos, was der für Blödsinn quatschte. Plötze sperrte ebenfalls das Maul auf. Glotzte hilfesuchend zu mir. Ich zuckte im Sitzen mit den Achseln. Fuhr mit der flachen Hand mehrmals vor meinem Gesicht auf und ab. Scheibenwischer. „Na ja, ick muss mir ja noch um det andere Scheißhaus kümmern." Damit leitete der Toilettenputzer seinen Abgang ein. „Scheißhaus – Scheißkerl!", stichelte der Sitzende. Vielleicht, dass er erwartete, Plötze werde sich auf ihn stürzen. Ein Vaterlandsverräter, der einen linientreuen Verbrecher vermöbelte. Nein, Plötze überhörte die Provokation. So wie er hier wohl sehr viel überhörte, was ihn in puncto Würde und Menschsein in den Dreck, die Scheiße zog. „Und du", wandte sich der Sitzende in Ermangelung des entgangenen Putzers an mich, „du musst hier nicht andere Strafgefangene aufhetzen. Hörst du? Solche wie du, die sind schlimmer wie jeder Mörder." Ich schlug meine Zeitung absichtlich geräuschvoll um. Sagte: „Als." Der Kerl verhedderte sich in seinen dünnen Gedanken: „Wie?" „Nicht wie, sondern als. Nach dem Komparativ kommt immer als." Das saß. Der andere schnaufte aufgeregt, bewegte sich hektisch. Schließlich hatte er sich erhoben. Knöpfte an seiner Kleidung herum und sah zu mir her. Ich beachtete ihn nicht, richtete den Blick starr auf meine Zeitung. „Wenn das jemand meldet, kriegst du Nachschlag." Ich erschrak. Nachschlag, das gefürchtete Wort. Aber was wollte, konnte er melden? Nichts. Ich blickte auf, um den zu sehen, der mir mit Denunziation drohte. Ein blasser Bursche mit Mädchenaugen, um die sich dunkle Ränder rundeten. Darüber fettsträhnige Haare mit grauem Ansatz. Weichei. Weswegen mochte jemand wie er hier sein? Wegen Betrugs, Wirstchaftsvergehens? Sicher nicht wegen eines Gewaltdelikts. „Was gibt's denn zu melden?" Die Mädchenaugen verschwanden hinter langen Wimpern und tauchten erst nach ein, zwei Sekunden wieder auf. Flackernd jetzt, ausweichend. „Dass du gegen unsere Fußballmannschaften bist." Er hob die Hand und strich sich die Strähnen nach hinten. Eine scheußliche, ungepflegte Hand. Fingernägel, deren Ränder wie Krallen überstanden. „Dafür bin ich schon verurteilt", entgegnete ich hart. Er zuckte zusammen. „Kann man denn dafür verurteilt werden?" Seine Augen wurden groß, fragend. Ich senkte den Blick, starrte wieder auf meine Zeitung. „Wenn man einen dafür anscheißen kann, dann muss er ja dafür auch verurteilt werden können."

„Wieso anscheißen? Denkst du, ich scheiß dich an? Wie kommst du denn da drauf?" Seine Stimme klang unsicher, fast weinerlich. Er trat aus seiner Box heraus und kam näher. „Mir geht's nur darum, dass ihr nicht so verächtlich über unsere Fußballvereine redet." Er sah jämmerlich aus, verkommen. Speckige Hose, hochstehende Schuhspitzen, unrasiert, wabbliges Kinn. Nur eben die Augen standen im Kontrast zu seiner Gesamterscheinung. „Ich will jetzt scheißen!", sagte ich grob. „Lass mich in Ruhe." Er trat unentschlossen auf der Stelle, bog dabei die Schuhspitzen unnatürlich weit nach innen. Einer, der *übern Onkel* läuft. „Kannst sicher sein, dass ich keinen anscheiß!" Seine Stimme hatte beleidigt geklungen. Wie die eines Kindes, das sich ungerecht behandelt fühlt. Er drehte sich und schlurfte davon. Die Hacken der Schuhe waren schiefgelaufen, die Hosen an den Fußsäumen durchgescheuert.

Plötze tanzte sofort wieder an. Fast kroch er in meine Box rein. Wichtigtuend, leise redend. „Det war Schürze. Er is bei mir uff der Zelle. Die 39. Arbeitet ooch inne Normalschicht. Inne Werkzeugausjabe. Richtijet Dreckschwein. Wäscht sich nich, kämmt sich nich, schneid sich nich die Näjel. Pfui. Und mit so wat is man nu zusamm. Weeßte, wieso der hier is?" Woher sollte ich das wissen? „Kinderficker." Er redete noch leiser, aber umso gewichtiger. „Und Kindermörder. Erst hatter die Kleene verjewalticht, und danach hatter Schiss jekricht und det Kind erdrosselt. So wie se det alle machen, die so sind. Alle die Kinderficker." Plötzes Gesicht befand sich jetzt kaum zwanzig Zentimeter von meinem entfernt. Die aufgerissenen Augen, die von kleinen Adern gezeichnet waren wie die Landkarte Mecklenburgs von Flussläufen. Der offene Mund mit kräftigen, aber belegten Zähnen. „Brauchst dir aber nich fürchten, det er dir oder mir anscheißt. Dafür isser zu feije. Wenn er det machen tät, würden wir ihm inne Zelle 'ne Decke übern Kopp schmeißen und denn alle druff uff ihm." Ein bisschen erleichterte mich seine Zusicherung. Andererseits, jene Erleichterung, um deren Erledigung ich hier saß, blieb mir durch Plötzes Nähe versagt. Er lenkte mich zu sehr ab. Dabei wurde das Bedürfnis immer dringender. „Du, ich muss jetzt", erklärte ich ihm also die Situation und hob im Angesicht seiner Begriffsstutzigkeit die Zeitung hoch, damit sie zumindest sein Gesicht und meines trennte.

In der Lehrwerkstatt herrschte Chaos. Goebbels hatte mittlerweile noch weitere Holzteile herangeschafft und vergeblich versucht, einen Hörer zu drechseln. Unmengen an aufgedrehten Spänen verteilten sich auf der Drehbank und in deren Umgebung. Der Lehrmeister und Goebbels standen in diesem Durcheinander und diskutierten. Ich wusste ohne etwas zu hören, dass es um die Beseitigung der Abfälle ging. Aber erkennbar war: Goebbels weigerte sich, seinen Dreck wegzuräumen. Und da er mich jetzt sah, stieß er seine rechte Hand in meine Richtung. Er lachte schadenfroh, wobei sich der schwarze Bartschatten über der Oberlippe wie ein kleiner Balken schräg stellte. Endlich hob er die Hand zum Hitlergruß und spazierte in den Gang hinaus. Grinste mich im Vorbeigehen überheblich an. Ich zögerte. Dachte dann: Arbeit ist Arbeit, wenn nur die Zeit dabei vergeht. Ich ging in den Verschlag des Lehrmeisters und holte den Besen. Jemand lachte laut. Ich sah erst jetzt, dass zwei Neue angekommen waren. Sie saßen am Tisch. Saßen nicht, sondern fläzten. *BeVauer.* Es war mir egal. Ich begann zu fegen. Erst auf der Maschine, danach auf dem Boden. Doch der Lehrmeister fiel mir in den Arm. „Dieser Nazi soll mal seinen Dreck selber wegmachen. Und wenn er nich will ... Da warten schon einige Leute, dass sie ihn sich greifen können." Er nahm mir den Besen weg und ging zum Tisch. Zu den beiden BeVauern. „Einer von euch rennt mal rasch zum Hauptbrigadier runter. Der soll mal herkommen." Von den zweien rührte sich keiner. Sie lümmelten, als hätte niemand zu ihnen gesprochen. Grienten sich wissend an. Sie waren keine Verbrecher im herkömmlichen Sinn. Nicht verroht, nicht primitiv. Das sah man, sah ich. Einer breitschultrig, gutaussehend, mit einem Dreitagebart. Trug ein verwaschenes Uniformhemd, die Ärmel lässig hochgekrempelt. Das saß wie maßgeschneidert. Er sah aus wie ein Fremdenlegionär. Der andere hatte eine gebügelte Uniformjacke an. Der Stoff wirkte aus ein paar Metern Entfernung wie englisches Tuch. Und saß wie angegossen, wirkte nahezu elegant. So was trug nicht mal der Hauptbrigadier. Egal, dass der Bursche eine Schulterverkrümmung hatte und leicht buckelte. „Du!" Der Lehrmeister fasste mit der Hand nach der guten Uniform. Vielleicht, dass er den feinen Stoff, wenn nicht gar den Puckel fühlen wollte. Wer einen Buckligen am Puckel berührt, so hieß es früher, der hat Glück. Aberglaube. „Du machst das mal eben." Der Bucklige zuckte zusammen, wandte sich jäh. Weniger ob des Auftrages als der Berührung wegen. Der Puckel als Heiligtum oder Intimbereich. Mindestens wie die Hoden. Er fuhr auf. Wollte er nicht eigentlich lospulvern? Fass nicht noch mal an meinen Puckel, sonst -! Der Lehrmeister wurde keine Impulsivität, keine Aggression gewahr. Wollte sie nicht gewahr werden. Er wandte sich schon wieder ab. „Weißt ja, wo der sein Büro hat." Der Bucklige hielt inne. Durch die dicken Gläser der Brille, die er trug, schoss er Serien an bösen Blicken. „Schweine-Glatzkopp!", fauchte er. Aber der Gemeinte ließ sich nicht locken, wiewohl ihm die Invektive schwerlich entgangen sein konnte. Dickes Fell kontra feine Uniform, kontra Puckel. Er ging. Flott und plötzlich ohne Grimm. Die gute Seite des Auftrages mochte ihm bewusst geworden sein: Er durfte dem Hauptbrigadier mit einer Botschaft gegenübertreten. Das brachte Punkte. Andienen, einschleimen, kratzen – wie immer sich das nannte.

Ich setzte mich zu dem Fremdenlegionär an den Tisch. „Dieser Goebbels is so was von hohl -." Er schüttelte betont fassungslos den Kopf. „Wenn er nich eines Tages wegen seinem blöden Gequatsche Nachschlag kriegt, dann wegen Sabotage." Er zog sich eine Selbstgedrehte aus der Brusttasche. „Ich kenn ihn vom Reichsbahnausbesserungswerk. Wir waren acht Wochen in der gleichen Schicht. Der Kerl is zu keiner vernünftigen Handlung fähig. Entweder er sabbelt ständig von seinem Nazi-Zeug rum oder er macht Scheiße. Da drüben hat er einen Schaltschrank auseinandergebaut, weil er Teile für 'nen Piepser haben wollte. Was is rausgekommen? Er hat 'nen Kurzen hingelegt, dass die ganze Halle zwei Stunden keinen Strom hatte. Da is er man haarscharf an 'nem saftigen Nachschlag vorbeigeschlittert." Er zog ein kleines mit Alu-Blech ummanteltes Feuerzeug aus der zweiten Brusttasche und rieb mit dem Daumen solange an einem kleinen Rädchen, bis eine kleine Flamme stand. Ehe er seine Zigarette anzündete, sagte er: „Fetzt, das Ding, nich?" Ich schüttelte bei sparsamer Bewegung meinen Kopf. „Bin Nichtraucher." Er tauchte die Spitze der Zigarette in die Flamme und sah dem aufsteigenden Rauch zu. „Wie viel hast'n?", fragte er abrupt. Ich nannte ihm die Zahl. So etwas wie Anerkennung breitete sich auf seinen Gesichtszügen aus. „Vielleicht kommste nach der Hälfte weg. Wärst jedenfalls nich der Erste." Es hatte im Grunde keine Bedeutung, dass er mir das sagte. Und doch: Ein bisschen tat es gut. Nicht nur ein bisschen. „Ich hab das in dem Vierteljahr, das ich auf dem anderen Kommando war, mal beobachtet. Das mit den Transporten. So ungefähr zweimal im Monat sind welche weg. Zwischen Zwei und Vier Mann. Allerdings, mal sind auch acht gegangen und mal gar keiner. Da blickt man nich durch." Zuletzt hatte etwas Schwermut in seiner Stimme gelegen. Ich fragte: „Gehste auch rüber?" Er lachte auf. „Klingt, als könnte ich mir das aussuchen. *Gehste auch rüber?* Wenn ich's mir aussuchen könnte, keine Frage. Aber erst muss ich meine drei Hirsche abreißen. Und wenn ich dann rauskomm und hab wieder Kalte Heimat, das sieht mager aus, um nicht zu sagen: beschissen. Kalte Heimat is immer weit weg vom Westen. Das is eher an Polen dran." Er steckte das Feuerzeug weg und grinste: „Man kann auch hier seine Dinger drehen. Ich sag dir, zuletzt hab ich in Prenzlau oben 'nen ‚Wolga' geknackt. Tank war voll und Motor lief wie 'ne Biene. Bin ich nach Rostock rüber, um Mitternacht vor dem Nobelhotel geparkt und gewartet, bis so 'n angesoffener Knilch, der ordentlich nach Kohle aussah, aus der Bar kam. Hab ihn gefragt, ob ich für ihn Taxi spielen soll. Na ja, und auf 'ner dunklen Straße hab ich ihn um seine Brieftasche erleichtert. Wenn du die Nummer drei bis vier Mal in der Nacht durchziehst, haste schnell 'nen Tausender zusammen." Er sah zufrieden aus. „Zwischendurch hin und wieder 'ne scharfe Olle aufgegabelt, das geht ab wie die Vau eins. In der Nähe von Schwerin, das kann ich dir sagen, da hab ich abends mal eine abgefasst, eine Lehrerin, die is heute noch hinter mir her. Und der hab ich noch nich mal was vorgesponnen. Dass ich 'ne große Nummer in irgend 'nem großen Betrieb wär. Nee, ich hab gesagt, dass ich auf Bewährung draußen bin und die Bullen mich sofort einbuchten, wenn sie mich schnappen. Und von dem geklauten Auto. Was meinst du, was die gemacht hat? Hat mir geholfen, den Wolga nach Rostock zu bringen, und is dann mit mir in ihrem Skoda zurück nach Schwerin. Bei der hätt ich bis Weihnachten bleiben können. Ohne Arbeit, ohne Kohle. Hauptsache, sie hat was zwischen die Beine gekriegt. Aber na ja, war mir auf die Dauer zu öde. An einem Vormittag hab ich mir ihre Karre geschnappt und bin bis Potsdam. Ich wollte mir aufm Parkplatz vorm Interhotel wieder 'nen Wolga klauen, aber da waren plötzlich die Bullen da. Als ob sie auf mich gewartet hätten. Na ja, ham sie vielleicht auch. Obwohl die Olle jetzt noch Stein und Bein schwört, dass sie mich nich verpfiffen hat." Er sah meine fragende Miene. Lachte. „Denkste nich: Diese Kuh is immer noch hinter mir her. War mich schon zweimal besuchen und schickt Pakete. Und wartet. Und sie sagt, es is ihr scheiß egal, ob ich später arbeite und 'n vernünftiges Leben führe. Hauptsache hier." Er klemmte den Daumen zwischen Zeige- und Mittelfinger, und ich hatte keine Zeit über den Wahrheitsgehalt seiner Story nachzudenken.

Der Hauptbrigadier flog ein. Neben ihm der Bucklige und hinter ihm Goebbels, der trotz seines Klumpfußes erstaunlich mithielt. Das war schnell gegangen. Und es musste gewesen sein, dass der Bucklige dem Hauptbrigadier die komplette Angelegenheit sofort gesteckt hatte. Ansonsten hätten sie Goebbels nicht schon dabei gehabt. Der Lehrmeister hatte sich direkt an der Drehmaschine postiert. Er wirkte wie ein Tatzeuge, der in Erwartung der Kripo eine Leiche bewacht und dem verantwortlichen Kommissar gern etwas erklären möchte. Doch es bedurfte keiner Erklärung. Hagel wusste ja schon durch den Buckligen Bescheid. Und was er nicht wusste, konnte er sich leichtens zusammenreimen. „Sieh zu, dass hier in 'ner Viertelstunde alles pico is! Ansonsten reiß ich dir den Arsch mit 'ner elektrischen Heckenschere auf. Einmal quer und einmal längs" Er würdigte den Nazi keines Blickes mehr. Ging in den Verschlag. Der Lehrmeister huschte ihm eilig nach. Hinter der geschlossenen Tür redeten sie. Goebbels, der eigentlich hätte mit dem Aufräumen beginnen müssen, schlich ihnen nach. Er versuchte durch die Tür zu horchen. Mut oder Frechheit? Zu verstehen war da nichts. Er erkannte es schnell. Wechselte die Position. Nein, er ging nicht zurück, um gleich den Dreck wegzumachen. Er hinkte in Richtung Gang. „Donnerwetter!", staunte der Fremdenlegionär, „wenn du das überstehst, wird aus dir wirklich 'n guter Führer." Er lachte laut. Und der Bucklige: „Das übersteht der nich. Hagel macht aus ihm zwei Erdbeerpflücker." Goebbels schoss giftige Blicke. Fauchte: „Du pucklige Sau, halt du bloß die Fresse. Du stehst doch bei mir ganz oben auf der Euthanasieliste. Wenn wir erst an der Macht sind, mach ich höchstpersönlich hinter dir die Tür vom Hochofen zu." Er ging ein Stück über den Flur, kehrte wieder zurück. Doch. „Scheißt sich ein, Deutschlands großer Führer!", feixte der Fremdenlegionär. Und der Bucklige: „Wenn das alles solche trostlosen Armleuchter sind, diese Nazis, brauchen wir den 20. April nicht mehr feiern." Goebbels' Bemerkung schien ihn nicht sonderlich berührt zu haben. „In die NPD geh ich jedenfalls nich, wenn ich drüben bin." Goebbels kam zwei Schritte näher. „Du Krüppel willst Ausweiser sein? So was wie dich nehmen die doch im Westen überhaupt nich." Er grinste hässlich, und jetzt zeigte der Geschmähte doch Wirkung. Er fuhr hoch. Seine rechte Hand stieß nach vorn, um nach dem Großmaul zu packen. Doch der reagierte flink. Wich aus. Zwei, drei schnelle Schritte rückwärts. Schnell trotz des Hinkefußes. „Bist ja immer noch nich weiter!" Hagel stand hinter ihm. Geräuschlos hatte er den Verschlag verlassen. Drohende Stimme, unnahbar. Goebbels wurde blass. „Na, jetzt kriegste Muffe", stichelte der Bucklige. „Erst 'ne große Lippe und nachher sich einscheißen." Er kicherte gemein.

Goebbels schnappte nach dem Besen. Das ging jetzt fix. Behände. Die kleinen Holzspiralen sammelten sich auf einem Haufen, verschwanden im Eimer. Er schaffte sie weg und beseitigte den Rest. Der Fremdenlegionär und der Bucklige klatschten schadenfroh Beifall. „Wenn er will, isser mit den Pfoten schneller als mit dem Maul. Und das will was heißen." Goebbels grinste. Der Schwung hatte seine Stimmung aufgebessert. Die Rolle des Büßers war abgelegt. Unversehens spielte er wieder den Führer. Raffte sich und spannte das Gesicht in die angestrengt fanatische Maske Hitlers. „Dass wirr hierrr bald mal aufräumen mit dem jüdischen und dem slawischen Pack. Diese ganzen Unterrrmenschen -." Er musste seine Rede unterbrechen, denn der Zivilmeister, den sie Stange nannten, stand plötzlich neben ihm. „Was is mit euch faule Säcke los? Hier wird jearbeitet! Los, hoch!" Ich war der Einzige, der sich die Aufforderung zu Herzen nahm. Ich schlich zur Drehbank. Die anderen beachteten ihn nicht. Der Fremdenlegionär zog zwei Selbstgedrehte aus der Brusttasche, danach das Feuerzeug. Mindestens zehn Mal musste er das Rädchen drehen, ehe eine kleine Flamme aufsprang und er und der Bucklige die Zigaretten anzünden konnten. „Hab ich selbst gebaut, das Ding", sagte er, als gäbe es diesen Stange nicht. „Würd' ich verscheuern an deiner Stelle. Kriegst du mindestens zehn Piepen für." Die beiden lachten frech. „Seid ihr taub, ihr verfluchten Lumpen?", schrie Stange.

Er streckte den Kopf vor wie ein aufgeregtes Huhn, das Gesicht glühte. Die Angeschrienen blickten nicht mal auf. Beschäftigten sich, um dem Meister ihre Geringschätzung zu demonstrieren, weiter mit dem Feuerzeug. Stanges Lippen zitterten, er wollte wieder losbrüllen. Aber er krampfte und brachte keinen Ton heraus. Würde er jetzt einen Herzinfarkt bekommen? Einen epileptischen Anfall? Auch das noch. Ich schaltete den Motor der Drehbank ein. Das heulende Geräusch sauste wie ein Torpedo durch die Köpfe. Es mochte Blockaden aufheben. Stange gewann seine Stimmkraft zurück und schrie: „Ihr verfluchten Verbrecher, soll ich euch alle melden?" Der Fremdenlegionär gab eine Antwort, die vom Lärm meiner Drehbank aufgesaugt wurde. Eine anhaltend respektlose Antwort, kein Zweifel. Und dann noch Goebbels. Laut, schneidend: „Du wagst es, uns als Verbrecher zu beschimpfen? Du Judenbastard. Dich werden wir vergasen. Wie all die andern. Wie dieses ganze Ausländerpack!" Seine Augen stachen zu wie glühende Messerklingen. Seine ganze Miene schwamm in Fanatismus. Hatte ich bisher geglaubt, dass die Hitlerrolle für diesen Menschen eine Art Image bedeutete, mit der er sich der Knasttristesse auf eine wenn auch gefährlich skurrile Weise entgegenzustellen versuchte, so begriff ich nun meinen Irrtum. Der Kerl war in der Tat ein Vollblut-Nazi. Brutal, primitiv, krank. Der gehörte hierher. Oder in die Psychiatrie?

Stange bekam Angst. Er wurde plötzlich blass, ein Zittern überflog seine Unterlippe. Er rannte raus. Über den Gang. Und nun? Ich warf einen Seitenblick auf den Verschlag des Lehrmeisters. Der saß am Schreibtisch und hielt sich die Zeitung vors Gesicht. Wie die drei Affen: nichts hören, nichts sehen, nichts sagen. Doch es war ausgeschlossen, dass er von dem Intermezzo nichts mitbekommen hatte. Ein gutes, halbwegs sicheres Rezept. Ich tat es ihm gleich. Griff mir eine Metallscheibe und spannte sie ein. Ich presste das Schmirgelpapier fester als sonst gegen das Metall. Feiner, öliger Metallstaub löste sich, Hitze prickelte in meinen Fingerspitzen. Kalt und ästhetisch glänzte das gereinigte Metall. Doch ich spannte die Scheibe nicht aus. Ich ließ sie rotieren, ich presste das Schmirgelpapier immer noch dagegen, ich versuchte meine Gedanken in andere Bahnen zu bekommen. *Judenbastard, Ausländerpack, vergasen.* Was für ein schreckliches Vokabular. Schreckliche Ambitionen, schreckliche Vergangenheit. Einen Schlager, einen Vers. Warum fiel mir nichts ein? *Scheiß doch drauf, nimm 'nen festen Strick ...* Es ging nicht. Oder: *Nun schau nicht, mein Täubchen/ als wärst eine Kuh/ lass fallen dein Häubchen/ und das andre dazu.* Tonlos balancierten Zunge und Lippen die Worte. Auch nichts. Die Fingerspitzen schienen zu glühen. Ich musste den Motor in den Leerlauf schalten und die Scheibe ausspannen. Umdrehen. Neues Schmirgelpapier. Neue Finger?

„Was war los bei euch?" Freddi stand neben mir. „Stange is wie ein Kaputter durch die Halle gerannt. Hat sich wie 'n Idiot mit der flachen Hand gegen die Stirn gehaun."

„Hat er was gequatscht?"

„Nee. Er wollte rausgeschlossen werden. Aber es war kein Schließer da. Ein anderer Zivilmeister hat ihm dann zugeredet, und jetzt isser wieder in seinem Bereich. Sie haben erzählt, dieser Nazi hätte ihn juckig gemacht!?"

„Keine Ahnung", erwiderte ich. „Ich steh an meiner Maschine. Mit der Nazi-Scheiße hab ich nix am Hut."

Er sah mich enttäuscht an. Als er kapierte, dass er keine weiteren Auskünfte bekommen würde, trollte er sich zum Tisch und begann ein Gespräch mit dem Buckligen und dem Fremdenlegionär. Ich schaltete den Motor hoch. Die Scheibe nahm Fahrt auf. „Mach Frühstück!", riefen mir die drei vom Tisch zu. Ich dachte an die halbe Semmel, die in meiner Jacke steckte. An das kleine Diarium. Hunger ja. Essen später, wenn ich allein sein würde und nebenbei etwas schreiben konnte.

Würde mir etwas einfallen?

Das mit dem Alleinsein wurde nichts. Ich registrierte mit Seitenblicken, dass der Hauptbrigadier einflog. Schon wieder. Mit ihm einer im blauen Kittel. Ein Zivilmeister. Es lief was. Ich brachte es nicht fertig, die Szene zu ignorieren. Aus Neugier. Und aus Angst. Warum Angst? Hing ich mit drin? Man hing überall mit drin, wenn man wehrlos war. Und richtig, die Blicke flogen jetzt zu mir. Der Zivilmeister fragte etwas. Ich konnte nichts verstehen, aber sehen. Es mochte heißen: *Müssen wir uns den auch vorknöpfen?* Kopfschütteln des Hauptbrigadiers bedeutete Verneinung. Der Lehrmeister trat ins Bild. Unschuldig, überrascht. Neutral interessiert. Die Fragen. Sein Kopfschütteln, Achselzucken. *Und der?* Wieder Augenblicke der Angst. Und auch wieder: Kopfschütteln. War ich aus dem Schneider? Ich glaubte zu hören: „... stand den ganzen Morgen an der Maschine..." Aber die Maschine: ausschalten, den Motor aus. Ich gehorchte, rührte mich jedoch nicht von der Stelle. Distanz schuf Distanz. Der Zivilmeister ging in den Verschlag. „Den Ersten mal reinschicken. Sie will ich auch dabei haben." Der Hauptbrigadier straffte sich, wiewohl er als Mann mit Gardemaß eine athletische Figur besaß. Und er zeigte auf Freddi. Der fuhr empört auf. „Ich bin hier grad erst eingeflogen." Hagel schüttelte den Kopf. „Spinn nich rum. Los rein hier!" Freddis Backen voluminierten. „Ich spinn nich! Ich bin wirklich grade erst hier reingekommen. Kannst die zwei hier fragen. Und ihn!" Er stieß die rechte Hand verzweifelt in Richtung Lehrmeister. Hagels Blick folgte in diese Richtung. „Und?" Der Glatzkopf bewegte unentschlossen die Achseln. „Ich konnte ja nix sehen und nix hören. Da drin." Freddi wurde feuerrot. „Du Mistsau -!" Der Hauptbrigadier bremste ihn aus. „Schnauze, sonst -." Er stieß die rechte Faust in die Innenfläche der linken Hand. „Dann frag doch die andern!", forderte Freddi aufgebracht. „Frag ihn und ihn!" Hagel blickte auf den Buckligen. Der grinste ein bisschen. „Ich kann mich zwar täuschen, aber ich meine, er war die ganze Zeit hier." Ein Ja, das sich die Option auf ein Nein vorbehielt. Eine Lüge mit eingebauter Notbremse. Eine Vorentscheidung zu Freddis Ungunsten? Auf jeden Fall eine Schweinerei. Der Fremdenlegionär senkte den Blick, murmelte: „Ich weiß nix, ich weiß überhaupt nich, um was es hier geht."

„Und du?" Hagel drehte sich unverhofft zu mir.

„Ich?" Ich erschrak und musste mich an der Maschine fest-klammern. Sollte ich das Zünglein an der Waage sein? Sollte ich mir durch meine Antwort aussuchen können, mit wem ich mir Scherereien einhandeln wollte. Mit Freddi oder mit der Zucht-hausmacht. Oder sollte ich eiern: *Ich stand ja die ganze Zeit mit dem Rücken ...* Der Lehrmeister hatte es mir vorgemacht. „Er war nich da", hörte ich mich gleich sagen. „Grad eben is er hier rein." Freddi atmete durch, Hagel starrte mich ungläubig an. „Und das is sicher?" Ich nickte. „Und er? Warum sagt er, dass er doch hier war?" Ich ließ mich nicht in die Enge treiben. Ich hatte jetzt die Wahrheit gesagt, und ich bereute es nicht mal. Aber ich durfte nicht kippen. „Das muss er wissen. Ich hab gesagt, was ich gesehn hab. Und das stimmt." Hagels Züge verrieten Unmut. Unmut, der sich eher gegen den Buckligen als gegen mich rich-tete. Ich spürte das. „Los, Puckel, mach dein Maul auf und sag, was wirklich war! War er hier?" Der Bucklige starrte den Hauptbrigadier sekundenlang durch die dicken Brillengläser an. Dann begannen seine Pupillen wie kleine Schatten zu huschen. „Ich hab doch gesagt, dass ich mich auch täuschen kann." In seiner Stimme lag kein Widerspruch. Auch nicht das Bekennt-nis, als Lügner überführt zu sein. „Scheißkerl, Schleimer!", fauchte Freddi. Vielleicht hätte er sich gern auf den andern ge-stürzt. Aber der sah kräftiger aus, kompakter. Hatte grobe Un-terarmknochen. Und wusste man denn, was in so einem Puckel steckte? Muskeln womöglich?

Das Blatt wendete sich jedoch, denn der Zivilmeister kam aus dem Verschlag. Das dauerte zu lange. „Es is noch was unklar, Herr Waida", entschuldigte sich Hagel bei dem Meister. Der Kerl hatte eine spitze Nase und Fischaugen. Ein Stichling, der sich als Hai aufführte. „Was soll noch unklar sein! Rein mit dem Kerl." Er zeigte auf Freddi.

„Der war nich dabei. Er is grade erst gekommen." Hagels Stimme klang trocken, direkt zurechtweisend. Ja, zurechtwei-send.

„Wer sagt das?" Waidas Stimme hingegen, die ohnehin dünn war, wurde schrill.

Hagel deutete mit einer Kopfbewegung auf mich.

„Aber er sagt, dass er dabei war." Das kam vom Lehrmeister. Das kam ungefragt.

„Wer?", kreischte Waida. Er streifte mich mit einem verächtlichen Blick, und seine Miene drückte die Wertschätzung aus, die er ansonsten einem Haufen Hundescheiße beimessen würde. Ich musste mich beherrschen, um nicht bissig, pampig zu antworten. Kleiner Kläffer.

„War er dabei?", bellte Waida giftig. Er starrte in Erwartung einer eindeutigen Bejahung auf die dicken Brillengläser des Buckligen. Und der gehorchte. „Glaub schon."

Freddi schrie wütend auf. Und mir entfuhr: „Er war nicht da. Ganz sicher nicht."

„Halt die Fresse, du Penner", zischte der Zivilmeister, ohne mich anzusehen. Ein Zug von Sadismus hatte sich um seine Mundwinkel gebreitet. „Los jetzt, rein hier!" Das galt Freddi.

Vielleicht hätte er sich jetzt sogar in sein Schicksal ergeben. Wäre er dem Kläffer in den Verschlag gefolgt. Aber Hagel griff ein. Ziemlich gelassen, mit Übersicht. Auch mit Mut. „So geht's nich. Wir können nich einfach sagen, er war dabei, und nachher stimmt's nich."

Waida riss das Maul auf. Vor Erstaunen, Empörung. Nicht nur er. Die anderen ebenso. Er fasste sich jedoch, sagte schneidend schrill, gemein: „Seit wann bestimmen die Strafgefangenen, was im Vollzug passiert?"

„Kann sein, dass die Sache nachher offiziell untersucht wird. Dann bestimmen noch ganz andere Leute, was passiert." Er sah den Meister nicht an. Nur wir andern, wir starrten. Uns einte die Genugtuung. Den Blaukittel zur Strecke gebracht. Nein, nicht zur Strecke gebracht, aber verunsichert, gereizt. Sein Rückzieher blieb unausweichlich. „Kriminelles Mistpack!" Er stieß den Schimpf ziellos in den Raum, stieß seine Fäuste wütend in die Taschen des Kittels. Kleine Beulen entstanden, und die Schöße des offen getragenen Kleidungsstückes begannen unter der plötzlichen Laufbewegung zu fliegen. Er verzog sich. Wie einer, der wütend, hilflos alles hingeschmissen hat, der jetzt bockig ist. Zurück blieb ein Schleier seiner gestauten Aggressivität. Aber auch der Dunst, der seine Niederlage umhüllte.

Hagel blickte ihm nach. Kühl, emotionslos. Und ohne Angst. Die Zurechtweisung des Blaukittels hatte für ihn nichts Sensationelles, nichts Spektakuläres. War es, weil er die Fäden souverän in der Hand hielt? Als ein allgewaltiger Knastgott? Oder deckte ihm jemand den Rücken? Der oberste Knastchef? Das geheime Ministerium, das sich Stasi nannte? Wortlos verschlenderte er. Er lief immer gerade, immer, auf dass Hals, Rücken und Arsch eine Lotrechte bildeten. Wenn er sich bog oder mal wankte, so geschah dies nur unter minimaler Ankrümmung dieser Geraden. Ein Modellathlet eben. Und einer, der sich nun mal nicht zu krümmen brauchte.

Die anderen grinsten wieder, als ich vor dem Mittag zum Zählplatz ging. Und natürlich Neugier. „Was war denn da los? Sieht's nach Nachschlag aus?" Selbst in Harri schien eine Wandlung vorzugehen. Selbst er hing plötzlich an mir. „Frag Waida!", erwiderte ich. Ich fühlte mich unsicher. Wusste man, ob es noch ein Nachspiel gab? Nachschlag? Man wusste nichts. Es gelang mir, mich von den Neugierigen zu lösen. Ich lief eine halbe Runde durch die Halle und stieß zu Bundi. Er stanzte sitzend seine Teile. Missmutig sah er aus. „Auf meine Norm komme ich nie!" Legte er nun doch wieder wert auf die Norm? Wo er sich doch als sicherer Ausreisekandidat wähnte. Er brachte den Motor der Stanze mit einem resoluten Handgriff zum Stillstand. Trat ärgerlich mit dem Fuß gegen den Sockel der Maschine. „Mir is so, als würd' ich nächste Woche auf Transport gehen." Schon wieder das Gerede, diese unbegründeten Ankündigungen. Immerhin, sein Gesicht hellte sich auf. „Von dir hört man auch jeden Tag neue Storys. Um was isses diesmal gegangen?" Ich schwieg. Ging langsam los. Bundi hielt sich neben mir. Er hatte begriffen, dass ich nicht ausgefragt werden wollte und wechselte das Thema. „Wenn ich dran denke, dass ich an diesem Wochenende schon in Freiheit sein könnte. Irgendwo am Strand liegen. Spanien, Italien." Er seufzte genüsslich, als würde er sich unter der Mittelmeersonne aalen.

„Was es wohl heute Mittag gibt!"

Er glotzte mich an, als hätte ich ihm mit meiner Bemerkung den Urlaub vermasselt. „Manchmal kommt's mir vor, als wärst du der geborene Knaster. Nur vom Fressen reden, sich mit allen möglichen Leuten anlegen. Und zum Schluss kriegste Nachschlag. Aber über die Zukunft denkste überhaupt nich nach."

Wir langten am Zählplatz an, und ich wollte ihn stehenlassen. Einfach so. Aber Willert kam. Ich dachte: auch der noch. Doch ihm ging etwas anderes im Kopf herum: „Schon gehört: Die Russen haben bei Murmansk eine westliche Passagiermaschine abgeschossen. Angeblich ist sie in verbotenes Hoheitsgebiet eingedrungen." Ich überlegte, welche Bedeutung dieser Vorgang für uns Knaster haben konnte. Keine. Willert sah das anders. „Das kann 'nen Konflikt geben. Und wenn wir Pech haben, sind wir diejenigen, die's büßen." Bundi schüttelte den Kopf. „Hat doch mit uns nix zu tun. Die Russen und die Amis machen ihren Scheiß unter sich aus. Das kennen wir doch." Willert maß ihn mit einem abschätzigen Blick. „Waren fast vierhundert Menschen an Bord. Da is nichts mehr übrig. Davon abgesehen war das gar keine amerikanische Maschine, sondern eine aus Südkorea." Bundi hob die Schultern und ließ sie wieder fallen. „Is zwar schlimm, aber uns hier geht's ja auch nich grade gold, wenn ich das mal so sagen darf." Willert verzog das Gesicht. „Zählung!", schrie von hinten der Schichtleiter. Und da wir offensichtlich nicht allzu gut in der Zeit lagen, setzte er nach: „Bisschen Tempo mal hier!" Wir sortierten uns auf Antretordnung. Ich geriet dabei zwischen Bundi und Willert. Beide schimpften aufeinander. Beide luden sie diesen Schimpf bei mir ab. „Dieser Willert tut wirklich so, als würde er sofort zum Bundeskanzler ernannt, wenn er mal innen Westen kommt." Und:

„Sag dem Kerl mal, solche Wirtschaftsflüchtlinge, die sich nur für Urlaub und Autos interessieren, sollen sich wenigstens aus politischen Diskussionen raushalten."

Ich sagte es ihm nicht. Ich fragte Willert: „Woher weißt 'n das? Das mit dem Flugzeug! Ist das denn sicher?"

Er schüttelte ärgerlich den Kopf. Zischte: „Du mit deinen ewigen blöden Fragen. Wo ich das her hab. Ganz bestimmt nicht aus dem Neuen Deutschland. Du solltest dich hier mal mit vernünftigen Leuten zusammenschließen, damit du an ein Radio rankommst. Stattdessen gibst du dich mit diesen Kriminellen und solchen Taubnesseln wie Bundi ab. Das geht auf Dauer nicht gut." Spielte er auf den Vorfall vom Vormittag an? Waida. Besserwisser, dachte ich, Oberlehrer. „Übrigens", er wechselte den Tonfall und das Thema, „müssen wir uns am Wochenende noch mal unterhalten. Wahrscheinlich verschwinde ich nächste Woche von hier. Ich hab zuverlässige Hinweise."

Noch einer, der auf Transport gehen sollte. Bundi, Willert. Und ich? Wo kriegte man *zuverlässige Hinweise* her? Ich wagte es nicht, diese Frage zu stellen. *Ewig blöde Fragen,* ewig blöde Antworten. Wir liefen ab. Die Knaster mischten sich, und neben mir tauchte Freddi auf. Schulterklopfen. „Danke noch für vorhin." Das gab's also, dass sich hier einer bedankte. „Schon gut", murmelte ich. Er protestierte. „Von wegen. Hast ja gesehen, wie hinterhältig sich manche Arschlöcher verhalten. Reiten einen in die Scheiße rein, obwohl sie nich mal was davon haben. Dieser Puckel, diese miese Ratte." An sich hätte zu seinem Fluch noch die Ankündigung gehört, er werde den Betreffenden gelegentlich *aufmischen.* Nein, dazu standen die Realitäten wohl zu deutlich. Der war kräftiger, *die Ratte.* Andere Realitäten waren freilich gar keine: „Du, wenn wir drüben sind, und du kommst womöglich nich so richtig klar. Weißt schon, finanziell oder mit den Weibern. Ich helf dir. Kannst sicher sein. Ich hab schon beschlossen, dass meine Geheimtelefonnumer nich viele kriegen werden. Aber du bist dabei."

Es gab Kapernsoße mit Klopsen. Pro Nase einen. Franko sicherte die Schüssel. „Heute herrscht Ordnung. Ich pass auf, dass keiner zu viel nimmt!" Und *Pellis*. Nasse, dreckige, kleine Popel, aus denen beim Schälen Wasser floss, die nach dem Häuten dunkel und glasig aussahen. Aber ich hatte Kohldampf. Nicht nur Appetit, nicht einfach Hunger. Eine Fressgier. Menschliche Eigenschaften, die nun durchbrachen. Ich raffte mindestens fünf von den Pellis neben meinen Teller. Schmerke schrie: „Nnnimm nnnich alle!" Ich beachtete ihn nicht. Ich fummelte die Pelle herunter. „Du hast doch wohl genuch da liegen. Mindestens zehn Stück!", fauchte Freddi. „Wirste ja wohl satt von werden." Wollte er Schmerke attackieren oder mich verteidigen? Eine Anzahlung auf die angekündigten Gegenleistungen. Und die geheime Telefonnummer, wann würde ich die bekommen? „Er macht sich nachher Bratkartoffeln davon", erklärte Franko. „In der Heizung unten. Schiebt die Klunker auf 'ner Schippe in den Feuerschacht, und nach zwei Minuten sind sie fertig. Wie im Ratskeller."

Ich hatte den Geruch von Bratkartoffeln sofort in der Nase. Spiegelei oder Sülze, gedünstete Zwiebeln, auf dem Tellerrand Tomaten- und Gurkenscheiben, dazu ein Glas Buttermilch. Oder sogar Bier. Freitagessen. Wie lange war das her? Fast ein Jahr. Doch es blieb keine Zeit zum Rechnen und Sinnieren. Pellen und dann den Mansch hinunterwürgen. Kartoffeln, Soße, Kapern zusammengequetscht und stückchenweise der Klops. Die ersten Knaster sprangen schon wieder auf. Weg vom Tisch. Zurück in die IFA. Schmerke hatte die Pellis ungepellt in die Jackentasche gesackt. Den Klops hatte er mit zwei, drei Bissen verschlungen. Machte er sich jetzt die Bratkartoffeln oder später? „Selber fressen macht satt. Immer rein in die eigenen Kaldaunen", schimpfte ihm Fritzchen hinterher. „Der Kerl würde seine eigene Mutter verhungern lassen. Fressen und rumprügeln, zu mehr reicht's bei dem nich." Spucke spitzte die Ohren, schaute aber nicht auf. Er hing mit dem Gesicht keine zehn Zentimeter über dem Teller und schlang das Essen mit einem unglaublichen Tempo in sich rein. Ohne zu kauen, fast ohne zu schlucken. Ein Schakal. „Und wenn er dann wieder 'n paar Tage draußen is, säuft er wie 'n Stier. Vielleicht reißt er noch irgendwo 'ne billige Nutte auf. Mehr aber nich." Fritzchen lachte dreckig, und Spucke hielt mit dem Schlingen inne. Ohne das Gesicht höher zu nehmen, sagte er giftig: „Scheißkerl, du! Pass mal auf, dass dich Schmerke nicht zusammen mit den Kartoffeln in die Feuerluke schiebt." Fast mit dem letzten Wort stopfte er schon den nächsten Bissen in den Mund, presste er den Mansch durch die Speiseröhre, so dass sich der dürre Hals kurz aufklumpte wie der Körper einer Schlange, die das getötete Kaninchen verdauen musste. Fritzchen erhielt einen Stoß in die Seite. Otto, er saß neben ihm. „Schnauze!" Die Warnung ging ins Leere. Ein kurzer innerer Kampf, und die Vorwitzigkeit hatte in Fritzchen gesiegt. „Mensch, Spucke. Willste nun auch noch mit dem Stotterer rummiezen? Mensch, wenn der dir einen bläst und dabei zu stottern anfängt, kriegste glatt Schüttelfrost." Nach Fritzchens kurzem Kichern setzte eine eisige Stille am Tisch ein. Spucke saß wie erstarrt, und es schien, als wolle sich der just verpresste Manschklumpen in der Speiseröhre wieder nach oben bewegen. Franko schoss ein paar warnende Blicke ab, Freddi grinste, und Kalle murmelte schließlich: „Der Zwerch hat 'ne komische Art, sich um 'ne Tracht Prügel zu bemühen." Otto schnappte seinen Teller und verschwand. Nach und nach folgten die andern. Nur Spucke, obwohl er schon vor dem leeren Teller saß, blieb noch. Er sah noch blasser, eingefallener als sonst aus. Ausgespuckt. Weg hier, dachte auch ich. Den Teller weggeschafft und raus. Der Hunger, die Fressgier – vorbei. Kein Gedanke an Bratkartoffeln mit Sülze oder Spiegelei vermochte mich zu reizen. Ich dachte an das Wochenende, das vor mir, vor uns lag. Würden sich die Kerle, zwei Tage und drei Nächte hintereinander eingesperrt, die Schädel einbeulen?

Auf dem Rückweg, etwa in der Mitte des Tunnels, klopfte mir jemand freundschaftlich auf die Schulter. Ich jedenfalls hielt es für freundschaftlich. „Na, wie läuft's? Immer die Beene lang runter?" Ehe ich den Blick zur Seite wandte, hatte ich den Klopfer an der Stimme erkannt. Harri. Das Erstaunen blockierte meine Zunge. „Sprichst du nich mehr mit jedem oder wie?" Dass ausgerechnet er das fragte. Ich gähnte. Tatsächlich war ich müde. „Das sind mir die Richtigen, auf der Arbeit müde sein." Er lachte unbeschwert. Als hätte es seine kindische Ignoranz in den letzten Tagen nicht gegeben. Und: Als wären wir nicht im Knast, sondern in einem normalen Betrieb. „Mensch, Alter, es is Wochenend, da mach ich doch 'n anderes Gesicht." Ich gähnte wieder, sagte dann unwirsch: „Es is Knast. Außerdem frag ich mich, was du jetzt auf einmal willst." Er stellte sich unwissend, verwundert. Oder war es keine Verstellung? War der Kerl nicht irgendwie krank? Irgendwie behämmert? „Mir is so, als wollten wir mal über 'nen Streuer Kaffee reden." Er blinzelte mich von der Seite an. Wie ein gutmütiger Schelm. „Reden können wir", entgegnete ich kühl, „aber da ich sowieso keinen Kaffee mit habe, wird das Geschäft frühestens nächste Woche klappen." Er gab weiter den lustig Unbeschwerten: „Wir sehen uns morgen beim Mittagessen. Und zur Freistunde, wenn du gehst. Oder wir pendeln." Was war Pendeln? „Du bindest den Streuer an 'ner Schnur fest, hängst ihn aus dem Fenster und pendelst damit solange, bis er auf die Höhe von meinem Zellenfenster kommt. Das gehört zum Grundwissen jedes Knasters, sobald er in die U-Haft kommt." Ich winkte ab. „Bei der Stasi waren die Fenster zugemauert. Da konnte keiner rausgucken, geschweige denn mit 'ner Schnur an der Wand lang pendeln. Wär' mir auch zu unsicher. Nachher schnappt woanders jemand zu, und der Streuer is weg. Außerdem liegt deine Zelle an 'ner andern Haufront als meine. Da kann man schlecht was *rüberpendeln.*" Harri verlor nicht die Fassung. Und nicht die Stimmung und die Geduld. „Na ja, dann bring das Zeug morgen zum Mittag mit. Oder haste etwa keinen Kaffee mehr?" Jetzt lagen Lauern und Misstrauen in seiner Stimme. „Kommt drauf an. Umsonst isser jedenfalls nich." Er fasste sich theatralisch mit der rechten Hand nach dem Herzen. „Denkste etwa, ich will dich betuppen? Na, lass mal gut sein." Wir gingen schweigend einige Schritte. „Entweder einen Streifen durchwachsenen Speck oder zwei Knack- oder Bockwürste", forderte ich. Er legte einen Schritt zu, um vor mir laufen und mich dabei ansehen zu können. „Sonst geht's dir aber gut. Streifen Speck, Würste. Wo soll ich das wohl auf die Schnelle hernehmen?" Ich lief ebenfalls schneller, um seinem Blick auszuweichen. „Willst du was von mir, oder will ich was von dir?" Aber er überlegte schon. Entschied: „Na gut. Morgen Mittag. Aber komm nachher nich wieder an und behaupte, du weißt von nix. Ich bin mir nich sicher, ob ich mich dann noch mal erweichen lasse." Wir hatten den Ausgang des Tunnels erreicht und traten in die zweite Werkhalle. Der Lärm verschlang meine Antwort. „Irgendwas bringst du hier dauernd durcheinander. Irgendwas." Harri steuerte auf eine Maschine zu. Ein schmaler Blondling stand dort. Er hatte blau gefärbte Lider. Nicht geschminkt, sondern tätowiert. Das Entsetzen, das ich bei dem Anblick empfand, lenkte mich von Harris letzter Bemerkung ab. Blauer Lidschatten, auf Lebenszeit eintätowiert. Eine Viertelminute später war Harri wieder an meiner Seite. „Warum rennste denn weg? Ich hätte dir mal eben Annemarie vorstellen können." Er lachte wissend. „Annemarie is 'ne tolle Mieze. Heißt richtig Jürgen und is schon vor dem Knast schwul gewesen. Echt schwul. EllEll hat sie auch. Hat ihrer Großmutter eins mit der Bratpfanne verpasst, weil die sich immer reingehangen hat, wenn der liebe Jürgen zu Hause mit anderen männlichen Frauen rumgepimpert hat. Muss ja 'ne alte Frau nich unbedingt Verständnis dafür haben. Oder was meinst du?" Wir hatten den Innenhof erreicht, und ich meinte nichts. Jeder hatte hier sein eigenes Schicksal. Jeder hatte sein Päckchen zu tragen. Und wenn einer tätowierte Augenlider hatte und nicht auf Frauen stand, hatte er es im Männerknast gewiss nicht schlecht getroffen. Daran änderte kein EllEll etwas.

Die windlose Hitze der noch fast im Zenit stehenden Sonne hatte den Innenhof zu einem Brutkessel werden lassen, in dem die Ölausdünstungen des durchtränkten Betons still vor sich hin kochten. Die pestigen Dunstschwaden schwebten wie ein Millionenheer giftiger Insekten über dem Boden. Dennoch hatte sich in der drückenden Trostlosigkeit ein Nackter in eine Ecke gestreckt, um sich zu bräunen, Sonne zu tanken. Vitamin E. Es war Torsten. Die Scheu, sich nackt zu zeigen, kannte er nicht. Es mochte an der Auffassung liegen, die man als Arzt vom menschlichen Körper hatte. Vom eigenen und dem der anderen. Vielleicht setzte Torsten seine Nacktheit bewusst als Waffe ein. Um sich Distanz zu schaffen. Wiewohl er sonst ständig umschwärmt wurde, machten die Knaster jetzt einen Bogen um ihn. Nicht mal Willert wagte sich an ihn heran. Er stand am Eingang der größeren Halle und rauchte eine Selbstgedrehte. „Leg dich auch bisschen hin", frotzelte ich und war gespannt, ob er sich angesichts meines dünnen Scherzes ein Lächeln abringen konnte. Ja, er konnte. Ein spontanes Aufkichern. So spontan wie meine Bemerkung auf ihn zugekommen war. Doch es verschwand schnell wieder, denn es gab die ernsten Dinge zu besprechen. „Wir haben eben noch mal Nachrichten gehört. Vom RIAS. Das mit dem abgeschossenen Flugzeug wird immer greifbarer." Er sagte wirklich greifbarer. Aber inwieweit war es denn greifbar? Für ihn, mich, uns Knaster? „Die Russen behaupten, sie hätten eine Militärmaschine verfolgt. Aber abgeschossen wurde ein Passagierflugzeug." Ich dachte an Bundis Kommentar: *Hat doch mit uns nix zu tun.* Ich hütete mich aber, das zu wiederholen. Egal dass ich Bundi im Stillen Recht gab. Das lag so weit weg, dieses Flugzeugunglück, der Abschuss. Nicht nur räumlich und zeitlich. „Solche Sachen können sich bis zum Krieg ausweiten." Bis zum Krieg, er übertrieb. Merkte es selbst und korrigierte sich. „Ein Konflikt kann auf jeden Fall entstehen." Ich glaubte nicht mal an einen Konflikt. Ich hatte keine Lust, mich überhaupt mit der Sache zu beschäftigen. Ich lebte im Zuchthaus, ich war Knaster. Ich kämpfte hier um dreckige Pellkartoffeln, musste mit geistig Gestörten um ein Stück Speck feilschen und bekam als Ersatz für die Gesellschaft von Frauen homosexuelle Großmuttermörder mit tätowierten Lidschatten vorgesetzt. „Wenn deswegen mein Transport in der nächsten Woche abgeblasen werden sollte, bin ich stinksauer. Auf die Russen." Transport, das interessierte mich jetzt. „Weißt du schon welcher Tag?" Willert vergewisserte sich mit ein paar Seitenblicken, dass wirklich niemand zuhörte. „Dienstag", flüsterte er, „ich geh Dienstag."

„Und wo hast du diese Information her?"

Er schloss sein Gesicht. „Hier gibt's Strukturen. Man muss sich da reinarbeiten." Wie schlau er das gesagt hatte, wie wichtig. Ich sah das Gespräch als beendet an. „Wir müssen noch reden. Über deine Sache. Soll ich jemandem im Westen was ausrichten, damit sie dir helfen? Oder eine Rückmeldung an den Osten geben?"

„Besser nicht", sagte ich. „Ich wüsste ja nicht mal wem. Und ich will auch keinen Unbeteiligten mit reinziehen."

Er akzeptierte die Ablehnung, ohne beleidigt zu sein. „Auf jeden Fall nimmst du dir die Sachen, die ich hier lasse. Einiges kann ich dir schon Montagabend geben. Das Netz zum Beispiel." O ja, dachte ich, ein Netz. Man konnte darin seine paar Sachen durch die Gegend tragen. Von der Zelle zur Arbeit und wieder zurück. „Und einen Duden. Lass ich dir auch da."

„Einen Duden?"

„Wenn man hier mehrere Jahre abdrückt, kommt einiges zusammen. Man muss sich allerdings dafür interessieren. Na ja, du wirst das mit der Zeit selbst merken."

Mehrere Jahre - was für ein Hieb. Und er hatte ihn nicht mal aus Gemeinheit oder Schadenfreude ausgeführt. Ebensowenig mit Mitgefühl. Nur als Feststellung. Sein Blick schweifte zu Torsten, der das Sonnenbad beendete und die Kleider überstreifte. Willert trat seine Zigarette aus, wandte mir den Rücken zu. Der andere war nun mal interessanter, wichtiger für ihn. Ich akzeptierte es wie den unmissverständlichen Hinweis auf die vor mir liegenden Jahre. Oder akzeptierte ich es nicht? Hoffte ich nicht im Stillen, am nächsten Dienstag gemeinsam mit Willert auf den Transport in den Westen zu gehen?

Ich machte einen Schritt zur Seite und lehnte mich wie eben Willert mit dem Rücken gegen die Wand. Ich schob die Ärmel der Jacke hoch und stellte das Gesicht gegen die Sonne. Da ich die Augen schloss, konnte ich mir einbilden, ich würde am Strand liegen. Um mich herum viele schöne ... Nein, ein Trugschluss. Der Öldunst fasste zu aufdringlich nach meiner Nase, und ein paar Schritte weiter wurde der Motor eines Traktors in Betrieb genommen. Der Auspuff spie dicke Abgaswolken in den Hof, und das metallische Bellen der Maschine hämmerte wild auf meine Trommelfelle ein. Ich öffnete die Augen und blieb mit dem Rücken an die Wand gelehnt. Ich beobachtete den Knaster, der die Treckerkabine verließ und Kupplung des dahinter stehenden Hängers in die Kralle des Treckers zog. Schnapp, machte es, erledigt. Der Knaster kletterte zurück in die Kabine und legte den Gang ein. Er gab Gas und fuhr das Gespann zur anderen Seite des Hofes. Dort befand sich die Steinbaracke, wo die Schließer ihr Büro hatten. Zwei, drei Minuten wartete er bei laufendem Motor, bis der Uniformierte erschien und sich in die Kabine schwang. Wieder gab er Gas. Das Gespann setzte sich mit einem unerwarteten Ruck in Bewegung. Der Schließer konnte gerade noch nach einer Metallstrebe im Dach des Traktors greifen, um nicht nach draußen geworfen zu werden. Sein wütendes Geschrei mischte sich in das nicht minder wütende Bellen der Zugmaschine. Sekunden später sauste das Gefährt um die Ecke. „Die fahren Kohlen für die Heizung holen." Das war Willert. Er und Torsten standen jetzt vor mir. Willert fächelte mit der flachen Hand die Auspuffgase des Traktors weg. „Ohne Schließer darf der mit seinem Traktor natürlich nicht auf die Lagerstraße. Obwohl die ja nicht weniger bewacht ist als die einzelne Kommandos." Er tat zwei Schritte in Richtung Halleninneres, blieb aber noch mal stehen. „Übrigens, mit dem Trekkerfahrer lass dich besser nicht ein. Der sitzt wegen Mord. Hat seiner Frau, die im achten Monat schwanger war, den Bauch aufgeschlitzt, weil sie ihn verlassen wollte." Mord, Mord, Mord. Erschlagene Großmütter, erstochene Hochschwangere, verbrannte Väter, elektrisierte Ehefrauen. Was hörte man hier nicht alles. Wo andere ein Kribbeln durchfuhr, setzte bei mir die Abstumpfung ein. Dennoch, ich ging zu Bundi, um ihn nach dem Traktormann zu fragen. Aber der winkte ab. „Was geht mich das an, was der gemacht hat. Und dich. Was gehen uns beide diese ganzen Verbecher an. Mörder, Räuber und Kinderschänder." Er schwieg kurz, fragte plötzlich: „Oder willste später mal ein Buch über diese Typen schreiben? *Mein Leben mit den Mördern.*" Ein Lacher folgte. Doch in seinen Augen las ich: Er hielt ein Ja aus meinem Munde nicht für ausgeschlossen. Er schien sich dieses Ja zu wünschen. Ich schüttelte standhaft den Kopf. Er erhob sich von dem Platz an seiner Stanze und fasste mich am Arm. „Das solltest du aber tun. So 'nen guten Krimistoff wie hier findest du wahrscheinlich nirgendwoanders auf der Erde. Wenn ich allein an den Sackabschneider aus der anderen Halle denke. Der is hier schon mit EllEll eingeflogen und hat sich beizeiten fuffzehn Jahre nachgeholt, weil er einen Mithäftling teilkastriert hat. Das muss man sich überhaupt vorstellen. Geht hin und schneidet einem anderen ein Ei weg. Einfach so. Und der andere hat hier nich nur sein halbes Leben eingebüßt, sondern auch die halbe Manneskraft." In Bundis Miene mischten sich Unverständnis, Hohn und Schaudern. „Wenn du mit solchen Kuhköppen auf der Zelle bist, solltest du besser nachts kein Auge zumachen." Er beruhigte sich und fiel wieder auf seinen Platz vor der Stanze. „Ich hab noch keine Pläne, was ich später schreibe", flüchtete ich aus. „Erst mal weg sein. Vielleicht schreib ich überhaupt nie wieder was." Er sah mich grimmig an. „Nimmst du dafür all das in Kauf? Hast du deswegen vor deiner Verhaftung Bücher geschrieben, damit du später im Westen alles wieder aufgibst? Das hätte ich nich von dir gedacht." Sein Appell konnte eine Falle sein, um mir eine anderslautende Beteuerung zu entlocken. Wusste ich, ob er nicht nachher zu einem Offizier ging, um mich anzuscheißen. Ich dachte an den Streit mit Paulsen. Der hatte mich im Zugang genauso unter Druck setzen wollen. Nein, ich gab kein Bekenntnis ab, ich lenkte das

Gespräch um. „Willert hat Neuigkeiten vom Flugzeugabsturz." Er legte ein Metallplättchen unter die Stanze und fasste nach einem Hebel, der sich an der Seite Stanze befand. „Dieser Willert spuckt große Töne. Das isses." Er drückte den Hebel herunter. Wumm, machte es, und der Spitzkopf der Stanze sauste auf das unten liegende Blech nieder. Ehe Bundi weiterschimpfen, etwas fragen oder neue Vorwürfe machen konnte, kam ich ihm zuvor. „Was sind das überhaupt für Teile, die du da fabrizierst?" Er grinste verschlagen. „Was meinste, was mich das interessiert. Einen Scheißdreck interessiert mich das. Würd' mich nich mal interessieren, wenn sie aus den Teilen, die ich ausstanze, spezielle Klodeckel für Erich Honecker machen." Er zog die Hand vom Hebel zurück und drückte sich schwerfällig von seinem Hocker hoch. „Ich hab irgendwie keine Lust, mich mit diesem langweiligen Ding abzuquälen. Komm, lass uns noch ein, zwei Runden laufen und quatschen."

Es ging auf halb zwei zu, als ich in der Lehrwerkstatt eintraf. Der Glatzkopf nahm daran keinen Anstoß. Eher schien er erleichtert. „Wir bringen erst alles in Ordnung, und danach fängst du an, Teile zu schleifen. Dann sieht der zivile Chef nachher beim Durchgang, dass gearbeitet wird und trotzdem alles sauber is." Er bekräftigte seine Taktik mit einem Nicken.
Und die andern? Ohne dass ich die Frage aussprechen musste, löste er sie für mich auf.
„Kannst übrigens zufrieden sein mit dieser Einteilung. Den Buckligen hab ich rübergeschickt in den Werkzeugbau. Der muss da ausfegen. Und der Hinkefuß is auf Scheißhauskommando. Kann mit Plötze die Latrine reinigen." Ich grinste ein bisschen und begann, Ordnung zu machen. Fegen, räumen, sortieren. Ein leichter Job. Eine halbe Stunde. Fertig. Ich setzte mich an den Tisch. Träumte. Hatte Hunger. In der Jackentasche steckte noch die halbe Frühstückssemmel. Ich mümmelte Bröckchen um Bröckchen. Das nahm Zeit, nahm Hunger. Das Büchlein, Diarium, aus der anderen Tasche. Den Bleistift. *Deine*

flaumigen Haare/ sind jetzt noch ganz zart/ aber wart noch paar Jahre/ dann hast du 'nen Bart. Es war schon einige Jahre her, als ich diesen Vers geschrieben hatte. Immerhin, das Aufschreiben lockerte meine Gedanken, meine Finger. Und es inspirierte. Ich dachte über ein Gegenstück nach. Damenbart kontra Haarausfall. Bauch. Ein paar Minuten grübeln, korrigieren, grübeln und ich war so weit: *Den Schritt in reife Mannesjahre/ macht wohl kein Mann sehr gerne mit/ er ist, besieht man Bauch und Haare/ in Wortessinn ein Ausfallschritt.* Zufrieden.

„Was hast'n da für'n Buch?" Der Fremdenlegionär tauchte auf. Was hatte ich für ein Buch? „Ich schreib manchmal was auf."

„Scheißte etwa andere an?"

Ich verneinte. „Ich mache Gedichte und so was."

Er winkte ab. „Quatsch is das. Gedichte, Verse. Bist du nich der Einzige damit. Gibt's dauernd welche, die rumkritzeln. Manche schreiben sich auch bloß Tabellen oder Vokabeln oder irgendeinen Dreck aus schlauen Büchern ab. Und hinterher liest's keiner. Hinterher feuern sie das Zeug in die Ecke."

„Hat dir der Lehrmeister keinen Auftrag erteilt?"

Er lachte überheblich. „Hat mir diese Pfeife was zu sagen oder zu befehlen? Lehrmeister." Er ließ sich auf einen Stuhl neben mir fallen und lümmelte. „Er hat zwar diesen Puckel nach drüben zum Fegen geschickt und den Nazi ins Scheißhaus runter. Aber was soll das mit mir zu tun haben."

Ich steckte das Diarium weg. „Ich werd' noch bisschen an die Maschine gehen und Teile schleifen. Nachher soll Durchgang sein." Er verzog das Gesicht zu einer Grimasse. „Lass doch den Quatsch. Rumschindern kannst du besser, wenn du in 'ner Schicht bist und richtig an 'ner Machine stehst. Da geht's dann um Kohle. Aber hier? Hier kriegst du deine festen Groschen. Feierabend." Weiterreden konnte er nicht. Der Lehrmeister stand auf einmal hinter ihm. „Dich hätt' ich jetzt fast vergessen, Kollege." Er legte ihm die Hand auf die Schulter, vielleicht weil er dachte, der andere werde sonst aufstehen und ihm entwischen. Eine nicht unbegründete Vorstellung. Der Fremdenlegionär suchte unwillkürlich auszuweichen, sich zu erheben. Aber das ging nun nicht, wegen der Hand. „Unten muss der Hänger abgeladen werden. Da gehste gleich mal hin." Der Legionär bekam große Augen, wollte seinen Oberkörper wegbiegen. „Was denn für'n Hänger?"

Über das Gesicht des Lehrmeisters huschte ein Zug von Schadenfreude. Er äffte den anderen, wenn auch völlig untalentiert, nach. „Was für'n Hänger? Was für'n Hänger? Ich kenn hier in der IFA nur einen Hänger. Das is der, der hinterm Traktor läuft und mit dem die Kohlen transportiert werden." Der Fremdenlegionär schraubte sich trotz der ihn drückenden Hand empor. „Soll das heißen, ich soll die Kohlen vom Hänger schippen?" Seine Stimme klang schrill, aufgebracht. „Wie komm' ich dazu? Der Hänger hat doch außerdem 'ne Kippvorrichtung!?" Das Gesicht des Lehrmeisters zeigte kurz ein offenes Griensen. „Stimmt schon. Aber die geht nich, weil Spatzek den Hänger total überladen hat." Er ließ die Schulter des anderen los, denn der sackte ein Stück in sich zusammen. „Auch noch überladen. Wie voll is die Karre denn?" Der Lehrmeister antwortete nicht direkt, er agitierte: „Nimm's mal besser von der positiven Seite: Der Hänger steht aufm Hof, wo alle lang kommen. Der Hauptbrigadier, die Zivilmeister und die Schließer. Die sehn das alle, wie du loslegst. Was du leistest. Die werden dich in der nächsten Woche für keinen schlechten Job einteilen. Weißt ja wohl, dass es Maschinen gibt, bei denen du ohne Probleme deine Norm mit 120 Prozent schaffst. Gibt aber auch welche, an denen schafft der beste Arbeiter keine achtzig." Er ging in seinen Verschlag zurück, und der Fremdenlegionär erhob sich griesgrämig. „Ausgerechnet mir muss diese Scheiße passieren. Dieser Sackstand. Kohlen trimmen. Bei der Hitze. Bin ich vielleicht Adolf Hennecke." Er stapfte los, seine Schritte so schwer, Schultern und Arme so schlaff, als hätte er das Entladen des Hängers bereits hinter sich.

Der Lehrmeister tauchte sofort wieder auf. „Jetzt mault er rum, aber sonst sich nichts sagen lassen. Diese Kerle denken, weil sie nich in Leistung stehen, können sie den ganzen Tag rumrennen, rumfaulenzen. Und ich kassier den Anschiss." Er nickte zufrieden, fast glücklich, rieb die Hände ineinander. „Dies mal hab ich dich gekriegt."

Ich schaltete die Maschine ein und krempelte, während der Motor hochfuhr, die Ärmel meines Hemdes auf. Immer arbeitete ich mit aufgekrempelten Ärmeln. Ob ich schrieb, schaufelte, Auto fuhr oder nunmehr an einer Drehmaschine stand. Der Lehrmeister stand noch neben mir. „Sieh zu, dass du jetzt nich mehr so viel Dreck machst. Trotzdem immer in Bewegung und Beschäftigung bleiben. In 'ner halben Stunde so was is der Durchgang. Das muss richtig nach Arbeit aussehen. Na ja, weißt Bescheid."

Ich wusste. Ich blieb in Bewegung und wirkte beschäftigt. Ich griff mir die Metallscheiben, spannte sie ein, schliff sie, wendete sie, schliff die andere Seite, stoppte das Laufwerk, untersuchte die Oberfläche nach eventuell zurückgebliebenen Roststellen, schliff sie notfalls nach und stellte sie sorgfältig in die Kiste mit den anderen fertigen Teilen. Und ich spürte es irgendwie, dass das Ereignis des Nachmittags nahte. Der Durchgang. Obwohl ich mich nicht umdrehte. Geräusche, Stimmen, Atmosphäre. Die konkrete Wahrnehmung folgte erst, als die Leute bei mir im Raum standen. Zwei Blaukittel. Mehrere Knaster: der Hauptbrigadier, ein paar von den Schichtleitern, ein paar von den Ersteinrichtern. Ich blieb gelassen, erledigte meine Handgriffe. Ich hatte mir nichts vorzuwerfen, denn ich arbeitete ordentlich, fleißig. Trotzdem, ich sollte die Maschine abstellen. Einer von den Zivilen forderte es. „Ich hab Ihn' doch schon paar Mal gesagt, det Sie nich mit aufjekrempelte Ärmel arbeeten solln." Ich blickte mechanisch auf meine Arme. Was meinte der? „Sie ham doch de Arbeetsschutzbelehrung untaschrieben. Also wenn ick Ihn' noch mal so erwische, kriejen Se richtich 'n Verfahrn!" Er sah mich schlau und herrisch an. Wie ein Geier, der auf einem Stück Aas saß. Hinter ihm grinste einer von den Knastern. Grinste vorsichtig, aber aufmunternd. Ich überlegte, ob ich das sagen sollte: „Bin ja erst drei Tage hier, kenn' Ihn' ja gar nich und Sie nich mich. Kann ja nur eine Verwechslung sein." Besser nicht. „Is in Ordnung", murmelte ich hastig und schlug sofort die Hemdsärmel runter. „Passiert wirklich nich wieder." Er hielt unbeeindruckt den starren Geierblick. Einer, der freiwillig nichts rausgab, kein Stück Aas und keine Zustimmung. „Ick lass Ihn' kontrolliern. Wenn Sie nich damit rechnen." Ich nickte und sah dem abziehenden Tross nach. Starrte den Lehrmeister an. Der hätte den Irrtum aufklären können. Müssen. Er wich meinem Blick aus, mir. Huschte in seinen Verschlag zurück. Egal, ich überprüfte nochmals den Sitz der Ärmelbündchen. Weiter ging's mit diesen Metallscheiben. Einspannen, ausspannen, schleifen. Die Maschine heulte aufreizend in den Freitagnachmittag hinein und verkündete der übrigen Zuchthauswelt meinen Fleiß und meine Fügsamkeit. Kurz dachte ich an den Fremdenlegionär, der in der brütenden Hitze Kohlen schaufeln musste. Ich war froh. Trotz des unerklärbaren Anpfiffs, der primitiven Drohung. Arbeitsschutzbelehrung, aufgekrempelte Ärmel. Trottel, gefährlicher Trottel.

Das Blatt wendete sich. Unverhofft tauchte Schnurz auf. Er schwitzte. Stürmte in den Verschlag des Glatzkopfs. Redete stoßweise, laut. Ich verstand ein paar Fetzen. „Kohle ... verletzt ... Ersatz." Es reichte ja. Ich wusste gleich. Aber ich ließ die Maschine weiterlaufen. Die beiden verließen eilig das Terrain. Während sie vor dem Eingang des Werkzeugbaus auf Einlass warteten, erluchste ich mit Seitenblicken, dass sie wiederum mich mit Seitenblicken beluchsten. Die Kohlen, es war schon klar. Der Fremdenlegionär hatte das Handtuch geschmissen. Und nun ich. Die Tür wurde von innen geöffnet, sie verschwanden. In mir schrie es: Mach die Maschine aus und verpiss dich. Dies war der Moment. Auf die Latrine, zu Bundi an die Stanze oder zu Freddi in die Elektroabteilung. Irgendwohin. Hauptsache weg. Alle Knaster verpissten sich, wenn es unangenehm wurde, wenn es nach Arbeit oder Bestrafung roch. Ich verharrte, blieb. So wie ich sooft verharrt hatte, geblieben war, als sie draußen Jagd auf mich machten. Wer die Schlinge schon um den Hals hat, der kommt nicht weit. So schlau er sich wähnt. Alles, was man plante und tat, musste man im Bewusstsein dieser Schlinge planen und tun.

Es dauerte keine Minute, bis sie wiederkehrten. Der Hauptbrigadier war dabei und der Zivile, der Geier. „Unten is bei die Kohlen 'ne Schippe frei. Da is erlaubt mit Ärmel hochjekrempelt." War es Dummheit, Wichtigtuerei oder einfach nur sein niederträchtiger Charakter, dass er höchstpersönlich den Durchgang unterbrach, um mir unbedeutendem Knaster den Wechsel meines Arbeitsplatzes mitzuteilen? Ich stellte den Motor ab, wischte noch ein bisschen an der Maschine herum. „Nu mach Latte", ermahnte mich der Lehrmeister. Und Schnurz wartete sowieso. Er eskortierte mich. Fehlten gerade die Handschellen. Egal. Schippte ich eben Kohlen, auch dabei verging die Zeit. Trotz der Hitze, die immer noch bleischwer auf den öldurchtränkten Beton drückte. Fritzchen, Kalle und Schmerke harrten meiner längst. Und der Fremdenlegionär? Der saß auf einer Kiste im Schatten, streckte demonstrativ den rechten Arm von sich. „Diese scheiß Sehnenscheidenentzündung. Ich brauch bloß 'ne Schaufel oder so was in die Pfoten nehmen, schon is alles zu spät." Er presste seine Entschuldigung durch die Zähne. Zusammengepresste Zähne, wir wussten es alle, galten als Ausdruck des Schmerzes. Wir durchschauten ihn. Kalle, Fritzchen, sogar Schmerke. Ich auch. Ich hatte ihn schon durchschaut, bevor ich den Innenhof erreicht hatte. Im Gegensatz zu mir gaben die drei aber Gas. Fritzchen giftete: „Hoffentlich is der Arm wieder in Ordnung, wenn du dir heute Nacht einen von der Palme wedelst." Nun gut, wir wussten, dass es kein Drücken gab für uns. Wir hatten diesen Job. So oder so mussten wir ihn erledigen. Ob schnell oder langsam, ob stöhnend oder voller Demut. Rauf auf den Hänger, auf diesen unwegsamen Berg von dreckig schmierigen Rohbraunkohleklumpen. Fritzchen und ich. Die Füße glitten mehr als einmal ab, so dass wir bis über die Knöchel zwischen die Kohlen rutschten. Scharfe Kanten malträtierten Fesseln und Gelenke. Schrammen, Dreck. Fritzchen fluchte. „Alles nur wegen diesem arbeitsscheuen Sack." Ich teilte seine Meinung nicht. Zumindest räumte ich die Berechtigung dieses Vorwurfs nicht ihm, sondern mir zu. Er und die zwei anderen arbeiteten ja in der Heizung. Sie gehörten ohnedies zu den Kohlentrimmern. Ich nicht. Wie egal das aber war.

Kalle und Schmerke postierten sich unten. Vier leere Schubkarren stellten sie vor dem Hänger auf. Und schon ging's los. Verbissen versuchten Fritzchen und ich die Forken zwischen die Kohlen zu treiben und dann die Klumpen auf die Schubkarren zu werfen. Wie mühsam das ging. Dieses *schwarze Gold* lag ineinander verkeilt, die Schaufeln suchten vergeblich nach geraden Schächten, um dazwischen zu kommen. Schließlich warfen wir sie zur Seite und packten mit den Händen zu. Klumpen um Klumpen. Donnernd schlugen sie auf die Metallböden der Karren, hinterließen auch an Händen und Unterarmen Schrammen und Risse. Dreck. „Wenn wir so viel weg haben, dass ein Stück Boden frei is, können wir auch mit der Forke drunter." Wie schlau du bist, Fritzchen, dachte ich und brummte ihm eine Zustimmung hin. Und ich ackerte, auf dass der Schweiß den Körper tränkte und der Staub der Rohbraunkohle Hals und Rachen belegte. Durst und nichts zu trinken. Feixende Knaster, die den Hof querten. „Freitag ab eins – macht jeder seins!" Sprüche aus dem sozialistischen Betriebsleben. Vor dem Knast machte scheinbar nichts Halt. „Du willst Ausweiser sein und schinderst hier für die Kommunisten?" Ein Schnösel, Anfang zwanzig. Ich spie einen schwarz schillernden Fladen in seine Richtung. „Eh, du spinnst wohl!", empörte er sich und zog ab. Und Goebbels. „Du machst dich hier zum Untermenschen. Verrichtest die Arbeit von Kriegsgefangenen und Juden." Ich hielt kurz inne. „Du Latrinenhäuptling, bleib doch du auf deinem Scheißhaus." Ich spie abermals aus. Kräftig, eklig, weit. Eine fette Aule verfehlte nur knapp den Arm des Nazis. Auch den schlug ich in die Flucht. „Lass dich nicht von jedem Arsch anmachen", keuchte Fritzchen. „Sonst wirst du nicht fertig mit dem Volk." Er hielt kurz mit dem Raffen der Kohlenklumpen inne. „Wenn du hier draußen was machst, kommen immer irgendwelche Birnenmänner vorbei und labben dich voll. Wer in der Heizung arbeitet, gilt als gehirnamputiert." In seiner Stimme lagen gleichsam Verbitterung und Verbissenheit. Vielleicht aber auch ein bisschen Stolz. Zuchthaus Brandenburg als Abschaum der Strafanstalten und innerhalb dieses Abschaums in den abermaligen Abschaum getaucht worden zu sein, das adelte einen schon wieder. Er richtete sich auf und rief Kalle, der eben mit einer vollen Schubkarre loszog, nach: „Bring mal was zum Saufen mit!" Saufen, trinken, egal, was es war. Hauptsachen Flüssigkeit.

Tatsächlich brachte er eine Blechkanne mit Knast-Muckefuck. Einen Becher. Nur einen? Fritzchen goss ihn sofort voll und gluckste den Inhalt fast auf einen Zug weg. Ich sah ihm neidisch zu. „Halt fest." Er drückte mir den leeren Becher in die Hand und schüttete ihn wieder voll. „Wirst dich ja nicht dran stören, dass ich Mundfäule hab." Und wenn er die Pest gehabt hätte. Ich stieß das lauwarme Getränk in mich rein, danach einen zweiten Becher. „Jetzt geht's besser", prophezeite Fritzchen. Es stimmte. Wir klappten die Seitenplanke herunter und konnten endlich auf dem Boden des Hängers die Forken ansetzen. Die braunschwarzen Brocken ließen sich somit besser fassen, egal dass immer wieder welche davontanzten. Vor allem: Man sah, dass es vorwärts ging. Noch eine Stunde ... Ich legte mich jetzt ins Zeug und achtete nicht auf das Umfeld. Fritzchen schienen dagegen die Kräfte auszugehen. Sein Atem ging heftig, die Bewegungen wurden schwerer. Er schimpfte, fluchte. Wieder auf den Fremdenlegionär, der seinen Platz im Schatten hielt. Der Bucklige hatte sich zu ihm gesellt. Nachdem der Durchgang im Werkzeugbau absolviert war, galt Feierabendstimmung. Beide rauchten, redeten laut, lachten, und es hatte ganz und gar nicht den Anschein, als leide der Armkranke weiter an der Sehnenscheidenentzündung. „Verfluchter Schweinepriester!", keuchte Fritzchen. Er stützte sich auf den Forkenstiel und schwenkte die Faust. Der Fremdenlegionär reagierte nicht. Statt seiner fühlte sich der Bucklige angesprochen. „Riskier mal nich so 'ne große Lippe, du mickriger Erdnuckel. Sieh lieber zu, dass du deinen Hänger leer kriegst." Er lachte gehässig, und bei Fritzchen brannte die erste Sicherung durch. Er ließ die Schaufel fallen und bückte sich nach einem Kohlebrocken. Es ging schnell. Sehr schnell. Der Bucklige konnte nicht mehr reagieren, als das gewaltige Geschoss auf ihn zukam. Es traf ihn an der Brust. Und da er keine Lehne hinter sich hatte, fiel er unversehens in die Kiste mit den Metallspänen, auf deren Rand er saß. Das schmerzte, das musste einfach schmerzen. Der Aufprall der Kohle und der Sturz rücklings in die Kiste. Und die Hände. Er hatte sich instinktiv abstützen wollen und fasste dabei in die Metallreste. Die schnitten wie Messer, diese scharfdünnen Späne, fast wie Rasierklingen. Beide Hände bluteten. Die Brille hing auch. Himmel, der Kerl sah böse aus, tierisch böse, als er vor dem Hänger stand und die aufgeschnittenen Handflächen nach Fritzchen ausstreckte. „Dafür schneid ich dir die Eier ab, du mistiger Kläffer." Er wollte mit den Händen nach der Planke fassen, um sich auf den Hänger zu ziehen, besann sich aber der Wunden. Mit einer Blutvergiftung war nicht zu spaßen. Er zögerte, zog ein Tuch aus der Hosentasche und umwickelte die rechte Hand. Fritzchen kuschte keineswegs. Er stand am Rand der Ladefläche. Wartete. Er hielt den Forkenstiel mit beiden Händen umklammert. Wollte er den Buckligen damit malträtieren? Rein ins Gesicht, dann sah der Kerl, obzwar die Zinken an den Enden Rundungen hatten, fürs Leben gezeichnet aus. Oder die Zinken rissen in die Augen und nahmen ihm das Sehen. Vielleicht reichte auch ein Fußtritt. Der Bucklige wäre vom Hänger gestürzt und hätte sich schmerzhafte Prellungen zugezogen. Fritzchen Miene zeugte nicht von Sadismus oder Brutalität. Nicht mal von richtiger Wut. Nur von Entschlossenheit. „Komm hoch, du krumme Sau, dann wirst du ja sehen, wer hier wem was abschneidet." Die Drohung brachte den Buckligen zur Besinnung. Er stoppte, rückte seine Brille zurecht, so dass er Fritz genau erkennen konnte. Ein kleiner, breiter Bursche mit einem kantigen Schädel, an dem seitlich überdurchschnittlich große Ohrmuscheln gewuchert waren. Das hatte nichts mit einem leichten Handstreich zu tun. Ebensowenig mit Spaß. Dazu jetzt Kalles Warnung: „Der rammt dir die Forke in dein Fressbrett. So schnell kannste nich kieken." Und auf einmal stand auch Otto neben dem Hänger. Breitbrüstig, ausgeruht. „Und wir können alle bezeugen, dass du den Kleinen angegriffen hast."

Was war eigentlich mit Otto? Der gehörte doch zur Heizung. Otto verschlich sich sofort. Er hatte meinen fragenden Blick bemerkt. Ein Drückeberger? „Otto hat's juut mit die Herzschmerzen." Kalle schien meine Gedanken erraten zu haben. Er warf dem Herzkranken einen neidischen Blick hinterher. Schmerzke sah die Sache anders: „Ddder mmmarkiert dddoch bbbloß." Doch das Interesse an Otto legte sich schnell. Fritzchen warf die Forke vom Hänger und sprang selbst auf den Boden. „Diesen buckligen Rochen nehm ich auseinander." Kaum war er unten aufgekommen, griff er nach dem Forkenstiel. „Mach keene Scheiße!" Kalle hielt seinen Oberarm fest. „Der is ooch nich grade von Pappe. Wat meenste, wat in so'n Buckel für Muskeln stecken. Und wenn de ihm tatsächlich umhaust, krichste Nachschlach. Wat hast'n denn jekonnt?" Fritzchen schien nachzugeben. Warf die Forke auf den Hänger zurück. Der Bucklige hatte sich schon mindestens zehn Schritt entfernt. Einmal noch drehte er sich um. Der Blick einer Löwin, die die schon sicher geglaubte Beute doch verloren, die mit Glück gerade das eigene Leben gerettet hatte. Er streckte Fritzchen die rechte Hand entgegen. Der Fetzen, der um Ballen und Innenfläche lag, war von Blut durchtränkt. Gewiss hatte er Schmerzen. Aber er spreizte den Mittelfinger ab und stieß ihn in Fritzchens Richtung. Es gab zwei Deutungen für diese Geste: Steck den Finger in den Arsch – zieh ihn raus. Fritzchen mochte sich aussuchen, was das heißen sollte.

Wir hatten es geschafft. Die Ladefläche und der Boden um den Hänger herum waren gefegt, die Seitenplanke wieder oben.

„Passt grade so mit dem Wäschetausch", sagte Fritz. Ein kleiner breiter Mann mit schwarzem Gesicht, schwarzen Armen und schwarzem Oberkörper. Nur die Rinnsale vom Schweiß hatten helle Linien auf der Haut hinterlassen. Die Augen funkelten wie bei einem Neger, die Zähne blitzten unwirklich. Ich sah nicht besser aus, ich wusste es. „Kannst heut bei uns in der Heizung duschen", erlaubte Fritzchen. „Is nich so 'n Gedrängel, und kannst dir mehr Zeit nehmen." Na bitte, wenn das keine guten Aussichten waren. Platz und Ruhe waren für die Reinigung unabdingbar. Zuerst jedoch der Klamottentausch. Unterwäsche, Oberwäsche, Arbeitssachen. Auch Taschentücher und Socken. Oder kam man selbst an eine Waschmaschine oder Trockenschleuder heran? Mitnichten. „Du brauchst eigentlich gar nich tauschen", versuchte mir Fritzchen zu erklären. „Du bist ja erst seit dieser Woche hier. Man tauscht immer die Sachen, die man in der Vorwoche abgelegt hat. Und das hast du ja nicht. Du musst ja noch 'ne frische Garnitur haben." Trotzdem wollte ich tauschen. Das dicke Unterzeug klebte widerlich am Körper. Ich stellte mich hinter den Hänger und zog die lange Unterhose aus. Rollte sie mit dem langärmeligen Unterhemd zusammen. „Hubert weiß ganz genau, dass du noch diesen zweiten Satz Unterwäsche hast", warnte mich Fritzchen. „Höchstens wenn er gut drauf is und am Wochenende alles mit 'ner Mieze für ihn glatt geht, sieht er drüber hinweg." Hubert, der Wäschekalfaktor. „Zuletzt hat er schlechte Laune gehabt. Sie haben seine Entlassung nach der Zweidrittelzeit abgelehnt. Deshalb isser meistens stinksauer." Fritzchen trug ein weitaus größeres Wäschebündel als ich. „Aber er hat sich's ausrechnen können. Mit dem Delikt." Was denn für ein Delikt? Etwa kein Mord? „Er is aus 'ner Kleinstadt in Thüringen. Mit 'nem schönen großen Park." Fritzchen grinste ein bisschen, zögerte auch. Einfach um die Spannung anzuziehen. „Das war sein Revier, dieser Park. Da drin hat er sich im Winter bei knackendem Frost nackt ausgezogen, hat sich ganz dick mit Fett eingeschmiert und hat in diesem Aufzug den schönen Frauen aufgelauert. Nich nur den schönen. Acht

Jahre hat ihm das eingebracht." Ich staunte. Nicht nur, weil jemand zu solchen Aktionen fähig war, sondern auch wegen der Strafhöhe. Musste da nicht noch was anderes sein? Fritzchen schüttelte den Kopf. „Nich dass ich wüsste. Hab ja seine Akte gelesen, als wir zusammen auf dem Zugang waren. Nur sein Exhibitionismus."

Wir betraten die Halle und gingen das Stück bis zum Antretplatz. Bis dorthin reichte die Schlange der Wartenden. Warten auf den Wäschetausch. Anstehen. „Wenn wir Pech haben und Hubert besonders mies drauf is, oder irgend so 'n Gipskopf streitet sich ewig um ein Hemd, das er abgegeben hat und nich wiederbekommt, kann das jetzt 'ne halbe Stunde dauern."

Und wann kam ich zum Duschen?

Bald, denn es ging schnell voran, fast zügig. Nach kaum zehn Minuten erreichten wir die Stufen, die zur Luke der Wäschekammer führten. „Am besten geh ich vor dir", sagte Fritzchen. „Ich werd versuchen, ihn milde zu stimmen. Mal kucken, was mir einfällt." Er schob sich an mir vorbei, und wir warteten weiter. Es dauerte. Es ging auf einmal nicht mehr vorwärts. Ein Knaster diskutierte mit dem Kalfaktor, stritt. Wegen eines *Kragenhemdes*. Ich überlegte, was ein Kragenhemd war, ob es auch kragenlose Hemden gab. Vermutlich gab es sie. Der Knaster jedenfalls behauptete: „Du hast mir 'n kragenloses Hemd hingelegt, aber ich habe dir vor zwei Wochen eins mit Kragen gegeben." Ein zäher, inhaltsarmer Streit entspann sich. Hin, her, her, hin über mehrere Minuten. „Jetzt kommt das doch noch so", stöhnte Fritzchen. „Jetzt bringt dieser Trottel da vorn Hubert so richtig in Rage. Seh ich schwarz für dich und deine Wäsche."

Endlich rückten wir vor. Fritzchen stand direkt vor der Luke. Er kicherte ein bisschen wie Ernie aus der Sesamstraße. „Hallo Hubi, hast ja das Gesicht mal wieder voll zur Faust geballt. Läuft 's nich so gut?" Der Kalfaktor brummte etwas, dann erst schien er Fritzchen richtig anzusehen. Das schwarze Gesicht. „Was is das denn?" Eine empörte Frage.

Fritzchen gab sich anhaltend freundlich. Er *schleimte.* „Halb so schlimm, Hubert, wir haben nur eben den Hänger leergemacht. Weißt ja, die Kohlen immer."

„Was heißt wir?" Der Kalfaktor streckte den Kopf vor, so dass er mich deutlicher sehen konnte. „Zwei Mann, die aussehn wie die Nigger. Ob euer Dreck aus der Wäsche rausgeht, weiß ja wohl keiner. In der Wäscherei werden die mich steinigen, wenn ich denen eure dreckigen Lumpen unterjubeln will." Es sah für einen Moment aus, als wolle er vor Ärger die Luke schließen und den Wäschetausch beenden. Nun gut, er wusste, dass ihm das erhebliche Probleme bringen würde. Aufgeregt raffte er Fritzchens Bündel und riss es auseinander. Die einzelnen Teile flogen wie Torpedos auf die verschiedenen Haufen dreckiger Wäsche. Und prompt lag saubere Wäsche auf dem Ablagebrett. Während Fritzchen die Sachen schnell zusammenklaubte, fiel dem Kalfaktor ein, dass er den Kleinen einfach so bedient hatte. Einfach, ohne mit ihm um ein paar Stücke zu streiten, ihm womöglich etwas abzuluchsen. Sein Gesicht verfinsterte sich noch mehr. Ich hatte verdammt schlechte Karten, zumal ihm nun das eigentliche Problem bewusst wurde: „Du bist erst vor drei Tagen gekommen. Du hast doch hier noch gar nix zu suchen. Komm nächste Woche wieder." Er gab meinem Bündel einen Schubs, auf dass es, hätte ich nicht zugegriffen, abgestürzt wäre. Fritzchen mischte sich ein. Schlau, sehr schlau: „Denk doch mal nach, Hubert. Gottfried hier is extra gleich heute mit seinem dreckigen Zeug gekommen, damit du nächste Woche nich noch mal Kohlenlumpen in der Wäscherei abgeben musst. Das spart dir Ärger." Seine Stimme war so hoch wie die des Wolfes, der Kreide gefressen hat. Doch diesen Hubert konnte er nicht beschwichtigen. „Gottfried, wenn ich schon so einen Namen höre. Das klingt, als wär er Pfaffer oder Mönch. Furchtbar." Er stierte mich an, und ich konnte mit Mühe eine Retourdiskriminierung seines Namens zurückhalten: Hubert, das klingt, als ob einer nur Luft im Kopf hat, miefige Luft. „Für mich is das 'n scheißiger Nigger, 'n dreckiger Schwarzer. Mehr nich." Ein Nigger, ein

Schwarzer. Was war an dem denn so schlimm? War das nicht auch ein Mensch? War einer, der nackt durch den Park strich, um irgendwelchen Frauen seinen Pimmel zu zeigen, besser als einer, der es nicht tat, dafür aber schwarze Haut hatte? „Los, Nigger, zisch ab, sonst mach ich dir den Suppenschacht dicht!"

„Aber dann muss er sich die dreckigen Plünnen wieder drunter ziehen, Hubert", verteidigte mich Fritzchen, als ginge es um ihn selbst. Ich schämte mich, weil ich an den Vortagen mitunter schlecht über ihn gedacht, weil ich ihn für heimtückisch und feige gehalten hatte. Jetzt jedenfalls verhielt er sich kameradschaftlich, selbstlos. Und das, wo für mich, also auch für ihn, die Erfolglosigkeit dieses Streits so gut wie feststand.

Nein, stand sie doch nicht fest. Huberts Stimmung wechselte. Sein Blick flackerte kurz, wurde dann direkt lüstern. „Heißt das, er hat jetzt nichts drunter? Er is nackt unter der Arbeitsuniform?" Ich erschrak und erwiderte nichts. Das tat erneut Fritzchen: „Muss ja wohl so sein. Oder denkst du, er schleppt seine zweite Garnitur Unterwäsche mit in die IFA, damit sie ihm zwischen Frühstück und Mittag geklaut wird?"

„Das möchte ich sehn, das soll er mir mal zeigen!" Dem Kalfaktor traten vor Gier die Augen aus den Höhlen. Ein Triebtäter, sicher keiner, der Gewalt ausübte, aber einer, der krank war, der hätte behandelt werden müssen. „Quatsch!", schimpfte Fritzchen. „Wir sind hier nich auf'm Ku'damm." Von hinten machte sich jetzt Unruhe bemerkbar. Die Knaster wollten duschen, wollten in ihr Wochenende. Ein Älterer mit Brille, der zwei Plätze hinter mir wartete, schimpfte auf den Kalfaktor. „Diese schizophrene Missgeburt müsste kastriert werden, damit das hier mal besser läuft." Er redete wütenden oberschlesischen Dialekt und brachte den Kalfaktor endgültig aus dem Gleichgewicht. „Ich bin nich schizophren. Das kannste dir mal merken, Baumann, du eingebildeter, alter Sack." Hubert schob den Kopf durch die Luke, um Baumann seine empörte Visage zu zeigen. Der blieb bissig, unbeeindruckt. „Du bist nicht nur schizophren, du bist krank. Pervers bist du." Es lag kein Spott in seiner

Stimme. Nur Gift, nur Verachtung. Und das saß. Hubert kroch verstört in seine Kammer zurück, und prompt schob ihm Fritzchen mein Wäschebündel hin. Er nestelte daran herum.. „Nun mach und gib ihm frische Klamotten. Die andern wollen auch mal dran kommen", drängelte Fritzchen. Tatsächlich gab dieser Hubert nach, gab er mir saubere Wäsche. Erst als die Sachen auf dem Ausgabebrett lagen, besann er sich. Doch zu spät. Wie der Schnabel einer dreisten Elster hackten Fritzchens Hände zu. Schnapp, er hatte das Bündel, gleich darauf ich. „Komm!" Ich kam, und wir grinsten beide. Aber beim Passieren der Wartenden kamen ein gemeiner Ruf: „Nigger."

Freistunde. Ich ging, wenngleich ich an diesem Tag genug Bewegung, genug Kontakte gehabt hatte. Meine Knochen, die Muskeln, alles schmerzte. Fast ein Jahr ohne jegliche körperliche Belastung lag hinter mir. Die enge Zelle in der U-Haft. Den ganzen Tag liegen. Das konnte einen genauso zermürben und degenerieren wie Steharrest. Ich lief mit Bundi. Wir redeten über Erlebnisse vor der Verhaftung. Das tat gut. Der Knast rückte in den Hintergrund. Bundi hatte eine Menge erlebt. Als Kellner war das nichts Ungewöhnliches. In den Gaststätten und Hotels des Dreibuchstabenlandes spielten sich die absurdesten Szenen ab, man traf mit allerlei Leuten zusammen. Bundi erzählte gern, und ich hörte gern zu. Mein Hals saß noch zu vom Kohlenstaub, der Mund war trocken. Manchmal kicherten wir oder lachten, so dass die anderen Knaster zu uns schauten. Egal. Ein Stück vor uns freistundete Harri. Er drehte seine Runden einsam, stierte geradewegs vor sich hin. Manchmal schien es, als würde er reden. Selbstgespräche. Erst zum Ende des Rundganges nahm ihn Bundi wahr, erinnerte er sich wieder an den Knast. „Wenn ich daran denke, das ganze Wochenende mit diesen Typen verbringen zu müssen, wird mir sauübel." Doch er tröstete sich schnell. „Na ja, die meisten liegen aufm Sack und grunzen. Davon abgesehen kann es schon mein letztes sein. Wär ja möglich, dass ich am nächsten Sonnabend schon in Hamburg bin." Er stieß mich an. Tuschelte: „Am Dienstag geht wahrscheinlich ein Transport. Willert meint, er ist dabei. Würd mich nich wundern, wenn ich auch mit -." Ende der Freistunde.

Bundis Voraussage bewahrheitete sich nicht. Keiner schlief. Irgendwie waren in der Zelle alle aktiv. Egal, dass man sich nach der Zählung hätte ins Bett legen können. Durchschlafen bis zur Morgenzählung. Die Knaster, die am Fenster lagen, spielten Karten. Die aus dem vorderen Bereich saßen am Tisch und tranken Tee. Fritzchen, Otto und Kalle. Willert gehörte weder zur einen noch zur anderen Gruppe. Er lag auf dem Bett und diskutierte den Abschuss des südkoreanischen Flugzeugs. Ausgerechnet mit Schmerke. Eine kindische Diskussion, die Willerts Niveau nicht angemessen war, in der Schmerke extra laut stotterte, um vor den anderen demonstrativ das Lied Kommunismus zu singen. Die stille Hoffnung, jemand werde bei der Knastleitung oder dem Stasi-Verbindungsoffizier von *der positiven Einstellung zum sozialistischen Staat des Strafgefangenen Schmerke* Meldung machen. Ein Hirngespinst. Denn selbst wenn jemand Schmerkes Wunsch nachgekommen wäre, wussten doch alle: Es war pure *Schleimerei*. Ich lag auf dem Bett. Ich hielt mein Gedichtbuch in der Hand und versuchte mich wieder an der momentan größten lyrischen Herausforderung. *Scheiß doch drauf, nimm 'nen festen Strick ...* Ein Schmarren. Die Gedanken waren stumpf, gelähmt. Müdigkeit kreiste um den albernen Willen, ein, zwei Zeilen zu Papier zu bringen. Nichtssagende Zeilen. Ich klappte das Buch zu. Lag auf dem Rücken. Die Augen richteten sich starr gegen die Decke. Es kam mir vor, als schliefe ich schon. Doch ich wollte nicht schlafen. Jetzt noch nicht. Womöglich würde ich mitten in der Nacht aufwachen und dann liegen und grübeln. Nein, ich kam nicht dagegen an. Ich sank und sank und spürte unendliche Dunkelheit. Stimmen kamen von weit her, das Klappern von Schlössern und Riegeln. Ein Knall. Ich riss erschrocken die Augen auf. Geschlafen. Geh Zähne putzen!, befahl ich mir. Zieh den Schlafanzug an. Und gleich fielen meine Augen wieder zu. Tief und dunkel wurde es.

Ich schlief immer fester. Fünf, zehn oder noch mehr Minuten. Ottos Geschrei trieb mich dann empor. Er hatte sich mit Franko. Er sollte Franko beim Saubermachen helfen. Oder ging 's um was anderes? Otto schrie wie ein Verrückter. „Was bildest du dir ein, du Arsch? Lass mich in Ruhe!" Eine monotone Schleife an Wiederholungen. Aber laut. Man hörte ihn sicherlich im ganzen Block, sicherlich weit im Gelände. Von einer der Nebenzellen kam der hämische Kommentar: „Schlitz ihn auf, diesen Sacksteiger! Mach ihn platt!" Ansonsten herrschte Stille. Nur ich drehte mich auf dem Bett und verursachte ein Rascheln. Ich spähte über den Rand des Bettes. Otto, Franko und die andern. Otto glühte bis in den hintersten Winkel der Glatze. Franko sah bleich aus, zittrig. Kalle und Fritzchen hatten die Mäuler aufgesperrt. Es sah nicht nach Gewalt aus. Nach tätlicher Gewalt. Otto war kein Schläger, und Franko war nur eine halbe Portion, ein alter Mann, dem das Leben per Saldo nicht mehr beschert hatte als das unterste Fach im Dreistockbett und den Posten des Verwahrraumältesten im Zuchthaus. Eine arme Sau. Die ärmste, die ich kannte?

Eine halbe Minute und die Spannung löste sich. Otto drehte sich einfach weg. Franko dann ebenfalls. Er setzte mit zitternden Lippen stimmlos die Auseinandersetzung fort. Verfluchte den anderen, den Stärkeren, den Gerisseneren, den die staatlichen Gerichte nicht als Mörder, sondern als Heiratsschwindler eingelocht hatten. Vier Jahre.

Ich kletterte am Bettgestell hinunter und putzte mit einem zuvor gesammelten Becher Wasser meine Zähne. Nebenbei suchte ich im Spiegel Gesicht und Hals nach Resten des Kohlendrecks ab. Nichts, das Duschen hatte geholfen. Würde trotzdem noch jemand *Nigger* rufen, wenn ich morgen zur Freistunde oder in der nächsten Woche durch die Werkhalle ging?

Am Fenstertisch tobte der nächste Streit. „Du Mistsau kiekst mir dauernd ins Blatt!" Fäuste schlugen auf die Tischplatte, Karten rieselten aus der Luft herab. Ich verschwand ins Klo. „Nich die Spülung ziehn und nich daneben pinkeln!", schrie mir

Franko hinterher. Die Überwachung des Spülkastens – Lebensaufgabe eines Fünfzigjährigen, Lebenswerk. Dunkelgelber Urin, der trübe im Klobecken stand. Es stank. Ich ekelte mich, und ich drehte mich weg, während ich im Stehen pinkelte. Oder hätte ich mich setzen sollen? Über diese Lache? Die Luft der Zelle schien mir dagegen frisch. Auch wenn die Knastmauern die während des Tages gespeicherte Hitze ausatmeten und die Zelle zum Brutkasten wurde. Ich ging ans Waschbecken und drehte den Hahn auf. Die Leitung antwortete mit einem fernen Röcheln. Händewaschen war Luxus. „Spielste 'ne Partie Doppelkopf mit?", fragte Freddi vom Fenstertisch aus. Das Antworten übernahm Lars für mich. „Lass dich bloß nich mit diesen Pfeifen ein. Die sind nich sauber." Sofort setzte ein neuer Streit ein. „Arschgeige du, bist zu blöd zum Spielen, sonst nix." Vielleicht würden sie gleich aufeinander losgehen. Freddi, Lars und ein paar mehr. Ich fasste nach dem Bettgestell und kletterte in mein Bett. Ich zerrte meine Decken zurecht und ärgerte mich, weil ich immer noch keine Bettwäsche bekommen hatte. Bettwäschetausch – nächsten Freitag ... Als ich lag und mein Büchlein in die Hand genommen hatte, erlosch das Licht. Nachtruhe. Ich empfand ein bisschen Erleichterung. Egal dass von draußen noch genug Licht eindrang, damit die Knaster am Fenstertisch weiterspielen konnten. Vielleicht eine halbe Stunde. Am vorderen Tisch, wo Otto und Fritzchen saßen, hätte das Licht schon nicht mehr ausgereicht, um zu spielen. Die Länge der Zellen, die vielen Bettenblöcke bildeten Hindernisse. Aber sie wollten gar nicht spielen. „Ich hör noch bisschen Musik", sagte Fritzchen leise. Er kramte seinen kleinen Transistorempfänger heraus und schwang sich aufs Bett. Krächzende Musik sirrte zu mir herauf. „Country roads take me home ..." Wann hatte ich das zuletzt gehört? „He! Gottfried?!" Ich beugte mich über die Kante des Bettgestells. „Willste runterkommen und mit hören?" Ich überlegte, ob mein Verlangen nach Musik stärker war als die Abneigung, mit Fritzchen im Halbdunkeln auf einem Bett zu sitzen oder gar liegen. Nein, ich brauchte nicht überlegen. „Bin zu müde." Fritzchen gab nicht auf und legte einen weiteren Köder. „Schlager der Woche auf RIAS zwei. Freitags is immer die Wiederholung." Obwohl er leise sprach, konnte ihn Franko hören. Ihn warnen: „Lass die Scheiße mit dem Westsender, Fritz. Nachher kriegt das jemand mit und du handelst dir Ärger ein. Weißt doch, wer hier alles die Löffel aufspannt." Ich ließ mich entspannt auf den Rücken fallen und sagte: „Er hat Recht." Und ich dachte: danke Franko.

Fritzchen packte seinen Radiokram widerspruchslos zusammen. „Erzählst du noch 'nen Film, Franko?", quengelte er nun. Kalle und Schmerke stimmten ein, und sogar Willert schien von einer akustischen Kinovorstellung angetan. „Nur wenn ihr was zum Rauchen raustut", entgegnete Franko. In seiner Stimme lag noch ein Rest Beleidigtsein vom Streit mit Otto. Nein, kein Streit, einfach eine Art Intermezzo. Ich hörte, wie Bewegung unter die Knaster kam. Zigaretten. Franko sammelte *Fluppen* ein. „Und du? Was is mit dir da oben?" Das richtete sich an mich, aber es ging mich nichts an. Ich wollte keinen Film *hören*, ich wollte schlafen. Und ich besaß keine Zigaretten. Ich schlief ja auch schon fast. Also ließ Franko von mir ab. Lediglich Lars meinte: „Er schläft schon, unser Nigger." Nigger, ich hatte kurz ein Aufbäumen in mir. Gegen Lars, gegen den Namen, gegen den Knast. Eine Sinnlosigkeit. Ich hatte jetzt abgeschaltet. Halbschlaf. Arme und Beine zuckten, und im Unterbewusstsein schaufelte ich noch und noch Kohlen. Franko baute das Fundament seiner Geschichte auf. „Stellt euch ein abgelegenes Haus am Meer vor, in dem ein älteres Ehepaar wohnt. Wohlhabende Leute. Es ist dunkel und regnerisch, und man kann froh sein, wenn man bei diesem Wetter nicht nach draußen muss. Trotzdem nähert sich von der Landstraße her eine Gestalt auf einem Motorrad. Der Fahrer – oder ist es eine Fahrerin – hat mächtig mit dem Wind zu kämpfen. Fast scheint es, als würde er – oder sie – in der nächsten Kurve durch einen gewaltigen Windstoß zu Fall kommen. Nur mit Mühe lässt sich der Lenker halten. Plötzlich setzt auch noch ein Gewitter ein. Ein gewaltiger Blitz zuckt durch die Nacht und taucht die Küstenlandschaft in grelles Licht..." Franko verstand sich aufs Erzählen. Er setzte die Worte, als würde er aus einem Buch lesen. Und er brachte Spannung ins Geschehen, indem er Pausen machte, laut und leise redete. Indem er hin und her lief. Wie ein großer Referent, ein bedeutender Dichter. Ab und zu glimmte die Spitze seiner Zigarette auf, verteilte sich der bläuliche Qualm in der Zelle. Ein Abklatsch von Kaminstimmung. Jugendherberge, Armee, Krankenhaus. Nein, Knast. „..... Regen setzte ein. Das Meer rauschte, und irgendwo jaulte ein Hund."

Tatsächlich, das Meer rauschte. Ich konnte es hören. Ich konnte es sehen. Der Schlaf fiel noch einmal von mir ab. Ich hielt die Augen geschlossen und sah mich in abgeschnittenen Jeans über den Strand der Ostsee laufen. Zeltplatz Koserow 1976. Herrliche Augusttage. Damals gab es Bebie noch nicht. Es gab Anne. Ein Mädchen von 19 Jahren. Wir liefen jeden Tag fast zwanzig Minuten, um unsere Strandburg an dem kleinen Nacktbadestrand zu erreichen. Ein Revier, in dem sich nur Insider aufhielten. Verschworene Strand-Volleyballer, zwei tschechische Familien und einige Leute, die man für diese zwei Urlaubswochen tagtäglich um sich hatte. Eines Tages kamen dann die Fernsehleute. Die Urlauber wurden zusammengeholt. Sie stellten sich im Halbkreis auf und sangen Weihnachtslieder. „Morgen Kinder, wird's was geben ..." Wie albern ich das fand. Wie spießig und massenkonform. Ich stellte mich nicht dazu. Ich nicht und die Tschechen nicht. Alle anderen taten 's. Sogar Anne ging. Neugier und Herdentrieb motivierten sie. Hinterher bekam sie ein schlechtes Gewissen. „Verachtest du mich jetzt?" Sie hielt mich in der Tat für überheblich. War ich ja auch. Ich hatte für die Ost-Spießer nichts übrig. Für ihre dünnen Freuden, Ansprüche, für ihren Horizont. Anne fürchtete, sich zwischen die Stühle zu setzen. Auf der einen Seite ihr Spaß an den trivialen Vergnügungen, die der sozialistische Alltag für die Massen zuließ, auf der anderen meine Arroganz gegenüber dem Niveau der Kleinsozialisten. „Nein", erwiderte ich. „Als eingefleischter

Individualist kann ich dir schließlich nicht deine Individualität vermiesen." Sie lachte erleichtert, und ihre großen Brüste schwammen in Folge der Körpererschütterungen im gelben Licht der Ostseesonne. Die Abende, die Nächte. Spaziergänge, volle Kneipen, enger Zeltplatz. Liebe auf der Luftmatratze bei leiser Kofferradiomusik und dem gelegentlich anwehenden Gestank der nahen Plumpsklos und Mülltonnen. Damals schrieb ich schon Geschichten. Heimlich und hölzern, natürlich per Hand. Penible Anfängerscholastik, immer auf eine tolle Pointe luchsend. Ein Werklein im Monat, an dem ich dann später herumbesserte. Das mit den Weihnachtsliedern bot sich als neue Story an. Nackte Menschen stellen sich im Hochsommer am Strand auf, um zu singen. Für das Fernsehen. Die Geschichte, die ich nachher daraus machte, geriet nicht besonders. Ich wandelte sie zu sehr ab, sie wurde zu lang. Zu langweilig. Zum Überarbeiten hatte ich keine Lust. Ich begann danach mit meinem Hauptwerk. Und ich trennte mich von Anne. Wir passten nicht so richtig zusammen. Sie war zu jung. Ich auch. Obwohl ich auf die Dreißig zuging. Später kamen mir hin und wieder Zweifel, Gewissensbisse. Ich fand mich roh, gemein. Ich hatte etwas weggeworfen, das ich zuvor ziemlich egoistisch benutzt hatte. Einfach so. Aber der Drang zum Schreiben nahm zu. Er lechzte geradezu nach Unabhängigkeit, nach Freizeit. Nicht dass ich nur im Kämmerlein saß, um Seiten zu füllen. Ich brauchte auch Erlebnisse. Ein paar Abenteuer. Verschwiegene Selbstbestätigung. Wozu lebte man? Um schließlich im Knast zu landen?

Franko trieb sein Geschichtlein voran. Die Gestalt auf dem Motorrad erreichte jetzt das einsame Haus. Er – *oder war es eine Sie* – stieg ab und schlich sich auf die Terrasse. Spannung. Aber auch schon die ersten Schnarchtöne. Fritzchen, den das Kohlentrimmen geschafft hatte. Und Kalle simulierte schläfrig: „Kommt mir vor, als hättste den Film schon mal erzählt, Frankmann." Vermutlich schlief er gleich. So wie ich. Wie eine Dampfwalze kam der Schlaf. Er brachte das Zucken in den Armen und Beinen zum Stillstand und lähmte die Gedanken. Ich versank und träumte von diesem 76-er August. Ich musste davon träumen. Anne, ihre großen Brüste, der Marzipanpopo. Der Mensch kann sich nicht wehren gegen seine Träume. Gegen die Traumreaktionen. Erst als der Samenerguss schon vorüber war, lichtete sich der Schlafschleier ein bisschen. Nur ein bisschen. Ich hatte nicht die Kraft, mich aufzuraffen. Wie nass auch die Hose war. Wird schon trocknen, dachte ich gelähmt, alles wird trocknen. Und ich versuchte noch einmal, die Abfolge der Traumbilder zurückzurufen. Popo und Busen und natürlich ... War es überhaupt ihr Gesicht? Mischte da nicht auch Bebie mit? Ich sank und sank erneut und blieb traumlos. Die Erschöpfung nach dem Tag, den Tagen. Dem Jahr, den Jahren. Erst zum Morgen hin litt ich einen neuen Traum. Ganz furchtbar litt ich. Minutenlang musste das dauern. Meine Hände klammerten sich an einen riesigen Kranhaken, und ich schwebte in zwei-, dreihundert Metern Höhe über dem Baikalsee. Riesige Eisschollen drängelten sich ächzend aneinander. Schnee, Wasser, Frost. Und diese schrecklichen Schmerzen in den Händen. Krampfhaft klammerte ich mich an das eisige Metall. Der Haken bewegte sich wie ein ferngesteuertes Ungetüm. Schüttelte und schwenkte mich, schlug gegen meine Kinnlade, so dass ich fast alle Zähne verlor und die Nase gequetscht wurde. Meine Kräfte schwanden, die Finger erfroren. Sie klebten an dem riesigen Haken, während ich in die Tiefe fiel. Voller Entsetzen sah ich nach oben, auf den Haken, an dem die Finger geblieben waren, sah ich auf die blutenden Handrümpfe und sah ich in die Tiefe. Die Eisschollen. Freier Fall, Schwerelosigkeit. Die Tiefe kam mit rasender Geschwindigkeit auf mich zu. Das Ende. Und so sehr ich mich eben noch gedanklich gegen das Desaster gewehrt hatte, gab ich nun doch auf: wenige Meter, Sekunden vor dem Aufprall. Den Sturz, den Tod erleben, vielleicht genießen. Die Erleichterung der Unausweichlichkeit. Doch ich wurde wach, denn nicht anders hatte es weitergehen können. Es gab keinen Traum, in dem sich der eigene Tod spiegelte. Und wenn man sich auch nur einen halben Schritt, eine halbe Sekunde davor befand, man starb nicht. Bestenfalls sah man andere sterben. Oder man begegnete Leuten, die lange tot waren. Also musste man erwachen. Mochte das auch unlogisch anmuten.

Ich lag ganz still. Vielleicht lag man so, wenn man starb. Vielleicht träumte man diese intensive Todesvariante sonst nur im Sterben. Der einzige Traum des Menschen, der das zuließ. Der letzte Traum. Ganz vorsichtig bewegte ich die Finger, durchtastete ich mit der Zunge den Mund. Alles in Ordnung. Ich war erschöpft, total, ich war von Schrecken und Entsetzen innerlich gelähmt. Kurz nur öffnete ich die Augen, um sie wieder fest zu schließen. Dunkelheit. Nur durch den kleinen Lichtschacht über der Zellentür sickerte ein bisschen Flurlicht in das Innere. Jemand phantasierte: „Du elende Mistsau ... ich mach dir den Buckel platt!" Schmerke, ich musste erst begreifen, dass er es war, der Stotterer. Er redete im Schlaf, aber er stotterte nicht. Seine Worte schienen wie ein Signal zu wirken. Fritzchen stöhnte laut, und aus der Fensterecke kam ein dünnes Wimmern. Und wieder Kalle: „ ... die Pferde, Vater lass die Pferde aus 'n Stall, et brennt!" Ein Aufschrei folgte. Mehrere Knaster wälzten sich aufgeschreckt auf den Betten. Gemurmel. Ottos verschlafene Stimme: „Das glaubt man nich, was hier los is. Was das für taube Krücken sind." Er warf sich auf die andere Seite und ließ dabei geräuschvoll einen fahren. „Wie spät issn?", fragte eine verschlafene Stimme. Ich hörte das Geräusch eines anreißenden Streichholzes. „Halb vier." Frankos Taschenuhr hatte Auskunft gegeben. Halb vier, ich konnte noch zwei Stunden liegen bleiben. Ob ich noch mal schlafen würde, wusste ich nicht.

Der Samstag lief ruhig ab. Um sechs, als die Morgenzählung vorbei war, krochen fast alle Knaster wieder zurück ins Bett. Ich blieb auf, weil ich mir einen Kaffee kochen wollte. Dazu die Knastsemmel. Franko hatte den Riecher. Er schlich um mich herum, machte sich am Spind zu schaffen. Schließlich sah er, dass ich aus Fritzchens Jackentasche den Tauchsieder zog. „Machste das so einfach, oder haste Fritzchen wenigstens gefragt?" Für einen, der sich durch sein auffälliges Gebaren an eine Tasse Kaffee schmeicheln wollte, fragte er ziemlich frech. Aber ich konnte auch frech sein. Ich lernte schnell. „Bist du hier der Polizist?" Er kuschte. Obwohl er zunächst gezögert hatte. Sich mit mir anzulegen oder nicht. Statt dessen wechselte er die Taktik. Ging geradewegs auf sein Ziel los: „Haste nich wenigstens 'nen halben Löffel von dem Zeug übrig? Kriegst auch mein Brötchen." Ich wollte sein Brötchen nicht. Es war eine Gemeinheit, jemanden um sein bisschen Fressen zu bringen. „Dann fang aber nächstens nich wieder an, von mir Zigaretten zu fordern. Wo ich bei deinen *Filmen* sowieso immer einschlaf." Er entschuldigte sich, lief zum Spind und kam mit dem Napf zurück. Legte mir die halbe Semmel hin. Ich schob sie weg. „Iss mal selbst, du musst noch wachsen." Er handelte schnell. Tauschte die Semmel gegen die Tasse. Tu was rein. Ich gab ihm einen gehäuften Löffel. Sofort zog er die Tasse weg, schnappte den Tauchsieder. „Ich mach das. Kann ich einfach besser." Da gab es kein Gegenargument. Aber ich hatte noch was: „Warum hast'n gestern Nigger zu mir gesagt?" Er zuckte zusammen, verteidigte sich aber sofort. Leise. „Das war der da." Er zeigte auf das Bett von Lars. „Freddi soll das gesagt haben?", fragte ich trotzdem. Laut. „Nein", er wurde ebenfalls lauter. „Der andere, na, wie heißt er doch? Der da die ganze Zeit in der Heizung rumgevögelt hat. Der zarte Schwule." Franko hatte bei den letzten Worten die Stimme gehoben. Und Lars hatte ihn gehört, ganz sicher. Ich goss dennoch weiteres Öl ins Feuer. „Du meinst Lars. Der is schwul?" Endlich kam Lars aus dem Bett. Er hatte sich bereits ein Paar beinlose Rippenschlüpfer besorgt. Die trug er jetzt. Kein Hemd und keinen Schlafanzug. Freie Brust und lange Beine. Furchterregend sah er indes nicht aus. Es mangelte an Muskeln und Behaarung. Nur das Gesicht spie Gift. „Das nimmst du aber auf der Stelle zurück, du fieser Zwerg!" Franko grinste böse. „Haste dich vom ollen Schnurz durchvögeln lassen oder nich? Haste ihn hinterher eiskalt abblitzen lassen oder nich?" Lars' Gesicht überzog sich mit einer Röte, die bis zu den

Schultern floss. Er brachte nichts heraus. Was auch. Ein Ja wie ein Nein gereichten ihm zur Schmach. Das eine erklärte ihn zum schwulen Flittchen, das andere zum Lügner. Er plinkerte zu seinem Bett. Rückzug. Eine wegwerfende Handbewegung, Kopfschütteln, der erste Schritt zurück. „Mindestens hat er Schnurz tagelang einen geblasen." Das kam von Fritzchen. Der hatte sich im Bett aufgerichtet und grinste breit. „Weiß man doch, sieht man doch. Hat sich schön durchgefressen, und dann is sogar 'ne kurze Unterhose für ihn rausgesprungen." Franko nickte gewichtig. „Bis er was Besseres gefunden und Schnurz sitzen lassen hat." Er ging einen Schritt auf den Jungen zu, tippte mit dem Finger gegen seine Brust. „Dafür, dass du mit Männern schläfst, brauchste dich nich zu schämen. Nur dafür, dass du dich so hinterhältig aufführst und einen wie Schnurz, der dich geliebt hat, bloß ausgenutzt und ihn dann einfach sitzen lassen hast."

Ich störte mich kaum noch an den absurden Vorwürfen. Männer waren also Frauen, es gab Affären und die große Liebe. Es gab Käuflichkeit, Schmutz und Schmach. Zeugte meine Gleichgültigkeit von Stumpfheit oder von Toleranz? Würde ich, wenn ich die komplette Strafe absitzen musste, schließlich auch so werden wie all diese Langstrafer? Knastschwul? Die Vorstellung verursachte irgendwie Schamgefühle.

„Dein Wasser kocht", sagte Fritzchen. Franko stürzte zur Steckdose. Er vergaß Lars und achtete nicht auf dessen hilflose Racheschwüre und unterdrückte Flüche. Wieso auch. Wer schwor hier nicht wem Rache. Jeder jedem. Gewalt und Unterdrückung gehörten zu den elementaren Formen des Zusammenlebens. Und wer sich als Einzelgänger, als Schwächling nicht durchsetzen konnte, der artikulierte seine Rachegedanken im Schlaf oder er verbündete sich mit anderen Schwachen, um schließlich auch mal jemandem eins auszuwischen. Dem Lars. „Haste nich noch 'n paar Krümel von dem braunen Futter für mich?", bettelte Fritzchen. Er saß absprungbereit auf der Bettkante. Es würde keine fünf Sekunden dauern, bis er mit seiner leeren Tasse neben mir und Franko stand. Und Kalle? Franko sprach es aus: „Wenn du Fritzchen 'nen Napf spendierst, is Kalle auch gleich aufm Weg. Der kann noch so müde sein oder fest schlafen. Für Kaffee steht der mitten in der Nacht auf." Er hatte den Satz kaum vollendet, als sich Kalle schon auf der Matratze rekelte. „Ick kann mir ja mit Fritze een Becher teilen." Er hob, ohne eine Antwort bekommen zu haben, die Beine aus dem Bett und schlurfte zum Spind. Fritzchen sah das als Signal an. Er sprang ab und hüpfte wie ein dicker Floh durch die Zelle. „Ich wusste von Anfang an, dass wir Freunde werden, Gottfried." Wie zwei Soldaten standen er und Kalle vor dem Glas mit dem siedenden Wasser. Vorgestreckte Becher. „Musst ja nich so 'ne starke Mischung machen", empfahl Franko. „Dann reicht der Kaffee noch paar Tage länger." Er schien sich für den eigentlichen Verwalter meines Kaffeebestandes zu halten. Fritzchen widersprach: „Lieber weniger Wasser, dafür mehr Aroma." Ich dachte: Wenn das Zeug alle ist, wird Ruhe sein. Aber ich genoss diese Tasse. Auch dieses Frühstück und ein bisschen den ganzen Morgen. Die andern zogen sich schon wieder auf ihre Betten zurück. Hätte ich auch tun können. Lesen, schreiben, schlafen. Nein, schlafen wollte ich nicht. Ich ging an eines der Fenster. Ich stützte mich auf den Sims und schaute in die Außenwelt. Ich sah die Mauern, ein paar Gebäude und ein Stück von der Straße, die innerhalb des Knastkomplexes verlief. Vor nicht mal einer Woche war ich mit meinem Deckenbündel über diese Straße dahergekommen. Wenn ich den Knast eines Tages verlassen würde, dann vielleicht auch über diese Straße. Zu Fuß? Egal, Hauptsache fort.

Ich konnte noch weiter blicken. Hinter der Außenmauer des Zuchthauses führte die Landstraße entlang. Mitten in die Stadt. Es war 1966 gewesen, als wir per Fahrrad von Malenzien, einem winzigen Kaff, nach Brandenburg gefahren waren. Ein Eisbecher, ein Bierchen und zurück. Sechzehnjährig. In Malenzien befand sich eine abgelegene Baustelle, auf der wir unser Ferienpraktikum absolvierten. Wir übernachteten dort in einer Baracke und lebten wie auf einer Insel. Der Ausflug nach Brandenburg kam einem Ausbruch gleich. Damals wusste ich nicht, dass sich am Stadtrand das Zuchthaus befand. Einer aus der Clique machte uns darauf aufmerksam: „Da is der Knast, das Zuchthaus." Spontan drehten wir Übrigen die Köpfe in die bezeichnete Richtung. Man sah wenig. Rote Klinkersteine, auf einem der Gebäudedächer ein Stück Glasstreifen. „*Gläserne Sarg* heißt der Bau im Volksmund." Wir starrten seltsam beeindruckt und fuhren schweigend, bis wir den Komplex aus den Augen verloren. Ich ahnte damals nicht, dass ich mal hier landen würde.

Hatten es die anderen geahnt, mit denen ich nun hier hauste?

Ein Stück weiter befanden sich das Stahlwerk und die Nervenheilanstalt. Die *Klapper*. Auch die war verrufen. Wenn jemand Blödsinn redete oder machte, hieß es: „Der is reif für die Klapsmühle, der kommt bald nach Görden." Görden als Vorort der Stadt Brandenburg.

Auf der anderen Seite des Zuchthauses fuhr die Straßenbahn. Linie eins nach Kirchmöser. Vom Bahnhof Brandenburg zur Endhaltestelle benötigte man eine Dreiviertelstunde. Ich hatte die Strecke in dem Jahr vor der Verhaftung rund fünfzig Mal zurückgelegt, weil ich die Reichsbahnbetriebe von Kirchmöser überprüfen musste. Ein guter Job, wiewohl ich bei jeder Fahrt per Blick das Zuchthaus auszuforschen suchte. Ich wusste inzwischen um die Perspektive, die mir blühen konnte. Ich hatte Angst. Und doch warf ich selbst in Brandenburg meine West-Briefe ein. Jeden zweiten Tag. Immer mit zwei Seiten Romanmanuskript. Hatte ich mich nach all den Jahren für immun gehalten und geglaubt, an mir ist keine Stasi interessiert? Oder hatte ich geglaubt, sie haben mich nicht bemerkt? Es gab keine Antwort auf diese Frage, weil es schon lange kein Zurück mehr gegeben hatte. Einmal Staatsfeind immer Staatsfeind. Einmal im Visier, immer im Visier. Sobald sie einen in den Akten hatten, war man gestempelt. Warum also spekulieren. Ganz am Anfang der Untersuchungshaft fragte mich der Vernehmer: „Weshalb haben Sie sich nicht gestellt? Sie wären vielleicht mit einem blauen Auge davongekommen." Was er mit dem blauen Auge meinte, ließ er offen. Eine Bewährungsstrafe mit anschließender oder sofortiger Spitzeltätigkeit für das Staatssicherheitsministerium? Es war schon alles in Ordnung, so wie es jetzt war. Die Zeit würde vergehen, und irgendwann mussten sie mich ziehen lassen, in den Westen. Mussten sie?

Ich trank schlückchenweise den lauwarmen Kaffee. Durchhalten, durchbeißen. Ich dachte an den schweren Traum in der letzten Nacht. Der eiserne Kranhaken, das Schwindelgefühl, der freie Fall. Irgendwo hatte ich gehört oder gelesen, dass traumatische Erinnerungen erst nach dem Abschluss der Bezugsereignisse einsetzten. Ein wissenschaftlicher Fehler? Oder verkannte ich mittlerweile die Realitäten? Ich versuchte mich zu prüfen. Suchte nach Unarten, die ich hätte angenommen haben können. Redete ich laut, wenn ich allein war? Kratzte ich mich im Beisein anderer an Intimstellen? Rotzte ich hemmungslos auf den Boden? Oder kaute ich an den Fingernägeln? Es ergab sich nichts. Allerdings, die letzte Unart hätte mir nützen können. Meine Fingernägel sprossen nur so. Ich hatte sie in der Untersuchungshaft zuletzt geschnitten. Vor mehr als zwei Wochen. Dort durfte man keine eigene Nagelschere besitzen, hier hätte ich gedurft, aber ich hatte keine Ahnung, woher ich sie nehmen sollte. Ob mir jemand aushelfen konnte? Fritzchen. Nein, der kam nicht in Frage, der knabberte. Kalle schlief. Alle schliefen. Nein, Franko schlief nicht. Aber er starrte mich wie ein Weltwunder an. „Hier brauchst du keine Nagelschere. Wozu gibt's denn Sandpapier? Am besten geht's mit dem groben. Wenn du die Nägel alle ein bis zwei Wochen nachschmirgelst, brauchst du auf EllEll keine Schere. Hier, guck!" Tatsächlich, seine Fingerspitzen sahen gepflegt aus. Dachte man sich den dazugehörigen Menschen weg, tippte man auf einen feinen Pinkel. „Aber das is ein scheißiges Gefühl, so mit dem Sandpapier an den Fingern zu rubbeln. Ich krieg mit Sicherheit 'ne Gänsehaut." Ich zeigte ihm meine Finger. Die Nägel standen weit über, ungepflegt. „Hm", überlegte er, „die sind wirklich lang. Da würd ich mit an den Schleifbock gehen. Oder in der Elektroabteilung 'nen

Seitenschneider holen." Er griff nach meiner Hand, umfasste sie bis zum Ballen. Seine Haut war warm und trocken, die Hände klein und fest. Beinahe angenehm. Wenn er nicht -. Ich zog die Finger zurück. „Hat man denn hier keinen Anspruch auf 'ne Nagelschere?" Er lachte, und in das Lachen stimmte Willert ein. „Hier hast du nur Anspruch darauf, dir selbst zu helfen." Er kroch langsam aus dem Bett. Scharrte in seinem Spindfach herum. „Da. Nimm das mal." Eine Nagelzange. Ich bedankte mich und hatte ein schlechtes Gewissen, weil ich ihm nicht auch einen Kaffee angeboten hatte. Danach hielt ich die Finger gegen das Fensterlicht und begann zu schnippeln. Es dauerte einige Zeit, und immer wieder musste ich auch das Stück Sandpapier benutzen, das mir Franko gereicht hatte. Das Schneiden mit der Zange hinterließ Grate und Spitzen, die sich ansonsten mit einer Feile hätten beheben lassen.

Willert wollte die Zange nicht zurückhaben. „Wenn ich am Dienstag noch hier sein sollte, gib sie mir." So fest rechnete er mit seinem Abtransport.

Ich knipste vorsichtig an den Nägeln entlang. Und weil die Zange etwas stumpf war und ich trotz aller Vorsicht stark zudrückte, schnitt ich die Ränder an einigen Stellen viel zu kurz. Bis dicht ans Nagelbett. Das brannte. Und mit dem Schmirgelpapier konnte ich auch nicht mehr dran. Egal, ich versuchte es positiv zu sehen: Je kürzer ich die Nägel hatte, um so länger brauchte ich sie nicht nachschneiden. In zwei, drei Wochen ... vielleicht ging's mir dann wie Willert ... Ich schüttelte den Kopf. Lass die Spinnerei, dachte ich, du bist nicht Bundi. Schneid lieber die Fußnägel gleich mit ...

Ich traf Bundi nicht, als wir zum Mittagessen gingen. Harri traf ich. Aber er wollte nichts mit mir zu tun haben. Starrte durch mich hindurch. Schob mich stumm beiseite. Hatte ich unsere Absprache geträumt? „Den brauchste nich anquatschen", belehrte mich ein anderer Knaster. „Hat sich grade wieder mit diesem Bundmann geprügelt. Sind beide solche Scheißkerle." Er lief weiter, ohne mich noch zu beachten. Ich trottete los, drehte drei, vier Runden im Freihof. So wie es die meisten taten. Nur dass ich fast der Einzige war, der allein lief. Machte das einen guten Eindruck? Fiel man damit auf? Ein bisschen schon. Die andern würden der Meinung sein, ich sei ein Einzelgänger, ein Außenseiter. Oder ich sei arrogant, nicht anpassungsfähig. Hörte ich richtig, dass jemand dieses eine Wort sagte? Nigger. Ich konnte mich täuschen. Ja, ich täuschte mich. Und ich suchte den Hof ab, ob nicht irgendwo jemand war, den ich kannte, mit dem ich hier hätte *gehen* können. Höchstens Franko und Otto. Die standen bereits am Hofausgang. Sie hatten Plastikgefäße, um für die anderen das Essen mitzubringen. Kalle und Fritzchen. Nein nicht Franko und Otto. Nicht mit denen. Und Willert? Torsten? An die kam ich nicht ran. Die hatten sich. Ein Dritter, diesmal nicht Ernst, gehörte zu ihnen. Er und Willert führten das Wort, Torsten hörte zu. Reglos, fast unnahbar.

Das Alleinlaufen hatte auch eine gute Seite. Ich konnte nachdenken. Über was? Über meinen Traum? Die Eisschollen auf dem Baikalsee. Woher wusste ich eigentlich, dass es sich um den Baikalsee gehandelt hatte? Konnte es nicht genauso der Caputher See oder eine Baggergrube in der Lausitz gewesen sein? Wo ich den Baikalsee überhaupt nicht kannte. Nicht mal aus Filmen oder von Fotos. Gesprochen hatte ich in dem Traum auch mit niemandem. Keinen Menschen hatte ich gesehen. Und wieder: Nigger. Nein, getäuscht. Aber antreten. Ich befand mich an der Stelle des Rundganges, die am weitesten vom Hofausgang entfernt lag. Ich musste vor dem Volleyballplatz lang, um mich einzureihen. Baikalsee. Sibirien. Verbannung, Kriegsgefangenschaft, Stalins Todeslager - das mochte der Zusammenhang sein. Aus dem Gebäude kamen die letzten Knaster. Goebbels, der Fremdenlegionär, auch Seife. Mit denen wollte ich schon gar nicht gehen. Aber es ließ sich nicht vermeiden. Wir hatten die gleiche Entfernung. Und wenn ich stehenblieb, würden sie mein Ausweichen als Feigheit auslegen. Also ging ich unbeirrt, ging fest und mit regloser Miene. Allerdings: Die

Gesichtszüge wären um ein Haar entgleist. Goebbels, als er mich sah, riss den den Arm empor: „Heil, Kamerad!" Ich hielt mich kühl. Als hätte ich nichts gehört, nichts gesehen. Der Hitlergruß. Seife kicherte. Als Spitzel mochte das für ihn ungefährlich sein. Nicht nur ungefährlich, sondern notwendig. Er trieb die Situation voran. Brenzligkeit und Verwicklungen, über die er später würde berichten können, entstanden. Später, wenn er beim *OKI einritt.* Kontrolloffizier der Stasi. Wenn er unsereinen anschiss. Ich legte einen Schritt zu, um ihn abzuschütteln. Hinter mir wütete der Fremdenlegionär: „Du hast wohl den Arsch offen, Goebbels?" Sekunden später tauchte er neben mir auf. „Dieser Nazi hat soviel Wasser, da kannste 'nen ganzen Staudamm für baun." Ich nickte und lief noch schneller. Der Fremdenlegionär hielt mühelos mit. „Mit gestern das war Pech", entschuldigte er sich. „Ich konnte ja nich ahnen, dass sie dich an meiner Stelle zu den Kohlen schicken." Ich reagierte nicht. „Arbeiten is auch nich grade mein Ding", entschuldigte er sich abermals. Ich warf ihm einen Blick zu. Ein großer Bursche mit breiten Schultern und muskulösen Armen. „Ich brauch bloß 'ne Schippe oder was anfassen, hab ich ruckilecki irgend'ne scheiß Zerrung oder so was." Wir erreichten die dreireihige Formation und ordneten uns links ein. Er hinter mir. „Ich hab mir das in dem scheiß Knast an der Ostsee geholt. Wir mussten acht Stunden auf dem Rücken liegen und in den Schiffen die Metallböden entrosten. Da gehste kaputt bei." Goebbels und Seife schlossen jetzt auf. Der Fremdenlegionär registrierte es verdrossen. Drehte sich um und hielt Goebbels die Faust unter die Nase. „Wenn du in den nächsten fünf Minuten deinen dämlichen Suppenschacht noch mal aufmachst, kannste dein Fressen ab heute lutschen!" Ohne eine Antwort abzuwarten wandte er sich wieder in meine Richtung. „Hab ich Lust, mich wegen dem sein blödes Gelaber in was reinziehen zu lassen, was mich nich die Bohne angeht?" Neben uns tauchte der Schichtleiter auf. Er war noch einige Zentimeter größer als der Fremdenlegionär, aber mindestens zwanzig Jahre älter und nicht so kräftig. Dennoch galt sein

Wort. „Schnauze hier! Sonst kriegt ihr nix zu fressen!" Jemand murmelte: „Anscheißer." Das Tor wurde aufgeschlossen und es hieß: „Reihe rechts!" Wir verließen den Freihof reihenweise und kamen auf die Ladestraße. Die zwei Reihen, die vor uns gegangen waren, warteten vor dem Tor. Nachdem die Formation wieder komplett war, marschierten wir etwa zweihundert Meter. Es ging vorbei an Zellenfenstern, hinter denen die Gesichter von anderen Knastern hingen. Ja, es kam mir vor, als hingen sie. Als hätte sie jemand hinter den Gitterstäben aufgereiht, damit man sie von draußen betrachten konnte. Wie man Luftballons in der Schießbude eines Rummels betrachtete. Betrachten und abknallen. Eines der Gesichter kannte ich. Gut kannte ich das. Obschon sich die Erinnerung, die sich mit ihm verband, nicht gut anließ. Strünzel, eine Ratte. Die Zeit auf dem Zugang, das war fast noch gestern. Und doch lag alles so weit zurück, als gehörte es in ein früheres Leben. Ich hegte für Strünzel kaum Gefühle. Keinen Hass, keine Freundschaft. Bestenfalls ein bisschen Verachtung. Rasch schaute ich an ihm vorbei. Er an mir. Es gab keinerlei Regung in seinem Blick, kein Anzeichen, dass er mich erkannte und seine Gedanken und Gefühle noch auf mich fixiert waren. Gut so.

Wir erstürmten den Essensaal von der vorderen Seite. Erstürmen mochte nicht ganz stimmen. Es lief ja alles organisiert, wenngleich die Strenge nicht militärisch war. Kein hirnloser Drill, dennoch absoluter Gehorsam. Reihe rechts zuerst. Die mittlere, zuletzt die linke, in der ich mich befand. Von der Schicht, die vor uns gegessen hatte, wussten wir schon, was es gab. Milchreis. Die grauen Körner. Unpolierter Reis. Die Knaster schimpften: „*Vereiterte Zahnwurzeln.* Lieber gar nischt fressen." Dabei wussten fast alle, dass es jeden zweiten Samstag eine süße Mahlzeit gab. Zusehen, dass man seine Ration kriegte, musste man aber auch jetzt. Die mit den Schüsseln rafften unheimliche Mengen. „Der Reisschleim is juut fürn Magen. Kann man denn ooch kalt essen. Morjen früh oder wenn." Ich spähte nach Zucker und Zimt. Vergebens. „Is schon eingearbeitet", feixte Otto. „Zucker und Zimt so aufm Tisch wär schneller verschwunden als 'n Furz in 'ner lauen Sommernacht." Und braune Butter? Otto lachte auf. „Sind wir auf der Völkerfreundschaft? Du mit deinen seltsamen Fragen. Du scheinst manchmal überhaupt nicht zu begreifen, wo du bist: Auf der Endstation. Brandenburg. Tiefer geht's nich." Ich löffelte drei Mal. Es war kein Geschmack im Essen. Etwas Süße, sonst nichts. Statt in Milch war der Reis in Wasser gekocht worden, hatte er nachher zu lange gestanden. Klebrig, pappig. Ein Magenfüller, sonst nichts.

Nach weiteren drei Löffeln mochte ich nicht mehr. „Du isst verdammt wenig", sagte Franko. In seiner Feststellung lag sogar etwas Besorgnis. Ich stand auf. „Brauchst dich nich zu beeilen. Über die Ladestraße laufen wir nur im Marschblock. Alle Mann. Ehe nich der Letzte fertig is, geht das Brett nich auf." Ich stellte mich trotzdem an die Tür. Allein wartete es sich besser. Nun gut, ich wusste ja, dass man in diesem Knast nicht allein sein konnte. Nicht allein und nicht unbeobachtet. Keine Sekunde nämlich. Kaum stand ich hier, stand der Fremdenlegionär neben mir. Er hatte einen Plastikbeutel voller Reis in der Hand. „Die Hälfte ess ich, die andere kriegt der Puckel." Als ob mich das interessierte. „Zucker hab ich mir besorgt. Hab ich gestern beim Kartenspielen eingesackt. Zimt is nich aufzutreiben." Aus der Tiefe des Raumes näherte sich Goebbels. Seife schlich hinter ihm. Wie ein Schatten. „Machen wir zusammen Freistunde?", fragte der Fremdenlegionär. Warum nicht, dachte ich. Besser als einsam die Bahnen zu ziehen. Besser als gleich wieder in die Zelle zu schleichen. „Heil, Kameraden!" Und wie ein Echo: „Heil, Kameraden!" Goebbels und Seife. „Schnauze!", fauchte der Fremdenlegionär. „Wenn du dir mit deiner Nazi-Scheiße Nachschlach holen willst, dann mach das. Mich lass in Ruhe. Uns." Er streifte Seife mit einem abschätzigen Blick. „Und du Missgeburt, komm mir gefälligst nich näher als zehn Meter. Anscheißer. Klar?" Er hob, da Seife nicht reagierte, die Fäuste wie ein Boxer vor dem Kampf. „Ob das klar is, du schwule Sau?" Ein plötzlicher Kracher fegte gegen Seifes Vorderfront.

Brusthugo, Brustpuffer. Seife taumelte, blieb dann einige Meter entfernt stehen. In seinem Mädchengesicht spiegelten sich weder Rachsucht noch Angst. Ein Hund, der es nicht anders kannte, als dass man ihn trat. „Du, verpiss dich mit!", schnauzte der Fremdenlegionär. Goebbels glotzte ungläubig. Krach. Ein Hieb brachte auch ihn ins Wanken. Er konnte, vielleicht wegen seiner Behinderung, das Gleichgewicht nicht halten und stürzte zu Boden. Keifte von unten: „Du slawisch-jüdischer Untermensch, dafür kommst du noch mal ins KZ! Dafür werden wir dich foltern, bis du deine Eier nich mehr von den Hämorrhoiden unterscheiden kannst." Die Knaster sprangen von den Bänken auf. „Los, Nazi, gib Gas!" Der Schichtleiter kam sofort angefegt. „Spinnt ihr? Prügelt euch, wenn's keiner sieht." Er war aufgebracht. „Vor allem lass das mit deinen blöden Nazi-Parolen. Ich will dieses Jahr noch nach Hause. Das lass ich mir von keinem vermasseln." Sein Unmut steigerte sich. Er tat zwei Schritte von uns weg, brüllte in den Saal: „Los, fertigwerden mit Essen und antreten!" Die Knaster murrten. Etliche, die noch saßen, die aßen oder sich unterhielten. Sonnabend, Wochenende. Langsam folgten sie. Mussten dann aber Minuten lang an der Tür stehen, weil der Schließer nicht erschien. „Bedankt euch bei denen da." Der Schichtleiter zeigte auf den Fremdenlegionär und den Nazi. Flüche hallten durch die Reihen. Sie galten nicht nur den beiden. Was ich hörte, war eindeutig: „Dieser Nigger is auch dabei."

Sollte das mein Name werden?

„Hier haben einige Leute Spitznamen. Manche sind so treffend, als wäre der Träger damit zur Welt gekommen." Ich hatte den Eindruck, der Fremdenlegionär wollte mich trösten. „Andererseits sind Knaster verdammt schadenfroh. Wenn sie einem andern was anhängen können, sind sie sich fast immer einig. Einem, der allein steht, den sie für schwächer, hilflos oder blöd halten." Wir liefen bereits im Freihof. Er trug sein Jackett in der rechten Hand. Mit der linken führte er eine Selbstgedrehte. „Die Schlüsselknechte sind im Grunde nich besser dran. Obwohl's denen keiner ins Gesicht sagt, wie sie genannt werden. Das gibt sonst Haue." Ich sah, dass sich auf dem beigefarbenen Offiziershemd unter beiden Achselhöhlen dunkle Flecken abhoben. Schweiß. „Hattest du auch schon mal 'nen Spitznamen im Knast?" Meine Frage überraschte ihn. Ich sah es am Beben der Unterlippe. Für Augenblicke schien er zu glauben, ich wüsste Genaueres und wiegelte mit auffälligem Nachdruck ab. „Nee, nee, ich nich. Is auch nur in Brandenburg so. Hier sind die Leute ja ewig lange zusammen. Jahrzehnte. Und es kommt auch durch das ganze Kroppzeug. Einer is dem andern sein Deibel." Er warf die abgerauchte Zigarettenkippe weg. „Lass uns von was anderm reden. Erzähl mir, was du vorhast, wenn du im Westen bist." Was sollte ich ihm erzählen. Warum sollte ich's ihm erzählen. „Ich werd arbeiten, was sonst. In irgend'nem Betrieb." Er atmete schwer. „Wenn du arbeiten willst, kannste gleich hier bleiben." Ich atmete ebenfalls laut. „Diese Diskussion hat die Stasi bereits elf Monate lang mit mir geführt. Ich kann dir also nur sagen, was ich denen auch gesagt habe: Arbeit is das eine. Das andere is die Freiheit. Auf die kommt's mir an. Ich hab jedenfalls keine Lust, in der Gosse zu landen oder 'ne Tankstelle zu überfallen. Wie das etliche Leute vorhaben." Er schwenkte aufgeregt seine Jacke. „Denkste ich, falls ich rüber komme? Aber 'ne wilde Schinderei käm für mich auch nich in Frage. Dafür gibt's im Westen jede Menge legale Möglichkeiten, um an Geld zu kommen. Ich könnt mir zum Beispiel vorstellen, so 'ne Urlaubspension für Kinder zu eröffnen. Wenn jetzt Eltern mal allein in Urlaub fahren wollen oder auf Geschäftsreise gehen, steh ich mit meiner Datsche bereit. Spielplatz, Swimmingpool, Süßigkeiten. Was halt so abgeht." Er sagte das ganz ohne Zweifel. Ohne Gedanken über Verantwortlichkeit und Aufwand. Ohne Anbindung an seine Vorstrafen, die er im Gepäck hatte. Als wolle er Hunde oder Fahrräder beherbergen. „Hast du eigene Kinder?" Er machte eine wegwerfende Handbewegung. „Bin ich blöd und versau mir mein schönes Leben?" Und nachdem wir ein paar Schritte schweigend gegangen waren: „Kannst doch sagen, wenn du die Idee Mist findest. Wenn du meinst, ich soll was anderes machen. Für gute Vorschläge bin ich offen. Hauptsache, es bringt Kohle und ich muss mich nicht abrackern." Was der sich dachte. Als ob mich seine Pläne irgendwie angingen. „Meinste, ich sollte lieber Viehzeug in Pflege nehmen? Hunde, Katzen und solche Krepel?" Wirklich, ich meinte gar nichts. Aber es war eine Unterhaltung. „Man kann auf alles aufpassen. Sogar auf Häuser. Man kann sogar zu Leuten nach Hause gehen, wenn die unterwegs sind, und man passt auf deren Eigentum auf." Inwieweit dies auch für einen Kriminellen in Frage kam, ließ ich dahingestellt. Wir diskutierten über Luftschlösser, über nichts anderes. Wer ein Luftschloss torpediert, bringt nicht das vermeintliche Bauwerk zum Einsturz, sondern er legt sich mit dem Schlossherren an. Luftschlösser zu loben oder gar zu verschönern tut hingegen keinem weh. Ich fabulierte also weiter: „Stell dir also vor, du wirst engagiert, um für vier Wochen eine schöne Villa in Hamburg oder Wiesbaden zu überwachen. Da wohnst du die ganze Zeit umsonst, brauchst nicht zu arbeiten, und der Vorratskeller wird auch nich grade leer sein. Und das Gute is: Dafür wirst du sogar noch bezahlt. Allerdings darfst du dich da nich wegrührn." Er atmete geräuschvoll, erfreut. „Wegrührn? Alter, da hol ich mir 'ne scharfe Käthe, und ab geht die Post. Da lieg ich nur auf der Couch oder in der Badewanne. Brauch ich nich mal was zum Anziehn! Genau so was such ich. Genau das." Er redete. Der Rausch der Phantastereien ließ das Luftschloss in den schillerndsten Farben und Facetten erstehen. Eine Runde, eine zweite, noch eine. Nur hin und wieder holte er sich bei mir ein paar neue Gerüststangen, um beim Ersteigen seiner Hirngespinste besseren Halt zu haben. Schließlich hatte er keine Lust, noch zu laufen. Der Behälter störte. Der Milchreis. Er erinnerte ihn an die Realität. Der Knast, das armselige Essen, die Mithäftlinge. „Schlepp ich wie so 'n Blöder für diesen puckligen Arsch den Fraß in der Gegend rum. Mach mich voll zum Affen." Er steuerte eine der drei Bänke des Freihofes an. „Andererseits isses so, dass die Idee eigentlich von diesem Trottel stammt. Verstehste? Er hat damit angefangen, im Westen auf die

Gören von fremden Leuten aufzupassen. Na ja, dass das Nonsens is, is mir jetzt klar. Das kann er ja dann machen, falls er jemals rüber kommt. Von der andern Idee erfährt er nix. Kein Sterbenswörtchen." Wir erreichten die Bank und quetschten uns auf den freien Teil. Ein breiter Bursche saß in der Mitte, neben ihm zwei Kerlchen mit Tätowierungen von den Oberarmen bis auf die Handrücken. Suchte man die Nähe solcher Typen? „Mahlzeit", grüßte der Fremdenlegionär. Ein Gruß, der seiner forschen, direkten Art entsprach. „Is doch frei hier?!" Der Breite bejahte. „Wenn nich, rücken wir 'n Stück." Seine Stimme klang fest und selbstsicher. „Und sonst?", fragte der Fremdenlegionär. „Immer de Beene lang runter", erwiderte der Breite. Der Begrüßungsdialog zwischen zwei *BeVauern*. Nichts Wichtiges. Der Fremdenlegionär stellte den Napf mit dem Milchreis auf den Boden und klammerte ihn mit den Füßen. „Je länger ich den Fraß mit mir rumschleppe, um so weniger is mir, als dass ich ihn esse." Wir dachten beide an den Buckligen, und er sagte trocken: „Ersticken soll die faule Sau an dem Zeug. Nächstes Mal holt er sich sein Fressen jedenfalls selber." Willert und Torsten liefen an uns vorüber. Eigentlich hätten sie uns, mich sehen müssen. Doch die Blicke gingen vorbei. Ein Stück hinter ihnen folgte Harri. Er lief mit einem kleinen Älteren, den sie Wurzel nannten. Er mochte so alt sein wie Franko, hatte auch ein bisschen seine Statur, seine spärliche Körpergröße. Was ihn von Franko unterschied: Er wirkte nicht wie einer, der im Knast sein Zuhause hatte. Eine Affekthandlung, eine Verzweiflungstat, danach sah er aus. „Der geht nächste Woche auf Transport", sagte der Breite und deutete auf Willert. Er redete mit den zwei Tätowierten, aber irgendwie schien er auch den Fremdenlegionär und mich anzusprechen. Ich dachte: Wieso weiß nahezu die gesamte Belegschaft, dass ein Transport geht? Willert musste es erzählt haben. Setzte er damit nicht diesen Transport aufs Spiel? Der Breite seufzte: „Wenn die mich man auch endlich weglassen würden. Ich hab 'nen Bruder im Westen. Der würde aus der Westentasche hunderttausend für mich hinblättern. In bar oder per Scheck. Wenn ich den jetzt anrufen und sagen könnte, ich bin frei und kann rüber, würde der in zwei Stunden mit seinem BMW an der Grenze stehen und mich in Empfang nehmen." Der Fremdenlegionär reagierte, wie es der Breite wohl wünschte. „Warum schickt er seinen Scheck nich an Honecker? Hunderttausend sind doch kein Pappenstiel. Oder haust du uns die Taschen voll?" Der Angesprochene gab sich beleidigt. „Ich hau keinem die Taschen voll. Hab ich überhaupt nich nötig. Die Adresse von meinem Bruder hab ich im Kopf, die kann ich im Schlaf aufsagen. Mach ich aber nich, weil sie nich jeder wissen soll. Klar?" Der Fremdenlegionär zuckte schwerfällig mit seinen Achseln. Das klang alles nach Wunschdenken. Nach Spinnerei. „Das hat schon seine Gründe, dass ich nich wegkomme", versicherte der Breite leicht aggressiv. „Ich hab noch Geheimnisschutz." Der Fremdenlegionär lachte respektlos. „Geheimnisschutz? Warst du Offizier? Bei den Bullen oder bei der Stasi?" Der Breite rückte noch ein Stück an ihn heran. Er war gereizt. „Willst dir wohl 'n Ding einfangen, wie? Ich und Offizier. Ich war Gaststättenleiter. In 'nem Restaurant mit Preisstufe S. Aber so was wirst du ja wohl in deinem Leben noch nich von innen gesehen haben." Ich erhob mich. Falls es gleich zu einer Prügelei kam, wollte ich weder Beteiligter noch Zeuge sein. Ich lief fünf Schritte, ohne mich umzusehen. Nach den nächsten fand sich der Fremdenlegionär wieder an meiner Seite. „Ich hab nix gegen Leute, die spinnen. Das gehört im Knast dazu. Hier weiß ja keiner, was wirklich mit dem andern los is. So was verführt ja geradezu zum Lügen. Bloß auf die Spitze darf das keiner treiben. Vor allem so tun, als wär ich weiß Gott was fürn Trottel."

In der Zelle lag die Tageszeitung auf dem Tisch. „Neues Deutschland". Die Samstagsausgabe erschien mit Beilage. Ich blickte mich um. Die Knaster sahen nicht aus, als wären sie an der Lektüre interessiert. Sie lagen auf den Betten und pennten. Fritzchen hörte Radio. Er hatte an der Wandseite des Bettes ein Kabel heruntergelassen, an dem ein zweiter Hörer hing. Dadurch konnte Otto ebenfalls hören. Undeutliche Musiktöne schnarrten durch die Zelle. Ich setzte mich auf einen Hocker und machte mich über die Zeitung her. Vielleicht stand etwas über den Flugzeugabschuss drin. Nein. Politik, Wirtschaft, Hetze, Sport, sozialistische Kultur, die Berlinseite. Und in der Beilage dasselbe noch einmal, nur in anderer Aufmachung. Wie anstrengend. Das Kreuzworträtsel, das Schachrätsel. Ich hatte in der U-Haft bis zum Erbrechen Schach gespielt. Nach Schachrätseln. Und ich hatte mir geschworen, nie wieder zu spielen. „Macht hier jemand das Kreuzworträtsel?" Erst nach einer Weile meldete sich Franko. „Keiner." Ich zog meinen Bleistift aus der Brusttasche und machte mich drüber. In der U-Haft, als ich diese Zeitung ebenfalls bekam, besaß ich keinen Stift. Ich hatte versucht, die Felder des Rätsels gedanklich auszufüllen. Und war gescheitert. Aber jetzt. Eine Rätsellust, die mich vordem höchstens in fünf Jahren einmal befallen hatte, war in mir. Rätseln als Wochenendbeschäftigung des Durchschnittsmenschen. Tätigkeit des freien, des zivilen Mannes. Rätselwut. Ich ging darin auf, ich versank. Ich löste das Geflecht bis auf die obligatorischen drei bis vier Lücken ohne Mühe. Nur eben die Inselgruppe im Pazifik und den Ritter der Tafelrunde, außerdem zwei sowjetische Wissenschaftler, die brachte ich nicht zusammen. Ich launte gut. Besser: den Umständen entsprechend gut. Und sofort musste ich an Bebie denken. Sie kriegte Anfälle, wenn ich derartige Redewendungen benutzte. Gut launen und schlecht launen. Wenn ich *Kleiben scheißter* anstatt *Scheibenkleister* sagte. *Plattiges Schätzchen* statt *schattiges Plätzchen*. *Schlaubimmel* anstatt *Blauschimmel*. Und *die tauben Haucher* anstelle von *die Haubentaucher*. Ich dachte: Was tut Bebie heute? Ist sie bei ihren Eltern, einer Freundin? Oder hat sie nicht längst den neuen Rudi? Egal, ich änderte nichts. Sie spielten jetzt im Hof. Fußball. Rufe und das Aufprallen des Balles. Konnte man da nicht mal mitspielen? Franko richtete sich auf. Vielleicht, weil er meine Gedanken erraten hatte. „Da spielt nur die Prominenz. Schichtleiter, Ersteinrichter und paar Brigadiere." Pritscher, dachte ich. „Wenn du Glück hast, kannst du dich mit rausschließen lassen. Sie lassen dich aber trotzdem nich mitspielen. Nich mal ihre Miezen dürfen." Schon gut. Mit der Knastprominenz Fußball zu spielen, lag mir fern. Obwohl ich mich vor Vorurteilen hütete. Der berühmte Kamm, über den man ja nicht alle und alles scheren sollte. Wer hier ein bis zwei Jahrzehnte zubringen musste, der musste auch zusehen, dass er halbwegs über die Runden kam. Ich starrte eine lange Weile aus dem Fenster. Hielt die Gitter mit den Händen umklammert, das Gesicht zwischen zwei Stäbe gequetscht. Es hieß, kein Kopf passt zwischen den Gittern durch. Denn wo der Kopf hindurchpasst, geht auch irgendwie der ganze Körper hinterher. Eine Knasterweisheit, die man besser nicht auf ihren Wahrheitsgehalt überprüfen sollte. Einige von den Spielern kannte ich bereits vom Ansehen. Schichtleiter oder *Pritscher*. Auch Stoß tanzte auf dem gepflasterten Spielfeld herum. Der mit dem größten Maul, ein Kommandant. Sie hatten auf die fiktiven Grundlinien jeweils zwei geknüllte Hemden im Dreimeterabstand gelegt. Die Torpfosten. Weitere Markierungen gab es nicht. Ich dachte an Kindheitstage. Wir hatten uns auf unserem Acker auch nicht anders behelfen können. Hatten Steine oder Jacken platziert. Und immer gab es Geschrei, Gekämpf. Um Schüsse, die am Pfosten entlangstrichen. Kinder, Burschen. Manchmal gipfelte der Streit in eine Schlägerei. Oder der Besitzer des einzigen Lederballs klemmte denselben beleidigt unter einen Arm und verschwand. Feierabend. Und hier? Es glich den Kindheitstagen. Die Knaster schrien sich ebenso an. *Der Ball war aus. Nee, der war drin – Tor. Du Mistsau, die bist doch blind, du hast doch 'nen Knick in der Optik.* Und schließlich Stoß: „Der Schuss von eben war drin. Klar?! Wenn der nich drin war, nehm ich den Ball und lass mich auf der Stelle reinschließen!" Sein Ball? Hatte der wirklich so viel Macht? Die anderen wollten es nicht auf die Machtprobe ankommen lassen. *Warer eben drinne. Aber jetzt weiter.* Ich sah immer noch zu. Manchmal glotzten auch welche zu mir herauf. Und einmal fragte sogar jemand: „Was iss'n das für einer?"

Vielleicht würde einer antworten: „Na, das is der Nigger. Ausweiser und saublöd." Ich meinte beinahe, auf diese Antwort zu warten. Irgendwie würde ich damit ein Stück Schicksal besiegelt wissen. Die Antwort würde durch den Hof hallen, in die offenen Fenster dringen und die offenen Ohren okkupieren. Nein, Ohren wurden nicht okkupiert. Gehirne, Herzen, Gefühle. Wer weiß. Dann hatte ich den Spitz endgültig weg, den Schimpf. Nigger. Doch ich stellte fest, ich empfand keine Scham, keine Angst, keine Wut. Ich hätte damit leben, *sitzen* können. Jetzt. Und bestimmt auch in der nächsten Zeit. Nein, der *Nigger* fiel nicht. Ich erntete nicht mal Neugier, Grimassen oder sonstige Bemerkungen. Gleichgültigkeit. So wie man gegenüber fast allen durchschnittlichen Knastern gleichgültig war. Gegenüber den Gitterstäben, dem erbärmlichen Essen und den leeren Wasserleitungen. Ein Zeichen, dass ich nun selbst zum Knastinventar zählte? „Spielste mit Karten? Doppelkopf?", fragte mich Freddi. Ja, gut. Zwei Runden, vier, zehn. Eine Stunde, die restliche Zeit bis zur Zählung. Danach wollte ich nicht mehr. Die anderen murrten. Es fand sich kein Ersatz. Ich versuchte, hart zu bleiben, dachte an das kleine Diarium. Wann schrieb ich neue Verse? Doch ich war halbherzig. Das Kartenspiel lockte, die Mitspieler drängten. Ich saß wieder. Gewann auf einmal. Wurde ich besser oder die anderen schlechter? Egal, es ging um nichts. Allein um die Zeit, die während des Spielens verrann – wie Sand im Wüstensturm. Man vergaß. Sich und den Knast, alles. Kontra und Re, Hochzeit und Solo und das große Geschrei. *Noch den hinterher. Pfoten weg, das is meiner. Karte oder Stück Holz. Barfuß oder Lackschuh. Du Nachtjacke, warum stichste den nich weg? Ich werd hier noch zum Iltis. Pass auf, da liegt eine nackig im Bett.* Man lernte immer noch ein paar Ausdrücke dazu. Nackig im Bett – die Karte lag falsch herum im Stapel.

Die Dunkelheit sorgte für das Ende. Und Franko. Sein *Film*. Er musste gedrängt werden. Das gehörte dazu. Applaus als das Brot des Künstlers. Sein Applaus waren die Aufforderungen, Bitten. Er forderte ihn vorher ein. Die Gage ebenfalls. Zigaretten.

Nachher schliefen die Typen vielleicht schon. So wie ich, der schon nach wenigen Minuten döste. Trotz des ekligen Gefühls auf Zunge und Rachen. Ich hatte vergessen, mir rechtzeitig einen Becher Wasser zum Zähne putzen abzufüllen und erwischte schließlich nur ein paar Tropfen. Trotz des Durcheinanders in meinem Kopf, des Zigarettenqualms, der Angst vor neuen quälenden Träumen. Ich bekam wieder ein Stück von Frankos Geschichte mit. Eine junge Frau saß verzweifelt in ihrer Großstadtwohnung und wartete auf ihren Freund. Vergebens, denn der Kerl hatte sie versetzt. Und das nicht zum ersten Mal. Die junge Frau war daher so verbittert, dass sie sich das Leben nehmen wollte. Schon hatte sie den ersten Knopf des Gasherdes in der Hand, da klingelte es. In der Hoffnung, der Geliebte werde doch noch kommen, stürzte sie zu Tür und riss diese mit erwartungsvollem Gesicht auf. Doch, o Schreck. Besser: O Staunen, draußen stand nur der junge alleinstehende Mieter aus dem unteren Stockwerk, der nichts weiter als eine Auskunft wollte. Und noch mehr Schreck: Sie war ja nur leicht bekleidet. Mit Höschen und Hemdchen und so. Verständlich an diesem schwülwarmen Sommerabend. Aber sie bat ihn herein, den jungen Mann, dem ja irgendwie auch so warm war ...

Die Kerle ächzten und lechzten. Ich registrierte es noch, während mich der Schlaf forttrug. Ich hatte es schon bei Frankos ersten Worten gewusst. Dass sie ächzen und lechzen und sonst was tun würden. Ich fürchtete um meine Nachtruhe. Doch ich schlief ganz fest. Und ganz lange. Vor allem: traumlos. So wie ich seit der Verhaftung nicht mehr geschlafen hatte. Wie etliche Wochen vorher nicht. Erst am Morgen, als das Kommando kam „fertigmachen zur Zählung!", wachte ich auf. Und ich fühlte mich trotz des Schlafes nicht ausgeruht. Kratzen im Hals. Die Kerle, die neben den Fenstern schliefen, hatten die Glasflügel ausgehangen. Irgendwo im Flur mussten auch die Fenster weit offen stehen. Dadurch zog es. Zudem waren Wolken aufgezogen, und die Luft hatte sich abgekühlt. Ich kroch nach der Zählung wieder ins Bett und wühlte mich in die Decken. Alle taten das. Alle froren. Nein, nicht alle. Nur Franko und Freddi. Die protestierten. „Wollt ihr nich mal die Fensterflügel wieder einhängen? Zieht!" Schmerke lachte frech: „Zzzieht dddoch nnnich!" Er hatte, was ihn betraf, Recht. Der Bettenblock stieß mit der schmalen Seite gegen die Außenwand. Die Fenster befanden sich daneben, und die Zugluft passierte die Betten seitlich. Unsere Bettenblöcke standen quer zur Seitenwand und stießen mit den Fußenden direkt in den Raum. Sie bekamen die Zugluft voll ab. Freddi wollte sich nicht mit Schmerkes Antwort abfinden. Er griff einen der Fensterflügel und versuchte ihn einzuhängen. Schmerke fiel ihm resolut in den Arm. „Pfpofpofoten wwweg, sssonst -!" Freddi erhielt einen Körpercheck und taumelte. Fast wäre ihm das Fenster entglitten. Hilfe suchend blickte er sich um. Aber es gab niemanden, der ihm beisprang. Nicht gegen Schmerke, den Kraftprotz. „Friern wir eben und holn uns den Tod!" Er ging zu seinem Bett und zündete sich eine Selbstgedrehte an. Der Rauch flog davon, als würde er sich im Freien befinden. Am Meer oder auf einem Berggipfel. Ein Schwaden traf Kalles Nase. „Scheiß Quarzerei." Doch Sekunden später flammte auch bei ihm ein Streichholz auf. „Scheiß Knast", erwiderte Freddi. „Wir sind schließlich nich zur Erholung hier", meckerte Fritzchen, „wir sind Verbrecher." Er schob ein zynisches Kichern hinterher. „Trotzdem", beharrte Freddi, „bisschen mehr Menschlichkeit würde für uns auch nich schaden. Mal 'ne Tasse Kaffee oder paar Stunden Fernsehen. Und vernünftig eingerichtete Zellen." Wieder löste sich ein Rauchschwaden von seiner Kippe und sauste Richtung Zellentür. „Im Westen kriegen die Knaster sogar Freigang. Manche kommen nur noch zum Schlafen in ihre Zelle." Schweigen. Dann Kalle: Ooch für Mörder wie uns?" Freddi zog erneut an seiner Zigarette. So genau wusste er offensichtlich doch nicht Bescheid. „Auf jeden Fall sind da übern Tag die Zellen offen. Kann man sich freier bewegen." Franko knurrte. „Mir is lieber, wenn das Brett zu bleibt. Kommen bloß die ganzen Assis von den andern Zellen rüber." Und Schmerke kam: „Kakakannste hhhier auch.

Kakakannst auch iiin 'ne aaandere Zelle." Otto lachte höhnisch: „Ja. Morgens rein und abends erst wieder raus. Ich hab doch keine Lust, den ganzen Tag auf 'ner andern Bude zu hocken, wo ich kein Bett und nix hab." Schmerke stellte sich in Positur. Doch bevor er zu stottern beginnen konnte, schnitt ihm Freddi das Wort ab: „Fang bloß nicht an, jetzt noch den Zonenknast zu verteidigen. Zuchthaus Brandenburg, mit Schwimmbad und Spielcasino." Er lachte giftig. „Schlimmer als hier kann's nich mal im KZ gewesen sein." Schmerke wollte seine Stimme aufpumpen. Aber Kalle stoppte ihn. „Mensch, halt die Luft an. Kannst uns ja morjen alle bein OKI anscheißen. Für mir ändert sich doch sowieso nüscht. Ob mir eener jute Führung bescheinigt oder ob er mir als Staatsfeind hinstellt. Ick muss brummen bis zum letzten Tach. Mach jetzt endlich det Fenster wieder dichte, sonst hol ick mir 'ne Lungenentzündung." Schmerke tappte zum Fenster. Aber er schloss es nicht. „Hhhier mmmuss frische Llluft rrrin." Mehrere Flüche und Schimpfworte prasselten auf ihn nieder. *Luftpumpe, Kuhkopf, Arschficker* und dann auch: *Fotze.* Die hässlichste aller Vokabeln. In diesem Knast eine der gebräuchlichsten. Immer wieder war sie zu hören. Immer, wenn es darum ging, jemandem seine besondere Missachtung mitzuteilen. Einfach so hingeworfen. Ohne Scham, ohne jedes Nachdenken. Ausdruck abgrundtiefster Verrohung, geistiger Plattheit.

Ich warf mich auf die Seite und zog die Decke bis über die Ohren. Eine halbe Stunde leichter Schlaf. Dösen. Dann musste ich auf die Toilette. Obwohl ich ahnte, wusste, dass Franko nicht schlief, zog ich am Spülhebel. Der Wasserkasten gab lautstark seinen Inhalt frei, und meine Exkremente verschwanden im Knie des Beckens. Ich erlauschte ein leises Rinnen. Ganz langsam füllte sich der Spülkasten wieder auf. In einer Stunde, vielleicht eher, vielleicht später konnte der nächste das Klo benutzen. Franko nörgelte dennoch: „Hättste dir das nich bis morgen verkneifen könn?" Stumm drehte ich den Wasserhahn am Waschbecken auf und seifte meine Hände ein. Putzte ausgiebig

Zähne. Frankos Unzufriedenheit hielt an: „Wie soll der Spülkasten wieder vollaufen, wenn der Wasserhahn so lange geht?" Er stand vom Bett auf und kam näher. Lief zum Spind, kehrte zurück, lief jetzt zum Fenster. Kam wieder zu mir. „Regnet draußen." Er sah mich von der Seite an. Ich hatte den Kopf in den Nacken gelegt und spülte ausgiebig den Rachen. „Wenigstens hat der Wind nachgelassen. Dadurch zieht's hier drin nich mehr so." Ich beugte den Kopf über das Becken und spie das Spülwasser aus. Die Mundpflege hatte mir gut getan. Ich fühlte mich etwas besser. „Warum sind wir uns nich einig und setzen den Fensterflügel einfach wieder ein. Soll der Kerl sich doch aufregen." Franko schüttelte den Kopf, rückte noch näher. Tuschelte: „Der is nich ganz dicht. Der bringt's fertig und sticht einen von uns nachts nieder. Wenn nich gleich alle." Dass er *nicht dicht* war, hatte ich längst gemerkt. Ein Kranker. Ein Kranker von vielen Kranken. Also lieber frieren. „Haste nich noch Kaffee?" Ich hatte es längst gemerkt, dass er darauf aus war. Sein Quengeln, die Schwänzelei. Er würde niemals Ruhe geben, nicht solange ich nur einen Krümel Kaffee hatte. Ich blickte mich um. Natürlich, Kalle: „Nur 'ne halbe Tasse ..."

Zum Mittag mussten wir wieder raustreten. Diesmal kamen mehr Knaster mit. „Sonntag gibt's Fleisch." Da traute kaum jemand einem andern. Man wusste: Selber essen macht satt. In unserer Zelle blieben Franko und Spucke zurück. Franko ließ sich das Essen von Kalle mitbringen. Das klappte. Spucke lag wie tot. „Der kommt fast nie aus seiner Seeche", feixte Fritzchen. Seeche leitete sich von Seiche ab. Knasterjargon. Willert ging auch nicht essen. Er lag auf dem Bett. Entweder er rauchte oder er schlief. Noch zwei Tage.

Wir liefen etwa drei Runden im Freihof. Ein leichter Niesel ging herunter, und man fröstelte. Man krümmte den Hals und bog den Kopf und die Schulterblätter vor. „Scheiß Wetterumschwung." Bundi lief neben mir. Er sah schlecht aus. „Dieser Tuscher hat mir eine reingehaun. Erst mit der Faust in Magen, danach mit dem Knie in die Eier. Die Mistsau. Hat behauptet, ich würde die Zelle schlampig putzen. Heute am Morgen. Dabei wollen die mich bloß fertigmachen." Es klang weinerlich. „Und Harri hätte fast auch Schläge abgefasst. Hat gemeckert, dass Prügel keine Lösung is und dass ja die meisten hier wären, weil sie das nich kapiert hätten. Trotzdem redet er nich mit mir." Ich sagte nichts. Ich dachte, er wird wieder von seiner baldigen Ausreise gefaselt haben. Das provozierte wie sonst nichts. „Ich schwör, wenn ich drüben bin, die zeig ich alle an. Hab mir die Namen schon notiert." Ich erschrak. „Aufm Zettel?" Er stoppte und sah mich entsetzt an: „Mensch, wie blöd bist du eigentlich? Denkste, ich schaufle mir selbst mein Grab?" Er fasste sich. Vielleicht weil er begriff, dass außer mir kaum jemand mit ihm redete. Dass *er* mit niemandem *so* reden konnte. „Im Kopf hab ich mir das notiert", lenkte er ein und lief weiter. „Kannst du dich nich auf 'ne andere Zelle legen lassen?" fragte ich und dachte, womöglich antwortet er jetzt wieder, er geht sowieso bald auf Transport. Am Dienstag, mit Willert. Aber er gab sich nachdenklich. „Viel bringt mir das auch nich. Wenn du auf einer Zelle Mode bist, nimmst du das auf die nächste mit. Da sorgen die andern schon dafür." Jemand klopfte mir von hinten auf die Schulter. „Mahlzeit. Und wie läuft's?" Ich erkannte die Stimme des Fremdenlegionärs. „Bestens", erwiderte ich. „Und selbst?" Er grinste. „Immer die Beine lang runter." Neben ihm war der Pucklige. Er nickte mir zu. Als wären wir Freunde. „Das is'n Gesocks", schimpfte Bundi leise, als sich die zwei außer Hörweite befanden. Ich gab ihm ein Achselzucken: „Und wenn. Man kann sich keinen aussuchen." Und ich verkniff es mir, meine Gedanken auszusprechen: Wer sich nicht anpasst, den machen sie platt – so wie dich.

Ich war ganz froh, als dann das Kommando zum Antreten kam und wir losmarschierten. Wieder über die kleine Lagerstraße. Vorbei an den Zellenfenstern der Vorderfront. Wieder sah ich Strünzel. Das Gesicht klebte an den Gitterstäben, als hätte es sich seit dem Vortag dort nicht weggerührt. Jemand aus unserer

Formation feixte: „Strunz, du Sackgesicht, wasch dir den Arsch, wir komm' gleich zurück!" Er blieb reglos. Hatte er nichts gehört? Immerhin mischte sich der Schließer ein. Dieser große Kerl, den sie Hobel nannten. Weil er so ungehobelt wirkte? Oder weil er alles platthobelte? Nicht alles, aber vieles. „Schnauze dahinten. Sonst gibt's was mit 'm Schwarzen." Aber die Knaster hatten keinen Respekt. Sie verschanzten sich in der Anonymität. „Etwa hinten rein?" Und: „Wolln uns wohl verwöhnen, Herr Wachtmeister?" Und: „Keine falschen Versprechungen!" Gelächter, Gejohle. Schließlich ließ der Uniformierte halten. Er ging bei grimmigem Gesicht die Reihen entlang. Blieb schließlich direkt neben, vor mir stehen. Ich erschrak und wurde blass. Wieso ich? Doch er legte noch einen Schritt zu und starrte meinen Vordermann an. Visage kontra Visage. „So, nu noch ma! Du willst also mit 'm Schwarzen verwöhnt werden?" Er hob den Gummiknüppel. Der Vordermann duckte sich, legte die Arme über den Hinterkopf. „Ick hab überhaupt nüscht jesaacht, Herr Wachmeester. Keen Ton. Ick hab nich mal jelacht!" Er wirkte wie ein Kind, das sich gegen die zu Unrecht erhobenen Beschuldigungen nur durch laute Beteuerungen wehren kann, mit dem niemand Mitleid hat. „Klar, war er's, Herr Wachtmeister!", rief jemand aus dem hinteren Teil der Formation. „Der macht immer solche Scheiße." Gelächter. Der Uniformierte ließ verunsichert den Gummiknüppel sinken. „Los, weiter!", schrie er. „Sonst fällt Mittach flach. Könnt ihr alle Kohldampf schieben. Ihr, ihr - Banditen!" Die Drohung half besser als jede andere. Sonntag, Fleisch. Nur ein leises Murren kam gegen den Schimpf auf. *Banditen.* „Wart mal ab, was wir mit dir machen, wenn wir erst an der Macht sind. Du Bandit", flüsterte jemand kaum vernehmbar. Eine Bemerkung, die von Goebbels hätte stammen können. Doch Goebbels ging ein Stück vor mir, und ich wagte es nicht, mich umzudrehen. Wegen Hobel und wegen der Knaster. Der, der vor mir schlurfte, wagte es hingegen. Die Neugier war stärker als die Angst. Wie menschlich. „Dreh dein Fressbrett weg, Paule, du Killer!", fauchte es hinter mir. Sofort flog die Visage zurück. *Killerpaule*, ich hatte den Namen schon gehört, den Kerl schon auf dem Betriebshof gesehen. Er fegte und räumte dort. Seit achtzehn Jahren, wie es hieß. Sie nannten ihn Killerpaule, weil er jemanden brutal *gekillt* hatte. Wen, warum und wie hatte ich nicht erfahren. Aber musste ich alles wissen? Reichten nicht die Geschichten, die ich bereits kannte? Die Geschichten von all den anderen Killern?

Es gab Kassler. Nicht wie zu Hause, wie bei Mutter. Kassler, wie es dem Knast angemessen war. Wabblig wässrige Brocken, mehr gekocht als gebraten und geschmort. Es sah eklig aus, und es schmeckte eklig. Ranzig und alt. Ich würgte zwei Bissen hinunter, mehr ging nicht. Eine und noch eine Pellkartoffel. Ein paar Löffel Kraut. Bayrisch Kraut, eine Art Sauerkohl, nur süß, total zerkocht. „Isste dein Fleisch nich mehr?" Kalle hing mit dem Gesicht schon fast über meinem Teller. Ich schob ihm alles zu. „Räumst ihn dafür weg." Sein Ja ging in den Essgeräuschen unter. „Hättste auch unter alle aufteilen können", maulte Wolfi. „Nächstes Mal erwiderte ich und beugte mich etwas weg, um Kalles Geräuschen auszuweichen. „Wenn du niemals richtig isst, musste dich mal untersuchen lassen", empfahl Fritzchen. „Der brauch nur Zeit, um sich an det Fressen zu jewöhnen", belehrte ihn Kalle, „det is uns ja alle mal so jegangen." Er trennte mit der Kante der Löffelrundung ein Stück Fleisch ab und ließ es im Mund verschwinden. Danach drehte er den Löffel in seiner Hand und schälte mit dem angeschliffenen Griff zwei Pellkartoffeln. Alles ging unglaublich schnell. Das Schälen, das Schlingen. Der ganze Vorgang, der eigentlich nur wenig mit Essen zu tun hatte. Konnte, musste einem dabei nicht der Appetit vergehen? Der Hunger? Kulturlosigkeit, Sittenverfall, Verrohung. Menschenunwürdiges Dasein. Wann würde bei mir der Zeitpunkt kommen, da ich davon nichts mehr wahrnahm und nur das Bedürfnis des blanken Hungers stillen wollte?

Ich erhob mich und ging zur Tür. Ich war satt, obwohl ich fast nichts gegessen hatte. Ich war auch lustlos. Wenn sich jetzt, während ich auf den Rückmarsch zur Zelle wartete, der Fremdenlegionär oder ein anderer zu mir gesellt und auf mich eingeredet hätte, ich wäre stumm und unnahbar geblieben. Auch gegenüber Bundi, Kalle oder Fritzchen. Doch von denen kam keiner. Ich traf auf Baumann, den Oberschlesier. Der redete anders. Jammerte nicht, spekulierte nicht auf den Transport, regte sich nicht über das miserable Essen auf. Der war hart gegen sich und gegen alles. War aber auch gutherzig, solidarisch. Schimpfte auf den Knast und die Insassen. Versuchte aber auch zu helfen, zu raten. „Sieh zu, dass sie dir 'nen vernünftigen Posten geben. Sonst verkommst du in den Schichten. Da ist nur Müll, Abschaum." Und wie sollte ich *zusehen*? „Vernünftig arbeiten. Nicht verleiten lassen, wenn diese Lumpen faulenzen, rumgammeln." Seine Verachtung für die Mithäftlinge schien grenzenlos. Für die meisten von ihnen. Für ihn gab es nur einige wenige, mit denen er Umgang pflegte. Nicht mal in der Zelle redete er mit allen. Bestenfalls im Büro. Büro? Natürlich, als Diplomingenieur hatten sie ihn in die Technologie gesteckt, als Konstrukteur. Er entwickelte für *diese Verbecher von der IFA* komplizierte Teile am Reißbrett. Da gab es keinen Zivilisten, der ihm das Wasser reichen konnte. Weit und breit nicht. Die *Blaukittel*, die Zivilmeister, auch sie verachtete er. „Lassen sich von den Kriminellen bestechen. Nutzen sie aus. Sind gewissenlos." Er stand da drüber, grenzte sich ab. Hatte sogar sein eigenes Büro, während die anderen Technologen in einem Raum hockten. Immerhin aber Büro, nicht Werkstatt. War er deswegen ein Edelknaster? Keineswegs. Bei den Jahren, die er im Leben gebrummt hatte. Und immer politisch, immer aufrecht. Zuerst in den Fünfzigern. Er wollte sich die Enteignung seines Betriebes nicht gefallen lassen, beschimpfte die Funktionäre. Landete in Torgau im Zuchthaus. Wurde in den Sozialismus entlassen, rakkerte dann als Wissenschaftler in einem Volkseigenen Betrieb. Legte sich mit den Vorgesetzten an, fluchte auf die Partei und die Funktionäre und marschierte erneut hinter Gitter. Ihm fehlte die Kompromissbereitschaft, er konnte nicht wegsehen, konnte das Maul nicht halten, wenn es um Politik und die Wahrheit ging. Draußen nicht und nicht hier drin. Über zehn Jahre hatte er inzwischen gebrummt. Trotz Frau und Kindern, die auf ihn warteten. Ein Wahrheitsfanatiker, ein Hasser, aber kein Verweigerer. Und trotz seines Alters nicht müde, nicht gebrochen. Jahrgang 1925. Der ging auf die Sechzig zu, ganz stramm. Und was sonst hinter dem lag. Hitlerjugend, Wehrmacht. Ostfront, Verwundung, Gefangenschaft. Konnte ein Mensch all das verkraften? „Entweder ich falle hier um. Oder ich werde steinalt." Nur nicht einwickeln lassen, nicht nachgeben. Niemals. Und diesmal würde er sich nicht in die DDR entlassen lassen. Direkt in den Westen, würde er reisen. Ganz sicher.

Wir liefen ab. Es herrschte Ruhe, eine gewissen Zufriedenheit. Vielleicht wegen des Kasslers, vielleicht wegen der Sonntagsruhe. Sonntagnachmittag, das Heiligtum der Woche. Hier wie dort, *draußen* wie *drinnen*. Durch die Antretordnung wurde ich von Baumann getrennt. Egal, er machte ohnehin keine Freistunde. Was lesen, bisschen ausruhen, das machte er, machten alle. Fast alle. Ein paar blieben zur Freistunde im Hof. Ich. Ich hatte Lust, allein zu laufen, meine Gedanken hängen zu lassen. Nein, da kam Bundi. „Ich bin über jede Minute froh, die ich nich in der Zelle verbringen muss." Er holte Luft, um gleich wieder davon zu reden, wie sehr ihn die anderen Knaster anödeten und dass er bald auf Transport gehen müsste, gehen würde. Doch das Geräusch von langen Schritten kam von hinten auf uns zu. Ernst. „Diese Pfeife", knurrte Bundi. „Richtiger Sacktreter is das." Ich musste kichern. Waren sie nicht alle *Sacktreter*? Wurden hier nicht zwangsläufig einer des anderen Nervensäge? Durch die Enge, die Armut, das ständige Beieinander, das fürchterliche Aufeinanderangewiesensein? Man belauerte sich, redete übereinander und ging sich auf die Nerven. Man freundete sich an, stritt sich, man liebte und prügelte sich. Knast hatte hauptsächlich mit Nervtöterei zu tun. Mit *Sackstand, Sacktreten, Sacksteigerei* - ein fürchterliches Vokabular. Ein paar Ausnahmen gab es. Baumann, der nervte nicht. Torsten. Vielleicht Willert. Und sonst?

Es tröpfelte immer noch, und wir krümmten Schultern und Halswirbel. Ernst kam unbeirrt, er stieß zu uns. „Nich viel los heute." Wem sagte er das? Warum sagte er das? Wir wussten es selbst: Keine zehn Leute freistundeten. Bundi richtete den Kragen seiner Bluse hoch. Spuckte auf das Pflaster. „Ich werd den Geschmack von dem Mittagsfraß einfach nich los." Nach zwei Schritten erreichte er den schillernden Speichelfladen und trat ihn während des Laufens mit der Sohle verächtlich breit. „Ich hatte 'n gutes Stück", widersprach Ernst. „Kassler ess ich sowieso ganz gern. Is schön würzig." Bundi stieß mich unauffällig mit dem Arm an. *Wie blöd der is.* „Ich hab weit und breit kein gutes Stück gesehen. Nur Fleischbatzen, die aussahen wie Aas", sagte er abschätzig. „Im Westen verfüttern sie das nich mal im Zoo." Ernst schluckte die rhetorische Kröte, wie er eben das Kassler geschluckt hatte. Gelassen. „Man muss überleben." Er machte den Eindruck, als könne man mit ihm nicht streiten. „Schon gehört, was am Dienstag hier abgehen soll?" Allein die Spannung, die er mit dem Tonfall seiner Stimme aufbaute, ließ ihn Bundis nächste Aufwallung ziemlich geschickt unterlaufen. Ein psychologischer Trick oder Tratsch? Bundi kam nicht mehr zu Wort. Ernst passte genau den richtigen Augenblick ab, um seine Frage selbst zu beantworten. „Da soll richtig 'ne ganze Mannschaft auf Transport gehen. Alle von der IFA." Ein paar Schritte entlang herrschte Schweigen. Bis Bundi mit seiner Frage heraus platzte: „Was heißt 'ne ganze Mannschaft?" Ernst legte an Tempo zu. Seine Schritte wurden länger, und er löste sich von uns. Die Pinkelecke, wir befanden uns kurz davor. „Muss erst mal Wasser abschlagen", sagte er. „Danach reden wir weiter." Ohne sich umzudrehen steuerte er auf die Mauer zu und stellte sich zum Pissen hin. „Der Kerl hat nur Knete im Kopp. Lauter bunte Kugeln. Ich trau dem nich. Schon weil er dauernd seechen muss." Bundi spie wieder aufs Pflaster. „Und weil er das Knastfressen lobt." Wir liefen den Rest der Runde schweigend und trafen in der Pinkelkurve wieder auf Ernst. Er hatte sich am Wassertrog, der sich nahe der Mauer befand, die Hände gewaschen. Wartete. Mühelos fügte er sich in unseren Laufrhythmus. Nahm er den Gesprächsfaden auf. „Zwanzig Mann gehen weg. Fast alle nach Karl-Marx-Stadt. Aber paar solln auch nach Berlin. Weil sie von dort direkt nach Westberlin abgeschoben werden solln." Was für eine Nachricht. Wenn die stimmte. Dann -. Bundi sprach aus, was ich dachte: „Dass es in der IFA zwanzig echte Ausweiser gibt, halte ich für 'n Gerücht. Aber wenn wirklich so viele gehen sollen, bin ich mit Sicherheit dabei. Und du." Er gab mir einen freundschaftlichen Klaps auf den Rücken. „Ich auch", sagte Ernst, und er schien nicht beleidigt oder empört, weil Bundi ihn nicht einbezogen hatte. „Und woher weißte das?", fragte ich zögernd. „Mensch!", schimpfte Bundi, „du und deine blöden Fragen." Ernst beschwichtigte ihn: „Blöde Fragen gibt's nich. Nur blöde Antworten." Bundi knurrte: „Na, is auch egal. Wenn wir Dienstag verschwinden, kann er nachher so viele blöde Fragen stellen, wie er will."

„Erst mal kommen wir nach Karl-Marx-Stadt, in die U-Haft. Da werden die Formalitäten für die Abreise erledigt. Wir sind dort noch mal in Zellen. Mit mehreren Leuten. Kann passieren, dass ihr da zusammen seid."

„Soll mir auch egal sein. Hauptsache, das Ende is abzusehen. Hauptsache, weg von diesen kriminellen Psychopathen. Ich hau mich hin und schlaf durch, bis die Busse kommen. Hinter der Mauer mach ich die Augen wieder auf. Aber richtig." Bundi lachte selbst-, lachte siegessicher. Ich konnte nicht lachen. Und Ernst? Der suchte nach einer Antwort auf meine Frage. Doch noch. „Unter den Kriminellen gibt's welche, die wissen hier alles. Natürlich nur die, die was zu sagen haben. Der Hauptbrigadier zum Beispiel. Das is so. Sie sind so eng mit den Erziehern liiert. Und mit den Zivilfotzen. Die schachern untereinander. Mit Westgeld oder Pornoheften. Da fallen eben auch Informationen ab. Die gehen weiter an Leute wie Torsten. Oder Willert. Und die wiederum geben manchmal was an das einfache Volk weiter. An mich. Oder dich."

Ich fragte mich, ob Willert das mit den zwanzig Leuten nicht auch gehört hatte. Er hätte es gehört haben müssen, so wie Ernst das erklärte. Ganz klar. Aber er hatte nichts gesagt. Zu mir. Warum nicht? Ich wünschte mich auf der Stelle in meine Zelle, um ihn fragen zu können. Aber die Freistunde dauerte an. Höchstens die halbe Zeit hatten wir herum. Die beiden neben mir redeten jetzt über ihre Zukunft im Westen. „Ich bleib erst 'ne Weile in Gießen. Im Lager. Drei, vier Wochen. Is nich so weit nach Frankfurt rüber. Kennste die Kaiserstraße?" Bundis Frage ging an Ernst. Aber der hatte keine Antwort. Ich hatte eine: „Da sind die Bordelle, und das Nachtleben findet dort statt." Ich wusste das aus dem Fernsehen, egal dass es mich nie sonderlich interessiert hatte. Bundi sah mich enttäuscht an. „So was weißte nu wieder. Dabei tuste sonst immer erhaben."

Tat ich erhaben?

Ernst schlichtete erneut. Oder war es keine Schlichtung? Liebte er es, von sich zu reden? „Ich versuch, so schnell wie möglich wegzukommen aus dem Lager. Ich geh nach Hannover. Hab da Verwandtschaft. Aber ich bleib da nich lange, ich nehm mir so schnell wie möglich 'ne eigene Bude. Und Arbeit. Als Ingenieur find ich auf jeden Fall was. Vielleicht kann ich im Öffentlichen Dienst anfangen. Auf jeden Fall was Sicheres, das ich mir suche." Bundi winkte verächtlich ab. „Arbeiten kann ich noch lange. Erst will ich mich mal bisschen austoben. Richtich drei, vier Weiber auf der Bude, richtich mit Sperma rumspritzen. Richtich schweinisch. Wenn ihr überhaupt wisst, was das bedeutet!" Er blickte mich herausfordernd an. Als wären mir erotische Ausschweifungen fremd. Als hätte die Ankündigung von Pseudoorgien mit Lebensqualität oder Niveau zu tun. Er wollte mir imponieren, mich übertrumpfen. Und zwar vor und in sich selbst. Doch ich musste nichts erwidern, denn Ernst machte ihn abermals platt. Er mit seinem Tunnelblick, Tunneldenken, Tunnelargumentieren. Ein Pragmatiker, ein Nüchternheitsapostel. „Dafür brauch ich nich rüber. Für 'n bisschen Sex. Hab ich Arbeit, hab ich auch Geld und kann mir das leisten, was mir zu-

sagt. Wenn ich aber mein bisschen Haftentschädigung gleich in'
Puff bringe, steh ich nachher da." Bundi gurgelte hilflos, böse.
Er hätte gern widersprochen, aber die Rhetorik fehlte. Auch das
Wissen. Ernst überging ihn, er redete zu mir: „Was machst du
eigentlich nach der Ausreise?" Wie sich das anhörte: Ausreise.
Geschwollen und unangemessen. Reiste man aus dem Knast
aus? „Weiß nich", erwiderte ich. „Vielleicht geh ich irgendwohin, wo's warm is. Vielleicht bleib ich da. Vielleicht faulenze
ich da rum oder ich bau mir was auf. Griechenland könnt ich mir
vorstellen." Ich hatte vorher nie den Gedanken gehabt, nach
Griechenland, überhaupt auszuwandern. Das Gerede dieser beiden hatte mich zu der Äußerung gebracht. Dieses Vorauswissen
von Dingen, die man absolut nicht im Voraus wissen konnte.
Die Reaktion passte. Bundi stöhnte. „Griechenland! Was will
der Mensch in Griechenland, wo nix los is. Inseln, Wasser, Fel-
sen. Und wovon willste da leben? Du kannst doch nix, außer mit
deinen Zahlen rumrechnen. Bei mir isses anders. Als Kellner
kann ich überall anfangen. Kann ich mich sogar selbständig machen." Seine hohle Überheblichkeit ging mir auf die Nerven. Ich
sagte prompt: „Um mich selbständig zu machen, muss ich nich
wissen, wie man drei Teller auf einem Unterarm trägt und wie
sie abgewaschen werden. Da hab ich mehr davon, wenn ich
rechnen und wirtschaften kann." Er blieb stehen. „Du bist doch
'ne richtige Arschgeige. Weißt gar nich, wovon du redest. Dich
dürften sie überhaupt nich in' Westen lassen. Du müsstest deine
sechs Jahre abbrummen und zurück in die Zone gehen. Zurück
in dein Büro. Weiter in die Sessel furzen. Du bist so was von
unbedeutend und hältst dich für ungeheuer wichtig. Das is abartig, richtich abartig!" Er hatte die letzten Worte so laut gesprochen, dass sie an den Mauern des Zellentraktes emporgestiegen
waren. Neugierige, hämische Gesichter erschienen. Und während mir das peinlich war, steigerte er sich noch mehr. „Du tust,
als könntest du dich mit mir vergleichen. Du mit mir. Weißte,
was ich hier dargestellt habe? Bei mir haben die Leute Schlange
gestanden, damit sie einen Tisch im Lokal gekriegt haben, damit

ich sie bedient habe. Schmiergeld haben sie mir dafür zugesteckt. Trinkgeld. Ich hätt's überhaupt nich nötig, in' Westen zu gehen! Verstehst du?" Ich fand ihn lächerlich, dumm. Ich sagte: „Nee, versteh ich nich. Im Westen steckt dir keiner Trinkgeld zu, um in der Kneipen einen Tisch zu kriegen. Da kann auch kein Kellner seine Gäste bescheißen, wie das in der DDR üblich is. In Lokale mit solchen Kellner geht nämlich auf Dauer niemand!" Während der letzten zwei Sätze hatte ich mit seiner Aufregung gleichgezogen. Laut und schnell waren die Worte gekommen. Und die Zahl der Gesichter, die sich hinter den Gittern zeigten, wuchs. Peinlich. Ich wollte die Sache beenden, den Streit. Wollte ausweichen. Aber Bundi kam mir zuvor. Es gab anscheinend keine Situation, in der er mir in irgendeiner Weise den Vorrang lassen mochte. Ein Minderwertigkeitskomplex. Er kehrte auf dem Absatz und steuerte spontan auf den Eingang des Zuchthauses zu. *Unseren* Eingang. Erst nach einigen Schritten begriff er, dass er fehlte, irrte, sich zum Gespött machen würde. Er konnte nicht einfach *reingehen.* Er war, obzwar eingesperrt, für noch eine gute Weile ausgesperrt. Nun denn, sich den Irrtum einzugestehen, hätte ihm als Niederlage gegolten. Eine Blamage. Also lief er weiter und postierte sich schließlich starr vor der Eisentür. Blick in die Luft, ins Nichts. Und ich? Und Ernst? „Ich muss pinkeln", entschuldigte sich jener und zog mit seinen langen Schritten davon. Er stand in der Ecke, und ich trottete an ihm vorbei. Ratlos und irgendwie unglücklich, obschon nicht verzweifelt. Aus einem der Zellenfenster feixte ein Knaster: „Eh, du Triebtäter, wie oft willst du noch gegen die Mauer anonieren?" Aus einer anderen Ecke erscholl Lachen. Der Kommentar: „Sag lieber wichsen, wenn du nicht weißt, dass es onanieren heißt, du Luftpumpe." Ernst blieb unbeeindruckt. Er wurde fertig und wusch sich in dem Trog die Hände. Stand und wartete. Ich kam, und wir liefen zusammen. Unterhielten uns den Rest der Freistunde stockend und schwerfällig. Wenn wir in die vordere Längsgerade einbogen, warfen wir verstohlene Blicke auf Bundi, der mit dem Rücken an der Eisentür lehnte und seinen Blick starr in die Luft gerichtet hielt. Beklommenheit, Befangenheit. Gefangensein. „Manchmal kann einen der Knast so richtig ankotzen", sagte Ernst. Ich dachte: manchmal? Und ich dachte: immerhin eine Gefühlsregung. Eine seiner wenigen. Ich wünschte mir den Dienstag herbei. Den Transport. Ganz fest dran glauben, beschwor ich mich, dann bist du auch dabei. Doch ich glaubte nicht. Nicht jetzt, während ich mit Ernst lief, und nicht nachher, da ich mich wieder in der Zelle befand. Willert raubte mir die Illusion. Besser: Er schrumpfte sie. Denn der Funke Hoffnung ist im Menschen unlöschbar. Ich stand an seinem Bett, und ich musste mich irgendwie überwinden, um diese Frage zu stellen, um nicht um den faden heißen Brei zu reden. „Dieser Ernst und diese andern und die ... die sagen, der Transport am Dienstag wäre ein größerer. Aus der IFA würden nich bloß zwei Leute gehen ..." Willert geriet nicht aus der Ruhe, schon gar nicht aus der Fassung. Er lachte mich aber auch nicht aus. „Ich kenne das Gerücht. Angeblich gehen zwanzig Mann auf Transport. Ein Teil davon sogar direkt nach Westberlin. Das is Quatsch. Erstens weiß ich, dass es nicht stimmt, und zweitens würden sie niemals zwanzig Leute auf einen Schlag aus einer Abteilung abziehen. Das würde die Produktion zu sehr beeinträchtigen." Er rauchte. Seit Tagen sinnierte, wartete er. Aß nicht, schlief nicht. Wirkte müde, überkonzentriert. Nächtelang gelegen und gegrübelt. Geraucht. „Es ist schon viel, wenn aus dem gesamten Zuchthaus zwanzig Leute weg kommen. Ich hab lange genug in Haus eins gelegen. Da konnte man alles besser beobachten. Hier kriegst du erst hinterher mit, was passiert."

War es möglich, dass sich Willert irrte? Ich wünschte es. Ich lag am Abend auf meinem Bett und betete darum. Himmel, hilf mir hier heraus. Übermorgen. Dienstag.

IV. Teil

Der Dienstag wurde ein Reinfall. Für mich, für Bundi, Ernst und all die anderen Phantasten. Es kam, wie es Willert vorausgesagt hatte. Die ganze Kolonne lief ab. Arbeiten, schindern, malochen. Außer ihm. Ich ließ den Kopf hängen, und Kalle tröstete mich: „Der is weg, dein Kumpel. Musst dir eben een neuen unter die Ausweiser suchen." Er meinte Willert, unsere Verbaschiedung in der Zelle. Beinahe herzlich. Warmer Händedruck. Schulter- klopfen. Fast eine Umarmung. „Ich werd dich nicht vergessen." Was immer das hieß. „Nimm dir die Sachen, die du brauchst. Liegt alles in meinem Spindfach. Den Rest verteilst du unter den Knastern." Seine Augen schimmerten ein wenig. „Das ist nicht einfach hier. Halt durch. Ich hab auch durchgehalten." Es rührte mich. Ihn auch. Wiewohl wir uns nicht nahegestanden hatten. Oder doch? Wegen seiner Unnahbarkeit. Oder meiner. Jetzt, als er ging, gab er sich nicht unnahbar. Ich auch nicht. Kalle tröstete weiter. „Bestimmt jehste in drei oder vier Jahre ooch uff Trans- port. Vielleicht kommt ooch 'ne Amme." Ich war froh, weil kei- ner gemerkt hatte, dass ich mich an das *Zwanzig-Mann-Gerücht* geklammert hatte. Und ich schämte mich heimlich. Was war ich für ein Kerl? Kein standhafter. Kein Widerstandskämpfer. Ein Held schon gar nicht. Ein Egoist. Ich dachte nur an ein besseres Leben. Nein, das stimmte nicht. Ich war der Versuchung des Augenblicks erlegen. Ich würde mich jetzt weiter durchbeißen, ohne Gejammer und ohne falsche Hoffnungen. Mit den Sachen, die mir Willert überließ, stand ich gleich besser da. Ich hatte jetzt ein Netz. Ein stabiles Hanfnetz. Da drin steckte meine hal- be Semmel, der Plastikbecher, mein kleines Diarium und ein Schraubglas. Meine Badetreter und ein neues Handtuch, das ich soeben von Willert übernommen hatte. Es hatte zivile Farben, schwarz und dunkelgrün. Ich trug das Netz fest in der Hand, als ich aus der Zelle trat. In den ersten Flur. Ich tauschte einen Blick mit Torsten, der bereits draußen stand. Zunicken. Und ich straffte mich, während wir in den Hauptflur gingen. Die Knaster aus dem anderen Flügel standen bereits in Appellordnung. Die erste Zählung um fünf Uhr. Ich sah gereckte Hälse, suchende Blicke. Und begriff: Die wollten alle wissen, wer fehlte, wer auf Transport war. Zwanzig Mann oder zwei? Keine zwanzig. Von denen, die sich als sichere Kandidaten gewähnt hatten, fehlte keiner. Bundi, Ernst, alle da. Nur Willert nicht.

Nachdem das Kommando zum *Ablaufen* gekommen war, stieß Bundi zu mir. Er sah fahl aus, geknickt. Zugleich unruhig, gehetzt. Eine bläuliche Färbung schimmerte an der Außenseite des rechten Backenknochens. Ich hätte ihn fragen können, ob er wieder in eine Schlägerei geraten war. Aber seit dem Sonntag, seit der Freistundenszene redeten wir nicht miteinander. Er nicht mit mir. Nun brach er das Eis, das Schweigen. Ohne Erklärung, ohne Aussprache: „Es is schon vorgekommen, dass sie welche von der Arbeit weggeholt haben. Die Erzieher hatten vergessen, dass sie auf Transport sollten." Er kürzte seine Schritte. Vielleicht, um bei Wahrwerden seiner Mutmaßung keinen ganz so langen Rückweg zu haben? Doch der Strohhalm, nach dem er verbal griff, blieb aus. Widerwillig trieb er mit all den Knastern in die Werkhalle, fand sich aber auch hier nicht mit der Situation ab. Lief durch die Halle, auf den Hof, spähte in die Öffnung des Verbindungstunnels, und fast schien es, als wolle er den Wachmann absprechen. *Soll ich nicht etwa zurück?* Nein, er sollte nicht. Er sollte, musste bleiben.

Ich redete mit Ernst. Ich suchte nach einem Ausdruck der Enttäuschung in seiner Miene. In seiner Stimme. Hatte er nicht etwas zu erklären? Nein, ich fand, hörte nichts. „Willert und einer aus der C-Schicht sind oben geblieben." Und die anderen Achtzehn? „Will nachher mal horchen, wann der nächste Transport geht. Garantiert wissen einige Leute schon was." Er blickte auf das Netz, das ich in der Hand hielt. „Na bitte, hat sich doch gelohnt für dich. Der Willert hat im Laufe der Zeit allerhand Zeug zusammengetragen." Er trat einen Schritt zurück. „Ich muss erst mal." Verschwand. Baumann kam. „Hast du die Scheißhausparole gehört: Zwanzig Mann sollten auf Transport gehen." Er lachte gehässig. „Einige haben tatsächlich dran geglaubt. Dieser Bundi hat vorgestern noch vor allen damit geprotzt, dass er in zwei Tagen verschwunden ist. Die Kriminellen haben ihm dafür was auf die Fresse gehauen. Hat er sich selbst zuzuschreiben. Man soll besser still sein. Sogar wenn man 's genau weiß, dass man geht, soll man sich nicht aufspielen. Die Kerle, die EllEll haben, drehen durch. Hab ich sogar Verständnis dafür." Ich nickte und ich schämte mich noch mal. Und ich nahm mir vor, nichts mehr auf Gerüchte zu geben. Ob ich 's schaffte, war eine andere Sache.

Der Morgen verging bei der Arbeit. Eine neue Kiste mit angerosteten Metallscheiben war gebracht worden. „Kannst du dich für den Rest der Woche dran festhalten", sagte der Lehrmeister. Aus seinem Tonfall sprach Zufriedenheit. Er brauchte sich nicht um mich zu kümmern. Ich nickte, denn auch ich war zufrieden. Beschäftigung als die sinnvollste Therapie für den Knaster. Arbeit als Brot. Ich lehnte mich an die Drehbank und teilte in Gedanken die Stückzahl pro Tag und pro Stunde ein. Vielleicht das Schwierigste an meinem Auftrag: die Arbeit auf vier Tage zu verteilen. Im normalen Rhythmus wäre ich am Nachmittag dieses Tages fertig gewesen. Egal, ich hatte mein Diarium, meine halbe Semmel. Ich hatte das Schraubglas und die Freundlichkeit des Lehrmeisters. „Unten is 'n Bottich mit Muckefuck. Soll ich dir welchen mitbringen?" Und ich hatte noch ein paar Seiten aus dem Neuen Deutschland vom Vortag.. Allerdings wusste ich: „Hier oben sollste nich lesen. Die Zivilen werden verrückt, wenn sie das sehen." Der Lehrmeister hatte es mir am Vortag gesteckt. Für die Toilette taugte die Zeitung aber alle Mal.

Ich verschwand. Ich hatte Glück und fand die dritte Box unbesetzt. Mein Stammplatz. „Hab ick extra freijehalten für dir", versicherte Plötze. Ich grinste. „Wirklich!", beharrte er. „Ick weeß doch, det du um die Zeit kommst." Ich hockte mich hin und schob mir die Zeitung vor 's Gesicht. Die Montagausgabe mit dem DDR-Sport. Fußball-Oberliga, Leichtathletik. „Hab schon kapiert, det de dir nich unterhalten willst." Plötze trat gleich den Rückzug an. Er nervte, und die Zeitung langweilte. Doch die Zeitung konnte man weglegen. Ihn nicht.

Nebenan und über mich hinweg unterhielten sich die Knaster wieder. „Schon gehört: Heute is 'n Transport gegangen. Ausweiser." – „Ja, der letzte. Wer heute nich mit is, der kommt nich mehr weg." – „Sag bloß?" – „Kam im Radio. Auf Rias. Hängt mit dem Strauß-Besuch zusammen." – „Strauß? Der aus 'm Westen, aus Bayern?" – „Ja. Der hat doch die Milliarde hier angeschleppt. Und dafür hat er gefordert, alle politischen Gefangenen freizulassen, die er für wichtig hält." – „Und?" – „Nix und. Honecker hat die Forderung erfüllt und die Leute freigelassen. Aber jetzt is Schluss. Jetzt zahlt der Westen nich mehr, also kommen auch keine Ausweiser mehr ausm Knast frei." Ich erschrak. Ließ die Zeitung sinken, hob sie wieder vor mein Gesicht. Wollte fragen, widersprechen, brachte aber kein Wort hervor. Das Gerede ging weiter. Und ich zitterte innerlich. „Doch. Aus Cottbus und Bautzen noch welche. Brandenburg aber nich mehr. Das is abgeblasen." – „Da kannste Recht haben. Heute sollten ja von der IFA insgesamt zwanzig Leute weg. Is wohl über Nacht geändert worden. Befehl von ganz oben. Von Berlin." –„Richtig so. Die solln mal alle sitzen wie unsereiner, diese Ausweiser. Ganz gerecht ihre Strafe abbrummen. Ihre Jahre. Uns kauft ja auch keiner frei."

Der Kerl, der das Becken in der Ecke hatte, erhob sich. Stehend wischte er sich den Arsch. Dabei redete er über mich hinweg. Zu dem Knaster, der zu meiner Linken hockte. „Für einige von denen wird das hart. Die sind nich geschaffen fürn Knast. Die gehen hier krachen." – „Oder sie holn sich Nachschlag." Der, der zuletzt gesprochen hatte, begann ebenfalls zu wischen. Im Sitzen. Es dauerte bei beiden einige Zeit, aber es nahm sie irgendwie zu sehr in Anspruch, als dass sie weiter hätten reden, lästern, lügen können. Sie mussten lügen. Es konnte, durfte nicht anders sein. Und ich musste ihr Gespinst ignorieren. Das Gerücht. Ich hatte es mir vorgenommen. Vor ein oder zwei Stunden.

Trotzdem flatterten meine Nerven, als ich nach einigen Minuten das Klo verließ. Mit wem konnte ich reden? Am liebsten mit Bundi. Nicht dass er mehr hätte wissen können. Nein, er besaß die Überzeugungskraft, mich wieder aufzurichten. Er vermochte sich an bösen Gerüchten und Behauptungen zu steigern, sie durch bissige Kommentare zu entkräften. Aber da wir in Feindschaft, im Kalten Krieg lebten, mied ich ihn. Er hatte den Bruch zwischen uns herbeigeführt, also kam es ihm zu, das Eis zwischen uns zu brechen. Nicht mir. Baumann, dachte ich, zu dem hätte ich gehen können. In sein Büro. Doch ich wusste nicht, wo sich das Büro befand, ob er Besuch oder viel Arbeit hatte. Ich beschloss, eine Runde durch die Halle zu laufen. Allein, unbefangen. Vielleicht würde mir Bundi zuwinken, wenn er mich sah. Nein, er winkte nicht. Er war nicht an seinem Platz. Und augenblicklich packte mich eine unglaubliche Ahnung, durchzuckte mich die Frage, ob sich sein kindisch anmutendes Orakel vom Morgen doch erfüllt hatte: Transport, sie hatten ihn gerade geholt, weil er vergessen worden war. Ich stockte kurz, lief dann schnell weiter. Spähte umher. In der Halle. Im Hof.

Im Hof stand er. Mit Ernst und mit Torsten. Erleichterung. Nein, kein Neid. Den verspäteten Transport hätte ich ihm durchaus gegönnt. Er winkte mir zu, und ich näherte mich den dreien. „Hat Willert noch was gesagt?", fragte Bundi, als wären wir nie zerstritten gewesen. Ich hob die Schultern und ließ sie wieder fallen. „Was soll er gesagt haben. ‚Halt durch', hat er gesagt. Und dass ich mir seine Sachen nehmen soll." Bundis Blick forschte mich aus. Ganz sicher lag wieder eine abschätzige Bemerkung auf seiner Zunge. Dass er sie nicht freigab, lag weniger an seinem Erinnerungsvermögen als an den zwei anderen. An Torsten: „Er wird sich nicht im letzten Augenblick durch eine Unbedachtheit alles versauen." Und an Ernst: „Ich muss eben mal auf Toilette." Aber er ging nicht sofort. Und so richtete Bundi seinen Spott auf ihn: „Is dein Pimmel zu kurz, oder weshalb musst du dauernd pissen?" Ernst nahm die Herausforderung nicht an. „Ich wünsch das keinem, diese Blasengeschichte. Das is tierisch. Das hab ich der Stasi zu verdanken. Sie haben mich in der einen Woche jeden Tag drei Stunden im eiskalten Wasser stehen lassen. Bis hierher." Er zog mit der Hand eine unsichtbare Linie von Achselhöhle zu Achselhöhle. Bundi machte große Augen. Ungläubigkeit. „Das is doch nich dein Ernst, dass die das heutzutage noch machen. Damals ja. In den fuffziger und sechziger Jahren. Honecker hat schließlich das Abkommen von Helsinki unterzeichnet. Seitdem rührt die Stasi keinen Häftling mehr an." Er lachte überheblich. „Wenn du's so genau weißt, isses ja gut", entgegnete Ernst. In seiner Stimme klang Bitterkeit, Wut. Eine seiner wenigen Gefühlsregungen. Sie verunsicherte Bundi. Er schien seine Zweifel zu bereuen, seine Frechheit. Stotterte: „Das wäre dann ja Folter, Misshandlung. Und ich hab noch mit keinem politischen Häftling gesprochen, der in den letzten Jahren von der Stasi misshandelt worden is." Er blickte sich um. Torsten, Ernst, ich. „Ich schon", sagte Torsten kühl. „Ich auch", sagte ich. Und sofort versuchte Bundi, seine Blamage zu kaschieren, indem er mich angriff. „Du natürlich. Wenn sich hier niemand wichtig macht, aber du!" Ich hatte vergessen, dass ich eigentlich gekommen war, um Zuspruch zu suchen. Ich wetterte zurück: „Wer sich hier wichtig macht, das bist doch eindeutig du." Ich drehte mich um und ging. „Mein Gott, bist du 'ne Mimose", rief mir Bundi nach. „Wenn du dir wegen jeder kleinen Kritik in den Frack machst, wirst du nich weit kommen. Nich im Knast und nich im Westen. Falls du jemals dahin kommen solltest. - Oder was meint ihr?" Die beiden meinten gar nichts. Aus den Augenwinkeln sah ich, wie sie im selben Moment ebenfalls gingen. Ernst kam mit seinen langen Schritten hinter mir her. Und Torsten steuerte die andere Halle an. „Der Kerl nimmt sich wirklich wichtig wie nur was", hörte ich Ernst sagen. Ich erwiderte nichts. „Wenn der das hinter sich hätte, was ich hinter mir hab, würde der schön die Schnauze halten." Wir liefen einige Meter wortlos. Dann fragte ich: „Und wieso haben sie das mit dir gemacht? Wollten sie dich anwerben?" Er schüttelte den Kopf. „Versteh mich bitte nich falsch, aber das is 'ne Sache, über die kann ich nich sprechen. Nich jetzt. Ich dreh sonst durch."

Ich zweifelte. Nicht mit der Überheblichkeit, der Oberflächlichkeit von Bundi. Auch nicht mit Vorsatz, nicht mit Hintergedanken. Aber auch ich kannte niemanden, der von der Stasi so systematisch körperlich misshandelt worden war. Jeden Tag drei Stunden im kalten Wasser stehen. Ich wusste von Nachtverhören, von ganz gemeinen Erpressungen und irreführenden Desinformationen, von Lügen und Manipulationen, von totaler Isolation und von Erniedrigungen, die bei der einfachsten Art begannen und bis hin zum allerfeinsten Zuschnitt reichten. Ich hatte genug am eigenen Leibe erfahren. Und ich wusste, dass sie einem meiner Zellengefährten ein paar Dinger reingehauen hatten. Rausgeschlossen in eine andere Zelle und am nächsten Tag wieder gebracht. Danach hatte er die Stasi-Schließer nicht mehr beschimpft. Rote Socken, Stasi-Schweine und schlimmere Sachen. Ich hatte gehört, dass es bei Vernehmungen Backpfeifen und Kopfnüsse gesetzt hatte. Und ich selbst meinte eines Tages, jetzt kriege ich gleich ein paar gelangt, weil ich, während ich über den Flur geführt wurde, nicht schnell genug den Befehl „Gesicht zur Wand!" ausgeführt hatte. Eine weibliche Gefangene im blauen Trainingsanzug wurde gerade über den Flur geführt. Schmächtig, verheultes Gesicht, strähnige Haare. Ich hatte sie angestarrt. Nach so vielen Malen, die ich allein durch die Flure gescheucht worden war, begegnete mir eine Person in Anstaltskleidung. Eine Frau, leibhaftig. Faszination und Überraschung. Dieser große Breitschultrige, ein Oberleutnant, der sie eskortierte, teufelte mich erst mit dem zweiten Brüller in die Wirklichkeit der Haft zurück. „Mensch, könn' Sie nich hören?! Gesicht zur Wand. Sonst!" Hob er wirklich den rechten Arm mit der geballten Faust? Ich wusste es nicht mehr. Aber ich gehorchte. Und ich riss für alle Fälle meine Arme hoch, um sie schützend über den Kopf zu legen. Ich rechnete tatsächlich mit einem Hieb. So wie der geguckt und geschrien hatte. Das grub sich ein. Nicht nur für diesen Augenblick. Auch nicht bloß für einen Tag oder eine Woche. Nicht mal nur für die Haftzeit. Das blieb fürs Leben, für immer. Daran änderte die nachfolgende Szene nichts: Er kam zurück, dieser uniformierte Kleiderschrank. Ganz flink, ganz kurz. Er lachte großspurig. „Mein' Sie, ich hab Sie eben dreschen wollen? Mein' Sie, wir haben das hier nötig? Häftlinge zu prügeln? Wir haben ganz andere Methoden und Mittel."

Eben. Einzelhaft war so ein Mittel. Wochenlange Einzelhaft. Oder schlimmer: Unausstehliche Mitgefangene, die in voller Absicht tagelang kein Wort sagten, die so leise pfiffen, dass es die Schließer nicht hörten. Nur der andere in der Zelle. Die sich auf das Klo setzten, wenn das Essen kam. Die da huckten und ihre Scheiße ewig nicht runterspülten. All das für fast ein Jahr und auf nicht mal vier Quadratmetern Zweisamkeit. Das und vieles mehr. Wer wollte schon darüber reden, daran denken?

Wir wurden gestoppt, weil so ein Kerl urplötzlich mit einer Ladung Metallteile hinter einer Maschine hervorschoss. Als sei er auf einen Zusammenstoß aus. Auf Streit. Obwohl wir noch auswichen, geriet er ins Straucheln. „Wohl keene Ooren in Kopp?!" Ich lief schnell weiter, doch Ernst hielt und gab giftig Antwort. „Wenn du zu blöde zum Laufen bist." Es sah aus, als wolle der andere seine Teile weglegen und sich prügeln. Das begriff auch Ernst. Er eilte hinter mir her. „Der Bursche is nur mit Vorsicht zu genießen. Kenn ihn ausm Zugang. Ein EllEller. Aus Merseburg. Hat seiner Frau 'nen Kanister Benzin drübergeschüttet und angezündet, weil sie sich von ihm trennen wollte. Is verbrannt, das Weib, und er hat sich noch lustig drüber gemacht. ‚Warum geht se denn fremd?' Unterste Kiste is das."

„Hast du auch dieses eine Gerücht gehört: Ab jetzt gehen keine Transporte mehr. Jedenfalls nich mehr von Brandenburg." Ich stellte die Frage, als wir nur noch ein paar Schritte von der Toilette entfernt waren. Einfach um mir Luft zu machen. Ernst winkte ab. Er wirkte nervös. Weil er dringend pinkeln musste?

Oder kochten die Erlebnisse in der Stasi-U-Haft in ihm hoch? „Das hörst du hier dauernd. Die einen schwören: Nächste Woche geht ein Transport mit hundert Leuten. Und die anderen hetzen: Ab heute kommt kein Ausweiser mehr vorzeitig raus." Er griff mit einer fahrigen Geste zum Hosenschlitz. „Ich glaub hier nix, das ich nicht selbst miterlebe. Bis später."

Ich versuchte, mich auf die Metallteile zu konzentrieren. Ich plante: Bis zur selbstgenehmigten Frühstückspause drei Scheiben. Langsames Arbeiten – mindestens so eine Quälerei wie Akkord. Mehrmals die Scheiben gewendet, mit der Hand nachpoliert. Und da ich schließlich doch zwei zu viele schliff, legte ich ein paar Teile zurück in die Schrottkiste. Ich würde tun, als wären sie noch nicht bearbeitet.

Meine Gedanken waren ein Wust. Gerüchte, Gespräche, Erinnerungen. Transportsperre, Freikaufsperre, Stasi-Psychose. Ich wühlte und wühlte. In Augenblicken der Besinnung suchte ich nach Schlussstrichen oder nach der großen Planierraupe. Weg den Schrott, den Müll. Innerlich zitternd fädelte ich Verse ein. *Das Haar in der Suppe/ war niemandes Wunsch/ Ach, gräm dich nicht, Puppe/ bring' jetzt lieber den Punsch.* War das gut? Nein, Scheiße war das. Und alt. Drei oder vier Jahre. Ich zitierte immer wieder. Ich klammerte mich an die Wiederholungen. Verknüllte die Zeilen mit meinem Gedankenwust. Ein Durcheinander. Jahre, Jahre, Jahre. Gerichtsverhandlung, Vernehmungen, Verhaftung. Unendlichkeit in der engen Zelle. Fürchterliche Visagen, ekelhafte Mitgefangene. Dabei war ich doch im Knast. Wieso tyrannisierte mich dann das Nachbeben der Untersuchungshaft?

Frühstückspause, bleib ganz ruhig. Ich notierte den Vers in mein Diarium. Und ich wollte mit Gewalt einen Tunnel durch das Gedankenknäuel stoßen, indem ich nach Erinnerungen forschte, die mit dem Vers zusammengingen. Nichts. Ich kaute die Semmel. Sie schmeckte trocken, denn die Butter, die ich morgens drauf getan hatte, war eingezogen. Muckefuck aus dem Schraubglas. Kaltes Gesöff, aber besser als Leitungswasser.

Bundi tauchte auf. Endlich, der Bruch in meinen wüsten Gedanken. Ich sah das Gewitter der Erinnerungen am Horizont verschwinden. Doch dann das Missverständnis. Bundis Blick fixierte das Diarium. „Schreibste Meldungen?" Wozu sagte er diesen Mist? „Den ganzen Tag schreib ich Meldungen. Alle über dich." Ich atmete schwer, böse. Ein neues Gewitter, das in meinem Kopf aufzuziehen drohte. Und ich fragte ärgerlich: „Trauste mir das zu? Dass ich Meldungen schreib?" Er schwieg. Starrte auf das Buch. „Sieht man ja wohl, dass das keine Meldungen sind", knurrte ich. „Sondern?" Seine Frage wehte mir aus einer lauernden Miene eisig entgegen. „Sondern Verse." Auch ich war eisig. Ich war aufgebracht. Ich klappte das Buch zu. Dabei hatte ich eben noch vorgehabt, ihm was vorzulesen. Jetzt nicht mehr.

„Irgendwie bist du mir suspekt."

Sollte ich ihn bewundern, weil er das Wort suspekt kannte? „Und wieso kommst du dann hierher?"

Seine Unterlippe zitterte, und jetzt erst merkte ich, wie aufgeregt er war. Aufgewühlt auch. Nicht wegen mir, wegen meiner Schreiberei. „Weißte, was ich eben gehört hab?"

Ich wusste es nicht, aber ich ahnte es: „Es gehen keine Transporte mehr."

Er schüttelte fassungslos den Kopf: „Du weißt das längst und sagst mir nichts?"

Sollte ich ihm jetzt erklären, was ich vor zwei Stunden durchlitten hatte? Dass ich mich hatte aussprechen wollen und wegen ihm nicht zu Wort gekommen war? Dass ich bis vor einer halben Minute nicht minder durchgedreht war als er? Ich hatte keine Lust, das zu erklären. Ich sagte lax: „Das sind Scheißhausparolen, da darf man nix drauf geben." Er schüttelte abermals den Kopf. „Dein Gemüt möchte' ich haben. Dass einem das alles so gleichgültig am Arsch vorbeigehen kann." Er wirkte nicht mehr aggressiv, nur noch verbittert, geknickt. Er drehte sich um. „Warte", sagte ich schnell und steckte das Diarium in die Seitentasche. „Lass uns runtergehen und laufen. Is sowieso gleich Zählung."

Ich war froh. Wir redeten wieder. Wir tauschten uns aus. Wir standen in diesem Nervenkrieg nicht mehr gegeneinander. Runde um Runde absolvierten wir, bis der letzte Ruf zum Antreten kam. Nach dem Appell redeten wir mit Ernst und Baumann. Das Gerücht hatte auch sie erreicht. Es forderte sie heraus. Es erschütterte Ernst in seiner üblichen Gleichmäßigkeit. Nun doch. Und Baumann wetterte gegen die miserablen Aussichten. Das Gerücht hatte sich zudem erweitert. Es hatte aufgespeckt Wie eine Lawine, die den Berg hinunterrollt, war es fetter, Gefahr verheißender geworden. Fatale Züge hatte es angenommen: Alle politischen Gefangenen sollten fortan in Lagern zusammengefasst werden. Konzentrationslager, KZ, die sich unter der Erde befänden. In stillgelegten Salzbergwerken. In Schwerstarbeit und unter absolute Isolation von der Außenwelt müssten sie dort Munition herstellen. Und das: Der letzte Transport sei schon gar nicht mehr nach Karl-Marx-Stadt gegangen. Gar nicht in die dortige U-Haft, die für gewöhnlich Zwischenstation auf dem Weg in das westliche Gießen war. Morgen früh schon würde Axel Willert an einem der Untertage-Arbeitsplätze hocken und rackern.

Wir stellten auf einmal nicht mehr die Frage, woher ein solches Gerücht, das sich als regelrechte Gewissheit aufspielte, kommen könne. Wir diskutierten über unsere Aussichten. Wir prognostizierten, binnen welch kurzer Frist wir vor die Hunde gehen würden. An Augenleiden, Tuberkulose, Unterernährung und vor allem an Depressionen. Und Ernst mit seiner Pinkelei und Baumann mit seinen Kriegsverwundungen und ich mit meinem elend verschwarteten Rippenfell, wir sahen uns schon als sichere Todeskandidaten. Und wir einigten uns: Lieber vorher krepieren als die restlichen Jahre wie blinde Würmer halb tot unter der Erde zu stecken, um schließlich ganz zertreten zu werden. Denn was hieß: restliche Jahre? Das Gerücht kannte ja keine Gnade. Es sagte weiterhin: Die Gefangenen sind nicht mehr für die Entlassung vorgesehen. Wer unter der Erde tatsächlich bis zum Strafende durchhält, brummt weiter. Bis er hin ist. Im Knasterjargon: bis er krachen geht.

Wir mussten auseinandergehen. Der Hauptbrigadier persönlich jagte uns. Er sah böse aus, ärgerlich. „Der muss heute selbst was auf 'n Deckel gekriegt haben", flüsterte Baumann noch eben. Aber Bundi vermutete etwas anderes: „Für den is das Gewissheit, worüber wir noch spekulieren. Der weiß, dass er uns gegenüber nun überhaupt keine Hemmungen mehr haben muss. Und die andern Kriminellen auch nich. Wird nich mehr lange dauern und wir kriegen auch regelmäßig was auf die Schnauze. Für die sind wir jetzt Freiwild." Wir gingen gemeinsam bis zur Treppe. Bundi hielt mich am Arm fest. „Lass uns jetzt besser zusammenhalten. Solidarität is wichtig. Einigkeit. Wie die das früher in den KZs gemacht haben. In der Nazi-Zeit. Vielleicht müssen wir sogar verdeckten Widerstand organisieren." Er drückte meine Hand mit der seinen. Sie war heiß und hart. „Ich werd auch mit den anderen reden", sagte er noch und verschwand zu seinem Arbeitsplatz.

Ich hatte keine Zeit, über die Worte nachzudenken. In der Lehrwerkstatt lümmelte der Bucklige. Er grinste, und es sah aus, als habe er auf mich gelauert. „Na, wie fühlst du dich?" Ich antwortete mit einem Achselzucken und einem gleichgültigen Gesichtsausdruck. Freiwild, dachte ich und versuchte, ihn nicht zu beachten. Ich ging zur Maschine und stellte sie an. Der Lärm des Motors tilgte das Gerede des anderen. Seine Gegenwart. Allerdings nur für kurze Zeit, denn schon war die Stimme dicht an meinem Ohr. „He, wenn ich mit dir rede, kannste gefälligst zuhörn!" Er packte meine Schulter und riss mich herum. Ich stolperte und fiel rücklings auf die Kiste mit den Metallteilen. Wollte mich hochdrücken. Aber er stieß mich zurück. „Was war das am Freitag, he? Haste schon vergessen, dass du mir die Klamotte an' Kopp geschmissen hast?"

Hatte es einen Sinn, ihn daran zu erinnern, wie es in Wirklichkeit abgelaufen war? Fritzchens Geschoss. Es hatte keinen. Der Kerl fühlte sich zu sicher. Er hatte das Gerücht getankt. Es machte klatsch, und mein rechte Gesichtshälfte brannte wie Feuer. Konnte ich mich nicht hocharbeiten? Mann gegen Mann mit ihm kämpfen. Einigermaßen fair. Ein Stoß gegen die Brust. Ich sank weiter zurück, prallte mit dem Rücken gegen die Metallscheiben. Schmerzen. Noch ein Schlag ins Gesicht. Einer in den Magen. Ich stöhnte, schrie. Dann kriegte ich sein Hemd zu fassen. Ich riss es nach unten, den Körper, den Kerl. Bog mich zugleich zur Seite weg. Der Bucklige versuchte sich mit der Hand abzustützen. Es misslang. Er prallte mit der rechten Gesichtshälfte und auf die Teile. Trotz des Maschinenlärms nahm ich den Aufprall wahr. Erschrak. Schaute zur Seite. Fuhr hoch. Der rührte sich nicht. Lag wie tot. Hatte ich ihn -? Ich begann zu zittern. Das Brennen im Gesicht drang bis in mein Hirn, die Schmerzen in der Brust zogen sich zu den Zehenspitzen hinunter. Steh auf, wollte ich schreien. Wollte nach ihm fassen. Aber ich war zu starr. Ein Stoßgebet. Herr im Himmel, lass diese Ratte nicht -. Endlich bewegte er die Hand. Den Kopf, den Körper, die Beine. Ich atmete ganz tief durch. Starrte ihm, als er wieder stand, ins Gesicht. Kreidebleich sah er aus, die Lippen bebten. Er hatte nicht mal eine Schramme abbekommen, keinen blauen Fleck. Mit einer fahrigen Bewegung tastete er über die Brille. Nichts kaputt. Tastete über den Kopf. Keine Wunde, kein Blut. Erleichterung in seiner Miene. Er straffte sich, und es schien, als nähme er eine neuerliche Kampfstellung ein. Ich bekam Angst. Nein, nicht vor ihm. Angst vor einem Unfall. Was denn, wenn ich mich abermals verteidigte und er tatsächlich draufging? Wenn ich zum Mörder wurde? Es kam nicht so weit. Freddi stand am Eingang der Werkstatt. Nein, stand nicht, sondern kam. Er erkannte die Situation. Ein Angeschlagener, dem er mit Leichtigkeit eine Gemeinheit heimzahlen konnte. „Pucklige Ratte", giftete er. Und in dem Moment, da sich der andere umdrehte, rammte er ihm die Faust in den Magen. „Hast wohl vergessen, dass wir auch noch 'ne Rechnung offen haben!" Der Bucklige krümmte sich leicht ein, und Freddi schlug abermals zu. Diesmal traf er die Schulter. Harter, buckliger Knochen. „Scheiße." Er rieb sich die Hand, spuckte, pustete drauf. „Mistkerl, Rochen! Verpiss dich!" Der Bucklige wehrte sich nicht. Er verschwand mit Racheschwüren. Sie waren an mich gerichtet. Egal. Ich nahm sie nicht wahr. Ich setzte mich. Goss kalten Muckefuck in meinen Becher. Trank vorsichtig. Ich hatte irgendwie einen Schock, und ich fürchtete, dieses Schütteln, das meinen Körper warf, nur mit Mühe vor Freddi verbergen zu können. Doch Freddi war selbst aufgebracht, aufgeregt. So wie zuvor Bundi, wie ich. „Hast du das gehört, was sie in der ganzen IFA erzählen?" Ich schüttelte den Kopf und nickte zugleich. „Bist du krank?", fragte er oberflächlich, kehrte aber sogleich zur Hauptfrage zurück. „Da kommt immerzu was Neues." Seine Feststellung lenkte mich ab. Sie lenkte mich auf das Gerücht. Was denn?

„Es heißt, sie haben das Fallbeil wieder in Betrieb genommen. Weißt doch, in dem Raum, der sich im Eingangsbereich vom Zuchthaus befindet. Wo die Gedenkstätte is, die Honecker für sich persönlich einrichten lassen hat. Heute Morgen sollen sie die geköpft haben, die angeblich auf Transport gegangen sind." Ich staunte. Ich war sprachlos. Konnte sich ein Mensch dieses Gerücht ausdenken? Musste da nicht ein großer Haufen Wahrheit im Spiel sein. „Einer vom Außenkommando hat was mitbekommen, als sie die Leichen abtransportiert haben. Ein Kopf is aus einem Plastiksack gefallen und über die Ladestraße gerollte. Der Beschreibung nach könnte das dieser Willert gewesen sein. Weißt schon, der heute weg is." Seine Pupillen hatten sich geweitet. Angst, Entsetzen. Er war verwirrt, aufgeregt. „Was meinst 'n, ob die mich hier auch als Ausweiser führen? Ich hab zwar noch keinen Antrag gestellt, aber gesagt hab ich's oft genug, dass ich nach drüben will." Er seufzte. Und ich konnte nicht antworten. „Ich meine", jammerte er und wollte sich doch durch ein Lächeln stark machen, „ich wäre womöglich auch dran ..."

Bis zum Mittag hatte ich meine Ruhe. Äußere Ruhe. Innere Ruhe gab es nicht. In mir wühlte es wieder heftig. Das Gerücht von der Guillotine rumorte in meinen Gedanken. Die Schlägerei, die anderen Gerüchte. Willerts Kopf auf dem Pflaster der Lagerstraße. Im Hintergrund der Lärm der Drehmaschine. Oder im Vordergrund? Ich griff mechanisch die Metallscheiben, spannte sie ein und aus und schliff, ohne darauf zu achten, was ich tat. Ich merkte nicht, dass ich viel zu schnell arbeitete und innerhalb weniger Stunden die Hälfte des vorgegebenen Kontingents abräumte. Auch der Lehrmeister merkte es nicht. Oder bemerkte er es doch und schwieg? Zweimal lief er an mir vorbei und beäugte mich mit verstohlenen Blicken. Seltsame, lauernde Blicke. War er am Ende sogar froh, wenn ich den Job ganz schnell erledigte? Rechnete er damit, dass ich kurzfristig aus dem Verkehr gezogen wurde? Guillotine.

Bundi kam. Er schoss Blicke wie ein gejagtes Wild. „Dass du noch arbeiten kannst. Oder kriegst du hier oben nix mit?" Ich schaltete den Motor der Maschine aus, und für Augenblicke entstand um mich herum eine seltsame, eine dumpfe Stille. Fast unerträglich. „Doch", sagte ich. „Oder um was geht's?" Er hob fahrig die Hände. „Haste das nich gehört? Das mit Willert. Mit seinem Kopf." Obwohl ich das Gerücht kannte, setzte es bei mir Schauer. Es würgte mich. Ich schloss die Augen und sah Willerts Kopf über die Straße rollen. Die Wimpern gingen noch, und der Mund öffnete sich kraftlos. Wie in einem Horrorfilm, wie in einem Albtraum. Es hieß, bei den Hinrichtungen während der französischen Revolution hätten sich am Fuß der Guillotine an den abgeschlagenen Köpfen die Münder noch eine Weile bewegt. Ich musste mich gegen die Drehmaschine lehnen, um nicht einzuknicken. Ich hatte das Guillotinieren schon immer als eine grausame Form des Hinrichtens empfunden. Ebenso das Erhängen. Dann schon lieber erschießen. Oder Gift. Gift wirkte schnell und sanft. Bundi mochte meine Gedanken lesen: „Das sieht diesen Schweinen ähnlich. Nich mal sterben lassen sie ihre Gegner auf 'ne humane Weise." Warum sagte er human?

Aus der gegenüber befindlichen Tür des Werkzeugbaus kam Harri. „Essen!" Er lachte dreistfreundlich. Als wären wir wieder Freunde. Und nachdem er ein Stück weiter war: „Die Henkersmahlzeit." Bundi fuhr zusammen. „Dieser Wichser." Er wollte loslaufen. „Den misch ich auf. Da kommt's mir nich mehr drauf an, wenn der krachen geht." Ich fasste ihn am Arm, und er ließ freiwillig von seinem Vorhaben ab. „Diese Kriminellen sind wie die Hyänen, seit das raus is." Seine Feststellung gab mir etwas Ruhe. Die Gedanken hörten auf zu kreisen. Das Bild von Willerts rollendem Kopf verlor sich. „Du sagst das, als wär das offiziell bekannt gegeben worden. Erst das mit den Lagern und den Transporten, die nich mehr stattfinden. Und danach die Geschichte mit den Hinrichtungen. Als wäre das eine amtliche Meldung, dass Willert der Kopf abgeschlagen wurde." Er starrte mich an. So vorlaut und besserwisserisch er oft genug gewesen war, er sah jetzt hilflos und kleinlaut aus. Verzweifelt. „Aber sie glauben alle irgendwie dran. Sogar Baumann. Und Torsten zieht auch 'ne Flappe. Und es muss ja auch von wo kommen. Verstehst du? Vielleicht hat es einer aus 'm Radio, vielleicht hat einer von den Knastoffizieren was damit zu tun und hat's ausgeplappert. So was erfindet man doch nicht aus dem Nichts!" Wir gingen noch zwei Runden in der Werkhalle und traten zum Zählappell an. Ich spähte die Reihen entlang. Wo war Baumann? Wo Torsten? Wo Ernst? Ich sah sie nicht und erschrak. Bundi sprach aus, was mir durch den Kopf schoss: „Wenn die mal nich abgeholt worden sind." Da, im letzten Moment kamen sie gehastet. Wir atmeten auf.

Zählen, ablaufen. Essen. Spaghetti. Ich bekam nicht viel ab, weil die Kerle an der Stirnseite des Tisches sich das meiste Zeug in die Plastiktüten schaufelten. Wolfi, Otto und der Stotterer. Später würden sie es in einer Pfanne aufbraten. Vielleicht mit Speck. Ich hatte keinen Hunger. Schon wieder und immer noch nicht. Nicht mal die Vorstellung einer Pfanne voller knusprig gebratener Speckstücken vermochte meinen Appetit zu reizen. Franko und Kalle dagegen hatten welchen. Appetit, Hunger, Kohldampf. Sie wüteten, weil sie nicht genug abbekamen. Wo es endlich mal was Brauchbares gab. Doch die Diebe gaben nichts heraus. Sie wurden patzig, höhnten. Der Streit ging nur haarscharf an einer Schlägerei vorbei. Zuchthausatmosphäre, Knastrologie. Leben primitiv. Und da sorgte man sich wegen der Guillotine. Ich verschwand. Fritzchen rief mir hinterher: „Hast du schon gehört, was sie über Willert erzählen?" Er lachte. Feixte er auch? Es konnte nicht anders sein, wiewohl ich keinen Spott und keine Häme in seiner Stimme vernahm. „Fang du nich ooch noch an, Fritze", maulte Kalle müde. Ich legte an Tempo zu. Ich ließ sie hinter mir. Die Gerüchteküche nicht. Ich wollte Baumann noch erwischen. Oder Ernst. Bundi sowieso. Und Torsten? Nein, den nicht.

„Torsten hängt oben am Piepser. Sobald er was hört, gibt er Bescheid." Bundi kam mir ruhiger vor. „Wir haben eben noch kurz gesprochen. Baumann will auch sein Radio anmachen. Obwohl 's bei ihm in der Bude gefährlicher is. Er kann nich abriegeln. Wenn da ein Schließer reinplatzt, isser dran. Dann is der Transi weg." Wir warteten einige Zeit, aber keiner von beiden kam. Schließlich tauchte der Schichtleiter auf. „Habt ihr nix zu tun?", schnauzte er. Wir verschlichen. Gingen gemeinsam durch die Halle. An der Treppe, wurde Bundi wieder theatralisch. „In drei Stunden kann alles ganz anders sein." Er drückte auch jetzt meine Hand. Wie bei einem Abschied für immer. Übertreibung? „Mach's gut", antwortete ich und fühlte plötzlich einen furchtbaren Hunger. Nun doch. Ich dachte: Wenn sie wirklich die Leute enthaupten, wird's zuvor wenigstens eine angemessene Henkersmahlzeit geben. Wunschmenü? Was würde ich nehmen? Geflügel, Fisch, Steak. Auf jeden Fall ein paar Gläser Bier.

Wie konnte ich das denken? In dieser Situation. Hatte ich noch alle beisammen? Ich erreichte die Lehrwerkstatt, und ich musste auf einmal lachen. Knastmacke oder Durchtrennung des Gordischen Knotens? Ja, ich hatte den Knoten durchgehauen. Ein dämlicher Witz als geistiges Schwert. Scheiß doch drauf. Und ich nahm mir vor, an diesem Nachmittag weiter zu werkeln. An meiner Yesterday-Version. Und wenn sie mich dann holen würden, morgen früh oder gleich nachdem die nächsten Zeilen fertig waren, so war es gut. Oder eben nicht. Ich konnte nichts ändern. Schon lange nicht mehr.

Wir diskutierten und kamen doch nicht weiter. Bundi, Ernst, Baumann, Torsten, ich und noch ein paar andere. Bis zum Ende der Freistunde hingen wir zusammen. Einige standen und redeten. Einige liefen. Bundi und ich. Wie ein Paar. Wie Freunde. Und es tat gut, einen Freund zu haben. Egal, dass diese Freundschaft aus der Not geboren worden war. Eine Wiedergeburt.

Als das Kommando zum Einlaufen kam, stöhnte Bundi: „Lieber würd ich über Nacht in so ein Salzbergwerk gehen und Blitzknaller basteln als zu den Idioten auf die Zelle." Er spielte die Angst vor der Erfüllung der Gerüchte zur Parodie herunter. Auch er. Man konnte den Glauben an ein Gerücht, ein solch haarsträubendes, an mehrere Gerüchte, einfach nicht so lange ernst nehmen. Die Gefahren, die die Gerüchte verhießen, waren zu Phantomen degeneriert. Bei mir schon nach der Mittagspause. Bei Bundi angesichts der nahenden, der bereits erlebten Gefahr, die sich mit dem Zelleneinschluss verband. Keine Frage: Die nächsten Sorgen sind immer die schlimmsten, die nächste Gefahr ist die größte. Wir stiegen nebeneinander die Treppen hinauf. Am ersten Gitter löste ich mich schnell von Bundis Seite, um einer neuerlichen Abschiedsinszenierung zu entgehen. Wegen der Peinlichkeit. Willert, dachte ich. Mehrmals war ich nach der Freistunde gemeinsam mit ihm in die Zelle gekommen. Und nun? Ein komisches Gefühl. Er war nicht mehr da. Oder doch? Der Blick in die Zelle. Nein. Dabei sah ich es in den Mienen der anderen genau: die unbewusste Erwartung, er würde mit mir eintreten. Kalle brachte es in seiner schlichten Denkweise auf den Punkt: „Komisch, wenn eener, der immer hier war, plötzlich weg is." Eine Weile hingen aller Gedanken seiner Erkenntnis nach. Dann Franko: „Verkehrt war er nich, dieser Willert. Bisschen sehr hochnäsig. Is aber keinem auf'n Keks gegangen." Wieder war Stille. Als hätte Franko soeben einen Nachruf gesprochen. „Du redest wie 'n Pastor", sagte Fritzchen frech. „Wie auf 'ner Beerdigung."

Beerdigung Ich spitzte die Ohren. Franko lachte dünn. „Meinste, einer, der enthauptet is, brauch nich mehr beerdigt werden?" Kalle lachte ebenfalls. „Wat die sich wieder für Schauerjeschichten ausjedacht ham. Da rolln sich eim die Fußnäjel uff. Guillotine und Rüber runter. Wer sowat in die Welt setzt, den müssten se wirklich 'n Hörspielpreis verleihn."

„Ihr glaubt also auch, dass das nich stimmt", platzte es aus mir heraus. Die anderen starrten mich entgeistert an. Als wäre ich auch schon geköpft. Ich erschrak, bereute meine Unbeherrschtheit. Endlich sagte Kalle: „Wat heeßt, wir glooben det? So lange wie wir alle schon hier sind, wat meinste, wat wir hier schon für Jerüchte gehört haben. Scheißhausparolen, Drehbücher, uff die bei de Defa und bei's Fernsehn keener kommt." Sein Blick wurde starr, er richtete sich in die Zeiten, da für mich das Wort Zuchthaus keine greifbare Bedeutung hatte, da aber etliche dieser Mitinsassen schon ihr Quartier in Brandenburg bezogen hatten. „Ja", sagte Franko, „in meiner Zeit haben sie hier zweimal behauptet, vor dem Eingang des Zuchthauses stehen amerikanische Panzer. Die würden alles zusammenschießen, wenn Ackermann nicht das Tor aufmachen will. Einmal war's 61, als die Mauer gebaut worden war, und dann in 1970, als Willy Brandt sich mit Stoph getroffen hat." Er hing der Erinnerung an jene Zeit einige Sekunden entlang nach. „Damals war's auch so, dass dich manche Leute am liebsten totgeschlagen hätten, wenn du ihnen 'nen Vogel gezeigt und gesagt hättest: ‚Scheiße'. Nicht nur damals. Einmal hieß es, das Westfernsehen kommt. Die wollen im Zuchthaus Brandenburg filmen. Vorher gibt's 'ne fette Amme. Alle, bis auf ein paar Allgemeingefährliche werden entlassen. Oder das Gegenteil: Die Knäster werden aufgelöst. Alle Strafgefangenen kommen zu den Russen rüber. Tiefstes Sibirien. Eis picken in den Frachthäfen oder Erz abbauen in tausend Meter tiefen Stollen. Immer solche Schoten. Und wie viele Leute sind angeblich erschossen worden. So oft, wenn einer entlassen wurde, haben irgendwelche Hirnis behauptet, man hat sie hingerichtet. Im Leipziger Stasi-Keller. Erschossen oder Rübe ab. Und was war wirklich: Entweder sie sind nach kurzer Zeit wieder eingefahren, oder jemand hat sie irgendwo auf der Straße gesehen. Und die Ausweiser, dass die nich mehr wegkommen von hier, dass keine Transporte mehr gehen, solche Gerüchte gehen mindestens jeden Monat rum. Wenn nicht jede Woche. Schon immer. Und trotzdem hat's nie gestimmt. In den letzten zehn Jahren is kein Monat vergangen, in dem nich Leute abgeschoben worden sind. In echt." Franko hatte sehr nachdrücklich geredet. Trotzdem brauchte er Kalles Zuspruch: „Is doch so, oder?" Kalle nickte. „Haste wirklich jegloobt, det se die Ausweise neuerdings alle hier -?" Er hob die rechte Hand und zog mit dem abgespreizten Daumen eine unsichtbare Linie in Höhe seines Halses. Er grinste dabei. Ich wurde verlegen, schwieg. „Hättste dir man gleich an mir oder Franken jewendet. Oder haste jedacht, wir wer'n dir verarschen?" Er bedachte mich mit einem Hundeblick. „Du hast schließlich dein Kaffee mit uns jeteilt. Ick wüsste keen, der det jemacht hätte." Ein Kompliment, ein Lob. Auch eine Sympathieerklärung. Allerdings aus dem Hintergrund sofort wieder der Ruf der Realität. Franko: „Haste eigentlich noch welchen?"

Kaffee. Ich hatte noch welchen. „Mach die Pötte voll, dann isser weg." Ich dachte an die Marx'sche Theorie vom doppeltfreien Lohnarbeiter. Frei von Besitz und frei von Leibeigenschaft. Wenn ich den Kaffee los war und weder in ein Bergwerk-KZ noch auf die Guillotine musste, so war auch ich doppelt frei.

Es ging bis zum nächsten Tag gut. Der Knastalltag hatte mich und die anderen wieder. Bundi, Ernst, Baumann, den Rest. Das Gerücht vom Vortag hatte keine neue Nahrung erfahren. Die kriminellen Vögel stänkerten und stichelten nur noch vereinzelt. Selbst der Bucklige hatte die Krallen eingefahren. Er machte einen Bogen um mich. Ich herrschte wieder allein in der Lehrwerkstatt. Mein Lehrmeister saß eine halbe Stunde in seinem Verschlag, danach verschlich er. Verpissen nannte man das. Ich bemühte mich, langsamer als am Vortag zu arbeiten. Wir hatten Mittwoch, und bis Freitag sollte ich mich an den Metallscheiben festhalten.

Doch es geschah etwas, das mein Blut fast zum Gefrieren brachte. Der Schichtleiter kreuzte auf. „Feder! Lass alles stehn und liegen und komm mit!" Wohin? Der Kerl wusste es nicht. Oder er gab vor, es nicht zu wissen. Sofort dachte ich an gestern. Willerts Kopf war über die Lagerstraße gerollt. Und heute? Meiner? Über mehrere Sekunden war ich nicht fähig, mich zu bewegen. „Los!", schimpfte der Schichtleiter. „Sonst kriegen wir beide einen Anschiss." Er fasste nach meinem Arm. Die Berührung löste meine Starre. Sie schreckte mich auf. „Was hast 'n?" Was hatte ich wohl? Angst hatte ich. Jedes Lebewesen hatte Angst, wenn es ihm an den Kragen gehen sollte. Es versuchte, sich zu wehren, zu flüchten. Sollte ich flüchten? Zum Gitter? Selbst wenn ich es würde überwinden können, was hätte das gebracht? Auf der Lagerstraße hätten sie mich geschnappt. Oder erschossen. Erschießen war vielleicht nicht so schmerzhaft wie geköpft zu werden. Nun gut, ich floh nicht. Ich glaubte nicht an eine Hinrichtung. Was hatte Bundi gestern gesagt? Manchmal vergaßen die Erzieher Leute, die auf der Transportliste standen. Also warum nicht, warum sollten sie mich nicht vergessen haben? Gestern. Vielleicht hatte mein Name auf der Transportliste gestanden, und er war übersehen worden. Ich setzte feste Schritte. Aber kaum betrat ich den Flur, da blickten mir diverse Augenpaare entgegen. Frech und hämisch oder mitleidig glotzend. Ich konnte nicht darauf achten. Der Schichtleiter trieb mich, und am Eingang des Tunnels wartete ein Schließer. Babybacke nannten sie ihn. Wegen seines Kindergesichts. Es hieß, er schlüge manchmal unerwartet und grundlos zu, um sich Respekt zu verschaffen. Ein kleiner Kerl mit einem Stern auf den Gurkenschalen. Hauptwachtmeister. „Los!", befahl auch er. Doch ich lief schon ohne seine Aufforderung. Ich wollte wissen, um was es ging. Um den Tod oder um die Freiheit. „Nu mal nich janz so schnell!", korrigierte sich das Bürschchen alsbald. Er redete mit milder, fast tröstender Stimme. Tröstend? Ich schluckte, wurde dann ins Erdgeschoss geführt. Stand zwischen mehreren Trenngittern. Vor mir die Tür zum Büro des Kommandoleiters. Hauptmann Stich. Ich kannte nur seinen Namen. Babybacke klopfte. Tür auf. „Der Feder is hier." Durch den offenen Türspalt sah ich ein Stück Uniform. „Rain." Der Schließer übermittelte das Kommando an mich mit einer Kopfbewegung. Ich gehorchte. Trat ein und wollte eine Art Meldung machen. „Ich waiß, wer Se sind", sagte der Kommandoleiter. Er stand drei Schritte von mir entfernt. „Ich bestell mir kainen her, den ich nich kenne." Er musterte mich unverhohlen. Ich ihn auch, obzwar unauffällig. Er trug hohe Lederschäfter und Stiefelhosen. Mitten im Sommer. Wie ein Militär. Klein war er, und dünne. Nein, nicht dünne, eher drahtig. Ende vierzig. Ein Ostpreuße. Schließlich ging er um den Schreibtisch herum. Er wandte mir dabei den Rücken zu. Tat er das auch, wenn er es mit Mördern und Räubern zu tun hatte? Er setzte sich und blickstreifte über den vor ihm liegenden Hefter. „Ich will mit Ihnen reden." Er musterte mich wieder schweigend. Ich wusste mit seiner Ankündigung nichts anzufangen. Sollte ich mich bedanken, nach den Gründen des Gesprächs fragen oder schnöde entgegnen: ich aber nicht mit Ihnen!? „Setzen Se sich." Ich fasste nach einem der Dünnpolsterstühle, die sich an dem kleinen Konferenztisch, dessen schmale Seite an den Schreibtisch stieß, befanden. Falsch. „Da!" Neben der Tür stand noch ein Stuhl. Ungepolstert und mit mehr Abstand zum Schreibtisch, zum Kommandoleiter. Dort gehörte ich hin. Ein Zuchthausoffizier durfte nicht mit einem Zuchthausinsassen an einem Tisch sitzen. Umgekehrt: der andere nicht mit dem einen. Dienstvorschrift? Oder Angst? Ich hätte unter dem Tisch einen selbst gefertigten Dolch aus dem Hosenbein ziehen und mich auf ihn stürzen können. „Feder, ich will mit Ihnen ainen Burchfrieden schließen." Da ich saß, befanden sich unsere Augenpaare in gleicher Höhe. Wiederum sah ich keinen Anlass, zu antworten, zu fragen oder zu kommentieren. Aber ich dachte: Man schließt keinen Burgfrieden mit einem, der hingerichtet oder auf Transport geschickt werden soll. „Ich habe Ihre Akte jelesen. Waiß ich also, warum Se hier sind." Was hatte das mit einem Burgfrieden zu tun? Das: „Ich will Se warnen. Fangen Se hier nich an, staatsfaindliche Tätigkeiten zu inszenieren oder Leute aufzuwiegeln. Das jibt Ärger. Andrerseits, wann Se sich vernünftig führen, will ich Se danach einsetzen, was Se jelernt und studiert haben. Im Lohnbüro." Er musterte mich wieder, wieder lange, und ich fühlte mich genötigt, diesmal etwas zu sagen. „Ich hab nich die Absicht, hier jemanden aufzuwiegeln. Meine sechs Jahre reichen mir. Die zieh ich durch, und danach geh ich in 'nen Westen." Er schüttelte unwillig den Kopf. „Was Se später machen, will ich nich wissen. Mir jeht's darum, dass Se hier Ruhe halten. Klar? Se ham es mit der IFA nich schlecht erwischt. Hier kennen Se laufen von ainer Halle in die andere. So viel Platz hat mancher Zivilist in sainem Betrieb nich." So lange war ich schon hier, dass ich das selbst wusste. „Also märken Se sich's." Er stand auf und ging zur Tür. Mit einem Blick und einer Geste holte er den Schließer herbei. „Wieder rüber."

Wir trabten los. Fühlte ich mich erleichtert? Oder enttäuscht? Die Knaster begafften mich mit großen Augen. „Was war los?" Nichts. Ich verkroch mich in die Lehrwerkstatt. Schliff die rotierenden Metallscheiben. Immerzu. Meine Gedanken rotierten mit. Kein Transport, keine Hinrichtung, ins Lohnbüro. Aber auch: Dieser ganze Rummel, es war alles umsonst gewesen. Gerüchte, Geschwätz, Gehetze. Eine undefinierbare Quelle hatte wie das Schwarze Loch im All einen Haufen Sterne geboren.

Falsche, erlogene Sterne. „Is doch ganz gut, dass die Teile schneller fertig machst", sagte der Lehrmeister im Vorbeigehen. „Es heißt, du wirst in den nächsten Tagen schon verlegt." Verlegt, bedeutete das, ich würde die Zelle wechseln? Wo ich mich inzwischen an die Knaster gewöhnt hatte, sie an mich. Lohnbüro gehörte zur Normalschicht. Das hatte ich in Erfahrung gebracht. Zelle 51 war Normalschicht. Andererseits: Stellte die Arbeit im Lohnbüro nicht eine Vergünstigung dar? Ich hatte bereits durch die Fensterscheibe geguckt. Zwei kleine Räume mit jeweils drei Schreibtischen und Stühlen, die mit Gummi überzogen waren. Zeitungsbilder an den Wänden, sogar Grünpflanzen. Hatte ich das nicht ursprünglich abgelehnt, weil ich das nicht glaubwürdig fand?

Am Ende der Mittagspause fragte ich Baumann. Er schüttelte den Kopf. „Nimm das an, wenn sie dich dorthin setzen. Normalschicht ist immer besser. Schon weil du im normalen Schlafrhythmus bleibst. Und die Leute sind nicht ganz so schlimm. In den Werksschichten verrohst du mit." Ich folgte ihm in sein Büro. Es lag im gleichen Gebäude wie die Buchhaltung. Eine Steinbaracke am Ausgang des Betriebshofes. Zwei große Reißbretter, ein Schreibtisch und sogar ein Polsterstuhl. „Ich bin der einzige normale Knaster, der ein Einzelbüro hat." Baumann sagte es mit bitterem Stolz. „Und das als Ausweiser. Außer mir sitzen nur der Hauptbrigadier und der Produktionsleiter allein." Er öffnete einen der Schreibtische und nahm zwei Tassen und ein Glas mit Pulverkaffee heraus. Welche Schätze. „Daran sieht man, wie nötig sie mich brauchen. Wenn's nicht so wäre, hätten sie mich von einer Stunde auf die andere in den finstersten Kerker gesteckt. Und dich auch. Trinkst du 'nen Kaffee?" Ich nickte. „Du musst das andersrum sehen, Gottfried. Sie stecken dich nicht ins Lohnbüro, weil sie dir einen Gefallen tun wollen. Das sagen sie zwar. In Wirklichkeit sind sie froh, wenn sie Leute haben, die vernünftig arbeiten und nicht bestechlich sind. In der Buchhaltung wird jeden Monat die Abrechnung der Werksschichten gemacht. Für jeden einzelnen Arbeiter. Was meinst du, was da schon beschissen worden ist. Mindestens fünf Leute hab ich da sitzen sehen, die nachher gefeuert worden sind, weil sie Stunden verkauft haben. Streuer Tee, dafür schreibt sie der Lohnrechner auf 110 Prozent. Kriegen sie volles Geld und brauchen sich nicht besonders anzustrengen. Bei dir wissen sie, dass du kein Interesse hast, dich von diesen Strolchen bestechen zu lassen. Sie wissen, dass du hier keine unnötigen Scherereien brauchen kannst. Du willst nach drüben, was anderes interessiert dich nicht. Allerdings heißt das auch, dass du hier erst deine Tage abdienen musst, ehe du rauskommst. Sie setzen keinen in die Buchhaltung, der nach 'nem halben Jahr in den Westen verschwindet."

Später redete ich auch mit Bundi über die Offerte. Ich dachte, er wird skeptisch reagieren. Sagen, ich hätte mich eingekratzt, geschleimt. Behaupten, ich würde meine politische Überzeugung verraten, für einen *guten* Posten. Nein, er legte das anders aus. „Dacht ich mir schon, dass sie dich zu den Sesselfurzern stecken. Richtige Arbeit kannst du ja eh nich. Und wenn du hier einige Jährchen abbrummen musst, passt du auch aus Sicht der Knastleitung ganz gut ins Büro." Er wirkte irgendwie zufrieden, überheblich. „Bei Leuten wie mir lohnt sich das nich, dass sie denen was Längerfristiges geben. Aber wart mal!" Er stieß mich an, und seine nächsten Worte versöhnten mich wieder. „Sobald ich im Westen bin, rühr ich für dich dermaßen die Pressetrommel, dass sie dich innerhalb von zwei Wochen freilassen werden. Das kannst du als sicher nehmen." Ich nickte. Vielleicht hatte er Recht: Ich würde schmoren, er nicht. „Hast du schon gehört?" Er zog mich zu sich heran. „Das mit dem großen Transport stimmt jetzt doch. Weißte, die zwanzig Mann, die am Dienstag verschwinden sollten. Zusammen mit Willert. Es hat mit den 350 Mann zu tun, die Strauß persönlich freikaufen will. Findet alles eine Woche später statt. Am nächsten Dienstag. Diesmal geh ich ganz bestimmt weg." Er blickte mich skeptisch an. „Mal sehn, was mit dir wird."

Es arbeitete gleich wieder in mir. Ich konnte mich nicht dage-gen wehren. Wieder nicht. Dabei war es nur eine Behauptung, nicht mal ein Gerücht. Nein, ein Gerücht war es schon. Der Fremdenlegionär kannte es auch. „Ich verschwind' am Diens-tag." Warum er? Ein Krimineller. Ich ärgerte mich über meine heimliche Wut. Vielleicht würde Bundi gehen. Aber er? Nur weil er sich das einredete?

Ernst kam als Nächster. „Hier geht's von der Polarkälte in die tropische Hitze, was die Gerüchte betrifft. Weißt du, was jetzt angesagt is?" Ja, natürlich, ich wusste es. Ernst versuchte, sach-lich zu sein, realistisch. „Ich weiß nich, was ich glauben soll. Einerseits wünsche ich mir, hier wegzukommen, andererseits fürchte ich mich vor diesen blöden Enttäuschungen. Man rech-net ganz fest mit dem Transport. Und nachher trottet man wieder in die IFA. Scheiße is das!" Seine Aufregung tröstete mich ein bisschen. „Ich soll ins Lohnbüro. Bundi meint, dann werd ich so bald nich wegkommen von hier." Er winkte ab. „Was der meint oder was er nich meint, das is soviel wert wie wenn du dir mit der hohlen Hand übern Hintern fährst." Er verschwand, vermut-lich weil er zur Toilette musste. Die Anspannung, dachte ich, sie lässt ihn so reden, so aufgeputscht. Niemals sonst hätte er sich hinreißen lassen, über einen anderen Knaster zu lästern.

Ich verzichtete an diesem Tag auf die Freistunde. Ich war ge-nug gelaufen. Ich wollte auch keine neuen Gerüchte und Spe-kulationen mehr hören. Von Bundi, Ernst oder sonstwem. Ich hatte vor, mich bei diesem Leutnant zu melden, dem *Erzieher*. Mein Brief, den ich am ersten Tag geschrieben hatte, war noch immer nicht abgeschickt worden. „Du musst ihn zum Erzieher bringen", hatte mir Bundi gesagt. Er hatte mir eine Marke und einen Umschlag geschenkt. Aber ich war noch nicht an den Er-zieher herangekommen. Es hieß, er hat einmal in der Woche Sprechstunde – wenn er Zeit hat. Bislang hatte er die Zeit nicht gehabt. Aber heute. Das hatte ich nach einigem Hin und Her vom Schichtleiter erfahren. Ich ließ mich also nach der Arbeit in den Hauptflügel schließen. Dort lag der Zellentrakt mit den 30-

er und 40-er Nummern. Bundis Zelle befand sich dort, auch die von Baumann. Vor den Zelleneingängen zog sich der Gang entlang, der zum Gebäudeinneren mit einem Geländer begrenzt war. Die Mitte war offen. Man konnte also in den ersten Stock hinuntergucken. Egal, es gab nur Knaster zu sehen. Ansonsten die Zellentüren. Über dieser Freifläche zog sich oben das Glasdach hin. Riesige Milchglasscheiben waren in die Konstruktion eingelassen. Gläserner Sarg. Der Name erinnerte an Schneewittchen, die ja in einem Glassarg gelegen hatte. Der Sarg stürzte zu Boden und das Märchen nahm schließlich ein gutes Ende. Alle Märchen nahmen ein gutes, ein gerechtes Ende. Mein Märchen auch? Ein Horrormärchen. Es hieß, die Zellen auf der rechten Seite seien kleiner als die 50-er Nummern, in denen ich wohnte. Sie seien nur mit zwölf Leuten belegt. Die Fenster befanden sich auf der Seite zur Lagerstraße. Auf dem Weg zum Mittagessen hatte ich am Sonntag einige Gesichter aus unserer Schicht gesehen. Die Fenster der linken Zellen wiesen in den Freihof. Es waren Einzelzellen. Man hatte darin Knaster untergebracht, die isoliert werden mussten. Allgemeingefährliche oder welche, die von der Allgemeinheit bedroht wurden. Auch Kranke, Alte, Spinner. In einer Einzelzelle hatte auch der *Erzieher* sein Büro. Fünf Knaster warteten schon. Fast alle kannte ich. Vom Werk, von den Zählungen, vom Duschen. Gesprochen hatte ich noch mit keinem. Ich stellte mich hin. Der Sechste. Wir warteten zunächst schweigend. Bis schließlich einer fragte: „Isser überhaupt schon drin, der alte Zopp?" Keiner wusste etwas. „Is schon vorgekommen, dass wir hier draußen gestanden haben, und er war gar nich da." Im hinteren Flur klapperten Schlüssel. Eine blaue Uniform. „Isser das nich?" Nein, das war er nicht. Er konnte es nicht sein, denn nach einigen Minuten stellte sich heraus, dass er sich in seinem *Büro* befand. Der *Erzieher*. Die Tür wurde von innen geöffnet. Der Erste durfte eintreten. Die Audienz dauerte nicht lange. Eine Minute, höchstens zwei. Mit grimmigem Gesicht erschien der Knaster wieder im Flur. „Rochen, der. Soll er sich seine Paketscheine in 'nen Arsch schieben." Der Zweite verweilte länger. Mindestens zehn Minuten. Aber verweilen war nicht das richtige Wort. Unter verweilen versteht man einen angenehmen Aufenthalt. Der Knaster jedoch kam ebenso missgestimmt zurück wie sein Vorgänger. „Wart mal, wenn wir an der Macht sind. Dann." Er trollte sich zum Zwischengitter. Stand neben dem anderen. Beide warteten. Nachher ging es wieder schnell. Die drei, die noch vor mir an der Reihe waren, brauchten insgesamt keine fünf Minuten. Endlich ich. Ich klopfte und betrat, da keine Reaktion kam, vorsichtig das Büro. Ein einfacher Tisch mit einer Sprelacartplatte, ein Stuhl, auf dem der Leutnant saß, ein Schränkchen. „Strafgefangener Feder!", meldete ich bei strammer Haltung. Er sah kaum auf. Sortierte zwischen ein paar beschrifteten Seiten. Und da er nichts sagte, zog ich meinen Brief aus der Brusttasche. „Ich hatte Sie neulich schon um eine Schreiberlaubnis gebeten." Er hielt inne und sah mich mit flackerndem Blick an. „Wie, Schreiberlaubnis?" Ich legte den Brief vor ihm auf den Tisch. „Ich hatte gefragt, ob ich einen Brief an meine Eltern schreiben kann." Er schüttelte unwillig den Kopf und gab vor, sich auf eine der Seiten zu konzentrieren. „An irgendwen muss man sich ja mal wenden können." Sofort ging sein Blick wieder hoch. Das Gesicht verzog sich, und die Zungenspitze fuhr unter der Oberlippe entlang, als wolle sie dort die Reste vom Mittagessen beseitigen. Hatte das mit Aggressivität zu tun? Ich erschrak ein wenig. Er vielleicht auch. Doch er schlug den Blick nieder und wühlte weiter in den Blättern. Nein, erschrocken war er nicht. Schon gar nicht vor mir. Eher vor sich selbst, vor den Pflichten und Umständen, die er sich auferlegt hätte, wenn er mich hätte bestrafen wollen, müssen. „Ich kenn dich jo gar nich", nuschelte er. Und in seiner Stimme klang Spott. Autoritärer Spott. „Feder! Gottfried Feder!", wiederholte ich es ihm mit fester Stimme. Vielleicht auch mit Wut, mit etwas Frechheit. „Bei mir gibt's kein' Feder. Gottfried. Das wisst ich, wenn ich ein mit so 'n Namen inne Papiere hätt. Gottfried." Pampig klang es, was er sagte, zugleich überheblich, abweisend. Ich blieb hilflos. Versuchte es mit Erklärungen. „Meine Eltern müssen ja mal erfahren, wo ich bin." Er grinste dumm. „Hätten se sich mol eher gekümmert." Stiesel, dachte ich und wusste kein Rezept, ihm beizukommen. Warum saß ein solcher Ignorant auf einem Posten, der eigentlich mit Vertrauenswürdigkeit, trotz aller Kriminalität auch mit Menschlichkeit und Hilfsbereitschaft auszufüllen war? „Sonst noch was?" Er blickte immer noch nicht auf. „Ja!", erwiderte ich bokkig, „ich wollt auch noch einen Besuch anmelden." Er schüttelte unwillig den Kopf. „Besuch heißt hier Sprecher. Kannste dir ma merken. Aber dafür bist du noch nich lange genuch hier." Ich wollte fragen, wie lange man denn *dafür hier sein* müsse. Aber er wies mich mit einer Handbewegung zu Tür. Erst als ich nicht folgte, blickte er wieder auf. Er ruckte vielsagend am Stuhl. „Also wennste willst, dass deine Knochn heile bleiben, dann verschwindste etzt." Ich konnte mir nicht vorstellen, dass er mich auf der Stelle zusammendreschen würde. Bequem wie er war. Doch er hätte nur einen der Schließer rufen brauchen. Oder er hätte einem Schichtleiter oder Brigadier Bescheid gegeben. Die hätten mich anstandslos *kurz* gemacht. Rückzug also.

Ich stand dann wieder auf dem Flur. Am Zwischengitter. Allein. Die anderen fünf Knaster mussten eben *durchgeschlossen* worden sein. Ich hörte noch den Hall der krachenden Riegel ihrer Zellentüren. Warum hatte man nicht auf mich warten können? Egal, der Schließer kam jetzt zurück. Ich straffte mich und räusperte, um mich bemerkbar zu machen. Blieb aber unbeachtet und setzte daher meine Stimme ein. „Herr Wachtmeister! Könnten Sie mich bitte in meine Zelle lassen? Nummer 51." Er sah mich gar nicht an. „Keene Zeit." Er schlenderte weiter. Scheißkerl. Also warten bis die Freistunde zu Ende war. Oder? Nein, der Leutnant kam. Er schloss umständlich sein Büro ab, latschte den Gang entlang. Direkt auf mich zu. Er hatte die Schirmmütze nach Art der Russenoffiziere weit über den Hinterkopf geschoben und popelte ungeniert mit den Fingern im Mund. Schwarze Nägel, belegte Zähne. Ich übersah das. Ich wiederholte meinen Text, als er nahe genug war. „Könnten Sie mich bitte in meine Zelle lassen? Nummer 51." Er glotzte entgeistert. Schüttelte ärgerlich den Kopf, wobei er auf den Sitz der Mütze achtete. „Bin 'ch nich zuständig." Er latschte weiter. Schloss auf, schloss zu. Ging die Treppe hinunter. „Gottfried", hörte ich es murmeln, „bei mir is keen so'n Name nich." Ich stand da. Dreißig Minuten oder zwanzig. Oder weniger. Oder mehr. Der Pulk der Freistündler wälzte sich endlich herauf. Der Wachtmeister kam mit ihnen. Derselbe. Er glotzte mich an, maulte: „Wat soll det denn? Wo komm Sie denn her?" Ich wollte durch die aufgeschlossene Gittertür huschen. „Wo de herkommst, he!" Da er mir den Weg versperrte, war ich zum Antworten gezwungen. „Ich war beim Erzieher. Und eben stand ich auch schon hier und hab Sie gefragt, ob Sie mich zu meiner Zelle lassen können." Ich redete unsicher, ängstlich. Sah an ihm vorbei. Er starrte mich an. „Müsst ick ja woll wissen, wenn du mir eben anjesprochen hättst!" Ich spürte seine Aggressivität. Die Macht, der er sich bewusst war. „Oder etwa nich?" Konnte es sein, dass er jetzt seinen Gummiknüppel fester fasste? Ihn schon hob? Gleich zuschlug? Wie weh tat das, wenn man was drüber bekam? Ziemlich weh. Es hieß, sie schlügen meistens auf die Schultern. Oder auf den Oberarm. Und wenn sie groß genug waren, auch auf die Nackenpartie. Fürchterlich würde das schmerzen. Ich riss den Blick auf sein Gesicht. „Doch!", sagte ich bissig. Auch wütend. Vor allem verzweifelt. „Ich hab Sie durch die Gitter gefragt. Und danach kam der Leutnant, und der hat mich auch hier stehen lassen!" Er hatte nicht mit meinem Widerspruch gerechnet. Er hatte gedacht, ich würde beigeben, ganz klein. Mein Aufruhr verwirrte ihn. Er wich einen Schritt zurück, stieß gegen die Freistündler, die hinter ihm darauf warteten, endlich in ihre Zellen geschlossen zu werden. Unauffällig schob sich von der Seite eine Hand an ihn heran und schubste. Er taumelte, stand jedoch gleich umso gerader. „Wat soll det?!", schrie er aufgebracht. „Wir wolln in unsere Zellen!", schrien die Knaster zurück. „Wir ham 'n janzen Tach jeschindert. Wir arbeeten und schaukeln uns nich die Eier wie du, du fauler Rochen." Der Schlag, den der Schließer abzog, kam wie ein Reflex. Nicht der Reflex auf die frechen Bemerkungen, das Gemeuter der Knaster, sondern der Reflex auf meinen Trotz. Er galt mir, doch er traf nicht mich. Er traf einen kleinen Kerl, den sie Auspuff nannten, weil er im Werk unten den Gabelstapler fuhr und nebenher kettenweise Selbstgedrehte rauchte. Der Getroffene schrie auf, griff sich an die Stirn. Blut am Kopf, blutige Hände. Gejammer, Gebrüll. „Lass dich hinfallen, Auspuff", zischte jemand. „Dann kannste krank machen. Mindestens vier Wochen." Auspuff nahm den Rat nicht an. „Und mein Stapler? Den kriegt 'n anderer, wie?" Immerhin, er musste sich am Gitter festhalten, es schüttelte ihn. „Und deine Mieze auch", feixte jemand. Ein paar Lacher folgten. „Sani!", schrie einer. „Wo is der Sani?" Der Schließer wurde nervös. „Wozu den Sani? Pflaster druff und juut is et." Er wollte den Angeschlagenen zum Mitkommen drängen. Aber der konnte nicht weg. Er lehnte, um nicht umzufallen, mit dem Rücken am Gitter. Er ruderte mit den Armen. „Siehste nich, dass der benebelt is?", schrie einer der Knaster. „Den hast du zugerichtet." Die andern meuterten mit. „Mörder. Totschläger. Einsperren, die schwule Sau." Unruhe, Aggressivität. Der Schließer bekam Angst. In seinen Augen rollten die Pupillen. Der Blick suchte. Was suchte er? Hilfe? Oder etwa mich? Nein, ich war draußen. „Der hat doch anjefangen!" Er zeigte mit dem Gummiknüppel auf Auspuff. „Er hat mir anjegriffen. Ihr habt et doch alle jesehn!" Zynisches Gelächter kam als Antwort. „Hier hat keener wat jesehn, du Pissmütze." Auspuff zog einen mit Öl und Dreck verschmierten Stofffetzen aus der Hosentasche und übertupfte die Stirn. Die Berührung der Wunde setzte augenblicklich einen Aufschrei des Schmerzes frei. Die Aufregung unter den Knastern nahm zu. „Der hat 'n Loch im Kopf!" Nein, kein Loch, nur eine Platzwunde. Aber breit und blutig. Offenbar war der Gummiknüppel abgerutscht und hatte mit seiner strukturierten Oberfläche die Haut weggerissen. Nähen oder klammern hätte man das müssen. Der Schließer erschrak ebenfalls. Würde er dafür Rechenschaft legen müssen? Einen Bericht? „Warum hat er mir ooch anjegriffen?" Er stierte die Umstehenden an. Die Auseinandersetzung verschärfte sich. „Sani!", schrien mehrere Leute zugleich. „Hier geht einer krachen!" Im mittleren Geschoss waren Schritte zu hören. Ein Uniformierter tauchte auf, rief von unten: „Sani?" Ein Chor an Stimmen bejahte. Dagegen konnte sich der Wachtmeister nicht durchsetzen. „Der hat anjefangen!", wiederholte er mehrmals. Er stach dabei mit dem Gummiknüppel immer wieder in die Richtung des Verletzten, forderte die anderen Knaster damit umso mehr heraus. Nein, nicht alle. Von denen, die am anderen Gitter zu warten hatten, um in den Block mit den 50-er Zellen gelassen zu werden, hatten sich die meisten verdrückt. Einige hatten sich aber unter die Aufgeregten gemischt. Sie heizten die Stimmung mit an. Ich wusste, wie gefährlich das werden konnte. Wenn es hier zu einer Revolte oder zur Lynchung kam, würde es demnächst Jahrhunderte an *Nachschlag* regnen. Ich zögerte also keine Sekunde und schob mich an den äußeren Rand der Schar. Ging zum Gitter, an dem Torsten, Ernst und die Leute aus dem Hauptflügel warteten, die sich aus dem Tumult heraushielten. Harri, Baumann, Bundi, noch ein paar. Ich tat gut daran, denn es wurde lauter und um den Schließer herum enger. Es schien, als würde -. Nein, doch nicht. Das Blatt wendete sich. Aus dem Treppenhaus kam nach einiger Zeit ein zweiter Uniformierter. Er schloss sich herein. Und irgendwann folgten fünf, sechs weitere Wachleute, die graue Kittel über ihren schwarzen Uniformen trugen und in den Händen Gummiknüppel hatten. „Die Wölfe, die Graukittel", stammelte Ernst entsetzt, „ich mach mir in die Hose." Torsten wurde blass, und er murmelte: „Hände über den Kopf, wenn sie zuschlagen." Die Angst erfasste auch mich. Was für eine Angst. „Die machen alles kurz und klein", wimmerte Ernst. Da bleibt kein Knochen ganz." Er krallte sich am Gitter fest. Schrie: „Wir nich! Wirklich! Wir warn die ganze Zeit hier am Gitter!" Vielleicht machte er die Grauen überhaupt erst auf uns aufmerksam. Zwei von ihnen steuerten plötzlich wie vom Magneten gezogen auf uns zu. Die Gesichter waren starr, finster. Mienen so hart wie Stahl. Wie Stalin. Es war noch nicht mal Brutalität, die ich sah. Es war einfach die Entschlossenheit, alles niederzudreschen. Alles, das lebte, atmete oder auch nur zuckte. Ich konnte mich nicht entsinnen, jemals solche Gesichter gesehen zu haben. So kalt, so gefühllos. Aber ich wusste, es geht alles vorbei. Auch das. Ich presste mich fest mit dem Rücken gegen das Gitter und schloss die Augen. Ganz fest. Neben mir spürte ich die Körper, die Arme und Beine der anderen. Torsten, Ernst, ich wusste nicht, wer neben mir stand, zitterte. Dann gellte ein fürchterlicher Schrei durch die Flure. So laut und so schrill. Hatte Ernst geschrien? Oder ich selbst? Waren die ersten Hiebe schon geprasselt? Hatte ich einen abbekommen? Für den Augenblick war nichts zu hören. Von wegen nichts. Wummwumm. Dumpf landeten Schläge auf menschlicher Substanz. Die Erschütterungen übertrugen sich auf mich. Stöhnen, unterdrückte Schreie. Warum schrie Ernst nicht mehr? War er schon tot? Ohnmächtig? Ich dachte an Willert. Wieso an ihn? Weil er so knapp -. Ein stechender Schmerz durchzog meinen Arm. Was für ein Schlag. Danach der Kopf. Direkt neben dem rechten Ohr. Die gleiche Stelle, die es vor etwa zwei Jahren getroffen hatte, als ich bei einem Unfall aus dem Auto geschleudert und mit dem Schädel auf das Straßenpflaster geknallt war. Ich sackte. Nein, ich sank. Wie in einem Fahrstuhl. Aber ich spürte auch, dass mich die anderen mit nach unten zogen. Wenn sie auf Liegende einschlagen, müssen sie sich bücken, dachte ich. Das macht sie schneller müde. Wie schnell? Weit entfernt sagte die Stimme des zweiten Schließers: „Die brauchen nich mehr. Die haben gar nich mitgemacht." Die Schläge ließen nach. Fünf, sechs Mal gingen die Knüppel noch nieder. Mit weniger Wucht, mit weniger Schärfe. Einer traf mich wieder am Arm. Wieder an der gleichen Stelle. Ich spürte nicht mehr viel. Ich wollte nichts mehr spüren. Ich wollte die Augen geschlossen lassen und liegenbleiben. Ein unerfüllbarer Wunsch. Die Knaster neben, über und unter mir regten sich, rappelten sich auf. Ich musste mit. Ich musste auch die Augen aufmachen, musste mir das Elend anschauen. War es Elend? Es war Hass. Hätten die Blicke der Geprügelten töten können. „Diese Nazis!", schimpfte Baumann leise. Und Bundi schwor: „Die Visagen von diesen Schweinen merk ich mir. Das kommt alles nach Salzgitter." Sie hatten alle was abbekommen. Köpfe, Arme, Schultern. Aber man sah kein Blut. Höchstens ein paar Abschürfungen, leichte Beulen. Die Ergüsse und Schwellungen würden sich erst in ein paar Stunden auswachsen. Medizinisch ließ sich das leicht prognostizieren. Und Torsten beruhigte uns auch gleich: „Das sind nur Blessuren." Vielleicht hatte er Recht. Nicht vielleicht. Der Arm bewegte sich ja. Er schmerzte, aber ich konnte ihn heben, drehen und die Finger spreizen und zur Faust schließen. Ernst nahm den Trost nicht an. Er winselte leise. Die Hosenbeine standen nass. Vollgepisst. Er hatte offenbar mehr abgekriegt als ich, als die meisten. Sie hatten ihm sogar ins Gesicht gehauen. Auch auf die Rippen. Er stand krumm, eingefallen. Er röchelte wie ein TBC-Kranker. Warum er? Wegen seiner Jammerei? Er hatte die Schläger gereizt. Gelockt. „Ruhe hier!", befahl der zweite Schließer. Er näherte sich uns. Nein, nicht uns, sondern der Gittertür. Zugleich entfernten sich die Wölfe. In ihren langen Kitteln erinnerten sie ein bisschen an Westernhelden, die in breiter Staffel ins Revolverduell zogen. Gummiknüppel an Stelle von Ballermännern. Kopf- und Körperhiebe an Stelle von Todesschüssen. Die dort drüben standen starr. Die Knaster, die in den Hauptflügel mussten, wollten. Sie hatten das Vorspiel gesehen. Der Hauptfilm würde von ihnen handeln. Wie nannten man solche Protagonisten? Helden, Opfer, Pechvögel? Wie nannte man so ein Stück? Drama, Ballade, Farce? Egal, es taugte nicht für zartbesaitete Gemüter. Taugte es für uns? Die Frage musste nicht beantwortet werden. Die Gittertür flog auf. „Rein hier!" Die Knaster zögerten. „Los, oder soll's noch mal was geben!" Der Schließer blickte drohend zu den Graukitteln. „Aber unsere Zellen sind im Hauptflügel." Das war Harris Protest. Wie geschickt er sich dabei ausdrückte. Er sagte nicht etwa *wir wohnen im Hauptflügel* oder *wir wollen in den*

Hauptflügel. Er sagte *unsere Zellen.* Brachte er die Distanz mit Absicht ins Spiel? Den Schließer rührte das wenig. „Alle rein! Die, die nich hier wohn', warten ganz hinten. Am Ende vom Flur! Die andern gehn in ihren Verwahrraum." Torsten, ich und noch ein paar. Wir verschwanden. Und ich empfand das als Erlösung. Auf das *Brett* und rein in die Zelle. Wiewohl ich, nicht nur ich, akustischer Zeuge des neuen Gemetzels wurde. Schreie, Flüche, Verzweiflung. Schritte fegten über den Flur, Schritte folgten den Schritten. Und Kalle wusste: „Wer vor die Graukittel wegrennt, den haun die erst richtich zusammen." Ich starrte ihn an. „Woher weißt'n, dass die Graukittel da sind?" Er lachte müde. „Mensch, ick bin zehn Jahre hier. In so 'ne Zeit lernste det zu riechen, wenn det Rollkommando anrückt." Er lag auf seinem Bett und hatte die Arme unter dem Kopf verschränkt. Der Feierabend eines Strafgefangenen. Besser als mein Feierabend. Immerhin, er hatte vorgesorgt: „In det Glas da is Wasser. Kannste deine Birne kühln." Kein Spott, keine Häme. Hilfe. „Oder haste jar nicht uff 'n Pinsel jekricht?" Ich winkte ab. „Danke, mir reicht 's." Und Fritzchen bestätigte, was er von oben sah: „Überm Ohr, da isses dick." Ich goss etwas Wasser über mein Taschentuch und tupfte die Beule ab. Danach betrachtete ich das Tuch. Kalle durchschaute auch das. „Brauchst nich kieken, ob wat dran is. Die dreschen so zu, det keen Blut kommt. Det ham die jelernt. Ooch Zähne haun se keene raus. Und keene Knochen kaputt. Muss ja hinterher allet behandelt wern." Franko mischte sich ein, widersprach. „Von wegen. Hättst mal damals dabei sein müssen. Wie ich meinen ersten Hirsch abgedrückt hab. Sechziger Jahre. Die ham Hackfleisch aus uns gemacht. Wie die Bürstenbinder ham die uns verjackt." Er kam näher und betrachtete die rechte Seite meines Kopfes. „Stimmt", bestätigte Fritzchen, „gegenüber früher sind die jetzt human. Aber anrücken tun sie doch noch wegen jedem Dreck. Und ohne dass man damit rechnet." Er sprang von seinem Bett runter. „Is nich noch von Willert bisschen Salbe da?" Salbe. Natürlich, Willert hatte Salbe besessen. Auch ein paar Streifen

Pflaster. Und Willerts Sachen besaß ja jetzt ich. Oder hatte sich inzwischen jemand an der Tube vergriffen? Nein. Aber es war nicht mehr viel drin. Ich musste sie auf den Tisch legen und mit der unverletzten Hand draufdrücken. Fritzchen half mir. Obwohl auch er sich anstrengen musste. „Manchmal braucht man bloß 'nen kleinen Klecks." Er strich das weiße Zeug vorsichtig an meinen Fingerspitzen ab. Danach verteilte ich es am Kopf. „Bisschen is noch drin. Zieh deine Jacke aus." Ich tat es. Betrachtete über den gebogenen Hals meinen rechten Arm. Die Spuren des Gummiknüppels zeigten sich genau auf dem Oberarmmuskel. Ich verteilte die restliche Salbe dort. „Dauert 'ne Weile, bis das wirkt", prophezeite Fritzchen, „aber helfen tut 's auf alle Fälle." Ich bedankte mich. Wollte in mein Bett klettern. Franko hielt mich ab. „Is bald Zählung. Wenn du dann nich pünktlich unten stehst, biste gleich wieder Mode." Ich setzte mich auf einen Hocker und mümmelte an meiner Abendbrotration. Ein Scheibchen Wurst. Die zweite Scheibe war unauffindbar. Egal, ich hatte keinen Hunger. Aber Durst. Ich goss meinen Becher mit dem Wald- und Wiesentee voll. Trank in schnellen Zügen. „Flüssigkeit is immer juut", sagte Kalle vom Bett aus. „Schade, det de jetzt keen Kaffee mehr hast. Der würde dir besser uff die Beene helfen." Franko goss mir Tee nach. „Was weg is, is weg." Wie Recht er hatte.

Die Zählung. Ich stellte mich in die zweite Reihe. Es tat nicht not. Ein neuer Schließer kam. Ich interessierte ihn nicht. Er hatte an Lars rumzunörgeln. „Wenn Sie beiher nächsten Zählung wieda ohne Jacke dastehn, redn wer Fraktur mitnander." Krach, die Tür, das *Brett*, war zu.

„Musste immer auffalln?", schimpfte Franko sofort. Lars sperrte das Maul auf. „Geht dich das was an?" Seine Antwort hatte rotzig geklungen. „Kkklar jjjeht dddet uns wwwattt an!", stotterte Schmerke wütend dazwischen. „Wwwegen unsere Zzzelle." Er hob drohend die Fäuste. Schnurz stellte sich dazwischen. „Lass ihn. Der is noch jung und muss sich erst die Hörner abstoßen." Otto feixte: „Hauptsache, dass ihn die andern mit ihren Hörnern nich so dolle stoßen." Die Knaster lachten. Dann sagte Kalle mitleidig zu Schnurz: „Biste immer noch verknallt in die Kleene? Mensch, Schnurz. So richtig 'n romantischer Schwärmer." Neuerliches Lachen. Schnurzens Blick flackerte. Verstohlen schaute er zu Lars. Der kriegte die Birne rot. Rang um eine Antwort. „Idioten!", fauchte er und floh in sein Bett. Kalle grinste. „Is einfach zu jung für dir alten Opa. Kiek du dir lieber in andere Kreise um, Schnorzerich. Hier, Otto oder Fritzken, die sind in dein Jahrgang." Gelächter. Und Fritzchen feixte herb: „Noch besser wär Kalle. Mit dem kannste alles machen. Blasen und aufbocken." Kalle schlurfte zum Waschbecken. „Ihr quatscht alle drüba, als wenn et sonst wie unanständich is, wenn man zusamm int Bette jeht. Aber machn tut ihrt jenauso." Die Kerle flachsten noch eine Weile hin und her. Eine beinahe ausgelassene Stimmung. Es schien, als würden sie demnächst ihre geringen Hemmungen ablegen und tatsächlich auch am Tag zusammen ins Bett kriechen. Mann mit Mann. Oder Mann mit Mieze. Wie immer man das werten mochte. Es wäre mir auf einmal egal gewesen. Ich spürte keinen Ekel mehr. Wahrscheinlich war er betäubt, erstickt. Aber nicht erloschen.

Doch sie nahmen sich zurück. Die Müdigkeit dominierte ihr Befinden. Auch der Schrecken. Obwohl sie selbst nicht damit konfrontiert worden waren. Obwohl sie ja viel länger als ich im Zuchthaus lebten. Mit der Angst, die dem Schrecken immer vorausging. Im Unterbewusstsein gehörte der Schrecken für sie zum Alltag. Als latente Signalanlage. Ihn täglich als offenes Gepäck der Gedanken und Gefühle mit sich zu tragen war undenkbar. Wegen der Verzweiflung, die einen sonst ganz intensiv hätte befallen müssen. Erst wenn diese Ereignisse einbrachen, wenn die Graukittel kamen, wenn Unfälle passierten, wenn einfach etwas Schreckliches geschah, brannte es in Köpfen und Herzen.

Aus dem Wasserhahn lullerte ein dünner Strahl. Er füllte ganz langsam Kalles Schraubglas. „Bisschen Tee hab ick noch", kündigte er mir an. „Wenn wir den richtich mit 'n Tauschsieder auslutschen und noch 'nen Löffel alten Aufjuss uffjucken, reicht's für jeden von uns noch für 'n halben Pott." Ich war ihm dankbar. Nicht nur wegen des Tees. „Den Rest vom warmen Wassa kannste zum Rasiern nehm. Ick würd dir raten, dette dir gleich rasierst. Morjen tut dir bestimmt allet so weh, det den Ärmel nich hochkrichst." Er hatte Recht. Der Arm schmerzte jetzt schon. Wie dann erst morgen. Und das Kratzen der angestumpften Rasierklinge auf der stoppligen Haut hinterließ ganz feine Vibrationen im Nervennetz, die wie Stromstöße durch die Schädelplatte in das Innere des Kopfes drangen. Was würde also morgen sein?

Der Tee indessen tat gut. Wir waren nun zu dritt. Kalle und ich auf der Bettkante. Franko hatte sich einen Hocker herangezogen. Er hatte Kalle beschwatzt, auf dass der sich schließlich hatte erweichen lassen. Keiner konnte das so wie Franko: Jemandem Tee, Kaffe oder Zigaretten abgaunern. Oder gaunerte er gar nicht? Die Gläser waren kaum zu einem Drittel voll. Und der Tee wirkte weniger wegen seines dünnen Aromas als durch die Hitze. „Dünn wie Perlonstrümpe", maulte Kalle. „Sei froh, dass du überhaupt welchen hast", knurrte Otto aus dem Hintergrund. „Schließlich bist du hier nich auf der *Völkerfreundschaft.*" Schnarrend setzte sich Fritzchens Radio in Szene. „Ich hab' heute nichts versäumt, denn ich hab nur von dir geträumt." Das kleine Ding gröttete so laut, dass man einen Teil des Textes und die Rhythmusschläge verstehen konnte. „Mach den Rias lieber nich so laut", mahnte Franko. Fritzchen wehrte ab: „Is kein Rias. Is Berliner Rundfunk. Und wenn's Rias wäre, wär's auch egal. Mich lassen sie doch nich nach Hause, bevor ich meinen Schuh abgelatscht habe. Noch vier Jahre. Außerdem: Wozu will ich überhaupt raus? Ein Zuhause hab ich nich mehr. Die Familie will von mir nix mehr wissen. Ich nich von ihr." Trauer war in seiner Stimme, Wut. „Nachher mach ich das doch noch wahr, was ich im Suff angekündigt haben soll. Dass ich sie alle abmurksen werde." Kalle kicherte dünn. „Typisch Fritzken. Kleener Kerl und große Klappe. Sei froh, dette hier keen Feuerwasser krist. Sonst hättste gleich die nächste Scheiße jebaut." Er trank einen Schluck und schloss die Augen. „Was hat er denn angestellt?", fragte ich unsicher. „Eijentlich nischt. Aber det umso verrückter. Hat in Suff seine Familie bedroht. Er will se alle ermorden, weil se immer so schlecht zu ihm sind. Messer hatter schon in Schuppen zu liejen jehabt. Richtich scharfe Jeräte. Jaja", Kalle seufzte, „da brauchte die Kripo nur noch zupacken. Ruckilecki warer nach eene Stunde einjefahrn. Und an nächsten Tach hatter 'n dicken Kopp jehabt und von nüscht mehr wat jewusst. Is doch so, wa Fritzken?" Fritzchen wühlte in seinen Decken herum. Er schnurrte: „Kalle, du kennst die Story schon besser als ich. Man müsste direkt noch mal beim Staatsanwalt fragen, ob du nich derjenige bist, den sie für mich halten." Kalle lachte mühsam. „Als ob mir meen Latschen noch nich reicht. Soll ick noch deine restlichen Viere mit abdrücken. Schön' Dank." Fritzchen summte ungerührt, sang sogar ein bisschen. „... wir ham uns lang nich mehr gesehn, ich will mal zu dir rübergehen ..." Ich trank und hörte auf das Lied. Ein Schlager, von dessen Existenz ich auf kuriose Weise erfahren hatte. Über einen Mitinsassen in der Untersuchungshaftanstalt. Er war ein halbes Jahr nach mir eingebunkert worden und hatte mir deshalb davon erzählen können. Von dem Hit. Die Sängerin hieß Nena. Der andere hatte mir den Schlager vorgesungen. Diesen und den von den 99 Luftballons. Jetzt also hörte ich ihn zum ersten Mal im Original. Er gefiel mir. Und ich fragte mich, warum ein Strafgefangener, ein Untersuchungshäftling auch, nicht Radio hören durfte. „Wenn sie dich erwischen, biste den Piepser los", warnte Franko. „Und Paketsperre kriegste auch." Fritzchen wischte Frankos Bedenken weg. „Wer soll mir schon Pakete schicken? Meine Familie vielleicht? Die denken doch immer noch, dass ich sie umbringen will. So ein Schwachsinn. Wenn jeder, der im Suff 'ne Drohung ausstößt, dafür eingesperrt würde, wären die Zuchthäuser noch voller." Er beugte sich tiefer über sein Radio und drehte an einer der beiden Schrauben. Das Radio schnarrte sofort lauter. „... deine Blicke ärgern mich, denken immer nur an ..." Wenn jetzt draußen jemand an der Zellentür vorbeiginge, würde er die Musik hören. Und dann? „Früher sind die Graukittel gekommen, wenn sie irgendwo 'nen Piepser vermutet haben." Franko hatte offenbar die gleichen Gedanken wie ich. Kalle maulte: „Wat heißt früher! Die komm ooch heute noch. Haste doch jesehn vorhin." Fritzchen stellte das Radio wieder leiser. „... ich werd' verrückt, wenn's heut' passiert ..."

Und ich, ob mir noch was passieren würde? Ich hatte immerhin den Aufruhr ausgelöst. Aus der Sicht des Wachmannes jedenfalls. Egal, dass ich realiter keine Schuld hatte. Würde man sich die Mühe machen, den Zwischenfall bis zu seinen Anfängen zurückzuverfolgen, musste man unweigerlich auf mich stoßen. Ich spürte ein Würgen im Hals. „Hat so was womöglich ein Nachspiel?", fragte ich leise. Die beiden schüttelten fast gleichzeitig die Köpfe. „Nich bei solche Backertellen." Ich grinste. „Früher gab 's dann für die ganze Zelle oder sogar die Schicht Bestrafungen. Freistundensperre oder so. Heute kommen sie damit nich mehr durch. Es dringt nach außen. Außerdem machen die Leute bloß Dienst nach Vorschrift. Bringt ja nix. Höchstens, dass sie aufgepasst haben, wer an dem Aufstand die Schuld hatte. Ham sie das?" Franko glotzte mich an, als wüsste er um meine Beteiligung. Um meine Angst. „Keine Ahnung", erwiderte ich ganz schnell.

„Wie isset denn überhaupt zu den Vorfall jekomm? Hat eener den Schließer bedroht?"

Mir wurde heiß. Ich trank hastig. Stotterte: „Kkkeine Ahahanung."

Die beiden schienen meine Erregung dennoch nicht zu bemerken. „Eigentlich brauchen die keinen richtigen Grund", sagte Franko. „Hauptsache, die könn' sich mal wieder austoben. Auf Kosten unserer Knochen."

Meine Hoffnung auf einen tiefen, festen Schlaf erfüllte sich nicht. Ein Wetterumschlag kündigte sich an. Die neue Spätsommerhitze, die nahte, trieb schwere, schwüle Luft vor sich her. Ich hatte das Gefühl, als stecke mein Kopf in einer unnachgiebigen Schraubzwinge. Und an eben jener Stelle, die am späten Nachmittag vom Gummiknüppel der Graukittel getroffen worden war, wurde das Gewinde Drehung um Drehung fester gezogen. Es dröhnte und krachte. Ich sperrte den Mund auf, und der Hals verlor beständig an Feuchte. Hilflos kreiste die Zunge im Rachen, um mit dem wenigen Speichel Gaumen und Lippen zu netzen. Der Arm schmerzte, ich suchte immer neue Positionen, um ihn nicht zu quetschen. Doch ich hielt ihn nicht still. Im Halbschlaf ruderten alle meine Gliedmaßen unkoordiniert durch die stickige Luft. Bis ich kurz erwachte und mir einen Ruck gab. Ich tastete ängstlich nach der Bettkante. Drittes Bettgeschoss. Nicht abstürzen. Ruhig liegen, entspannen, den Arm entlasten. Der Schein einer Streichholzflamme erschien irgendwo. Zigarettenqualm. Becker, bist du da? Wieder da? Es war Jens. Oder Schnurz. War es nicht schnurz? Ich schlief wieder ein bisschen. Röchelte mit spröden Lippen und quellender Zunge. Und tastete immer wieder nach der Bettkante. Ich tat das doch sonst kaum. Diese Unruhe in mir. Die Schmerzen, die Nerven.

Auch die anderen wälzten sich. Ächzten, schnarchten, röchelten wie ich. Und phantasierten. Der Aufschrei. Von Kalle. Seine Angst, sein Trauma. „Hört uff, den zu kloppen. Det is mein Vata!" Das Bettgestell schwankte unter seinem Traumerlebnis. „Et brennt! Vata muss da noch raus!" Und er jaulte. Heulte, jammerte, klagte. Litt. Endlich der Stoß in die Rippen. „Wird immer schlimmer mit dem Kerl." Kalle blieb benommen. Gurgelnde Laute aus dem Halbschlaf. „Wo bin ick? Mein Gott, wo bin ick? Unter de Erde oder wo?" Gewinsel, seelenschwere Seufzer. Bis er einigermaßen zu sich kam. Er stand auf. Ging taumelnd durch die Zelle. Alte Männer mussten nachts auf Klo. Er ließ die Tür halb offen, und man hörte, wie der Harnstrahl zunächst in die Kloschüssel prasselte, danach jedoch das Becken verließ und auf das bröcklige Linoleum des Fußbodens traf. „Pass doch auf, du Arschgeige!", schrie Franko sofort. „Du pisst doch alles voll." Kalle korrigierte sich. Pisste wieder ins Bekken. Brabbelte unverständliche Sätze. Wie ein Besoffener. Doch besoffen war er nicht, konnte er nicht sein. Nur krank. Und kaputt und zertreten. Vernichtet.

Meine erste eigene Traumrate für diese Nacht kam. Ich fuhr Fahrstuhl. Immer höher, ohne jede Schranke, ohne Halt. Der Liftschacht eines Rohbaublocks glitt wie in einem sorgfältig konstruierten Film an mir vorbei. Auf, auf, auf. Rohe, unverfugte Betonwände wechselten mit halbfertigen Fensterelementen und dem offenen Treppenhaus. Bis es einen Ruck gab. Ich stand ganz oben auf dem Hochhaus. Ein flaches, plattes Daches ohne Brüstung, ohne Geländer. Und plötzlich ohne festen Untergrund. Es wankte, schaukelte, wippte und kippte. Ich wollte zum Fahrstuhl zurück, aber ich kam nicht von der Stelle. Die Beine klebten bleischwer auf der Dachplattform. Da, ein Gesicht. Schmerke. „Komm! Komm!" Er konnte reden, ohne zu stottern. Und er reichte mir die Hand. Und dann stand ich neben ihm. Auf dem Fahrstuhl. Runter, bloß runter. Und nie wieder -. Ganz anders. Der Fahrstuhl setzte sich in Bewegung. Er fuhr zwar nach unten, aber er hielt nicht, als er das Erdgeschoss erreichte. Er glitt in die Tiefe. Über mir schloss sich der Schacht, und Dunkelheit umgab mich. Ich war allein in einer seltsamen Enge. Wollte schreien, laufen, die schweren Wände zur Seite drücken. Nichts ging. Ich steckte fest. Sand umgab mich. Rieselte über die Füße, deckte die Knie zu und stieg allmählich bis an die Hüften. Ich wusste, ich würde ersticken. Schon spürte ich das Rieseln unterhalb meiner Brust. Die Arme, obschon bleischwer, ruderten noch. Sie schoben den Sand hin und her, ohne ihn beseitigen zu können. Ich erlahmte. Fühlte den Schmerz in den Gliedmaßen. Und hatte auf einmal das Gesicht von Kalle vor mir. Sein Vater war daneben. Ich wusste, dass es Kalles Vater war, ohne dass er es gesagt hatte. Jetzt kam Kalle mit einer Erklärung. „Vaterns Tod war schrecklich. Er is verbrannt, erstickt. Janz qualvoll." Aber er sah nicht schlimm aus, der Vater. Ganz normal sah er aus. Wie Franko. Es, er war Franko. Warum? Nein, ich stellte die Frage nicht. Die Antwort spielte eh keine Rolle. Die Gesichter lösten sich schon wieder auf. Ich konnte mich weiter auf das Rieseln des Sandes konzentrieren. Langsam, langsamer füllte er den restlichen Freiraum um mich herum. Oder füllte er ihn schnell? Schnell. Schon steckten die Arme fest, konnte ich mein Kinn, wenn ich es vorbeugte, auf die Sandfläche legen. Wie damals in dem Hörspiel von Jules Verne, als die Schiffbrüchigen von Eingeborenen gefangen wurden und man sie eingrub. Nur noch die Köpfe schauten heraus. Wie oft hatte ich schon als Kind mit Schaudern über diesen einen Satz nachgedacht: *Eine Ameise lief über sein Gesicht.* Welche Wehr- und Hoffnungslosigkeit er ausdrückte. Und nicht nur als Kind hatte ich mich vor einem ähnlichen Schicksal gefürchtet. Hatte ich Ameisen so sehr gehasst, auf dass ich ihre unterirdischen Gänge überall mit Wasser gefüllt und ihre Hügel mit Benzin übergossen und angezündet hatte. Wirklich? Nein, aber der Traum. „Ick hab Vatan ooch mit Benzin überjossen und anjezündet." Kalle büßte neben mir. Auch er steckte bis zum Kinn im Sand. Und Franko. Und noch ein paar andere. Sie lachten. Rauchten. Quasselten. Aber ich verstand nichts. Ich hatte mit den Ameisen zu tun. Ich hatte gewusst, dass sie kommen würden. Auf meinen Kopf, mein Gesicht, meine Lippen. Ich fischerte mit der Zunge nach ihnen. Es heißt: „Ich fischte", sagte der Bucklige. Ich schluckte die kleinen krabbelnden Tiere hinunter. Wie das kratzte, würgte. Das Atmen fiel immer schwerer. Der Sand rann stärker, die vielen Ameisen ... Ich ersticke gleich.

Die erste Wahrnehmung im Erwachen war das Schnarren von Fritzchens Radio. „Ich hab heute nichts versäumt ..." Schon wieder? Ich bildete es mir nur ein. Jemand sprach die Zeitansage. „Es ist zwei Uhr. Sie hören Nachrichten." Die Stimme erstarb, weil die Hand das Radio zum Schweigen gebracht hatte. Dabei hätten mich die Nachrichten interessiert. Fritzchen wälzte sich, schnarchte leicht. Ich musste meine Gedanken sortieren. Die Ameisen, der Sand, die Gesichter. Wie furchtbar. Dazu die Schmerzen. Der Kopf, der Arm. Sollte ich aufstehen, mit Wasser kühlen? Nachts lief das Leitungswasser doch. Erst noch liegen. Zehn, zwanzig Sekunden. Die Tatsache begreifen, dass ich nicht eingegraben war, nicht mit dem Fahrstuhl in die Luft geschleudert wurde und über meinen Kopf keine Ameisen laufen konnten. Das Zuchthaus genießen, die Stille. Obschon: Irgendwo im Flur krachte es. Ging jemand umher? Dann das leise Stöhnen. Das kam aus der Zelle. Aus dem nächsten oder übernächsten Bettenblock. Ein Seufzer, tief und andächtig. Flüstern: „Deine Finger, Mensch deine Finger. Solche Finger hat nich mal 'ne Frau. Mensch, ich könnt vergessen, wo ich bin." Wieder ein gurgelndes Stöhnen. „Komm, krabbel mal noch bisschen tiefer. Komm, ja, hier. Oh -." Er keuchte. Schnell, schneller, heiß. Vielleicht schoss jetzt der Samen. Wie viel? Viel. Das Keuchen dauerte. Endlich schwächte es. Langsame Atemzüge in Entspannung. „Jetzt ich!" Ein neues Flüstern. Der zweite Mann. Der mit den Frauenfingern. „He, schlaf nich ein! Haste gehört?" Aufgeregt, wenig unterdrückt, beinahe empört. Nicht nur beinahe. „Du! Wir hatten vereinbart, dass wir uns beide ein ziehn. Erst ich bei dir und dann du bei mir." Der andere, der Befriedigte, antwortete mit Schnarchtönen. Ein Stoß in die Rippen weckte ihn auf. „Was soll das? Warum willste auf einmal nich mehr?" Wut klang aus den Fragen. „Bin müde." Er wälzte sich. Vermutlich kehrte er dem Unbefriedigten den Rücken zu. Bewegung entstand. Ein Drängen, Schieben, Abwehren und Ringen. „So nich, du Rochen." Der eine zerrte heftiger an dem andern. „Wenn du jetzt einpennst, stiel ich dich auf. Aber voll. Dann kannste dich morgen neu ausbuchsen lassen." Er keuchte, kämpfte. Es wurde lauter, laut. Der Befriedigte wehrte sich, fauchte: „Raus aus meinem Bett, du schwules Paket." Gleich darauf fiel ein Körper zu Boden. Kein schwerer, lauter Aufschlag. Höchstens ein Sturz aus der untersten Bettetage. „Ruhe!" Ich wunderte mich ohnehin, dass bis jetzt niemand etwas von dem Intermezzo mitbekommen hatte. „Was is los?", echote es von der anderen Seite. „Spucke is unterwegs. Will Wolfi einen blasen." Fritzchens Oberkörper schoss sofort in die Höhe.

„Schneid ihm die Eier ab. Der soll seine Fickerei übern Tag erledigen. Wenn er keinen stört." Spucke knurrte. Er verschlich. Es wurde wieder still. Nur der Bettblock, in dem Spucke lag, fing an zu wackeln. „Jetzt keult er sich einen", feixte Fritzchen. Er befand sich bereits im Halbschlaf. Die anderen Knaster auch.

Und ich? Mein Arm schmerzte weniger. Ich würde nicht aufstehen, nicht kühlen. Müdigkeit kreiste über, in mir. Ich war benommen. Ich hoffte, dass sich in dieser Nacht die Mühlsteine meiner Träume nicht mehr drehen würden. Die schweren Walzen, die den Realitätssinn zermalmten und von den Gedanken und Erinnerungen nichts übrig ließen als den Steinschrot giftiger Tollkirschen.

Ich träumte doch. Ich saß in der Wanne, und die junge Nackte mit den weit herabfallenden Haaren ließ sich langsam vom Rand zu mir heruntergleiten. Sie hatte die Beine aufgespreizt, so dass sich ihre Vulva geradezu schamlos teilte. Eine tabulose Intimität tat sich mir auf, ließ mich jedes Detail sehen, bestaunen, bewundern, genießen. Hellrotes Fleisch und prall gespannte Lippen, zwischen denen aufregend zaghaft die Klitoris hervorzuhecheln begann. Hüften, Schenkel und Bauchpartie, kleine, harte Brüste, deren Warzen wie die Spitzen von Nuckelflaschen standen. Nur das Gesicht. Wem gehörte es, warum sah ich es nicht? Es war so wichtig. Eine Frau ohne Gesicht ist gleichsam auch eine Frau ohne Unterleib. Die Haare, die langen Haare verdeckten es wie eine Gardine, die sich erst bewegte, als sich ihre innersten Lippen feucht und heiß über meinen eisenharten Phallus stülpten. Ein, zwei Stöße, dann entglitt sie. Wie eine erregt tänzelnde Schlange reckte sich das gierende Glied im Sog ihrer Vagina, ohne sie einholen, abermals berühren zu können. Ich war ratlos, verrückt, wütend. Wehr-, hilflos. Schließlich ruhig, sogar gelähmt. Ihre Haare glitten jetzt allmählich zur Seite. Nein, sie glitten nicht. Das Mädchen zog sie heraus. Büschel um Büschel löste sie mühe- und schmerzlos aus dem dichten Schopf. Sie hinterließ dort nichts als glatte, weiße Haut. Glatze. Und ich sah mit Schrecken: Sie hatte kein Gesicht. Keine Augen, keinen

Mund, keine Nase. Krater zeichneten die porzellanweiße Haut, unförmig ausgefranste Öffnungen, die ich plötzlich auch auf ihrem Körper, auf Armen und Beinen entdeckte. Tief hinein drangen diese Öffnungen. Stellenweise so tief, dass sie das Gewebe völlig durchbrachen und ich wie durch ein Loch schauen konnte. Dünn wie die Henkel aneinandergereihter Kaffeetassen zogen sich die Ränder der Hautkrater an den Außenseiten des Körpers. Hüfte, Lende, Oberkörper. Ich empfand einen fürchterlichen Ekel. Ich würgte, ruderte, trat. Umsonst. Sie kam wieder zurück. Aber wie. Ihr wunderbarer Venusberg hatte sich ebenfalls in einen Krater verwandelt. Kahl und platt, ein ausgefranstes porzellanfleischenes Loch, das sich unaufhaltsam meinem Penis näherte. Ihn berührte. Nein, nicht berührte. Es war der Moment, in dem ich spritzte. Widerwillig und doch machtvoll schoss ich eine Flut von Spermien in das Labyrinth meines Traumuniversums. Schwall um Schwall, Liter um Liter. Ein verzweifelt röhrender Hirsch, den der körperliche Zwang zu Boden geworfen hat. Bis ich in Kraftlosigkeit und Verwirrung erwachte.

„Lass mir in Ruhe, Vata. Ick habe nur drei Bier jetrunken." Kalle, sein Traum, sein Trauma. „Hör uff von die Schlampe, ick will von die nischt wissen, Vata! Lass mir ... Feuer, et brennt! Feu-!" Ein dumpfer Schlag. Frankos Stimme: „Mensch, halt doch bloß die Schnauze, du Oberidiot!" Im Hintergrund das Geräusch der sich wälzenden Knaster. Dann wieder Stille. Schmatzen, Geflüster. Zigarettenqualm. Fritzchen: „Sind diese Tunten ja doch wieder zusammengekrochen." Seine Stimme klang kratzig, aber nicht verschlafen. Gleich darauf die schnarrenden Töne des Radios. *„Du sagst nicht ein Wort, und deine Hand wischt eine Träne fort. Und dein leerer Blick sinkt in dein Glahas. Du sitzt hier vor mir, und dein Gesicht lässt keinen Zweifel mehr. Heut sagst du mir, dass ich dich verlier ..."* Ich fühlte über die Hose meines Schlafanzuges. Klitschnass. Vorsichtig schob ich sie über die Beine zum Fußende des Bettes und angelte nach der Unterhose. Es bedurfte einiger Verrenkungen, um sie anzuziehen. Das Bett wackelte, und im mittleren Fach knurrte jemand: „Hör auf, dir da ohm ein' zu kloppen. So mitten in 'ner Nacht." Sofort hob Fritzchen den Kopf. „Wenn du Bedarf hast, dass dir einer ein ziehn soll, komm rüber. Du mir und ich dir." Er setzte sich, rückte ein Stück in meine Richtung. „Ich zieh mir nur was andres an, weil mir so warm is", erwiderte ich mit belegter Stimme. Er starrte noch ein bisschen, ließ sich wieder zurückfallen. „Schade", seufzte er und fummelte am Radio. „*...bist du auch morgen nicht mehr hier, etwas bleibt von dir, wenn ich erwach – alleine erwahach...*" Der Ton war plötzlich weg, und er schimpfte: „Scheiße. Wenn schon mal was Vernünftiges drauf is aufm Sender, fällt dieser Schrott aus." Ich legte mich ruhig auf den Rücken. Schloss die Augen. Und sah die Bilder des Traumes vor mir. Den zerkraterten Körper. Ein krankes Stück Mensch. Ein Stück Tod. Es ekelte und schreckte mich. Tage würde ich brauchen, ehe dieser Traum verblasste. Und Wochen, ehe ich ihn abgeschüttelt hatte „*...wenn du mich noch immer liebst und du mir vergibst, dann schließ die Tür und bleib bei mihir ...*"

Ich döste nur noch bis zum Wecken. Und ich fand auch danach kein volles Bewusstsein. Zu spät erst griff ich nach den Brötchen. Umsonst. Jemand hatte sich meine Ration eingesteckt. Egal, eine trockene Brotscheibe tat 's auch. Ich hatte ohnehin keinen Hunger. Nie hatte ich Hunger in diesem Knast. Nur hin und wieder. Dann war er über mich gekommen wie über ein Raubtier. Doch ich war kein Raubtier, jetzt schon gar nicht. Zählung, hieß es, raustreten, hieß es. Draußen erneut Zählung. Wir musterten uns gegenseitig, wie wir da standen. Alle da? Alle unverletzt? Nein, fehlen tat keiner. Aber Verletzungen. Ein paar Blutergüsse, Gesichter, deren Züge den Schmerz an verdeckten Gliedmaßen und Körperteilen vermeldeten. Doch Dumpfheit statt Entrüstung. Kuschen statt Revolution. Schweigen, ducken. Keine Auflehnung, keine Revolte. Wegstecken das von gestern und Schnauze halten. Und nach vorn schauen. Jeder für sich. Ob Politischer oder Krimineller.

Bundi trottete neben mir, als wir durch den Kellertunnel ins Werk liefen. Er war einsilbig, mürrisch. Klagte aber nicht über Schmerzen. Ich dachte, er würde wieder seinen alten Psalm anstimmen: *Bald bin ich weg, dann kratzt mich das alles nicht mehr.* Nein, er tat es nicht. Sein Sinn hatte sich geändert. Zumindest für den Augenblick, für diesen Morgen. Als wir den Tunnel verlassen hatten und in de Halle unsere kleinen Runden drehten, entwarf er völlig neue Perspektiven. „Ich hab das satt hier, das Zuchthaus. Ich würde glatt meinen Ausreiseantrag zurückziehen und in diese scheiß DDR zurückgehen, wenn mir das jetzt einer anbieten würde. Irgendwie kann ich nicht mehr." Er meinte es ernst. Jetzt. Aber in ein paar Stunden konnte, würde er seine Meinung schon wieder geändert haben. Also schwieg ich. Ich dachte an meinen Traum. An beide Träume. Die Ameisen, den zerklüfteten Körper. Ich vermochte es nicht wegzustecken. Ein Zittern, ein Würgen, das mich erfasste. Ich schwankte. Vielleicht fiel ich gleich um. „Hast du nich auch die Schnauze voll? Sollen wir uns nicht melden und sagen, dass wir uns das mit dem Westen überlegt haben? Sie sollen uns entlassen, in die DDR." Er starrte mich an. „Bist ja total blass. Haben sie dich gestern am Kopf getroffen?" Er wollte nach meiner Stirn fassen. Von wegen. Wenn uns jemand beobachtete: Einer tätschelt dem anderen das Gesicht. Was für ein Gerede da entstand. Ich bog den Kopf weg und gab mir einen Ruck. Nein, nicht umfallen. „Ich bleibe", sagte ich ohne jeden Nachdruck. „Notfalls diese ganzen sechs Jahre. Andere sind auch geblieben." Wir schwiegen, liefen. Erst als wir uns wenige Schritte vor dem Zählplatz befanden, bekannte er kleinlaut: „Hast Recht. Wir bleiben. Ich auch. Aber manchmal is man einfach unvorstellbar fertig. Bloß gut, dass man dann jemanden zum Reden hat."

Auf dem Zählplatz stand Baumann inmitten einer Gruppe von gut zehn Leuten. Er redete, und er wirkte dabei wie ein Rebell, der andere, unentschlossene Mitstreiter aufwiegeln will. „Der bringt sich mit seiner Hetzerei noch mal um Kopf und Kragen", sagte Bundi. „Irgendwann werden sie beschließen, ihm ein paar Jahre Nachschlag zu verpassen. Und wenn er für die Arbeit noch so wichtig is." Ernst kam zu uns. „Geht da ja nicht hin", warnte er uns. „Da sind mindesten drei hochkarätige Anscheißer dabei, die um Baumann rumstehen. Aber er scheint das provozieren zu wollen. Erzählt den Leuten, sie sollen sich das künftig nich mehr gefallen lassen, wenn die Wölfe über sie herfallen. Zurückschlagen." Also doch Revolte, dachte ich. Wie unvernünftig. „Und grade die Anscheißer sind's, die ihm beipflichten und ihn richtig heiß machen." Ernst rieb sich mechanisch die Schulter. Vermutlich befand sich dort ein Bluterguss. Mir fiel auf einmal ein, wie er am Vortag gejammert, sich auch eingepisst hatte. Seine Angst. Aber er hatte es überwunden. Oder? Sein Unterkiefer entglitt ihm immer wieder in unkontrollierte Bewegungen, marschierte unweigerlich schräg nach unten. Mal nach rechts, mal nach links. Wie bei einem Nervenkranken. Nein, nicht wie, sondern bei einem Nervenkranken. „Habt ihr nich eine Idee, ihn da wegzubringen?"

Bundi sah zur Treppe. „Torsten könnte es schaffen." Aber Torsten war in seinem Versteck. Hörte Radio. „Scheiße", schimpfte Bundi. Er wirkte entschlossener, selbstbewusster. „Warum nich wir." Er schob mich, und ich lief. Ernst kam mit. Zu dritt bahnten wir uns den Weg durch die kleine Gruppe. „Hör mal, es is was Wichtiges", fuhr Bundi mitten in Baumanns unvollendeten Satz. „Komm mal unbedingt gleich mit." Baumann geriet aus dem Konzept. Die Umstehenden murrten, zerstreuten sich langsam. „Ich hab was im Radio gehört", sagte Bundi. „Was ziemlich Interessantes. Es geht um dieses Flugzeug, das die Russen abgeschossen haben."

Baumann schaltete sehr langsam um. Der Zorn, den er eben noch unter die Leute gestreut hatte, hatte ihn gepulvert. Adern rollten auf den Schläfen. Der Mund bewegte sich noch tonlos.

„Ich brauch auch 'nen Rat von dir." Bundi blieb stehen. Wir alle blieben stehen.

„Was denn für 'nen Rat?"

Ja, was für einen Rat. Bundi musste selbst überlegen. Ihm fiel nichts ein, also sah er mit zusammengekniffenen Augen zu Ernst, zu mir. „Ich brauch auch 'nen Rat", sagte ich plötzlich. „Ich träum jede Nacht 'nen totalen Schrott zusammen. Heute Nacht zum Beispiel war ich eingegraben, und über meinen Kopf liefen tausend Ameisen." Die drei starrten mich zweifelnd an. „Und dann hab ich von 'ner Frau geträumt, die lauter Löcher im Körper hatte."

„Ja", sagte Bundi und zwinkerte mir zu, als hätte ich einen Scherz gemacht. „Ja, das is ein Problem, ein ziemlich schweres sogar. Dass man hier so beschissen träumt, bis man vielleicht verrückt wird." Er fasste Baumann mit seinem Blick: „Du weißt doch alles. Und hast auch so 'ne lange Erfahrung mit dem Knast. Was macht man am besten gegen diese Albträume?"

Baumann löste sich endlich von seinen aufrührerischen Gedanken. „Albträume meinst du? Hast du nicht eben was von den Nachrichten erzählt? Von dem abgeschossenen Flugzeug? Aber ist ja egal. Was du gegen Albträume machen kannst, weiß ich nicht. Du kannst nur warten, bis sie wieder aufhören. Irgendwann hören sie nämlich auf. Nach Monaten oder nach Jahren."

Torsten kam. Er war gelassen, distanziert wie immer. Trotzdem wirkte er neugierig. Ich hatte das bei ihm noch nicht erlebt. „Ihr macht so komische Gesichter. Wegen gestern?"

„Na ja", entgegnete Baumann, und Torsten schien fast zu lachen. „Schwamm drüber."

„Die Jungs haben noch andere Probleme. Sie träumen schlecht. So von eingegrabenen Ameisen und zerstückelten Frauenkörpern." Baumann schien verunsichert, als fürchte er, sich lächerlich zu machen. Aber Torsten behielt seine Ruhe. „Is das ein Wunder, dass man hier von zerstückelten Leichen träumt? Bei der Gesellschaft. Auf meiner Zelle sind mindestens zehn Mörder. Einer davon hat seine ganze Sippe umgebracht, ein anderer *nur* Vater und Mutter. Zwei sind ganz ordinäre Raubmörder, zwei andere lächerliche Sexualkiller. Und der Rest hat so nebenbei mal hingelangt. Im Suff oder wie sich's grade ergeben hat. Wenn man die Leichen, die sie produziert haben, vor den Zellenfenstern aufschichten würde, wär 's drin dunkel." Ich musste grinsen, aber Torsten war ernst geblieben, und daher sah mich Bundi maßregelnd an. „Mit den Ameisen, das versteh ich trotzdem nich", beklagte sich Ernst. Sein Kinn schoss unbewusst nach unten und klappte wieder hoch. „Wie kann einer träumen, er is eingegraben, und die vielen Ameisen laufen über seine Birne?" Er blickte in Richtung Klo, aber er bezwang seinen Harndrang, um vielleicht erst die Antwort zu bekommen. „Das sind alles Gleichnisse", sagte Torsten. „Das hängt mit der Enge zusammen und mit der Wehrlosigkeit. Man muss alles über sich ergehen lassen, das macht einen verrückt und führt zu solchen Wahnvorstellungen."

„Zählung!" Der Schichtleiter schrie nach uns, nach allen. „Ich muss erst pissen", stöhnte Ernst und rannte in Richtung Toilette. „He, bleib hier! Bei der Zählung müssen alle da sein!", kreischte der Schichtleiter. Und da Ernst nicht hörte: „Is der Kerl bescheuert? Der bringt mich doch glatt in den Arrest." Er fasste Fritzchen, der direkt neben ihm stand, am Arm: „Los, renn hinterher und hol diesen Trottel zurück!" Fritzchen hatte die Hände in den Taschen, er rührte sich nicht. „Los! Mach Latte!", schrie ihn der Schichtleiter wieder an. Fritzchen ging einen Schritt zur Seite. „Für wie blöd hältst du mich, du Rochen?", fragte er pampig. „Ich renn dem nach, und nachher fehl ich selber zur Zählung", er lachte frech, „kann ich gleich hingehn zu Sauzahn und um Schläge bitten."

„Was is? Warum is nich anjetreten?" Der Uniformierte stand schon hinter dem Schichtleiter. Sauzahn. Den Namen hatte er wegen seines Gebisses. Die Eckzähne überstanden die Schneider um ein ganzes Stück. Wie bei einem Keiler. Und es gab wohl auch Leute, die ihn so nannten, Keiler. Nur: Sauzahn, das klang gemeiner, gehässiger. Und es passte besser. Der Kerl hatte fast immer miserable Laune. Mürrisch watete er durch die Halle, schnauzte oder drosch einfach mal. Und: Er roch aus dem Maul.

Widerlich. Und als ob er sich dessen voll bewusst war, schlich er bei Zählungen wie ein Kurzsichtiger dicht an der vorderen Reihe entlang und blies den Knastern seinen stinkenden Odem ins Gesicht.

„Fehlt noch einer", stammelte der Schichtleiter.

„Fehlt keiner. Hat keiner zu fehlen. Dass das klar is." Schon war er dem Schichtleiter auf die Pelle gerückt. Gesicht bei Gesicht. Mund gegen Nase. Der Knaster bog sich, so das ging, weg. Hielt den Atem an, schloss gar die Augen. Stammelte abermals: „Aufm Klllo. Der is -."

„Schnauze und antreten. Das is."

Die Knaster formierten sich schnell. Respekt und Angst. Vielleicht auch die Absicht, dem Schichtleiter eins auszuwischen. Je schneller Sauzahn zum Zählen kam, um so schneller würde er feststellen, dass da einer fehlte. Dann kriegte er Ärger, der Schichtleiter, dieser unbeliebte *Rochen*, der so manche Vergünstigung genoss und nicht davor Halt machte, Leute vom Fußvolk anzuscheißen. Der *Edelknaster*.

So nahm das Schicksal seinen Lauf. Die Zählung begann, und am Ende des Ganges tauchte zwischen den Maschinen Ernst auf. Sauzahn lugte aus den Augenwinkeln. Ganz gewiss hatte er ihn bemerkt, wenngleich er sich kurzsichtig, beschäftigt stellte. Wie verwurzelt stand er vor der ersten Reihe der Angetretenen, bog sein Gesicht weit in das Menschenspalier, um scheinbar so am genauesten zählen zu können. Notierte dann mit einem Bleistiftstummel das Zählergebnis auf dreckigem Papier. Bis auf fünf Meter ließ er Ernst heran. Und jetzt erst blickte er auf. Fies und listig. Schweinelistig. Tat überrascht, verwundert, bestürzt. „Der Strafgefangene is blasenkrank." Der Schichtleiter versuchte noch einmal, die Häute zu retten. Seine mehr als die des Ernst. „Wenn er nich rechtzeitig zur Toilette geht, is alles zu spät." Sauzahn hörte gar nicht darauf. Er stemmte die gespreizten Hände in die Seiten. Nickte wie ein Feldherr vor dem entscheidenden Schlachtgetümmel. „Das muss mir mal einer erklären, warum dieser Lumpenhund hier ankommt, als hätten wir

Rosenmontag." Er atmete heftig in die Richtung des Blasenkranken aus, als würde er es fertigbringen, mit seinen pestigen Munddünstungen die Entfernung zwischen sich und dem Knaster zu überbrücken.

Ernst erstarrte. Wie ein erschrockenes Reh. Er zitterte sichtlich, und die Kinnlade fuhr mehrmals ungelenk nach unten. Sauzahn setzte die ersten Schritte. Er hatte ein widerliches Gesicht. Diese huschenden Pupillen, dieser halb geöffnete Mund, in dem die Eckzähne wie bei einem kleinen Raubtier aufsprangen. Es war der Augenblick, in dem das Beutewild zur Flucht ansetzte. Ernst drehte sich blitzschnell und rannte. Zum Ende des Ganges, die Treppe hoch. Die Furcht hatte sein Gesicht verzerrt. Sein angstvolles Aufschreien erfüllte die Halle, übertönte mühelos die im Leerlauf tuckernden Maschinen. Sauzahn ruckte. Der Raubtierreflex signalisierte ihm die ureigenste Pflicht. Ihm nach, töten. Er beherrschte sich, wenngleich die Hin- und Herbewegung von Blick und Kopf seinen mörderischen Instinkt verrieten, den Kampf, den der Zwiespalt zwischen Restmensch und Restbestie in seinem Innern entfacht hatte. Gelächter kam aus den hinteren Reihen, aus der Anonymität. Über den feigen, kindischen Ernst. Über den nicht minder kindischen Sauzahn, der auch ein Feigling war. Ein viel größerer noch als Ernst. Waren Raubtiere nicht immer die größeren Feiglinge? Er geriet für Sekunden außer sich, der Herrscher über uns Knaster. Warf unbeherrscht seinen Zettel samt Bleistiftstummel zu Boden und packte mit gewaltigen Fäusten den nächst stehenden Knaster. Killerpaule. Schüttelte ihn, auf dass er bis über die Stirn rotblau anlief. „Los, hol den zurück. Aber dalli!" Das Lachen mehrte sich, die Gefahr auch. „Schnauze hier!", schrie Sauzahn. „Sonst lass ich euch hier mal 'ne halbe Stunde nackt durch die Halle rennen." Eine Drohung, die ihm Respekt verschaffte, die man ernst nehmen musste.

Killerpaule trabte los. Wie ein Esel, zugleich wie eine Ente, wie ein geprügelter Hund. Das war kein normales Laufen. Das sprach von einer gewissen Degeneration der Extremitäten. Von der Rückführung der Lauffähigkeit zum Ursprung. Der Horden-rüpel, dessen Vorderpfoten sich gerade erst vom Boden gelöst hatten. Diese unendliche Spanne Eingesperrtseins hatte Paule wieder zum Urmensch werden lassen. Nicht nur im Laufen. In all seinen Bedürfnissen kehrte er nahezu zum Niveau des Primaten zurück. Oder des Primitivlings. Wissenschaftlich, also nach Marx, wäre sein Lebensrhythmus nicht mal die einfache Reproduktion der Arbeitskraft gewesen. Sollte man darüber lachen oder diesen armen Teufel bedauern? Wer freilich bedauerte sein Opfer, die Hinterbliebenen des Ermordeten?

Er kehrte nach einer unerwartet langen Spanne zurück, und er wirkte in der Tat wie ein Affe. Aufgeregt, gestikulierend, sprachlos. Nur Affenlaute. Aber diese eine Geste war eindeutig. Der unsichtbare Strich, den er mit dem abgespreizten Daumen vor seiner Gurgel zog. Tot. Tot? Er stand vor Sauzahn und die haarigen Arme kreisten vor der widerlichen Visage des Schließers. Die Stimme überschlug sich und hörte sich an, als käme sie von einem Tonband, das man rückwärts laufen ließ. Aufgehängt, dieses eine Worte hörte ich ganz deutlich heraus. Hörten wir alle. Und eine knisternde Spannung füllte das eintretende Schweigen. Atemberaubend, tatsächlich. Ich hätte mir keine andere Situation vorstellen können, für die dieses oft so oberflächlich gebrauchte Wort treffender gelten mochte als in dieser. Es wagte niemand zu sprechen, zu husten - eben nicht mal zu atmen. Erst als es Sauzahn zu mulmig wurde, als ihn die Angst packte. Die Angst vor den Konsequenzen, vor seinen Perspektiven. Mord, Totschlag oder fahrlässige Tötung? Schlampigkeit im Dienst, Nichteinhaltung der Vorschriften? Wenn sie ihm was anhingen, das Schlimmste oder Harmloseste. Er konnte in ein paar Monaten wieder hier stehen. Dann in die gleichen Lumpen gehüllt wie wir, mit dem gelben Streifen auf dem Kreuz.

„Wo isser?"

Paule fuhr zurück. Mundgeruch und Lautstärke hatten ihn nun zusätzlich verwirrt, betäubt. Er zeigte auf die Treppe. Sprach endlich deutlicher: „Hängt neben Aufzuch." Und klopfte mit der gekrümmten Affenhand auf das eigene Maul. Der Affe Mensch. „Tot, tot, tot, tot -!" Ein Faustschlag streckte ihn nieder. Sauzahns Panik, Rat- und Hilflosigkeit. Er drehte sich, packte den Schichtleiter an der Jacke. „Bloß weil du nicht gespurt hast. Warte, dafür kriegste Nachschlach. Das besorg ich dir." Der Schichtleiter riss sich los. „Ich? Ich doch nich!" Er jaulte, heulte. Voller Angst, voller Unbeherrschtheit. Verpasste dem Uniformierten einen Stoß gegen die Brust. Brusthugo, Brustpuffer. Der Schließer nahm das nicht wahr. Kehrte sich wieder zu Paule. „Hängter wirklich? Wirklich? Wirklich?" Paule lag noch. Es schien, als wolle er sich nie mehr erheben. Er stammelte wieder: „Tot, tot, tot ..." Die Augen schimmerten weiß, durchzogen von dünnroten Äderchen. Sauzahn trat ihm mit Wucht in den Leib. Einmal, zweimal. Die harte Kante des Lederschuhs. Endlich wurden die anderen wach. Baumann schrie: „Vielleicht ist er noch zu retten." Er rannte plötzlich los. Zur Treppe. Torsten auch. Der Arzt. Dann Sauzahn, der Schichtleiter, wir alle. Nur Paule nicht. Er krümmte sich am Boden liegend. Im Dreck. Er war ja selbst ein Stück Dreck. Wie wir alle.

Auf der Treppe kam Sauzahn zu Fall. Mitten im Pulk der Knaster zu laufen, zu drängeln, das barg Gefahren. Wurde er geschubst, gestoßen oder getreten, wurde ihm heimlich ein Bein gestellt, oder stolperte er? Ich sah es nicht. Dabei hatte ich am Ende der Horde eine gute Übersicht. Er taumelte und tauchte ab. Wie ein Ertrinkender. Und er hatte Mühe, auf die Beine zu kommen, seine Mütze festzuhalten. Fremde, anonym bleibende Füße traten nach ihm. In den fetten Leib, die feiste Fresse. „Stinkende Sau!", schrien die wütenden Wilden. „Stinkende Ratte!" Seine Oberlippe blutete. Die Augäpfel rollten wie weiße Tischtennisbälle. Die Arme versuchten den nächsten Knaster zu packen. Der entkam. Sie alle entkamen. Sie alle rannten, wollten wissen, was passiert war. Mit Ernst. Sauzahn wollte es auch wissen. Er hörte auf zu grapschen. Jagte, stolperte, drängelte weiter. Erst auf den letzten Stufen wurde er langsamer. Er kam nicht mehr so schnell vorwärts. Die Horde hatte sich gestaut, sie schob sich nur langsam in den Flur weiter. Zum Ort des Geschehens. Halbe Schritte, Geschiebe. Und es wurde ruhiger, fast still. „Dieser Affentrottel hat anscheinend Recht", flüsterte Bundi. Wir befanden uns noch am Ende des Pulks, doch er strebte plötzlich vorwärts. „Das will ich sehen, was hier vorgefallen is." Resolut arbeitete er sich zwischen den Knastern hindurch. Erhielt dafür Beschimpfungen, Püffe. Ich blieb in seinem Sog. Endlich hatten wir die letzte Stufe genommen. Der Flur, der Gang, der zum Werkzeugbau und zur Lehrwerkstatt führte. Es war ein scheußlicher Anblick. Ernst hing an einem vorstehenden Balkenende. Nur ein paar Schritte neben dem Treppenaufgang. Sein Kopf befand sich keinen Meter über unseren Köpfen. Und doch hatte dieser kleine Meter ausgereicht, um -. Was war? Die Zunge stach aus dem offenen Mund, die Kinnlade sperrte sich starr nach unten, die Pupillen hatten sich in die Augenhöhlen gedreht. Ein kurzes Stück Seil, an dem er hing. Er hatte es immer zwei- oder dreifach gewickelt am Hosenbund getragen. Als Gürtelersatz. Oder mit dem heimlichen Vorsatz, wenn's mal nicht mehr geht, ... „Holt ihn doch da runter!", schrie Bundi. „Vielleicht lebt er noch." Sie waren sowieso schon dabei. Baumann, Torsten. „So leicht geht das nich", fauchte Harri, der sich ebenfalls mit mühte. Es stimmte, das Seil war am Balken in eine Kerbe gerutscht und ließ sich nicht von unten schieben. Doch sie reichten schon einen Hocker. „Der is eh hin", sagte ein Tätowierter mit dem Spitznamen Krücke. „So mit Erdrosseln, das kann ich bestätigen, wie schnell das geht." Er hob die Hände, seine Mordwerkzeuge, und grinste aufdringlich. Aber er blieb unbeachtet. Der Hocker stand, und Baumann schwang sich empor. Er rüttelte und riss an dem Strick. Lief rot an, brüllte: „Verfluchte Scheiße, das ist, als ob diese Kerbe extra für das Seil geschnitten wurde." Da, Ernst bewegte sich. Der Körper stieg ein Stück hoch, kippte zur Seite. Nein, es war kein Leben in ihn gekommen. Torsten hatte ihn angehoben, um den Druck der Schlinge zu lockern. Die letzte Chance vielleicht. „Ein Messer!", schrie Baumann. „Das Seil muss durchgeschnitten werden." Das Messer kam. „Hoch mit ihm!", befahl Baumann, „noch höher." Harri fasste mit zu. Sie drückten Ernst bis an die Unterkante des Balkens. Baumann rackerte mit dem Messer hin und her. Er war knallrot, Schweiß lief in Strömen über sein Gesicht. „Mach doch!", schrie Bundi. Er sah jetzt verzweifelt aus, drängelte sich weiter nach vorn. Der Tätowierte mit dem Namen Krücke sang leise, hämisch: „Bella, bella, bella Marie, häng dich auf, ich schneid dich ab morgen früh." Ein paar Knaster kicherten. „Scheißkerl!", schrie Bundi, „du krimineller Scheißkerl." Krücke hob drohend die rechte Faust. „Pass mal auf, dass du nich gleich daneben hängst, du Arschficker!" Der Handrücken war mit einem Frauenporträt überzogen. Im Gesicht trug er unter dem linken Auge die so genannte Pennerträne. Statussymbole des Vorbestraften, des Verbrechers. Bundi wollte sich auf ihn stürzen. Ich hielt ihn fest, schob ihn vorwärts. Krücke feixte ihm hinterher. „Komm mal heute duschen, Süßer. Brauchst dich nich mal nach deiner Seife bücken. Ich stiel dich auch so auf." Ein Raunen. Baumann hatte das Seil gekappt, und Ernst fiel, obwohl ihn Harri und Torsten an den Beinen hatten, um. Spontan fingen ihn die Hände der Umstehenden auf und legten ihn auf den Betonboden. Torsten schwang sich sofort über ihn. Er versuchte eine Herzdruckmassage. Einmal, zweimal, immer wieder presste er mit gewaltigen Stößen den Handballen in die Brust des Erhängten. „Komm, komm!", murmelte er. Keuchte, fluchte, heulte vielleicht ein bisschen, beobachtete das Gesicht, aus dem bei jedem Stoß die Zunge, begleitet von einem schauerlichen Röcheln, wie der Vogel einer Kuckucksuhr heraussprang. „Schafft er nich!" Vermutung oder Feststellung? Die Umstehenden wurden unruhig. Mit der Aussicht auf das Misslingen einer Wiederbelebung, sank die Spannung, kehrte das Bewusstsein zurück. Die Erinnerung. Die Zählung.

Was war mit Sauzahn? Er stand direkt neben Torsten, neben Ernst. Hatte die Augen weit herausgeschraubt. Die Mütze saß schief auf dem Kopf. Hinter der geschwollenen Oberlippe fehlte ein Zahn. Fassungslos war er. Aber wie lange. Nicht lange. Er würde sich besinnen. Auf die Zählung, den Sturm auf die Treppe. Auf die Tritte, die sie ihm versetzt hatten. Wer? Diese und noch andere Fragen. Die Vorsichtigen unter den Knastern begriffen das bereits. Rückzug. Sie verschlichen zum Zählplatz. Sollten wir nicht auch? Bundi und ich. Die Herzdruckmassage dauerte schon fast eine Minute. Torsten würde es nicht schaffen, wenngleich er unvermindert walkte, mit Kraft und Verzweiflung, und mit Wut. Sie schienen es eh alle zu ahnen, zu wissen. Die Guten und die Bösen. Solche wie Baumann, solche wie Harri. Solche wie Fritzchen, Kalle und Franko. Und solche wie Krücke sowieso. Ein Betriebsunfall, wie es ihn in Jahren und Jahrzehnten nicht nur einmal gegeben hatte. Heute Abend in der Zelle würden sie davon erzählen, wer sich unter welchen Umständen und aus diesen und jenen Gründen während ihrer Knastzeit auch schon erhängt, zu Tode gestürzt oder durch Pulsadernschnitt aus dem Leben befördert hatte. Und ich, mit meinen wenigen Wochen, würde sogar eine Story vom Zugang beisteuern können. Ja.

Kalle stand jetzt neben mir und Bundi. Er fasste meinen Oberarm. „Besser, wir verschwinden. Ihr beede ooch. Olle Sauzahn hat keene Meldung zur Zählung durchjejeben. Det jibt Ärjer. Wenn wir Pech ham, is det Rollkommando gleich wieder hier." Bundi zuckte zusammen. Rollkommando. Er rieb sich die Schulter. Sein Blick pendelte flackernd zwischen Kalles Gesicht und dem am Boden liegenden Körper. Er wirkte, als wäre er soeben aufgewacht. Aus einem absurden Traum. „Nich schon wieder die Graukittel", sagte er entschlossen. „Nich wieder das. So leid mir Ernst tut." Er kehrte und stürmte zur Treppe. Ich zögerte, und Kalle zog meinen Arm. „Den da kannste nich mehr helfen. Und du kannst ooch nüscht dafür, det er da licht. Hier muss jeder alleene durch." Er ließ meinen Arm los und ging. War ich ein Feigling, wenn ich ihm folgte, ein Verräter? Rollkommando, Graukittel. Ich rannte ihm nach. Ich dachte nicht an Ernst, nicht an Baumann oder Torsten. *Hier muss jeder alleene durch.* Auf dem unteren Abschnitt der Treppe holte ich Kalle ein. Wir wollten in den Hauptgang der Fabrikhalle einbiegen, aber Bundi, der schon ein Stück vorausgelaufen war, kam zurück. „Die Kerle mit den Schaftstiefeln und den Gummiknüppeln sind schon am Eingang. Hagel führt sie an." Er hatte ein angstverzerrtes Gesicht. Rat- und hilflos sah er aus. Er, ich auch. Mausefalle. Kalle wusste Rat. So langsam er sonst war, handelte er jetzt schnell. „Los, hier an die Seite lang. Erst mal verstecken. Und wenn se vorbei sind, die Wölfe, außen rum zum Zählplatz." Seine Taktik erwies sich als richtig. Wir krochen zwischen die Maschinen und legten uns flach auf den Boden. Zehn, zwanzig, dreißig Sekunden. Eine Minute. Schließlich hob Kalle den Kopf und flüsterte: „Jetze is die Luft reene." Er rappelte sich auf. Rannte. Bundi und ich folgten.

Am Zählplatz standen schon etliche Knaster. Freddi, Lars, der Bucklige, Plötze. Wir mengten uns unauffällig unter die Wartenden. Kalle rauchte eine Selbstgedrehte. „Wer weeß, ob se mir in 'ner Stunde noch schmeckt", orakelte er. Ganz Unrecht hatte er nicht. Kaum stiegen die ersten Qualmwolken empor, erklang Geschrei. Es kam von oben. „Jetze mischen se die uff." Wir machten betretene Gesichter. Aber es ging nicht um einen neuerlichen Prügelakt. Es waren die Kommandos, die wir hörten. Sie kamen näher. Die Graukittel auch. Zwei Mann jagten herbei. Ihre Mienen wie gefroren. Unwillkürlich drängten wir uns aneinander. Nein, auch wir kriegten keine Prügel. Es wurde nur gedroht, getrieben. Runter in den Keller. Im Umkleideraum der Duschen mussten wir warten. „Damit keiner sieht, wie sie den Toten wegschaffen", mutmaßte Bundi. Kalle wusste es besser. „Det is die ejal. Ob wir den Doten noch sehn oder nich. Jetze komm erst die Ermittler. Und det kann dauern. Wenn wa Pech ham, sitzen wa bis in de Nacht hier unten."

Wir saßen und saßen. Wenigstens hatten wir die niedrigen, harten Turnbänke und die kahlen Wände, gegen die wir uns mit dem Rücken lehnen konnten. Durch das Kellerfenster fiel ein dürftiger Schein an Tageslicht. Nach draußen gucken konnten wir nicht, da das Fenster in einem Lichtschacht lag. Es gab kein Essen. Und wer Durst hatte, musste aus dem Kaltwasserhahn im Duschraum trinken. Pinkeln konnte man dort auch. Direkt in den Abfluss im Fußboden. Bundi meinte in einem unbedachten Augenblick: „Für Ernst wäre das nix hier unten. Der mit seiner schwachen Blase. Der könnte gleich die Buchsen runterlassen und sich in die Ecke hucken." Erst als er den letzten Satz beendet hatte, wurde ihm die Geschmacklosigkeit seines Geredes klar. Er biss sich auf die Unterlippe und schien sich zu schämen. Dann schloss er die Augen und kippte die Stirn auf die gefalteten Hände. Ein paar Schluchzer schüttelten ihn. Die Knaster, die auf der Bank an der gegenüber befindlichen Wand saßen, starrten blöde. Sagen taten sie nichts. Dafür versuchte Kalle etwas Tröstliches beizusteuern. „Ick hab hier schon allerhand Leute verrecken sehn. Aber man muss jedet Mal erst damit fertich wern. Et is hinterher immer wie 'n Spuk." Ja, es war wie ein Spuk. Ein Spuk, der sich erst nach und nach als Wahrheit begreifen ließ.

Zweimal mussten wir aus dem Umkleideraum heraus und antreten, um uns zählen zu lassen. Beide Male dachten wir, es ginge nun an die Arbeit zurück. Ein Irrtum, den die Knaster mit Murren und Unwilligkeit quittierten. Nach der zweiten Zählung kamen die restlichen Leute von der Schicht. Es wurde eng. Die Plätze auf den kleinen Bänken reichten nun nicht mehr. Die Neuen stöhnten. Man hätte sie bis eben in die Lehrwerkstatt eingesperrt. Zuvor waren die Hocker und der Tisch herausgeräumt worden. Immerzu stehen. Zwischendurch ein paar Verhöre. Vernehmungen, Befragungen. Nichts zu trinken. Keine Gelegenheit zum Pissen. Erschöpft, wie sie waren, forderten sie unsere Sitzplätze. Außer Baumann und Torsten. Denen schien die Tortur nichts zu machen. Doch der Schein trog. Ich bot Baumann meinen Platz an, und er setzte sich sofort, dankte. Dass ich mich zuvor vom Todesort weggestohlen hatte, nahm er nicht übel. Das Sitzen machte ihn klein. Es ließ ihn weniger stolz aussehen, weniger hartnäckig. Ein alternder, ein alter

Mann. Er beugte sich weit vor und vergrub das Gesicht in den offenen Händen. Doch er heulte, klagte und schimpfte nicht. Nur dass er tief durchatmete. Ganz tief. Vielleicht betete er. Für Ernst, für sich, für uns alle. Bestimmt nicht für seine Peiniger.

„Um was isses bei den Vernehmungen gegangen?", fragte Bundi. Er stand ebenfalls auf, damit sich auch Torsten setzen konnte. Baumann rührte sich nicht. Er seufzte nur. Zeichen seiner Erschöpfung. „Das Wasser aus der kalten Dusche is an", sagte ich. „Tut ganz gut, wenn man mal was trinkt und sich das Gesicht abwäscht." Er nickte, ohne aufzuschauen. „Sie wollten nur wissen, was mit dem Schließer passiert ist. Mit Sauzahn. Und den Hergang bei dem Selbstmord natürlich. Allerdings ist unsereiner dafür kein Gesprächspartner. Erstens haben wir nichts mit dem Schließer zu tun gehabt, und zweitens laufen ja genug Schleimer und Anscheißer rum, die gerne noch mehr erzählen, als in Wirklichkeit passiert ist." Er stand auf. „Halt mal den Platz für mich frei. Ich trink 'nen Schluck Wasser." Er schob sich durch die Knaster, die im Raum standen. Gebeugt und ein bisschen hinkend. Die Verwundung aus dem Krieg. Ich dachte: Was hat dieser Mann schon alles durchgemacht; und er lässt sich nicht unterkriegen. „Und was is mit Sauzahn? Muss er dafür bezahlen, dass das mit Ernst passiert is?", fragte Bundi. Torsten hob die Hände. Die Spur eines Lächelns huschte über seinen Mund. „Glaubst du an Wunder?" Nein, Bundi glaubte nicht an Wunder. Ebensowenig wie ich. „Was will man ihm vorwerfen? Er hat völlig nach Vorschrift gehandelt. Dass bei Ernst die Sicherungen durchgebrannt sind, is nich seine Schuld. Und dass er die Truppe nich im Zaum halten konnte, dafür kann man ihm auch nix anlasten. Er wird eher noch eine Auszeichnung kriegen, weil ihm ein paar Idioten auf der Treppe in die Weichteile getreten haben. Das macht ihn noch zum Helden. Zum Schuld sein und Büßen sind wir ja da." Torsten ließ die Hände wieder sinken. Er lächelte jetzt deutlicher, deutlich bedauernd. Im Gegensatz zu Baumann, zu allen anderen sah er geradezu frisch aus.

Baumann kehrte zurück. Das Gesicht glänzte nass, die Haare klebten am Kopf. Sie lagen dünn, obschon sich kaum ein graues darunter befand. Obwohl er fast sechzig war. Er nickte, als ich wieder für ihn aufstand. Hielt sich jetzt gerade. Mit Stolz, mit Haltung – Zeichen seiner Ungebrochenheit. Er wollte etwas sagen. Aber direkt neben uns fingen zwei Knaster Streit an. Es ging um Belangloses. Wie immer. „Mach dich mal nich so breit hier, du Rochen!" – „Mach 'n Kopp zu, du ziehst sonst zu viel Luft." Ein Konflikt, der nach den Stunden in Enge und Dunst vorprogrammiert war. „Klapp an, wenn dir die Zähne zu dicht stehn!" Die Wut bahnte sich ihren Weg. Abreagieren, um nichts anderes ging es. Aber nicht nur die Nerven der Streithähne lagen blank. Aufregung hatte auch die anderen Knaster erfasst. Die Aussicht auf einen Kampf brachte nun die Aussicht auf Abwechslung, Ablenkung. Wie auf Kommando rückten die Knaster weiter zusammen. Ein kreisförmiger Platz entstand in der Mitte des Raumes. Die Arena. Anfeuerungsrufe, Pfiffe. Hände klatschten. Und schon hatten sich die Streithähne voreinander aufgebaut. Zwei große kräftige Kerle. Mit kompakten Muskeln und groben Knochen. Mindestens Halbschwergewicht. Sie tanzten voreinander, wedelten mit den ausgestreckten Armen. Unentschlossenheit, Vorsicht. Auch gegenseitige Angst. Wer hier richtig was abbekam, der konnte im Med-Punkt landen. Oder dort, wo Ernst jetzt war. Schon sah es aus, als wolle der Angegriffene einen Rückzieher machen, sich entschuldigen. Wenn der andere die Entschuldigung annahm. Ja, er schien sie anzunehmen. Die Fäuste fielen nach unten. Welch ein Schock, welches Ärgernis für das Publikum. Enttäuschung, Hohn, Verachtung wurden über die Feiglinge ausgeschüttet. Durfte man das auf sich sitzen lassen? Erneut gingen die Arme hoch. Jetzt zielstrebiger, angriffslustiger. Ein erstes giftiges Tasten im Stehen. Gerangel, Clinch. Ringen, drücken, schieben. Eine Art Fußwurf und ab nach unten, Bodenkampf. Hin und her, Gezerre, mal der eine schwere Körper und mal der andere schwere Körper oben. Ein paar schlecht sitzende Backpfeifen, misslungene

Würgegriffe. Verbissenheit. Gegenseitiges Kratzen. Wutrote Gesichter. Fließender Speichel. Hass, ja, aus dem Nichts entstand nun Hass. Unkontrollierte Beschimpfungen. „Dich mach ich alle, du fiese Sau!" Schließlich kamen sie wieder auf die Beine. Neuerliches Getänzel, wenngleich jetzt mit schweren Füßen und Armen. Endlich pendelten die harten Fäuste durch die stickige Luft. Boxkampf. Die ersten Schläge trafen noch langsam und dumpf. Die Erwiderung durch den Gegner ließ sie geradliniger, rücksichtsloser werden. Man merkte, dass sie mit dem Ziel geführt wurden, den anderen zu eliminieren. Beide kämpften sie ohne Deckung, ohne Technik. Nur mit Kraft, mit Blindheit. Getragen vom Geschrei der Umstehenden. Die Waghalsigkeit wuchs. Einstecken und austeilen. Schulter, Brust, Arme. Magen und Leber. Und der Kopf. Der, der den Streit begonnen hatte, geriet zusehends ins Hintertreffen. Überraschend schnell wurde er schlaff, unkonzentriert. Er wehrte sich kaum noch. Bis ihn ein Hieb direkt an der Kinnspitze erwischte. Es krachte, der Aufschrei. Schluss. Ausgestreckte Arme verhinderten den Sturz auf den Betonfußboden. Den Sturz ins Bodenlose. Die Folgen des Kinnhakens konnten sie nicht verhindern. Kieferbruch. „Heut fliegen die Fetzen", sagte Fritzchen in die eintretende Stille. „Erst hängt sich einer auf, danach geht einem die Kinnlade zu Bruch. Bin gespannt, was noch passiert." Ich dachte daran, dass mir vor zwei Wochen beim Duschen im Zugang eine ähnliche Vorwitzigkeit übel bekommen war. Fritzchen passierte nichts. Die Knaster kannten ihn ja. Er hatte wohl Narrenfreiheit, und er war *einer von ihnen*, mit seiner langen Strafe. Stattdessen sammelten sich aller Blicke bei Torsten. Arzt. Helfen. Torsten stand langsam auf. Nicht widerwillig, aber sichtlich ungern. Mit einer sparsamen Geste deutete er auf die Bank unter dem Kellerfenster. Die Knaster, die sich dort hingequetscht hatten, protestierten sofort. „Warum kann der Kaputte nich woanders liegen?" Torsten zeigte auf das Fenster. Hier hatte man noch einigermaßen Licht. Doch das Licht nützt ebensowenig wie der Arzt helfen konnte. Ein bisschen den kaputten Kieferknochen richten, kühlen und mit einem Tuch zusammen halten. Sonst ging nichts, nix. „Med-Punkt", sagte Torsten. „Möglichst bald, das kann sonst schmerzhaft werden." Nicht kann, sondern muss, hätte er sagen sollen. Das Gejammer setzte im selben Augenblick ein. Torsten hatte es legitimiert. Es klang fürchterlich. Wie es eben immer fürchterlich klingt, wenn in der so genannten Stunde der Wahrheit aus diesen breitschultrigen Hünen nicht Helden, sondern Memmen werden. Ein Gewinsel, das an die Nerven ging. Sofort schlug jemand mit der Faust gegen die Tür. „Sannni! Notfall! Hier is einer am Verrecken!" Frankos Stimme. Und Kalle murmelte. „Jetze isser schon so lange hier und gloobt immer noch, det die Schließer kommen, wenn er wat von Verrecken schreit." Fritzchen kicherte wieder. „Eher machen die Schließer 'nen Bogen um den Notfall. Kriegen se ja nur Scherereien." Fünf bis zehn Minuten vergingen, es geschah nichts. Gemurmel und Zigarettenqualm nahmen wieder zu. Man gewöhnte sich allmählich an das Jammern und Winseln. Oder? „Das hält kein Schwein aus." Die Feststellung fiel immer häufiger. Zur körperlichen Anstrengung kam die nervliche. Fritzchen hatte sich bereits auf den Boden gekauert und hielt sich die Ohren zu. Kalle saß gequetscht auf der Bank, hatte die Augen zum Halbschlaf geschlossen. Sie schlugen wieder gegen die Tür. „Wachtmeister! Hier is ein Verletzter!" Fünf, sechs Mal. Endlich erbarmte sich draußen jemand. Nein, es hatte nichts mit Erbarmen zu tun. „Was soll das Theater?" Der Frager wirkte ungehalten, herrisch. Er rief zudem durch das Kellerfenster. Das befand sich an der Wand, die der Tür gegenüber lag. Ein Durcheinander an Antworten sprang ihm entgegen. Zehn Leute versuchten den Notfall gleichzeitig zu erklären. Es blieb unverständlich. „Werdt euch gefälligst einig, was los is", höhnte, als das Durcheinander abebbte, von draußen die Stimme. Die Schritte des Mannes entfernten sich. „Schinder! Missgeburt! Kommunistisches Pack! Wenn wir erst mal an der Macht sind!" Die Drohungen und Flüche brachten nichts. Kalle wusste, dass sie eher zum Gegenteil führen würden: „Damit helfter den

558

Kumpel bestimmt nich, wenn ihr die Schließer droht. Det jeht denen doch am Arsch vorbei, wenn er verreckt." Er wurde nicht wahrgenommen. Die Knaster waren aufgebracht, diskutierten. Die Ignoranz des Wachmannes hatten ihnen ihre Minderwertigkeit einmal mehr vor Augen geführt. Ihre Ohnmacht. Ein eingelochter Dreck. Die Wut setzte neue Kräfte frei, betäubte die Erschöpfung. Minutenlang erging man sich in Beschimpfungen der Schließer als Gesamtheit und in Einzelpersonen. „Bei Adolf wären solche Tiefflieger vergast worden!" Oder: „Im Westen dürften die nich mal die Straße fegen."

Aber die physischen Kräfte schwanden dahin. Stimmen und Hirne ermatteten. Das Jammern des Verletzten gewann die akustische Oberhand, strapazierte die Nerven. Es lenkte die müden Gedanken um. „Wozu musste die scheiß Prügelei überhaupt sein?" Na eben. Die Frage putschte, wenn auch nur kurz, die Gemüter abermals auf. „Kannste dich nich benehmen wie wir alle?" Vierzig Augenpaare richteten sich auf den Täter. „Einfach drauf haun, bloß weil du kein Platz zum Stehn hast?" Und: „Wegen dir komm wir jetzt hier ewig nich raus." Der Beschuldigte lief rot an. „Der hat mir doch zuerst jehaun!" Und zur Untermauerung seines Arguments hob er gleich wieder die Fäuste. Doch er wusste, dass er damit nicht durchkam. „Hau mal ruhig noch ein zusamm. Denn fängste dir noch zehn Jahre ein." Und: „Denk mal nich, dass wir die Schnauze halten, wenn die uns fragen, was passiert is." Das Stöhnen des Verletzten hallte wie zur Bestätigung durch den Raum. Auch er erntete Empörung. „Jetzt jammert der wie 'n halbtoter Hund. Dabei isser selbst schuld an der Scheiße. Hat er sich alles selbst eingebrockt."

Ein leichtes Gemurmel floss hinterher. Dann wurde es wieder still. Nur das Jammern des Verletzten klang ununterbrochen weiter. Die Knaster, die auf den Bänken keinen Platz abbekommen hatten, ließen sich nach und nach auf dem Betonboden nieder. Erst saßen sie. Doch die Haltung war unbequem, anstrengend. Schließlich streckten sich die Ersten auf dem Boden aus. Nein, sie streckten sich nicht. Sie lagen mit angezogenen Knien und eingekrümmten Körpern. Das wehrte die Bodenkälte ein wenig ab und ließ noch Platz für die anderen. Gleichmäßig röchelnde Atemzüge tönten aus mehreren Kehlen. Lautes Schnarchen. „Wie man hier schlafen kann, is mir ein Rätsel", sagte Bundi leise. In seiner Stimme lag Verachtung. Verachtung gegen die Mithäftlinge, gegen den Knast, auch gegen sich selbst. Er und ich gehörten zu den wenigen, die stehengeblieben waren. Im Rhythmus von fünfzehn Minuten wechselten wir mit Baumann und Torsten. Sitzen, stehen. Ausruhen, anstrengen, leiden. Nein, die Viertelstunde auf der Bank hatten mit Ausruhen nichts mehr zu tun. Das gekrümmte, eingezwängte Hocken. Die Gedanken auf die Gewissheit gerichtet, gleich wieder aufstehen zu müssen. Und vor Augen den stehenden Baumann, dem das Ausharren nun immer schwerer fiel. Wenn man dann stand, wurde die Zeit zur Ewigkeit. Alles schmerzte. Die Hüften, der Rücken. Die Beine sowieso. Und das Hämmern im Kopf. Ein Brei an dumpfen Gedanken, der ziellos in der Leere des Hirnes kreiste und von den Jammertönen des Verletzten ab und an aufgerührt wurde. Eine Tortur.

Einige Knaster gingen in den Duschraum. Sie setzten sich auf die nasskalten Fußbodenklinker und lehnten sich rücks an die Wand. Bundi blickte ihnen hinterher. Irgendwann gab er sich einen Ruck. „Komm!", sagte er. „Bevor wir hier zu Stein erstarren, riskieren wir lieber eine Lungenentzündung." Ich taumelte ihm nach. Wir fanden an der Wand direkt unter dem Fensterschacht einen freien Platz. Bundi fiel sofort auf die glatten Spaltklinker nieder. Ich zog meine Jacke aus und faltete sie mehrfach zusammen. Setzte mich drauf. „Die Kälte kommt nachher trotzdem durch", sagte Bundi bei einem knappen Seitenblick. „Lieber 'n kalter Arsch und dicke Eier als 'ne Lungenentzündung." Ich antwortete nicht. Aber ich spürte, kaum dass mein Rücken die Wand berührte, wie die Feuchtkälte der Wandfläche in meinen Körper kroch. Ich schloss die Augen. Einfach schlafen, nichts spüren. Ich schlummerte. Nein, Schlummern war ein Ausdruck, der etwas mit Gemütlichkeit zu tun hatte. Ich fiel nur in einen Halbschlaf, in dem ich die Wirklichkeit nur schwach verdrängte. Seltsame Figuren und Gesichter tanzten durch mein getrübtes Bewusstsein. Ich hörte mich röcheln, ein bisschen sogar schnarchen, fühlte die Kälte am Rücken und bekam einen leichten Stoß in die Seite. „Stell mal deine Säge ab." Ich räusperte tief und schluckte, um meinen Hals frei zu bekommen. „Hört sich ja schrecklich an, wie du schnarchst. Wer mit dir mal verheiratet is, kann sich freuen." Ich ließ die Augen geschlossen. Oder sollte ich mich bei Bundi entschuldigen. Ich schlief schon wieder. Jetzt fester, länger. Schnarchte ich? Weiß nicht. Es plätscherte. Wo war ich? Im Zuchthaus, im Duschraum. Einer von den Knastern pinkelte in den Gully. Ein unästhetisches Geräusch. Unästhetisch? Es hörte sich nicht anders an, als würde klarsauberes Leitungswasser aus einer Pumpe laufen. Also: Das Wissen, dass in unmittelbarer Nähe jemand in den Fußboden pinkelte, produzierte den Eindruck der Unästhetik. Vielleicht auch die Dünstung. Bundi sprach es aus. „Was man hier alles erlebt, ekelhaft!" Er hätte besser sein Maul gehalten. Es war dieser Krücke, mit dem er sich unvorsichtigerweise anlegte. Ich begriff es, als der Bursche sein Geschäft erledigt hatte. „Hoffentlich isses dir nich auch unästhetisch, wenn du mir gleich mal einen blasen darfst, Süßer." Ich spähte unter den halb geöffneten Lidern in seine Richtung. Ekelhaft, da hatte Bundi Recht. Die Hose vorn offen und den Penis heraushängend hatte er sich Bundi zugewandt. „Was hältst du davon, du kleine Schnalle?" Ich schloss die Augen sofort wieder. Aber Bundis Reaktion entging mir nicht. Er atmete schneller, rutschte aufgeregt. „Komm bloß nich her, du Rochen!" Die Warnung verhallte, die Schritte näherten sich trotzdem. „Bin gespannt, ob du meinen Pudding schluckst." Ich lugte abermals durch die halboffenen Lider. Sah das Gesicht, das breit grinste, den Penis, ein langes halb steifes Ding, an dem Krücke mit den Fingern spielte. Bundi verfiel in Panik. Er rappelte sich auf, machte ein paar hastige Schritte, kam aber nicht an dem anderen vorbei. Der packte ihn von hinten an den Haaren, zog ihn zu Boden. Im

Fallen schon riss er an Bundis Hose. Es krachte, die Knöpfe flogen, Hose und Unterhose rutschten in die Kniekehlen, Bundis weißer Hintern blitzte auf. In ein paar Sekunden würde der Tätowierte sein steif gewordenes Glied in Bundis Darmausgang rammen. Eine Vergewaltigung. Gewiss nicht die erste, nicht die letzte im Zuchthaus Brandenburg. Bundi schrie fürchterlich. Was er schrie, verstand ich nicht. Die Stimme überschlug sich in unglaublicher Panik. Schrill und kreischend. Man würde sie bis weit in den Hof hinein hören. Aber sie würde niemanden rühren. Sie rührte ja nicht mal alle Knaster. Nur einige hoben die Köpfe, sperrten die Mäuler auf. Oder grinsten schadenfroh. Nur Baumann, Torsten, auch Kalle und sogar Fritzchen empörten sich. Aber helfen? Ich dachte wieder an die Szene vor zwei Wochen. Zugang, Klinge. Ich war so gut wie verloren. Olaf war mir zu Hilfe gekommen. Er hätte es nicht tun brauchen, er riskierte selbst sehr viel. Musste ich jetzt nicht ebenso für Bundi einspringen? Ein Verbrechen geschah vor meinen Augen. Und ich saß und glotzte wie erstarrt. Olaf hatte den Verrückten von hinten gepackt. Wie ein Luchs hatte er sich in seinem Gesicht verkrallt. Er hatte mir das Leben gerettet. Bei Bundi ging es nicht um Leben und Tod. Es ging um -. Ich erhob mich, ohne es eigentlich zu wollen. Zwei Schritte, ich packte diesen Krücke von hinten an den Schultern. Was für Schultern. Ein Ochse vor dem Pflug hatte mindestens solche Schultern. Solche Knochen, Muskeln. Ich hatte jetzt auch Kraft. Ich zog. Ich riss. Zehn, zwanzig Zentimeter holte ich ihn zurück. Es reichte. Bundi konnte sich drehen. Er hatte die Hände frei. Er griff zu. Griff dahin, wohin ein Schwacher, wenn er so sehr in Not ist, einem Starken am besten greift. Die Genitalien. Es gab neuerlich einen mörderisches Geschrei. Krücke schrie vor Schmerzen, aber Bundi schrie gleichfalls. Schrie vor Wut, vor Verzweiflung, immer noch vor Angst. Vielleicht weil ein Mann eher die Vorstellung umgebracht zu werden ertragen konnte, als auch nur daran zu denken, ein anderer Mann könne ihn vergewaltigen. Und er schrie, weil er dem anderen die Eier so fest quetschte, auf dass dieser noch mörderischer schrie als er selbst und nicht mehr aufhören wollte, so mörderisch zu schreien. Ich riss jetzt an Bundi. Er sollte endlich seine Pfoten wegnehmen. Er sollte begreifen, dass es vorbei war. Er begriff es nur langsam. Selbst, als er Krücke hatte fahren lassen, blieben die Hände vorgestreckt und die Finger gekrümmt, drückte er noch einen unsichtbaren Klumpen. Wie bei einem Krampf, der sich nicht lösen will. Mit glasigen Augen starrte er auf den Angreifer, der im Zeitlupentempo auf die Knie und danach zu Boden sank. Sich krümmte wie ein Wurm und einen unaufhaltsamen Strom von Tränen heulte.

Ich fiel zurück auf meinen Platz an der Wand. Schloss die Augen. Mein Herz schlug bis in den Hals hinauf. Kündigte sich so ein Infarkt an? Ich verlangsamte meinen Atem. Das beruhigte. Bundi plumpste neben mir nieder. Sein Atem ging schwer. Er redete wirres Zeug. „Meine Mutter wartet aufm Zugang. Wir könn' zusamm' schön' Kakao trinken. Und frische Brötchen mit Harzer Käse essen." Er nannte Namen, erzählte von Städten und Ländern, schimpfte, lachte, schien zu flennen. Verrückt geworden, dachte ich. Wie der Kumpel vom Totenschiff. Gleich steht er auf und springt ins Wasser, ins Meer. Mit den Fischen um einen Bissen streiten und dabei selbst der Bissen sein. Nein, ich war nur selbst durcheinander. Er ergriff plötzlich meine Hand und flüsterte: „Danke. Du glaubst nich, was das für mich bedeutet, dass du mir geholfen hast." Er schluckte und schluchzte kurz. „Lass uns zusammen bleiben."

Wir blieben nicht zusammen. Um vier Uhr geschah es. Die Tür wurde aufgerissen. Schwerfällig erhoben sich die Knaster vom Boden oder den Bänken. „Endlich!", hieß es. Doch gerade das war der Irrtum. Es wurden ein paar Namen aufgerufen. Lars, der Fremdenlegionär, Kalle, Wolfi, Fritzchen. Und: Feder. „Rauskomm!" Ich schlich in Richtung Tür. „Vielleicht hast du Glück und gehst auf Transport", raunte mir Bundi zu. „Dann vergiss mich nich." Was für ein Unsinn. Oder sollten Kalle, der Fremdenlegionär und Lars auch auf Transport gehen? Fritzchen und

Wolfi. Egal, ich war froh. Ich empfand die Befreiung aus dem Keller als Erlösung. Sollten sie mich wieder zum Kohlen trimmen einteilen oder Teile schleifen lassen. Hauptsache dem Keller entronnen. Die Knaster beneideten mich, uns. Und sie klagten: „Wie lange solln wir hier noch schmorn? Wir ham Hunger, und uns is kalt." Der Schließer fuhrwerkte demonstrativ mit dem Schlüsselbund vor den Gesichtern der am nächsten Stehenden. Noch ein Wort und es konnte passieren, dass -. Eisige Miene, harte Blicke, das war seine Erwiderung. Nur Franko durfte das Nachfassen wagen. Der Dienstälteste unter den Knastern: „Hier sind zwei, die in 'nen Med-Punkt müssen. Einer hat den Kiefer gebrochen und der andere geschwollene Eier." Ein höhnisches Grienen als Antwort. „Dicke Eier. Habt ihr davon, wenn ihr dauernd rummiezt." Krach, flog die Tür hinter uns zu. Aufgeregtes Gemurmel, ein paar Beschimpfungen waren undeutlich zu hören. Aber wir marschierten.

Auf dem Zählplatz mussten wir stehenbleiben. Fritzchen und Kalle wurden in die Heizung abkommandiert, Wolfi sollte die Maschinen warten. Und wir drei? Zehn, fünfzehn Minuten vergingen. „Bestimmt werden wir verlegt", sagte der Fremdenlegionär. „Wie, verlegt?", fragte ich. Lars stöhnte. „Du mit deinen ewig blöden Fragen." Er schaute auf den Fremdenlegionär, der sich eine Selbstgedrehte ansteckte. „Haste noch eine für mich?" Der Fremdenlegionär reichte ihm unwillig das dünne Tabakpäckchen. „Krieg ich aber bei Gelegenheit wieder." Er zündete seine Zigarette an und blies den Rauch weit in die Halle hinein. „Vielleicht kommen wir auf 'n anderes Kommando. Oder nur in 'ne andere Schicht. Andere Schicht wäre besser. Verdient man endlich mehr Kohle. Im andern Kommando wär man erst wieder in der Lehrwerkstatt. Oder man kommt in die lausige ElMo. Spulen wickeln. Der größte Scheiß, den 's hier gibt."

„Oder wir drei gehn auf West-Transport." Lars' Augen leuchteten.

„Um die Zeit? Nachts?" Der Fremdenlegionär schüttelte erst den Kopf, schien sich dann jedoch mit dem Gedanken anzufreunden. „Na ja. Eins steht fest: Unmöglich is hier nix." Er rauchte zwei Züge, entschied dann: „Nee, ausgeschlossen. Nachdem sich dieser Kumpel heute früh aufgehangen hat, geht erst mal kein West-Transport. Da haben die zu viel Schiss, dass es im Westen rauskommt. Dass es in Salzgitter, wo diese Erfassungsstelle is, gemeldet wird."

Lars widersprach: „Grad weil er sich aufgehangen hat. Grad deswegen. Wenn sie jetzt Leute auf Transport schicken, zeigen sie dem Westen damit, dass sie sich nix vorzuwerfen haben. Und haben sie ja auch nich. War ja 'n lupenreiner Selbstmord." Er starrte mich an. „Was meinst du? Transport oder Verlegung?" Ich hob die Schultern und ließ sie wieder fallen. Irgendwann hatte ich die Frage schon gehört. „Für mich zählt im Moment nur, dass ich nich mehr in dem stinkigen Keller sitzen muss. Das war tierisch." Die beiden nickten.

„Das Gejammer is mir am meisten auf 'n Keks gegangen. Davon träum ich heute Nacht." Lars hatte seine Zigarette fertig und gab dem Fremdenlegionär den Tabak zurück. Umständlich zündete er sie an und inhalierte tief. „Wart mal ab, ob du heute Nacht zum Träumen kommst. In zwei oder drei Stunden is Schichtwechsel. Da können wir schon dabei sein." Lars bekam große Augen. „Meinst du, wir laufen ein und gleich wieder ab?" Statt zu antworten zeigte der Fremdenlegionär auf die Tür des Kellerganges. „Da kommt Josef. Wolln wir wetten, der soll uns rüberschließen?" Josef war einer von den Schließern. Etwas älter, etwas korpulent, etwas witzig. Recht umgänglich. Vielleicht hatte er Mitleid mit den Knastern, vielleicht begriff er auch ganz einfach, dass er ihnen seine berufliche Existenz zu verdanken hatte und nicht als Handlanger auf dem Bau oder als Sachbearbeiter in einem Büro rackern musste. Seinen richtigen Namen kannte ich nicht. Er lief unter Josef, und das sollte vom Soldaten Schwejk abgeleitet sein. Weil er in der Tat etwas Schwejkhaftes an sich hatte.

Ja, er blieb bei uns stehen. „Seid ihr die drei, die rüber solln?"
Wir glotzten uns an. Schon möglich", erwiderte der Fremdenlegionär.

„Na ja, will mal fragen gehen." Josef rieb sich die knollige Nase und stiefelte los. Er ging in den Hof, zum Wachbüro. Bis er wiederkam, vergingen mindestens zehn Minuten. „Hatte doch Recht. Drei Mann rüberschließen." Und da wir nicht gleich folgten: „Na, nu mal nich so langsam. Geht schließlich nich aufs Schafott." Wir trotteten mit, und Lars klagte: „Den ganzen Tag mussten wir in dem Bunker hängen. Im Stehen und ohne Fressen. Schöne Scheiße." Josef gab keine Antwort. Kein unnötiges Wort mit einem Häftling reden. Im Tunnel wurde er dann jedoch etwas aufgeschlossener. Hier sah und hörte ihn niemand. Wenn er da mal mit einem Knaster sprach, blieb das verborgen. Lars drängelte: „Herr Obermeister, wissen Sie nich, wohin wir verlegt werden?" Erst einmal ließ er sich freilich hofieren. Grinste verschmitzt. „Na bestimmt nich auf de *Völkerfreundschaft*. Oder haste dich für 'nen Aufenthalt beworben?" Wir lachten höflich, und Lars bohrte erneut: „Das nich grade. Aber für 'ne vernünftige Arbeit, wo ich bisschen was verdien." Josef seufzte. „Ach, Junge. Darum hättste dich mal draußen kümmern solln. Hier kannste bestimmt nich reich wern." Lars machte ein treues Gesicht: „Bei mir isses das letzte Mal, dass ich eingefahrn bin. Das schwör ich. Wenn ich hier raus bin, fang ich ein neues Leben an." Er drehte sich zu mir und zwinkerte mir zu. Josef entging das Zwinkern nicht. „Weißte doch selbst, dass de lügst. Neues Leben. Sieh mal lieber zu, dass de hier nich vor die Hunde gehst." Wir liefen eine Weile schweigend, dann fragte der Fremdenlegionär: „Und wohin werden wir jetzt verlegt?"

„Ach, Jungs, was ihr alles wissen wollt. Wohin, wohin." Josef kicherte ein bisschen. „Vielleicht müsst ihr mal wieder zum Ausbuchsen gebracht werden. Is doch hier immer mal notwendig, wenn ihr euch gegenseitig den Mastdarm versilbert." Er lief langsamer, blieb stehen, weil ein Gitter aufzuschließen war.

„Nich bei mir!", versicherte Lars standhaft, „Mastdarm und so, nich bei mir."

Josef musterte ihn mit einem wissenden Blick. „So, nun mal durch hier." Er wartete, bis wir durch das Gitter waren, schloss dann ab. Als wir wieder liefen, sagte er: „Was ich gehört hab, werdt ihr in die C-Schicht verlegt." Ich erschrak und hätte um ein Haar gefragt: Ich auch? Aber ich beherrschte mich, zumal wir uns jetzt im Gang des Zellentraktes befanden und Josef ohnehin nicht mit uns redete.

„C-Schicht is gar nich so übel", sagte der Fremdenlegionär leise. „Da kenn ich schon paar Leute. Die Scheiße is nur, dass die heute zur Nachtschicht ablaufen. Sind wir also voll dabei."

Ich stellte mir vor, wie ich von acht Uhr abends bis in die Morgenstunde an einer Fräs- oder Drehbank stand. Teile bearbeitete und meine Norm nicht schaffte. Egal. Ich empfand ja zugleich eine Erleichterung, weil ich nicht in die Lohnrechnung kam. Trotz der Argumente, die mir Baumann geliefert hatte. Ich geriet somit nicht in den Verdacht, eine bevorzugte Behandlung zu ergattern. Ich musste rumschinden und rackern wie die andern. Ein ganz gewöhnlicher Knaster.

Lars nahm die Kunde mit Unzufriedenheit. „Ich dachte, ich soll Elektriker machen. Und jetzt vielleicht an so 'ne viehische Maschine. Nee, das lass ich mir nich bieten." Josef beachtete ihn nicht. Er summte, wobei der Rhythmus seines Liedes den Schritten angepasst war. Ich dachte an die Melodie von „Yesterday". Meine ganz private Version. *Scheiß doch drauf.* Das Büchlein steckte in meiner Tasche. Ich trug es dauernd mit mir herum. Doch ich kam nicht weiter mit den Versen. Die Ereignisse überrollten mich immer wieder. Und was für Ereignisse, ganz gewaltige. Da fand ich keine Zeit für Verse. Dennoch, ich würde wieder dichten. Und die Yesterday-Fassung würde ich beenden. Einfach weil ich mich nicht unterkriegen lassen würde. Ganz spontan summte ich die Melodie. Leise summte ich sie. Josef schien sie trotzdem zu hören. Er musste, um Luft zu schöpfen, sein eigenes Liedchen unterbrechen. Wenn er sie auch nicht erkannte. Nicht erkennen konnte. Ein verstecktes, verschmitztes Grinsen. Ein bisschen ermunternd sogar. Ansonsten Schweigen. Bis er uns im Flur des Haupttraktes einem anderen Schließer übergab. „Deine drei Amigos. Kannste übernehmen. Ich hab jetzt Feierabend. Muss im Kleingarten Mohrrüben zupfen und mein Bierchen trinken." Er wackelte davon, und wir blieben stehen, denn der nunmehr für uns verantwortliche Schließer zeigte keinerlei Interesse, uns zu den Zellen zu bringen. Er verschwand am Ende des Ganges, ohne uns ein Wort der Erklärung zu hinterlassen.

Wir waren kraftlos, müde. Die Beine schmerzten. Hunger, Durst. Wir hockten uns rücks gegen die Wand. Streckten die Beine aus. Schlossen die Augen. Schliefen ein bisschen. Wollten ausruhen, alles vergessen. Dann hallten die Schritte des Schließers über den Gang. Wir rappelten uns sofort hoch. Angst. „Ach du Scheiße", flüsterte Lars, „wenn wir Pech haben, gibt's dafür was mit dem Schwarzen." Doch der Schließer tat, als würde er nicht bemerkt haben, dass wir uns auf den Fußboden geflegelt hatten. Langsam kam er, blickte nur geradeaus. „Die haben anscheinend Anweisung, vorsichtiger mit uns zu sein", raunte der Fremdenlegionär. „Die denken: Ein Selbstmord kommt selten allein." Wir warteten, bis das erste Gitter aufgeschlossen war. Das zweite, die Zellentür. Rein. Für den Augenblick erschien mir die Zelle als verheißungsvolle Zuflucht. Konnte ich mir einen Platz vorstellen, der sicherer, gemütlicher war? Das *Brett* flog hinter uns zu. Lars seufzte. „Endlich." Ich seufzte mit, blickte zu meinem Bett hoch. Gleich würde ich dort liegen. Halt. Das *Brett* wurde erneut aufgerissen. Der Schließer: „Ach so, dann mal fertig machen. Beide. Verlegung. Ich glaub, in die C-Schicht. Das Ganze noch vor der Zählung." Ehe wir uns fassen, ehe wir etwas fragen konnten, krachte schon wieder der Riegel. Gefangen. Lars stapfte unwillig zu seinem Bett. „Scheiße verfluchte! Warum musste ich nur in diesem Land geboren werden. Warum nicht im Westen." Er riss eine Decke von der Matratze und breitete sie auf dem unteren Bett aus. Nach und nach schmiss er seine Habseligkeiten darauf. „Weißt du, was das heißt?" Er stellte die Frage, ohne mich anzusehen. „Das heißt, dass wir in zwei Stunden wieder ablaufen. Zur Nachtschicht. Mann o Mann, wenn ich das eines Tages in meinen Memoiren schreibe, glaubt das kein Mensch." Aha, dachte ich, er will Memoiren schreiben. Ich auch, ganz sicher. Zu erzählen hatten wir ja beide was. Aber welche Fassung würde besser ankommen?

Ich holte ebenfalls eine von meinen Decken und legte meine Sachen hinein. Danach knotete ich die vier Zipfel zusammen. Reisefertig. Das Gute an der C-Schicht war, sie lag auf dem gleichen Gang. Wir würden also nur ein paar Zellen weiter ziehen. So lange hielt der Knoten in der Decke gewiss. Und das Schlechte? Ich würde mit noch schlimmeren Kriminellen zusammenkommen. Es hieß ja, in der Normalschicht, da geht's noch. Aber in den Werksschichten, da herrscht die rohe Gewalt. Ich erinnerte mich mit Gleichgültigkeit an diese Prophezeiung. Konnte es noch schlimmer, noch gewalttätiger kommen?

„Es is nix zu fressen da", sagte Lars ärgerlich. „Sie bringen die Kalte, wenn die komplette Mannschaft einläuft. Und in der C-Schicht haben sie ihr Fressen garantiert schon gekriegt. Da glotzen wir auch in die Röhre." In seiner Miene spiegelte sich Wut. Er rannte zur Tür und trommelte mit den Fäusten gegen das schwere Eisenblatt. „Wir wollen unsere Verpflegung!" Das Echo seiner Forderung verlosch ungehört. Er kam zurück, trat unwillig mit dem Fuß gegen einen Bettpfosten. „Im Spind is noch altes Brot", sagte ich. „Und zähe Marmelade."

Er stieß einen verächtlichen Lacher aus. „Da kriegen die Affen im Zoo besseres Futter." Dennoch öffnete er die Spindtür und brachte das Brot und die Marmelade auf den Tisch. „Der blanke Ekel. Guck mal hier." Ein leichter Schimmelbesatz befand sich an der Rundung des Brotes. Er nahm das Messer und kratzte ihn weg. Ich sagte: „Das kannst du dir sparen. Der wirkliche Schimmel sitzt richtig drin im Brot. Die Fäden, von denen man Krebs kriegen kann." Er zuckte mit seinen Achseln. „Scheiß ich doch drauf. So wie ich Kohldampf hab." Er säbelte ein paar

Scheiben herunter, schob mir zwei davon zu. „Komm, nimm, warum soll ich alleine Krebs kriegen." Ich nahm eine Scheibe, goss ihm und mir kalten Fegekaffee ein. Der war noch vom Frühstück übrig. Lars verzog das Gesicht. „Negerschweiß." Was für ein Wort. Wir tranken, schüttelten uns. „Schmeckt ekelhaft", sagte er. Ich nickte: „Aber es tötet die Krebserreger ab. Das is das Gute daran." Die Marmelade war wie aus Gummi. Nur mit Mühe konnte man kleinere Brocken herauslösen, die man in Würfelchen schnitt, um sie auf dem Brot zu verteilen.

Noch während des Essens pochte der Schließer von draußen gegen die Tür. „Fertigmachen!" Ich zuckte zusammen. Lars wurde abermals wütend. „Nich mal diesen Dreck lassen sie einen in Ruhe fressen. Nich mal das." Er packte seine Brotscheiben mit beiden Händen und knetete sie wie nasse Papierblätter, bis ein unförmiger Klumpen entstand. Dann warf er das Gebilde in Richtung offenes Fenster. Der Klumpen prallte gegen einen Gitterstab, fiel aber dennoch nach draußen. Jemand schrie: „Was soll denn diese Sauerei?" Lars hörte nicht hin. Ich auch nicht. Wir standen auf und schleiften unsere Deckenbündel zur Tür. Irgendwann würde der Schließer kommen und uns aus der Zelle holen. Bis es soweit war, mussten wir das tun, was in diesem Zuchthaus zu den Hauptbeschäftigungen zählte. Warten.

Alexander Richter, 1949 in der DDR geboren, befand sich nach seiner Verurteilung zu sechs Jahren Freiheitsentzug wegen „Staatsfeindlicher Hetze" von 1983 bis 1985 in der Strafvollzugsanstalt Brandenburg-Görden. Er wurde nach etwa der Hälfte der Haftzeit von der Bundesregierung freigekauft. Nach der Übersiedlung in die Bundesrepublik veröffentlichte er zahlreiche Bücher, die sich kritisch mit den Verhältnissen in der DDR, aber auch mit seinem Neubeginn im Westen auseinandersetzen. Richter arbeitete als freier Mitarbeiter und als Redakteur für verschiedene Zeitungen. 1994 gründete er den first minute Taschenbuchverlag, den er inzwischen zu einem erfolgreichen Unternehmen ausgebaut hat.

Weitere Bücher von Alexander Richter:

Die gestohlene Himmelfahrt
14 Kurzgeschichten aus der DDR

Eberswalder Spezialitäten
Roman

Das Lindenhotel oder 6 Jahre Z. für ein unveröffentlichtes Buch
Authentische Erzählungen über den Potsdamer Stasi-Knast (mit Akten-Dokumentation)

Die Opfer werden die Täter sein
Roman einer Wendeutopie

Femitakel
Sieben satirische Erzählungen nach der Wiedervereinigung

Eine Rose für die Deutschen
Elend und Glanz nach der Übersiedlung in 24 authentischen Berlin-Kapiteln

Wattepudelrollversuch
Gereimte Gemeinheiten und feine Gereimtheiten

Das bittersüße Leben vor dem Knast
Eine Stasi-Urlaubsgeschichte ohne Happyend
(mit Akten-Dokumentation)

Helmhöltzer sind Edelhölzer
Geschichten aus dem (un)sozialistischen Meinleben

Blue tambourin
Unglaublich ehrliche Geschichten

Das Programm des Verlages, Autorenporträts und viele Informationen über die erschienenen Titel finden sich im Internet unter

www.Buchverlag-First-Minute.de